U0605435

慰安妇血泪

【上册】

孙逊 著

陕西新华出版传媒集团
太白文艺出版社

图书在版编目（CIP）数据

慰安妇血泪：全 2 册 / 孙逊著. —西安：太白文艺出版社，2015.1（2022.1 重印）
ISBN 978-7-5513-0678-2

Ⅰ. ①慰… Ⅱ. ①孙… Ⅲ. ①长篇小说－中国－当代
Ⅳ. ① I247.5

中国版本图书馆 CIP 数据核字（2015）第 011208 号

慰安妇血泪（上下）

作　　者　孙　逊
责任编辑　曹　彦
整体设计　前程设计
出版发行　陕西新华出版传媒集团
　　　　　太白文艺出版社
经　　销　新华书店
印　　刷　三河市华东印刷有限公司
开　　本　787mm×1092mm　1/16
字　　数　600 千字
印　　张　36.875
版　　次　2010 年 5 月第 1 版第 1 次印刷
　　　　　2022 年 1 月第 2 版第 3 次印刷
书　　号　ISBN 978-7-5513-0678-2
定　　价　69.80 元

联系电话：029-81206800
出版社地址：西安市曲江新区登高路 1388 号（邮编：710061）
营销中心电话：029-87277748　029-87217872

内容提要

七十多年前,南京沦陷两个多月后,日军组织了民间“服务所”。本书无情地撕去了“服务所”这块文明典雅的遮羞布,揭露了日军对征集、欺骗、强逼来的四国女性犯下的恣意蹂躏、阴险虐杀、比禽兽还要凶残恶毒的滔天罪行。这些可怜的女性,虽有不同程度的反抗,但在嗜血成性的豺狼面前,多数成为羸弱羔羊。书中着重描写了中国七位女性从胆怯脆弱到不甘屈辱的性格演变。虽然多数终究难逃一死,但是她们反抗外族践踏的斗争精神是永不磨灭的。

书中用了一定篇幅和力度,还原历史真面目,再现了装备极差的中国陆、海、空三军在正面战场英勇悲壮地抗击外邦侵略的英勇事迹;侧重写了鲜为人知的武汉三胜和长沙三捷。民心企盼的说教和史实得到公正统一的时代已经来到。所以,本书谨向那些为保国保种、流尽热血的牺牲将士致以沉痛悼念!愿他们的在天之灵,能得到应得的慰藉!

目　录

上　册

下　册

楔子

我医学院毕业后，选职于仙都市级医院。我向医院当家的要求，让我从护士做起。院长注视我良久，点头默允了。

三天后我去医院上班了。护士长对我很客气。我猜测，一定是当家的把我的有些情况向她做了介绍，并且又做了一些必要的交代。所以，她才对一位本科生先从事半年的护士实习不感到奇怪和产生误解。

我服务的是大众平民区，让我有机会认识了挣扎在生活底层的形形色色的男女病人。医院是修理人体的场所。凡是走进来或抬进来的人，都有一个共性——极不情愿马上就了此一生。本该能治好的穷人，因为少钱而又缺乏关系，只好拉回家准备后事。权贵大款们虽已病入膏肓，但是他们的最终结果还是违背了“有钱得生”的定理。看来钱这玩意儿生活中少了它不行，多了也无用。我百思不得其解：那些大贪犯、受贿者是怎么思想的？

我轻轻推开三〇一八房门，床上躺着一位银发老妪。床栏吊牌上写着：史丽珍，女，七十七岁，糖尿病，民政局。

事先我就听护士长介绍过，这老人很怪，刚进院时不肯治，只想快点儿死，负担医疗费的是民政局，没有任何亲人，更无任何社会关系。我默默地伫立在她的床边，凝视那满脸纵横交错的皱纹，透过这像鸡皮一样的表层，发现她的颧骨和颌骨的组合相得益彰。白被单下的体形颀长，几十年前她一定是个亭亭玉立的漂亮女人。

松弛的眼皮动了动,老人睁开疲惫的双眼,发现我站在床前,苦涩地笑了笑,轻声慢语地说:“姑娘,我的病让你们操心了。”

我笑笑:“珍奶奶,你别过意不去,这是我们应尽的天职。”

老人感慨道:“想不到,我这苦命人又一次死里逃生。”

我问:“珍奶奶,你以前就来治疗过?”

老人视线转向那台未开的黑白电视机,微微地摇摇头。

我不好唐突了。人人都有内心的秘密或是不愿再去碰揭的伤疤。

老人体质羸弱,睡眠中又出了些虚汗。我征询她:“我去打点儿温水来,帮你擦擦身子?”

她的目光又转向我:“不。姑娘,等我出院自己洗吧。”

我端面盆走进时,她已经坐起来。我放下面盆,坐上床边,帮她解着内衣……忽然,我被惊吓得不由站起来。

老人解开最后一粒扣:“姑娘别怕,这是一条伤疤。”

肋骨历历清晰的胸脯上,挂着两只干瘪的乳房,从右乳房上部到左乳房的下部,斜刻着一条长长的伤疤,像一条大蜈蚣,蛰伏在栅栏上。右边乳头也不正常,像一粒被虫蛀蚀半边的红枣。

我用热手巾默默地轻轻擦拭着……我是学医的,这么长的伤痕、奇怪的部位,绝不是手术刀的杰作;是无意伤残还是有意戕害?这里隐伏着两条大动脉,简直就是致命的一刀。

我失去自控:“谁要杀你?”

老人脸上的皱纹成了沟沟壑壑:“好姑娘,往事别提得好。已经过去几十年了。”

老人的伤痕,绝非仅仅是这条“蜈蚣”,还有一条更为严重的创伤,是无形难见的。我怎忍心再刨根问底呢?

随着时间的延续和我对她精心的照顾,她对我的话语渐渐多起来。比如她的籍贯、她的家人、她也曾读过几年书等等。但关于她的身世,却是讳莫如深的。

从她的动作和表情看,我猜疑她可能患了阴蚀病。有一天,我带来了高锰酸钾,说明了此粉的作用和使用方法。她非常感激我。

盆里开水凉了,我将紫色粉末放进水里,搅和了一会儿。老人接盆说:“姑娘,让我自己洗吧。”

我见她态度很执着，只得侧过身去，打开电视机。荧屏上正在报道全世界反法西斯胜利五十周年纪念大会，其间穿插了一些饱受战争蹂躏今天依然活着的老人的控诉镜头。画面切换到汉城大街上，一队老态龙钟的妇女打着横幅，喊着口号，颤巍巍地在游行示威。女播音员介绍说：“……五十年前的日本法西斯，用野蛮的手段，强制这些当年的姑娘、女人，去随军充当‘挺身队员’。她们现在强烈要求当今日本政府奉还她们的尊严，赔偿她们肉体和精神上的损失……”

我正感到莫名，忽然听到身后一声异响，急忙掉转头，只见老人已跌坐在地了。

她晕倒了。我来不及将她的裤子拉上，先把她抱上床，发现她双腿严重烧伤过。当我用毛巾为她擦拭下体时，不由令我瞠目结舌，我怀疑自己眼花看错，慌忙俯身仔细观察。两边褐色大阴唇，明显地被某种利刃割过了。两条纵向平行的创痕，实难行使本身的神圣职能……擦干了水滴，拉上内裤，形势不容我多想，救人要紧。我急忙奔向本层值班室，抓起电话就呼叫。

下午下班回到寝室，晚饭我也懒得去吃。我和衣躺在床上，呆呆凝视着天花板。天花板上忽然出现一队颤巍巍的“挺身队员”，群情激愤，同仇敌忾。珍奶奶出来赶走了画面，她对我苦涩地微笑，忽而又失声恸哭，袒开肋骨嶙峋的胸膛，斜形的“蜈蚣”在蠕动，在咬噬着她的心脏；两条平行的创痕在战栗，在滴血……

我在众多的书籍里，终于找出两本有关日寇侵华大事记。内容庞杂，纪事浩瀚。我只得从与我国有关的大事件、大惨案着手，从“九一八”到“八一三”再到“南京大屠杀”。

一九三七年十二月十二日，城防司令唐生智退出南京城。十三日，即农历十一月十一日南京城陷落。十七日，华中派遣军总司令松井石根和上海方面军裕仁的叔子朝香宫司令官率部举行入城仪式。在朝香宫的授意下，从十三日起，南京就开始遭到了空前绝后、惨绝人寰的大浩劫。烧抢淫杀，罄竹难书。有第十六师团长中岛今朝吾的日记为证：上级指令“不要俘虏”“诱之以适当地方加以处理”“决定将其赶到一隅全部解决之”。对女性，上从耄耋老妇，下至七八岁的幼女，先是兽性发泄，后再魔鬼式地残杀。很多妇女遭受轮奸后，被割去双乳，或挖去双眼，或开膛剖腹，或在下体插进树枝、竹尖等物，让她们的裸体在羞辱与痛苦中慢慢地含冤走向九泉。

由于日寇在南京制造了骇人听闻的大量军民被屠杀的大惨案，激起了中国政府和人民、世界各国政府和人民的强烈抗议。这对当时的日军最高指挥中心和日本政府造成了外交上的极大压力。还闲着没事干的海军部在内部会议上，屡屡抨击陆军不是忠于天皇的优秀铁军，难以完成天皇陛下的"大志宏图"。

所谓天照日残大神裕仁天皇，也听到一些零言碎语，对这次所谓大东亚圣战前途不无忧虑。有一次，他秘密召见了一位回国养伤的佐官，详细询问了有关华战的情况，特别要听一些细节。问："……支那百姓见到你们，是箪食壶浆热烈欢迎?"受宠若惊的佐官答："我们大日本皇军所到之处，支那军望风披靡，百姓也被皇军的威严所慑倒，立即豕奔鼠窜。特别是那些花姑娘，个个脸上都涂抹锅底灰，穿上老婆婆的肥大衣裤，逃遁躲藏。不管她们如何伪装，都难逃我们皇军的锐利眼睛……"愚蠢的佐官正说得眉飞色舞，岂知天皇默默地摆摆手。佐官迟疑又莫名地退出后，天皇脸上阴云密布……

时隔不久，在大神天皇的默许下，日军最高统帅部把整顿军纪的大事提到紧急迫切需要研究的议事日程上来。开了四次会，每次都是海陆双方争吵不休。后来双方确立了共识：为了大东亚圣战的胜利，只有使皇军成为世界上第一流具有铁的纪律的军队。在共识指导下，最后双方找到了一个折中的妙法。主要原则有四点，在内部录案上记得明明白白：一、军部不准参办，委托社会民团或民间个人。二、国内招员必须自愿，付给一定服务费。他国不限上述内容。三、所有来往电报公文，严禁使用"慰安妇"三字。万一必须提及，借用"三类军需"即明。四、由各军隶属下的支队负责暗中保护，宪兵监察。任何军种不得借口染指捐税，由最高统帅部统一收支……

所谓"三类军需品"，在后来的公文电报中又改称"特要员"。其人员分为两类：A 类供准士官以上专用，B 类供士兵和非战斗人员专用。

我的视线在字里行间游离起来。当电视上刚刚提及韩国"挺身队员"时，老人立即昏厥过去。从对她打击如此严重的情况看，难道她也与"挺身队员"有瓜葛?"挺身队员"与"慰安妇"，这两种说法是否同一概念?我太年轻，在校只钻研专业书籍，知识面真是太单薄、太狭窄了。

我抬起头，望着窗外黑乎乎的夜幕，在不远的南京地区上空，似乎飘忽着数不清的冤魂苦鬼，他们在夜色的庇护下，飘荡、漫游、呐喊、呻吟。庞杂的声音里，有粗犷的、尖细的、振聋发聩的、微弱难辨的……杂乱的声音产生了共振，三十万人共鸣出同一个心声：不要忘记我们，不要忘记耻辱，不要忘记外邦侵略！——他们也许在苦苦哀求，应该把每年的十二月十三号作为国耻纪念日。

我尽管是学医的，彻底的唯物主义者，思索到这里，面对黑黝黝的南方夜空，也不由毛骨悚然、全身发颤了。

第二天早晨，我买了一束红白相间的鲜花，送给经过抢救已经返回病房的珍奶奶。

她对鲜花爱不释手，对我说："你看，白的是多么地纯洁，红的是那样地热烈。"

我打开窗子。

老人捧花在怀，深吸着新鲜空气，看看蔚蓝天空，望望西墙上的金色阳光，喟然长叹说："又迎来了美好的一天。"

昨天的事情我不敢再提了。她已是垂暮之年，生活中还能有多少个美好的一天？若再重提，非但不合人情，简直是太自私冷酷了。

以后的一连许多天，我只是从生活上无微不至关心她，治疗上尽心尽力帮助她。

因为今年是一九九五年，目前又在八月份，所以国内许多报纸杂志连篇累牍报道或是选登一些有关纪念内容的文字。我留心收集了一些报刊。下面列举一些主要内容。概括一：一九九一年四月二日晚，童增、陈健等五人手捧材料，站在北京某宾馆人大代表驻地门口呼吁：中国人民要求日本"受害赔偿"，刻不容缓。概括二：一九九一年八月，日本首相海部俊树来华访问。童增、陈健等五人要求安排会面，商谈"受害赔偿"事宜。然未能谋面。概括三：一九九二年三月，七届人大五次会议在京召开。王录生、王工等代表向大会提交了"关于向日本国索取受害赔偿的议案"。三月十四日，中国外交部发言人发表讲话：中日战争中民间受害者，可以直接要求日本政府赔偿损失。概括四：一九九二年四月一日，我国领导人在赴日访问前答日本记者问时，也阐述了中国政府的立场："放弃国家要求日本给予战争损失赔偿。但是，对民间要求赔偿的动向不加限制。"概括五：一九九二年十月二十三日，日本明仁天皇和皇后对其父所犯的滔天罪行只做了一点点忏悔："……在两国关系的悠久历史上，曾经有过一段我国给中国国民带来深重苦难的不幸时期。我对此深感痛心……"北京当时虽有不少知名人士签名上书，要求向天皇递交战争损失的索赔书，但是后来不知何故而销声匿迹了。概括六：日本现政府迫于韩国、菲律宾等国民众的强烈呼吁，即将对二战中的异国妇女充当日军慰安妇的问题采用一揽子的解决方式，给予赔偿……

我将这些报刊断断续续有意带入病房，自己看了一会儿又故意遗忘在那里。有几次我走进病房，见戴着老花镜的她右手握着一本刊物正倚靠在床栏边闭目深思。我只好蹑手蹑脚悄悄退出。

有一次，我轻轻推开门，她见我就问："这类报刊还有吗？"

我先是一怔，后又惊喜："有。我去图书馆找找。"

老人研读了多种报刊后，对自己经历的苦难人生有了新的认识：对无辜惨遭蹂躏杀害的姐妹们，痛定思痛，产生了无限的缅怀和悼念之情。了解了当前全世界举行纪念二战胜利五十周年的深远意义。

老人住院治疗已经两个月了，身体已经康复。民政局的同志来探慰她时，老人坚持要马上出院。主治医师说："在出院前，我们再做一次全面检查。"

第三天，她获准出院了。在整理私人物品时，她把几种报纸、杂志捧在手里，对我说："姑娘，这些书报就送给我吧？"我说："你就带回去慢慢看吧。"我找到院长，要求让我去送她一程。院长思考了瞬间，痛快地说："也好。你负责把老人送到家。"

老人的家坐落在城郊的边缘地带，两间蓬门荜户依山临水，风景秀丽，空气新鲜。

拧开锈蚀的铁锁，门刚开启，一股刺鼻的霉朽之味扑入脸面。室内几乎没有什么用物，有的也是非常简单粗糙。

老人面呈歉意。她要动手洗锅、汲水、烧茶。在我的苦劝下，她才终止忙碌。

她拿着两张小凳到门外，说："既然水不喝，那就坐在门外歇一会儿吧。"我笑笑，遵命而坐。

老人也坐下，凝视远山。山巅缭绕着飘忽不定的片片白云，忽而山头模糊不清，忽而葳蕤森森，忽而成为雾蒙蒙的迷茫一片。当一阵松涛过后，山峦又还原成苍翠欲滴的真面目。老人看着这变幻莫测的画面，喃喃自语："我的一生，就像这座山头啊！"

老人收回痛苦的目光，喟然一叹，对我说："姑娘，不只是你，包括民政局的那些好心人,也都觉得我这人很怪。抗战胜利后,我隐居了好几处。这儿是二十年前才搬来的。我对任何人始终守口如瓶,不愿把我和姐妹们的羞耻披露给社会。她们已经远去了,我不忍心再惊动她们,就让她们随着历史一起安息吧。”

老人沉思了一会儿,继续说:“现在我想明白了,这不是我们的错,也不是命中注定的。假定当年遭受耻辱的年轻姐妹有十成,七成已被日寇折磨惨死,在后来的五十年里,有两成因病因故已离开人世,命大仍然活着的只剩一成,最多不超过两成。我想,现在我再羞口难开,怕世人鄙视,怕社会唾弃,再过两年,我想说也不可能开口了。”

我沉重地点点头。

老人忽然沉默不语,泪水潸然。我凝视她的悲痛神情,不敢惊动她。过了一会儿,老人终于开口道:

“我今天仔细想想,几十年前,因为我不明真相和感情用事,犯了两个不能饶恕的错误:一是无心的,二是有意的。我太对不起那些惨死的姐妹啊!”

我听了,既惊诧又茫然,但又不好沿波讨源。

老人抹去泪水继续说:“我们再不披露揭发,实际上就是帮助鬼子隐瞒他们的滔天罪行。我们再不说,将来历史怎么写?现在的年轻人和他们的下一代,怎能明白日本军国主义的疯狂兽性?至于说到受害赔偿,那是名正言顺的,完全应该的。不过仅靠民间个人去折腾,能达到目的吗?再说,幸存者都是风烛残年了,只想讨回公道,讨回尊严,个人还要这笔血淋淋的赔偿费干什么?不过话又说回来,接受赔偿的同时,也就是为我们讨回了人权和尊严。我国还不富裕,需要资助的事业还很多。比如贫困的山区、孤儿院、残疾人……在我未闭眼之前,既为自己也为她们,还要为日后的子孙万代,情愿献出我的绵薄之力。”

我的心率似乎加快了,我脱口而出:“珍奶奶,你老说得太好了。”

老人目视我良久,问:“姑娘,你的芳名?”

“我叫瑞丽。”

老人又说:“瑞丽姑娘,你以后每逢休假日,若有空余时间,就来看看我。我会毫不保留地把我和姐妹的悲惨遭遇统统回忆给你听。你是学医的,谈到生理上的一些摧残,你也能受得住的。”

我点点头,问:“我可以带纸笔来吗?”

老人笑笑:“当然允许。”

又闲扯了一会儿,我进屋帮她收拾好了,才依依不舍地离开这人迹罕至的地方。

以后,足有一年时间,逢到假日有时间,我就骑上单车赶到那里。她说我记,她哭我泣……她说累了,我就去提水,帮她也为自己做饭。

日积月累,我终于记录了两大本东西。这仅仅是砖木水泥原材料,要想把它筑成高楼大厦,我清楚,谈何容易!

后来在一位知名度颇高的专家的指导下,我知难而上了。否则,我将愧对史丽珍老人及她的姐妹们的在天之灵。

一

上海浦东芦潮滩海边,无边无垠的枯萎芦苇被黑幕严严实实包围着。萧瑟的海风里夹着冰凉的雨滴,肆虐地袭击着脆弱干枯的芦秆。

被折断的芦秆,被撕破的苇叶,发出纷杂、凄厉、痛苦的嘶叫和呻吟。

现在是枯水季节,所以海水与芦滩之间呈现出一片空旷的沙地。

沙地的前方是黑黝黝无垠无际的一片,无法辨认哪儿是水哪儿是天。忽然,黢黑的前方闪烁出几粒像荧光又更像磷火的光亮来。

微弱幽光里,渐渐显露出两条大船的剪影。它们已经下锚在远远的深水中,竭力克制着机器的喘息声,船桅上什么标志也没挂。倘若敢于冒险再走近一些,借助暗淡昏光还能看出船体白底上的硕大黑字——九洲丸、海运丸。

海浪拍击着船舷,雨水洗刷着甲板,它们发出的激怒与凄切声,又被呼啸的海风吞噬得一干二净。

甲板上出现几个影影绰绰的人体。一会儿,上面放下两条隐隐约约的救生艇,过了好长时间,在幽暗的照明下,从船舷洞中吐出一串模糊不清的人影。人影爬上了两只小艇。在风雨飘摇中,忍辱负重的小艇颠颠簸簸渐渐向沙滩靠拢。

小艇把一群人抛弃在沙滩上,又重返母体,再次摇摇摆摆驶向陆地……如此周而复始。

像魔鬼幽灵似的两条海轮,把吞入体内的众多生灵又吐泻出来,像鬼魅一样突然消失了。

沙滩上麇集着活体生灵，发出胆怯战栗的私语。生灵们迷茫了，恐惧着。个个头脑中产生出同一个疑问：这儿是何方何地？是一座荒凉亘古、人烟绝灭的孤岛？从群体里传出微弱的咒骂与哭泣声。群情出现了骚动，有人竟然大声责问起来。

在群体的头上，在黑色的夜空中，忽然十数条皮鞭像毒蛇一样上下飞舞、左右盘旋，其间伴随着低沉而震魂慑魄的辱骂。皮鞭确有镇静作用，过了一会儿，沙滩上阒寂无声，像一切活体都失去了生命一样。

群体被改编成一条长阵，沿着苇滩边缘的沙地向北缓慢移动。在移动群体的前后左右，有数十条像苇叶一样修长的物体，在夜幕中反射出令人心悸的幽幽白光。

移动的群体离开了平坦舒软的沙地，潜入芦苇丛中。

苇丛里有一条几乎无法辨认的窄窄缝隙，前方领导者挽着一根绳索，披荆斩棘向前走。后者跟着前面人影跑。殿后的人，再将绳索圈绕在肩上。

不知走了多远与多久，群体终于走出了这片茫茫浩瀚的苇丛。又走了几分钟，在疲惫不堪、摇摇晃晃的人群面前，奇迹般地排列着二十多部帆布军用卡车。

首尾相接的卡车，均开着昏黄小灯，迤逦连绵，向远方的黑幕驶去。

两小时后，车队的正前方出现稠密的灯光，有的乘客被同伴唤醒，轮番扒看帆篷间隙，情绪逐渐转向欣慰，这里原来不是孤岛。七嘴八舌的议论中，大家又提出同一问题：这是哪一国？前方又是什么城市？

车队停在一座简易栈桥头。这里是吴淞口。上海沦陷后，日军选在这里建了军用码头，无论哪国的船只一律不准停靠，不准接近，不准拍照。

车队缓缓驶上栈桥，开上渡船。

爬上北岸的车队，像是怕光的怪物，远离市区擦着郊区，又向南方急急匆匆赶去。

天上仍然落着小雨，夜幕森森，在东方发白之前，车队终于准时赶到了目的地——江湾镇。

小镇外围有日军的重兵驻守，镇内是日军的兵员、给养的集散地。当时的上海是日军的第十一兵站，而江湾镇又是兵站的保密库。

看得出，小镇也曾遭过战火摧残，被炸塌的房屋、被轰倒的围墙，随处可见。镇内一所小学，已被日军霸占为“三类军需”仓库。该库围墙上及围墙倒伏的地方，均布满了铁丝网。

车队徐徐驶进学校大门。乘客们互相搀扶着，在斥骂声中，慢慢爬出车体。

在昏黄灯光下，方才识别出清一色的女性。她们的服饰各异：有的穿着和服，有的穿着齐胸长裙，有的穿着套头的肥硕长衫，有的穿着中式旗袍。她们有胖有瘦，年龄大约在十几到四十岁左右。她们互相语言不通，只能用叽里哇啦加眼神手势交流思想感情。她们都有一个共同想法：终于摆脱了茫茫大海的颠簸，结束了做贼似的黑夜跋涉，来到了这块安身之地。好好休息两天，等待按志愿分配的工作，只要有了工作，一切都会好起来的。

果然不错，走来一位穿和服的中年妇女，她招呼大家，快点去洗一洗，吃点儿夜宵，好好睡上一觉。

刚下车的一位和服妇人，对那中年妇女深深鞠了一躬："对不起，麻烦您了，请问这里是什么地方？"

中年妇女看看她，说："支那国的上海。"

穿旗袍的那些妇人互相告慰着。

船上来的客刚刚领到所谓的夜宵，大门又悄悄地洞开了；首尾相接的庞大车队又鱼贯开来。右边实车进，左边空车出，秩序井然，有条不紊。当卡车不见时，宽阔的操场上又留下黑压压的一片来客。

当第二批来客拥向水池时，乘船来的一位穿旗袍的姑娘混进当中，悄悄探问穿着大襟中装的女人："你们是从哪里来的？"有的回答东北，有的回答山东，有的回答南京……有的反问她："这是什么鬼地方？"她答复："这是大上海。"

东方出现了鱼肚白，昏惨惨的路灯灭了。还滞留在市内和郊区的芸芸众生，再次迎来惆怅不安、胆战惊恐的一天。谁也不知在被铁蹄践踏的乡土上何时忽然从天而降飞来一个家破人亡的横祸。而在这方土地上，被集结来的客人们，在围墙加铁丝网的庇护下，就像进入洞天福地。人人酣然入睡，思绪均已投入各自的或美或惧的梦境。所以，这里的周围显得万籁俱寂，悄然无声，上空也呈现出一派安详恬静、和平幸福的气氛来。所有教室的地面上，均铺了稻草，草上横七竖八躺着车运船载而来的女人。天空阴霾雾障，日光全无，但此时已是九、十点钟了。

管事和服务的，均是男女平民。这儿见不到一个穿黄服、背钢枪的军人。然而，他们凶神恶煞般阴狠冷酷。昨夜就寝前宣布了几条铁的纪律：白天不准离开教

室大声喧哗;不准请假出校闲逛购物或是走亲访友;不准聚众滋事,要保持亲善安定……所以,尽管有不少人已经睡醒,仍然懒洋洋地躺在原地。

学校内的伙食是两餐制。上午十点是稀饭白馍,下午五点是干饭菜汤。晚餐后,暮色苍苍时才准许大家到操场上跑跑走走,到水池边洗洗漱漱。

水池边,一位说着吴语的村姑,向身边穿旗袍烫头发的姑娘悄悄问道:"你也是中国人?"烫发姑娘点点头,问:"你是苏州附近的?"村姑连连点头,反问:"你是苏州城里的?"烫发姑娘摇摇头,黯然答道:"我家在台湾。"台湾在何处,村姑当然不知。她默然片刻,忽然问道:"你会写信吗?"烫发姑娘看着对方,迟疑了一会儿,点点头。

熄灯后,村姑和烫发姑娘就挤睡在一起,悄悄说起话来。

原来,村姑家住吴县,是在走亲戚的途中被鬼子抓住的。先是遭到几个禽兽的强暴,接着就被鬼子押着送到苏州,又从那里押送到这里。她从小就同本村一个叫阿贵的订了娃娃亲,长大后两人一直相亲相爱。她听人说,鬼子要把她们送到日本做苦工。如果是真的,那今生今世也就见不到家里人,也见不到心上人了。心上人就在上海做工,他的地址她记得清清楚楚。所以她要求烫发姑娘帮她写封信,叫阿贵哥赶来会一面,日后就是在异国他乡做个孤魂野鬼,也就认命了。

烫发姑娘悄悄说:"写信容易,可无法出去邮寄啊。"

村姑想:这儿看管特别严,连苍蝇也难飞进飞出。信是没法寄的。

烫发姑娘已经发出轻匀的鼾息声。难以入睡的村姑绞尽脑汁,终于想出了办法。

她轻轻叫醒身边朋友,说出自己的主意。

朋友听明白了,苦苦一笑说:"成与不成,就看天意了。"

第二天临近十点,她们起身洗漱完。

村姑躲在厕所里,用刚才写好的信纸,包上两元法币和一块石子,揉成团,走到围墙豁口处,用劲一掷,纸团越过铁丝网,飞落到境外地上。

说来真巧,也是天意有情。此时墙外正有一位龙钟老人,背着脏兮兮的拾荒竹篓,佝偻着腰,用铁夹在地上寻找"猎物"。老人听到身后似乎出现什么响声,缓缓地转过身,前走几步,用铁钳夹起那只纸团,丢入竹篓。

第三天的傍晚,暮霭沉沉。晚餐推迟了半小时。各人多领三个白馍,作为转移途中的干粮。

木板大门紧闭着,传达室门也关得严严的。一位青年在小门上敲了许久,毫无反应。他再看看残破的校牌——江湾镇高级小学。就是这儿。青年加重力度擂击门板。木门终于开出一条缝,探出一颗满脸横肉的头颅。青年举着信件,对“横肉”说了几句什么。“横肉”夺过信封,将其撕得粉碎,说:“这里没有人!”接着就要关门,青年用踏进的右腿硬抵着。听到院里有众多女性的说话声,青年凄然地哀求他:“求你行个方便,让我们见一面吧。”“横肉”脸上充满杀机,悄悄抽出一柄匕首,猛然扎向青年的大腿。由于肌体神经有自卫的本能,右腿一抽缩,木门砰然关上了。

大腿血流如注。青年的两手紧紧箍勒住创口,鲜血仍然从指缝间涌出,滴答、滴答……落到地上。

未婚妻的信是今天中午收到的。他没有忘记每次回家探亲时阿秀对他的缠绵。如果不是世道离乱,他就把她带到身边来,找家纱厂做做工。现在她身陷魔窟,他们也许要永远分离了,无论如何他们也要见上一面。

青年人已经用撕下的衣襟将伤口捆扎了起来。拄着被战火烧残的房椽,在围墙外艰难地徘徊。

院内操场上已聚集了许多女性。有的夹着包袱,有的拎着小巧皮箱,有的在小声叫唤刚刚认识的朋友……管事说,让各人做好准备,车子一到就上路。

那位掷信到墙外的阿秀,呆呆站着,茫然望着围墙和铁丝网想道:老天真是太无情,怎忍心看我们就这样永远分离了!阿贵哥,求你原谅我吧,我实在无法告诉你啊!我到外国就是做了鬼,也会漂洋过海回来托梦给你的。姑娘潸然泪下,对天空暗暗许了愿。

青年颠簸到围墙豁口处,平视的目光看到院内人群了,拄着木椽又前进了两步,以目搜寻,同时大叫:“阿秀!阿秀!我是阿贵!”

满面泪水的阿秀,疑惑自己已入梦境,左盼右顾寻找声源。烫发姑娘欣喜不已,向她指指豁口。

阿秀丢弃包袱,奔向豁口。猛然看到是个跛子,不由立即站住。青年大喊:“阿秀,我真是阿贵啊!”姑娘悲愤疾呼:“阿贵哥,我想死你啦!”阿贵哽咽道:“今天中午才收到信……”就在此时,随着一声尖厉的枪声,阿贵摇摇晃晃立足不住了。阿秀扑向铁丝网，大叫："阿贵哥！"阿贵无力地喊着："阿秀……"同时，全力向铁丝网扑去……网上发出一片刺眼的蓝色弧光，只听轰的一声巨响，一对手拉着手的恋人，浑身缠满金蛇，顿时起火，烈焰腾腾。躯体在急剧抽搐中很快变成两具黑炭……

人们还没有从触目惊心的一幕中解脱出来，令人窒息的人肉焦味在院中还缭绕萦回，不肯散去。烫发姑娘正被后悔和恐惧袭击得浑身打战、脑海一片空白的时候，车队开进来了。

夜幕低垂时，天上又下起小雨，世界变得更加阴沉沉昏惨惨。

车队缓缓驶出校门，上了大道，就急急匆匆仓仓皇皇向黑暗的远方逃遁而去。

学校大门又砰然关上。工作人员又为准备接纳新的来客而忙碌起来。

二

昆山站是沪宁线上距离上海北站最近的第二个小站。此时小站内外岗哨林立，戒备森严。所有旅客及闲杂华人，均被赶进小小的候车室。其室面向月台的窗户，都被帆布蒙得连光丝也不能泄透。数节铁皮的车厢，被扳倒在月台边上。

五分钟后，运载“三类军需品”的车队匆匆而入。在昏黄的月台灯的光照下，“军需品”均爬上了铁闷车皮。眨眼之间，一列军用火车气势汹汹、震天撼地地呼啸闯入。机头刚刚喘息一会儿，长长的躯体后面又被续上数节尾巴。“呜——”一声惊天动地的嘶鸣，车轮又飞转起来……

车头的光束，像一把硕大无朋的魔剑，向黑暗的远方刺去……然而，目光难及的左右世界依然漆黑如墨。黑夜中的一切物体，随着天旋地转而急剧后退。一条瘦骨伶仃的丧家之犬，被刺眼的白光照蒙了，就在它愣神之时，被一股强烈疾风卷入车下，滚滚的车轮带着可怜小生灵的躯体，碾轧了很远很远……

刚挂上的后节铁闷车皮，也就是整体的倒数第二节，厢里顶棚装着一盏昏黄灯泡，两侧铁皮均未开窗，只在比人还高的上沿各打了两个透气的方洞。但是在车皮的首尾均备有铁门，方便前后的联系。

二百来人就席地坐在铁板上。人数虽多，但依据她们的服饰打扮、精神表情，可以判断出是一厢四国女性的大聚会。依据她们身边行李的多寡，也可以分析出来时的情况各不相同。凡是携带着箱、包这类大型物件的，来时都是有充分时间准备的；那些仅有一个小包袱或者一无所有的人，说明动身很仓促，或者根本就出乎自己的意料。

缩着高高发髻、穿着和服的日本女性，她们守着自己的皮箱或藤箱，神情惬意而怡然，脸上不时显露出为其国家而感到的骄傲，为优等民族而觉得荣耀。她们鄙视坐在对面的同类，唾弃她们的民族和政府。有的人背井离乡漂洋过海赶到支那来，并非为了观光旅游，而是为了参与天皇陛下的圣战，为圣战的彻底胜利贡献自己的微薄之力。有的人来支那，就是要亲眼看看这个国家究竟有多大，有多富：据说遍地是金子，觉得万万不可错过这次淘金的大好机会。也有人仅仅是来求温饱的。还有人是来寻找杳无音讯多年的亲人的。

脸色蜡黄系着高裙的、面目黝黑穿着套衫的，是韩国和菲律宾妇女。她们蓬头垢面，乌鼻皂眼，神情麻木，自惭形秽。韩女已成了亡国奴。皮之不存，毛将焉附？覆巢之下，焉有完卵？黎民百姓哪有不遭受荼毒之理？所以她们稍作准备，拜别尚存亲人，随波逐流来到外邦之地，逆来顺受，听天由命，来出牛马之力，仅为谋个生路而已。

其间叫姬顺玉的韩国妇女，约三十岁左右。贫血的脸蛋已经憋得赤红，犹如背生芒刺，不停扭动身躯。一会儿，更加显得急促不安，痛苦难忍。脸上出现汗滴，浑身哆嗦起来。

人群里有位四十岁左右的女人，她是第三天晚上随车队进入江湾小学而后又跟随众人登上这列火车的，看来像个领头人，叫石桥洋子。她发觉面前的韩妇神情异样，用日语问了一声。

姬顺玉低下头，也用日语回答了一句。

石桥洋子鄙夷地瞪了她一眼，指了指车厢角落那只悄然立着的铁皮筒。

姬顺玉慢慢爬起，低着头弓着腰，移步到角落，挽起脏兮兮的长裙，满脸通红地蹲坐到铁皮筒上……

哗哗的水流冲击出的浓烈腥臊，立刻在车里弥漫开来。日妇里有人大声斥骂，别国人群里有的在小声叽咕，更多人是冷眼相待，漠然视之。

铁板上出现了一摊水渍，又在晃荡中渐渐洇大，慢慢扩占地盘，乘客像躲避瘟疫一样挪着座位。而首当其冲危险最大的就是华人团体了。

华人群里一位穿旗袍剪短发的白净女人，约有二十多岁，她立即打开行李包，取出一把草纸，阻挡了泛滥的黄水。本群人对她投以敬佩目光。原本幸灾乐祸的日本女人,觉得好戏未到就已收场,真没意思。姬顺玉对华女们欠欠身,表示情势所逼,真感到惭愧抱歉。

华妇人群里穿旗袍的有两人,一个是刚才堵水的叫严冬梅,另一个是从葫芦滩登陆的烫发姑娘黄秋菊。其余几个均是穿短式中装的村妇和村姑。这一群人总是沉默无语、悲怆愤懑的。国破家亡,人人都目睹耳闻或者亲身经历了战火荼毒、亲人罹难之苦。她们文化不高或者就是文盲,不会引经据典、高谈阔论,也不会指点国是、喟然长叹。但她们有个共同的浅俗的疑问:大国为什么不如小国强盛?小国为什么敢于欺压大国?现今祖国母亲遭了大劫大难,受到病菌的侵蚀,肌体多处流血淌脓。我们是几个弱女子,为捍卫母亲肌体不受恶势力侵蚀能做些什么呢?祖国还在艰难地抗争,许多热血男儿正在流血牺牲,我们的民族还存有希望。我们现在要确立自信,要恪守做人的尊严。

严冬梅身边紧靠一位没有任何行李的村姑,瘦弱单薄,胸脯还没有隆起。她胆怯小声地问:“冬梅姐,鬼子想把我们送到哪儿?”

冬梅摇摇头:“现在我们在沪宁路上,终点是哪里,还不晓得。”

黄秋菊冷冷地说:“不是天边就是海角。”

夏小荷看着秋菊的细皮嫩肉,穿着打扮像个大家小姐,很感好奇:“秋菊姐,鬼子也叫你去为他们烧饭?”

黄秋菊喟然一叹说:“我没有烧过饭。他们把我从台北强迫到大陆来,硬逼我到前线当急救员。”

揉乳房的黑脸妇问:“台北在哪儿?”

严冬梅答道:“那是台湾的一个城市。”

夏小荷她们当然不知道台湾又在哪儿,但不好意思再问了,免得被人瞧不起。

秋菊看看手表说:“车已开了三个小时。”

严冬梅说:“车子不慢,马上就到镇江了。”

秋菊小声问道:“冬梅姐,我到上海第二天就注意你了,你年轻有阅历。你战前是做什么的?”

严冬梅凄然一笑:“叫我怎么说呢,一言难尽。先是在京津地带随班跑码头,吃的开口饭。北方沦陷后,班子散了,我就同两个小姐妹流落到南京,一家舞厅收留了我们。”

夏小荷问:“那两个小姐妹呢?”

严冬梅默默不语,满脸悲切。

这时,日妇群里有人看着这边,嘴里叽里哇啦,像是嘲笑、谩骂。

黑脸妇问:“她们说的什么鬼话?”

黄秋菊小声复述着:“那个叫樱子的女人说我们是破烂货,是猪崽,不知忧国忧民,还在醉生梦死,精神反常。”

黑脸妇冲着日妇们骂:“放你娘屁!我们是破烂,你们是狗不嚼的烂×!”

叫樱子的女人三十岁不到,长得倒也风骚娱目。她虽不太听懂汉语,却知这是冲着她来的。她岂能忍受?霍然站起,边破口大骂,边向前跨步。

黑脸妇也倏然而立,揎拳捋袖,毫不胆怯。

日妇那边又站起几个,个个横眉怒目。

华女这边全体起立,人人咬牙切齿。

双方剑拔弩张,虽说是妇人们为了闲言碎语而争强斗气,实质是代表正在交战的双方敌国。男人们正在战场上互相杀得血肉横飞,后方的女人们此时就要进行你死我活的较量!

石桥洋子吓得浑身打战,她明白,双方如果真的斗殴起来,我方力量单薄,又无后援,后果不堪设想。她有推卸不掉的责任。所以洋子冲上前,立即死死抱住樱子。樱子仍然不依不饶,其他日妇也在摇旗呐喊、起哄助威。

洋子为了平息这场骚乱,没法子就跪到樱子脚下,抱着对方双腿,连连磕头。

华妇这方,严冬梅冷静地思考着:若真的厮打起来,韩、菲两国人会暗中帮助我们的。就算我们出了一口恶气,取得了一时快慰,如果因此而惊动了后车厢的日军,我们之中定然有人会作无谓的牺牲。用无价生命换取片刻的扬眉吐气,实在不是聪明之举。她想到这里,摆摆手说:“姐妹们都坐下,不要同她们一般见识了。”

洋子见怒火中烧的华妇们均已坐下了,对平息这场战争有了信心。她苦口婆心地对樱子叽里哇啦劝说着。

在以上充满杀机的过程中,韩、菲两国的妇女谁也不动身、不开口。她们冷漠淡然地看着舌战双方。如果真的动起手来,她们的倾向性肯定是正义的。

车厢里“西线无战事”了。人人将头埋在膝盖上,随着车厢的晃动而摆动。厢内鸦雀无声,只有单调刺耳的车轮轧轨声。每隔一会儿,铁轮碾压在岔道接头处,突然发出几下令人悚然的咔嚓咔嚓声。

列车停下了。究竟什么地方,无法看到,据严冬梅猜测,大约是镇江。

几分钟后,一列相向的列车边吼叫边像飓风一样席卷过去。

车身神经质地一个抖动,伴着一声长鸣,列车又在黑夜中奔驰。

夏小荷还记着严冬梅刚才没有回答的问题,她又追问道:“冬梅姐,两个小姐妹怎么不同你一起来?”

严冬梅哽咽着说:“一个失踪,一个被魔鬼们糟蹋死了。”

夏小荷默然了,将身子紧紧依偎着冬梅。

黄秋菊拧着手表发条,轻轻问:“小荷,你家在哪里?”

夏小荷说:“我家在苏州南面的吴县。鬼子抓我去为他们烧饭。”

黄秋菊惊讶地问:“你也是吴县人?”

夏小荷问:“秋菊姐,吴县有你亲属?”

黄秋菊说:“不。昨天傍晚去的那个阿秀,就是你们吴县人。”

夏小荷说:“真是太可怕了。我当时吓得几乎尿裤子。”

黑脸妇说:“哎,我叫兰妞,夫家姓华,家住松花江边。鬼子抓我来,为他们挑水洗老衣!”

石桥洋子迈着麻雀步走到华妇这边,笑容可掬地弯弯腰,用生硬的汉语说:“对不起,请姐妹们不要讲话了,抓紧时间,闭闭眼养养神也是有益的。”

严冬梅不卑不亢地点点头。

华兰妞忍气吞声翻着白眼,右手又伸向左乳……

车厢再度恢复死一般的寂静。

列车行驶了好久,忽然又停住了。

这里是南京下关车站。该站坐落在长江边上,与对岸的浦口镇遥遥相对。列车到时,江面上的若干只硕大浮鼓就首尾衔接起来,形成一条铺轨的浮动通途。车去船来,江心上的两只浮鼓再次徐徐分开。

南京地处水陆要冲,是国民政府的首都。可惜两个月前已经沦陷进深渊魔窟,成为腥风血雨、万人空巷的世界了。

南京站台上,昏暗的灯光下,宪兵林立,不见一个华人华工。

前面几节车皮的第一节铁门被打开了。一队女性络绎下了车。从她们的衣着看出，日本女性少于其他任何一国人，韩国女性多于其他任何两国人。

她们三十多人在军宪的严密监视下，次第爬进蒙有布篷的军用卡车。

列车上的押车上尉将两张纸片交给穿西装的日本人。后者对那手续审视了一会儿，在上面签了姓名，将签收的这张交给押车人，另一张装入内袋。

上尉将所签姓名又与活页夹内的什么东西仔细做了对照，点点头，将签收手续夹入夹内。

“西装”向上尉鞠了一躬，爬进驾驶室。卡车启动了。

“军需品”就是“军用必需品”的简说。其具体内容相当庞杂，包罗万象。总体分三大类，每类又分几个等级。比如绝密文件，属一类一级；枪炮子弹，属二类一级；三类中的一级是铣镐马料，而这些活的军需则是三类之中的三级。按内部规定，如果遇到险情或突发事故，抢救者应该严格遵照等级规定循序救援。说白了，那时的活军需是不如死马料重要的。不论其轻重等级，既然是军需品，那就必须受军人保护，受宪兵的督察。至于说到“任何军种不得插手”，那不过是欺人的、自欺的惯用伎俩罢了。

列车缓缓驶上浮鼓，小心翼翼，如履薄冰。机车喘着气，艰难地向前移动着。夜色中的铁轨上，仿佛仰卧着若干被抛尸江中尚未腐烂的尸体，他们的冤魂在黑黢黢雾蒙蒙的江面上不肯就此消散。他们做鬼也要控诉，也要抗争。仿佛要拖住这列满载杀人武器的毒蛇，把它拖到江底，叫它永远不能去北方荼毒杀戮我们的同胞。

司机两个月前目睹了江边惨绝人寰的一幕，他有点恍惚了，害怕了：难道被若干冤魂缠住了？还是因超载太多？他擦擦额上虚汗，点上一支烟，战战兢兢紧握操纵杆，临深履薄地向前移去……

半个小时后，列车终于过了地狱中的奈何桥，爬上对岸，疲惫地打了一声招呼，继续向黑暗的前方冲去。

夜虽深沉，车厢的颠簸，各自又受悲愤痛苦遭遇的围绕，所以人人都难以投入自己的梦乡。断断续续地打盹，似睡非睡地迷糊，更容易引起肠胃的告急。

有些人啃起冰冷硬邦邦的白馍。

华兰妞面对白馍发怵。左手抚乳，潸然泪下。

严冬梅看了好久，心里明白，就是不忍心开口询问她。

夏小荷轻轻拉拉兰妞问:“兰妞姐,你又想孩子要吃奶了?”

华兰妞抿嘴屏气点点头。

夏小荷说:“我听老人说,‘妈妈奶漏,宝宝肚饿。’”

严冬梅拉拉小荷衣角,对她使眼色。

华兰妞终于忍憋不住,双手捂脸呜呜饮泣起来。

随着哗啦一声响,车厢后端的门打开了。

随着拐杖的笃笃之声,四十多岁的石桥太郎走了进来。阴鸷的目光在华人群里忽闪着,在昏暗的灯光下,似乎荧荧发绿,令人不寒而栗。

他慢慢掏出一纸,仔细看了又看,突然大声叫喊:“夏小荷,跟我去拿点儿饮水来!”

华人有十几位,他当然不认得谁是夏小荷。然而,小荷听到被喊,出于本能向人群里挤了挤。这一手,就像军事上的战术“打草惊蛇”。

石桥发现了目标,冷笑道:“别怕。我看你的姐妹们都要喝点儿水了。”

坐在最里面的三十岁左右的女人突然大声回道:“俺们不渴!”根据她的口音,像是山东人。

严冬梅望望山东嫂,对石桥说:“先生的情我们领了,等到下车再用吧。”

石桥阴笑着说:“明天夜里才能到站,供水仅此一次。”

严冬梅目视其他三国女人,问:“她们难道不给水喝?”

石桥说:“都有配给,总有先后。”

华兰妞站起:“我去拿水。”

石桥摇摇手杖,笑道:“你不是来参加炊事工作的。依据所填表格,夏小荷她就该管这事。”

兰妞坐下,说:“小荷,你就去吧。”

冬梅考虑片刻道:“小荷,别怕,有我们哩!”

黄秋菊看过表说:“你去吧,我们等着。”

夏小荷在大家宽慰鼓励下惶惶站起来,又掉头看看冬梅姐,才随石桥走出车厢。

铁门又砰的一声反关起来。

夜色中,风发了狂。逆向而来的狂风,与呼啸奔驰的机车发生剧烈撞击,产生巨大的动能，仿佛要席卷横扫人间的一切罪孽。雨又下大了，密集得像魔鞭，在肆虐狂风的助威下，似乎要抽杀扫绝大地上所有的魑魅魍魉。

飞旋着的巨大机轮，用它的疯狂气息，肆意践踏、蹂躏、虐杀着临近路基的青枝小芽、嫩草黄花……

狂风对着地狱怒吼……嘶哑声里夹着凄厉悲怆的尖叫……雨鞭对着地狱抽打……条条鞭痕上掺和着雨水、泪水，还有鲜血！

腥风血雨包围了黑夜沉沉的大地。

列车呼啸而过，路基边一枝刚含苞的迎春小花无声无息葬身在泥泞污淖中……

车厢内，严冬梅对秋菊说："哎，小荷怎么还不回来？"

黄秋菊看看表："快有半小时了。"

华兰妞说："不对。我们去要人。"

秋菊用日语质问石桥洋子。

洋子笑笑回答："姑娘，可能水还没烧开吧。"

秋菊以日语再问："水未烧开，为什么就叫人去呢？"

樱子扬扬弯弯秀眉，对秋菊揶揄道："你如不信，自己就去看看呀。"

华兰妞站起身，目视冬梅："我们去要人！"

就在此时，铁门打开了。

抱着铁皮水壶的夏小荷，蓬头散发，衣不遮体，踉踉跄跄走进来。一个趔趄，连人带壶仆倒在铁板上。

悲愤填膺的华妇们霍然站起来。

汩汩流淌的水，在铁板上恣意横流。

石桥太郎后退一步，砰然关上铁门。

车顶上的昏黄灯光突然熄灭。

厢内立刻喧闹大乱起来：骂的、哭的、大声诅咒的、尖声惊叫的……

列车无动于衷，依然背负着这些"三类军需品"，飞快奔驰着……

三

列车正向滁州进发。

滁州是两军对峙的鸿沟地带。滁州之南是日寇华中派遣军司令畑俊六大将指挥的四个师团，与其抗衡的是国军中将韦云松麾下的三十一军。滁州向北是徐州，该地是陇海、京浦两条大动脉的交会点，是中原的战略要地，历来兵家必争。一九三七年底，由于山东主席韩复榘不奉军令临阵退却，致使日军一个半师团就横扫齐鲁大地(一九三八年一月二十四日，经最高军事法庭判决，处以韩死刑，夺公权终身)。日军最高统帅部决定，以北面矶谷的第十师团和板垣的第五师团，会同滞留滁州的畑俊六的四个师团，南北夹击徐州重镇。目前的战况是，在五战区司令长官李宗仁的指挥下，张自忠和庞炳勋精诚配合，在临沂重创号称“铁军”的第五师团，板垣羞得差点儿自裁以谢罪天皇。在滕县，矶谷第十师团遭到了一二二师师长王铭章的三天三夜的血腥抵抗(将军在该战中为国捐躯)，为后来的台儿庄大捷赢得了宝贵时间。

这趟在黑夜中奔驰的军列，就是赶往滁州为畑俊六部送去物质军需和精神刺激。

据日军陆军总部支持使用“三类军需”的理论专家说，性长期受到压抑，人会变得烦躁不安、疲惫而慵懒。若能让其定期释放，则非常有利于血气方刚的千百万皇军充沛精力的再度提高，这是活的兴奋剂，是营垒中必须培植的罂粟花。所谓理论专家说得如此神乎，为什么军界不直接操办呢？既委托了团体或个人经办，为什么又要鬼鬼祟祟、偷偷摸摸呢？谎言是很难自圆其说的。

列车已暂停在离滁州几十里远的乌衣小站上。按调度，它必须停车八分钟。顶头灯暗淡下去了，远看像一条黑黝黝僵死的长蛇。

车厢内，石桥洋子对众人说："停车五分钟，需要方便的可以下车。"

严冬梅将桃木梳子还给夏小荷，给她扎好头绳问："你下去吗？"

夏小荷摇摇未干的泪脸。

严冬梅、华兰妞与两个华妇下了车。

五个韩女和菲女也下去了。

一个日女在包里翻出手纸。

从尾节车厢里跳下四个监护者和两条体大腰粗的狼犬。

幽幽灯光下，站内四个值勤的日军忽然张开大口，双目圆睁，疑惑了好一会儿，终于才敢相信，惊呼道："女人！女人！真是女人！！"

就像久困沙漠中濒临绝境的人发现生命之水一样，也像多日漂泊在风雨交加的大海中忽见驶来一叶小舟那样，激动不已，兴奋异常。

其中两个竟昏昏然忘记自己的使命，在站内狂奔、呼叫，冲进一间屋子。

另外两个尾随下车的女人想看个究竟。

瞬间，从寝室里同时冲出二十几个日军。有的披衣，有的提裤，还有几个身上仅存抄裆布。

小胡少尉披衣而立，凝视这发狂场景。

几个日军围着头头，其中一个小声说了句什么，少尉对其顺手一耳光："蠢猪！"

少尉对面前部下悄悄说了几句，最后又追加两句："快去执行！我去打电话通报前站。"

值勤的日军仍然盯着下车的女人。女人们没法，在无光的地方就地解急。

刹那间，列车四周响起噼噼啪啪的枪声……几颗手雷更是震耳欲聋。

车下的女人们惊慌地挤簇在列车门口，却被两把寒光闪闪的刺刀拦住。

另两个值勤的奔来说："不能上车。前面发现了支那游击队，路上埋了炸药包。"

少尉穿好衣服，整肃了军容，攀上列车，同押车上尉商谈着什么交易。

上尉面露难色，说："误了军机，是要送军事法庭的！"

石桥太郎也竭力反对："少尉阁下，她们是我们从民间花钱雇来的民妇。阁下若硬行非礼，恐怕于理不合吧？"

少尉说："救火如救命。何况我们会付钱的。"

四周的枪声更加激烈了。列车前段押车的日军听说遭到支那游击队袭击，惊恐不已。天地一抹黑，当然不敢下车迎战，只好把车厢当掩体，对着夜空盲目扫射。车上和车下展开了射击比赛，一时间，站上好不热闹。

上尉听着火爆的枪声，沉思一会儿问："你这拖住时间的妙法，能否可靠？"

少尉答道："报告上尉，沿线确有几股流窜的游击队，临时停车经常发生。"

上尉与石桥交换眼色。

石桥冷冷地问："你们愿意出多少钱？"

少尉说："规定价格的双倍。"

上尉问："你们小队共有多少人员？"

少尉说："报告上尉，共有三十五人。"

上尉问石桥："下面已有几件'货'了？"

石桥答道："九件。"

上尉说："你去打开头节厢，再卸二十六件下去，最好是韩、菲牌号的。"

上尉看着桌上一堆揉皱的尽是大面额的花花绿绿的纸片，惬意地微笑了。花纸确是解决世上一切疑难绝症的灵丹妙药，有了它，人间没有办不成的大事。什么法律军令，它们均是废纸一张。

少尉急急下车，忙忙解着衣裤。

车下玩枪放炮的突然销声匿迹了，但前段车上的一时还弄不明白。因为是军列，更不敢掉以轻心。反正眼前尽是弹药，反而又增加了几挺机枪投入战斗。

尾部车厢左右，犹如饿虎扑入羊栏、狐狸闯入鸡笼、豹子冲进鹿场——狂奔、挣扎、尖叫、悲鸣……

车厢内，夏小荷松开秋菊说："秋菊姐，你听，好像下面的枪声停了。"

黄秋菊："不。车上打得更激烈了。"

夏小荷心有余悸："冬梅姐姐，她们怎么还不上车？"

通过上沿的透气孔，传入黑暗中许多女性的呼天叫地声、愤怒的骂声、凄厉的尖叫声、喘息呻吟声，同时还伴随着许多男性粗野的辱骂、歇斯底里的狂笑、狼犬的狺狺狂吠声。

小荷吓得抱住秋菊,战栗不已。

秋菊问洋子:“请问下面发生了什么事?”

洋子嫣然一笑:“实在抱歉,我也没有下车。”

樱子把小圆镜收起,用结结巴巴的汉语对秋菊调侃道:“你想见见稀奇,可以下去看看。”

夏小荷紧紧搂住秋菊。

车中所有女性都沉默不语了。但她们的表情各异,有疑惑的、害怕的、惊诧的、麻木的……也有浑身燥热、兴奋得使双颧变了颜色的。

蓦地,车外传来数声狼犬的狂叫,接着就是两下尖厉的枪声和女性的令人悚然的凄叫。

前段车上的枪声渐渐稀疏,终于阒寂无声了。

披衣的少尉左手提着裤子,右手握着话筒,大声说:“报告上尉,游击队已被击溃,列车可以通过。”

一会儿,已迟到二十二分钟的一列货车来势汹汹,呼啸而过。

车身抖动了一下,慢慢启动了……

活的都已上了车。哐当!一具被枪杀的华妇遗体被重重抛掷进来。车门迅速关上。

遗体胸口裸露,下身暴露无遗,大腿已被狼犬撕去一块肌肉,露出白森森的股骨;蓬松散乱的秀发,半遮着苍白失血的面庞。遗体刚刚受到重掷,胸口热血还在汩汩外冒。鲜红黏稠的热血先是一摊,随列车的颤动面积渐渐扩大。车身突然一抖,血液突破表面张力,突然向华妇方位滔滔下泻,它的前锋像只蛇头,边游动边迟疑,忽迟疑忽奋进,像出于亲情,想投入同胞的怀抱。

面目狰狞的上尉吼道:“谁想逃跑,就像她这样!”

严冬梅和华兰妞紧紧搂抱着,不敢看女尸。

列车缓缓驶向大桥。铁门打开了,天空已成青灰色,一条报废的被剥光遮羞包装的灰白“军需品”被踢下车厢。砰然的击水声被机轮的叹息声所吞没。水面上击起的波澜,一会儿变成涟漪,涟漪又成为镜面。不管明天还是将来,遗骸若能重见天日,有谁能知她是如何含冤九泉的呢?谁又能知道这是日寇欠下的一笔血债呢？

清晨的阴霾雾障笼罩着滁州站内外。

站上满目疮痍，这是经过战火荼毒后的垢容槁面。站台顶棚的东段已被炮火掀去两节，残破的油毡斜挂着，在凛冽的晨风中觳觫、悲鸣。木质天桥的扶栏已缺少一段，幸存的部分漆黑如炭，现已用树棍临时代替着。候车室的窗玻璃不见一块，有的窗棂用破麻袋或油毡或拆开的纸箱遮挡着深夜的刺骨寒风。货房的高墙上原用石灰水刷上的大幅宣传标语，现在被铲除得面目全非。如果仔细辨认或依据某字的前后搭配，还能看出写的是"……国家兴亡，匹夫有责""寸土必争，以血还血"。

站内外见不到行人和旅客，只有高度警惕的军宪和虎视眈眈的狼犬。

站外广场上，十多辆蒙着帆布的卡车排着整齐的队列。这些车的主人有穿对襟便服的，有穿揉皱的西装的，有穿缀着密密布扣的中装的。

他们的神态相似，缩头耸肩抵御着凌晨寒气，焦急而又疑惑地左盼右顾，忧心忡忡，神魂不定。

"揉皱西装"说："上海十一兵站也许改变了计划。"

"对襟便服"说："不会。中川大佐亲口对我讲的。"

"西服"说："他讲的就可靠？他能指挥上海兵站？"

"便服"不服："哼，中川清健是'皇道派'的中坚，还是外相广田弘毅的学生。他虽不能直接指挥兵站，却能接近外相。"

"西装"转身对一只眼的"便服"说："据说海军部对我们陆军的这种做法很不赞同。"

"一只眼"说："那当然。他们跟我们本来就貌合神离。再说，他们面对的是大海，眼不见嘴不馋。是无边苦涩的海水帮助他们维持了军纪。"

他身边几个同伙连连点头，啧啧称赞说："山本君的高论，真是一针见血啊！"

突然，南方传来尖厉的汽笛声……

形形色色的人物面露惊喜，拥向入口处。

长途跋涉的列车停在铁轨上如释重负，喘着粗气，头上蒸腾着大量热气。

前段是二类军需车厢。许多日军蜂拥而上，从厢内搬出军械弹药，引下战车和大炮，牵出军马，滚下邮包。

后面几节是“三类军需”车厢。原来在昆山挂靠数节之前已先挂上几节了。

接“货”的十多个男女头人，围着押车上尉接受分配“三类军需”的手续。手续上注有车厢号、应配给的总件数，并附名册和有关档案。手续是一式两份。领“货”人在第一联上签好字还给上尉，再凭第二联就可以去领“货”了。

前几节已经开始发“货”了。大呼小叫，呵斥辱骂，搞得乌烟瘴气一团糟。

石桥洋子找到来接她的女友，弯腰笑道：“枝子小姐，让你久等了。太麻烦你啦！”

枝子弯弯腰说：“石桥太太，我正担心你们白跑一趟哩。”

洋子说：“哪会呢？货源充足，满足供应。”

枝子说：“石桥太太，我在他们帮助下已经找到了一所关闭的小学。一切都准备就绪了。”

洋子弯弯腰笑道：“让你费心了。多谢枝子小姐啦。”

枝子说：“太太不必谢我。我是为天皇陛下服务的，责无旁贷。”

一只眼的山本头人斜视着花名册，高声叫喊：“下一个，夏小荷！”

小荷不敢应声，躲到严冬梅身后。

“一只眼”嚎叫：“夏小荷！！”

小荷偷偷瞥了他一眼，浑身更加战栗。

一华妇偷视小荷后，对冬梅点点头，站起身来：“我就是。”

“一只眼”吼道：“爬出来，你这母猪！”

小荷偷偷地向那妇女投去感激的一眼，舒口气，如释重负。

在人喊马叫、乱哄哄的嘈杂声中，已有不少头人领着划到自己名下的“三类军需”走向出口处。

石桥太郎正亲热地同押车上尉紧紧握手，又弯腰致意。

石桥本该留在这儿守株待兔的，但洋子忽然从上海来电说，兵站对他的身份有怀疑，不肯办理订单。石桥只好立奔上海，除了说清事实，又找了可靠保人，这才如愿以偿。

现在，车厢里就剩下石桥这批了。她们次第爬下铁皮闷车。

严冬梅在最后，她默默看着铁板上的仍然殷红的斑斑血迹，不由鼻子一酸，泪水盈眶,心中默默祷告:好姐姐,你宁为玉碎,刚烈可敬。但愿你的冤魂能早点儿摸回家乡。

冬梅在洋子的催促下,离开了既可怕而又依依难舍的车厢。

枝子领队在前,她的身后是四名日籍妇女,含樱子、和子;十一名韩籍妇女,含姬顺玉;七名华籍妇女,即严冬梅、华兰妞、黄秋菊、山东嫂、小无锡、小河北和错留下的夏小荷,其余七名都是菲律宾女性了。

石桥用拐杖点数着,惊诧道:"奇怪,怎么少了一件?"

洋子小声说了句什么。

石桥猛然想起,懊丧地说:"不谈了,算我前世欠她的债,该我倒霉。"

枝子领着二十九人走向她来时乘的布篷卡车。

布篷卡车的目的地各不相同,所以各行各的路,谁也不问谁的终点是哪儿。

石桥坐在驾驶室里。洋子同枝子与众女性一块挤在车厢里。

洋子和蔼可亲,同女性们随便说笑着什么。

严冬梅对黄秋菊说:"你用日语问问她,还要把我们送到什么鬼地方。"

秋菊对洋子说了上述意思。

洋子笑笑说:"去第六师团。大家别急,中午就能赶到那里。那里热水、饭菜都准备好了。"

严冬梅说:"你的中国话说得不错呀。"

洋子说:"让你见笑了。是同我丈夫石桥君学的。他父亲早年是驻华参赞。石桥君在支那出生长大的。他的汉文水平很高,汉字也写得漂亮。"

和子问:"石桥太太,您夫君战前是干什么的?"

樱子说:"看来我们和子对石桥君感兴趣了。依我看,石桥太太不是好惹的。"

洋子笑起来:"我不是心胸狭窄的女人。你如果爱上他了就直说,何必拿和子开心呢?"

樱子做个鬼脸,鼻子轻轻哼一声说:"我要真是爱上他,他经不住我三天缠磨,你就会哭着跟我拼命的。"

几个妇女嬉笑起来,车厢里的气氛轻松多了。

卡车开上了曲曲弯弯的山道。似路非路的宽道上,坑坑洼洼,积水比比。车轮艰难跋涉着,车厢剧烈颠簸着。两边山坡上的梯田呈现着黄色基调,细看才能见到稀疏瘦弱的麦苗。远方的山和山上的树,都因为阴霾蔽日,模糊一片,看不真切。

黄秋菊问:“石桥太太,这里有几人是来当急救员的?”

洋子说:“大约有五六人吧。”

姬顺玉胆怯地说:“我也是。”

洋子目视姬顺玉问:“你是汉城人吧,叫姬顺玉?”

姬顺玉羞赧地点点头:“你记性真好。”

严冬梅说:“石桥太太,众姐妹想拜托您一件事,不知您肯不肯答应?”

洋子笑道:“只要我能办到的,一定尽力。”

严冬梅说:“石桥太太,您看,我们都是女人,只有女人最理解最同情女人。”

洋子正色道:“是呀,我很同情你们。用你们的话说,是命运注定的;用西方的话说是上帝的安排;用我们的话说,是天照日残大神的部署。”

严冬梅耐心地等她说完,对其苦苦一笑说:“你看,我们这些人中年龄大的不超过四十岁,小的才只有十六岁。到了前线,我们会尽力帮助你们做好各项工作的。报酬多少无关紧要,最重要的是,您能让我们不再受男人的欺侮吗?”

十有八九的女性,屏息敛气看着洋子……

洋子审视一张张关切的面孔,故意延宕时间……

夏小荷圆睁的双眼里渐渐盈满泪水。

华兰妞揉着乳房,横眉以对。

姬顺玉瘦弱的肩头向前倾斜,盼望答复。

樱子慢条斯理地修着指甲,嘴角泛出似有若无的奸笑。

洋子终于甜甜笑起来:“众姐妹是我们雇来的,以后就是一家人啦。我和石桥君自然会全力保护你们安全的。”

姬顺玉胆怯地说:“如果真是这样,我们不会给你们头人丢脸的,更不会让你们为难的。”

夏小荷想到在车上被四个禽兽剥光衣裤、两个按住轮着发泄兽欲而石桥却立在旁边看好玩的情况,不由对洋子的话产生怀疑,战战兢兢地问道:“石桥先生能做到吗?”

洋子认真地说:“小妹妹,你还年轻,听我告诉你,皇军是全世界纪律最严明的军队。士兵违纪有士官,士官违纪有宪兵,再向上还有军事法庭。”

听众中有人点头,有人怀疑。

华兰妞对冬梅小声说:“你也经历过了,她全说的是屁话。”

冬梅劝告她道:“事情过去了,能忍则忍吧。我们现在主要担心的是以后。”

华兰妞点点头:“好妹子,我听你的。”

洋子叹口气:“我实话对你们说了吧。我的石桥君也不是好惹的。火车上发生的野蛮行为,他没有能力阻止,我们真是惭愧。到这儿就不同了,他和中川大佐既是同乡又是熟人。若有人敢随便伤害你们,只要一个电话,支队就会派人来,甚至大佐也会亲自来调查处理的。”

洋子说的一番话确是中听又中肯。她的言辞并不袒护那些违纪的日军,甚至对那些禽兽的过激行为也深恶痛绝,并向大家表示歉意。至于说到以后各人的安危,她信誓旦旦,红口白牙,哪能有假?

所以,除了少数有偏见并且又任性固执的,绝大多数人都宽怀放心,如释重负,悬吊着的那颗心又安安稳稳地复返原位。

世上的谎言常常被甜言蜜语包装起来。表面和蔼可亲的洋子说的一番话语如糖衣药片,外观光环闪烁,涂满糖蜜,然而里面包藏的却是氧化砷或氰化钾,并且还能骗取那些忠厚老实女人们的感激之情。

七名菲律宾妇女里,有一名皮肤棕色、眼睛大大的、不足三十岁的妇女,阅历广、涉世深,只有她能似懂非懂听出华、日两语的对话内容。她有时将接收来的许多情况浓缩成一两句本国语言,向同胞们传达个大概精神。刚才华、日两方似乎坐在谈判桌上的情形,当她们弄清主要意思后,也都甚感欣慰。要平等、要自由、要尊严,这是地球人的共性。

姬顺玉见华兰妞的胸峰上有水渍云斑,用生硬的汉语怯怯地问:“你家有……吃奶的……小孩儿?”

华兰妞目视姬顺玉良久,痛苦地点点头。

华兰妞揉着发胀的乳房,头脑里叠印着蹬足舞手、号啕大哭的百日男婴。

婴儿嘶哑的啼哭声惊天动地,淹没了汽车的引擎声——

皑皑白雪覆盖着简陋低矮的木板小屋。

随着枪声,木屋周围树枝上的积雪频频被击落,在屋顶纷纷飞扬。

村里的哭叫声冲击着飞扬的白雪。

木屋内,兰妞坐在炕上喂奶。

媳妇对面坐着双目失明的婆婆。

两个鬼子踹门冲进来。

兰妞瞥了一眼,搂紧孩子,端坐不动。

一日军猛蹿上火炕,按倒老妇,强行剥着衣裤。

孩子在炕上舞手蹬足,大号大哭。

已剩单衣的兰妞仍在拼命反抗。

另一日军在老妇身上疯狂地发泄着兽欲。

屋后一堆残雪忽然慢慢向上升动……

屋内下体已经裸露的兰妞仍在用手、用脚、用嘴拼命抗争着。

后门霍然被踹开,一把铁锹从高空奋力砸下,正在老妇身上恣意肆虐的日军脑浆迸裂了。

魔鬼的同伙立即丢下兰妞,让过砸来的锹头,顺手抓起炕边的枪支迎战……

——突然,传来卡车“嘟嘟”的呼叫声。

华兰妞的辛酸回忆被喇叭声惊断。她一边擦着泪水,一边四顾张望。

石桥已经站在车下。他对后厢大叫:

“下来下来,统统下来!”

众女络绎跳下车来。

原来汽车前面二十米远的地方,泥路被铁锹挖出一个大坑,卡车无法通过。若从坑边绕过去,又发现窄窄的边道上有不少新填平的虚土。

石桥指着虚土:“决不能走那里。”

驾驶兵说:“车子没长翅膀!”

石桥说:“你别急,我有办法。”

石桥拄杖立在半山腰,握着手枪,警惕着眼前并留心着四周。

众女在他的监督下传运石块,洋子具体指挥。在坑边握着手枪的驾驶兵,指示两个健妇如何填好石块。

华妇们小声议论,偷偷左盼右顾。

日妇们惶惶交谈，不时察看四周。

驾驶兵也疑神疑鬼起来。他从驾驶室取出一挺歪把轻机枪，放在脚边。

山脚东面是块山谷平川，有一群瘦骨伶仃的山羊，为了果腹生存，低头啃着黄绿斑驳的野草。

有几人边喘气边望山羊吃草，心想：它们悠闲自得，信步来回，真幸运。“宁做太平犬，不做乱离人。”说这话的古人，一定也是经历了像现在这样的世道。

石桥大叫：“快点儿快点儿，抓紧时间！”

华兰妞骂：“真是个催命鬼！”

严冬梅一边抠石块，一边失望地四顾。忽然，她惊骇得大叫：“啊——”

两只大灰狼在羊群里来往冲荡，众羊一边惨叫一边拼命奔逃……

石桥兴致盎然地欣赏着。

瞬间，两狼轻而易举地各自逮住了一只猎物。群体中首先遭殃的是体质羸弱者、体小年幼者、肚大腰圆者。狼却不顾它们的哀鸣惨叫、垂死挣扎，用利爪撕开它们的热血胸膛。

众女吓得闭上双目。

石桥兴奋不已，笑道：“弱肉强食是生物界的永恒规律。只有这样，劣种才能被淘汰。社会也应该如此，这才利于人种的选择、优化、发展。”

黄秋菊愤然地说：“石桥先生，你不觉得这样说太霸道残忍了吗？”

石桥冷冷地说：“不，这是生物界进化的必然，适者生存，不适者灭亡。比如你们支那民族，生性懒惰保守，安于现状，不求发展，只要精神富有，道德不匮就好，活像从我国修业成名的鲁迅笔下的阿 Q。你如不服，你看看贵国现在那些权贵们，外看谁不是昂昂乎庙堂之器？用 X 光一照，哪个不是一只活生生的国蠹、蝗虫？只知中饱私囊，不顾百姓死活；只知争权夺利，不顾民族存亡；只知谎报政绩，不顾民不聊生；只知荫庇后代，不顾国民未来。你说，这样的民族前途还有什么指望？而大和民族同日耳曼民族是世上最优等的民族，国家励精图治，民众奋发上进。所以，我们就肩负着改造世界、拯救人类的神圣使命！”

秋菊问：“这就是石桥先生狼应该吃羊的理论依据？”

石桥说：“狼吃羊，蚕吃桑叶，这是命运的安排。”

秋菊气得满脸通红，她咽不下这口气，还想继续争辩。冬梅拉住她说：“好妹妹，你别再同他争了。强盗杀人都说自己有理。”

石桥转向冬梅：“嗯？！”

洋子对大家笑笑说：“快搬吧，赶路要紧。”

大小不等的石块，终于把坑填平了。

众女在石桥和驾驶兵的照看下陆续爬上车。

卡车又继续向前开去。

山巅一丛山岩后面隐伏着一老一少打樵人。他们目视良久了。忽然，两人发生了争执。老者对那浓眉青年说：“我们如果一动手，鬼子必然先杀了我们的姐妹，欲救其生反而致其死。”

青年人想想，说得也是，做事不能孟浪。

他们目送卡车渐渐远去。

四

卡车通过重重岗哨，开进龙珠小镇。这里已居民稀少，市面萧条。从许多迹象看，不久前曾经历过一场战火浩劫。

汽车穿镇而过，又行驶了一会儿，才见到一些由围墙包围着的瓦屋。

用石块垒起的围墙中段开着大门，门边贴着写着“陆军服务所”的红纸。

门口立着一胖一瘦、凶神恶煞似的日本浪人。

卡车徐徐驶进大门。

这里战前是所小学，坐北朝南。紧挨大门的东侧两间是出入室。该室的东面，借着围墙，是临时搭起的一排洗涤池和汤屋。紧挨大门西侧两间，是保卫人员的住地。大门对面，是一排带走廊的教室。中间三间办公室，该室的东西两边均是三个教室，每个教室也是三间屋架。这排房总共为二十一间。东北角是男厕所，西北角是女厕所。借着东围墙的三间瓦屋是膳房。与其遥遥相对的西面，从北往南看，分别为训导室、石桥夫妇的卧室、枝子的寝室。中间一块长长的地方就是操场。

从车上下来的众女性被集中在一起。

石桥双手扶在杖头上，目视众人良久说：

“诸位，这儿就是你们的家啦。照支那人的说法，‘有朋自远方来，不亦乐乎？’先洗尘，再吃喝。饭后，由枝子发给你们生活用品和工作服，痛痛快快洗个澡，再美美地睡上一觉。有人不是盼望工作吗？我很感激你们的积极性。但是别着忙，支那还有句俗语：‘皇帝不差饿兵’。所以我要求诸位先吃好歇好，养精蓄锐，明天早上八点，正式开始为皇军效劳。”

听众中有人愉快、有人惶惑……有人想解散了。

洋子甜蜜地笑道：“众姐妹请等一下，枝子小姐有话对你们说。”

枝子未语脸先红，愣了一会儿，说：“请大家原谅，我不会说话。咳，咳，我没有多的话，今天中餐是白米饭，马铃薯烧猪肉，再加一个青菜鸡蛋汤。”

华兰妞小声问秋菊：“马铃薯是什么东西？”

秋菊笑笑：“就是你们东北说的土豆。”

枝子看着大家，又咳了几声说：“碗筷各人分用，自己洗，自己保管。损坏了是要赔偿的，还请诸位多多关照，我的话完了。”

枝子说完，深深地弯了弯腰。

石桥说：“解散！”

枝子递给每人一条毛巾和一块香皂说：“先去那边洗洗脸手吧。”

枝子发完用品，转身对洋子说：“石桥太太，我好不容易才找到一个外地讨饭的老婆子来帮我们烧饭。我去帮她做开饭的准备吧。”

石桥说：“以后怎么行？忙起来你是走不开的。”

洋子说：“枝子已经费了不少心，不能再怪她了。以后我们再留心，会找到的。”

石桥夫妇在卧室里边吃边聊着。

洋子说：“哎，我们少领了十个，吃亏太大了。”

石桥说：“你懂什么？你想多要？有呀，支那人多得很。别人不敢多要，我能多要吗？他们答应我，下批补给我十个马尼拉妞。”

洋子边吃边思考着其中的缘故……

办公室已改成“三类军需”的军需库。枝子在整理着马上要发的物品，比如牙膏、牙刷、搪瓷盆、红色三角裤、草绿色工作服、黄色军毯等等。

用过餐的众女拿着碗筷聚集在操场上。她们脸上都呈现出对饭菜非常满意的神情。

有人指着一排像鸽巢一样的门户，同朋友猜测议论着。

有几人走到大门边，想穿过出入室，到外面去逛逛街市，忽见两个浪人怒目而视，吓得她们缩回腿脚。

有人指着贴着“汤屋”二字的房子，请教别人它有什么用。

洋子捧着纸箱笑眯眯地走来："我来告诉你们，支那北方叫澡堂，南方喊混堂，书上称浴室。"

黄秋菊沉思着，心想：这种说法确有道理。我国古人称沸水为汤，叫饭桌上的浓汤为羹。就这一字，也能证明两国文化的亲缘关系。

枝子也捧着纸箱出来。

众女围到汤屋门口观看。汤屋分为内外两间。外间有一排水池，是洗漱浣衣处。对面墙上整齐地钉了几排大铁钉，是挂替换衣服用的。更衣就在这儿。另面墙上挂着布帘，挑起布帘，内间是用砖砌就的大池。池水碧清，微微冒着热气。

洋子说："这就叫汤池。在我们国家，男女是平等的，就在同一池里洗。"

华妇们面面相觑。严冬梅目视黄秋菊，秋菊对她点点头。

洋子说："樱子小姐，你们带头先洗吧。"

樱子等四位日籍女性走进更衣室，当着众人面，瞬间就剥光了全身，不剩一丝一缕。

碧绿清澈的汤水里游弋着四条洁白如玉的美人鱼。她们或仰或俯，足蹈手舞，像是大海中的女神，在灿烂的阳光下，嬉戏在蔚蓝的海面上，仰首舒眉，乐融融喜滋滋；击水挺胸，甜丝丝乐陶陶。接着，水面上露出四张惬意快乐的脸庞，四把黑黑的青丝漂浮在清澈水面上，随着水面晃动而悠悠然地飘荡着。

几个华妇看得发呆了。

韩、菲两籍妇女动手解衣了。

洋子慌忙拦住，笑笑说："你们别急，饭后先休息片刻才好。"

池中的樱子挺起小腹，做着不堪入目的动作。夏小荷、华兰妞等人羞得不敢再看了，慌忙转过身去。

洋子笑笑："我知道，你们支那女人洗澡时关门闩户，遮严窗棂，再赶出蚊子苍蝇，有的还要吹灯灭火，连自己都不敢看自己。"

华女笑起来。

洋子是个有心机的女人。她不是在同华妇们说笑，她是想通过眼前这些事实，逐步化解华妇们骨髓中的封建余孽，敢于正视人体，敢于谈论性事。最后要让她们在性欲面前忘掉自我，达到像生物界的自由交配一样。

洋子对笑着的华妇们又娓娓说道："其实，人体也是自然体，它的本质是很美丽的，为什么不能让它随自然而自然呢？人类上古的祖先，男女人体均是自由解放着的，人类首次使用包装，本意不是顾及羞耻，而是为了御寒。像我们海边的漂女们，划船下海采藻类，都是让自然体进入自然界的。出水以后，四肢放松，仰睡在船板上晒肚皮，有时候，也会从水下冒出几个小伙子，谁也不说话，谁也不问谁，就在暖融融的阳光下，干起双方都妙不可言的好事来。”

听者中有几个惊讶不已，想想，还是连连摇头。

樱子双乳出水，笑着说：“嗨，那算什么？东京的汤屋早已时髦男女混池了，那才叫回归自然呢！”

和子头露在水面上：“看来你一定常去‘返璞归真’了？”

樱子说：“常去偶去无关紧要，问题在该不该！”

洋子为樱子检查脏衣，忽然惊叫：“大白虱！你们快来看，大白虱！”

胖乎乎的大白虱隐藏在衣褶里，显得懒洋洋、醉醺醺的，不愿动。

华妇们见了，浑身起了鸡皮疙瘩，觉得全身似乎痒起来。

黄秋菊偷偷解衣扣，手伸向胸口……

石桥在卧室里，指头拈着饱蘸墨汁的牛角大斗狼毫，面对整张红纸思索着。

汤池里，除了夏小荷，六个女性都浸泡在水中，脸上露出舒畅、惬意之情。

洋子问小荷：“小妹妹，你怎么还不下去？”

小荷红着脸说：“等她们洗过了，我再洗。”

洋子笑道：“都是女人，衣服一脱还不是一个样？你想等等也好。你先把外面脏衣脱下，让枝子先帮你们浸到水里消毒。”

小荷转过身，脱下了肮脏破烂的外衣，胸部仅存一条五寸宽的“武装带”，下身是条血迹斑斑的花布裤衩。

枝子将钉上所有脏衣服捧出屋外。

洋子指着池角木桶，对池里的人说：“姐妹们洗好后，也用毛巾在这桶里浸浸，把下体擦擦，这是出于卫生的需要。”

洋子转过身，把钉上所有干净衣裤抱走。

汤屋的外间和内间发出一片惊叫声。

操场上堆起像小山一样的脏的破的、折叠得四方四正的五色斑斓的衣裤。洋子向小山上倒了一桶汽油，然后擦起火柴。火苗熊熊，烈焰腾空。跳跃的火苗吞噬着各式遮羞御寒的丝棉呢毛织物……

枝子捧着纸箱走进汤屋,箱里是红白两色的衬衫和裤衩。

炊事老妇站在厨房门口,心疼而又迷茫地看着眼前的熊熊烈火。

操场上乱七八糟站着议论纷纷的刚出浴的少妇少女。她们均散着秀发,有的脸庞恢复了红润,还原了白皙,浑身洋溢着女性特有的风韵。令人遗憾的是,她们的体态及优美的曲线均被统一而肥硕的草绿色工作服所遮掩。左胸都印有饭碗大的白色圆块,圆中是个红色的“慰”字。每件附腰带一根。其衣长下及小腿,脚上都是木屐。

因为包装统一了,眼前这些女性只要不开口,真难分出她们的国籍。

黄秋菊问:“石桥太太,为什么不发胸罩?”

石桥抢答:“看来你也主张霸道啊。”

秋菊蒙了,一时不明语意,愣神着。

石桥嘿嘿奸笑起来。

秋菊终于想起,羞得脸上绯红:“你无耻!”

严冬梅平时衣着是很讲究的。此时忽地穿上这么一件不伦不类的衣服,心中实在不快。她木然地看看前后左右,脑中倏地闪出一个疑问,这些人工种都不一样啊,为什么要穿同一服装呢?她大惑不解了。她看着那个刺眼的“慰”字,不由疑虑重重,感到征兆不对。她把自己的想法悄悄告诉秋菊。

秋菊始听也觉味道不正。她凝视冬梅胸上那字,沉思片刻,笑笑说:“与这个字组成的词有——慰藉、慰劳、慰勉、慰问、慰唁。除最后一词与我们无关外,与其他几个可能有联系,但我们都能去做,无非是帮他们去宣传慰问、安慰勉励罢了。你高兴就多说两句,你反对就少说或不说。”

冬梅等人听后,觉得说得也有道理。

枝子拿来了花名册和一摞马粪纸牌。

还有人在为换衣问题议论、发牢骚、说怪话、骂这骂那……

石桥将杖头在地上狠狠笃戳:“不准讲了!”

洋子冲大伙儿笑笑说:“因为姐妹们来自四国八方,不穿统一工作服多难看。而且你若穿民族服饰出门,有些姐妹就容易受到坏人欺侮。你们看看,现在都是黄皮肤黑头发了,谁还能分清谁是谁?但真正工作起来,就不能张冠李戴桃李不分了。但若呼名叫姓，又间接带出国籍。所以，我们思之再三，只好麻烦枝子小姐为各人编了工号。现在就请她为姐妹们宣布编号。”

洋子的一番苦心解释，除了本籍的女性，其余人都听得顺耳。

枝子捧着花名册叫喊：“一号，东条樱子。”

樱子昂头走出人群，站到一边。

洋子递给她写有“一”戳有印记的纸牌。

枝子叫：“二号，佐藤和子。”

脸色苍白的和子站到樱子下首。

洋子递上纸牌。

华兰妞朝汤屋方向张望。

随着枝子口唇的启合，十一位韩籍、七位菲藉和两位华籍女性小无锡、小河北相继出群站到队后。

手执“二十五”“二十六”号的黄秋菊和严冬梅，也去站到队后。

枝子叫：“二十七号，赵钱氏。”

有人问：“谁叫赵钱氏？”

石桥发现剩余人数不对，惊叫起来：“咦，怎么少了一个？”洋子慌张地重数新列队的人数。枝子惊恐地数着花名册上的人数。石桥急得像头受伤的狮子在队前瘸来跛去……

冬梅和秋菊等人窃窃嬉笑。

忽然，夏小荷套着肥硕修长的工作服慌慌急急奔来了。

石桥气得直瞪眼，猛地举起手杖，又慢慢落下了。

洋子不无抱怨地笑笑说：“你这小妹妹真是吓死我啦。我们对你的生命要负责的。”

枝子沉着脸问：“你叫赵钱氏？”

严冬梅说：“纸上写错了。她叫夏小荷。”

枝子说：“你是‘二十七号’。”说完动笔改名。二十八号是华兰妞。

尾号即“二十九”号是山东嫂，她固执地站在原地，目光同石桥对峙着。石桥凶相毕露，她也咄咄逼人。

洋子笑笑，走上去拉起她的手，和蔼可亲地说：“好姐姐，你看大伙儿多随和。

既然来了，我们就得好好相处，何必为点儿小事怄人作气呢？"她说完，连拖带推地把她送到队后。

枝子用小戳子蘸上黑漆，将各人工号又印到"慰"字下面的空白处。

石桥仍在熟悉着花名册。当枝子已戳到最后号码时，他咳嗽一声，杖头将地面戳了个深窝，威严地说："我现在宣布三条纪律：一、不准走出这个大门；二、不准与门外任何人接触；三、不准与军方人员谈情说爱。明知故犯者，坚决严惩不贷！"

石桥说完，转身走向寝室拿起话筒。

洋子带领众人走向军需库。她照编号的先后发给各人几件日用品。

两个浪人将堆放在出入室的各人行李均搬掷到操场上。众女性在一片狼藉中找到了自己的行李。然而，大家都发觉被人验查过了，多少不等均少了一些物件。例如黄秋菊的一本书和一只手表就不翼而飞了。有人骂有人哭。黄秋菊笑笑说："他们也实在太可怜了，连一只破表也不放过。"

拿着行李的众人被枝子领到各自的工作场地。她还再三交代，门号与衣号一定要相投，搞错以后就麻烦了。

枝子不厌其烦地对进了号门的女人说："抓紧时间休息吧。愿你做个好梦。"

严冬梅推开二十六号门。地上一张铺就占去二分之一面积。地铺是用两层草帘叠成的，上面蒙着线毯。铺上放着一床黄色军毯。枕边有一只纸箱。铺对面课桌上放着面盆、暖瓶、茶杯、化妆品等物。桌底下还有一只比面盆略小的瓷盆。

她与前号后号是凭借两层苇席隔断的。

她实在感到疲倦了，和衣倒在地铺上。

在一座古老砖瓦民宅前，石桥通过检查，三条腿跨了进去。

花厅内，中川清健大佐耸坐写字台后。

石桥太郎挺立台前，当然必须借助拐杖。

中川声色俱厉，但话音不高："都准备好了？"

石桥诚惶诚恐："报告大佐阁下，一切都准备好了。"

中川目视石桥，继续说："娱乐所（即服务所）是你们民间人士办的，我再说一遍，与我们陆军部无任何关系！"

石桥哈哈腰："在下明白。任何情况下，都是我商人石桥太郎开办的。"

中川说："若有困难，遇到麻烦，驻华陆军司令部授权与我，令我全力协助你们。"

石桥连连鞠躬："谢谢大佐阁下。"

中川说："我不需要你谢谢，我需要你明白。"

石桥说："我都明白了。"

中川威严地问："你还明白什么？"

石桥瞠目结舌，惶惶地立正着。

中川说："鉴于历史教训和现实危机，大本营经过多次争论，最后才下决心，只有采用这种办法，才能解决荒漠上的饥渴。"

石桥学乖了，故意装着吃惊的样子。

中川微微讥笑："你还不明白？"

石桥弯弯腰说："在下实在愚慵，正在洗耳恭听。"

中川站起，在桌后来回走动说："一九一七年日俄战争中，节节胜利的我军将士，竟然有七分之三的人遭受金发碧眼女人的侵害，染上了可怕的传染病毒，有的战士已濒临死亡，最后我们不得不吐出到口的肥肉，被迫撤军到孤岛北海道，进行长时间的休整。"

石桥面呈惊讶。

中川继续说："目前天皇骄子在支那犹如处在荒漠之中。人道难灭，饥不择食。食尽了对方事小，食坏了自己肠胃，我们就二度犯罪了。所以我严肃交代，任何士兵在娱乐之前，一定要严格遵守规章。"

石桥说："阁下见解精辟。您不愧为外相的得意门生。"

中川忽然站住："嗯！你变得很会奉承了？我认为，善于奉承的均是小人，欢喜谄谀的人，都是昏聩的庸人。"

石桥嗫嚅着："是，阁下训导得对，在下以后不再做小人了。"

中川说："你的出身虽然值得骄傲，但你走的道路是堕落的。你这位有名的'中国通'应该感谢这次圣战！否则，你此刻还在东京监狱里做着噩梦哩！"

石桥有点汗颜了："大佐阁下，我明白您讲这话的好意。"

中川目光凶凶，咬咬牙说："为了教训李宗仁、打通津浦线，我们除了增调三十万皇军，还配给了近万件的'三类军需品'。希望你为天皇陛下的圣战努力做好本职工作，并如实交纳税金。”

石桥诚惶诚恐：“本人誓死为天皇效忠！”

中川严厉地说：“你以后若敢以熟相欺，忘记今天誓言，我是不能饶恕你的！”

石桥说：“大佐阁下，在下一定牢记。”

中川说：“这是在支那土地上，对支那女要特别加强防范。”

石桥说：“是，对支那人一定严加管束。”

中川踱到桌前，指着一张椅子让石桥坐下，该查问的需交代的都差不多了，感到身上轻松舒畅了不少，脸上气色也就平和可亲了。

石桥察言观色后，吞吞吐吐试探道：“大佐阁下，您是否有兴趣，先来个……‘近水楼台’？”

中川立在石桥面前说：“不。这样做不好。从前你我读初中时，你知道我是最反感女生的。”

石桥说：“我当然记得清清楚楚。不过，根据检查记录，我们所里还保留着一只难能可贵的‘生瓜’。”

中川两眼发出荧荧绿光。

石桥继续说：“在途中，我非但未动她一指，还一直在暗中保护她。就想留到这儿，贡献给……”

中川笑道：“你这家伙，还是这么鬼精。”

石桥说话随便了：“我是‘瓜园’主人，包挑包开包你满意。”

中川问：“你敢‘三包’？”

石桥答：“军中无戏言。”

中川认真考虑了一会儿，说：“这事你就苦我所难了。不接受吧，你这故人一定对我有意见；若接受吧，这不搞起了特殊化？这样吧，仅此一次，下不为例！”说完眯起双目。

两人相视，大笑。

似睡非睡的严冬梅，听门外似乎有饮泣声，她一惊而起，拉门一看，原来是夹着毯子的夏小荷立在外面哽咽。

与此同时，洋子急急赶来了。她接过小荷的毯子，笑笑说：“小妹妹，分开睡是为你们好，既防疾病传染，又睡得舒服自由。”

夏小荷左右摆着身子，抽泣着说：“我不怕传染，我就是要靠冬梅姐睡。”

洋子笑得更灿烂了：“你日后结了婚，难道还要带着冬梅姐睡？你这小姑娘，真令人好气又好笑。”

严冬梅走出门说：“石桥太太，她的胆被吓破了，就让她同我睡吧。”

洋子脸呈为难之情，叹了口气说：“不是我不同意。其实一人睡两人睡还不都是一睡？不过，石桥君回来见了是要发火的。他这人的脾气不太好。”

严冬梅给小荷擦着泪水，说：“那就请石桥太太从中帮忙说说吧。”

洋子摸摸小荷头发，不无同情地说：“再说，此例一开，人人都想自由结合。如果三五人挤在一铺上，你们劳累一天下来，非但得不到好好休息，连我们也不好管理。你们看，于己于人多不方便。”

严冬梅觉得洋子的一番话确实有理。她又改变了想法，反而劝说小荷起来。

这时秋菊和兰妞都出来了。

秋菊说：“当然独睡自由。再说你的隔壁就是冬梅姐，仅仅隔了两层苇席，还不等于睡在一起？”

华兰妞说：“你怕什么，东面就是我。半夜三更如果有人想欺侮你，老娘就冲过去，帮你整治他。”

洋子笑笑说：“你看，有这些姐姐保护着，你还怕什么？好了好了，各人回房休息，我去帮她整理床铺。”

夏小荷跟着洋子向自己的号门走去。

秋菊说：“看来，洋子还是个通情达理的人。”

冬梅与兰妞都点头同意。

石桥走进卧室，连连打着哈欠。他取出一支纸烟，在桌边连连击戳，说：“你同枝子要好好安排一下，今晚中川部的尉佐级军人来搞演习，可能很紧张很累人。俗话说万事开头难。闯过了这关，以后就得心应手了。”

纸烟上端已出现半公分的空头了。

洋子不无忧虑地说：“石桥君，我总觉得那样做不太妥当。”

石桥连打两个哈欠，眼里渗着泪水说：“依你去苏秦说六国？四两棉花八把弓——慢慢去弹（谈）？这是中川的决定！”

石桥小心地打开一只瓶盖，用小指指甲从内挑出一撮白色粉末，慢慢倒入纸烟的空头，再谨慎地把空头烟纸捏合起来。

洋子说："我认为这样办事有点儿鲁莽、粗暴、野蛮。"

石桥叼上纸烟，擦了火柴。他猛吸一口，再狠狠吸上两大口，精神抖擞了，冲着洋子说："你们女人懂什么？中川说这叫杀威棒！"

洋子无话可说了。嘴上虽不再说，心里却对他们的做法很反感。她认为，她们的服务有别于一般工作，应该出于自觉自愿，至少达到半推半就，才能让服务的对象感到身心舒畅，才能达到预期目的。如果凭借暴力霸王硬上弓，来者非但得不到乐趣，还得徒然消耗更多体力，对他们精神也会产生刺激。事急生变，还会弄出人命来。如人们享受的美味可口的红烧猪肉，它的来历就有两种截然不同的手法，一是屠夫方式，牙齿咬着雪亮尖刀，在帮凶协助下，全凭暴力拉扯拖拽，把对象强行摁在板凳上。对象四肢蹈舞，狂喊暴叫。到了见红以后，对象还在蹬腿挣扎，呜咽低鸣，在叹气抽搐过程中才慢慢走向轮回世界。二是机械化方式，那么多的对象哼唧如常，悠然踱步，自觉自愿走向一条通道，见不到反抗听不到叫喊，一切都在无声无息中完成了。人是有思想的，究竟使用什么样的"机械化"，才能使她们自觉自愿呢？她脑中也暂时想不出一个十全十美的方案来。

东条樱子跨出石桥卧室，向出入室走去。

樱子在做头发时下了功夫，浓厚黑亮的头发梳理得一丝不乱。四周向上拢去，前额在上拢之后又绾出一座高高的"富士山"，再将余发并入其他发里绾在颅顶，发梢掋入髻中。脸上白粉搽得耀眼，口唇涂得猩红。她刚走到小门边，两个浪人礼貌地伸出阻拦的手。

樱子杏眼圆睁："你们怕我飞回东京？"

一浪人摇摇头，说："石桥君有规定。"

樱子笑起来，说："我刚从石桥君那边来。你们真是猪脑子！"

两个浪人各闪一边。

枝子领着一菲女及两个韩女走进厨房，对烧饭的老妇说："她们三个先帮帮你。今天晚饭要早点儿开。"

老妇问："太阳落山？"

枝子思考一会儿，说："差不多。拜托了。"

午休时间早已过去。其实,许多人都没有这习惯,华妇中只有秋菊睡了个把小时。

华妇们都坐在二十六号严冬梅的铺上,互相介绍熟悉。冬梅问长得矮胖的少女:“你是哪里人?”

胖姑回答:“我家在河北安平县。”

华兰妞边揉乳房边问她:“小河北,你怎么被弄到这儿来的?”

秋菊知她有难言之隐,拉起她的手问:“以后再说吧。你今年多大了?”

小河北回答:“属蛇的,十七岁。”

二十九号房的华妇生得腰粗腿壮,丰乳圆臀。她见小河北如此懦弱,不由说道:“哭啥?人要硬犟些。俺从被抓的第一天起,到现在就没掉过眼泪。”

冬梅看看她的全身,点点头说:“妹妹别哭了。像这样哭下去,总有一天会哭干泪水的。”

二十九号山东嫂说:“她不肯说来历,俺来说俺。他奶奶的,老娘正在地里忙乎着,忽然从背后冒出两个小鬼子来。奶奶的,上来就想吃老娘豆腐……”

秋菊问:“你下地身上还带有豆腐?”

山东嫂笑道:“哎呀,亏你还识字,连这都不懂!就是想摸我玩儿我。”

严冬梅笑笑:“山东嫂,这里有姑娘,说话文气些。”

她满含歉意地笑笑:“俺晓得。奶奶的,老娘也不是省油的灯,摔起一锄,就撂倒一个。第二个刚要拿枪,老娘就把他按到地上了……”

小河北追问:“后来呢?”

山东嫂说:“后来,后来老娘一把就勒住龟儿子的下身!”

华兰妞问:“后来呢?”

山东嫂说:“后来又从地下钻出几个龟儿子。”

黄秋菊问:“再后来呢?”

山东嫂笑笑:“后来,再后来,被七转八转,就转到你们眼前来啦!”

小河北脸上半信半疑,心想:后来鬼子就没有糟踏你?她瞥了山东嫂一眼,转向身边脸色苍白的姑娘:“你家住哪儿?”

脸色苍白的姑娘答:“吾奴是无锡人。”

夏小荷突然冲着山东嫂问:“山东嫂,什么叫‘龟儿子’?”

山东嫂笑笑:“就是龟头生的崽子。”

“龟头是谁?”夏小荷还是弄不明白。

黄秋菊笑道:“说白了,就是在妓院里出生的孩子,叫‘龟儿子’。”

夏小荷似懂非懂地点点头。当然,她还有不太明白的地方,不好意思再问了。

严冬梅叹了一口气说:“今儿上午汽车停在坑边时,我多盼望游击队打来啊!”

同伴们异口同声:“我也想。”

山东嫂说:“不要多,只要来两三个,俺保证把石瘸子的头拧下,送给你们当尿壶。”

冬梅笑笑:“你又随口乱说了。”

山东嫂说:“没有说错呀?!”

华兰妞笑问:“他这尿壶,你先用给我们看看。”

黄秋菊、小河北和小无锡也忍俊不禁笑起来。

室内空气活跃多了。

严冬梅忽然想起什么,她问:“秋菊妹,我有一事一直想不明白。狼吃羊不对,难道蚕吃桑叶也不对吗?”

山东嫂说:“蚕不该吃桑叶,难道该吃青草?”

黄秋菊只得苦苦一笑,沉思不语……

小河北摇着秋菊:“秋菊姐,你说话呀!”

黄秋菊喟然长叹:“叫我从何说起呢?”

五

支队部大门外,樱子被两把寒光闪烁的刺刀拦住。

樱子甜甜一笑:“嗬!阿兵哥真不含糊,连你们大佐的故人,也要拦下搜搜身?”

两卫兵冷冷看着她。

樱子沉下脸:“怎么,真要搜身才让我进去?”说着,假意要解衣带。

戴眼镜的副官岸信从花厅走出来。

岸信问:“请问您是……”

樱子说:“我叫东条樱子,是中川清健大佐的故人。初来乍到,特来登门拜访。”

岸信说:“大佐正在后院打靶,我去通报。”

樱子笑笑:“谢谢您,还是让我自己去吧。”

岸信说:“不行。就算是大佐夫人此刻从东京赶来,不通报也不能进去。请您先坐一会儿。”

樱子悻悻地坐等着。

片刻,岸信进来做了一个请进的手势。

后院原来是块长长的竹园,现在翠竹已被砍光,成为一块人工造就的靶场。靶场的尽头,竖立着许多有真人大小的男女裸体靶像。

中川立在屋檐下,正用手枪瞄准靶像。

壮实的灰毛狼犬坐在他脚下。

随着三声枪响,女像的左胸、右胸、耻骨被准确击中。

樱子拍手叫道:“好枪法!”

随着“呼”的一声,狼犬前爪搭上樱子双肩,张着血盆大口,露出白森森的獠牙。

惊视的中川将枪口对着樱子。

樱子吓得脸色灰白,浑身颤抖,惨叫:“中川君,快救救我!”

中川故意走上一步,细细慢慢看清后,才笑道:“原来是你这位不速之客,我以为又送来一个三点射的靶子。”

说也奇怪,被人豢养的畜生,见到主人如此态度,不需吩咐,自己就退下阵来了,并且还围着来客嗅上嗅下,摇头摆尾。世上任何狗,包括被训练得能用两条后腿行路的狗,都具有这一天生的属性,善于对主人察言观色,时刻都在猜测豢养者的想法心理。

樱子惊魂甫定,取过手枪看看,将其插入主人皮套里,说:“故人特来拜访,阁下总不能迷恋玩枪呀。”

中川坐下了,也做个手势让客人坐下,问:“你也来支那了,分在哪个所里?”

樱子说:“石桥太郎,怎么,您想找头人通融通融……”

中川说:“不不不,这不是在国内。你误解了。”

樱子瞥了中川手上钻石戒指一眼,咯咯笑起来:“看把你吓成这样!我是随口说的玩笑话。”

中川问:“樱子小姐来拜访我,有什么事需要我帮助?”

樱子嘴一撇,眼一瞄:“尊敬的大佐今非昔比了,你现在是天皇陛下的中坚,不是当年苦熬清贫的学生了。有事也不敢求你啦。”

中川干笑着,他想转移话题,问:“你怎么到支那来的?”

樱子饮了一口茶,说:“因为男人都参加圣战去了,红灯区大为萧条。我们几个姐妹为了吃饭,不得不降格以求:或者到门口抛头露面,或者隐在一隅守株待兔。有一天……”

樱子半裸地站在春院门口。

樱子与几个同行东张西望,搜寻猎物。

帽舌压在眉上的男人,拄着拐杖蹒跚走来。

樱子拖住他:“石桥君,你什么时候走出高墙的?”

樱子和石桥同床共枕交谈着。

石桥说:“你若敢去支那,先付安家费一千元。”

樱子说:“我怎么不敢去?男人能为圣战献出生命,我们女人也该为圣战奉献身体。”

石桥说:“好,一言为定。三天后的晚上,去码头找我……”

结束回忆的樱子笑道:“在上海兵站,听说你在这儿,我更高兴了。我的选择是完全正确的。”

中川听完,不表是与非,只是淡淡地笑着。

樱子以双目挑逗,一手用衣襟扇风,一手暗暗解开腰带扣结。

中川仰望天空……

樱子瞳孔里的钻戒在闪烁。她喟然一叹:“想当年,我们在东京汤池混浴,生活是多么富有情趣、充满浪漫啊!可惜,这儿是支那。”

仰望天空的脸,似乎陷入沉思……

樱子站起来,突然腰带一散,雪白的酥胸耀眼而现,她故作惊慌地半掩起来,笑道:“你看,我还是这么粗心。幸亏在你面前,实在不好意思了。”

中川的鼻翼微微抽动了一下。

樱子双手分伏在他的肩头上,以丰满坚挺的双乳摩挲着昔日的情人,说:“今晚我们来个长谈好吗?”樱子见中川毫无反应,笑问道:“你还沉醉在汤池混浴里?”

中川回过神:“那是逢场作戏,你应该把它忘掉才好。”

樱子叹息一声:“中川君,我实在终生难忘啊!今晚,我一定来陪你喝两盅。”

中川不得不正视她的纠缠了,严肃地说:“不行。我现在是帝国军人了,应该洁身自好,严格遵守军规。”

樱子识趣地败下阵来。她扎好腰带,仍然笑容可掬地说:“你现在军务繁忙,我就改日再来拜访阁下吧。”

中川跨前一步:“恕不远送。”

严冬梅屋里,几个姐妹都期待地看着黄秋菊。

山东嫂推了推秋菊,说:“你不说出来,闷在肚里会烂肠的。”

黄秋菊说:“好吧。我会说日语,你们不是感到奇怪吗?我就从这事说起……”

几种翠绿色的热带植物,包围着一所小学。

戴眼镜留仁丹胡的教师,在黑板上写了一行日文。

小秋菊和同学们边读边练笔。

一男孩儿在纸上慢慢写出端端正正的“中国”二字。仁丹胡走到男孩身边,大怒,用教鞭狠抽这个不听教育的学生。

小秋菊吓得用手蒙住眼睛。

许久,小秋菊睁开双目,见黑板上挂了一幅东亚大地图。

教师是穿和服的女人。她用教鞭指着地图说:“同学们请看,大日本帝国,像一条硕大无比的蚕,她正从海上慢慢游过来,要吃支那这片大桑叶。蚕吃桑叶是天经地义的,这是上帝的安排。今天的上帝就是天照日残大神。”

一只小手高高举着——还是那个男孩儿。

得到允许后,男孩儿霍然站起说:“老师,我们中国像只大公鸡,公鸡应该吃那条蚕!”

全室哗然了……其间夹有鼓掌声。

教者惊呆了……教鞭在战战兢兢。

校园布告栏贴出一张布告,副题是:“开除无视教育的学生……”

结束回忆的黄秋菊,仍怔怔地发着呆。

愤懑之情溢于张张女性面庞。

秋菊喃喃地说:“我们台湾离开娘的怀抱,已经有四十三年了。”

山东嫂骂道:“他奶奶的,小鬼子对嫩苗苗就浇毒水下烂药,心肝太黑了!”

小河北说:“你不能小声些?”

山东嫂说:“姑奶奶怕个鸟!大不了一条命。”

严冬梅思索后说:“我有点懂了,难怪你当时要跟石桥争辩。”

华兰妞说:“我也听明白了,小日本的意思是,他们来打我们是应该的,是天意,叫我们不要反抗。”

秋菊点点头。

山东嫂怒形于色:“放他娘个屁!老娘就是要反抗。那些龟儿子几次三番想玩俺,俺就是不依不从。”

华兰妞问:“小鬼子就让你不从了?”

山东嫂笑道:“俺有的是力气,跟龟儿子左缠右缠。谁知他们都是短命鬼,眼一眨就泄气了。”

严冬梅也被她说得笑起来。

三位姑娘羞得低下头,窃窃偷笑。这是姑娘们的共性。当过来人疯谈到一些风流韵事、淫词秽语时,她们红着脸低着头,装得漠不关心,其实两耳在全神谛听着,唯恐漏掉一鳞半爪。

华兰妞的双乳又胀得难受了。她从桌上拿来一只茶缸,撩起衣襟就挤奶。

棕色乳晕上的红色乳头喷射出白色稠厚的乳汁,据说它是由母体血液转化而来的。幼小的生灵,就是依靠吮吸由血浆变成的白浆才能茁壮成长。如果婴儿过早失去这一天赋的权利,母亲失去哺乳心头肉的天职,难道不是世上最令人痛心最凄惨的憾事吗?

泪水伴和着奶水,在缸里渐渐上升。

严冬梅她们几人也被泪水蒙眬了双眼。

只有硬犟的山东嫂,语气温和地说:“说生娃,俺是你师傅。停止喂奶,就该断奶!怎能一胀就挤?它是由娘的血变来的,怎能自己拿自己开心!”

严冬梅说:“你别瞎怪她,兰妞的心思我明白。奶一胀,就会想到自己孩子了。”

兰妞点点头:“我常听老人说,‘妈妈奶胀漏,宝宝肚子饿。’”

秋菊擦擦泪水说:“兰妞姐,你们母子现在相隔千里迢迢,你不是硬在折磨自己嘛!”

华兰妞讷讷地哽咽道:“现在如果断掉奶水,以后我回家怎么办?”

严冬梅泪水滚落下来,她望着眼前这位痛苦的母亲,真为她日后忧心忡忡了。

山东嫂终于眼窝发红、鼻子发酸了。她想开口,想想又把话咽了下去。她看看兰妞的痴迷样子,到底忍不住,气怒道:“别做你娘的梦了!”

华兰妞迷茫地凝视骂她的人……

山东嫂的一句无心怨言,使室内女性们陷入了朦胧渺茫的烟雾之中。她们虽身处幽幽峡谷冥冥密林,但对影影绰绰的前面之路时时刻刻关注着的,就如身遭缧继落入幽幽囹圄的政治犯一样。不过两者的精神支柱是大相径庭的。

枝子轻轻推开门，立在门外弯弯腰笑道："我来请二十三、二十四和二十八、二十九号的姐妹们，出来帮我做点儿事。"

被点到的四人目视冬梅。冬梅审视着枝子的神态，问："到什么地方去？"

枝子笑笑："就在院里。"冬梅与秋菊对看了一下，做出可以去帮帮的示意。

秋菊见她们出动了，站起来说："我去看看。"

冬梅拉住她，说："好妹子，我给你看样东西。"她说完，从枕边搬出纸箱，掀开上盖。原来里面是一大沓洁白毛巾和一大捆手纸。

秋菊笑笑："你留着自己用吧，我那儿也有。"

冬梅欲语，又觉得无法开口，只好摇摇头。

秋菊仍笑："一月用一次，我那儿也多得很。你不信，跟我去看看。"

冬梅仍默默摇头，出神一会儿，说："好妹子，你可曾仔细想过？我们是被鬼子抓来做苦工的，按理给个大通铺就行了。而眼前事实呢，是每人一屋一铺。洋子为什么始终不让小荷跟我同铺？为什么让我们洗澡换衣服？饭菜也不差呀？"

秋菊嘿嘿笑着，仰倒铺上说："梅姐也太杞人忧天了。我睡在床上早就想过了，这是鬼子怕异国他乡的人杂住在一块容易出矛盾，或者施行的离间计，离间我们姐妹感情，或者怕我们睡在一起乱议论瞎起哄。至于说到洗澡和饭菜，那是最起码的人道待遇。"

严冬梅还是摇摇头："都不是。"

黄秋菊蒙住了，猛然坐起，愣愣地看着冬梅，喃喃地问："依你看呢？"

冬梅忧心如焚，心想：她也许还是个纯洁无瑕的姑娘，难以看穿这些奇怪的做法。我如何说才能使她理解呢？

秋菊说："梅姐，照你想的说，我不怕。"

冬梅说："你看，每人枕边都有一只这样的纸箱。好妹子，这全是女人上床必用的东西啊！"

秋菊梦呓般地说："我不信。你胡说！我不信……"

冬梅怕她经受不住突然打击而急出病来，想了想，只好苦苦一笑，收起纸箱说："好妹妹，这仅仅是我的疑心呀，你就当真了？"

秋菊一字一顿自吟着："'军中有女色，其威实难扬。'"这是杜甫的诗句。

冬梅拉着她的手，继续说："我也想到了不可能的一面。依据是……你听我说，午饭后集中在操场上，石桥宣布明天上午八点正式开始服务。我细细想想，青天白日他们怎敢为非作歹，干坏事都是选在夜晚黑暗中呀。"

黄秋菊听到这儿，神情突然改变了。她猛然推倒冬梅，压在她身上，搔着她的腋下说："叫你使坏，叫你使坏！你故意吓唬我。我才不怕哩，鬼子真来了，我也会像山东嫂那样玩弄他们。"

冬梅在铺上滚来滚去，笑得喘不过气来。

等她喊了千万声"好妹妹饶了我"以后，秋菊才松开手。

当严冬梅站起来时，泪水盈眶了。但是，别人无法体验这泪水究竟是什么滋味。

冬梅整整衣理理发，说："我们出去看看。"

关锁着的铁栅大门外，石桥指挥着两个浪人登高张贴着什么。

黄秋菊想把头伸出栅栏外，但是菱形格子太小，人头无法越过。

秋菊又返回操场，立在足有十米长的红布横幅前，看着在枝子指导下，华兰妞等人把四个斗大的黄纸黑字小心翼翼地贴在红布上。她低声沉吟着："第……二……故……乡。"心想：这是什么意思呢？她细细一想，释然了。原来这个教室住的四个全是日籍妇女。如果军中有人来探访闲聊，说的听的都是同一语言，这不等于又回到了自己朝思暮想的故乡吗？这四个字用得好，真是言简意赅、意味深长。

严冬梅茕茕孑立在操场上，昏惨惨落日的幽幽余晖，映照在她迷茫的脸上，一阵寒风袭来，她不由打了一个寒噤……

开晚饭了，众女均拿着各自的碗筷，依照前回编号的自然顺序，排列在厨房门口。

晚餐是稠稠的大米粥和两只白面馍，并且米粥不限量。

笃笃声由远而近，忽然停止，石桥已站在队列前沿了。他面冲厨房高叫："夜饭等一会儿开。"然后转过脸来，冷冷地看了一会儿，才声调不高、态度友好地说："大家听着，吃过夜饭后，各人洗洗刷刷早点儿进屋休息。明天八点之前人人都得起床，必须精神饱满，体力充沛。八点一敲，诸位就得正式接受分工。谁若偷懒，我石桥严惩不贷。"他说完上段内容，略停片刻，又继续说："有个情况，现在顺便通报一下，今晚有部队在学校内外进行军事演习。真人面前我不说假话，皇军不是纯粹的日籍青年,内含他国人员,所以势必形成良莠不齐、鱼龙混杂。如果有人出于好奇,出门偷看,万一被个别士兵强暴了,或是把你当作探子让你吃上一刺刀,我石桥概不负责。"

洋子也帮腔说:"姐妹们,不怕一万,就怕万一。休息时,不能串门,不能讲话。请你们各自珍重。"

大约一个小时后,天已黑了。远方传来猫头鹰的啾啾悲鸣、丧家野犬的狺狺吠声、饥饿狼群的凄厉嚎叫……

众女群妇已照头人吩咐进屋上床,各自想着自己的心事了。

石桥将装在自己寝室里的分线闸刀一拉,所有教室的灯光突然熄灭了。

二十六号的夏小荷躺在铺上,对着西边的苇席说:"冬梅姐,我怕,睡不着。"

她东面二十八号的华兰妞说:"别怕,有我们哩。"

时隔不久,校门口灯火辉煌,人声鼎沸,汽车低鸣,战马嘶叫。

骑在高头骏马上的中川清健在几个尉官及警卫的前呼后拥下,立马在校园门口。狼犬坐在马蹄前。军医麻生背着药械箱,立在一边。

校门左右各吊一只红纱宫灯,均用五百瓦灯泡。把门内门外照耀得血红血红。

中川玩味着两旁对联:初来乍到挥戈跃马,片时顷刻落荒而逃。横批是:销魂夺魄。石桥站在一边,察看中川神色。中川闭目沉思,脸上洋溢着满意惬怀之态,忽而又摇头,目视石桥说:"此联意境尚可,对仗不严,最主要的是搞得太张扬招摇了。而且'落荒而逃'四个字军人见了总有些不舒服,我建议你明天除了它。我们办事不能像支那人那样爱搞华丽的外表,不注重实际内容。"

立在一边的石桥先是担心,后是定心。他立即回答说:"大佐的汉文化功底真厚实。我完全赞成。明早一定清除。"

中川下了马,在石桥及随从和狼犬的簇拥下走进大门,踱向操场。这群人又立在第一个教室走廊下仰目观赏横幅——第二故乡。

思绪驰骋的中川,眯着双目……

石桥迷惘地问:"大佐阁下,如不适宜,就……"

中川大笑起来,竖起拇指说:"好,好,大大地好!想不到你的歪才还有点儿正用。"受宠若惊的石桥胁肩谄笑道:"下面是否请阁下先休息一会儿,吃杯茶……"

胖猪河本大尉说:"不必了。有这时间,不如……"

中川双目一瞪："嗯？能忍，是优秀军人的必备素质！"

胖猪吓得挺胸立正，机械重复着："哈依！能忍，是优秀军人的必备素质！"

洋子和枝子忙着泡茶递烟。

如钩新月发出凄凄冷冷的微弱白光，朦朦胧胧地照在操场上。此时，有不少日军抬来了民房门窗，拉来了许多咩咩叫唤着的山羊。

出入室的窗外贴着红纸写的"购牌处"。

窗口已排着闹闹哄哄的日军，他们都是支队中的中坚骨干。

室内，石桥对整理牌号的洋子说："今晚不收费。把二十五号牌扣下。"

洋子莫名地问："为什么？是来潮了？"

石桥急急回说："来潮落潮我不管，叫你留就得留下。"

整理避孕套的枝子也感到迷惑不解。

石桥说完就急急奔向室外，向教室走廊望去，见二十五号门口站着两个黑影，放心了。他又笃笃拐向休息室。

一个支队有三千多人，今晚来演习的只是其中零头，当然是带有倾向选择的。每发一次满牌只有二十九数，每一轮还得把一至四号的留给尉官，第一轮再扣下一个，所以窗口只好遵照排队先后发放了剩余号牌。这种粥少僧多、供需矛盾的状况，确是洋子无法解决的困难。

领到牌号的幸运儿，在枝子的带领下迅速投入该去的地方。

石桥也急急把中川送到二十五号门口，并递给他一只小小纸袋。中川摇摇头，推开无闩的门板，带着狼犬进去了。石桥看着纸袋笑笑，并嘱咐两个浪人好好守卫着。

须臾，所有教室电灯都大放光明了。就在光明送来的同时，几乎所有教室里均爆发出惊呼、大叫、辱骂、号哭……还夹着器皿撞击声、互相搏斗声、疯狂的大笑声……

操场上的门板窗棂也被焚烧得轰轰烈烈……

几只山羊被宰杀得血喷四射、叫声凄厉……

嗜血的屠夫们精神振奋、开怀大笑……

一只气管未断的羊流着血，边号叫，边挣扎……它终于在垂死前挣脱魔爪，向场外奔逃。鲜血如一根红带在地上绕来绕去……日军在欣赏、狂笑、欢呼。

有一人把喝光的酒瓶掷进火里，从地上捡起前轮幸运儿抛弃的避孕套，套上自己的下体，去追捕正在为工作忙碌的枝子。枝子吓得狂奔而逃，躲进出入室，闩上房门。

二号屋里和子已精疲力竭，被胖猪少尉压在身下。她虽然动弹不得了，却边哭边诉说着："我是来找丈夫的，我是来做苦役的……"

二十二号屋里姬顺玉早已昏厥过去，任凭施暴者恣意蹂躏。然而他竟是支镴头枪，他觉得太扫兴了，于是伸出一只毛茸茸的手……

二十九号屋里是山东嫂的住地，只听里面还在打斗纠缠着。

只有二十八号屋里情况反常。进来的是个童子鸡，看样子像个大学生。华兰妞听到左右两边都出事了，她明白他来是干什么的了。她立即坐起，呼地脱光上衣，袒露着两只硕大乳房，淡淡一笑说："你是来吃老娘奶的？"年轻人解衣的手不动了，惶惶看着兰妞。兰妞怒目大叫："有种来啊！老娘的奶胀满了，还想舒服舒服呢。"年轻人怔了一会儿，掩起衣服退出门。眨眼之间，一个浪人冲了进来。

二十五号屋内，黄秋菊已躲退到墙角，颤抖不已。她惊恐地看着中川的笑脸。笑脸忽而变成狰狞面目，倏地又成了青面獠牙。

坐着的大个狼犬虎视眈眈。

两只长毛大手，慢慢扒扯着白色衬衣。两只纤弱的素手，拼命捍卫着尊严。

中川低声说了句日语，狼犬一跃，她的左襟全被撕去。

中川歪着头，眯着眼，微微笑，细细品味着处在极度恐怖中的猎物……许久以后，他一指手，狼犬猛然扑倒她，一张口，她的红色裤衩不见了。

左右两边仍在哭叫、搏斗。可怜这个弱女子吓得浑身瘫软无力，怕得哭喊不出。中川一边抽着香烟，一边用手抚摸着洁白如玉、细腻平滑、弹性丰富的柔滑肌体。那浑身上下前后连芝麻大的黑痣都不见一粒。中川不由叹道："真是东方的维纳斯啊！"

操场上的鬼子一边啃着半生不熟的羊肉，一边迫不及待围着来安抚的石桥。

突然，几个女性不顾裸体的羞耻，呼号哭叫着冲出号门。光着腚的鬼子也从门内跳出，冲向操场追捕……

啃嚼羊肉的鬼子们立即摔开食物，狂笑着，高举沾满油膻和鲜血的双手，向裸体女人扑去。

厨房屋顶上，四只眼睛燃烧着烈火。一支颤抖的手枪，被另一只手按住了。年长者小声喝道："不许乱来。"

不肯就范的几个女人，终因力竭被两股鬼子围住了。

因为火光跳跃、时明时灭，所以很难看清那些赤身裸体的女人究竟谁是谁。

石桥想上去阻止。

披衣急急而来的中川说："演习就是杀威棒，是在帮助你驯服这些母猪！"

石桥说："大佐阁下，我当然明白您的苦心。不过，我想成为她们眼里正直可信的偶像。"

中川说："既当婊子，又想竖牌坊。你不必干涉他们的军事行动！"

鬼子们狂欢着，他们竟然像狼和狈那样搞起了协作。三个穿着人皮的帮助一个光腚的，把那些仍做垂死挣扎的女人一个个按倒在地，让他们尽情发泄着兽欲……

天上的残月被乌云遮住了。

远方的豺狼在嗷嗷嚎叫……

眼前未死的羊在抽搐呻吟……

被奸的女性们在哀号呜咽……

中川欣赏着这动人的场景，拍拍身边狼犬仰天大笑。

石桥谄笑着问："那只'生瓜'如何？"

中川哈哈一笑："真是东方的维纳斯，美妙绝伦！"说完，从衣袋里掏出折叠成四方的白色毛巾——毛巾上涂染着斑斑点点的赤色。

中川将其送到鼻下嗅嗅说："它是一朵盛开的玫瑰。现在，在我的花盆中连它已经怒放了六十九朵啦。"说完，又仔细叠好，小心地放入衣袋。

石桥说："您真是位多情的花痴啊。"

两个人对视，大笑……

厨房顶上，年轻人怒不可遏："你睁大眼睛看看！见死不救，冷血动物！"

话音刚完，他手中枪响了。

大笑的中川应声倒地。

年长者强拉年轻人速撤。年轻人反而站上屋脊，边打枪边大叫："姐妹们快逃，快逃啊！"

操场上大乱了。

有几个女人已冲到大门边，用砖砸锁。

两个浪人踢打着企图冲破樊笼的女人。

用砖砸锁的女人，随着一声枪响轰然倒地。

校外值勤的日军向东北角拥去。

屋顶上的两人已经失去退路。

年长者只好连连射击，院中那些手无寸铁的禽兽被撂倒了几个。

年轻人忽然中弹，滚落到院内地上。

年长者跳到院内，用双枪反击。

有的鬼子抱住裸体女人当盾牌。

卧地的中川举起枪——年长者背后中弹，訇然仆地。

狼犬向死者扑去，忽地衔回一件东西。

被石桥扶起的中川，左手捂着右肩，右手握着狼犬衔回的生山芋，仔细看后，掷入火中，然后大声叫道："游击队的不怕，继续演习！"

中川被军医麻生及副官岸信搀扶着走向休息室。

场地上突然静得令人心悸……

昏暗的灯火下，洋子和枝子拉劝着严冬梅、华兰妞、山东嫂以及其他几位韩国妇女，叫她们速速回屋。她们曲背蹲在地上，吓得要死，冻得打战。谁也不敢回屋了，谁也不相信她的甜言蜜语了。

夏小荷、小无锡等几个人裹着军毯，瘫坐在走廊上。

两个浪人在石桥授意下，拖着皮鞭走向场地。

石桥命人给火堆加柴。

飞舞的皮鞭像两条毒蛇，在裸体女人的头上、背上盘旋抽打着。

场地上的女人们撕心裂肺地惨叫着。

火光在人血羊血上跳跃……

奄奄一息的用砖砸门锁的那位韩国妇女，被鬼子拖到火光下，枪托猛地一砸，她的耻骨粉碎了。一把映照着火光的刺刀，从其阴部插入向上一挑，肚皮开裂。利刃一阵翻搅，倏地带出色彩斑驳的人体内脏！

刀尖上一颗仍在跳动的心脏，被放到火上炙烤。

皮鞭下的严冬梅她们吓呆了。鞭子也暂时停下。

走廊上的几个女人吓昏了,倒在地上。

两个鬼子把一老一少两具尸体搜身以后,抛掷到火堆上,倒上汽油。

熊熊烈火舔舐着血泊,发出悚然的吱吱声。

许多鬼子一边啃着羊腿、喝着饮料,一边大笑、拍手、喝彩,狂呼“天皇万岁!”

场地上的气氛,在充满人肉焦味中再度高涨起来。

经过皮鞭和开膛剖腹训导的几个半死不活的女人,被俩浪人和鬼子抬进了各自号房。

为了下面的几轮能在平静而又欢乐的气氛中进行下去,石桥请麻生医生给体格健壮的山东嫂打了一针镇静剂。

麻生说:“此药有效时间至少十个小时。”

石桥说:“只要四个小时就足够了。”许多啃着骨头擦着膻嘴的鬼子,再度蜂拥在出入室窗口。洋子发着号牌和胶套。

已经“演习”过的鬼子,把几个同伙的尸体装上汽车。日后,他们的“英名”一定会铸刻在“靖国神社”的铜钟或玉石上,意在让国人永远缅怀这些为天皇陛下效忠沙场的大和精英,让万民敬仰,令众生崇尚。

操场上,带着浓烈腥臭的滚滚黑烟冲向冥冥天空。残缺的月亮不忍再看人间这幕奇耻浩劫,躲到地平线下面去了。

六

阴霾雾障春雨绵绵的天气已经持续许多时日了。虽然四月五日就过了清明节,谷雨在望,但是气温还是料峭。麦苗矮小黄瘦,树叶也生长迟缓。只有那些准时报到的燕子欢快地在水面上掠来飞去,叽叽喳喳的麻雀互相追逐嬉戏,盼望庄稼早日成熟。

虽然不见旭日,天空确实大亮了。幸福的人开启窗扉,欣喜地迎来又一个春意盎然的美好早晨。刚刚受噩梦困扰浑身疲惫而又不得不起身的人们,面对虽然怕过而又不得不天天过下去的日子,依然是满面愁云。

操场上一片狼藉:砸坏的课桌门窗和焚烧后的灰烬木炭,摔破的酒瓶及饮料空罐,残存的羊头羊尾及它们的零碎毛皮,黑白均有的无肉有肉的骨殖残骸和三颗西瓜样的不明物体,还有未被烧尽的衣片、烧残的木屐以及遍布火场四周已经凝结的褐色斑块。

洋子指挥着两个浪人和枝子及烧饭的老妇清理场地。两个浪人把乌七八糟的混合物铲入一只大竹筐,抬出校外,倾倒进池塘里,让河水永远掩埋掉饮血茹毛的罪证。

洋子叫老妇把未烧完的门窗散板搬到厨房去,眼含泪水的老妇吓得连连后退。洋子笑说:“这有什么好怕的!你们支那不是有句持家俗语吗?叫什么‘寸草不上灰堆’。这些干透了的木材,烧火才旺哩。”

七点一刻左右,辛苦了大半夜的石桥也起床了。他将白粉放进纸烟里,拿了两张手纸,就急急奔向厕所。这是他多年的习惯。等他从污秽之地泻完舒服走出时,场地已经清除得一干二净了。

走廊上的枝子边走边摇着铜铃,大喊:“起身啦!起身啦!”

五分钟后,石桥带着手握皮鞭的小胡浪人跨上走廊,第二次催叫。一至八号屋内均答应马上就起身,九号门内却没有反应。浪人一脚踹开门,冲到铺前,掀去毯子,把只穿着红色裤衩的韩妇拖出门外,用鞭子尽力在她的胸前背后下身恣意抽打,鞭子所及之处无不皮开肉绽,鲜血淋漓。韩妇边滚动边号叫,石桥示意鞭子停下。他厉声问道:“你是穿衣吃饭,还是要扎上一针?”石桥拍拍衣袋里的铝制小盒。

韩妇的双手为了庇护皮肉,手背被抽出了血,手掌从身上沾满了血。她看着双手,不由呜咽道:“我愿意穿衣吃饭。”石桥满意地笑笑说:“真是蜡烛,不点不亮。”说完,领着小胡浪人再向下户叫去。

洋子急急拿来药棉药水,把韩妇扶进屋内,一边给她擦拭创伤,一边絮絮叨叨地继续开导她。

石桥下面的工作好做了。有的门户不需催叫,就听到招呼:“马上就穿好了。”

二十六号的严冬梅躺在铺上,听到走廊上皮鞭挥舞声和揪心惨叫,心想:不起床不是个办法,这对狗男女不会轻饶我们的,先穿上衣服再说。于是她对左右苇席说:“姐妹们,还是起床穿衣吧。好汉不吃眼前亏。”

所以当石桥拐到最后一个教室时,没有费多少口舌,就把工作圆满做成了。他满意地笑笑,低声对小胡说:“为了整体大局,有时不得不舍弃一只鸡。”他们走进二十九号山东嫂的屋内,见她仍在迷迷糊糊酣睡着。石桥阴鸷地笑笑,用拐杖挑起盖毯,见她臀肥奶大、一丝不挂,不由得意地称赞:“妙法!”转脸对小胡悄悄说:“只有用这种妙法迫使她日后破罐破摔,正好达到我们心愿。”

小胡凝视着面前壮实的胴体,不由心跳剧烈,热血沸腾。石桥看出他的心思,婉言劝阻说:“以后有犒劳你的机会。现在你不能再火上浇油,坏了我的大事。”

众女群妇都起来了。洋子点了数,对石桥点点头。

这些女性经过昨天夜晚几个小时的连续折磨摧残,人人走路趔趄,疲惫不堪,张张苍白的脸上精神恍惚,眼窝发黑。就连心甘情愿在娱乐开怀中度过数个小时的樱子等人,也觉得浑身乏力,腿脚迈不开去。原先白皙的面庞已成为蜡黄,红润的嘴唇也失去血色。何况那些被逼迫被强暴的身心都受到极度摧残的女性们呢?

夏小荷一夜之后似乎变得更羸弱、更矮小了，那颗受伤流血的心被更为肥硕的绿色包装遮掩着。她扶着冬梅姐的肩头，腿脚下意识地移动着。

华兰妞蓬头垢面，衣衫不整，草绿衣襟半遮半露。右边那只乳房上有明显的抓破痕迹。那是昨夜不知是第几个小鬼子发现硕大的乳房奶水充足，边“工作”边要吮吸乳汁。她怎能遂他心愿呢？她宁可挤了去喂狗，也不能去滋补这个畜生。于是在捍卫与掠夺中又发生了你死我活的搏斗。

变化最大、前后判若两人的要数黄秋菊了。她披头散发，苍白的脸被乱发遮去了半边。可见的嘴巴上，有明显的牙痕和青紫色的瘀斑。口鼻沟处，还残留着未擦净的血迹。她精神恍惚，腿脚仍在颤抖。昨晚，恐怕只有她所受的蹂躏最沉重。别屋都是快来急上，匆匆完事。因为她的生理特殊，而又遇上了“剖瓜”老手。魔鬼像条大郎猫，对眼前猎物不是急于一口吃掉，而是抛上掷下，横竖把玩，衔到嘴里又忙忙吐出，再用锋利的前爪拍拍揉揉，挑挑逗逗。她这只可怜的小动物，吓得全身骨骼散架，关节脱臼，哪有丝毫的反抗能力。魔鬼郎猫直到感觉完全吊起了胃口时，才悠悠慢慢地吃吃看看……最后终于吞下最后一撮皮毛，舔舔嗜血的嘴，舐舐带毛的爪，心满意足地离开了。后来，她好像处在弥留之际，又发生了一些什么，全部不知不晓了。

场地上那块黑色的仍然散发着腥臭的地方，谁也不敢经过。拿着洗漱用具心有余悸的人们，惶惶绕开走。

在洗漱间，冬梅左盼右顾，有气无力地问：“咦，山东嫂怎么还没起来？”

华兰妞说：“我去看看。”

洋子笑吟吟拦住说：“她累极了，正睡得香呢！”

冬梅脸上露出怀疑。

洋子转身对大伙儿说：“姐妹们，洗过脸后，多抹点儿化妆品，精神就振作多了。”

见多数人不理她，她又笑笑说：“女人陪男人睡觉是天经地义的事情。同样一件事，就看你怎么去看了。你如果认为是应该的，就会从中得到乐趣，感到是极美好的享受。如果一味钻牛角尖，当然就会误入歧途，觉得是件痛苦的事了。”

华兰妞冲着她问：“你为什么不去享受？”

洋子怔住了，瞬间她又笑起来，说：“这是分工不同呀！再说，我就是想得到这种刺激，石桥君也不答应啊。”

冬梅拉拉兰妞说：“你省省精神吧。”

樱子几人搽着化妆品，脸上有了活气，出现了笑容。她问：“和子小姐，你是不是‘爱国妇女会’的会员？”

和子点点头。

木子瞥了她一眼说：“既然是，昨晚为什么要大喊大叫呢？”

和子说：“‘妇爱会’的条文上没有要求我们这样去报效天皇啊！”

樱子道：“男人能为圣战牺牲性命，我们女人就该为圣战奉献肉体。你说呢？”

木子说：“像你夫君，为了天皇现在生死不明。他是个好丈夫、好军人，你应该为他骄傲。同时，也应该发扬丈夫的志向，为天皇献出自己的一切才对。”

樱子说：“你怎能同别国下贱女人合坐一条凳子呢？”

老实的和子默然了，内心却悲愤不已：我为圣战献出的太多太重了。自己父亲已经战死异国，两月前刚收到“为国捐躯”通知书。我的夫君，现在还在不在人世？

其实，樱子、木子二人同和子比较起来，她们更为可怜。和子还有知觉，还有忧愁，她的精神还知道疼痛，而她们两人呢？已成为植物人，或者说是一对孪生躯壳。这就如日本军国主义者把许多好青年训练成“武士道”的木乃伊一样。一个国家一个民族，如果从上到下，不分男女老少，不分贫富，只受一种愚昧信仰、一种无稽精神束缚，这个国家民族的未来将是极其可悲可怕的。

洗漱完毕，不少女人拿着碗筷已经去厨房门口排队领取早餐了。

以华籍妇女为主体，还有几个韩籍女人，她们仍然立在汤屋门口不想去就餐。

洋子像赶牲口一样催促着。然而这些饱受伤害的女人再也不听她的“循循善诱”了。

站在自己寝室门口的石桥，见汤屋门前又出现了难题，连忙赶去。

石桥弄清事情原委后，说：“昨晚发生的事出乎我的意料，我也很痛心，实在抱歉。”说着象征性地弯了弯腰。他见毫无反应，继续说，“我是平民商人，他们是拿着武器的军人。当时的我只能向他们提出强烈抗议，鄙人能力仅此而已。但我得到的只是被臭骂和斥责。”

他看看仍无效果，于是他大为“义愤”了，说道：“我马上就去宪兵队告他们的状。军人应该纪律严明。宪兵管不了，我就向大本营投诉！”

洋子说："是要去教训教训他们。我看他们太粗暴了，简直如狼似虎！我们是文明进步的民族，在女性面前，更要表现出大和人的礼仪美德才对。"

华妇们漠然听着。

樱子咽下馒头，伸伸脖子说："阿兵哥是为了圣战才长期离开亲人的。他们因为久旷才如饥似渴。他们做得就算急躁些过火点儿，我们女人也应该谅解。再说，嘻嘻……我觉得如此的暴风骤雨才够刺激哩！"

众女惊讶的眼神胆怯地看着这个人妖。

和子怒道："樱子小姐，你怎能这样无耻呢！你的骨头值几个钱一磅呀？"

樱子脸面不红不白，反击道："你高尚！昨晚你身上就没有趴过男人？"

洋子怕陷入枝节上的纠缠，立即接话说："和子说得也有道理，在对方不乐意的情况下，我们要尊重人权，提倡自由。"

黄秋菊下意识地脱口而出："人权？自由？"

夏小荷悄悄问冬梅："什么叫人权、自由？"

严冬梅茫然摇摇头。

石桥有点儿不耐烦了，以杖连连戳地说："笑话！你们支那国穷得发臭，臭得发霉，还要人权，还想自由民主？难怪小荷姑娘听不懂。你们这个民族的最大劣性之一——不能瞻前，只能顾后。比如最爱古训，最崇帝王。有些文学艺术，不愿展现今天，更不想憧憬明后天的美好未来，而是一味挖掘古墓，翻尸倒骨，为好人歌功颂德，为坏人涂脂抹粉。真所谓遗臭也能享受万年。这期间，对民族的奇耻大辱不敢正视，一味吹嘘四大发明，值得骄傲的上下五千年。你们自己说说，如此的民族劣性，哪有资格谈论民主，还要奢谈什么人权自由？"

黄秋菊的脆弱神经，在荒诞谬论的冲击下忽然得到了复苏，像得了脑震荡的人无意间又受一次撞击而记忆苏醒一样。她不由振作精神，指着石桥怒斥道："你胡说！你的诋毁出于妒忌，你的谬论出于本性，你的本性是出于野心膨胀的那个罪孽民族！"

石桥等人瞠目结舌，万万想不到这枝遭了严霜打击的秋菊还这么倔强、坚强，又亭亭玉立站起来。洋子对石桥使个眼色，对众女笑笑说："姐妹们，不要再为摸不着边的事情争论不休了。时间不早了，快去就餐吧。"

严冬梅等人仍然不动腿脚，互相以目传递着一个共同的抗争方法。

石桥阴鸷地笑笑说："你们这些支那人听着，照你们的说法，我是先礼后兵的。如果不识抬举，敬酒不吃，就别怪我石桥不够义气了。"

严冬梅愤然道："你今天必须解释清楚，否则我们宁可饿死！"

石桥冷冷地问："解释什么？"

严冬梅说："为什么要骗我们？"

众口一词："对。为什么骗我们来这儿？"

石桥苦苦一笑回答道："你们可以指责我骗了你们，可我去指责谁骗了我？在这个问题上，你们和我们同是受了骗，同是受害者。你们当然不信，我只好实话实说了。请诸位想想，来这儿之前，你我互相认识吗？你是哪里人？从哪儿来？我根本不知道。你是在什么地方被皇军'招募'进来的，得了多少安家费？我一概不清楚。请诸位说说，来这儿之前，谁见过我，我见过谁？我骗了谁，谁又受了我骗的？请诸位说呀，当众说呀！"

众妇互相目视，谁也不开口。

石桥对洋子悄悄说："去把案卷取来。"

华兰妞忽然问道："他们逼我来是为鬼子洗老衣的。你竟然改变我们工作，强迫我们做婊子！"

石桥忽然嘿嘿笑起来，笑了一会儿才说："我是个商人，哪有这个神通和胆量，随心所欲改变你们的工作？诸位都是在上海集中从上海来的。我是在那儿办理的接收手续。我为每人付出对方代交给诸位的一千元，外加百分之四十的'花捐'才领到批照，才拿到诸位签字画押的'自愿工作书'。"

她们异口同声大喊："一个子儿我们也没见过！"

石桥笑道："那我就不得而知了。反正每人一千四百元，我不欠分文。不信有收执为证。"

洋子拿来一只大大的牛皮信封。

石桥接过来，从里面拿出一沓案卷，举起晃着说："这是诸位的'自愿工作书'，一份不少。"

黄秋菊说："谁'自愿'的？都是用威胁手段逼我们在上面签字按手印的。"

石桥笑道："是'自愿'还是'强迫'，我没有亲眼见到。我现在亲眼所见的是这个，是白纸上写的黑字。好吧，我就把关键的地方念给你听听，让你口服心服。"石桥咳嗽一声,高声念道:“本人自愿接受招募,自愿为皇军做好急救护理工作,自愿将全部身心报效天皇陛下。下面是你签名。你看,第一个‘自愿’说明并非‘强迫’,第二个‘自愿’说的工作之一,第三个‘自愿’说的工作之二。你们现在从事的就是第二项工作——将全部身心报效天皇陛下。”说完,他嘿嘿奸笑着,把文契交给洋子收起来。

众人都傻眼了,我看看你,你看看我,真是哑巴吃了黄连根。

黄秋菊仍想挣扎:“这是你们的曲解,是文字游戏,是玩的花招!”

石桥笑笑:“秋菊姑娘,现在讨论是‘曲解’还是‘花招’,已为时过晚了。谁如不肯以身心报效天皇也可以,只要你拿出一千四百日元来,我立即放你出门。”

洋子拉拉冬梅的手,对石桥说:“好了好了,话已说明了,不要再啰唆了。快让她们去用餐吧。”

这时从大门外开进一辆装满铁丝网的汽车,几个电信兵来安装电网了。

严冬梅突然回答道:“不。你不答应我们三个条件,我们宁可饿死,或者我们手拉手去撞击电网!”

石桥心里一惊,暗想:果真出了事故,非但中川不肯饶我,还得净赔一万多元。损失太大了,太可怕了。他定了定神,冷冷问道:“哪三条?”

严冬梅凝眸想了一会儿,高声说:“第一,保证今后不再随意打骂我们,不准虐待我们。要把我们当人看,要尊重我们人格。”

石桥笑道:“可以保证。诸位姐妹本来就是有血有肉的人嘛。第二呢?”

严冬梅回答道:“第二,要保证尊重妇女的生理规律,来潮或有病应该停止工作。”

洋子笑道:“妹妹也太多虑了。这条你不说,我们早已考虑好了。哪能带红工作呢?”

严冬梅声色俱厉地说:“第三,你现在要保证,等我们姊妹用自己挣来的血泪钱还清了你的阎王债,就立即退还‘自愿工作书’,立即放我们出去。”

众口同声:“说得对。你必须同意这三条。”

洋子脸上出现了惊骇、愠怒,她目视石桥。

石桥想想,哈哈大笑以后,痛快地承诺说:“只要你们还清了我的垫支,两清不欠就行,我石桥还有什么可说?不放你们回家,难道还要让我来为你们养老送终?”

众女脸上转了气色，发现黑暗的前方还有一丝一缕的亮光。说也奇怪，刚刚争得了无所谓有无所谓无的微弱希望，精神就大为好转了。

严冬梅说：“口说无凭，你今天必须写给我们。”

石桥一听，心想：这臭女人真厉害！说道：“我是当诸位面亲口说定的，决不赖账。何必又浪费纸墨哩？”

众口一词：“不行！一定要写。”

华兰妞说：“写好后叫秋菊读给冬梅听听。”

石桥似乎被逼得招架不住，连连弯腰说：“算我认得你们这些姑奶奶了。好好好，我就去写。”他说完，急急向自己寝室瘸去。

洋子回过神来，她近于哀求地说：“姐妹们先去用餐吧。你们吃过了，他就写好了。”

严冬梅同姐妹商量着。她们想：我们先吃也可以，如果石桥再次骗了我们，我们都不进屋，干脆同他拼个你死我活。

早餐是稀饭加白馍，下饭的是一盆什锦菜。

华妇们刚吃了一半，石桥就把字据送来了。

冬梅让秋菊先仔细看看，看可有玩鬼的地方。秋菊研读数遍，又推敲了几个词语后说：“基本都照你说的写的，上面没有暗设陷阱。”

冬梅说：“你再念给我们听听，念慢些。”

黄秋菊双手捧着维系她们姐妹生死攸关的字据，口齿清晰，一字一句读了起来。

站在出入室门口的两个浪人已经开始工作了。大门外的鬼子兵经出入室鱼贯而入。个个在未踏进院里之前，必须交出军中发给的一张“入所证”。交了证的鬼子兵，正簇拥在窗口议论张贴的大红纸。红纸上写的是：

陆军娱乐所守则

一、本慰安所仅限陆军军人、军方聘雇人员入场。入场者应持有军方发给的“入所证”。

二、入场者应先于窗口排队购买“入场券”，并领取免费避孕套一枚。

三、入场券收费标准如下：士兵及军聘人员，每场二日元；军官五日元。概不挂欠。

四、入场券一张一用,卖出不退,遗失不补。

五、持券者应依据券上所注房号对号入室,不得错号或交换使用。每券限时间最多不超过三十分钟。

六、持券人入房后应立即将入场券交给服务对象收存,不论娱乐效果,概不退还。

七、房内禁酒,禁止大声喧哗或无理取闹。

八、娱乐后应立即退出,不许随意逗留、谈情说爱或滋事生非。

九、严禁不用避孕套。

十、本所有权责令违规犯纪者退出场所。

本所谨启

昭和十三年四月

当然还有等级森严的内部规定:在所中尉官可以延长到两小时,佐官可以陪乐通宵,将官可以带出享受通夜,任何官衔不得近身于外籍异性,如此等等。

围观的许多鬼子兵叽里哇啦,脸上的神情褒贬不一。

小胡浪人还做着将各人的马粪纸号牌钉到各人门板上的工作。

樱子等前批就餐的人早已吃过,带着洗净了的碗筷走进自己号房。放好碗筷后,又去了趟厕所。她们再次进屋后,各人均做好必需的准备"工作"了。

全体华妇和几个韩妇们虽然用过餐,虽然收好了"契据",但是人人还是不想离开厨房。她们像被宣判为绞刑的死囚一样,明明白白知道自己难逃劫难,难逃那只悬吊在空中的套索。但是,腿脚就是挪不动,心里就是喊着冤。看着那可怕的套索圈环,最勇敢的人也不由浑身颤抖了,最厌世的人也不由恋尘了。她们多想迟缓一分钟,甚至几秒钟,再看看蓝天艳阳、自由飞翔的鸟儿,再深深呼吸一次和煦微风中沁人心脾的清香甜美的空气。这些可怜的弱女子,现在脑中空荡荡,再无一技之谋了。

石桥又拐过来了。他身后是拿着皮鞭的人高马大的肥胖浪人。他剃着光头,双目细小,脖子肥得头颅难转,大肚凸凸,双腿如柱,也许是被淘汰的"相扑"运动员。他像是石桥豢养的狼犬,紧紧跟在主人身后,对女性们虎视眈眈。

还在苦口婆心劝说的洋子,见石桥铁青了脸站在厨房门口,急忙劝阻道:"石桥君,你别性急呀！她们就准备回房了。”

在洋子和枝子的劝说推拉下,众女性只能动了腿脚,向“刑场”蹭去。

当严冬梅走到二十九号门口,突然想起了山东嫂还没起身吃早餐。她站住对洋子说:“我去看看山东嫂,给她送点儿吃的去。”

洋子急忙拦住她笑道:“她不会吃,也不需要吃。”

几个华妇大惊,连声问洋子:“她出了什么事?”

洋子摇摇头,笑说:“姐妹们别瞎疑猜。她刚刚喝过我送的牛奶。昨晚实在累坏了她,现在还睡着。你们若真正心疼她,就不能惊醒她啊。”

华妇们对她的话不再相信。严冬梅轻轻推开二十九号房门,果然见山东嫂静静安睡着。她刚想跨进门内……

石桥大叫:“不准进去串门!”

严冬梅只好关上门,向自己的房间走去。

窗口外,许多交过钱得到入场券和胶套的鬼子兵庆幸自己的捷足先登,高兴得手舞足蹈、狂呼乱叫。有的吻着入场券,有的把胶套吹成硕大的泡泡,抛向空中,在空中飘荡的泡泡引来许多同伙的争抢。操场上人声鼎沸,乱成一团了。

电讯兵也跳下围墙,掺和进来胡闹。

石桥急忙赶来,边散发纸烟,边笑阻道:“请诸位注意影响,注意军容。大家都是来娱乐的,不能搞到最后你我都不愉快。”

石桥又对几个电讯兵说:“你们先干好自己工作。今晚我一定选几个嫩嫩的送给你们乐乐。”

石桥见众人的行为收敛了一些,立即走到操场中心摇起铜铃。

手执入场券的鬼子兵,在枝子的指引下,立即奔向自己的娱乐场所。

洋子在窗内继续卖券。

枝子来回照应着。

两浪人静静立在出入室门口。

石桥目及四处,终于松了一口气。心想:头难头难,真是太难了！忽然,他打起哈欠,猛然觉得应该去好好弄上两口了。

石桥把纸烟头捏好,躺上床,刚要擦火柴,忽听外面有人大叫大骂。他立即把纸烟夹上耳朵,奔出门外。

石桥见到二十五号和二十八号门口的走廊上均站着上身赤裸提着裤衩的士兵,是他们在大喊大骂。

洋子丢下手中买卖,急急奔向走廊。

石桥带着两个如狼似虎的浪人,踢开二十五号房门,见黄秋菊死捂着衣服,蜷缩在墙角,美丽的双眼变得令人可怖。

石桥厉声说道:“你为何出尔反尔?我们既说定了,你为什么又反悔?这是谁的不对?”

他停了停,见她无反应,便转身对两浪人吩咐道:“她身上衣裳全是我的。你们去给我全部扒下来,裤衩都不借!然后用绳子绑了,送给大佐练习三点射击,然后再喂狗!”

两浪人立即扑向墙角,去动手剥衣……

洋子慌忙拉住浪人,叫再等一会儿。

秋菊全身战栗着,呆呆看着洋子。

洋子眼圈发红了,她涩声说:“好妹妹,听我话,好死不如赖活着,你是读书人,心要想开些。来,姐姐帮你脱。”说着,就动手给她解腰带。

秋菊木然了,不配合也不反对,听凭洋子的摆弄。

洋子转脸对三个男人使使眼色,他们无声退出了。那个买这号的鬼子兵,同样无声走进来。

洋子给秋菊脱光了上衣,把她扶睡到铺上,再帮她褪掉裤衩,盖上毯子,对那士兵点点头,嘱咐道:“你动作要温柔些,别吓着她。”说完就退出屋,带上房门。

洋子急急蹦跳进自己的寝室,抓了件东西朝怀里一揣,又匆匆赶到二十八号门内。浪人的鞭子已经抽打着木然不动的华兰妞。洋子看了一会儿,阻止了鞭子,坐到兰妞身边,悄悄对她说:“好妹妹,你若再不听话,石桥就叫人把你的奶头剪掉了。”

轻轻的一句话,对兰妞犹如晴天一个霹雳!她震惊不已,恐怖地看着阴笑的石桥。

洋子继续攻击:“你如不信……”洋子说着从怀内掏出一把锋利的剪刀,又说,“这是刚才我从胖大头手里夺下的。唉,谁让我是女人哩。”

拿着鞭子的胖大头点点头,证实此话不假。

碉堡终于被攻破了。华兰妞边想着什么,边解着自己衣扣……

洋子笑笑,带着只会攻城不懂攻心的三个男人,胜利走出屋门。

石桥坐在售券窗内,一边贪婪地吸着纸烟,一边看着妻子有条不紊地售券。他想:今天开张之日,如果少了她或者她也是个庸庸碌碌之人,准会出大麻烦,甚至会砸锅卖铁赔大本。想到这儿,不由不感激她,不由不更加喜欢她了。他悄悄走到妻子身后,猛然在她脸上亲了一口,在她胸部捏了一把。

洋子佯怒道:"你这死鬼,被别人看到多难为情。"

石桥嬉笑道:"现在大局已定,一切都走上正轨了。我不能不感谢我的贤内助。今晚一定陪你喝两盅,再让你痛痛快快畅游爱河,淋淋漓漓沐浴云雨之乡。"

洋子故意不理他,看看桌上闹钟说:"时间不早了,你来卖券。我要去上集买菜了。"

石桥用京腔道白,道:"妙哉,下官谨遵夫人之命了——"

七

老妇强氏挑着两只空篮走在前,穿和服、着木屐的石桥洋子跳跑在后。一路上洋子不停地问这问那,体现出自己怜老恤贫的美德。而迟钝木讷的老妇常用一两个字的单词给予简洁回答。洋子也不在意,仍然笑着东拉西扯。

集市不大,卖者多而买者少。那些小店小铺生意冷清,硬撑门面。摆在路边叫卖的菜蔬及鸡蛋鱼肉,都是乡下人的自产自销。他们并非出于盈余而售,而是因为田地里不出产火柴洋油食盐之类的生活必需品。

这里的商人乡民,从他们祖上起就没见过外国人,只是在几个月之前才见识到那些穿着黄衣的如狼似虎的鬼子兵。至于身穿花衣裳脚趿木拖鞋的外国女人,今天还是初开眼界。见她头发梳扎得很别致,脸上白粉搽得像个吊死鬼,后腰扎着方形的包袱,人也长得精精神神,和颜悦色的脸上笑容不离,成年人对她尽管好奇感到有趣,但当她走到自己身边时,总是退避三舍。只有那些不知天高地厚的顽童们尾追在她身后,说笑蹦跳着,胆大的还用那肮脏的小手,去拍拍她后腰上的包袱。每次她总是掉头笑笑,脸上毫无愠怒之情。

她买菜很精明。同一种菜,都要连问几个摊主最低售价是多少,最后才肯把钱掏给那个价最低菜最好的摊主。

菜买得差不多了,她想起夫君说今晚要喝两盅的话,于是又走向一家烟酒店。

酒店门外的路边地上,盘腿坐着打着云板的老妪。她身边坐着相濡以沫的黄毛姑娘。姑娘正弹拨着一把破旧的琵琶。她边弹边唱着什么。有时老小还对白两句。她们面前地上有一只豁口钵子,里面有几张污秽不堪的分票。

挑着菜篮的老妇,看着她们蓬头垢面、衣衫褴褛的可怜相,放下担子,在身上摸了半天,也没摸出个心想的东西,只好站着叹口气,摇摇头。

洋子也看了一会儿,明白老妇的心意。她从皮夹里拈出两张角票递给老妇。老妇惊诧迟疑着,终于接过手,连声说:"多谢太太……"

这时,场外围观了许多大人孩子。

老妇连忙站起,向洋子拱手作揖。

洋子笑笑,摇摇头,走向酒店。

世上怪事也真多。那边是奸淫掳掠放火杀人,这边是怜老恤贫积德施舍。同一种物件,竟然有天壤之别的两面。如此怪异,有点儿像疯道人送给贾瑞治病的魔镜了。

洋子买菜回所后,急忙走进售券室,悄问石桥:"我走以后,曾出什么麻烦?"

石桥得意地说:"世界安宁,天下太平了。"

洋子见窗外已无一人,问:"券都售完了?"

石桥笑道:"难道还留几张给自己?"

洋子看到各房门外都排站着好几个,心中不由暗暗着急。

石桥说:"中川刚才打电话来,叫我去一下。这儿就拜托夫人了。"

石桥在岸信带领下,跨进了中川办公室。

中川穿着便服,左臂吊着绷带,低着头沉着脸坐在沙发上。他刚才在电话里受到宪兵队长栗原次郎的训斥,栗原为昨晚发生的泄密事件甚为恼火,指责他防卫不严,掉以轻心,并且还隐隐斥责他玩弄支那姑娘,违反了军中内部规定。希望他今后尽忠尽力,洁身自好,不能再发生此类事件,否则严惩不贷!

栗原次郎是东京士官学校的高才生,是"皇道派"的新秀。他们是同乘的一条政治舢板,也可以说是风雨同舟了。栗原虽然比他小几岁,军衔又比他低一级,但是栗原在军中享有的权力却比他大得多。按照日军编制规定,每个师团配给一个宪兵队。国家招募宪兵时,素质要求较高,文化水平不低于高中,个人历史无劣迹污斑,社会关系要清晰。军中规定:"宪兵见官大一级"。将军见到宪兵,必须先敬礼,然后,这位宪兵才向将军敬礼致意。宪兵是军队中的警察。所以,刚才中川大佐受到栗原中佐的训斥,他怎能不寒而栗呢?

他在恐惧中抬起头,看到石桥立在前面,不由怒从心中起。这大概是受中国官场文化的影响,也难逃大鱼吃小鱼,小鱼吃虾米,虾米啃烂泥的官大一级压死人的惯例。所以,下级常常成为上级的出气筒。

中川猛然站起,指着石桥鼻子大吼道:"你狗胆包天,竟让两个探子跟到这儿!送了我的命是小事,你毁了天皇陛下的宏图大计,你有九个脑袋也不够杀的!!"

石桥诚惶诚恐,全身上下觳觫着。

他聪明得很,他知道当官爷们正在火头上,不管训斥你什么,都不要申辩。他说你杀了人,你只能先默认。你若开口申诉,官爷更来火,难道人是他杀的?他若放个响屁,你只能说香得很。若胆敢说臭,难道你自己放的屁是香的?在官爷面前该怎样逆来顺受,石桥是无师自通的。

石桥所以连连弯腰,说:"这是在下的一时疏忽。在下该受军法惩治。"

中川见他尚能严厉自责,气就消去一半。他看看石桥,又问:"所里现在情况怎样?"

石桥答:"报告大佐,本所今天上午八时已经开始正常运转,未发生任何差错。"

中川见他工作成效可以,火又熄了几把。他示意石桥坐下,继续说:"根据我的分析,那两个不速之客是当地的土产游击队,掀不起什么风浪。"

石桥连连点头,悬吊着的心放下了。

中川又说:"不过,从今天起,严禁任何支那人靠近娱乐场所。"

石桥问:"如果是别国人呢?"

中川说:"也不行!特别要注意那些蓝眼珠的大白猪。如果他们坚持要进去看看,你只能礼貌地拒绝。实在不行,由浪人对付。你我只能电话联系。"

石桥点头如捣蒜。

中川问:"电网装得怎样了?"

石桥说:"到今晚成功。"

中川凶恶地说:"这是一只与世隔绝的铁丝笼。若已撞进来,决不能飞出去!"

石桥演绎道:"要想出去,先留下狗命!"

中川说:"对!不过你说得太刺耳了。"

石桥嘻嘻笑起来。

中川沉默了一会儿，忽然又说道："还有一事你记清楚了，每月的十五和三十号两天，你必须去师团总部交纳应征的花捐。从业人数和实际收入定要如实上报，不得隐瞒，不得滞纳。如有违犯，畑俊六将军手下人是不会饶恕你的。"

石桥说："请大佐放心，在下绝不敢私吞花捐。"

原来，当陆军总部决定创建"三类军需品"的时候，就有聪明人想到了大可利用这个"创建"来搞"创收"，即搞点儿副业收入。但是这笔巨款决不能让财税省染指。其因有二：一是每月都有一笔巨大款子难于入账，羞于见世；二是经手不穷，雁过毛拔。所以总部决定，直接由军方单线收支。这一英明"创建"，就达到了一石二鸟的效果。所以二战以后远东国际法庭在审查日本陆军总部经济账目的时候，发现政府拨款与军界实际支出极不相符，其中有一大笔来路不明的黑钱。当然，那时候的稽查人员哪里会想到这是用千千万万女性肉体换来的昧心钱！

看来，这个"伟大"的民族最爱从女人的皮肉中榨取油水了。这是他们的传统做法。例如在二十世纪初，政府为了强国富民，默许多少女人背井离乡去做南洋姐，发洋财，捞外汇。现在呢，为了穷兵黩武，又把她们变为性奴隶，从她们体内再次榨得庞大的军费开支。这种绝妙的做法，看来也不失为一种国粹！

中川目视石桥良久，突然问道："栗原怎么很快知道的？"

石桥只是茫茫然，没有惊慌失措。

他见石桥只是摇头，知道问不出个所以然，也就不再多问了。

石桥告别中川，就急忙回所了。

他站在操场中心，见电网已经包围了半个学校，似乎吃了半粒定心丸。有围墙的地段，坚不可摧的铁网就架在围墙上。借着围墙砌了屋的，牢不可破的铁网就沿后檐拉架。设计方案是，从大门左边开始围起，绕过一周，终于到大门右边。傍晚成功后，外面的虫鸟飞不进，里面的鼠蛇也出不得。聪明人也会一时糊涂，他们忘记了一句俗语：天下没有攻不破的碉堡。

此时，场院里比八点左右时安静多了。"工作"完成的，三三两两已回营地；尚未"工作"完的，每号门前只剩两三个了。

石桥拄着拐杖，悄悄登上"第二故乡"这段的走廊。他想从"家家户户"门前过，听听里边实际情况。这既是侦察也是欣赏，既是散步也是工作，既是无聊也是刺激。他屏息静气在一至四号之间，里面的女声说着淫词浪语，令他抓耳挠腮心猿意马了。他怕自己经受不住考验,慌忙走向下段号房。停立许久,除了男性的气喘声,再无其他反应了。他扫兴地再往东走,刚站下,就听到女子的嘤嘤哭泣,连连哽咽,还有男人的辱骂声。他气愤了,迷茫了。难道这些女人不是皮肉之躯,还在把欢乐当悲痛?他赌气不听继续往下走,听到毗邻三间里女人都在低声哭骂着"畜生""砍头鬼""剐千刀",不懂汉语的士兵反而得意忘形地笑着。他发怒了,又冷静地一想,还是以"忍"为上。不管她们哭也好骂也好,只要能够接纳,就不会影响我的收入。再说,事事都有一个变化过程,不能要求太高,操之过急,俗话说"物极必反",还是能忍则忍吧。他离开了走廊。

他当然要"忍"。眼前这些不同型号的机器是产自不同地方的,她们的机械性能当然差别很大。经过缜密观察仔细研究之后,觉得凡是能马虎着使用的,就应该得过且过,何必要一定苛求呢?只要能把本钱捞回来,再榨出一笔丰厚利润,也就心满意足了。

石桥忽然听到身后有说话声,掉头一看,二十四号门口站着披裹草绿长衫的姑娘。他急急赶去,温和地问:"你怎么出来的?"

门内那个用毛巾遮着下处的日军说:"真他妈的讨厌,她要上厕所。"

石桥皱眉说:"室内备有瓷盆。"

小河北急得要哭了:"我昨天受凉了,我要……"

石桥明白了,挥手让她去。然后,他走进屋内,递上一支烟,对士兵笑笑说:"青年人,猴急什么,歇歇对你更好嘛。"

生意场上有句口头禅:"顾客就是上帝。"老板对顾客做了最好的安抚。

铃声催吃午饭了。

二十六号严冬梅一边穿衣,一边对西面苇席悄悄说:"秋菊,等她们先去打饭,你陪我去看看山东嫂。"

黄秋菊的烫发成了一堆乱稻草,她对小镜梳理着。听到冬梅话后,她答应了一声。

她们两人避开了石桥的视线,悄悄进了二十九号门。

掩上门转身一看,不由瞠目结舌。铺上的山东嫂,仍然昏睡着,脸色灰黄,如果不是双唇偶尔一张一翕,简直就是一具死尸。两人泪水潸然而下。她们看到在她的脚头和铺里,随手丢弃着一堆成为废纸的手纸。她们明白了,从昨天晚上到今天中午,她一直没有停歇过。看看脏物堆头,肯定比一般人受的凌辱多。冬梅蹲下身轻轻掀开毯子,山东嫂一丝不存的身上到处都有可见的青斑紫痕,胸部尤为严重。冬梅忽然想到了什么。

冬梅盖好毯子,悄悄对秋菊说:“她西边就是兰妞,难道她一点儿察觉都没有吗?”

秋菊涩声说:“冬梅姐,一上刑场,谁还想到谁?比如我,左右发生的一切都是充耳未闻。就算打个响雷,也听不到呀!”

冬梅喃喃地说:“说得也是。我也有同感。”

冬梅把铺上一切污秽之物统统集中起来,捺到盆里,用块毛巾遮着,对秋菊说:“马上带出去。”

冬梅试着摇摇山东嫂。秋菊俯到她耳边轻声叫喊:“山东嫂,你醒醒。”

两人流着泪,焦急地摇着喊着。好一会儿,她终于睁开慵困的睡眼,眼珠转动了,魂魄又悠悠还原到身上。

山东嫂认出是她们两位姐妹,有气无力地问:“鬼子都走了?”

秋菊刚要说话,被冬梅悄悄拉了一下。

冬梅笑笑说:“都走了,发生的事已经过去,你就别再提它了,免得引起姐妹们的不安。”

山东嫂吃力地点点头。

冬梅又说:“你就这样好好躺着别动,我们去给你拿点儿吃的来。”

在冬梅的遮掩下,秋菊端走了面盆。冬梅又安慰了几句,才离开出去。

秋菊走到冬梅身边,低声说:“冬梅姐,依我看,他们在她身上捣了鬼。”

冬梅沉重地点点头:“这事你不能告诉兰妞,她性子太急。两个姑娘胆子又太小,也不能说。我们还是先吃饭,饭后再去找那个禽兽不如的家伙。”

她们走后,静静地躺在铺上的山东嫂慢慢恢复了意识。正在努力回忆她逃到操场上以后的事情——有人喊逃;有个女的被杀,还被开膛剜心;有两个人从屋顶上跌下来……忽然,她惊骇地感到臀下的垫毯湿透了。她用颤抖的手臂伸下去……一会儿,她全明白了。她抓了几条毛巾,垫到臀下。

这位倔强好强的可怜人终于流出了屈辱、伤心、愤懑而又无可奈何的泪水。

她一边流泪一边细想:这事还不能告诉姐妹们。她们若是晓得了,决不会咽下这口气的。尤其是兰妞,她若为我去同拐子拼命,拐子能不对她下毒手?她已够可怜的了,我不能让她再为我吃大苦。她看看窗外天空,猜测现在是第二天的中午了。从昨晚到今天中午,这些姐妹又是怎么熬过来的呢?像秋菊妹子,大概还是个闺女,长得如花似玉,水灵灵嫩娇娇的,她怎受得了这些野兽糟蹋的?她想到这里,又为别人流下了辛酸之泪。

她家离青岛不远,靠近海边。全家八口,而吃闲饭的就有二老双亲和四个孩子。生活全靠夫妇俩以半渔半农来维持。有一天,鬼子突然包围了村子,把青壮年男女用刺刀逼到广场上。有些鬼子仍在各家屋前宅后搜查。躲在草堆里的丈夫也被拖出来了。一个白脸的中国人对大家说:"现在中日亲善啦,皇军为了改变你们的贫穷生活,特地来安排大家去做工。"后来,就把男人们抓上船,送到日本去开矿,把女人们统统带到青岛关起来。

山东嫂现在又想到了家里几个老小亲人……

门被人轻轻推开了。冬梅端着饭,秋菊端着菜,后面还跟着四个姐妹。

山东嫂看看,心想:全都来了,姐妹们待我真好。如此一想,鼻子又酸了。她强忍着泪,在兰妞和小荷的帮助下勉强坐了起来。

她感到头晕,眼前金星四溅,全身骨节骨眼酸胀疼痛。她不敢说,咬牙强撑着。她眼睛转向四位姑娘,想问问刚才自己所想的。但是想了想,还是不敢开这口。

流泪的小荷说:"山东嫂,你先喝口菜汤吧。你昨晚被他们打晕了。依我看,倒是一件好事。我当时瘫在走廊上,怎么不来打我呢?"

幼稚姑娘说的一句实话,像把锋利的尖刀,刺入她的心脏。她宁可忍受剧烈绞痛,也不想把真情告诉她们。

冬梅瞪了小荷一眼:"过去的话不提了。先让她吃点儿东西。"

华兰妞愤然地骂道:"这些畜生,下手也太狠毒了!依老娘性子,这会儿就去找拐子算账。"

"拐子我来了!"石桥在门外高声说,"你找我算什么账?"

华兰妞怔住了,愣着神。

严冬梅心想:现在不能同他较量。否则,山东嫂立时就受不了。

山东嫂决定:我的事先忍一忍,等我体力恢复了,再跟这个拐子拼个鱼死网破。现在不能说破,否则这些姑娘受不住的。

石桥见都不说话了，然而双双眼里均喷着怒火，他有点儿胆怯了，笑笑搭讪问："你，你终于醒了。把我同洋子急死啦。那些家伙手脚也太无情了。"石桥有点儿变了，但不太完美。

冬梅冷冷一笑："你说得不错。我们思来想去，还是你石桥先生最有情有义啊。"

石桥干笑着，正想快点儿离开这儿，严冬梅忽地挡在他面前，杏眼圆睁，声色俱厉地问："石桥先生，早上你写的那份保证曾留底稿？"

石桥惊诧莫名了一会儿，点点头说："留着哩。"

严冬梅冷笑道："我建议你今后每天早上都要温习一遍，时刻提醒自己。"

石桥连连哈腰，说："是是是。我一定铭刻在心，天天对照，坚决执行。"

洋子不知这里又出了什么乱子，立即赶来。她见丈夫变得如此熊相，好气又好笑。她察言观色，这里曾出了一点儿不愉快，现在已经风平浪静了。她见石桥离开了，友好地看看大家，嫣然一笑说："姐妹们，该是午休了。在这之前，各人把自己用过的毛巾洗洗，消消毒。天上不见太阳，只好早点儿晾晾吧。"她见听众无反应，不得不再做个声明交代，笑道："每人都是五十条，好轮换着用。如果有人怕洗，想领新的也行，不过是要记账扣钱的。"

她说完，走到山东嫂面前，屈身坐到铺上，抓起她的右手，凝视掌纹仔细观察着。

夏小荷等人注视着洋子的神情。

看手掌的洋子叹口气说："你这位大姐性格刚烈，心地善良，夫妻恩爱，多子多女。不过，照这条线看来，你的命好苦呀！"

夏小荷惊喜道："石桥太太，你手相看得真准啊。"

山东嫂抽回手掌，脸转向铺里。

洋子笑笑道："姑娘，我哪里会看什么手相，不过从我爷爷那儿学了一鳞半爪。老人对你们的'麻衣'很有研究。我出于好奇好玩，才得了个一知半解。"

夏小荷说："请石桥太太给我看看。"

黄秋菊叫道："冬梅姐，我们去汤屋吧。"

洋子笑笑："姑娘别心急，先去干正经事，再好好休息一下。以后有时间，我给每个姐妹都看一下。"说着站起身笑笑，退出此屋。

夏小荷同另两位姑娘去汤屋洗毛巾时，冬梅她们已经洗过了。

通到头的走廊上拉了上下两层铁丝,规定各自毛巾晾晒在自己门口,不得搞混。冬梅她们正在门口拧绞着余水。

夏小荷把白色毛巾、红色裤衩分开来洗着。

小无锡说:“他们这种红不褪色,你就并在一块洗吧。”

小河北惊奇地问:“你怎晓得的?”

小无锡说:“我们那儿有个姑娘,从城里买回一条鬼子的红头巾,被她瞎眼妈妈一起搂到木盆里,用皂荚水泡了半天,那姑娘从田里回来看见了,急得了不得。后来,她拎出水面一看,仍然是鲜红鲜红,它没有损了自己又坑害旁人。”

她们两人不相信。见小无锡把红白两色放在一起搓揉,揉了好久,也不见清水变色。

小河北惊喜道:“鬼子的颜料怎么配的?”

手捧面盆的樱子跨进来骄傲地说:“我们用的是科学新配方。哪像你们支那人,用土法熬制用铁锅煎汤,染出来的布料,像一幅世界大地图。”

三位姑娘听得不顺耳,心里不好受,但究竟为的是什么,都说不清楚。她们只好用沉默来对付了。

樱子站了一会儿,将自己的盆子放到小荷面前,笑笑说:“请你帮我洗洗吧。”

小河北说:“我们自己还没人侍候哩。”

樱子笑笑:“勤劳是支那人的美德嘛。”

小无锡说:“那也不能‘勤劳’到你的身上。”

小荷接过盆,对她们两人说:“大家都是同样的人,就帮她洗洗吧。”

樱子想:我怎么能跟你们一样呢?又想想,还是不回击的好。她走进里间,解开腰带,用毛巾在那木桶里浸了浸,拧干了水,从胸部开始慢慢向下擦拭起来。

午后的操场安静下来了,吃后洗完的女性们均回到屋里,不是躺在铺上闭目静养或想着什么心事,就是隔着遮目透声的苇席说起悄悄话来。

冬梅与秋菊轻轻走出房门,向操场西边走去。

石桥夫妇也够辛苦的了,午饭后,谁也没有顾得上休息。洋子在整理着入场券和避孕套,石桥拨弄着一把小巧玲珑的红木算盘,在算着什么账目。

夫妇一抬头,见两个华女立在门外,双双立即笑脸相迎请进门,又让座。

严冬梅怒形于色站着。

洋子觉得来者不善,估摸又出了什么事情。她想必须先稳住她们,弄清原委再说。她笑笑问:“妹子你先别急,有话坐下慢慢说,我们之间有什么不好商量?”

严冬梅竭力克制着自己的怒火,低声重语地说:“石桥先生,我们是来为山东嫂请假的!”

石桥暗吃一惊,偏偏哪壶不开提哪壶,装糊涂地问:“谁是山东嫂?是几号?”

黄秋菊怒目而视:“二十九号!”

石桥笑笑:“噢,是她。为什么要请假休息?”

冬梅冷冷一笑:“你心里比我们更明白!”

石桥双手一摊:“我什么也不清楚,请你说明白了。”

冬梅跨前一步:“让我说明白可以。不过,不是对你说,而是去跟所有姐妹们说。如果那样,下面好戏就开场了!”

秋菊道:“如果山东嫂知道了,她不闹得你鸡犬不宁、放火杀人才怪哩!”

石桥僵呆了。犹如晴天炸了一个惊雷,又像突然掉入冰窟。他朦胧意识到事态发展下去的严重性。原来支那女人不是全部胆小谨慎、恪遵妇道的,她们怒急起来,也会像条疯狂的母狗红着眼睛乱咬人的。中川只会干发议论,这种棘手的具体工作你不妨来试试看?你除了让她们“报废”掉,还能有什么绝招?

洋子心想:终于东窗事发了。当初你要那样做时,我就暗地劝说过。你偏偏要刚愎自用。现在危机来了,谁叫我们是夫妻哩?只有我出面,尽量把大事化小、小事化了了。她走上前,拉拉冬梅手说:“好妹子,快坐下。”她强拉她们二人坐下了,又急忙为她们泡了茶,自己才坐下。

当洋子跟她们讲话时,石桥抓了两张手纸,说了声“对不起”,就溜出屋了。他想:处理这类事情,女人比男人更有办法。

秋菊见石桥溜了,立即站起。洋子拉住她笑道:“妹子,有什么话跟我说一样。他正闹肠胃哩。”

严冬梅怒沉着脸:“你能做他的主?”

洋子正色说:“除了生死攸关的事,都能做。”

冬梅想了想,说:“你们用的那个卑鄙阴毒手段,我们就不再说了。现在,依据保证书上的第一条,你们必须保证,以后不再搞这种伤天害理的手脚。第二,因为你们的错误,山东嫂必须休息两天不‘工作’。”

洋子默默思忖了一会儿，笑笑说："就凭短短几天的接触，我看得出来，二位妹妹都是讲情讲理的人，不会做胡搅蛮缠的事……"

秋菊打断她的话头说："不要再说甜言蜜语了。"

洋子笑笑，接着说："你别心急。等我把话说完，错了由你再批评。按理说呢，我们还没有违反第一条。事情是先发生，保证是写在后。自从写了保证以后，你们凭良心说说，他的态度是否有了改变？"

冬梅聚精会神地听着。

秋菊听了点点头。

洋子很客气地对她们让茶，又说："依我看，女人从事这项工作，不就是那么回事？几个姑娘都过来了，何况她是个生过孩子的女人？除了在精神上一时难以接受而外，在生理上对她根本未造成伤害。再说，我们初来乍到，人员少，任务重。依照中川要求，每天要开三班哩，硬是我们顶着说她们是人不是机器。还有，军方是按各所从业人数发放'入所证'的。如果有人少工作或不工作，她的任务就得加到其余姐妹头上去。我说的全是实话，如果有一句欺骗，天打五雷轰，日后不得好死！"冬梅厉声说："你说了半天，究竟同意不同意她休息两天？"

洋子苦着脸说："我不是都说了嘛。"

秋菊问："一天都不同意？"

洋子想想，说："既然两位妹妹开口了，我不能黄你们面子。就让她休息一天吧。"

冬梅摇摇头："没有两天，她恢复不了体力。"

洋子笑笑说："你实在要坚持两天也可以。第一天任务大家分摊，第二天的任务由你们二位分领。"

冬梅怒目而视："你……"

秋菊拉拉冬梅："梅姐，两方都退一步吧。先歇一天看看，不行我们再来。"

冬梅考虑后，觉得弓弦也不能拉得太紧，现在只能这样了。

她们离开洋子后，怀揣手纸的石桥也回屋了。

飞扬跋扈的石桥也有躲进厕所的时候。

两点欠十分，许多手持"入所证"的鬼子兵源源不断进来了。

洋子同枝子再次忙碌起来。

严冬梅走进二十八号屋，对华兰妞说："兰妞，你注意那边动静。如果有鬼子进去，你就告诉小荷，叫小荷转告我们。"

华兰妞点点头说："我晓得了。"

窗口"入场券"已经开始出售。

石桥拐上走廊，从一号门向东，边走边大喊着："各号听着，从今天下午起，实行多劳多得，不限时间不限人数。"当他走到最后一号时站住了。他想：多亏你这臭婊子提醒了我，我把你给我造成的损失在她们身上捞回来。以后就这样干，让这些机器的功率发挥到最大极限。

樱子听到枝子在走廊上说话，她急忙开了门，伸出头喊枝子。

枝子回身来到她身边，问："樱子小姐，你有什么吩咐？"

樱子神秘地一笑，对她耳语了好久。

枝子吃惊地说："你不要命了！"

樱子笑道："我自有妙法。拜托你了！"

石桥站在场地中心，摇起了手中铜铃。

他在场地上转了一圈，觉得一切又按部就班了，他就拐向自己寝室，躺到床上，盖上毛毯，和衣去做美梦了。

当他睡醒时，墙上电网已经拉竖成功。八个电讯兵叫他摔件物体试试，石桥不敢。一个电讯兵从臀部掏出一把扳手，猛地掷向铁网。随着一道刺眼蓝光，爆出一个炸雷，网上掉下一团火球。石桥战战兢兢上前一看，扳手已成为废铁了。

石桥惊喜不已，立即招呼他们洗手洗脸，又把他们请到休息室，叫他们先抽烟喝茶。

石桥跟洋子拿了八张"入场券"，兴冲冲拐进休息室，每人发了一张。

六点以后，校园内一个日军也不见了。枝子拿着记录板，按号统计。她先点清对方交出的"入场券"份数，再在各人的名下记上数字。当然，今天夺魁的要算樱子了。交过券的人就可以出去洗洗擦擦，准备用晚饭。天黑以后，还有权利享受在院中半小时的自由散步。

石桥夫妇二人对坐在一张书桌旁。桌上摆了几样冷菜，二人互斟对饮着。

石桥三杯下肚，不由感慨起来，叹一声气说："这些华人悍妇把我搞得焦头烂额了。当初还是不要或少要的好。"

洋子抿一口酒说:“能行吗?这是品种搭配。俗话说头难头难,只要慢慢磨去她们的棱角尖刺,搞得她们要生不得求死不能,自然就会破罐破摔了。”

石桥端杯在手,说:“夫人真不简单,石桥以前小看你了。为了向夫人表示歉意,我罚酒一杯。”说完,一仰脖子,杯底朝了天。

洋子喝了一口,笑笑说:“依我看,世上只有两种钱赚得快赚得多。”

石桥问:“哪两种?”

洋子慢慢拨着花生米,故意卖关子。

石桥捡了一粒肥硕的,送到洋子嘴边,说:“求夫人可怜我这愚钝之辈,快点儿明示吧。”

洋子嚼碎花生米,又抿了一口酒,才笑道:“一白二红。白者白粉,就是你这不学好的人吸的那东西。这赚头最大,危险也最大,红者红脂,就是娼门妓院吃的红脂饭。这也是一本万利的买卖。”

其实石桥心里早已想到这“一白二红”的买卖,他为了让洋子高兴高兴,才故意装出如此愚钝的。

洋子说:“做我们这行买卖,不能急于求成,也不能全用你那套霸王硬上弓。母狗不翘尾公狗怎么上?有时必须用用软功夫。要潜移默化,循循善诱,善于分析,抓住要害。这四类之中,华人最要紧,因为在她们土地上,七个人可以分成三种类型……”

石桥举起酒杯说:“来,边喝边聊。你今晚不喝足了,马上又说没意思了。”

洋子乜着眼,双颧已呈酡红。她举起杯子说:“你这死鬼,还是老不正经,我看你已成‘默’之驴了。”

石桥放下酒杯,笑问:“什么木之驴木之马的?怎么写?”

洋子用筷头蘸了酒,在桌上慢慢画出一个“黔”字来。

石桥一见哈哈大笑,竟笑出了泪水,他端住酒杯,痛快淋漓地喝了下去,起身踉跄了两步,咬着发硬的舌头说:“夫人,我今儿,就让你,好好骑、骑次木驴驴。”

洋子被石桥的话蒙住了,怔怔地看着这个走路打跄、说话打囔的石桥……

八

以徐州为中心，津浦线的北端，由于张自忠、庞炳勋、王铭章和沈鸿烈海军陆战队的浴血奋战，在滕县重创了矶谷机械化的第十师团，在临沂击溃了号称“铁军”的板垣第五师团。津浦线的南端，由畑俊六大将统率的四个师团虽然都是天皇的骄子，同样也受到了中国军队的顽强阻击，迟迟不能北上。

所谓骄子师团是谷寿夫的第六师团、中岛今朝吾的第二师团、牛岛贞雄的第九师团、末松茂治的第十五师团。其中第六和第九师团刚从南京城区调出，在长江里刚刚洗涤了沾满三十万军民鲜血的魔掌，洗擦了沾满模糊血肉的皮靴，并提掬了江中血水，把砍成锯齿形的战刀磨得又寒光闪烁、锋利无比，再度踏上杀人征程的。谷寿夫像头野猪，牛岛贞雄像头野牛。他们不只是崇尚“三光政策”，而且变本加厉地有所发展。烧要烧得寸草不留，抢要抢得粒米不剩，杀要杀得一婴不存，而且要翻出新花样，要有刺激性。杀人魔王所率领的杀人魔鬼们，他们已经不是血肉之躯的人类了，而是镶嵌在战争机器上的长刀利刃，是绞烂异族血肉的齿轮碾盘。所以“三光政策”是他们的奋进动力，是他们的乐趣，是他们为天皇效命的精神支柱。他们常常疯狂推进，有时盲目深入，与负责给养的兵站部队愈落愈远。为了及时补充弹药，只好用马队追赶特运，至于粮食和其他生活用品，就采取“当地征集，以谋自活”了。

敌酋命令第二和第十五两师团阻击驻防在合肥的廖磊二十一集团军的增援，命令第六和第九两师团在飞机、坦克的掩护下，向三十一军韦云松部发动猛烈攻击。韦部对上无高射炮、对下无平射炮，只好以血肉之躯阻击机械化部队的侵犯，被炸毁的每辆坦克下均躺着许多中国勇士们残缺不全的尸体。群山在颤抖，松林在呜咽，江水在激荡。千疮百孔的军旗仍在腥风血雨中猎猎飘扬。

立功心切的谷寿夫，竟冒天下之大不韪，令魔鬼们戴起了防毒面具，用毒气弹开路。所经之地，不论军民和牲畜，即刻晕倒抽搐，瞪着圆圆双眼，看着不见天日的上空，慢慢含恨而毙。已经消耗一半人数的三十一军，再经无孔不入、惨绝人寰的毒气一攻击，只剩一团人数，只能奉命撤出防地。

现在两头野兽已离明光不远。魔鬼们的意图是杀过明光，夺下蚌埠，再沿铁路向徐州推进，向北路伸出援助之手。

石桥的娱乐所忙了几天，今儿不见一个生意上门了。通过电话，他才知道前方打得很激烈。他在场内转了两圈，很觉无聊，就随妻子一同去集上买菜闲逛了。

他穿的是对襟衫大裆裤，黄皮肤瘦削脸，一把头发向后梳，拄着拐杖跟在洋子后面跑。有时立在摊边，用纯正的汉语问这问那。集市的人都把他看成是中国人的败类。

挑着空篮的老妇默默无言跟在后面。

他们前面不远处围着一些喧闹叫嚷的人。洋子好奇，挤进人群观看。原来是卖唱的母女俩，正受着两个受伤尚未痊愈的鬼子兵的骚扰。一个吊着左臂正用右手捏着姑娘的胸脯猥亵淫笑着。看客都是中国人，多数默不出声，也有怒形于色的，还有泰然嬉笑的。洋子挤进圈内，对她的同胞深深鞠了一躬，说了两句日语。两个鬼子兵对她怒目而视。石桥悄悄对她说："不关你的事。我们走吧。"

洋子对丈夫愤然道："在这众目睽睽的光天化日之下，竟敢为非作歹，不怕丢尽我们大和人的脸面吗？"

石桥想想，说："这也是。"

洋子声色俱厉地对两个鬼子兵又说了几句日语。两个作恶的鬼子也许不识她的庐山真面目，也许她的警告很有分量，只好敛起脏手，悻悻挤出人堆。

人群里众多的敬佩感激的目光，凝视着洋子。

得到解脱的老妪向洋子拱手作揖，连连说道："谢谢太太。太太真是个好人。"

石桥惊异地问："她们认识你？"

洋子笑笑说:“我们已见过两次面了。”洋子说完,向豁钵里丢了两张角票,就离开赞叹不绝的人群,去干自己的事了。

世上的事也真怪。一个人有时只要做点举手之劳,就能得到别人的感恩戴德;只要付出点滴代价,就能收到无可估量的崇敬爱戴。在那被人崇拜的偶像上,立时出现七彩的耀眼光环。

仅仅从经济角度上看,洋子虽然施舍了几张角票,但是当她再与卖主们讨价还价时,由于卖主们另眼看待她了,所以她袋中落得的要比失去的还多。

娱乐所里水池边,夏小荷同小河北洗着衣裤等物,谈着姑娘间的悄悄话。

樱子夹着瓷盆走进来。因为这两天月满鸿沟,盆中短裤等物瘀血斑斑,还带着腥臭。

她将瓷盆放到小荷面前说:“给我多洗洗。”

小荷虽很厌恶,还是默默无声地收下了。

小河北一见是她的污秽之物,不由将盆推到一边,说:“这玩意儿怎能让别人替你洗?”

正要出门离去的樱子站住说:“我没有叫你洗,你说什么废话!”

秋菊同兰妞到了。兰妞听说后,立即跨到小荷面前,抓起短裤等物摔到樱子脸上,手指着对方说:“拿回家叫你祖宗洗!你专挑老实人欺。你欺她就是欺我们!”

樱子不甘示弱,回转身双手叉腰,怒斥兰妞说:“你是什么东西?要你狗拿耗子多管闲事!”

兰妞说:“跟你一样,都是卖给男人睡的。”

樱子气急败坏了,她大叫:“好呀,你们支那人想造反了!”

小荷怕把事情闹大,对兰妞说:“兰姐,这点儿东西就让我帮她洗掉吧!”说完,走去要拾起地上的短裤等物。

兰妞抢先一步踩住,说:“今天就不准你洗!”

和子同幸子立在门外已看了一会儿。和子走上前,对兰妞笑笑说:“兰妞妹妹,你让我来吧。”

兰妞收回腿脚。

樱子不服气,还想再作较量,但在幸子的强拉和劝说下,终于悻悻然就此落魄而去。

和子拾起地上的东西,放到樱子盆里,先用清水除去泥污,再用水泡起来。

秋菊对和子说:“和子小姐,你说说看,樱子霸道不霸道?”

小河北说:“她常常把脏东西给小荷洗。”

和子边洗边叹息道:“这就是樱子的不对了。我们一个班下来,谁不累得头晕眼花、骨头像散了架似的,谁还能再替谁服务呢?”

秋菊气愤地说:“累不累在其二。她的意思我们是低等的支那人,她是高尚的,侍候她是天经地义的事。”

和子说:“她有这想法更不对。在这鬼地方还分什么高等低等,还不都做同样的下贱事?所以依我说,凡是被关在这里的姐妹们都要互相谅解、互相同情、互相体贴才是。大家的命够苦的了,为什么还要鸡争鸭斗呢?”

兰妞点点头说:“和子小姐说得对,我们都是拴在一根绳上的蚂蚱。”

夏小荷嗫嚅道:“和子小姐真好。”

和子淡淡一笑:“姐妹们以后还是叫我三口太太的好。我已经是有孩子的妈妈了。”

兰妞很惊诧,问:“你有丈夫有孩子,为什么还远离家来这儿当婊子?”

和子脸上神情黯然了。

秋菊说:“三口太太,你别计较她,她这人不会说话。”

和子说:“我不对她多心。我们是婊子,不是公主。”

夏小荷问:“三口太太,你也是他们抓来的?”

和子摇摇头说:“招募的时候,说是洗衣打杂,还付工钱。其实我来这里的真正目的是寻找夫君三口四郎。我有一年多收不到他的家信了。”

兰妞说:“三口太太,你一定会找到他的。”

和子忧心忡忡,叹息道:“但愿菩萨保佑他还活着。我已失去了亲生父亲,不能再没有他了。”说着,潸然泪下。

秋菊愤然地说:“他们连自己同胞都骗!”

和子说:“那些人为了达到自己的目的,连自己的爹妈都不肯放过。”

老妇挑着菜篮从汤屋门前走过,篮里仅有青菜和豆腐。

老妇来到池边洗菜。她边洗边向众人介绍侠骨柔肠的石桥太太解救母女两人的经过，结束语是"石桥太太真是个好心人"。

老人见听众们将信将疑，只好赌咒说："若有半句掺假，叫我跟太阳下山。"

华兰妞不由想起刚开始服务的那天，如果不是她夺下那把锋利剪刀，自己也许活不到今天了。她想到这事，说道："石桥太太是比那拐子好得多。"

"谁在背后说我呀？"随着问话声，洋子笑吟吟出现在门口，拿着拖脏了的木屐。

老妇说："石桥太太，我把刚才在集上发生的事正说给大家听哩！"

洋子面呈歉意，说："这有什么好说的。那两个败类真不是东西！"

洋子走进屋，面对和子说："我刚才听幸子告诉我，樱子又同她们吵过了？"

和子指指已经洗好的盆中之物说："喏，就为这事。她自己用的脏东西，硬叫小荷替她洗。兰妞说了一句，她还不服气。"

洋子说："樱子这人是不太友好。昨天我还说了她两句。她反而说我亲疏不分，胳膊肘向外拐。我问她我应该跟谁亲，我又应该跟谁疏？大门一关，这里都是一家人，又何必说出两家话？"华妇们听了这话，心里念着阿弥陀佛：这话说得不欺我们。

洋子原先的公正形象和那些令人相信的甜言蜜语，被后来铁的事实无情击碎，被剥得体无完肤之后，大家都把她看成一条可怕的美女蛇，一个戴着笑面的魔鬼，一只吃人不吐骨头的母老虎。见到敬而远之，不寒而栗。现在又经过几天和几件事的证实，觉得那是一种操之过急、未能深入了解的幻觉。这种错误的幻觉，在刚刚发生的事实面前，像电影中使用的淡化镜头，虚幻错误的形象渐渐隐去，公正无私善良仁爱的模样又慢慢清晰起来。

山东嫂自从吃了大亏大苦以后，虽然经过严冬梅和黄秋菊的巨大努力，为她争得了一天的喘息机会，但是期满以后仍然接纳不止。

在绝大多数被迫"服务"的女性里，她受的伤害最大，踩躏最重，打击最深。其他姐妹同样也是不愿意也是受逼的，但是她们所受的耻辱是在她们意识清醒下进行的。在被逼受辱之时，有反抗意识，但也包含着无可奈何。羊对虎狼的反抗失效以后，只好闭上眼睛听之任之听天由命了。山东嫂却不同，她连最起码的反抗意识都被剥夺了。她成了半死不活的植物人，成了有血有肉但无思维的仅供野兽发泄的一部机器。当她醒过来发现自己曾经历了九死一生的折磨以后，精神上的创伤要比肉体所受的荼毒深许多许多。一个人的痛苦莫过于心灵上的滴血。而如此的心灵剧痛，她只能默默独自忍受着。她那颗百孔千疮的浸在盐卤里的心仍然善良无瑕。她不忍心说出自己所受的奇耻大辱，免得让那些已经遭难受劫的姑娘们再为自己伤心难受。她在怜悯她们的同时，又为自己增加了另一种悲苦。大凡一个人在受到压迫痛苦之后，若能向亲人挚友诉说衷肠，宣泄一下所受的伤痛和积郁，多少也能慰藉一下那颗受伤的心。然而她不能，不是不能而是她不想那样做。

仅仅停息一天，原本也不能消除她所受的伤痛和刺激。一天以后，连续几日仍在超负荷地受到践踏凌虐。如果不是姐妹们强劝硬说，她是不肯进一点儿淡薄之餐的。中间休息时，她想站起来出房走走，但是仍然体力不支，头晕眼花，全身脱臼的骨骼好像还没有归位。她感到心冷了。

山东嫂在痛苦的沉思中，唯一所想的就是家中的老人和孩子、丈夫渡海东去后的安危。她也悲愤地想：今生今世全家人不可能团圆了。丈夫不抛尸大海，也会累死在矿井。自己被关在魔窟里，只能任凭野兽们奸污宰割，糟蹋玩弄，哪里有出头之日？既然难逃一死，我又何苦受着煎熬、做着别人的摇钱树呢？

她的言辞有时虽然粗鲁莽撞，但仍是一位纯洁善良、耿直豪爽的山东女性。她从小长到大没有受过委屈，更没有遭过如此切肤剜心的伤害。这口恶气她实在难以咽下。“人活一口气，佛活一炉香”“杉木扁担，宁断不弯”。在她心目中，仇人就是禽兽不如的拐子石桥：你拐子既然要我命，我姑奶奶岂能伸长脖子由你剁？

山东嫂今早起身后，吃了一个馒头和一碗稀饭。觉得身上轻松了许多，体力也恢复了一些。她最后去池上洗碗时，顺便到厨房去了一下。

她连日来的想法，哪个姐妹也没告诉。她不愿连累她们。

她见洋子和许多人都在洗漱间里说笑，于是咬咬牙，轻轻开了门，向石桥卧室走去。

石桥从集上回来后，腿脚走乏了，他想躺一会儿，再去中川那儿探探情况。

他刚刚进入似睡非睡的境界，忽听有人敲门。他开了门，见进来的是华人二十九号。

脸色苍白的山东嫂怒目圆睁，咬牙耸立在他的面前。

石桥不由打个寒噤，怒问：“你来干什么？”

山东嫂声色俱厉地问：“你老实交代，在我身上捣的什么鬼？”

石桥心里有底了，他怒喝道：“你胡说什么！”

她悲愤填膺，怒道："姑奶奶今儿来，就要你说句实话！"

奸人做坏事，都是在黑暗中偷偷摸摸作为的。既然见不得阳光，又怎能明明白白说出呢？

石桥奸笑道："我什么手脚也没做。至于你长时间昏睡不醒，那是因为你淫欲过度了。"

山东嫂怒不可遏，大骂道："放你娘的屁！"

她边骂边从腰内拔出厨刀，向石桥奋力砍去。她找石桥的初衷，是想让他说出实话，再臭骂他一顿。他若能认错、跪地求饶，说些没法而已的可怜话，嘴硬心软的女人也许能饶恕他一次。但是，眼前的事实恰恰相反。更让她受不了的是，说她是好淫好色的下贱女人！是可忍，孰不可忍！她不由拔刀相见了。

石桥见刀砍来，大吃一惊，急忙后退两步。她冲上前，照着他头顶连砍数刀。可惜刀刀都被他双手横举着的拐杖挡住了。他瞅了一个空，慌忙从她的腿边蹿到床头。山东嫂转身扑向床头。眨眼间，石桥已从枕下取得手枪。当她照着他的头颅砍下时，他的头一偏，枪响了。

水池边和号房里的人们听到叫骂声，立即警觉起来。尤其是洋子，她慌忙谛听声源。当她赶到场地中途，听到一声枪响，吓得腿脚发软了。华兰妞急忙拉住她就跑。这时，从她室内又传来第二次枪声。

一瞬间，所里几乎所有人都蜂拥蚁攒在石桥门外。洋子在兰妞的扶持下踉跄进屋。只见手握厨刀的山东嫂睁着双目倒在床边地上，鲜血从胸口和腹部向外流淌着。左脖流着血的石桥拿着枪默默坐在床头。

洋子惊骇不已，慌忙夺下丈夫手中的手枪。

兰妞惊恐骇然，立即扑倒在地，抚尸号啕，呼天抢地。

严冬梅及所有华妇都挤进屋子，也都蹲地俯身大恸号哭起来。

围观的那些外籍女性各具情态：冷眼相看，泪下潸然，横眉怒目，泣涕吞声……

华兰妞突然抑制住悲痛，夺过死者手上的厨刀，站起身就要向石桥砍去。严冬梅眼尖，立即以双臂抱住她的上躯，连连哀求说："兰妞妹，不能再拼杀了。"

石桥似乎惊醒了，他大叫起来："我是正当防卫！"接着，在两个浪人的保护下，仓皇逃出屋去。

洋子把杀人武器锁入抽屉里。她一边擦着泪水，一边劝慰仍在闹着要杀石桥的兰妞。秋菊她们几个胆小脆弱的姑娘,早已吓得只知哭诉而不知如何面对这场惨案了。

还是涕泪交流的和子撑着胆,死命夺下兰妞手里那把并非杀人武器的钝刀。寻找许久急等要刀的老妇,连忙取过自己的工具,看着刀口上的猩红血色,心里恨恨不已:昨儿,我怎么不把它磨磨呢?

华妇们哭闹一阵以后,严冬梅觉得这事不能太便宜了石桥。应该先把死者抬回她自己屋里,大家再合计怎么办。她擦擦泪水,对洋子说:"石桥太太,人已死了,什么恶语丑话我们也不说了。你是讲情讲理的人。我们要求把她移到自己屋里,给她整理梳洗一下,再送她入土安息。"

洋子沉思后,说:"不是我不同意。我是怕你们姐妹看着更伤心。依我看,不如把她先放在休息室,到傍晚再去下葬。"

兰妞哭叫道:"不行! 今天不下土。"

秋菊哽咽说:"石桥太太,你怎么变得冷酷无情了? 最后了,让我们姐妹多看几眼,你也不肯吗?"

洋子怔住了,沉默一会儿说:"好妹妹,你别误解我的好心。就是让你看上三天三夜,她也不能复生了。我的意思是要你们节哀呀!"

兰妞怒道:"我们哀不哀,不关你的屁事!"她说完,就动手搬尸。夏小荷等三个姑娘也抬起了山东嫂的双腿。

严冬梅与洋子冷冷对视着。

尸体抬到场地中间,两个浪人出来阻止了。

洋子不想把事情闹大,也许她想看看她们究竟有何能耐,到底想干些什么,所以她走到场地阻拦了浪人,并问:"石桥君在哪儿?"小胡回答:"枝子正在给他包扎伤口。"

兰妞她们把山东嫂抬进了她的房间,让她继续睡在自己铺上。

兰妞用小荷打来的水在她脸上擦洗着。脱去全被血液浸湿的内外衣服,胸腹两处展现出略带黑圈的刨口,血已流尽了,但还有淡红色的水向体外渗着。

华妇们看着双眼仍然不肯闭上的山东嫂,不由又大哭呼号起来。

严冬梅用热毛巾敷在她的上眼皮。焐了好一会儿,毛巾一拿掉,眼睛又慢慢睁开了。冬梅悲痛不已,哽咽喊道:"好姐姐,你就闭上眼吧! 你的冤屈我同秋菊妹早就知道了。”

黄秋菊暗暗拉了冬梅一下，目视兰妞她们。见她们已哭得昏天瞎地了，对冬梅说道：“冬梅姐，别再焐了。她不肯闭眼，你又何必强迫她呢？依我看，她就应该这样去！”

严冬梅想想也对。她丢下毛巾对兰妞她们说：“姐妹们，把眼泪留着以后慢慢哭吧。先找身干净衣服给她穿起来，把头梳梳，髻子打好。我们再合计下面怎么办。”

衣裳穿好了，又抻得平平整整。秋菊蒙眬的泪眼看着，觉得哪儿不对味。她叫小无锡找来剪刀，将左胸带圈的“慰”字抠掉。可是，这里又变成一块白区。秋菊再从里襟上剪下一块同色布，托在圆洞下面，用针线密密匝匝地缝起来……

和子、姬顺玉和两个菲籍的妇女也来了。

冬梅、秋菊和兰妞三人研究下面该怎么办。冬梅说出自己的想法：“我们应该同石桥继续认真较量，必须让他接受事件的深刻教训。这不光为了安慰死者的在天之灵，也是为了我们现在还活着的人，不能再由他随手屠杀了。”

几个外籍妇女听了也连连点头。

严冬梅问：“大家说说，下面怎么办？”

都沉默了，除了饮泣声。

众女性原本来自五湖四海，未到这里之前，谁也不认识谁。但是因为遭到同样的命运，把这些无辜者、可怜人圈到一起来了。在患难中相识相知，在痛苦中相濡以沫，在绝望中互抚互慰，不是姐妹胜似姐妹了。一人的痛苦，就是大家的痛苦；一人的命运，就是全体的命运。

华兰妞突然仰起脸，大声道：“叫石桥为她披麻戴孝。他若不肯，我们一起同他拼了！”

小河北说：“要叫吹鼓手。”

夏小荷说：“要用棺材。”

兰妞补充道：“喊和尚超度她。”

秋菊说：“让我们姐妹送她到墓地。”

惺惺惜惺惺。和子嗫嚅道：“应该提出赔偿的。”

严冬梅对和子友好地点点头，说：“谢谢三口太太，我认为人已死了，要钱有什么用？再说，我们又不知她家住在哪里，赔的钱也无法寄出去。”

和子目光中不无敬意，她对冬梅点点头。

华妇们又经过再三斟酌、反复考虑，由黄秋菊执笔，义正词严地提出了三点强烈要求。

严冬梅委托和子把书面要求转交石桥。

和子点点头说：“我愿意为你们效劳。”

石桥的左脖已经处理，被纱布包扎着。他躺在床上，同洋子争辩着什么。

和子敲门。洋子开门，笑脸相迎。

和子递给石桥一纸。石桥匆匆扫了两眼，抛纸地上，怒叫：“不可能，绝对不可能！”

洋子惊恐地拾起那纸，认认真真地研读起来。

我们省略“要求”上的公文八股和外交辞令，直接介绍它的主要内容：一、依据墨迹未干的“保证书”第一条，石桥应该向全体妇女赔礼道歉，承认自己是杀人凶手，再为死者披麻戴孝，借此向死者赎罪。二、应用棺柩土葬。三、应让众姐妹为其戴孝，并护送到墓地安葬。最后一节大意是，如果石桥执迷不悟，坚持错误，我们将抬着尸体拉着你石桥共同撞击电网！

洋子浑身战栗了。她觉得这次事件非同一般，比上次更为严重更可怕。她已初步领教了这些华妇的厉害。她们很可能要利用这次死人事件大肆发难，兴风作浪，把我们的经营场所搅得昏天黑地，人仰马翻，搞得我们身败名裂、鸡飞蛋打一场空。

刚愎自用的石桥，仍在强调这是正当防卫，不管闹到哪国法庭上，都会判他无罪的。

洋子对和子说：“麻烦你了。你先去歇着吧。等我们商量好了再答复她们。”

和子犹豫着。临走时，她对洋子说：“石桥太太，我希望这事不要闹大了。”

石桥吼道：“不关你事！你瞎操什么心？”

洋子面向石桥：“你对和子发什么火？”接着对和子苦苦一笑，说：“谢谢你的好意。我知道了。”

和子走后，洋子关上门，她重重叹了一口气，轻声而又温和地把刚才自己的所思所想慢慢说了出来。

石桥听到当矛盾激化也许会发生最可怕的结果时，他也傻眼了，但是心中仍然不服。

电话铃急剧响起来。

石桥走下床，拿起送话器。洋子急忙走到他身边，侧耳谛听。

话筒里传出清晰威严的中川声音：“石桥君，我听说一个多小时前你枪杀了一名华妇是吗？”

石桥回答：“报告大佐阁下，我是正当防卫……”

中川打断他的话：“你不要再说了！这件事如果激怒了华妇，你处理不了，我就把她们通通带过来！……”

石桥转着眼珠，立即回说：“不不不，现在基本平息了。我能处理得使您满意。”

中川说：“你先自己处理吧。如果实在棘手，我们再插手不迟。”

石桥说：“谢谢大佐阁下……”

“咔嗒”一声，对方挂断了。

石桥握着送话器，颓然落座到椅子上。发怵的两眼直直看着电话机，脸上的沮丧转为惶悚了。

洋子取下送话器放到机子上，对石桥温存地一笑说：“发什么呆！世上没有爬不过的山蹚不过的河。你上床先静养一会儿，我出去一下就回来。”

她把石桥扶到床边，侍候他睡好，关上门就出去了。

洋子漫不经心地来到出入室，同两个浪人闲聊起来。她天南海北扯了一通，就起身告辞了。她走了两步，又站住，笑笑问他们：“饭后我打算去集上买点东西，你们纸烟缺吗？可需要我顺带两包？”

小胡笑笑：“谢谢石桥太太。他刚才去集上买烟时，已为我带了两包。”说着从袋里掏出亮了亮。

肥猪浪人点点头说：“下次再麻烦太太吧。”

洋子笑笑，掉转身子，慢慢离去了。

九

石桥洋子不动声色很快就搞清了谁是积极的告密者。心想:这是不容忽视的隐患,以后必须设法使“隐患”为我所用。

洋子出门后,躺在床上的石桥怎么也静不下心来。他感到头上阴云密布,变幻莫测的阴霾遮住了他原先阳光明媚的前程。他这艘冒险航行的帆船,经过初期的艰苦搏斗,刚刚把握住正确航向,赶上顺风顺水;眼看着蔚蓝大海和艳阳高照的晴空,刚刚深吸了两口新鲜空气,忽然天空突变,乌云骤起。瞬间就出现雷电交加,狂风暴雨。一叶扁舟在狂风巨浪上颠簸起伏,随时都有舟覆人亡的可能。祸不单行,偏偏在惊涛骇浪、危机四伏的时候,船底又遇到了暗礁。他是船老大,深感自己命运不济,又自责自己一时疏忽,导致船向的一丝偏差,终于铸成大错。躺在床上的石桥想到这里,心中不禁萌出自责和后悔了。

他又想到,面对眼前的风浪和暗礁,如何力挽狂澜呢?怎样化险为夷呢?当他想到目前必须同舟共济、委曲求全,必须逆来顺受、忍辱负重时,骨髓里的那根胎记神经不由又苏醒倔强起来。

洋子走进屋,见他脸色阴沉,正在抽着特制纸烟。

洋子委婉地同他讨论起三点通牒来。他虽然还是反感,心口难服,但说话的语气态度有了不少修正。

中午了。

枝子给他们夫妇送来了饭菜。洋子问:“枝子小姐,几个华女可曾去打饭?”

枝子回道:“我喊了她们两次,谁也不出门。”

石桥冷笑说:“故技又重演了。”

枝子道:“石桥太太,怎么办呢?”

洋子说:“你先去吃饭吧,我知道了。”

洋子在凝视饭菜的一瞬间,脑中迸发出一粒火花,一个灵感——冷处理。具体想法是,不吃不喝我不理,三点要求不答复。让你们守着尸体,有这精神就多哭哭。三天以后尸体变坏了,你们非来找我不可。既然找上门来,事情就好办多了。

洋子催促丈夫:“快吃饭吧。吃完休息一会儿,再去中川那里打个招呼。探探口气,前方将士什么时候下来休整。”

石桥问:“这里怎么办?”

洋子笑笑,说:“你也有黔驴技穷的时候。你只管吃饭,这里的事都交给我好了。”

两人刚拿起筷子,电话来了。

石桥对送话器唯唯诺诺了许久,才放下话筒,看着饭碗发怵。

洋子不明缘故,急切追问他。

中川在电话里通知他,下午有车辆送来血衣绷带,令他将破烂的焚毁,尚可用的洗净整理好,以备军需处来取。并告诉他,自己将率部队去前方增援,只留一个小队驻守防地,如有情况,与稻田君联系。最后又喝问尸体可曾灭除,叮嘱不可滞留,以防夜长梦多!

洋子听石桥一说,觉得自己走进了死胡同。刚才迸出的灵感,像流星在黑幕上画了一道优美的弧线,瞬间就消失了。她有点自责了:我怎么没想到“夜长梦多”呢?她拄着竹筷,感慨不已。世事艰难,瞬息万变啊!

夫妇俩对着难以下咽的饭菜,到底咽下了一些。石桥丢下碗筷,对洋子说:“我去跟她们谈谈。”

洋子思忖了一会儿,说:“还是让我去先唱红脸吧,你在门外听着。”

石桥自从上次男子汉的尊严遭到破损以后,现在也不想去修补维护它了,所以他点点头,同意妻子的安排。

洋子站在二十九号门外,很有礼貌地轻轻敲了敲门。

小河北将门开了一线,见是洋子,犹豫着。

洋子笑着推门而入，见华妇们均坐在屋内。她蹀躞到死者铺前，深深鞠了一躬，涩声说道："好个刚烈的妇人，我为你的死深感痛心，无限悲哀。你命归黄泉，完全是我的工作失误，我石桥洋子特来向你认罪，向你忏悔。"洋子说着说着，泪水潸然了，"苦鬼姐姐若有灵有知，妹妹恳求你饶恕我吧！妹妹祝愿姐姐下世投生到大富大贵之家，福寿双全，儿孙满堂。妹妹下世就是变成一条狗，也心甘情愿跟随在姐姐的身前身后，尽忠报效，以赎这世的深重罪孽。"说到最后，洋子已泣不成声了。

华妇们先见洋子鞠躬，内心对她的虚情假意不以为然，后见她说得悲悲切切，泪水涟涟，心中有所触动，感到洋子还是个有良心的女人。听到最后，个个也都肝肠欲断、泪水滂沱了。笃信洋子是个坦荡热肠、有情有义的姐妹了。

洋子在众姐妹的劝慰下，终于止住了泪水，又深深弯了弯腰，才转过身来面对大家。

石桥站在门外走廊下，仰望天空……

洋子擦干了泪水，对众女说："姐妹们，发生了这件不幸事情，也不是我们希望的。现在人已死了，说一千道一万也活不过来。你们民间有句俗语，叫入土为安。如果久久把她搁在这儿，她的灵魂在下面也不安啊。"

严冬梅问："我们提的三条，石桥接受了？"

洋子说："依我看，前面路还很长。我们双方都后退一步，海阔天空，事情就容易解决了。"

黄秋菊问："怎么退法呢？"

洋子答："依我看，第一条就免了吧。"

华兰妞说："不行！因为人是他杀的。"

洋子笑笑说："他是正当防卫呀！"

黄秋菊愤然反驳："死者身上共中两枪。只有第一枪是正当防卫。我们来设想，如果第一枪击中胸部心脏，她已完全失去伤害能力，自卫方就没有必要再向腹部开枪了。所以我们断定，第一枪是击在腹部，攻击者受到重伤，已经停止攻击行为了。那么对方为什么又向她胸口再开致命的一枪呢?！这叫防卫过当？这是故意杀人！石桥是有罪的！"

洋子瞠目结舌了。

廊下的石桥，像是遭到了雷击，全身战栗起来。他想破门而入，用拐杖把那"法官”狠狠教训一顿。跨了一步,想想还是以“忍”为上吧。他转过身,向卧室惶惶走去。

洋子看着双双悲愤冒火的眼睛,不由胆怯了。她原本想用柔肠温情来蒙蒙她们,尽快草草了结这个棘手的难题。岂知这丫头一语中的,确定了事件性质。她觉得处理这事还不能掉以轻心、疏忽大意。其实,她内心畏惧的不是一个华妇或全部华人,而是在暗中窥测的中川支队。如果这儿再发生爆炸事件,引来了“保护”者,他们处理问题的方法既简单又彻底。那样,我们所的损失就太大了。我们漂洋过海冒着生命危险赶到支那来,为的不是同她们争强斗气。和为贵,忍为上。必须忍辱负重,再做不懈努力。她想到这里,恳切的目光转向严冬梅,说:“好妹妹,我想单独同你再谈谈。”

华兰妞说:“我也去。”

严冬梅想了想,说:“你还是陪着姑娘们,守着山东嫂。让秋菊参加吧。”

冬梅和秋菊随着洋子走进了休息室。

双方唇枪舌剑了一个多小时,矛盾的焦点还是第一条。黄秋菊冷静地做了瞻前顾后的思考,觉得这是双方谈判,而不是城下逼盟。如果篷帆扯得太高,狂风暴雨中会翻船的。为了免于大家无辜送命,必须做点让步。

忽然,门外传来汽车喇叭声。

洋子开门一看,见两部卡车已经进来了。她转身对两位代表笑笑说:“对不起,我们先谈到这里。我必须出去照应一下。”

两辆军车停在操场中间,打开后板,里面堆满了血衣、血绷带。杂乱狼藉,污秽腥臭,其间还嗡嗡地盘旋着红头绿蝇。

洋子目睹一会儿,转身翻肠倒肚起来。

石桥和两个浪人在走廊上厉声吆喝着。

从一号到二十二号走出二十一个极不情愿的女性。二十三号到二十九号死活都未见一个出门。石桥立在二十六号门外,想想,还是转身下了走廊。

二十一名女人,在四个卫生兵的呵斥指导下,捂着嘴屏着气,将车上的废物翻掀到地上,再将堆中不能再用的破烂衣裤挑出送回车厢,让卡车带到火葬场去焚化。

日本侵略者对战场上撤下来的死者和伤员,一律先送战地医院检查处理。凡是已经死亡的,脱光他的衣裤,用白布包裹起来。外露的一只脚趾上套有写着姓名、年龄、军职、军阶、番号和出生地的标签。再把那些虽有微弱心跳但无力挽回生命的打上一针令其早升天国,再来剥衣裹布如法炮制。对部分呼天抢地鬼哭狼嚎的伤员,脱光衣服全力抢救。尽管有些日后不能再成为战争机器的一颗螺钉,但在诸多方面仍然可以为天皇圣战效命。

所以,一个战役下来,血衣血带堆得能与富士山比肩了。战争开初,这些污秽之物一律焚烧不留。后来军部有识之士为了圣战的长远之计,主张物尽其用,认为花点整洗小费,废物大可再次利用。

石桥以杖拍击留下的衣物说:“大家不要哭丧着脸。军部不要你们打白差,这是付报酬的工作。”

最后一句话,确有刺激性。姬顺玉和她的乡亲们已经干呕了好一阵子。她将吃下的午饭都已吐光了,然而还在呕吐着黄水。当她听到有报酬时,气喘吁吁地问:“石桥先生,是平均分配,还是多劳多酬?”

石桥眯眼注视她,问:“依你们说呢?”

姬顺玉说:“大家认为多劳多酬好。”

石桥笑笑说:“好。我就依从你们。不过,工作要做好,跟军部马虎不得。”

樱子对姬顺玉说:“为了让你多收入,我的也送给你洗吧。”

石桥说:“不行。自己的一份必须自己洗。”

樱子向走廊尽头努努嘴:“请问,她们六份由谁洗?”

石桥一怔,吼道:“不要你瞎操心!”

石桥说完,想起夫人洋子。他对身边的枝子交代了几句,转身急急向卧室跑去。

躺在床上的洋子脸上气色好多了。她见石桥进来,问道:“场地上工作安排好了?”

石桥点点头。他凝视洋子好一会儿,问道:“夫人,你谈判的结果如何?”

洋子假寐着。

石桥讪笑:“难道夫人对我也搞起了‘冷处理’?”

洋子将身子一翻,脸朝里了。

石桥坐上床边,边推揉着洋子边哀求道:“不论谈得成功与失败,你总该对我说说吧?”

平时温顺的妻子现在一反常态了。她想尽快处理完这件棘手难事,又担心丈夫仍在固执己见,不肯低头俯就。现在见他如此关切,可见他也想早点完结。你既着急,我偏不急。虽说你的角色是白脸,但不该枪杀我们的摇钱树呀！这是我们共同享有的财富。你想以杀来吓唬她们,洋子心想:我何不以你之道测试你的心愿呢?她想到这里,转过脸面,冲着丈夫说道:“谈判全部破裂。我建议,你还是遵照中川办法,把她们死活七人送给稻田去处理算了。”

石桥脱口怒骂:“你胡说!”

他知道那个稻田队长就是在和子身上滥施淫威的胖猪大尉。俗话说“强将手下无弱兵”。如果他惨无人道得还不够格,中川会赏识他吗?能让他留守老营吗?如果将一死六活都送去请他处理,他石桥的家当资本岂不完了将近四分之一?这是不堪忍受的破产跳楼。

洋子看着发怵的丈夫,心里好笑:谁叫你做事只凭性情不顾及后果的?

石桥僵坐了一会儿,像遭了霜打的一株可怜的野草,耷拉了头,低声下气问道:“难道再想不出其他办法?”

洋子道:“你只有去做人家孝子,除此绝无他法。”

石桥叹口气:“老娘离世时,我身困狱中。就算为老娘补做一次孝子吧。”

人,能为财去死,为何不能为财而去含羞忍辱呢?不食嗟来之食的人,恐怕古今只出了一位。

洋子见丈夫说得如此可怜,不免产生恻隐之心。她真是位女中丈夫、谈判高手、生意场上的精灵。在这边漫天要价,到那边就地还钱,她从中赚得实惠和能耐。

洋子默思许久,说:“为了尽快了结,你马上去集上赊口棺材,叫店家天黑以后送到大门外来。”

石桥点头同意,又问:“第三条呢?如果答应她们全体去送葬,那不太招摇了?我们得考虑后果。”

洋子笑起来:“我的夫君有长进了,知道做事考虑后果啦。只要你照我的话行事,其余的我自有安排。”

石桥油腔滑调起来:“下官多谢夫人了。”

晚餐后,暮色霭霭。长方形的场地上,有规则地栽下了许多木桩。桩上纵横拉起了铁丝，上面晾着若干刚洗净的军衣和绷带。用衣架提托着的每件上装的下摆处，左右均用一只夹子夹住同号的军裤之腰。在苍茫暮色中，像是对众多犯了滔天之罪的凶残施虐者判处了绞刑：身挂空中，脚不着地。而那些已还原白色的长长绷带在微风里轻轻飘荡，像是为许多死者布设的招魂幡帜。在行间距里，黑影幢幢，冤魂约约，似乎还发出呻吟饮泣、叫冤喊屈的孱弱之声。行在走廊上的洋子，不由汗毛耸竖，浑身打起寒噤。她飞快地跳着麻雀步，来到二十六号门前。

严冬梅听到敲门声，叫夏小荷开了门。

洋子进门愠嗔道："你们晚饭也没吃，这样会饿坏身子的。"

黄秋菊冷笑道："石桥太太是关心我们的健康，还是关心自己日后的收入呢？"

洋子干笑笑："当然是关心你们的身体。"

严冬梅冷冷问道："你跟石桥谈得怎么样了？"

洋子不由长叹一声，说："我不是向姐妹们诉苦，也不怕你们笑话。我这世算是瞎了眼，找了这么一个牛脾气的男人，真像茅坑里的石头既硬又臭。我劝他说，就当演戏一样，披点麻戴点孝也不会让你就倒霉。他回我说：'我的高堂还健在，我死也不会诅咒母亲的。'这也是人之常情，作为儿子应该具备的孝心。你们是固执己见，他是顽固不化。这就让我无所适从，棘手难为了。"洋子说完，脸上愁云密布。

严冬梅默默不语，发怔着。

黄秋菊两道秀眉紧蹙，噤口不言。

洋子又吞吞吐吐说道："石桥对我还颐指气使大发雷霆。他说：'把我惹急了，死活统统送给中川去处理。我最多是个少收入，但也落个少操心多清静。'他准备下个月再去逛一趟上海。"说到这儿，她看看黄秋菊的苍白脸色，拉起她的手，仔细察看一会儿，忧心忡忡悲悲切切地继续说："好妹妹，从你的手相看，你日后定会遇到一位有情郎，婚姻是非常美满幸福的。人生得这样年轻漂亮，断文识字，聪慧睿智。可惜可叹，你生不逢时啊！中川那个色中饿狼你是知道的……"她突然刹住口，似乎不忍心往下说了。

黄秋菊，全身战栗不已，精神恍惚，紧捂双耳，惶惶而急剧地摇着头。

严冬梅扶她睡到自己铺上。

这时，从大门外传来"嘿唷嘿唷"号子声。

洋子站起身，说："棺柩买来了。我想在明天早上中川来督察之前就把死者成殓入土。早点儿结束，免得他来另生枝节。你们看呢？”

严冬梅点点头，说：“我也不想把事情闹大了，让苦鬼久久干躺着。不过，我们提出的三条还是合情合理的。我们希望石桥太太……”

洋子笑道：“我再去劝劝石桥。你再同姐妹们商量商量。我去门外看看。”

第二天凌晨，洋子率领抬着薄皮棺材的两个浪人来到二十九号门口。后面跟着石桥和枝子。在严冬梅的默许下，在众女的号哭声中，两浪人用垫毯把死者卷起放入棺内，盖上棺盖。棺柩抬到操场空地上。六个华女头上扎着白布，抚棺恸哭。华兰妞哭诉“你死得冤枉”，小河北惨叫“你死得好苦”，看客中也有许多人呜咽起来。华兰妞突然拭泪喝问：“凶手为什么还不披麻下礼？”低头不语的石桥被洋子推了一下。石桥拐到棺材前头，把拐杖交给枝子，自己安慰自己“死者为大”，弯腰下拜，连磕三个响头。华兰妞还想说什么，黄秋菊拉了她一下，小声说：“这是冬梅姐同意的。你不能再闹了。”华兰妞又大呼大哭起来，拦住棺头不准走。在洋子目光的示意下，两浪人抬着棺材慢慢向大门走去。呼天抢地的华妇们抚棺相送着。

洋子焦急地向门外张望，脸上惶惶而疑惑。

铁门仍然锁着。两浪人正要把死者抬进出入室，严冬梅忽然抢先一步拦住，怒不可遏地说：“她是从正门进来的，也应该从正门出去！”

黄秋菊边哽咽边小声说：“梅姐，这里不是她的夫家，讲这种礼仪没有意思。”

华兰妞大叫道：“你懂什么！这叫明来明去。不能走偏门！”

另外三位无所适从的姑娘只是悲悲切切地啼哭。

忽然，从门外传来两声洪亮的犬吠。

犬吠声立即震慑住门内的哭叫声。

出入室的外门被打开了。两把银光闪烁的刺刀交叉拦在门外，刀下坐着半人高的灰色狼犬。

洋子惊慌不已，对冬梅等人说：“你们看看，我叫你们抓紧时间，不能耽搁，现在他们来了，你们不可能送到墓地了。”

黄秋菊对冬梅说：“梅姐，千里搭长棚，总有一别。我看我们已经尽了心意，就送到这儿吧？”

华兰妞说：“不行。你们怕死，让我先走！”严冬梅拉住她，小声说：“这是他们设下的罗网。难道你不想家了，不想孩子了？”

轻轻的一杯冷水,顷刻浇熄了她浑身的热忱与怒火。

棺柩被两浪人经出入室抬到大门外。

洋子利用去关门的机会,对两浪人悄悄说道:“你们把她处理后,回来告诉我一声。”

洋子回身关上了两道门。

洋子对众女说:“姐妹们都回去吧,梳洗梳洗,准备用早餐吧。”

早餐时,华兰妞和夏小荷仍然不想吃。在严冬梅的劝说和强制下,两人才喝了半碗稀饭。

场地中心还堆着不少未洗的衣裤和绷带。曚昽的日光里,蝇蠓盘旋,细蛆乱拱,腥臭袭人,秽气熏天。

洋子吃过早餐后,步履轻松地来到二十六号房,对里面的几个华妇说:“姐妹们,出去工作了,这是有偿服务,洗一套衣裳五分,洗二十根绷带也是五分。都要洗得干干净净,用消毒剂浸泡五分钟后,再拧干挂晒。”

华兰妞冲她叫道:“我们不要这钱!”

黄秋菊道:“血肉模糊,污秽不堪,太脏了。”

洋子笑笑说:“姐妹们难道都忘记了……”她故意把话语中断了一下,“……忘记收在你们身上的石桥保证书?你们早点赚够身价钱,好早日出去自由呀!至于说到脏,我看世上的脏钱何止就是它呢?”

华兰妞脱口而出:“世上真正的脏钱是男贪女卖!”

小河北顶撞她:“你是在骂自己?”

华兰妞说:“我们不是受了欺骗,就是被逼上梁山的,跟那些心甘情愿脱光裤子……”

“好了好了,还说这些干什么?”冬梅拦住她话头,转脸对洋子说,“石桥太太,我们知道了。你若没有其他事情……”

洋子笑笑说:“为早晨的事,我心里还是感到不安,没能让你们送她到墓地。好了,我也不多说这个伤心事了。我还要去集上买菜哩。”

洋子说完,就礼貌地退出房门。

石桥和枝子正在操场上照应其余妇女领取脏物。

洋子回到卧室刚刚坐下,两个浪人就进来了。洋子笑容可掬,指着两张椅子连连请他们就座。

洋子给每人送上一支烟。

胖猪浪人美美抽了一口烟,说:“石桥太太,一切都遵照你的吩咐办完了。”

洋子点点头,问:“尸体可曾掩埋好?”

小胡浪人说:“稻田队长不准埋,把她丢进山沟去喂狼了。”

洋子闭上眼:“阿弥陀佛,罪过罪过。”

胖猪浪人说:“我们把棺材送还店里,那老板不大愿意。我只好照你的交代,丢了一元钱给他就算租用费。”

洋子点点头,站起身走到抽屉边,开了锁,从里面取出一沓钱,转身交给胖猪浪人,笑笑说:“棺材的价钱是二十元,还剩十九元,你们二人拿去分分享用吧。”说完,又从桌下拿出两条白锡包香烟,交给小胡说:“这点小意思是酬劳你们的辛苦费。”

小胡不肯收。

洋子笑道:“如果嫌少就别收。以后还有诸多事情仰仗你们,如果不肯帮助我了,那也不必收。”

小胡说:“石桥太太,我们已经领了你们付给的报酬,为你们办事是分内的事情,不应该再额外收受财物了。”

洋子看着寡瘦猴脸形的口鼻沟上留着一撮黑毛的矮个浪人,心想:我倒要看看你是真正派还是假清高。她笑嘻嘻地走到小胡身边,在他肩上拍了一下,挤眉弄眼说:“怎么?你在生我气?怪我这开秦楼楚馆的到现在还没有慰劳过你?如果为这事,你就别发愁啦!店里现在有的都是破烂货。日后捞到鲜鱼鲜虾,我一定让你们杀杀馋怎么样?”

胖猪咂着嘴,似乎新鲜鱼虾已进口,其味妙不可言。

小胡愣怔着,不知所措。

洋子又撩逗他一下,笑道:“你哪里像个男子汉,怕什么?这屋里统统三个人。你们两位不会说出去,难道我还说出去打自己嘴巴?今天的事,我连石桥君都不告诉。拿着拿着。实在嫌少,我就不再勉强了。”

小胡红着脸,收下两条辛苦费。

胖猪看看印着天皇玉照的军票,对折起来,也揣入怀中。

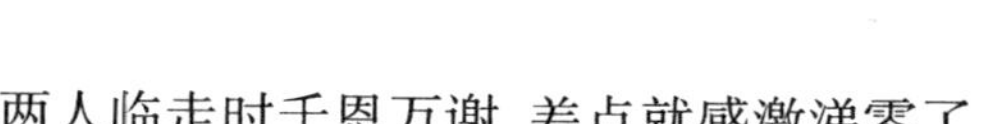

两人临走时千恩万谢,差点就感激涕零了。

洋子睥睨着他们的背影,满脸鄙夷,鼻里不由"哼"了一声。

洋子心中很不好受。这两天所里分文未进,今儿一下就破财三十元钱。但是她又把算盘的二五珠子翻过一拨,觉得如果不是自己的辛劳斡旋、一柱擎天,用石桥直来直去的办法,事情果真闹得乌烟瘴气人仰马翻,那造成的损失就难以估量了。俗话说,留得青山在,不怕没柴烧。既然手里有米,还愁鸡不来?再说,真正用在死者身上的只有一元租用费。至于在那两个浪人身上的破费,可以说是我放的债。既然是债,日后一定会加倍偿还的。洋子如此颠来倒去一想,心中的怨恨就化解了。

她拿出圆镜,对自己的仪容又做了一番修饰,自认为楚楚可人了,方才锁上门准备去集上买菜。

老妇挑着土豆菜蔬等物走在前面,满脸笑容、连连向身边人友好点着头的洋子跟从在后。

她们又要从烟酒店门口经过了。忽见那里围了一群男女看客。洋子快步走近,挤进人堆一看,原来可怜的母女俩正受一个三十多岁的无赖欺侮。她问身边的女人:"他为什么要污辱她们?"那女人告诉她说:"他强迫那个可怜姑娘唱段'十八摸',姑娘不肯,他就动手动脚了。"洋子不理解她为什么不肯唱,于是又问道:"她既是卖唱的,又为什么不肯唱呢?"那女人小声对她说:"这段唱词非常下流。摸姑娘,从头摸到脚,要摸十八处。每摸到一处,就得唱一段。人家还是个黄花闺女,你说能唱吗?"洋子心里觉得挺有意思,但立即回答道:"绝对不能唱,这是故意污辱她。"

就在她俩小声交谈时,那个无赖揪住姑娘头发,照脸就是两拳。姑娘口鼻出血了。那个流氓对她的臀部又连踢数脚。群情激愤了,有人在大喊大叫"不许打人""不许欺侮姑娘"。跪地的老妪涕泪横流,连连向观众拱手作揖,悲惨地喊着:"求求你们救救我女儿,求求你们了……"

洋子愤然推开众人,站到场内,指着那无赖怒喝道:"你是什么人,竟敢如此毒打自己同胞!"

无赖看看洋子冷笑道:"她难道是你的女儿?你这巫婆,少管我们家内的事情！”

洋子气得杏眼圆睁，大叫道：“你家内的事？你家内既然无人敢管，我这外人就非管不可！”

无赖照着姑娘胸脯捏了两下，挑战道：“你来管啊！我看你有多大能耐？”说着，他丢下姑娘，朝洋子跨了一步。

洋子义愤填膺，嘴唇战栗着。她用哆嗦的手打开钱包，取出自己的身份证，交给老妇说：“麻烦你跑一趟，你拿这个去请稻田队长来。”老妇迟疑着，望着那个无赖。无赖龇牙冷笑……

洋子不由悲哀起来，她涩声道：“你不去我去。你们都是一群冷血动物。”

无赖见洋子真的要去搬兵了，突然蹿出人堆，仓皇逃遁，倏然不见踪影。

跪地老妪对洋子连连磕头，嘴里叽咕着：“你是活菩萨，活菩萨下凡了……”

洋子收好身份证，拉起老人，走向姑娘，又把姑娘扶起来，为她擦去嘴角鲜血。又有几个女人上来为她理发，掸灰，问这问那。

可怜的姑娘吓昏了，像个哑巴难开口。

老妇走到洋子身边，贴着她的耳朵悄悄说：“石太太，我看你是个菩萨心。厨房里只有我一人，每隔两天还要为大家烧汤水，我实在忙不过来……”

洋子以眼色止住她的下言，说：“一要看人家愿意不愿意，二要回去跟我丈夫商量商量。”

老妇急了，说：“我看她们会答应的。再说句我不当说的话，石老爷哪有你的能耐强。”老妇按照中国人的习惯，误把石桥当成姓和名了。

洋子沉吟良久，说：“我看以后再说吧。”

老妇流泪了，泣声道：“我求求太太了，你既然救人就该救到底啊！”

洋子仍然犹豫不决。

老妇说：“我先去问问那老的。”

老妇见洋子并未阻拦，自作主张走近那位流泪的老妪。她刚刚说出来意，岂知对方立刻下跪，拱手作揖，连连点头。

姑娘在众人抚慰下拾起琵琶，擦擦上面的泥土。她又捡起地上不多的分票，放进豁钵里，拎起两张破凳，准备离开了。

洋子拦住姑娘，问：“这么早就收摊子，你们去哪儿？”

姑娘悲切地说:“回好心太太的话,这儿我们不能再待下去了。”

洋子关切地问道:“你们打算去哪儿?”

姑娘回答:“回太太话,我们是处处无家处处家,随风飘刮的。”

洋子问:“你们为什么不回自己家里呢?”

姑娘答:“家被大水冲走了,还有我的哥嫂和弟妹。全家六个人,就剩我们娘儿俩了。”

洋子问:“这儿住有你们的亲戚朋友吗?”

姑娘回答:“没有。”

洋子问:“在这里卖唱,可曾遇到过家乡熟人?”

姑娘摇摇头,说:“我们是外省人。”

洋子凝视低着头的仍在微微战栗的卖唱女,思索着什么。

“你识字吗?”洋子突然问。

姑娘羞愧地摇摇头:“我们穷得连饭都吃不上,哪有闲钱送给先生?”

两个老妇人走到她们两人面前。

烧饭的老妇问:“姑娘,跟我去烧饭吧,吃住都不愁了,每月还有几个零花钱。”

姑娘惊恐地抱着琵琶,连连后退,说:“我不去,我不去……”

她妈妈泣声道:“好乖乖,我已经答应了。在外漂流卖唱多危险。我们天天怕过还得天天过。今儿若碰不到这位好心肠的太太,你又要吃大亏了。”

洋子温和地笑看着……

烧饭老妇夺过她怀里的琵琶掷到地上,拉起她的手,说:“好闺女,该听娘的话。走走走,跟我走。”

围观人群中七嘴八舌说着“应该去”“当然去”“烧饭要比卖唱好得多”。

姑娘仍然执拗着,不肯动脚。

她妈妈忽然揪着鼻涕,大哭大诉起来:“你这死丫头,怎么好歹不识的。算我前世瞎了眼,做了孽啊——”

围观的也喟然叹息起来……

十

一行四人在往回走的路上边走边聊。

洋子漫不经心地问:“你们姓什么?”

挑着菜篮的老妪抢答道:“回太太,我们家姓宗。”

烧饭老妇夹着琵琶,问:“姑娘叫什么名字呀?”

低着头的姑娘怯怯回答:“叫小花。”

洋子问:“你今年多大了?”

宗妈妈回道:“属鸡的,今年十八岁。”

洋子问:“你们是哪里人?”

宗妈妈回道:“是吴江人。在苏州南面。”

洋子笑笑说:“哦,难怪会弹琵琶唱评弹的。”

宗小花红着脸小声说:“我弹唱都不好,只是为混口饭吃,让太太见笑了。”

行路说说话,似觉快得多。她们很快就回到了服务所门外。洋子掏出钥匙打开出入室的外门,见人都进来了,又锁好。再开内门。

宗家母女见操场上挂满了待干的军装和纱带,知道这儿人是干什么的了。又走了几步,看见许多女人仍在忙着。

石桥惊诧地看着一老一小的蓦然闯入者。

枝子迷茫地看着两位陌生来客。

老妇扬扬手中琵琶,高兴地对枝子说:“枝子姑娘,我以后不再麻烦你了。石太太又找了母女两个帮手。”

横眉怒目的石桥急急看向洋子。

突然，洗衣妇里不知是谁大喊一声：“姑娘不能进来，这儿是窑子！”

有人接着喊：“是堂子！”

有人叫：“是乐户！”“是妓院！”“是火坑！”

因为众多警告者均是来自四面八方，她们都是依据家乡的习惯叫法脱口而出。此时此地，她们哪有文人骚客的闲情逸致来抑扬顿挫地说什么“秦楼楚馆”“枇杷门巷”呢？她们说得虽然粗俗难听，但是简洁明白。

宗小花愣了片刻，蓦地转身向大门奔逃。

石桥正听洋子介绍经过，忽然听到有人起哄，又见姑娘想逃走，他想起了中川的话：“既然撞进来了，就不能让它飞出去。”他立即招呼两个浪人火速赶上去阻拦。

大门小门均锁着。姑娘尽管在使劲踢门撞门，两门仍然安然无恙。

宗小花被两浪人关进训导室。老人吓得瘫痪在地，说不出话来，以手指着烧饭老妇。

老妇强氏到这时才明白过来。自己出于好心，却做了糊涂事，为了救她们母女俩，反而把她们推入了火坑。她自责自己太自私了，为了减轻自己负担，把事情后果都往好处想。她觉得自己犯罪作孽了，尤其是对那黄花闺女。她想得越明白，越觉得痛心罪过……老人涕泪俱下了。

宗家母女撞进樊笼的当天夜里，中川从前方打来电话，令慰安妇们天亮之前务必赶到战地慰劳浴血奋战的将士，沿途由稻田小队护卫。

一刻钟后，门外开来三辆布篷卡车。前两辆车上装的是各种慰劳食品和饮料，后一车里坐着稻田的小队。

胖猪稻田盛气凌人，对石桥说：“你的留守，夫人带队。”

二十七名慰安妇在稻田小队的照应下，分乘前两部。

汽车发动时，洋子仍在门里叮嘱着丈夫。

汽车鸣笛了，洋子攀上首辆车的驾驶室。

杀人魔王谷寿夫的第六师团，对明光发动了五昼夜的血腥攻击，但是明光外围的防守仍然固若金汤。五十九军张自忠部在北线击溃板垣师团解救庞炳勋后，再接受五战区李宗仁的调遣，乘铁路南下援助五十一军于学忠部防守蚌埠。蚌埠是徐州的屏障，明光是蚌埠的前哨。所以小小的明光外围已成了双方血肉横飞、尸积如山的生死较量之地。那些无可记名可歌可泣的中华健儿，早已将身家性命置之度外，决心严惩这个从南京杀奔而来的魔王。张自忠将军下的严令是："士兵拼光了尉官上，尉官战死了校官填，校官捐躯了由我来！"有这三句军令，谷寿夫怎能像攻打南京一样如囊中取物呢？

杀人魔王见牛岛贞雄的第九师团已攻越池河，他又求功心切了。他电告统率畑俊六大将，准备再度使用毒气开路。畑俊六从整个战局考虑，电复令其缓用。后来，虽然增援了能征惯战的中川支队，但是对魔王建勋的臆想帮助不大。

为了调整部署，调节士兵情绪，中川想到了慰安妇。谷寿夫听说后，立即命令速速执行。

天空斗转参横，远方的山色空蒙，近处的村庄依稀可辨。许多送慰安妇的卡车准时赶到营地。

石桥所的慰安妇们，夹着大小不等的纸盒纸箱，一一从车上下来，略作休息，吃了一点儿冷饭，在迎接人员的带领下，徒步向阵地前沿前进。

这是战斗中的间隙。不规则的掩体或战壕里，隐伏着点点黄色。观察所里的联队指挥，立即拦住慰队，大叫："这些统统不要。他们现在最需要的是子弹手雷和精神上的兴奋！"

洋子默视稻田队长。稻田做了坚决执行的手势。

慰安妇们只得丢下罐头、香烟、饼干、糖果等各式慰劳用品，在联队日军的指挥下，人人动手搬、扛、抬起各类大小箱子。

战壕里力竭精疲、萎靡不振的鬼子兵，见送子弹的竟是女性，个个精神抖擞欢呼雀跃争先恐后抢上前，夺过女性手里的重物，随手掷地。他们像苍蝇见到血、猫发现鼠、狼逮到羊，拉起女性的手，拍着女性的臀，捏着她们的胸，摸着她们的脸。或张开双臂拥抱，强行接吻……都想张开血盆大口，把她们连皮带骨吞下肚。

樱子坐在一尉官腿上。她抚着对方敞开的胸膛，他捏着对方的乳房，两人共吮着一粒糖。

冬梅被一鬼子强行搂在怀里，毛胡丛生的臭嘴硬行贴在她的唇上。她那冷如冰霜的脸上，一双忧戚的眼睛，眺望着模糊不清的远方……

姬顺玉的裤衩已被剽悍的鬼子撕成两半踩在脚下。野兽要强行交媾，姬顺玉不遗余力抗争着。

夏小荷已被剥得不剩一丝一缕，被发疯的鬼子扛上肩头在原地打转。战壕里欢呼狂叫："圣战万岁！""天皇万岁！"……

正在观察效果的联队指挥，也如吃了兴奋剂，举拳吼道："这是最有效的慰劳！"

指挥官转过头，对传令兵说："命令所有女人把衣服统统剥光！抗拒者格杀勿论！"

洋子惊骇不已，眼珠转了几转，对稻田队长说："裸了体的女人，白白净净的肉体，对方在望远镜里看得清吗？我其他都不在乎，就怕事后中川大佐责怪我和石桥太郎啊！"

胖猪的脑子被吓醒了。他立即拦住传令兵对联队指挥说："指挥官阁下，雪白的肉体如果被敌方的望远镜发现，拍成照片，你我送军事法庭事小，坏了帝国大计的罪可大啦！"

指挥官皱起了眉头思考着……

战壕边，激烈的战斗又开始了。

鬼子们立即甩开女人，拿起钢枪，伏在壕边猛烈还击。

对方炮火异常猛烈，呼啸而来的炮弹不时在战壕的外沿爆炸。

女人们在鬼子身后东窜西躲，鬼哭狼嚎，成为碍手碍脚的木偶。

有两个日军因为掉头宽慰身后女人而忽视了瞻前，被飞来的子弹击中，仰倒了。

女人们看到脚下数具尸体在冒血、挣扎、抽搐，更像没有头的苍蝇，吓得乱撞乱奔，号叫狂呼，在原地打着转，恐惧得不知退向何方。

摘下望远镜的指挥官暴跳如雷，像头受伤的野兽。他高举双拳，对传令兵吼道："带她们快滚！！"

洋子被前方的枪炮声吓呆了。因为距离远再加滚滚的硝烟尘土，根本看不清前面情况到底怎样了。她忧心如焚，几次三番要去前沿看看，稻田队长就是不允。

服务所里，枝子帮沐浴后的宗小花梳着头发。她穿着枝子送的拉领白衫，腰间系着一根红带。经过洗涤换装后的宗小花，像一颗跌落在尘埃里的珍珠，终于还原了她光彩照人的本色：微黑的面庞上，修长弯弯的眉毛下，生着一双大眼睛。双眼皮下，眼珠像闪光的黑宝石，眼白微微带蓝；偶尔一转，顾盼生辉。鼻梁挺而直，鼻翼窄而平，红润的两唇间，不时显露出两排洁白如玉的米牙。微微一笑，平滑的两腮上立现一对深深的酒窝。

枝子审视一会儿，说："我要是男人，一定娶你为妻啊！"

宗小花怯怯地说："枝子姐姐不要取笑我，我是一个苦命的乡下姑娘。"

枝子说："我也是乡下人。因为父兄都阵亡了，家中老小无人养活，母亲才忍痛让我出来挣钱的。"

坐在她们身后的两位洗衣老妇边洗边闲扯着。烧饭老妇正介绍着演习晚上发生的事。她还在说着："……不怕你老姐姐笑话我，我当时吓得就差尿裤子。枪响以后，就从我头顶屋上滚下两个好汉来，我记得是一老一少。再后来，狼心狗肺的鬼子就把他们摔到火堆上，浇上汽油烧了。还有开膛剖腹……哎呀，我不忍心再说了。我的老姐姐，你说吓人不吓人？"

小花和枝子都在静静听着。

宗小花战栗了，问："枝子姐姐，她说的是真的吗？"

枝子点点头。

石桥伫立在卧室门口，远远凝视抹去尘垢的良家碧玉。尽管昨晚在枕上妻子已对她所受的凌辱做了详尽介绍，虽说他自己也曾目睹了两个日军对她的强暴，但是，他总觉得有点儿不对味。他想趁夫人不在之机，再对她来个旁敲侧击或者打草惊蛇、见机行事，也许还能来个逾墙钻隙。

枝子遵照石桥吩咐叫来了宗小花。

石桥等枝子退出屋后，关上门说："坐，坐下我们随便聊聊。"贪婪的目光凝视着，心想：真是一只惹人喜爱的小野鸡。

宗小花胆怯怯地坐到椅子边缘，低着头，似乎研究指上纹理。

石桥笑笑，温和地问这问那，特别详细询问了苏州吴江一带的风俗人情、名胜景点。低着头的宗小花木讷回道："我们乡下的'人情'不太大，喜事都出两块钱。丧事是一块钱一刀黄纸。"

石桥听了啼笑皆非。他想想又问道："我听说苏州城里有个有名的园子，叫……叫什么，出(拙)政园吧？"他说完，凝视姑娘脸上表情。

宗小花茫然地摇头，说："我没去过'出政园'。石老爷想去看看，以后我带你去。我懂苏州话。"

石桥笑起来，走到她身边，摩挲着她的肩头说："你真会说话，真讨人喜欢。"同时，他的两道目光像利剑一样，从她的下颌直插敞开领口的下方。心想：真是一只名副其实的绣花枕头。

宗小花吓得直往椅子一边挪动。

石桥淫笑道："你给我唱段'十八摸'好吗？"

宗小花说："我不会。"

石桥拿出一张军用券说："我给你十元钱。"

宗小花冷冷地说："我不要钱。"

石桥借递钱之机，想去拉住她的手。姑娘惊骇得猛往后让，椅子失去平衡，姑娘跌倒了。石桥嘴说"我来扶你"，就势压到姑娘身上，用臭嘴掩压着她的香唇，一只手在她腿上乱摸。

宗小花急得像刚落地的小鱼，急蹦乱撅，又抓又咬，又蹬又踢……她终于把废了一条腿的石桥掀翻在地。

姑娘夺门而出，"鲜鱼"又下了海，"小野鸡"又飞进丛林，在石桥眼前倏然消失了。

他坐在地上惆怅懊恼之时，忽然想起妻子临行时对他的叮嘱，"不要打那姑娘主意，以防再弄出人命来。"他叹息一声，慢慢爬起来。

石桥见外面下雨了，奔出门外大声骂道："你们都是死人，还不快点儿收衣裳！"他见宗小花手脚不够麻利，用拐杖在她身上乱打起来。

明光战场也下起雨，胶着的双方暂时停止了攻击。雨水吞没了弥漫在空气里的尘土和硝烟，洗刷了战地上的血迹。红色的黏土经雨水一泡，泥泞得脚步迈不出去。

洋子带来的慰安妇躲在一所断壁颓垣、难遮风雨的民房里，她点点人数，欣慰地舒了一口气。

在她们面前不远处，池河横阻着，河水滔滔流向下游。河边堤岸上，面对河水跪着十几个光着全身、反剪着双手的男女老少。他们都是中国人。有几个是失去战斗能力的伤兵。他们因为没有来得及被自己部队救走，滞留战场而被鬼子逮住的。那几个男女老幼，是从附近村里捉来的。据说罪名是他们杀了一个大日本皇军。突然，一名跳起的男子扑进河里。随着密集的枪声，河水很快染红了一大片。余者仍哆哆嗦嗦跪着。他们虽都感到生命就要完结，但听不到点点哭泣之声。他们也许早已哭干了泪水，喊哑了喉咙；也许多次乞怜求饶后，成了砧板上的鱼肉，已经绝望麻木了。然而在他们即将停止跳动的心中，仅仅还存在一个可怜希望，请求老天爷再把雨下得大些，下得猛些，冲洗掉他们头上身上的耻辱。恳求老天爷响个大雷，把他们统统炸死，烧成灰，灰被雨水冲泻到河里，河水再吞没他们这些渺小的灰粒。

雨篷下，坐着的谷寿夫拄着指挥刀，他的身后立着中川清健，因前进受阻，人的心情不好。他为了向他的部下展现天皇铁军的神威，为了向支那人表明不肯就范的严重后果，他决定利用战斗间隙好好操练一下那些穿上军装不久的青年，锻炼一下身边的文职人员。

在他面前站着一排遴选出来的上身赤膊挺胸凸肚的刽子手。他们右肩头均扛着一柄银光闪闪的马刀，刀的锋利和光滑使打上的雨水都站不住脚。

一尉官手执令旗，喊着口令。一排刽子手在口令声中跨出整齐的步伐，迈向池水岸边。其中一文职人员因镜片淋水，眼前模糊不清，步伐有点儿踉跄趔趄。

许多慰安妇看了，吓得尖叫，闭上眼睛。

刽子手已到达刑场，一对一站在“鱼肉”身后。按照事先命令，喊一声口令，只杀一人，喊第二声，杀第二人……依次进行。不得同时砍杀，这方法是魔鬼从齐滑王那儿学来的。

尉官小旗一挥，大喊一声。只见那个伤兵的头上银光一闪，圆圆的头颅立时滚到岸下落进河里。与此同时，他的颈处倏地冒出一丈多高的血柱，两秒钟后，那无头尸体忽然双腿一蹬，朝上一蹿，瞬间就扑向河里，不见了。谷寿夫及他的牛头马面们见到此情此景，有仰天大笑的，有拍掌狂笑的……

尉官再挥旗又大叫。第二个是女人，其他都相同，就是尸体蹿得不高。谷寿夫觉得没意思，对周围说：“女人到底不如男人行。像溺尿一样，就是不能溺远溺高。”

第三个跪着的是个十多岁的男孩。刀斧手偏偏就是那个戴眼镜看不清的文职人员。

尉官又挥旗再大叫。文职人员一刀却砍在孩子的锁骨上,孩子本能地掉过脸,用死鱼一样的眼睛看着他。

文职人员吓得嗷嗷大叫,连砍数刀……与此同时,余下的刽子手也许极度紧张,也许听错了号令,纷纷举刀乱砍。乱砍一通以后,这些浑身带血的刽子手仓皇拖刀而回。

谷寿夫气得蹦跳起来,大发雷霆,大骂这些胆小鬼尽是没用的混蛋!

难怪他发火。这是一场精心安排的大开胃口的好戏。可惜刚刚开锣,才看出味道,下面就被那些废物演砸了!慰安妇中有不少人吓瘫了,吓晕了。洋子掐着她们的人中。

从文职人员向后排的那些返回交令的新兵们,都被尉官左右打了嘴巴。尉官命令镜片上蒙着鲜血的文职人员和一个矮小的新兵去河边继续刺杀……

雨下得更大了。河水一边饮泣呜咽一边用她的柔弱躯体包容了这些无辜惨遭屠戮的老小生灵。水面上起了泡,那是水下冤屈的生灵连连叹息所致,或许是他们在向河伯控诉旧恨新仇!河水边流淌边哭诉,它要流向长江,流进大海,流向世界。它要向全世界控诉日本法西斯这种杀人取乐的惨绝人寰的非人而又是人为的兽行。

雨停天黑了,服务所休息室内坐着应石桥邀请来此听曲的栗原宪兵队长。他正慢慢悠悠品尝着西湖龙井。

石桥根据自己的言行探测,确认宗小花虽是绣花枕头但却是个尤物,而且还是一件原装货。自己幸好没有尝鲜。他认为:狡兔当有三窟,我为什么不多开辟一条通道呢?中川已接受贡献了,栗原比中川更硬更棒。这件难得的尤物只好忍痛割爱了。所以他下午亲自登门宪兵队,吹嘘一番以后,问:“是在下送来,还是阁下累步?”满脸正气的栗原思考后说:“我去看看的好。”至于这唱曲的是什么人,从哪儿来,栗原半句未问。这不是他的司职范围。

枝子领来怀抱琵琶的宗小花。栗原启目而视,见她确实长得容貌俊秀,媚颜腻理,唇红齿白,明眸剪水。栗原欣赏姑娘,石桥观察栗原。少刻,枝子让宗小花坐上椅子,就知趣得体地退出了,并随手关上房门。

石桥笑道:“先弹一曲给中佐听听。”

羞赧低头的姑娘不言不语,把弦子略调一下,将琵琶抱入怀中,挥弹起灵活的

右手五指。随着指尖在弦上的跳跃,四壁响起了悦耳动听的乐声。时而急剧,像万马奔腾;时而委婉,像莺舌百啭;时而低沉,像春蚕食叶……又像小珠大珠落玉盘,又像银泉瀑布飞溅碧潭,又像秋月下众多蟋蟀在歌咏……这飞来的天籁之音,令听者忘我、陶醉、痴迷,使他们的心灵得到净化,品格得到超然。两个闭目摇头的听者,正听得迷迷糊糊、似醉非醉的时候,只听清脆的"叮咚"一声响,乐声戛然止住了。然而两人还闭着目、摇着头……

良久,栗原启目拍手,连连叫道:"好,好!弹得美妙极了!"

石桥见他兴致很浓,胁肩向栗原建议道:"再让她唱两段评弹听听?"

栗原满意地点点头。

卖唱女怀抱琵琶站起身,向听众深深一鞠躬,慢慢坐下,轻轻弹起前奏。一会儿,就边弹边唱起来:

春季里来是新春,家家户户忙上坟。
白天要提灯笼去,夜晚鬼火绕侬村。
夏季里来荷花香,今年荷花遭了殃。
池塘变成万伶坑,万伶尸体压河床。
秋季里来秋风凉,秋风秋雨秋潮涨。

"够了!你的胡说!"栗原猛地站起。他虽然汉语不太精通,而且又是方言吴语,但是他从只言片语悲悲切切的曲调中嗅出这是含沙射影,是对圣战的不满。

号称中国通的石桥,当然句句听得真真切切明明白白,但是不敢说破。他立即站起来,惶惶地对栗原讲起日语。卖唱的姑娘吓得紧抱琵琶,低着头,泪水扑嗒扑嗒跌落到琵琶上……

栗原听了石桥解释后,怒气稍平了。

石桥蹀躞到栗原身后,悄声说:"中佐阁下,她还是只青娥。您看呢,是在这儿,还是带回去继续为您服务?"

栗原转身凝视他。咄咄逼人的目光,吓得石桥连连后退。

栗原怒道:"你的心术不正!"说完大步跨出房门,在两个侍卫跟随下走出了大门。

石桥伫立在大门外,仰望天空。他似乎被马蹄踢中了心窝,胸中的隐痛久久不肯消失……

月明星稀的夜晚,大地上的一切都沉浸在朦胧如水的月色中,眼前景物虽看得见却看不清。

洋子带着慰安妇都上了车,正准备连夜返回所里,岂知传令兵突然奔来拦住车头,传达中川命令:"立即赶往五十二联队,突击抢救伤员!"

傍晚时分,五十二联队又与张自忠部进行了激烈交锋,双方死伤惨重。鬼子的急救队人员不足,加上又是夜晚,因为抢救受损的"螺丝"耽搁不得,所以中川临时抓了她们差。

卡车开到惨遭战火洗劫的小村落。

村落中心的十字旗在呼天抢地、大喊狂叫、痛苦呻吟中微微打着寒战。

从战场到村落的沿途焚烧着一堆堆的大火。火光里站着端枪的支队人马。

严冬梅与夏小荷抬着一个血肉模糊的鬼子。

樱子放下担架擦着汗,她冲着气喘吁吁的木子斥责说:"我说抬那瘦小的,你偏要抬这死肥猪!"

木子申辩道:"我看他流血太多了。"

华兰妞与和子抬着一个少了右腿的家伙。

急救所里满地躺着不同部位伤残了的伤兵。重伤的昏迷不醒,轻伤的有哭有笑有骂娘。他们忽然见到女人,立刻忘了身上的剧痛和对死亡的恐惧,对她们猥亵调笑,动手动脚,有的竟跃跃欲试了。

一个失去双臂的年轻日军,终于从昏迷中苏醒过来。当他发现已经失去最起码的生活处理能力时,先是号哭,后是狂笑,猛地坐起,神经质地高呼:"天皇万岁!我们胜啦!"

一中尉军官对他皱着眉,然后对身边的两个鬼子说:"他内外都受了重伤,需要休息了。你们把他抬下去算了。"

和子和兰妞目睹了这一幕。她们很同情这个素不相识的年轻人。出于好奇或是关心,她们偷偷尾随着。

村头瓜地里有座破烂的看瓜棚,她们躲在棚后远远偷看。尽管月色溶溶,但是所见还是模糊。

俩鬼子把那仍在狂呼大叫的重伤青年拖出担架。

一鬼子将短刀突然刺入伤兵后心,狂呼的声音倏然中断。短刀一拔,血如水喷。

窥视的二人惊骇得发了呆。忽见担架又抬回,上面仍然躺着那个无臂者。她们逃跑不及,立即趴伏到瓜棚里。

脚步声渐渐远去。二人正欲爬起,忽然感到身下不是泥土,低头一看,俩人吓得魂飞魄散。

这是一具没有衣服的青年女尸,在她右胸上,伏着一个刚临人间的百日男婴。

二人吓得战战兢兢,悚然呆看着。

兰妞以手测息许久,惊叫道:“他还活着!”她急忙解开衣襟。

和子说:“这样不行,我来帮你。”

和子抱过孩子,以手指拨开牙龈,使其张开口。

兰妞挤压乳房,白色的甘露琼浆滴进张开的小口。涟涟晶莹的泪珠,洒落在孩子脸上。

婴儿的喉部终于蠕动了两下……

二人欣慰惊喜,互相目视庆幸。

兰妞将乳头送进婴儿口中。过了一会儿,兰妞惊叫道:“啊!他晓得吮吸了。”

和子忧心起来,她想了想说:“所里绝对不准收养的。我看你带着孩子逃走吧?”

兰妞摩挲着孩子屁股,说:“四周都有鬼子站岗看着。万一被发现,我死不要紧,这孩子太可怜啦!”

和子清楚,刚救活的婴儿叫她再丢下,是绝对不可能的。带到所里也难养活,那是后事。现在最棘手的是,怎样才能带回所,用什么办法瞒住洋子等人的眼睛?她见兰妞只顾眼前孩子,而不想想她下面怎么办。和子急得像只热锅上的蚂蚁。她睁大眼睛,对周围仔细搜索着……她忽然惊喜道:“我有办法了!你在这儿等我。”

和子走后,兰妞又看看婴儿的妈妈,不由又流下泪来。她为死者拔去插入膣部的竹筒,拾起地上衣片,盖在她的胸部和下体。又捧上乱草,均匀地盖到死者身上。

最后，让婴儿象征性地给母亲叩拜了三个告别头。

华兰妞把婴儿紧搂怀里，坐在地上向来处望着。受了折磨的娇嫩生灵，吃饱了肚子，在母爱的温暖安全的怀抱中，发出了轻轻的鼾声。

天色微明，五十二联队的抢救工作也结束了。洋子查点着人数，准备上车回所了。

和子脚下有只纸箱。她对洋子笑道："石桥太太，麻烦你检查一下。我想把空箱带回去，盛盛衣服什么的，可以吗？"

洋子边数着人头，边说："需要就带走吧。"

和子见说，一手拎着纸箱上了车。

华兰妞使个眼色，严冬梅和黄秋菊也都从路边捡起一只空箱爬上车。

也许是天意，这三只装罐头的纸箱竟然一模一样。

三部卡车匆匆向前赶路。

天色已亮，两辆车进了服务所大门。

樱子等人已经从头辆车上下来。她注视着后面车子。

华兰妞她们坐在第二辆。这辆车上的华妇都知道了她的秘密，就是想阻止也晚了。严冬梅先掷下自己的纸箱，人再爬下车。黄秋菊的纸箱摔得更重，还翻了个身。拎着纸箱的和子夹在众人里，也次第下了车。

樱子面向和子笑嘻嘻走来，说："三口太太，你这箱子真不错，给我看看。可惜我没有拿上一只。"

黄秋菊突然把腿一伸，樱子绊了个趔趄，接着两人就叫骂起来。

几个华妇拥上去劝说二人。

和子把手里的纸箱抛到樱子脚下，说："你想要就拿去！眼眶也太浅了。"

樱子在秋菊的赔礼下渐渐消了气。她走到和子身边，弯弯腰笑道："是我试试三口太太的。君子不夺人所爱，哪会真要你的？"

风波来得突兀去得倏然。诚然，她们的机关难免没有人发现。但是，樱子在所里是只过街老鼠，欢喜它的只有猫。所以，三只纸箱都被各自的主人平安地拿回房里去了。

十一

第二天早晨,宗小花见石桥进了厕所,她慌忙走进洋子卧室。

洋子背对着门,弯腰在藤箱里翻找干净衣裤。忽然觉察身后有人进来,她转身一看,只见小花跪在她的脚下,泪如雨下。

洋子惊问:“姑娘,出了什么事?快告诉我!”

小花仰起泪脸:“求太太再救我一次。”

洋子莫名,丢下手中衣裤,将小花拉起来,说:“可怜的姑娘,你别难过,有话慢慢说。”宗小花边流泪边诉说,把昨天上午石桥对她的欺侮经过原原本本告诉了洋子。

洋子听后满脸怒气,胸口急剧起伏着。洋子并非醋劲十足的女人。她知道多数男人都是馋嘴猫,见到稍有姿色的,不是骗取就是强攻,若遇到的是烈女节妇,不是你死就是我亡了。当然女性遭殃的概率为大。如果见到的是已婚“西施”,明知她身边睡有“老虎”,色胆包天的老手也敢去虎口拔牙。当“西施”成为情人,双方如鱼得水配合默契时,老虎也许成为纸虎了。如其“西施”因种种原因不肯委身就范,你仍执迷不悟,必然会遭到灭顶之灾的。人们常说的“十场人命九场奸”,其缘故就在于这里。在临行之前,已经对他超前说了利害关系,千万不要再弄出人命来,糖不过就那么甜,盐不过就这么咸。不想你洁身自好,只求你好自为之。

洋子心中虽这样想,口里却不能说。她脸上气色渐渐平和了,笑着对小花说:“这是石桥君和你闹着玩的。”

宗小花说:“太太,是真的。”

洋子假意嗔怪道:“如果是真的,也不能全怪石桥君啊!”

姑娘惊诧莫名:“我也有错?”

洋子笑道:“是呀。谁叫你长得这么俊俏的?我要是男人,也会动心迷上你的。”

姑娘破涕为笑:“太太真坏。”

洋子转过身,从藤箱里取出一双褐色的长筒丝袜,对小花笑道:“你看你这双腿像玉像冰,又像凝结起来的猪油,哪个男人见了都要流口水。我送你这双袜子,快把它遮起来。”

姑娘不肯轻易收人礼物。

洋子说:“好姑娘,只要听我的话,以后谁也不敢欺侮你。快拿着,我再找找看还有什么适合你穿戴的。”

姑娘接过长袜,又泪水盈眶了,道:“太太,我以后一定听你话。”

早餐迟了两小时。洋子和枝子安排好众妇们的洗涤工作以后,洋子把枝子叫到后者的卧室里,询问了所里二十四小时内发生的情况。

枝子想想,还是照实说了。最后又补充说道:“小花出来时,我见她脸上有泪痕,栗原队长离开时,好像生了什么气。”

洋子一听心中有数了:姑娘说的全是真话。不过,栗原先是听得很开心,后来又为什么不欢而去呢?是不是被野玫瑰刺了手?如果事实正如我所料,那就后患无穷了。姑娘虽然听我的话,这件事未必就肯听从呀!想什么办法才能行得通呢?洋子皱眉忧虑起来。

洋子慢慢走进自己卧室,坐到椅上,还在苦思冥想着……

石桥进来了。他见妻子脸上的神情,笑笑问:“夫人又在思考什么安邦定国大计了?”

洋子盯视着石桥,突然问道:“栗原队长怎么气跑的?”

石桥不由暗吃一惊,心想:她还有眼线!于是说道:“开始时,宗姑娘弹了一曲《春江花月夜》,栗原听得有滋有味。接着又唱了两段评弹,唱得还可以,就是内容有影射。其实呢,哪朝哪代的民间,都有一些吃开口饭的艺人,把民间的疾苦和心里的愤懑结合起来,随口编上几段为民鼓呼。再经多人口头加工,又变成了诋毁当前时政的灰色宣传。我们无权去搞文字狱，又何必去追究它呢？但是，栗原听了那个音调心里大不好受。幸亏我搞了个瞒天过海，才免去一场不必要的麻烦啊！"

洋子问道："就为这事他才扫兴的？"

石桥摇摇头，说："我想他还是个处子，想用他为我们今后多找一条救生艇。"

洋子笑笑问道："你不想尝鲜了？后来呢，是那姑娘拒绝了？"

石桥叹口气，说道："夫人，你也有弄错的时候，拒绝的偏偏是栗原！"

洋子惊奇地"啊"了一声，想了想，喃喃自语道："是假正经，是身体有病，还是精神不正常？"

石桥说："我看不是假正经。多好的一块小家碧玉，真是少见的人间尤物。"

在这对夫妇眼里，像这样的怪事还未见过，未见过的当然就不正常了。他们经常见到的是烧杀抢掠奸淫妇女，这是为人的正常行为。凡是不肯与他们同流合污的，身体就有病；不肯与他们沆瀣一气的，精神就不正常；不肯与他们朋比为奸的，就是怪人怪事！所以在同一个环境里，绝大多数人醉心于饕餮民脂，挥金如土，宿娼嫖妓，纸醉金迷，玩弄权术，尸位素餐，就是正常人。而少数不愿随波逐流者，不肯薰莸同器，就是不正常了。他们自然会被那些"正常人"怀疑、猜忌甚至剔除。可见在这些特定环境里，要想做到洁身自好、超然物外，谈何容易！

洋子思索了许久许久，对石桥说道："栗原不领这情就算了，再说他也不能直接过问我们的事情。依我看，还是留着等中川回来吧。"

这类人对别人确实能做到慷慨解囊，常常把自己最心爱的宝物奉献给他人，甚至对自己的娇妻幼女也在所不惜，只要能达到某种目的的话。而受贡者往往自认为是对自己的恭敬。在"恭敬不如从命"的遮掩下，在满足某种欲望的同时，自然而然钻入对方设下的布袋或是落进了陷阱。

石桥摇摇头。

洋子关切地问道："为什么？"

石桥把"演习"那天奉献了"生瓜"以后，中川第二天就被栗原训斥的事告诉了洋子。

洋子暗暗吃了一惊，心里想道：这里他布有眼线。

石桥说道："依我看，还是先让我来整治整治她，再让她填上二十九号吧！"

洋子正色道："你不能莽撞行事。"

忽然，电话铃急促响起来。

石桥听了好一会儿，丢下送话器对洋子说："是稻田君打来的。他通知我们，半个小时后，有几个外国记者要来我们所采访。他令我们必须做好各种准备，千万不能泄露秘密。"

洋子站在卧室门口，看着那些有搓洗有晾晒的众女性，心想：不能让她们中的任何一人跟采访者有所接触。怎样使她们都能回避呢？如果届时跳出一两个胆大妄为的女人要与他们交谈，我们是不能用鞭子阻拦的。她把自己的想法告诉了石桥。

石桥听后说："这好办。把她们统统赶进号房去。"

洋子摇摇头说："不行。她们不是不会说话的动物。再说，这会儿不中不晚，用什么理由把她们赶进去呢？"洋子说完苦思着。

石桥以杖连连戳着地。

"有了！"洋子突然惊喜叫道，"你速打电话把麻生请来。"

须臾，麻生坐着军用摩托赶来了。

麻生在石桥和洋子的陪同下，走进场地。

洋子对众女笑笑，说："姐妹们，手里的活先停下来。我们为了你们的健康，定期做妇科检查。现在麻生医官来了，请诸位回到自己房间，躺到铺上脱光衣裳，等候医官的逐一检查。"

众女交头接耳，信疑参半。

石桥戳戳手杖，凶狠地说："这是件好事！如果哪个人不听安排，我就当众扒去她裤子，再当众做妇科检查！"

石桥两边的哼哈二将，各自向前跨出一步。

既然是为了健康的好事，再加胁迫手段，众女在恩威并用下陆续回到自己的小天地。

枝子和宗小花也不例外。还有那两个老妇，也应该参加这次检查。

石桥夫妇带着胖瘦浪人，又把大门和小门上的锁细心查看了一遍。

石桥抠出三支纸烟，三人刚吸了一半，就听到门外喇叭响了。

车上先下来两个护卫日军，接着走下四五位有男有女肤色各异胸前均挂着照相机的无冕之王。他们推敲着大门，用不同语言喊着开门。

石桥等四人从出入室小房走出，最后是洋子，她随手一拉，门也锁上了。

一位高个子白皮肤的记者用英语对石桥说："我是美利坚合众国《芝加哥论坛报》的记者，我想问问你，这是什么性质的机构？"

石桥从翻译口中得知问题以后，对美国人笑笑说："这是民间个人自办的，是我和妻子及朋友们合办的服务所。"说完，他指指身边二男一女。

几个记者同时对大门拍照。

一位蓝眼睛金头发女郎指指那些晾晒着的衣物，用日语结结巴巴地问："依据这些工作内容，我判定工作人员都是女性了。她们除了做洗涤工作而外，还干什么呢？"

石桥笑道："仅此而已。"

这位英国 BBC 的女郎，边摇头边说着："No，No……"

美国记者问："你们为什么不开开门，请我们进去做做客？"

石桥愣住了。

洋子立即笑道："实在抱歉，我们有一个同乡患了重病在医院。医院通知我们必须立即赶去，否则就来不及抢救了。诸位如果迟来一步，我们现在已到医院了。太不巧了，太遗憾了。欢迎诸位下次再来，我们一定殷勤招待。"洋子说完，深深鞠了一躬。其意既是表示歉意，又含送客的意思。

英国女郎满腹狐疑，哪会轻易相信这类敷衍之词？她忽然问道："这些女工哪里去了？"

洋子笑道："因为今天是休息日，她们都出了门。不是探亲访友，就是去观光游玩了。"

另外两个西方记者小声交谈着："门不敢打开，里面一定有见不得阳光的东西。"

在全球都有优越感的趾高气扬的英国记者，用皮鞋踢着门板，怒叫着："请开一下门，让我们进去休息一会儿！"

二浪人看看石桥，石桥看看洋子。

洋子急中生智，她再次向来访者们鞠躬致意，嫣然一笑说："我们就去医院，今天实在不能奉陪。欢迎下次光临。"她说完就离开此地，向所谓医院急急走去了。

石桥三人也匆匆告辞了。

门外只剩了呆若木鸡的客人。

美国人悻悻然:“狡猾的日本人,连礼节都不顾了!”英国人愤愤说:“这个民族就爱搞阴谋诡计。我们必须再次拜访华中派遣军司令部!”

两名护卫的日军示意他们应该上车了。

深感受到蔑视和侮辱的美国人,面对紧闭的大门怒目而视,再次确信这是一个不可理喻的野蛮民族。他当然不是先知先觉者,三年以后日本对他的国家在太平洋上的轻蔑和玩弄,那才令他瞠目结舌触目惊心哩!

麻生医官先在一号樱子屋里慢慢洗擦医疗器械,磨着洋工。听到车子开走后,立即快速工作,像蜻蜓点水一样,一会儿就检查完毕了。

石桥四人也回了所。

石桥悄悄问麻生医官:“你在逐个检查时,请问那个饱鼻大眼的姑娘是否还是青娥一个?”

麻生摇摇头:“我没有仔细研究。”他心里觉得好笑:姑娘到了你们这个鬼地方,还能保持她的贞操?真是大白天说的梦话!

和子好不容易挨过白天,见夜色降临了,她把头伸出门外先张望了一会儿,才捡起藤箱蹑手蹑脚走向二十八号门。

和子驻足门外,见屋里虽无灯光,却有几个人在说着悄悄话。她知道,这都是兰妞的姐妹们。她也不敢在门外站得时间过长,所以轻轻敲了门。小河北露出半张脸,见是和子就开了门。

兰妞点起用食油做的小灯盏,见和子提着藤箱来了,连忙招呼让座。

和子见华妇们都在这儿,她对大伙儿点点头,把藤箱递给兰妞说:“送给你吧。还有这个。”说着从箱内取出一筒胶布,“这是让你防备万一的。在要命的关头,如果孩子要哭,就用这办法先保住他命。不过,千万不能连鼻孔也贴上。”

和子接过孩子亲亲看看,还对兰妞说:“我走了,免得被人发现。”

婴儿在几个女性的手里,像击鼓传花一样传递来传递去。

夏小荷说:“兰妞姐,我们给他起个名字?”

严冬梅说:“在路上拾的,就叫路宝吧?”

夏小荷说:“路总是被人踩在脚下,不好。这是我们大家的宝宝,叫大宝好听。”

兰妞又喂奶了。她摩挲着婴儿头顶,目视黄秋菊说:“你再起一个听听。”

秋菊思索一会儿,说:“这婴儿既是兰妞姐的,也是我们中国人的下一代人。我觉得命名为华宝好,既贴近兰妞姐,又含深远意思。”

一致通过。百分之百赞成!

大家都在高兴的时候,黄秋菊却愁肠百结。她在为华宝和兰妞忧心不已:孩子不是一件物品,这儿人多眼杂,怎能长久保密下去呢?如果有一天被人告发了,石桥那个东西会宽容她们母子俩吗?就算他们夫妇为了不激怒华人而睁只眼闭只眼,在以后的慰安服务时,难保不被嗜血成性的鬼子兵发现,野兽们见到了,能放过这个幼小生命吗?

严冬梅也在低头不语,她心想:既然救回来了,现在怎么说也是无用的,先藏着养着再说。路要一步步走,万一走到那一步,只好听天由命了。她站起身说:“时间不早了,各人都回屋睡觉吧。”

第二天上午,洋子在集上买菜。有些摊主对她说话不再忌讳了,甚至有人把她看成慈爱的使者。不少人主动先打招呼,或者说一声“石太太,你来买菜啦!”石桥太太都用微笑向那些崇尚友爱和平的人们频频点着头。

除了大众菜,她又为石桥的小灶买了几样下酒的冷菜。

她同老妇返程走到集市口时,被一个卖杂货的老头缠住了。他的摊盘里放着香烟火柴、胭脂花膏、牙刷牙粉和针头彩线之类的杂货。老人乞怜地兜售着。洋子实感推托不过,只好买了一盒谢馥春的鹅蛋粉。

中午休息的时候,夫妇俩假寐在床,讨论着休息几天来所受的损失。虽说洗衣工作经手不穷,毕竟是蝇头小利,难以致富。他们决定重新调整规定,除了鼓励多劳多得外,所售出的入场券不再拘泥于对号入室,每张券都可以自由选进任何一号,这样就能引起各号之间的暗中竞争。必要时,再加晚班。加班加点时,伙食必须做些改善。除此而外,洋子又说了自己的另一个设想。石桥听了,赞不绝口。

傍晚时分,洋子喊来枝子。她对枝子说了好一会儿。枝子先是不肯,后来觉得如果坚持己见,那就有伤情面了。她不想把关系搞僵,所以勉强答应了。

宗小花帮助两位老妇开完晚饭,就被枝子死拉活拽着,先说要她陪伴自己去洋子屋里共进晚餐,见小花执意不肯,枝子又说:“这也是石桥太太的意思,她想同你亲热亲热。她若直接请你去,又担心被你黄了她面子。”宗小花心想:这顿晚宴想请的主角究竟是谁?后来她做了慎重考虑,她不想与枝子搞出不快,更不敢惹恼了洋子。既然盛情得如此热烈,看来是非去不可了。她洗了手脸,含糊其词地对老娘说了一句,就跟在枝子后面走了。

当两位姑娘即将走到石桥卧室门口时,小河北出门倒水看见了。她站了一会儿,见她们两人进了屋,门也随之关上了。小河北感到奇怪,拿着瓷盆走进黄秋菊的屋内。秋菊听说后,觉得这姑娘好没廉耻,骨头也太贱,一双长筒丝袜就被收买了。我们都是中国人,跟我们清汤寡水,反而跟她们黏糊不分。秋菊心里这样想,嘴上却说道:“别管她!真是个少廉寡耻的乡下丫头。”

小河北走后,秋菊和衣倒在铺上。仔细想想,又觉得哪儿不对头,不能随便给人下结论。到底是出于同根一脉,她又为她担起心来,觉得还是多观察多了解一下的好。刚才不想多管闲事的她拿起两张手纸,悄悄出了门,以上厕所为名,想去石桥门外刺探一下究竟。

石桥屋内,用两张书桌拼起的席面上,四人正好各自独坐一面。洋子正在为他们斟酒。

宗小花用手捂住杯子说:“石桥太太,我真不会喝酒。”

枝子笑劝道:“没关系,我陪你喝。”

洋子从她手里夺下酒杯,斟满了酒。

站着的石桥夫妇,举起盈盈欲溢的酒杯。洋子笑说道:“来,为我们的今日聚会,为两位姑娘的未来幸福,干杯!”

石桥补充道:“为我们今后团结协作,为天皇陛下的圣战,干杯!”

门外的黄秋菊听到这里,几乎气炸了肺。她揉揉急剧起伏的胸口,强忍下这口恶气,转身离开了她本不该来的地方。

洋子天南海北胡扯一通以后,宗小花在她们软语劝说好心强求下,已经三杯下了肚。她脸上出现了酡红,酒窝不离嘴巴了。

洋子对她愈加怜爱,越发亲切。她还同石桥商量,准备收她做干女儿。石桥只是嘿嘿笑着,不置可否。枝子看着酒杯发怵。

洋子领着宗小花云里雾里、山巅水下钻了一通以后,目视对方,嫣然一笑说:“姑娘,我看你身体单弱,长得又这么俊俏,本来可以赚大钱的人现在却委屈在厨下烧饭,一来吃不消,二来太可惜了……”

小花见洋子盯着她看,低下了头。

洋子继续说:“依我看,从明天起别去厨房了,我给你换个挣钱的工作。”

小花莫名地抬起头:“专去洗脏衣?”

洋子摇摇头,吞吞吐吐道:“不是。哎,叫我怎么说好呢?我是怕你,怕你误会我的意思,不领我的情呀!”

小花已经有几分明白了。自从误入陷阱以后,她从烧饭老妇那儿听了些星星点点的透露,从众多女性口中也嗅出了一鳞半爪的不正味道。她佯装不知,笑笑对洋子说:“太太既然处处为我好,为我着想,有什么话就直说吧!”

洋子端起酒杯说:“好!姑娘是个爽快人。先喝了这杯酒,再听我说不迟!”

宗小花端起酒杯说:“我听太太的。”

两人酒杯见底了。枝子又给她们满上。

洋子拉起小花的手,看了一会儿掌纹说:“姑娘的命真苦。家里遭了灾,亲人死了好几个。凭你的这双手,还要为母亲养老送终。自己还没出嫁,还要忙点儿嫁妆什么的……”

宗小花道:“太太想说什么就说吧。”

洋子笑道:“姑娘还是个性急的人。是这样,前几天,我们所里死了一个二十九号,我想让你顶上她……”

宗小花急问道:“顶上她做什么?”

洋子道:“就是陪陪男人呀。”

小花问:“怎么陪法呢?”

洋子诡秘地一笑:“就是陪他们上床呀!”

宗小花推开酒杯,猛地站起,怒道:“这是卖身!我还是个黄花姑娘。太太,其他我都同意,叫我卖身不能答应。”

洋子拉她坐下,笑道:“你别急嘛,看你说得多难听,肯与不肯好商量,干这件工作挣钱容易呀,很快就能挣上一大笔钱,回去好办嫁妆。”

宗小花坐下了,眼中出现了泪花:“太太,再多些钱,我也不能干。”

石桥跳起来:“你不干,我叫人扒了你的皮!”

宗小花擦去泪水,仰面挺胸道:“你砍了我头,我也不干!”

洋子冲着石桥怒道:“你给我出去!我们娘儿俩说话,不要你多嘴。”

气得哼哼的石桥拐出去了。

屋里三个女性又吃了一点酒，说了一些闲话。

枝子说头疼了，要出去一下。洋子点点头。

小花起身说："太太，我也不能再喝了，让我陪她回去吧。"

洋子拉住她笑道："她不要紧的。我今天高兴，你若看得起我，再陪我坐一会儿。"宗小花只得又坐下了。洋子又要替她斟酒，小花执意不肯。洋子说："你对我刚才说的玩话，还记恨在心？"

宗小花只好放下杯子。

放在一起的两只杯子，再度盈盈溢溢。

在洋子再三再四的劝说下，小花又陪她干了一杯。小花脸上发烧发热了，两眼也有点惺涩起来。洋子凝视小花许久，傻笑不已。她笑出了涕泪，笑得浑身燥热不安，骚动难忍。她扒开领口喘息一会儿，说道："姑娘，我看见你现在，就想到我做姑娘的时候……"

小花努力睁着眼睛问："你做姑娘时怎么了？"

洋子疯疯癫癫地笑道："这儿只有你我娘儿俩，说给你听听，也好让你长长见识。我家住在海边。我十六岁那年，就下海捞藻类了。为了节省衣裤，凡是下海的人都是脱得一丝不挂的。有一天，我从水里爬上船，仰面躺在船板上晒肚皮。看着无际的蓝蓝天空，望着浮动的朵朵白云，晒着暖烘烘的太阳，想不到就迷迷糊糊睡着了。在睡梦中，忽然觉得身上怪痒怪舒服的，像狗尾草在身上轻轻扫掸，又像小虫在缓缓抓挠，撩逗得我浑身热血沸腾，肌肉酥软发麻。那种舒心快活，恬适乐意，简直无法表达出来。我似睡非睡，不愿睁开眼睛，只想让美梦永远持续下去。不知过了多久，突然，眼前似乎闪过一道蓝光，一股电流击进我的五脏六腑，酥麻传遍全身，把我浑身震撼得痛快淋漓舒爽快活极了。心在怦怦跳，血在哗哗流。只觉得头脑发涨，晕晕乎乎的，全身酥麻得要瘫了，要下沉了。忽然，又觉得一排大浪滚滚涌来，一下把我吞没了。水在涌动澎湃，我在战栗抽搐。我顺着水势在晃荡，在颠簸，在沉浮……巨浪冲击得我喘不过气来，想叫叫不出，想动动不了。我拼命挣扎，总想爬上绿洲。可是，身子反而逐渐往下沉落……沉到一条温热的河水里，整个身子像被温泉热水包裹着，泡得我全身懒洋洋、困慵慵的……我希望这条快乐之河无边无际无尽头，好让我永远徜徉其中、遨游其间……不知过了几世几劫，我才从晕死中渐渐苏活过来。我的力气耗尽了，浑身湿淋淋，再也动弹不得了。我偷偷睁开眼睛一看,令我大吃一惊。你猜怎么着?"

宗小花被她神乎其神的叙说也弄得迷迷糊糊了。她心跳加快,浑身的血液似乎在撞击着每根神经末梢。她尽力抑制着急促的呼吸和唇焦舌燥的难受,悄声问道:"见到了什么妖怪?"

洋子又疯笑起来,挤着眼睛说:"原来是我家隔壁的坏小子正像死猪一样压在我身上哩!"

宗小花惊问道:"你当时一下都没有反抗?"

洋子痴傻地笑道:"你没尝过这滋味当然不知道。姑娘的肉体被男人一触一摸,浑身骨头就散架了,就像蜕了壳的软螃蟹。"洋子说着,借酒装疯,一手搂住姑娘,一手伸到她胸衣里,轻轻抚摸起来。

过了一会儿,洋子说:"我去打盆水,给你洗洗脸,打扮打扮。"

洋子端着盆中污水,开门出去,哗的一声泼到地上,向水池走去。

就在她出门的一瞬间,石桥闯进来了。他闩上门,笑嘻嘻地向宗小花走去,说着:"我的小鸡鸡。"

宗小花吓得站起身,连连退让。

石桥色眯眯地盯着她,同时步步进逼。

宗小花退到床边,无处可逃了。

石桥猛然扑上去,在姑娘身上胡乱抚摸起来。

宗小花浑身毫无反抗之力了,她只好忍受这一屈辱。石桥一手拉熄了电灯。

洋子坐在出入室里,正同胖瘦两个浪人淫声浪语说着什么。她没有忘记以前对两人的承诺。

她见石桥出来了,便催促胖猪佐藤快去。

他们三人又说笑了一支烟工夫,见胖猪出来了,石桥推着瘦子海部快跑。

他们等着瘦子,洋子问:"她是不是姑娘?"石桥道:"我没留神。"洋子笑道:"你是猪八戒吃人参果。"他们足足等了三支烟时间,才见气喘吁吁的瘦子踉跄着走出来。

洋子端着水盆飞快走进室内。她拉开电灯,见宗小花赤身躺在床上。她测试她的鼻息,放心了。看到床单上的红红白白,她心里笑起来了:你以后不会再说自己是黄花闺女了。

宗小花见灯亮了，知道洋子进来了。她猛地跳起来，抱住洋子号啕大哭。

洋子拍着她的后背，说："姑娘不能哭，被那些人听了，明天会讥笑你，说你是货郎担子。"

宗小花强忍着悲痛，抽抽噎噎着。

洋子见石桥走进屋，佯作大怒。她斥责道："我去打水，顺便看了看枝子醉了没有。就这一会儿工夫，你们三个色痨就如此胆大妄为，把我姑娘欺侮了，你今儿不向姑娘赔礼道歉，我决不饶你！"

石桥嘻嘻一笑，弯弯腰说道："我向姑娘道歉，是我做得不对，酒能乱性，怪我今儿多喝了两杯。下不为例，下不为例。"

洋子余怒未息，指着石桥鼻子说："今儿，你同你的狐朋狗党睡去，我不要你跟我睡。让我们娘儿俩安安逸逸睡这儿。"

洋子刚说完，岂知宗小花已夺门而出，被黑夜吞没了。

洋子一边说着风骚话，一边换下被玷污了的床单。

脱去"人皮"的石桥，跌倒在床，像狗一样蜷曲在床里。他累极了。

洋子酒性发作了，觉得全身火辣热烘烘。她冲着丈夫不由怒骂道："真是头死猪！"

灯熄灭了。但是洋子一时半刻还难以入梦，还在想着自己的心事……

十二

以津浦线为中轴，以徐州城为中心，在向鲁苏辐射的破碎山河上，从一九三七年十一月起，中日军事力量胶着对峙了半年之久。这是出乎日本朝野上下意料的怪事。尤其是南线受到血腥阻击，北线台儿庄受到致命打击，更令日本陆军统帅部沉浸在一片濒临绝望的凄风愁雨之中，也使日本大本营陆海空三军大元帅，即至高无上的天皇在世人面前蒙受极大耻辱。裕仁震怒不已，摔碎了爱不释手的白玉九龙杯。他要报台儿庄一箭之仇，以雪奇耻大辱。

到一九三八年四月七日，陆相杉山元大将对拥有八个师团的华北方面军司令寺内大将下达大本营第八十四号命令：速战速决，击破徐州；不遗余力，攻占津浦、陇海二线……

到四月二十四日，南北夹击的侵华日军，原有的残兵、增援的新兵，共集结精锐之师三十万，上有飞机下有坦克，配备各种轻重武器，还秘密夹带瓦斯毒气，兵分六路，浩浩荡荡，穷凶极恶，向徐州方向包围推进。

第五战区司令长官李宗仁上将将五十个师六十万大军分为八个集团军，抵御六路来犯之敌。

五月五日，南路畑俊六攻取蚌埠、宿迁等重地，徐州可以听到炮声了。五月中旬，北路西尾寿造第二军已强渡黄河，进入鲁西，攻占了郓城、菏泽等战略要地。

日寇的蚕食即步步为营战术，使徐州地区每时每刻都在萎缩。该区内黑云压城城欲摧，将士们都在磨刀霍霍，枪上膛剑出鞘，准备血洒疆土、尸挺山河！

站在武昌珞珈山上的蒋介石委员长，迎着阵阵凉风，看着忽明忽灭的万家灯火。他头脑虽然清醒，但是对前方决策还是举棋不定：如果电令李长官发扬台儿庄的血战精神，我军的优势仅在于人数，装备远远不如敌方。如果不顾“知彼知己”，在徐州地区同日寇再决一死战，无异于引火自焚，很有可能把六十万人付之一炬。这正是日寇逼我决战的阴谋所在。如果退出徐州，中原大片领土就沦陷铁蹄之下了。我身为元首，现在对世人如何交代，将来历史又对我做如何评说？不在其位，不身临其事，哪知每干一事都步履维艰啊！

他已经接受上两次意气用事、不肯审时度势的惨痛教训。日寇侵犯上海时，周围人都说难以防守，他偏不听，结果造成淞沪战役的惨败。日寇觊觎南京时，谋士都上言守不得，他刚愎自用还要守，结果造成百万军民大溃逃，三十万同胞含冤走上黄泉路。他决定从一九三八年的十二月十三日起，每逢下年的这天，他都要去江边祭奠芸芸众生的冤魂，默默向他们做着忏悔。他也是父母生的血肉之躯，能不内疚、能不自责吗？

他立在官邸的阳台上，喟然长叹一声，命人叫来何应钦、白崇禧、陈诚等人，着令他们立即通知有关人员，连夜召开国防军委最高会议。

黎明之时，会议才终于达成共识。

白崇禧副总参谋长突然问道：“如果在野党派团体，再抨击我们放弃国土保存实力，该做如何解释？”

蒋介石气愤地说道：“那是少数别有用心的人希望我们拼光打完，他们好坐收渔人之利！你越是想我打，娘希匹，就是打不得！”

他沉默了一会儿，心里平静些了。他那鹰隼似的炯炯目光扫视了一周，说：“这件事我不要你们诸位负责，由我一人承担好了。前方将士连死都不怕，我们还奢谈什么谁负责任？日后事实会证明孰错孰对，历史会对功过做出公正评价的。”

蒋介石说完，面对诸位将军，对身边的值星官口授电令：“第五战区司令长官李宗仁，军委会着令你部力避决战，火速突围，撤向皖西豫南一线待命……”

刘汝明的六十八军担任后卫和掩护主力转移。在不辱使命之后，自身也神秘地跳出三十万日军的篱网，全军安全抵达临泉山区。

五月底，六路日军在飞机掩护、坦克开路中，砰砰啪啪冲进徐州城，狂呼“圣战万岁”。然而此时的徐州城内连一只老鼠、蚂蚁也见不到了。徐州城内芸芸众生幸免了一次“南京第二”。

这件无量功德，多亏李宗仁将军的悉心筹备。他虽已接到撤军命令，秘而不宣，仍令各军做出决战姿态，利用几个夜幕先撤民后撤军。撤到最后，只剩了担任后卫的刘汝明将军。

李宗仁将军在中原大地上又创造了一个奇迹——兵不血刃，卒不缺一；六十万大军和数十万百姓，竟然悄悄钻出了日寇苦心编织的樊笼！他再一次粉碎了敌人阴谋，为日后抗战保存了无法估量的军事实力！

在当今的二战史上，全世界仅仅知道西方战场英军在敦克尔克的成功大撤退，为何不知李宗仁将军在徐州创造的军事奇迹呢？

日寇占据徐州后，华北方面军沿陇海线向西进犯，再向南。华中派遣军沿津浦线返回，部署是向南再向西。南北两路组成一把硕大剪刀，夹在刀口上的正是国民政府战时首都——武汉。

所以，畑俊六的第二、第十五师团沿铁路南下，经合肥向长江边进犯。他的第六、第九师团和中川清健的支队沿原路返回休整三天，再从浦口登船，向皖南及赣北推进。

再说宗小花第二天醒来时，已经日上三竿了，头昏脑涨，四肢无力。尤其身心受到的伤害，更是哑巴吃了黄连。若论酒量，昨晚她喝得并不算多。既不醉酒，为何又甘受其辱呢？其实在她未端杯之前，就猜到洋子的几分用意了。既然陷进这个污淖池沼，岂能让你清清白白干干净净活下去？强逼你栽入染缸火坑，只不过是时间早迟的事。若想洁身自守，简直痴人说梦。这是其一。其二，洋子昨晚先是明说，见其拒绝以后，又要起了第二种手段。这一手确实厉害。酒精里面再调和进香甜诱惑。谁不是肉体凡胎？草木尚有“感时花溅泪”，再者正值青春妙龄，血液极易躁动时期。谁若过于苛求，只要设身处地为她想想，老耄只需“返老还童”半个世纪，也能颔首宽恕她的。

宗小花尚未起来，所里华妇已谈得沸沸扬扬。谈喝酒，那是黄秋菊亲耳所听，可以挺身做证。说大半夜不归，那是从宗妈妈的愤激之词中透露出来的。

宗小花在水池边洗漱。她以右食指在纸盒里抠了好久，才抠出一点儿牙粉来。她掷去空纸盒，再用指头擦着牙。她的左手翘着像旦角做的兰花指，在那受伤的无名指上裹着不显眼的玻璃胶布。夏小荷端着瓷盆进来了，宗小花与她打招呼，夏小荷连眼皮抬都未抬。

夏小荷洗汰的几条毛巾实际上是尿布。

宗小花通过嗅觉提示，经过大脑分析，知道她们可能藏有婴儿。既然别人不愿告诉她，就是对她的不信任，她又何必再去说破呢？但是她为婴儿的健康着想，还是隐晦地说出了自己的好意："小荷妹妹，毛巾洗过后，最好用开水烫烫，再让太阳多晒晒。"

华兰妞正巧拿着面盆走来打水，听了她的说话，冷冷一笑说："我们身上既没酒味也没臊味，要烫要晒干什么？"

宗小花怔了怔，说："我的意思……"

"你的意思我明白！"兰妞根本不想听她解释，"我们脏我们臭，你干净你清白！不是我说狂话，老娘屁股洗洗比你脸还干净！"

宗小花急得泪水盈眶："你……你们误解我了。"

夏小荷指着她准备洗的丝袜，怒斥道："这是你自己的？听人说，那天晚上你弹得唱得多高兴！"

华兰妞怒不可遏，跨上一步，腰一弯，抓起她的一只丝袜，把袜掷到她脸上说："快把汉奸鬼脸蒙上吧，这才更好骗人哩！"宗小花瞠目结舌，不知所措。她眼里的泪水终于滴下来，一颗、两颗……

夏小荷拉拉华兰妞说："兰妞姐，我们走吧。冬梅姐不是说了，叫我们别理她，离她越远越好。"

华兰妞余怒未消，转身边走边说："跟这小骚精说，把我嘴还说脏哩。"

可怜的宗小花茕茕孑立着，抚摸着那只受伤的无名指。她虽然受到极大污辱，也没有对她们反击一句。她想：我们都是铁蹄下的受害者，又何必为一两句的愤激之词阋斗于墙呢？她们不能理解我，那是她们的误会。我不应该再不理解她们呀！她们目前是苟活在中华大地上的最痛苦最底层的可怜人啊！

宗妈妈进来了。她见女儿刚洗脸，手指又受了伤，她既羞气又心疼，没头没脸把女儿数落了一顿。老人说了若干话，归纳起来只有五个字：人穷志不短。

将近中午，中川来电话通知石桥，说今天下午一点钟士兵开始放假投入活动，尉佐安排晚上，并且还向他透露，为第六师团服务的，连他们只有八个所，又必须在三天内做好全体将士的服务工作。

石桥丢下电话，既喜又愁。喜，当然简单了，意味着财源滚滚而来。愁，就令人愁肠百结忧心如焚了。他同洋子推算着：一个师团再加中川支队，估计将近两万五千人。八个服务所的工作人员最多只有二百四十人左右，完成任务的时间只有三天。石桥拨着算盘，算了又算，才对洋子惊叫道："每人每天要工作三十五个对象！"

洋子犯着愁，说："我们当初多领十个就好了。"

石桥怒道："还吃什么后悔药？当务之急是想个什么办法，我们才不会损失。"

洋子默然一会儿说："只有把三班时间开足，再把那个姓宗的姑娘算上。"

石桥深深吸进一口烟，重重吐出一股浊气。他凝视着洋子许久，说："我认为在人员上我们所里还有潜力可挖。"

洋子问道："你是在算计枝子？"

石桥喃喃自语："机不可失，时不我待。见钱不抓，不是行家！"

洋子来到厨房嘱咐两个老妇，今天提前半个小时开午饭。她叫宗小花丢下手里活，去出入室同她说件事。

小花望着妈妈。她妈赌气不看女儿，心中却自责着：谁叫我们赶来端人家碗的？

小花走进出入室。洋子目视低着头的小花，笑笑说："宗姑娘，我想同你商量商量，帮我们救救急吧。"

宗小花忽闪着那双美丽的眼睛，莫名地问："石桥太太，你又想叫我做什么了？"

洋子笑笑说："我就打开门窗明说了吧。吃过午饭后，你就进二十九号门，参加新工作。你反正现在已不是闺女了。我们不搞剥削，同你二五对开，多劳多得。你如敬酒不吃要吃罚酒，你的事我就撒手不管了。这所是石桥君办的。刚开张时，有些女人姑娘多难缠多倔强，个个除了多吃一顿皮肉之苦，什么也没争到。后来谁还敢不服服帖帖？姑娘，我见你身上细皮嫩肉的，不要说用皮鞭了，就是用鸡毛掸掸一下，也会皮开肉绽的。说句你不相信的话，我真不忍心把你送进二十九号。有什么办法呢？好在是临时性的，就算我跟你借个身子用用，统共用三天。话，我都说尽了。答应还是不答应，你回我一句。"

宗小花的头脑急剧思考着：洋子今天的和盘托出，是昨天险恶用心的继续，昨天的良苦就为了逼我今天的就范。洋子就是不胁迫不威吓她，她已了解到这里已经死了两位不屈不挠的节妇。自从她闯入这座鬼门关，就想到自己决不能逃此劫难的。

有什么办法呢？现在有千千万万的姐妹正在受着禽兽们的惨无人道的践踏，前方将士正在为民族存亡奉献热血和头颅，我又何必珍惜自己这一区区肉体呢？面对眼前现实，只能如此了。她默思到这里，抬头对洋子说："太太对我这么好，处处为我想到了，我怎能寡情无义呢？实在要我救急两天也可以。不过我有两个要求……"

洋子笑道："哪两个？你快说。"

宗小花说："二十九号我不进，刚刚死了人，我害怕。"

洋子放心了，解释说："死者用的遗物，我都叫人拉出去烧了。现在里面尽是新换上的。再说工作一展开，门外都是源源不断的男人，有什么好怕的？不然就进二十一号？"

宗小花问："二十一号没有死过人？"她明知那是被剖腹剜心的韩妇房间。

洋子摇头："那间一直空着。"

宗小花想了想说："二十一号邻居都是外国人，我听不懂她们话。我还是进二十九号吧。"

洋子笑道："这就对了，闲下来还可同二十八号聊聊。第二呢？"

宗小花吞吞吐吐地说："我挣的钱日后由我自己亲手领……"

洋子咯咯笑道："一百个放心！我们不会交给你妈的。"

已经忙着做准备工作的枝子走进来，问洋子："石桥太太，还有一整箱的卫生套你放哪儿了？"

洋子想了想说："还在储藏室。我怕它被老鼠咬坏了，放在那个木箱里。"

枝子刚想离开，洋子喊住她，问："二十九号里面全换上新的了？"

枝子回答："依太太吩咐，旧的一样没有用。"

洋子看了看宗小花，意思是没有说谎吧。接着她对小花说："你的事就这样定了。你去铺上躺躺歇歇吧。"又面对枝子说，"你等一会儿走。"

她等宗小花离开以后，拉枝子坐下，对她说："把你忙累了，先歇一会儿，我马上帮你做准备。"

枝子顺从地坐下了。

洋子对枝子的家庭概况已经做过了解。例如出身贫寒,父兄均为天皇尽了忠。但是,世上每一人的身上,都覆盖缠绕着错综复杂盘根错节的无形关系网。尤其是母亲那边,外祖父外祖母,三姨娘六舅母,还有她们联姻而生的舅表姨表,再由姨娘舅母衍生出来的转弯抹角的三亲四戚,五眷六党……头绪更为繁杂纷纭,令人眼花缭乱。洋子想利用这个时间,再关心一下她的社会关系。她拐弯抹角说了这个意思。枝子姑娘是个老实人,她听了以后,告诉她说:“我外祖母也是种田人,只生了我母亲一人。我父亲是个独生子,因为家里太穷,就招赘到我母亲家了。”

洋子听了,眼前似乎出现一条直线,或者说像金碧辉煌天皇宫殿屋顶上的那根旗杆。

她们又谈了一些准备工作,就各自去忙该忙的事了。

午饭提前开过了。洋子把工作人员集中在场地中间,好让石桥训话。

石桥拄杖站在众妇面前。他沉着脸,闪着鬼蜮阴鸷的目光,像吸血蝙蝠想吸干这些牛马的最后一滴血;又像秃鹰,想噬尽她们身上的每块皮肉。只剩下骷髅一具,他还要敲骨吸髓,像鬣狗那样还要把骨渣碎屑统统咽下肚里。

他为了显示威严,重重咳嗽了两声,说:“我宣布,本所从一点开始,投入紧张的服务工作。再宣布,卖出的入场券不对号,不计时。多劳多得,月终奖励。”

石桥的讲话虽然三言两语,但是言简意赅。

洋子笑笑对众人说:“姐妹们可以回去做准备了。”

突然,严冬梅跨出一步,对洋子说:“石桥太太,我们这儿的二十三号小无锡昨天就来月信了,她必须休息。”

石桥怒斥道:“什么月信日信?统统工作!”

洋子对他使个眼色:“你懂什么!”转脸对冬梅笑道,“那自然,就叫她在屋里好好休息吧。”说完,向卖券室急急走去。众妇都散去了,宗小花还呆呆站着。石桥和他的打手们看着她冷笑。枝子怕她被打,连劝带拉把她送进二十九号。

立在厨房门口的宗妈妈,擦着流不完的泪水。老妇强氏把她拉进屋里,陪着流起泪来。

石桥用毛笔急急忙忙把贴在窗旁《守则》中的第五条改成“持券者可依据门外等候娱乐人数的多少,自由选择号门。”但对“每券限时间最多不超过三十分钟”未做改动，因为这个限数是军方文件上规定的。然而其文用词是“最多不超过”而不是“至少”什么什么。这就给各个头人留有不少灵活机动的余地了。

一点钟不到，那些刚从战场下来的鬼子兵，手持入所证，排在出入室门外。俩浪人一边放人，一边维持秩序。

售券窗口蜂拥着许多鬼子兵。凭证买到券领到套的，人人兴奋，个个激动，互相拥抱，互相嬉打。有人还把套子吹足气，闹着笑着。他们现在兴高采烈、欢欣鼓舞，好像已成为伟大的战胜国，已建立起坚不可摧的“大东亚共荣圈”；好像正在庆贺双脚已踏上和平昌盛、满园春色的盛极世界。有人把吹得几乎要破裂的避孕胶套当彩色气球抛向天空，狂呼大叫：“圣战万岁！”“天皇万岁！”

券已卖出一批，走廊上各号门前都排着一队心急如焚的鬼子兵。

一号门内躺着的樱子，目视那个由于心慌意乱而笨手笨脚脱着衣裤的青年，催促道：“阿兵哥，求你快一点儿，我已等不及了。”

那个被她搂着叫心肝宝贝的阿兵哥，刚刚触及她的肉体，就败下阵来。

阿兵哥羞愧疑惑着。

樱子抬起上半身，对门外大声叫喊：“下位请进！”

樱子的手脚真麻利，她数数枕边等于钞票的纸券已有几张了。

排在二号门外的那些应招者，听到里面女人的问话声：“请问阿兵哥，你可曾听说过三口太郎这个人？”

男人的回问声：“他所在的师团、联队番号，你可记得？”

女人声：“记得。上次我问过这个部队了，他们说没有这个人。”

门外排头兵内急不已，他怒喊道：“工作时间谈什么家常！”

二十三号门内的小无锡还在铺上挣扎着，三个鬼子兵在扒她衣裤。她的下号是小河北，虽然近在咫尺，她也不能脱身去援救。

患有严重贫血症的姬顺玉，心想多挣点儿钱，早点儿寄回家养活老小，可是体质又太差，才接纳了两个鬼子兵，头就发晕，眼也发花。她只好闭上眼，任来者胡作非为了。在这种场合，越是弱者吃的亏也越大。“老实人好欺，老实马好骑。”如果多骑点路程倒也罢了，可是就有那些阴险狠毒的虐待狂，边骑边抽打，甚至用锥子扎她屁股，直到血流如注，痛苦嘶叫，他才觉得心里痛快、过瘾。

原山东嫂的二十九号房内，宗小花用白被单遮着胴体。她冷冷注视着走进来的獐头鼠目、油腔滑调的兵痞,望着他脱去衣裤,厉声说:“急什么!先把用具检查给我看。”兵痞嬉笑着,从衣袋内摸出胶套给她看。她又喝令道:“吹气!”他收敛了嬉笑,只得遵照所规执行。他是老手了,他不愿骑马观花,喜欢先下马欣赏掐弄,然后再跨上骏马,猛抽一鞭,在无边无垠的草原上纵横驰骋,来去捭阖,直到汗流浃背,气喘吁吁,才觉得够味过瘾。可是,他今天不能如愿了。刚上马背,在崎岖的山路上才颠簸几下,就发觉自己泄气了。他呆呆地看着她,疑惑她是仙女下凡,体有内功。就在这时,骏马突然前蹄腾空,把他掀到地上,跌得鼻青脸肿。

宗小花见失意的兵痞滚出去了,看着尚未痊愈的手指,想到刚才的所为,连她自己都难以相信这是真的了。

宗小花的紧邻是二十八号华兰妞。她躺在铺上任人玩弄,但是满脸烦躁不安。魂不守舍的两眼,不时以悲切的目光,瞟一瞟那只静静立在桌下的纸箱。她偷偷揉着饱胀的双乳。华宝还是上午十点吃的奶。午饭后她本想抓紧时间喂他几口,但是提前早到的鬼子兵,虽未买到入场券,已经拥在走廊上,来来往往对着门缝窥视。有的还把门猛然推开,伸出舌头做鬼脸。在她们全部去厨房吃饭时,石桥已令人把所有房门的内闩拆下保管起来,只用一根木棍抵着。所以,她不能冒险开箱,更不敢抱着孩子喂奶。

可怜的母亲正在可怜着孩子。

又进来一个壮年鬼子兵。他交了纸券以后,迟疑地看着华兰妞。她没有看他,目光又从纸箱上扫过。立着的鬼子兵似乎忽然失去了激情,体内奔腾的血液好像平缓了。他有点儿束手无策,似乎不习惯这种交易。是情爱,是兽欲?他觉得只有同妻子在一起的时候,才能获得性爱的真谛,才能使身心都得到满足。自从离开妻子一年以后,由于逢场作戏,只是做了几回能量释放。但是,总觉得索然无味,如同嚼蜡一样。他认为把人类崇高的男女性爱太简单化实用化了,纯粹是为了对某个器官的刺激,毫无情爱可言,就像吸毒是为了刺激神经一样,简直是一种堕落,是一种蜕化,是对神圣之爱的亵渎,最终把它沦落为机械运动兽性的发泄,他觉得太可悲太卑鄙了。他这样胡思乱想有了三分钟,感到诧异的华兰妞反而在催促他了。

他下意识解着衣纽……

倏然,纸箱在桌下晃动起来,还伴有轻微的声响……

这兵停止解衣,转身巡视,箱子在他眼前轻微摆动起来……

狐疑的他刚跨出一步，兰妞猛然跳起，抢先抱住纸箱。他思考瞬间，低声和气地说："你别怕。不管你养的是什么，我都不会伤害它告发你的。"

华兰妞难以置信而又恐惧地看着他……

他笑笑："你如不相信，我这就出去。"他说完转身就走。

她怕再换一人进来事情会更糟，急忙说："你站住！"

当他再度转过身时，脸上惊讶不已——她已从箱里抱出用胶布封口的婴儿。

他连连摇头，脸上呈现出惊骇和同情。他向铺边走了两步，小声说："你们更是战争的受害者。"

她为婴儿小心地揭撕胶布。

他蹲下身子说："孩子饿坏了，你快点儿喂他吧！"她将乳头塞进小口，一边感受着母亲喂乳的舒心，一边疑惑地看着他。

婴儿在拼命吮吸……母亲泪水涟涟……

他摸摸婴儿头说："我也有一个这么大的儿子。"

她惊喜地问："养得胖吗？"

他摇摇头："来信总说母奶不够吃。"

她油然说道："如果在我这儿，我就可以喂他了。"

他相信她的话，点点头，从怀里掏出相片递给她。

她动情地看着一张母子合影照。许久许久，长叹一声说："她们母子的命真好啊！"

他收起相片，痛苦地摇摇头。

婴儿吮吸呛了口，妈妈轻轻拍着他的背。

他刮刮婴儿嘴巴，笑道："你让孩子慢点儿吃。此刻时间是我的，我送给他了。"

华兰妞感激地看着这位普通士兵，泪水潸然而落……

时间差不多了，她拾起那张纸券递给他说："你拿着，下次再来吧。"

普通士兵回道："不，我这点儿钱还是有的。"

他等她把孩子封好口，放入箱里，箱子又放回原地，才忧心忡忡地离开此门。

华兰妞前面是二十七号夏小荷。她这枝刚刚出水的"尖尖小荷"虽然经受过多次狂风骤雨的肆虐、严寒霜雪的凌辱，还是不愿迎合那些青面獠牙的施虐者。她以白被单蒙住脸面遮着躯干，只露出似乎不属于自己的大腿部分。可怜的姑娘，就像动物研究所里为了取得牡性的鱼白而特制牝性模型一样。

又闯进一只长脸的牡性野驴。他见躺着的对方如此害羞怯嫩,迅速剥掉伪装,把胶套偷偷塞进袋中。当他做完第一个动作以后,突然掀去白被单,见其胸口竟然还围着一道五寸宽的横抹胸,不由怒扯一把,将撕裂的抹胸掷到一边。未睁眼的小荷又拉来被单盖上脸,驴脸再次揭掉。她只能紧紧闭着双目了。

眼睛对每个生灵活体太重要了。有人曾说过,保护眼睛要像保护生命一样。可是夏小荷每逢这时多希望自己是一个全瞎啊,她不敢看那些身上长满黑毛的野兽,她不愿看这些鬼魅在自己身上的恣意蹂躏,她不想看这个有眼也等于无眼的黑暗世界。

六点下班后,众女有一个小时的吃饭、休息和下汤屋时间。因为已是公历六月上旬了,经过几个小时的紧张工作,不下汤屋,身上都会发臭的。

夕阳的血色余晖,透过高高的窗棂,斜射在微微晃动的汤池水面上。

几个日籍女人洗过了。除了和子还滞留在外间洗着什么,其余都出去用晚膳了。

和子看着浸泡在水池里的三国同命女人,不由惺惺起来。在韩妇中她最同情姬顺玉,在华妇里她最可怜夏小荷。刚才她们泡在水里时,樱子得意非凡,她这个班的工作成效几乎是和子的双倍。樱子的好友木子惊叹不已。她自豪地对木子说,干什么都讲个诀窍。她在木子的尽力奉承和巴结为其擦背以后,她就悄悄把两点关键恩赐给了木子,并再三嘱其保密。木子同幸子好,她就透露给幸子。幸子对和子十分同情,她又泄密给和子。像运动场上的接棒赛一样,樱子手中的诀窍很快就传到和子手中了。现在和子看着眼前这两个可怜人,心想把这“木棒”继续传递下去,又担心她们鄙视自己或者根本不信。

就在她犹豫不决的时候,身泡水里的夏小荷对她喊道:“三口太太,你去歇歇吧!等会儿我帮你洗。”这是多么善良的姑娘,我太冷漠无情了。和子想到这里,毅然把她们两人叫到身边来,诡秘地对她们如此这般做了传授。岂知姬顺玉听了将信将疑,不过她还说了一句安慰和子的话:“我今晚就试试看。”夏小荷连连摇头,红着脸说:“我不信。就算真的,我也说不出口,我也做不起来。”和子叹息一声,觉得她太真诚太可怜了。

水池中的女人们还在不遗余力地洗着擦着,最好搓去一层皮,才能除净陌生男人留下的肮脏和臭气。

华兰妞走到严冬梅面前说:“冬梅妹,依我看,鬼子之中也有好人的。”

冬梅莫名惊诧:“你今天怎么了?我还头一次听你说这话。”

兰妞就把下午遇到那个士兵的经过全说给她听了。冬梅点点头,叹道:“可惜这样的人太少了。”

夏小荷变得在女人面前大方多了,竟敢袒胸露乳走近冬梅她们。她羞赧地把和子的教导复述给她们听。黄秋菊见她们三人在说悄悄话,也蹚水到她们中间。

严冬梅听了小荷的介绍,沉吟了良久,对她们说:“我做姑娘时,曾听做过鸨儿的老妇说过。我当时哪里听得懂?现在仔细想想,确有可能。只要姐妹不怕羞耻,我看准行。其实我们这样做,不是为了多赚钱,而是为了自身少被缠磨蹂躏。”

黄秋菊因为没有听到前言,所以还听不懂。

严冬梅对她笑笑,说:“你去把小无锡和小河北叫来,本道长再对你们三姐妹传授云雨秘诀。”

只有宗小花一人坐在阴暗角落里慢慢洗着,无人提到她。

姬顺玉见四个华妇簇在一块儿,料想准是谈的那件事。她走近她们说:“白天还好,都是阿兵哥。晚班来的都是小当官的,那就更难挨了。”

黄秋菊问:“为什么小当官的令人害怕?”

姬顺玉说:“禽兽知足不知丑。这些魔鬼,既不知丑,更不知足。”

夏小荷惊问:“你怎么知道的?”

姬顺玉说:“我是听一个菲女说的。她来这儿之前,已经经历过了。”

小无锡因来着月经不能下水,只好坐在池砖上默默擦拭着,冬梅等人在她身边疼爱地默视着。华兰妞愤愤说:“冬梅妹,我们吃过晚饭,就去找石桥那狗日的。”

小无锡尽力想阻止她们,她对她们苦苦一笑,近于乞求道:“已经差不多要过去了,不要再去灯蛾扑火了。”

微弱的光线中,从她臀下洇渗出的池水还带着淡淡的红色。

严冬梅审时度势,觉得还是先谨慎考虑一下为好。

宗小花埋着头,默默地上去穿衣了。

严冬梅看着她的柔弱娇体,心中不由产生几多缠绵悱恻、恤恤悒悒之情了。

十三

七点还欠十分，石桥刚刚放下电话，门外就飞驰而来一辆军用吉普。

这件差事不大好办，他同妻子谨慎商量着。

原来中川电令他必须立即遴选一名慰安妇，送到第六师团部给谷寿夫中将娱乐。要求一定是本国女性，还要善解人意、能歌善舞，即便难觅艺伎高手，哪怕粗通常识也行。石桥知道全所本国女性有六人，而从事慰安的只有四人。他和妻子商量，只有把她们请来一一询问了。

四位妇女站在石桥夫妇面前。和子首先声明她什么都不懂；幸子说她不会唱；木子说她跳不起来，并且向石桥介绍说："我们这儿，只有樱子小姐行，她漂亮聪明，有心机又能干，做任何事情，她都能找出一个诀窍。"其实她的能耐有多大，侧重点是什么，石桥是完全清楚的。现在车子等着，只好鱼目混珠了。

思索着的樱子，刚才就想踊跃报名了。她想等石桥开口请她求她，自己的身价在同伴眼里，自然会大有提高。可是她等到最后见石桥对她视而不见，心中不由着起急来：谷寿夫是中将，是高枝，这是攀高的极好机会。机会是可遇不可求的，我岂能与它失之交臂？樱子想到这儿，对石桥夫妇笑道："既然姐妹们都不肯去，那只好由我去应应差了。不然的话，就显出我们石桥所人才太匮乏了，石桥君日后在同行们面前也会感到低人三分的。"

石桥正好顺水推舟，对樱子笑道："我思来想去，只有你能胜任。你毕竟比她们阅历深见识广，年轻睿智，特别善解人意。"石桥灌了一通"米汤"后，最后又叮嘱道:“你这次有幸去见中将,希望你能使出浑身解数,不怕苦不怕累,求得他的欢心。你如真能得到他的喜爱,他也许还会把你向上推荐。从此以后,我们的东条樱子就脚踏楼梯步步高,我这草鸡窝里就飞出一只凤凰喽!”

木子为朋友高兴不已,她激动地说:“樱子小姐,到那时别把我们忘了。”

心已陶醉的樱子得意地笑道:“哪能忘哩! 还有她!”她指指幸子,对和子却未看一眼。

洋子笑道:“我先恭喜你了。好吧,时间不早了,你快打扮一下去吧。”

七点钟时,院子里又喧腾起来。多数来者的肩上都缀杠嵌星的。他们是炮火纷飞枪林弹雨战场上的直接指挥者,屠杀无辜焚毁建筑的命令人,是战争这部庞大机器上的刀口或利齿。他们现在已从杀戮战地转向衽席战场了。他们傲睨万物,飞扬跋扈,似乎都是王公衙内、皇宫太子,走起路来趾高气扬,像只横行螃蟹,吓得那些普通士兵连连让道、退避三舍。不过,若谈守秩序,他们比普通士兵略为好些,也不轻易激动。他们既不呼口号,也不抛“气球”。

两杠的在枝子的指引下进了同胞屋子,去听“多多关照”了;一杠的在枝子的指点下都进了外籍女性房内,去搞“亲善”了。

石桥同洋子看着眼前景象犯愁不已。走廊上每号门外都排着一串长队,场地上还站着心急如焚的许多人。忽然,有三个尉官向窗口走来,他们举着手里纸券对石桥说:“这儿太忙了。跟你协商一下,我们想退券。”

石桥非常礼貌地回答:“诸位诸位,实在对不起。本所有规定,‘既售之券,概不退款’。还请你们耐心等一会儿吧。”

洋子笑道:“这样吧,我请你们去休息室喝杯茶?”

其中一个中尉摇摇头,说:“我们不是来喝茶的。既然不好退就算了。”说着,以眼神示意袍泽一同就此离开。

洋子立即赶出门,拦住笑道:“三位请稍留片刻,我们正在想办法,给你们找个姑娘‘娱乐娱乐’。”

三位听说要找姑娘,互相看看,同意留下不走了。

石桥站在窗口焦急地转着眼珠。他原计划今晚让枝子填补二十一号房的。如果她执意不从,那倒不怕。他后来出于慎重考虑,觉得还是先放着为好。因为今晚来的尉官较多,如果对她硬行胁迫,无异于强奸。何况她又是本国女子,倘若其中有一两个所谓正派的芝麻小官为她伸张正义，无论从情还是从法上讲，他都会被推上被告席的。所以他不敢轻举妄动。后来见三人要退券离开了，他又惊恐慌乱起来。仅仅少了三人，倒无甚妨碍，再说他们的钱已归到他的保险箱里。问题是战场上就怕军心动摇。如果他们三人的气馁影响了正在坚守待战的同伙，在他眼前出现的溃退就不是三个人的少数了。更为可怕的是大灾后的瘟疫。如果瘟疫在某个地区一流行，必然导致人口急剧减少，或者死光死绝。这区域自然就成为“千里无鸡鸣”的不见炊烟之地了……他不敢再往下想了。最后，当他见到洋子用美味的诱饵留住三人以后，终于下了孤注一掷的狠心。

洋子听了丈夫之所以要下这样狠心的原因以后，也觉得如其不然，本所的后果就不堪设想。两人略作谋划，洋子就去把枝子诓进二十一号室内。随后，石桥也带着胖猪浪人进来。洋子哀求着枝子，老实的枝子低着头流着泪。石桥见曙光出现了，继续发动攻势：“你如果香的不吃，我就剥光你的衣裳，送到场地上去。他们可不管你是什么人！”洋子斥责丈夫说：“你怎能那样做呢？那些如狼似虎的芝麻官，你抢我夺，还不把我们枝子撕成碎片！”在夫妇俩演的双簧戏中，可怜的姑娘听凭洋子为她宽衣解带。

胖猪佐藤的一双色眯眯的眼睛，向洋子做着恳求。洋子想了想，暗暗对他点了头。洋子给枝子盖上被单后，拉熄了灯。随手把石桥拉出房，掩上门。石桥却一步三回头，似乎还放心不下。

洋子走向那三个急躁的尉官，弯弯腰笑道：“真不好意思，让诸位久等了。姑娘已经在屋里准备了，几分钟就好。”

洋子领着三位来到二十一号门外。一会儿，胖猪出来了。三位之中多一颗星的，也就不再谦让挺胸而入。

洋子又从场地上招来数个心急如焚者，排在二十一号门外。

洋子重重叹了一口气，总算化险为夷了。

在黑影中，石桥拍拍胖猪肩膀说：“味道怎么样？老兄可别忘记，这是我有意安排让给你的。”

胖猪佐藤咂咂嘴说：“石桥君真够义气！”

东条樱子坐在车内弹簧椅上被轻轻颠簸晃动着，像睡在儿时的幸福摇篮里，又像躺在令人遐想的柔软席梦思上，浑身舒服，心中惬意。车窗外黢黑一片，什么景观也看不见。她只好闭上眼睛，想借此时间休息片刻，养精蓄锐。岂知尚未踏入梦乡之门，车子嘎的一声刹住，立即走上两个侍卫兵，一个为她开了车门，一个引着她走进高深宅院。

她在休息室里坐了一会儿，吃了一盅特地为她沏的上好龙井，又被侍卫兵引着在深宅里左转右转，转入一间屋子里。放置在此屋中间半人高的木桶里，已注进大半桶热气腾腾的洗澡水，旁边的小桌上，已准备好香皂香水、浴巾浴衣等类必需品。侍卫兵做了一个请用的手势，就退出把门关上了。

她刚才本想回明自己在一小时之前已经在汤池里泡洗过了，但她又仔细一想：既然特意为我准备的，就不能怕麻烦了。这是对我的尊重和期望。她很快脱光衣服，浸泡桶中。

水温正好让人肌肤感到舒适惬意，她下意识地擦着身子。明亮的灯光下，她为自己丰满而弹性不减的躯体感到满意，为洁白无瑕细腻光滑的皮肤觉得骄傲，还为肥臀硕乳乌黑头发感到陶醉。她又想道：几天前虽然在战地见过一面，但是太远，没有看得清楚，不知他年龄有多大了？体格精力又如何？有没有什么特别嗜好呢？我怎样做才能使他称心如意呢？……一瞬之间，从她脑海里跳出的问题太多太杂了。想得太多而无答案，这就等于没有想。忽然，她听到门外有人咳嗽一声。她估计这是在提醒她时间差不多了。

她跨出木桶，擦净水，洒上香水，又从自己随身带来的小包内拿出圆镜和化妆品，再做一番修饰。她拿起浴衣一看，不由暗吃一惊，薄得像蝉翼像蛛网。她试穿了一下，发现除了左右门襟重叠的上下一线略有遮掩而外，其他处所一概暴露在光天化日之下。

她想换上自己的服装，但仔细一想，觉得不可造次。将军既然派人送来这种霓裳羽衣，说明他一定非常乐意欣赏女性肌体的曲线美了。

她穿上木屐开了门，想顺便带走她的衣物。侍卫兵向她摇摇手，她只好又放回原处。

樱子在侍卫兵的引导下，七拐八弯好久，才来到另一座关着门的屋外。侍卫兵示意她稍等。她等了好一会儿，才见他出来请她进去。

这是三间通屋。正中一间的正面墙上挂着一幅巨大的太阳旗，离墙一米开外是一张红木八仙桌，桌上放着办公用品。东间的罗底砖上铺满了榻榻米，紧靠东墙摆着一排似桌非桌似床非床半人高的木质家具，另一边放着两把红木靠背椅子。

樱子走进时，师团长谷寿夫中将已经坐在太阳旗下的八仙桌旁了。她徐徐上前，深深鞠一躬，抬起头嫣然一笑，说："请将军大人多多关照。"

将军不置可否地审视着她。

她眼里不由闪出一丝失望。他不是一位壮年英俊将军，而是一个矮矮胖胖的五十多岁的老头，戴着一副玳瑁框架的圆形眼镜，身材一点儿也不魁梧，但是精神看来还很矍铄，尤其那双不眨不动的眼睛，像猫头鹰的眼睛那样炯炯有神，视物专注而犀利。

樱子被他看得有点儿惶悚了。

将军终于起身走了下来，口角露出一丝笑意，走到她身边，用鹰隼似的目光，在她浑身上下前后左右虎视着。令他感到满意的是，她双肩圆润，颈项两边不见锁骨和三角凹坑。他又像狼犬一样对她周身探嗅着，除了令人精神振奋的法国香水气味而外，还有沁人心脾的肉体气息……许久以后，他突然问道："你会唱会跳吗？"

樱子犹豫片刻，点点头说："唱得不好。"

将军说道："那就来一段吧。"

在侍卫兵的目示下，樱子脱了屐走上榻榻米。那侍卫兵操起一把三弦琴拨弄起来。

在悠悠琴声的伴奏中，樱子一边婆娑起舞，一边咿咿呀呀唱起来……

将军坐在红木椅上，抽着烟啜着茗，眯着眼睛欣赏着。

樱子唱的是日本发动卢沟桥事变前后的一段流行颇广的时新小调，题目是《在樱花下分手又相会》，歌词是：

在上野樱花盛开时节，远看如朝霞一片，染红了半边天空。一对恋人来到樱花树下相会，他们身披犹如夕阳的火红，在树下徜徉话别，语切情浓。他即将远行出征了，为了天皇陛下的圣战，他将在异国他乡浴血奋战，建勋立功。她马上也要投身山间工厂，参加超负荷的体力劳动，为天皇的宏图，制造枪炮弹筒。他们以樱花做证，虽然相距万里之遥，两颗心却永远相印。白天虽然不能相见，每晚必在梦中相逢。他们以樱花为证，圣战胜利结束时，即使你失去双腿，我也会把一腿相送；即使我失去双目，你也会把双眼与我共用！到那时，我们再来盛开的樱花树下，相濡以沫，热烈拥抱，再度相会重逢。

曲终时，将军不由拍手叫道："唱得好唱得好！真实地反映了天皇的圣战高于一切。你还会唱什么？"

受到鼓舞的樱子情绪亢奋起来，她想了想说："我还会唱许多俳句。"

将军鼓起掌，笑道："好好好！选那些有刺激性的俳句，唱给我听听。"

樱子春风满面喜形于色，在琴声的伴奏下，踏起步、扭着腰、拍着手，继续唱起来……

娱乐所里二十五号房内的黄秋菊，已感头脑昏晕，肌肉僵硬，骨头散架了。她数数枕边的纸券，已有五张了。这五个人什么长相？年龄约有多大？这些在她脑子里根本没有留下任何印象。她觉得自己完全成了砧板上的鱼肉，成了一个植物人，成了一具木乃伊。这期间，她也遇到过一两个温情体贴的，说着与处所格格不入的柔情蜜语。她仍然无动于衷，毫无激情生发。她觉得双方纯粹是施虐者与被虐者之间的敌对关系，哪能相互理解？哪有情意可言？遇到的多数，尽是些下流卑鄙、贪色无厌、阴险狠毒、凶残暴戾的家伙。还滞留在她眼前的这个禽兽不如的畜生，就是多数中的一个。他贪婪得像只雌性库蚊，它虽然吮吸了好久好多，吮吸得屁股上流出了鲜血，它就是不肯罢休，还要无休止地要赖吮吸下去。她实在不堪忍受，忍无可忍，只得强行自卫了。她咬牙强打精神，试用了那点雕虫小技。半分钟不到果然见效了，肚大腰圆的库蚊终于鲜血淋漓逃匿了。

石桥和洋子在场地上转悠着。他们觉得晚班的效率要比下午快得多，门外等候的已剩了半数。他嘱咐洋子道："明天多买些营养好菜，反正伙食费是她们自己掏的。我们不能做为她们省吃而亏了我们收入的傻事。明晨给中川打个电话，就说她们为了天皇的圣战，为了犒劳英勇战斗的将士们，愿意不辞劳苦，要求再增加一些来娱乐的名额。"

洋子笑问："谁说的？"

石桥笑笑，以杖指指号房说："她们！"

樱子唱完了那些令人心猿意马的俳句,对将军深深鞠了一躬。将军忘记了自己的身份,满脸显现淫荡,一边拍手叫好,一边用色眯眯的眼睛盯着她的双峰。樱子收腹挺胸,徐徐走向喝彩者。

侍卫兵悄无声息退出去了。

将军又点燃了一支烟。樱子喜滋滋地笑着站在他面前。将军做了个眼神,樱子解开腰带,双肩一抖,扑入将军怀里。

他左手抚着她的背,右手夹着烟,贪婪地嗅着她的头发、脖子、圆润的肩头、丰满的胸口。突然,他猛吸一口烟,将殷红的烟头向红润的乳头戳去!她像遭到电击一样,蓦地大叫而跳起!将军哈哈大笑。

他站起身,鹰视虎步慢慢向她逼去。他脸上听曲时的安详神态好像被一股阴风刮得荡然无存了,更替而出的是凶恶残暴、阴险淫浪、暴戾恣肆的歇斯底里。他淫笑进逼着,她战栗退缩着。他像猫逮鼠一般突然把她扑倒,烟头又照准另一只乳头狠狠按去。钻心刺骨的剧烈疼痛,令她满地打滚号叫。他纵声大笑起来。笑了一气后,他饶有兴趣地欣赏着她的跪地求饶和摇尾乞怜。一会儿,他见疼痛在她身上渐渐平息了,就弯腰从席边底下取出马鞭,对她浑身上下抽打起来。抽得她翻来覆去、鬼哭狼嚎。他仰面狂笑着,笑声令人毛骨悚然。他虎视眈眈,眼中闪耀出使人惶悚的荧荧绿光。他犬坐着,像猫在玩弄一条活蹦乱跳的鲜鱼。见鱼儿跳速缓慢了,又用利爪去抓刺一下。濒临死亡的鲜鱼再次挣扎狂跳狂蹦起来,他才显露舒心的微笑。他陶醉在这种有趣的刺激中。因为挥鞭力度掌握得十分精确,既不造成皮开肉绽,又能见到条条鞭痕。鞭痕只是往外渗血,而不是严重到流血淋漓。将军不愧为将军,到底技高一筹。他抽了一气以后,身上血液流速加快了。奔腾的血液撩激了他的欲望,周身的燥热诱发了他的欲火。他像魔鬼似的哈哈大笑起来。

屏息静立门外的两个侍卫兵早已熟悉了将军的娱乐程序。他们蹑着手脚走进屋,其中一个还端着一盆温水。樱子披头散发,还躺在榻榻米上蠕动呻吟着。他们迅速把她抬到那张四不像的床铺上,头靠壁胸朝下,四肢扣上皮带圈。一兵端着水盆,一兵以手蘸水朝她身上洒泼着。水滴刚刚触及皮肉,她就感到刺骨钻心又如烈火焚烧一样的剧痛,痛得躯干在铺板上直扑腾、直抽搐,痛得她呼天抢地鬼哭狼嚎。将军心花怒放,激情难捺,立即脱去包装,像虎狼一样扑向肌肉最多的地带……

将军肥硕躯体上肌肉最多的地方,刚好正对着那面色泽开始黯然的太阳旗。

他就是谷寿夫中将,日本军界的骄傲,天皇裕仁的骄子,在南京城区制造空前绝后、惨绝人寰的大屠杀指挥者之一。

娱乐所里已经下班清场了。虽然熄了灯,人人都已筋疲力尽,有些华妇仍无睡意,各自在同左右姐妹交谈着。华兰妞边喂华宝乳,边愤愤说道:“他娘的,今晚没有碰上一个人,来的尽是鬼。嘿!老娘也没让龟儿子们多占便宜。”她是对上号夏小荷说的,可是她的下号宗小花听了心里直犯嘀咕。她猜疑兰妞的弦外之音是否同晚餐前在汤池里几个人窃窃私语有关。难道她们也懂内视之法?如果真是,阿弥陀佛,那就省去我多少口舌,也避免了许多引起她们误解我的麻烦。她又想到擦牙的牙粉没有了,明早必须托人买来……

华宝吮乳的啧啧声,在寂静中显得特别有劲而响亮。夏小荷脸贴芦席说:“兰妞姐,你让华宝轻点儿,若被那边听见,我们就糟了。”

华兰妞冷笑道:“她若敢去讨好,我就敢把她的×撕掐碎,送去喂狗喂老鹰!”想着牙粉事情的宗小花听到这话,不由暗吃一惊。不过她想想,又觉得太可笑了。

石桥夫妇忙得也够辛苦的了。石桥戴着低度老花眼镜,在灯下对算珠分分合合进进退退戏弄着,脸上呈现满足和遗憾之情。洋子还在苦口婆心关怀着泪珠涟涟的枝子。夫妇二人也在共同等待着本所的骄傲之花——东条樱子的衣锦荣归。

石桥摘下眼镜说:“现在已过十二点,十有八九不回来了。你想,将军怎会不留宿呢?人们常说‘英雄气短,儿女情长’,这一通宵,将军准会‘醉卧美人膝’的。”

洋子摇头不信,笑道:“你说的尽是末流文人的臆想。世上哪个男人不是见好爱好、过河拆桥?哪有什么‘儿女情长’?长哩,长你个大头鬼!”

果然被洋子说中了。这时门外传来汽车的引擎声。

屋内三人立即奔出门外,打开正门,像恭迎凯旋的英雄一样,弯着腰,面带笑。

走下吉普车的樱子,头发显然重新做过了,但是做得太仓促,精神还不失振奋。她微微笑着,收腹挺胸,目无旁人,昂首而入。大门随即关上了。

三人前后簇拥着,把她引进石桥卧室。

石桥冲着枝子:“哎,你还愣什么?快给樱子小姐沏茶!”

洋子笑着叫她坐。

枝子拿起桌上茶叶筒，石桥立即说："嘿！你瞎忙的啥？"说着，他从抽屉里拿出另一样式的茶叶罐。

枝子茫然不知所措了。

在连连请坐的热烈要求下，樱子屁股刚碰及椅面，就感到像受到锥刺一样的疼痛。她微微笑着，以手在椅面上掸拂了一下，屁股慢慢沿着椅边坐下来。

石桥笑道："我们樱子小姐到底见过大人物了，现在的一举一动，都变得温文尔雅啦。"

樱子只能赔笑着。

洋子关切地问道："将军身体可壮？待人可和蔼？事情做得可热烈？"

樱子回答说："将军健壮得像头牛……"

"是条公牛吧！"石桥调侃说。

"非常平易近人。"樱子继续说，"见到我去，忙沏茶忙递烟，后来陪我一同洗澡，还为我擦这洗那。洗过澡后，又陪我喝酒听留声机……"

洋子嗅嗅鼻子，说："我知道你不胜酒力。看来你没有多喝？"

樱子笑道："是呀。酒虽说是蒙古马头牌的，我只敢喝一小杯。"

石桥既惊叹又惋惜："一小杯就值一百日元。你太傻了！这是世界名酒法国人头马。厂址什么时候搬到蒙古去的？"石桥虽说羡慕不已，暗中不免有点鄙视妒忌她了。

"后来呢？"洋子关心的是高潮和结尾。

樱子暗暗挪了一下屁股，笑道："后来就给他跳舞唱曲，再后来就陪他上床。最后他要留我，但我不肯在那儿过夜。"

洋子感到非常失望，就像观看一出虎头蛇尾的戏本一样。开始蛮引人入胜，但到高潮时不见风起云涌，结束时淡而寡味，给观众没有留下任何余味。真是一部拙劣得再也无人问津的蹩脚本子。

石桥的失望是在留与不留之间：他要留你你不留，不肯留的无情拒绝了要想留的，想留的能不怀恨不留的？他把这两种相反的思维在脑子中翻来覆去搅了好久，才不无忧心地对樱子说道："你不怕挫伤将军的感情吗？他能为天皇不辞辛劳，宵衣旰食，你多陪他半夜，让他轻松轻松都不能吗？"

樱子的屁股终于再也坚持不了了。她款款而立，嫣然一笑，说："俗话说不怕县官，就怕现管呀。他是个通情达理的人，听说我要走，想了想，笑笑对我说：‘有机会下次再来玩吧。以后若遇到什么事，尽管来找我。’说着，他叫人取了一百元给我。”樱子从怀中掏出一张百元大钞，在石桥眼前晃了一下。

石桥刚伸出手去，樱子揣入怀里，盛气凌人地说：“将军说了，这是给我个人的。头人想要，去将军师团部领取。”

石桥只得讪笑着缩回手说：“我不是想分一杯羹，只是想看看而已。”

在别人眼里，觉得她走时又走运，半夜一趟就纯赚一百元，感到这种利润太丰厚了，不公平。只有她自己心里最清楚，认为自己付出的是那么多的血泪，而得到的仅仅是这一点点，也感到太不公平。再说，这一张还应该除以三才对呀。她把自己比作一席丰盛酒宴。主人将那些投合他胃口的佳肴拖到面前，饕餮大嚼，狼吞虎咽。直到打着饱嗝、口上流油才离开席面扬长而去，那些侍候着的奴才狗才们，立即蜂拥而上，你争我夺。尤其是不对主人胃口的那一盒人间美食，他们争抢得撕咬起来。在那些沾毛带血大口的吞噬下，像秋风扫落叶、风卷残云一样，连残汤剩骨也未留下一点，只落得杯盘狼藉、汤水横流了。樱子想到这里，不由打起寒噤，连忙告别石桥夫妇，走出门去。

枝子不知出于何种心情，急忙出门送她去了。

室内沮丧的石桥夫妇对视着……

樱子跨进卧室，面朝铺上一伏，再也抑制不住内心的悲苦，暗自唏嘘，抽抽噎噎起来。

人们常说，希望越大失望也越大。在未去之前，同胞们的眼神中流露出的羡慕和期待，对她起着多么大的鼓舞。她自身也信心百倍，觉得此行也许能改变她今后的命运，无须再待在鸡窝里争强斗气抢夺口食了。于是她眼前出现一片灿烂辉煌：明媚的春光，湛蓝的天空；鸟语花香，姹紫嫣红；雨后的彩虹，像座五色缤纷流光溢彩的大桥。她立在这边桥塊上，正要通过那座桥，走向辉煌的天堂世界。

后来她遇到的现实，正和她的希望相反。而且两者之间的反差实在令她难以置信，毛骨悚然。她又暗自想到自己对付那些普通士兵的手段，实在感到羞愧汗颜。相比而言，还是普通者老实可怜。那些所谓高尚之人，见到女人，目不斜视，一副道貌岸然的神态。听到下层人说句粗野脏话，不是嗤之以鼻，就是呵斥太不文明，道德败坏。其实他们做得要比别人说得更下流无耻，更卑鄙龌龊，更是见不得空气和阳光。

她又从今晚所受的奇耻大辱忽然产生出极为可怕的疑惑:他究竟是人还是鬼?是人,为什么不干人事呢?是鬼,又为什么会说人话呢?当她被恣意摧残蹂躏的时候,只顾挣扎号叫,根本就没有想到这个是人是鬼的难题。她现在头脑冷静了,情绪稳定了,所以她又从自身的遭遇联想到前些日子去军中慰劳,在池河看雨中砍人头的场景。她想到这事,不由又战战兢兢起来。杀人就杀人吧,为什么偏要杀出个标新立异来,还要把它作为消遣取乐?这就比杀人更为可怕了!像人做的吗?男人玩弄女人,自古有之。当然说不上天经地义。他又为什么要别出心裁,明修栈道,暗度陈仓呢?是人的行为吗?比禽兽还要野蛮。她翻来覆去苦思冥想,终于找到了一个不甚满意的答案:他不是人,是魔鬼!

樱子的认识终于出乎意料地产生飞跃,并取得真知灼见,还是多亏天皇爱将的癖好宠幸。虽说他们都是大和民族的精英,都是天皇优秀的臣民,但是因各人所处的塔楼层次不同,两者的视觉感受和切身感受又怎能完全相同呢?

回到所里以后,她岂能实事实说呢?她只好打落门牙朝肚里咽,只得发挥天才的想象力,编个故事回答别人的羡慕与关心。故事要编得在情在理,天衣无缝,才能令人信服得五体投地。如果她太老实而又无这方面的才华,那就彻底露馅了。馅一露,她就难以在这儿说嘴做人了。与世无争逆来顺受,她还做不来。走上风站高枝,却是她的一贯为人。也可以说,今日费心编的故事,救了她日后的固有为人。

在人世间的尔虞我诈、钩心斗角、我想吃你你想吃我这根链条上,可怜的女人樱子,充其量不过是只螳螂而已……

十四

洋子清早起来翻看日历，见迎来的是六月二号，即中国农历五月初五。她知道这是支那人非常崇敬的节日。这天必须吃粽子喝雄黄艾叶酒，午餐桌上还得摆上十二红的美味佳肴。吃饱喝足以后再去参加龙舟竞赛。日本和韩国也有在这天吃粽子的习俗，这是唐代以后由一些僧人、航海家或外交使臣带过去的传统文化。也许因为年代久远或是当时传播者的疏忽，所以形成了现在三国不尽相同的做法和说法。总之包粽吃粽这个主要内容都还记得清清楚楚，做得一丝不苟。

洋子拟想，为了让所里女人们觉得这儿就是她们的温馨之家，就必须尽可能做些渲染。人们常说“无女不成家”。女性们，尤其是三十岁往后的女人们，她们非常看重时事八节。每到什么节日，应该吃什么穿什么做什么，忙得热火朝天停停当当。男人却大大咧咧，见到粽子才想到端午节，吃到月饼才知道到了中秋节。这就是“有女才是家”的第一注脚。既然是一个家，就应该有家的气氛、家的样式、家的温馨才成。她决定今儿多带点儿钱在身上，到集上再见机行事。

众女们也三三两两出门洗漱了。

宗小花已经到了厨房，正帮两位老妇准备早餐。

只有樱子迟迟未出屋门。她正坐在铺上，对灼伤的乳头敷抹着消治龙。这是上次她跟麻生医生要的。看到胸腹上的鞭痕已经结了痂，她又用镜子侧照后背，用双手轻轻抚摸后臀，发觉都已不再见血了。她明白伤口是不会发炎的，因为泼洒的是盐水。尽管当时疼痛得如千万根绣花针在刺戳，但是从医疗角度看，还是有益无害的。她现在非常担心的是，痂皮蜕了是否会留下瘢痕。如果依然洁白无瑕，吃点儿苦就算了；如其留下点点滴滴条条块块的"白癜"瘢，我这身皮肉还怎么见人呢？娇皮嫩肉是女人的本钱呀，我以后怎么活呢？樱子想到这里，不由泪下潸然了。

在洗漱间，和子悄悄告诉幸子说："昨天半夜樱子回来后，抽抽噎噎哭了好一会儿，不知为什么。"幸子道："还不是受了石桥的气！"和子摇摇头。

多数人都用过早餐了，樱子才姗姗走向厨房。半途中，她与严冬梅正好迎面相撞。她略略弯弯腰，微笑道："梅姑娘早。"冬梅大吃一惊，瞬间就恢复了理智，点点头，也笑说："樱子小姐早。"两人这才交臂而过。

严冬梅一边走路，一边心中犯着疑。她朝西边望望，觉得太阳要从那里出来了。她进了屋，把这奇闻怪事告诉了黄秋菊。秋菊听后，眨巴着那双美丽的大眼睛，思索了一会儿，问："昨晚她不是被汽车接走的吗？"冬梅点点头说："我听和子告诉我是去谷寿夫那儿的，说是要会跳会唱的。"秋菊说："难道她的跳唱惹怒了那个老头儿，落了个适得其反？"冬梅摇头说："不像。就算是，这件事的发生与我们有什么关系呢？"两人讨论了好一会儿，也未得出一个满意解释。黄秋菊说："有机会问问和子，她也许知道。"严冬梅笑道："好了，我们还是'静坐常思己过，闲谈莫议人非'吧！我们还是谈谈自己的事。据我了解，我们几个姐妹中，只有小荷姑娘最固执保守了，我很为她今后担心。"秋菊急切道："我们应该说服、强迫她！"冬梅笑道："这事强迫得了吗？"秋菊忧戚道："冬梅姐，我看她最听你的话。你应该不避忌讳，把她看作是自己的亲妹妹，该说的要重重说，该骂的要狠狠骂，就是打她两下我们也不怪你，她也不会记恨你的。"冬梅说："我也曾这样想过，但是我骂不出呀，又怎忍心下手打她呢？"秋菊想了想说："此刻来不及了。等中午休息时，我告诉兰妞姐，她会对付她的。"

宗小花帮助俩老人开过饭，自己也吃过以后，从身上掏出钱，对天天出门买菜的老妇说："强大娘，我想求你一件事。"老妇说："姑娘，你有什么事尽管说。大娘一定帮你办到。"小花说："我今早就没牙粉用了，想请你代买一盒牙粉。"宗妈妈在门外听说了，大声对小花说："要买什么牙粉！我们不用它，还不是照样天天吃喝？"老妇对小花笑道："我当什么大事叫我办的。这点儿小事，我一定记着。"小花把钱交给老妇说："就在你们天天经过的那个集市上，有个摆摊的老头儿，只有他的东西货真价实。请大娘记着，要上海造的'双妹'牌。我只剩下二角九分钱了，你再还点价准会卖给你的。”老妇说:“万一差几分,他不肯卖,我给你补上。”小花笑道:“不要你破费了。那样你就问他可有‘蝴蝶’牌的,若有也行。”老妇为了加强记忆,点着头叽咕道:“‘双妹’牌……‘蝴蝶’牌……”宗小花笑道:“我教你一个记法,‘两个妹子捕蝴蝶’。”老妇大笑起来,连连说道:“记住了记住了。”嘴上虽这么说,转个身,她又在心里重复了两三遍。因为她内心总觉得对姑娘有愧,她的这点儿小事再不为她办好,自己真是个糊涂得要死的老糊涂了。

娱乐所的门外和窗口再度喧嚣热闹起来。

二十八号的华兰妞起得早,吃得早,也是第一个进屋关上门做准备工作的。

二十三号的小无锡,屈指算算月信已有四天了,可是仍然淅淅沥沥,不见收住。她伏在枕上唏嘘流着泪,也不敢告诉冬梅她们。如果她们知道了,去同石桥讲理,石桥本来就是不讲理的畜生,再说他能放过这个大收脏钱的机会吗?如果真的较量得下不了台,石桥是有枪的呀!她眼前似乎再现了胸腹两处冒着鲜血的山东嫂。她想:闹的结果,若是找去陪伴山东嫂倒也罢了,一了百了。如果是别人呢?我以后怎能再安心活下去呢?大家的命够苦了,哪个心头没有各自的创伤?我又何必为了自己的这点儿小事再去在她们伤口上撒把盐呢?算了,还是能忍则忍,活一天算一天吧。

洋子帮着石桥开早市,卖出第一批约为三百张的纸券,然后对石桥说:“我去集上买菜了,院子里照应的事,我叫他们来。”

她说的“他们”是指胖猪和小胡两个守门浪人。他们自从山东嫂死后就没有少得实惠。洋子对胖猪更是恩宠倍加,这就不能不令他感激感动了。有奶便是娘,他现在虽然不敢明目张胆改换门庭,卖力投靠,但是至少要努力做到兼而顾之。他若能做到“兼顾”,这也正是洋子与丈夫所想达到的愿望。所以现在她说句什么,他们都是言听计从的。

坐在出入室闲聊的两人,见洋子来了,立即笑嘻嘻地站起身,问道:“石桥太太,您有什么吩咐?”洋子偷空对胖猪使了个眼色,对小胡说:“就麻烦你吧。”小胡有点儿受宠若惊,笑笑对洋子说:“石桥太太这么信得过我,我会尽力把事情做好的。”洋子笑笑说:“多多拜托啦。”

洋子见诸事安排妥当,就到厨房叫老妇跟她去集上买菜了。

她们走的沿途,田里稀稀疏疏的,麦子已经老熟了。谚语说,“吃了端午粽,迎来是芒种”。芒种就在初九。“麦到芒种青又割”，季节不饶人。照往年常规，现在田野上应该忙得热火朝天，可是眼前见到的只是一些羸弱的老小和妇女在田间有气无力收割着。挑着菜篮的老妇叹了口气，心里说：以后稻秧怎么栽呢？

走到集市上，老妇就见到那摆摊卖小百货的老头儿。她怕回去时忘记，趁这会儿记得，先给她买好。

老妇走到老头面前，问：“你这儿可有上海造的‘双妹’牙粉吗？”

老头笑嘻嘻地说：“有，价廉物美。”

走在前面的洋子站住了，转过脸望着。

老妇从袋中掏出小花的钱，交给摊主。

摊主数数钱，问：“就这些？”

老妇点点头，说：“就便宜一点儿卖吧。”

老头将点过的钱原封不动还给老妇，说：“这点儿钱，不够买‘双妹’的。”

洋子已返回摊前。

老妇说：“那就买盒……”她一时想不起来了，眼神在摊板上急找着。忽地见到那只盒上有一只美丽的彩色大蝴蝶，她惊喜地叫道：“就买‘蝴蝶’吧！”

老头一手拿着“蝴蝶”，一手伸着收钱，说道：“这货也地道，只卖二角二分钱。”

老妇点了又点，点出需要的钱数，交给摊主人，将多余的七分钱包入破旧手帕，揣进衣袋里。

在她包钱时，洋子已帮她接过粉盒。她专注地看着粉盒，似乎在欣赏那只蝴蝶的美丽，又像是在研究它是雌还是雄。她又看看摊主，对他笑道：“麻烦你了，这盒好像不太满，我想换一盒，可以吗？”

老头笑道：“当然可以。太太，这儿还有九盒，你自己挑吧。”

洋子将手上的放回原处，从中随意取了两盒，各用一手托着试试它的轻重，丢下右手上的，对卖主说：“真不好意思。”她扬扬左手：“就买这盒吧。”

老妇看在眼里，心想她真是个怪人，有时大方得出奇，现在小气得连脸面都不顾了。

两人离开了摊贩，继续往前走。

洋子手里拿着粉盒，她真想拆开闻闻尝尝，看香是不香，想想又觉得完全没有这必要了：我如真的拆开封口，非但对别人不尊重，而且也是蠢到去对别人说“此地无银三百两"啊!

洋子把粉盒交给老妇,说:"你收好吧。"

两人走在集市上。今天虽说是端午节,是继清明节后的第二大节,但是市面上仍然萧条清冷。有不少菜蔬是当地农户自产自销的,有些则是受厚利的诱惑冒着兵荒马乱的危险从外地贩来的,像海货黄鱼、北货山楂、南货桂圆等等。货物虽然丰富充足、价廉物美,但是敢于问津的却寥寥无几。

在黄鱼摊边,卖主尽力兜售着:"太太,你看我这黄鱼既新鲜又便宜。端午不吃黄鱼,等于没过端午啊!"

接着就是漫天要价就地讲钱,双方添添减减以后,洋子称了二十条。

以后又买了苋菜、刀豆、猪肉、白酒什么的。

最后又买了几把芦叶和十斤糯米。

两只竹篮虽然已超负荷,挑在身上沉甸甸的,但是老妇还是非常乐意为此付出体力的。她换着肩,擦擦汗,笑着说:"石太太想得真周到,还让大家吃上粽子。"

洋子听了很舒心,她叫老妇歇下,从较重的篮里拎出其中一块八斤重的猪肉,说:"我提一块走吧。"

老妇再挑上肩,觉得轻松了好多。边走边念,念石太太心真好,念石太太会疼人,又念了许多阿弥陀佛……

洋子回所后看到一切都在有条不紊地运转着。

因为今天菜多,她也扎上围裙挽起袖子,在厨房忙碌起来。

老妇为宗小花买的那"蝴蝶",静静立息在灶柜上。

今天的午餐一改往日分而自食的方式。正巧天上没有太阳,洋子令人搬出十二张课桌到操场上,两横一竖拼成一面方形餐桌。全所三十五人,四桌外加三个挂角。工作的都下班了。忙得不亦乐乎的洋子擦擦汗,对大家笑道:"姐妹们,今儿是支那的端午节。这是诸位有幸聚在一起过的第一个节日,姐妹们应该团团圆圆聚在一块,吃吃喝喝,说说笑笑,尽情享受我们这个大家庭的温馨气氛。我再告诉姐妹们一个好消息,今晚下班后,每人可以得到四只粽子尝尝鲜。现在我提议,席位的安排如下:先自由结合,这是为了照顾姐妹们的感情交流;再调整余缺,也好促使姐妹们沟通情感。本宴席备有美酒,如果哪位姐妹会喝的话,尽可开怀畅饮,借酒助兴。我建议,姐妹们抓紧时间入席吧!"

谦让、拖拉、挑拣，闹了好一会儿，终于坐定了。两个老妇加洋子正好算挂角将军。

桌上虽有味美的黄鱼、时鲜的苋菜、诱人的红烧猪肉等平日不见的菜肴，但是欢乐的气氛仍然不见萌生。虽说石桥夫妇再三举杯鼓动，笑着倡议，桌面上仍不见阳光普照、春光明媚，也不见喜滋滋乐陶陶的面容出现和由它显露出的感激之情，更谈不上觥筹交错、起热浪掀高潮了。

只有清一色的菲女席上，她们虽有说笑，也不敢过分与周围格格不入，还懂得一点儿节制。

再有是石桥一桌的五女三男。参席的是一国同胞，既是同胞，当然相亲相爱又相敬了。除和子同枝子有点儿煞风景不识抬举而外，其余都能随和融洽，甚至相知恨晚。

石桥和两浪人喝着酒、吹着牛。

樱子闷闷不乐地同木子碰着杯。

胖猪对石桥说："石桥君，你真有福气，娶了这么一个能说会道又能办事的好太太。"

小胡说："佐藤君又羡慕了？我劝石桥君夜里睡觉要像猫头鹰那样，睁着一只眼。"

佐藤说："海部君，你别借我这阴沟出你那污水。你早就对洋子舔嘴咂舌了。"

这下句话正巧被赶来劝酒的洋子听到了，她端着酒杯笑道："谁对我这么垂涎三尺？你姑奶奶就站这儿，有种的来呀！"说完，咯咯地大笑起来。

刚才还言辞轻佻眼神淫荡的两个家伙，现在反而被洋子的神态和笑声震慑住了，似乎有点像好龙的叶公。

洋子跟樱子、木子碰杯并喝了半盅以后，就去华妇席上了。

石桥见洋子走了，与他的左右臂膀共同干了一杯，说："你们别那么眼馋嘴渴的，有什么好？当年就算她是一枝鲜花，现在也凋零萎谢了，哪如她们呢？"说完朝枝子方向挤眉弄眼。

他们三人原是主仆关系，由于互相利用，渐渐坐上同一条板凳，沆瀣一气了。现在由于酒精的唆使，三人都信马由缰，毫无顾忌，终于打破了主仆关系的束缚，成为一丘之貉。

樱子端着流流溢溢的酒杯，忽然大笑起来。她笑得那样地勉强，令人发毛。她站起身，趔趄着走到对面小胡的身边，左手按在他肩上，傻笑着说："海部君，你若看得起我，陪我喝一杯。"

小胡急忙站起，腰弯了一下说："樱子小姐是我们所的花魁。你能这样看得起我，鄙人深感荣幸。来，干了这杯。"

两杯一碰，底都朝天了。

樱子忽然大哭起来，哭得是那样地伤心凄恻、悲切惨然，令在座的都发愣发怵，大有物伤其类之感了。

说者无意，听者有心。"花魁"头衔深深刺痛了她的自尊心。昨夜郁结在心里的屈辱和悲痛，还没有找到化瘀消肿的时机。现在本想借酒浇愁，岂知适得其反。人若心中藏有大喜大悲，又想永远禁锢这个悲喜之情，遇到三朋四友或盛情宴席，不摸酒杯为上策；如其盛情难却，友情难拒，抿上几口为中策；如果像樱子这样就是下策了。酒能壮胆，酒能乱性，酒后无德，酒不醉人人自醉。如果喝到头昏脑涨、数典忘祖的地步，还有什么情感藏匿得住？什么话不敢说？什么事不敢做？放火杀人都有可能的。

和子冷静地看着樱子的如此失态，联想到昨夜回来的唏嘘，心中明白了八九分。幸亏她没有喝酒，也不知她不会还是不肯。

洋子丢下酒杯，慌忙赶去扶住她，并在枝子的协助下，说好说歹把她劝进房内，服侍她躺下了。洋子回想她的前后神态，深感疑惑。

事与愿违。洋子看着狼藉的席面，重重叹了口气，心想：一腔心血付之东流！

门外开来一辆标有红十字的布篷卡车。小胡颠颠跑去问明了情况，回来告诉洋子说："他们是来回收前天洗好的军衣和绷带的。"

洋子问枝子："都点过数、装好箱了？"

枝子点点头："都照太太的吩咐办好了。"

老妇把宗小花喊到厨房，将那蝴蝶盒和从手帕内取出的七分钱一并交给她。小花只拿了牙粉盒，剩余的零钱送给老妇了。老妇笑道："这像什么话？"她一边重复说着，一边已用手帕仔细包起来了。

华妇们是率先离开宴席的，她们谁也没有摸杯。席面上只有三个人觉得好菜没有好手艺烧出来，可是这三人谁都不愿说出口。其中有两人互相目视，心照不宣。各人吃完饭,就去洗漱间了。

华兰妞一丢碗,就匆匆回到自己屋里。当夏小荷替她洗净了碗送到屋里来时,给孩子喂着乳的华兰妞留住了她,对她说:“小荷,你坐下,我有话对你说。”

紧隔壁二十六号内坐着严冬梅和黄秋菊。

小河北在自己门口洗毛巾,留神着来往行人。

华兰妞尽力克制着自己,温和地问道:“据我所知,你到现在接纳来人时,还用被单蒙住脸?”

夏小荷点点头:“不好意思看,我又怕。”

华兰妞到底是个急性子,听了一句就沉不住气了,她拉着脸喝问:“你不好意思!我问你,脱裤子怎么好意思的?又怎么好意思让男人玩的?你说怕,我问你怕什么?鬼子在你身上胡摸乱捏你不怕,你就怕他们光腚?你也不怕他们使坏,把野种撒到你肚子里?你不怕日后下个杂种怪胎?不怕你家祖宗在阴间里跳脚?”兰妞越说越气,说到后来简直不堪入耳了:“这些该怕的你都不怕,你就怕看到鬼子鸡巴!这块四两肉有什么可怕的!你别看它盖世英雄,下炉就成狗熊了!”

苇席那边旁听的二人窃窃笑起来了。黄秋菊对严冬梅连连摇着头,撇着嘴,小声说:“这个死兰妞,说得太夯太粗了,不堪入耳。”

严冬梅小声说:“你们读书人不要假正经。她的意思是对的,就是话说得太粗太露。她哪里会转弯抹角呢?”

苇席这边的夏小荷只是流泪,不开口,呆呆看着华兰妞。

华兰妞见她如此,心里又后悔刚才说重了。她给她擦擦泪水,叹叹气又道:“可怜的妹子,兰姐不会说话,你别往心里去。你以后一定要看着鬼子用上套,才准许他们碰你身子。”

夏小荷点着头,说:“我以后听兰姐的。”

华兰妞目视她许久,又说道:“还有一事我想问你。那天在汤池里,你告诉我们的那句话……”

从门外传来小河北的咳嗽声。

华兰妞急忙摘下华宝口中乳头……

拿着铜铃的石桥,在场地上转了一圈,将铃急剧摇起来,通知各就各屋,快做准备。

洋子在窗里又忙碌起来……

枝子遵照洋子的吩咐，走进一号樱子的房里，她是受命来帮助樱子做准备的。她见樱子酣睡着，只好自己动手了。她解开她的上衣，吓得站了起来。看见两只本该红润的乳头已经变成黑褐色，还渗着黄水；本该褐色的乳晕，上面已起了白色水泡。她吃力地为她脱去上衣，褪下裤子，见浑身鞭痕历历可数。枝子玥白她为什么要醉酒了。此时，她不由宽恕了她往日的凌人盛气，泪水夺眶而出。她给仍然沉睡的樱子盖上被单，擦干眼泪，慌忙退出屋子。

两位老妇也上班了。在水池边，一个淘着糯米，一个洗着芦叶。她们必须在天黑前裹好粽子，开过晚饭下锅煨，下了晚班的众人才能当夜宵吃上。

洋子卖出第一轮入场券后，觉得头脑有些昏昏然了。她从早晨起，手不停脚不住忙到现在，加之刚才又喝了两杯酒，越发疲倦慵困，精神不济，所以上床小憩了。

石桥把抽屉里刚收进的乱七八糟的军票按面额色彩先做归类，再仔细地叠整齐，然后手指在伸出的舌头上沾点唾液，细心地过起数来。他唯恐思想疏忽，手上数着，口里念着，时不时再沾点儿唾沫。他先数的大面额，数完后将其数字在算盘上用算珠摆出来。然后再沾点儿涎水重复一遍。如果第二遍仍然等于算盘上所摆，这才将数过的绝对不错的这一沓放入抽屉里，再拿来二号面额的军票，继续伸出舌头，继续数下去……

石桥现在的身子虽然还在方孔外自由活动着，但是他的那颗脑袋已经钻进去了。

今天下午的账当然不好结，因为行程才下来一半。他把上午的收入认真算了算，发现这一班的收入比昨天下午一班的收入高出了不少。他惊诧而又莫名，欣喜而又疑惑。若谈人数，仅仅多了一个枝子呀！他又想到，三天休整，到今天晚班结束就用去一半了。还有一半时间……不，从今天晚上起，我必须再动动脑子。在这之前，应该先和中川联系一下，告诉他我们所的积极性正日见高涨，本所愿意把为天皇铁军的服务提高到最大限度的承受能力。请中川阁下给予我所对天皇陛下的忠心大力支持。

下午四点钟的样子，老妇就用小水泵将土法制造的贮水池注满了水，又将汤池里的水换成新的井水。她用长长的铁钎捅开昼夜不熄的炉膛，在由小电风扇改装的鼓风机的助氧中，炉火一会儿又熊熊烈烈起来。她添进几大铲煤，关上铁门，去

继续裹粽子。

六点下班时，池中水正好烧得不冷不烫。

人人都去洗涤臭汗清除污秽了，只有樱子还躺在铺上。

樱子酣睡到下午四点左右，是被一个粗鲁的蛮牛折磨醒的。她醒后惊骇的第一件事，是谁给她脱的衣服？至于她醉酒以后，他们不肯对她恻隐施恩，倒觉得无关紧要。蛮牛对她百般玩弄，她也无心计较。她醒后所想的第二件事，是昨夜回所时忍辱受屈，强打精神装笑脸，在归途中苦苦思索出的一场瞒天过海的障眼法，现在被戳穿了，泡汤了，成了别人的笑料。如果是洋子脱的还好，扩散面还算不大。如果是枝子动的手，她会悄悄告诉和子她们的，和子准会告诉那些可恶可怕的华妇们的。她们定会出于报复，幸灾乐祸，大肆宣传，弄得所里人人皆知了。也许此时正在汤池里谈得唾沫横飞，眉飞色舞。她想到这儿，浑身不由像疟疾来临一样，战栗起来。她想：以后如何有脸再见别人呢？她们如果当面戏弄我，嘲讽我，挖苦我，羞辱我，地下就是有洞，我也来不及钻进去呀！她似乎已经身处指手画脚、张牙舞爪之中，惊吓得急忙闭上眼睛。

不知过了多久，她的门被人轻轻推开了。她立即拉拉被单，盖严了全身。她睁开那双像兔子一样的红眼，怒视端着水盆站在她面前的枝子。

枝子轻声说道："我带来了热水，你就在这儿把身子擦擦吧。"

樱子冷笑道："我不要你假慈悲。你回答我，我的衣裳是不是你脱的？"

枝子点点头，惊恐地问："怎么，你少了东西？"

樱子又厉声问："还有谁在场？"

枝子摇摇头，说："樱子小姐，你究竟少了什么？"

樱子悻悻说："东西什么也没丢，就是身上的秘密都被你捡去了。"

莫名其妙的枝子终于明白她发怒的原因了。她放下水盆，低声向她解释了当时她发现被虐待的经过，并且自己还流了泪。

"后来呢？"樱子继续审问。

"后来我就直接回自己房里，做准备了。"

"下班以后呢？"她还在追击。

枝子嗫嚅道："下班就进了汤池。我对谁都没说过所见的事情。"

樱子冷笑道："我看，你不会一人都不告诉的。"

枝子忽然双膝跪地,流泪说:“我对天发誓……”

樱子嘿嘿冷笑道:“谅你也不敢! 以后你若不能守口如瓶,敢于泄出一点点,我只要给将军一个电话,你就会被碎尸万段!”

门外传来木子的问候声。

樱子立即示意枝子站起来。

十五

“孤烟落日相溟蒙”。眨眼之间,天色幽暗下来。娱乐所的四周,渐渐又被蒙上冥冥绰绰的帷幕。照着场地的数盏灯泡散发出黯淡昏黄的幽光,在影影绰绰来来去去形体的干扰下忽明忽灭。人影搅乱了幽光,但前者也受到了后者的戏弄:他们在黯然变幻的灯光下,变得扑朔迷离、人鬼难分了。

石桥估计已经卖出三百多张入场券了。但是窗口还排着长长的队伍,队尾已经接近厨房门口,出入室还在放着人。不是一个两个,就是三五成群。石桥看着这如愿以偿的大好形势,惊喜之余,不由又有些担心起来。

今晚的沸腾局面,是中川特意照顾他的。因为他们是同乡同学,而且又欠着他的奉献“生瓜”之情。再说,当时的情形也确实是粥少僧多,捉襟见肘,那些刚得到喘息机会的鬼子兵,谁不想捷足先登?谁都怕军情有变,失去这次一放为快的销魂时机,所以只要他向下面联队多打个电话,两面他都得了人情,这又何乐而不为呢?还有,你既然像条喂不饱的狗,我就多施舍一些骨头给你啃啃,看你嚼得牙疼是不疼?

忧心忡忡的石桥拄着拐杖,在场地上察看了一圈。见每号门外的队伍都不见怎么减少。他跳上走廊,从一号开始,都用拐杖把门擂得咚咚震耳,大叫道:“动作快点儿,十分钟即可!”或者大喊道:“快点儿,一人十分钟!”

他的言行受到排队者的褒贬不一。赞同者的意见是,从他前面第一人起向前倒数,当然从速从快的好,这利于自己早上“战场”。反对者的理由是,我们不但花了钱，而且又在室外忍受着痛苦煎熬等了老半天，我们不是公鸡一只，不能就用一瞬之间打发我们完事了事！太不公平，商人之心太黑太唯利是图了，竟然胆敢缩减军部规定的时间。我们应该向头人提出抗议！反对者的意见逐渐占了上风，得到多数人的呼应。那些本来就等得不耐烦的、心急如焚的，立即顺势瞎起哄，吹口哨，骂起娘，大喊大叫起来，乱哄哄、气汹汹，群情激愤，骚乱即将出现，眼见就要炸营。

两个维持秩序的浪人，已经束手无策。他们不敢过分约束。面对这些从杀人场上杀下来的悍将，他们不能不有所顾忌。他们对主子的忠心还未达到耿耿，更未上升到鞠躬尽瘁死而后已的高度。

石桥和洋子恐惧起来。他刚才的预感现在即将出现了，夫妇俩急得满脸汗珠。如果此时立即用电话向中川报告，或是向栗原队长求助，事态还有转机的可能。但是，这不等于站在他们面前打自己的嘴巴？谁叫你破船多揽载的？谁叫你贪得无厌自找麻烦的？若是被他们打了嘴巴，严厉训斥一顿倒也无关要紧。按照规定，还有一天半的四个班次，中川势必会大大削减来此娱乐的人数。失去这四个班的充足量，以后再因迁徙而停息几日；一曝十寒的经营方法，将会遭到多大损失？

石桥想到这儿，眼珠在昏暗中急剧转动，发出幽幽的绿光。他悄悄对身边的妻子说："夫人，这里一切由我来料理。你快进卧室吧，免得发生意外事情。"洋子吓得微微打战，连连点头，怯怯地说："你要当心点儿。"说完就急急去卧室回避。

洋子前脚走，石桥就对那三个喊叫得最凶的士兵指着她说："你们看，那是我的预备队。你们如果等不及，就去那儿吧。不过……"

他的话还未说完，三个士兵即向前冲刺，几乎同时与洋子跨进门。

洋子大惊大叫。她的惊叫声，在这乱哄哄闹嚷嚷的环境里显得太无力太微弱了。她还想负隅顽抗，她不想忍受暴力，此时此地能行吗？

还有几个家伙在歇斯底里喊叫着。石桥急急拐进卖券室，夹了两条毯子就奔出门。将毯子塞到那几个闹事者的怀里，大声地近于命令地说："快，你们跟我走！"

石桥把他们领到厨房门口站住了。他用拐杖向里指着："你们先去解解渴。如果不满意，再给你们换口味。"他说完，转身就走。

眨眼间，从他身后就传来两个老妇的怒骂号哭声。

当他再走到场地上，见风浪稍微平息些了。像山雨欲来风满楼一样，由于他力挽狂澜，终于扭转了乾坤，让骤变的天气仅仅刮了一阵干风。干风尽管挟沙带石，吹得他昏了头，眯了眼，蒙了心，但他觉得这根本算不了什么。为了平息可怕的风暴，谁还像学究们那样坐下来泡杯茶，慢条斯理地讨论什么道德良心、感情法律？顾及事后的评说和对历史的责任？只要当时的不择手段适用就行。既然行了，就证明做得对。他即使做错也从不后悔，就算自己给自己戴上绿帽子，也觉得并非厚颜无耻，并非绝无仅有。市面上所开的绿帽公司，生意不是非常兴隆吗？

石桥掏出钥匙开了售券室的门，再打开锁着的抽屉，看着一摞叠得整整齐齐的入场券出神。他穿的是中式对襟排扣白布衫。左胸开着月牙形的滚边袋口，月牙下端尖角处，悬着一条银晃晃的怀表链条；腹部左右两边均贴缝着一只五寸宽六寸深的大布袋。他左手插在布袋里，脸上沉思着。他的面部是三个三角形的组合：他的下巴原来就比别人的尖些，两腮又向臼齿凹陷，所以造就了脸部总轮廓近似倒立的等边三角形；两撮眉毛又像转了一百八十度的脸形；那一对发着荧光的眼睛，恰如勾边挨着鼻梁的两个对称的锐角形三角。“锐三角”一挤蹙，他想出一个两全其美的办法。他抓了两大把入场券揣入左袋里，又拣了一点零钱放入右袋中，锁上抽屉锁上门，立在场地上吆喝：“嗨！要买券的快来啰——”

场院上还有手中握着证的一部分人，正愁今晚难以如愿了。忽听一声吆喝，大喜过望。他们立即把石桥围得水泄不通。他的办事效率真高。每收一张证，立即以指头顶成一个洞抛弃于地。左手掏券，右手接钱；右手收钱，左手送券。他一边售券，还一边照应场地上的来客。

躺在床上已经无衣遮羞的洋子，两眼虽然紧紧闭着，但泪水却像泉水一样从两条眼缝中汩汩涌出。她一边任凭源源不断的来者蹂躏，一边想着寡廉鲜耻、欲壑难填的丈夫。

他们都出生在京都。三口洋子的一爿连家百货店在一条老街上。父母都是将本求利的老实商人，只生了洋子一个宝贝姑娘。二老为了晚年有个依靠，也为了使惨淡经营起来的店铺后继有人，经人说合，想把石桥太郎招赘过来。男的虽是没落的官宦之后，但社会分量要比女家的厚重。这门面对现实的婚姻很快就决定了。婚后，缱绻了一段时间，纨绔子弟哪能整日寂坐在柜台后面守株待兔？即使有人买根针线，也得笑脸相迎，所以又返红灯区旧地重游了。三年不到，店内货物萎缩成一个地摊规模。洋子的父母敢怒不敢言，气得生了病。洋子的眼泪也只能往肚里流。她任劳任怨苦苦撑着地摊店面，借以维持全家人的生计。石桥在红灯区里，非但迷恋赌嫖，而且又吸上了鸦片，债台高筑。二十二岁的洋子，风姿绰约仪态万方，男人每每一步三回首。有一天深夜，回家的石桥悄悄拉开卧室房门，洋子刚为他点上灯（因供电不正常），石桥边解衣边吹熄了灯。后来洋子发现在她身上运动的男人气味很陌生。她唤石桥不应，摸火柴不着。她怕惊动父母，又不敢大声叫喊。只好流着泪忍受这种奇耻大辱。过后她才知道，她用身子换回了夫君的一张借据。洋子当然不敢告诉父母。由于那个债主到处炫耀吹牛，几乎一条街都说得沸沸扬扬。病中的父母岂能听不到？时隔不久，二老在后悔羞愧中相继辞世。在后来贫困的三年里，虽然添了一双儿女，石桥仍然不想勤勤恳恳持家，不是游手好闲，就是想做赚大钱的买卖。在酒色朋友狐群狗党的唆使下，他赚起了昧心钱。拐骗良家姑娘，偷偷卖到香港。由于被自己人告了密，在一个偷渡的黑夜，他们被侦缉队围住了。他左腿中了一枪，因医治不及时，落下终身残疾。后来他被判入狱八年。到第四年，由于政府对外开战，需要像他这样的人才，再求关系一疏通，所以他就以假释被提前放出牢笼了。

三口洋子想到这些，心都碎了。当年既然能用娇妻抵债，今天又为什么不能用残花赚钱呢？她能恪遵妇道，还能算个贤妻良母。在国内，忍辱负重，挑起育儿育女的家庭重担。现在，她又辛辛苦苦帮助他经营事业，难道这就是回报吗？当然，她的所谓帮助，说得准确点儿是为虎作伥。她前世虽被虎吃了，今世还在帮虎诱吃别人。

该妇年轻时还是比较清浊分明的。当她跋涉到中年时期，由于受社会家庭影响，激发了那潜在的小市民特性，利欲熏心，唯利是图。洋子现在痛心流泪，就是因为落入了也由她帮助挖掘的陷阱或火坑之中了。

石桥踌躇满志立在场地上。他的左袋瘪了，空了；右袋满了，满得像油水那样几乎要溢出袋外，流失到地上。当然，别人也无须羡慕得要死。因为在这些油水里也掺和着他太太的一份呀！

石桥见场地上影影绰绰的人影稀疏多了，身上也就轻松了许多。他连连打了几个哈欠。这个买卖实在劳力又劳心。他为了抚慰刺激一下慵困的神经，急急拐进了售券室。

二十八号华兰妞对工作从未专注过。从一躺下，她的那颗心就被掰成两半了。首先，她的听觉尽力排除室内和室外发出的各种干扰，捡拾放大从隔壁传来的微弱声音。她终于听到夏小荷的怯怯声:“求你别着忙,先把那个东西用上。”过了几秒钟,又听她说道:“请你把身子转过来。”华兰妞听了,心里觉得好笑,你到底敢看那玩意儿了。她又想到,你们两人说不了她,就让我治她。我做事干脆,哪像你们扭扭捏捏转弯抹角碍面切口的。难怪说“秀才造反三年不成!”她这半个心才放下了。

华兰妞悬着的那半颗心,仍然高高悬吊着。晚班大约进行到五分之四的时候,卧铺对面桌下的藤箱忽然扭动起来。此刻幸亏不在人员交接时。那个鬼子兵紧闭双目,在她上面忘天忘地地做着体育运动中的某个项目。她目光呆滞,忧心如焚。那个鬼子兵急流勇退了,须臾满意而起。他忽然发现摇摆的藤箱,惊喜地问:“你养着猫?”兰妞抬起上身点点头。与此同时,桌下传来一声微弱的小猫咪叫声。兰妞只得背水一战了。她大叫:“下一个!”当前一个穿好衣服想看看小猫时,下一个进来了。后者听说他想看看猫,边笑边推他出门,说:“猫有什么好看?请你别浪费我的宝贵时间了。”后者送出前者,关门又抵上。兰妞嘘了一口气。

她对紧邻夏小荷,早就煞费苦心了。她用一根两三尺长的黑色丝线,穿过苇席绕在左手指上。只要那边产生轻微摆动,手指神经就会及时准确通知她了。再屏息聆听那边的对话,灵活选用庇护方法。当然,这也不能保证绝对万无一失。对夏小荷来说,她真做到了尽心尽力处心积虑了。

午夜已经过去。这个班次已经接近尾声。石桥转了转三角眼,急急拐进自己卧室。他见妻子披头散发横躺床上。床席斜挂在床沿边,像一面遮羞挡风的半截门帘。

他对妻子弯着腰赔着笑,连连谴责自己一时糊涂,简直是个混蛋,要求妻子在众人下班之前梳好发穿好衣,去厨房看看两个老妇情况,再准备现编一出新的双簧。同时,也望望煨的粽子熟了没有,给他先取两只来尝尝。

斜躺着的洋子,双目紧闭,面如死灰。两只乳房上有明显的皮下充血,嘴巴上还留有牙痕。她不动弹,也不开口。他急得又打拱又作揖起来……

二十九号宗小花,开始接纳最后一个鬼子兵。

她用被单蒙着身体。见进来的鬼子胡子拉碴,精神不振。他既不解衣,也不掏出胶套。她疑惑了:“你的胶套呢?要娱乐就快点儿!”

大胡子凄楚地摇摇头,木讷道:“我不是来娱乐的,是奉了家母之命来寻找误入歧途的妹妹的。”

宗小花惊讶不已，几乎不相信自己耳朵了，不由问道："你妹妹叫什么？"

大胡子答道："叫福地良子。请问，你们所可有这人？"

宗小花披上被单坐起来，摇摇头，说："你请坐。看来你妹妹也同我们一样，陷进火坑了。"

大胡子坐到矮凳上，凄切说道："也许是吧！上个月我接到家母来信，说妹妹良子受了坏人怂恿，也来支那投军了。家母令我尽力找到她，务必将她送上回国的海船。"

宗小花不由产生恻隐之情，说："幅员广阔，人海茫茫，这就强你所难了。"

大胡子："是呀，我找过几个服务所了。当我想到妹妹正遭别人践踏时，怎能还有兴致参加娱乐呢？"

宗小花点点头，说："原来如此。你妹妹今年多大了？"

大胡子忧戚道："她今年才二十岁。若按政府条文规定，女孩必须满二十一岁，而且本来就是从事艺伎工作的，才能被招募为'特要员'。"

宗小花由同情转为敬重他了。想了想，说："今儿时间不早了，你如果想的话……"

大胡子站起身，默默无语，摇摇头，转身去开门了。

宗小花突然叫道："你站住！"

大胡子虽然不动腿脚了，但并未转过身子。

宗小花说："我建议你应该去你们女性同胞较多的所里，仔细暗查私访才行。切不可急于求成，病急乱投医。"

大胡子转过身，深深鞠了一躬说："谢谢小姐的真诚关照！"说完毅然跨出门去。

宗小花看着门外的黑夜，不由打了一个寒噤……

洋子终于走出了卧室之门。衣整发齐，除了脸上冷若冰霜不见笑容而外，看不出任何发生意外事情的破绽。

怎么说呢？也许是前生注定的。好心的父母，做下的害己又害女儿的糊涂选择，现在一切都朝女儿身上看吧，他们是她的希望，是她的精神支柱。她想，如果同他大吵大闹，闹得全所皆知，在中伤丈夫的同时，又丢了自己的脸面，这对我们的经营只会有害无益。今天先忍忍吧，过几天再同他较量。

她见许多号门外只剩一个人影，有几号已经不见了。她暗暗盘算着今晚的售券量。

因为刚才石桥已向她说过，临时抓了两个老妇的差。是为应急而无法事先慢慢协商，只得搞了袭击。令她用怀柔政策去绥靖慰藉一下。她想，他每次弄出麻烦惹出事端，都让我去安抚。这事更为棘手了。洋子走到汤屋门口，就闻到一股刺鼻的浓烈焦煳气味。一惊以后，立即明白了。她快步走进厨房，又把她吓得要死，见铺地的线毯上横竖躺着两个赤身裸体的老妇。

她顾不得烧焦的粽子，立即俯下身，以两手分测她们的鼻息：

“都活着！”她惊叫起来。

两位老妇似乎早就处于弥留之际。她们的魂魄游离肉体以后，悠悠荡荡缥缥缈缈，向冥冥黑暗中逝去。自从她们的灵魂脱离躯体以后，现实生活中又发生了什么，她们一概不得而知了。苦难的灵魂在幽幽冥冥的日蒙昽月朦胧里飘忽着，忽然耳畔传来急切的呼喊声。她们以为回到了乡土，被亲人见着了。这声音就是由亲人发出的。她们惊喜了，觉得自己终于脱离了苦海，跳出了火坑，挣脱了樊笼，又回到了虽穷虽苦的故土怀抱。她们都睁开不知闭了几世的双眼，骇然入目的仍然是笑嘻嘻的石桥太太。这就足以证明，她们还在原地原处。

两个老妇突然抱着洋子涕泪横流，大哭大叫起来。洋子也泪水涟涟，不知是为她们，还是为自己？

洋子为她们拎来衣服，泣说着：“请两位老姐姐先把衣裳穿起来，免得受了凉。”

两个披着线毯的老妇不肯穿衣，哭说着要去跳河跳井，要去撞电网。

洋子擤去鼻涕，劝说道：“马上就要下班了。你们这个模样，被她们看见羞是不羞？再说，就是想去死，也该把衣裳穿好呀，总不能赤身裸体去见祖宗，去见阎王爷啊！”

一个老妇对另一个说：“老姐姐，先穿衣吧。石太太说的有道理。”

在两人穿衣服的当儿，洋子舀了一盆水，浇到锅塘里的炭火上。她又走到灶上，揭去锅盖。一股强烈的焦味冲天而起，扑面熏人。

洋子将两条线毯折好，放到一边桌上，然后拉她们坐上长凳。

两个老妇仍在伤心痛哭着。尤其是宗妈妈，不依不饶。她哭诉着：“落进这种火坑，不如去跳井算了。”

洋子开始调查绥靖了。她问老妇:“是不是守门的他们带人来厨房的?”

老妇摇摇头。

洋子怒问道:“那就是石桥了?!”

强氏悲切道:“也没有看到石老爷来。”

洋子断然道:“那就是说,是那些畜生自己来的,他们的胆子也太大了!”

老妇摇摇头说:“又不像。他们哪来的毯子?”

洋子说:“这院子里毯子多得很,储藏室的门我忘记锁了。”

老妇将信将疑,她看着洋子的脸。

洋子愤然说道:“不管怎么说,石桥都有推不掉的责任。他负责在场外维持秩序的,应该事先防到这点。你们都是五十多岁的人,不应该受到这种糟蹋。哎,我问你们,你们当时为什么不呼喊我呢?”

“哎呀呀,石太太,”老妇余悸不已,“那些禽兽比虎狼还凶猛,冲进来时,我们刚好把粽子拾进锅里。我俩正莫名其妙,被吓得晕头转向时,鬼子就蹿上来捂住我们嘴,把我们打昏在地。你叫我们喊你,你说怎么喊?”

宗妈妈突然开口问道:“石太太,那个时候,你在哪儿?”

洋子擦去泪水说:“我忙乎了一整天,晚上又卖了一阵券,坐月子带下的头疼病又犯了。我只好去床上躺一会儿,想不到就迷迷糊糊睡着了。你们如果真的奔去喊我,我就是拼了这条命,也不准那些禽兽胡作非为的。”

宗妈妈以满含泪水的眼睛,呆呆看着面前模糊不清的女人。

老妇对宗妈妈说:“认识石太太不是一天两日了。她是个好心的老实人,她说的话不会假。世上巧事多得很。我们受了糟蹋不能怪到她头上,只怪你我命太苦了。是我们前世做了冤孽,这世尽管挨到五十多岁了,还是躲不过这场报应。”

老人尤其是老妇人,她们最相信八字命运说的。她们尽管生活艰难得连锅里油盐都不见,还要把鸡下的蛋用去换香烛,去换冥纸。在寺庙道观庵堂的泥塑木雕的脚下,膜拜最最规范最最虔诚的就是她们。富婆一掷千金,广积善缘,以求菩萨保佑她下世享有福禄寿财禧;穷妇倾箱倒箧,为菩萨上香添油,伏地祷告,诉说今生的悲苦灾难,拜求菩萨大慈大悲,下世恩泽雨露,赐予儿孙满堂大富大贵。照此可见,人人信奉个个敬仰的菩萨也不好做。无论富婆贫妇,还是其他形形色色的善男信女,赶来烧香上供,都不是为了钦敬菩萨,而是纯粹为了他们的私心。而且,他们掏出的与想得到的,悬殊之大真有天壤之差。难怪好笑的大肚佛爷“笑口常开笑天下可笑之人”。慈眉善目的菩萨反正来者不拒,多多益善。如来佛尊尽管闭目养着神,心里都清楚得很。所以,世上凡是求神拜佛的,真正能得到实惠见到效果的有几人?可是,愚昧之人仍然层出不穷。不信,你去寺庙看看!或者你仰头看看天空,遮天蔽日的那厚厚黑云,就是从各座寺院庵堂屋顶升腾聚集起来的香火浓烟。其实,世上需要烧香的地方何止只是寺庙道观呢?

洋子听了老妇的因果之说,也深表同感。她对宗妈妈情真意切地说道:“老姐姐说的话一点不错,人活在世上,能同老子娘犟,但是犟不过自己的命。我们日本也有这种说法,生死有命,富贵在天。人未生下来之前,南斗北斗二老就把我们的一切安排好了,谁也别想犟得过去。前世所欠的孽债,今世就是不还,下世还要偿还的。就像欠人钱债一样,拖得愈久,还得愈重。依我看,早还总比迟还好。老姐姐,想开些,没有什么大不了的。我们都是女人,还不就那么回事?自己身体要紧。”

老妇听了连连点头,她也竭力劝说起来。她苦苦一笑说:“老姐姐,你命比我还好些,身边还有个女儿。我呢,孤鬼一个。宁在世上挨,不叫土里埋。得了得了,凡事想开些。我不怕你骂,说句老不正经话,你我又没有少掉一块儿,都五十几的人了,还闹什么笑话给人看呢?”

场地上人声喧哗,最后娱乐过的鬼子也出来了。

下班的众妇,都来厨房打热水,顺便取夜宵粽子了。然而,她们见到的却是大失所望的场景。一篮烧焦的粽子放在地中心,还散发着阵阵焦味。两个老妇哭丧着脸坐在凳子上,洋子冷冷站在一边。人人都明白了,她们贪睡失职而烧焦了粽子,受到洋子狠狠的责怪。严冬梅走到老妇与洋子之间,笑笑说:“焦已焦了,这又不是闯的什么大祸,石桥太太就不必责怪她们了。”

多数华妇都应和着冬梅的看法。

洋子也笑笑,说:“我只说了两句。一句说她们小心不够,第二句说她们没有经常添水。”

宗小花挤进来,站到她妈面前说:“石桥太太说得不过分呀!”

岂知,宗妈妈忽然转身抱住女儿,老泪纵横起来。

门外,樱子、木子脸色悻悻然。

几个菲籍女人,叽里呱啦说着什么。从她们表情判断,对"焦粽"事件大为不满。

木子突然大声怒叫:"我们在辛辛苦苦工作,她们却在呼呼睡大觉!这个损失要她们赔。"

洋子赶到门口,挥舞两臂对大家说:"我也有责任,没有及时来查看。损失由所里负责。如果大家真爱吃粽子,我明天再去买。请众姐妹快点儿洗洗,早点儿休息吧!"

宗小花流着泪说:"求求众位姐姐,饶我妈妈她们一次吧。我给你们下个礼。"说着丢下她妈,就要磕头。在她就要屈膝时,被严冬梅一把抱住了。冬梅对秋菊等人说:"你先带头离开吧!"

华妇们打了温水,都离去了。

韩妇们打了水也离开此地。

和子领着幸子走了。

她们不约而同地看着严冬梅。洋子感谢的眼神里蕴含着一些畏惧。宗小花感激的心情中,有一半是敬佩。两位老妇在默默谢天谢地之时,又为眼前好心姑娘做个祷告,求神灵赐福她于未来。

一场即将掀起的"焦粽"风波,就这样平息于萌动之中了。

十六

第二天宗妈妈病倒了。早饭是老妇人强氏烧的。

她们两个老妇的住处是在东北角的杂货房里，两间屋通连着，里面堆放着残腿缺面的学凳和书桌以及破黑板、烂扫帚之类的杂物。外面一间除了各式破烂而外，还搁了两张木板小床，宗妈妈躺在靠边一张床上。清晨，宗小花进来时，她还发着高烧、说着胡话。

宗小花慌忙打来井水，用两条湿毛巾轮换着敷在她额头上为她降低体温。她边拧着毛巾，边流着泪水。

宗妈妈原本就体质虚弱，再经肆虐强暴又看不开看不破，所以虚火攻心、愤激成疾了。

严冬梅在水池边听到老人病倒了，拉着秋菊一同去看望。

她们见老人病得不轻，冬梅对小花说："宗姑娘，只靠敷冷毛巾，她的内热不能降低呀。你必须跟石桥他们交涉，要给老人看医生。"

小花泪水涟涟，说："我怕他们。"

秋菊瞪她一眼，愤然地说："去吃酒怎么不怕呢？"

冬梅心里好笑，你这姑娘嘴也太快了。不过她却用责备的口气对秋菊说："你别太小心眼，也许当时也有她的难处。"她转脸对小花说："我陪你一块儿去，秋菊在这儿看着。"

洋子已经起来，正叠着被单。屋内不见石桥。她掉头见是她们两人，心里犯疑惑，然而却立即笑脸相迎，并打了招呼。

当她静静听明来意后，脸上立现惊骇和焦急。她想了想说：“有病是非治不可的。她是你妈妈，也是我的老大姐，我怎能见死不救呢？为难的是，我们打电话去，麻生医生不一定肯来。”

小花哭得更伤心了。

严冬梅瞪着洋子说：“那我们就不麻烦你了。我们已经凑好了钱，希望你同意我们送她出去看医生！”

洋子惊叫起来：“出去看医生？”她刚说完，心里不无后悔起来，自己太沉不住气了。

严冬梅冷冷地说：“你们如果不放心，找人陪着好了。”

洋子笑起来，说：“你误解我的意思了。我不是不放心你们出去看医生，而是不放心那些江湖医生。凭他们那点儿骗人医术，能把人病治好？”

严冬梅冷冷笑道：“照你这样说，麻生医生请不来，外面医生又信不得，只有让她听天由命了？”

洋子被问得哑口无言，愣神着。

哭泣的小花，忽然跪到洋子脚下，抱着她的双腿，哭求道：“求太太救救我妈妈。”

严冬梅眼含泪水，说：“石桥太太，她是个老实巴交的姑娘。母女俩相依为命。你若不救救老的，如果出了意外，小的也会活不成的。”

这句话似乎正戳到做女儿的心坎上。跪着的姑娘，哭得更像个泪人了。

洋子似乎动了恻隐之心。她边拉小花，边说道：“姑娘先站起来。你哭得连我都心酸了。这样，我马上打个电话，向麻生卖个老面儿吧！”

宗小花在她的强拉下，这才站起来。她擦着眼泪说：“我先谢谢太太。太太以后不管说什么，我都听太太的话。”

洋子给她擦去泪水，感叹说：“这是一个多好的姑娘！就凭你的这份孝心，我也不能袖手不帮啊。”她转向冬梅，“话就这样说，时间不早了，你们快去洗漱吃早餐吧。”

冬梅临走前，对洋子又追问了一句：“石桥太太，我们相信你，刚才你说的是心里话，不是敷衍我们的？”

洋子笑道："哪能呢？对别人可以，对你是蒙不得的。"

她们走出门时，正巧同从厕所回来的石桥顶头撞。双方谁也没有理睬对方。

七点半早班开始时，洋子去杂货房替换一直守着老人的宗小花。宗小花内心明白，若想借故旷工，除了挨一顿鞭子，是绝对办不到的。再说，她还有自己要做的事情。所以她流着泪，再三叮嘱以后，痛苦地离开了老人。

二十三号的小无锡，下身仍然不见脱红。她躺在铺上，心灰意冷了。姑娘想到自己苦难的短暂一生也许很快就要结束，不由泪水滴落枕上。

她见红就害怕，那是从她十一岁那年开始的。姑娘的童年，是在苦难的泪水中泡大的。当她三岁时，百般疼爱她的母亲不慎溺水而去，无儿无女的婶母把她抱回去了。收了两次秋稻，其父打算续弦了。对象也是个二婚：该妇原夫姓顾，是亲上加亲。岂知他在南京赌嫖吸毒样样俱全，婚后三年就下落不明了。该妇回娘家又等了两三年，父母见毫无指望了，又觉察到村里那些穷鬼深更半夜在房前屋后游荡，二老心急如焚。为了免生事端，父母劝女儿二次出嫁。小姑娘的父亲当时对媒人张妈实话实说，说他前妻留有五岁女孩，不知嫌是不嫌，该妇父母说正好，她本人也满心喜悦。真是两全其美，三人幸福的好事。

继母刚进门时，对她还是疼爱的。岂知好景不长，半年左右，继母就生下一个男孩。从此以后，她就从公主沦落为奴婢。父亲又远在浦口经商，即使在家又怎说？世人都说"宁跟讨饭的亲娘，不跟做官的老子""有了晚娘就有晚老子"。对于生活中的丑态和怪异，古人敢于正视和鞭笞，借以警醒世人，如令铁骨铮铮的大汉看了也泪下潸然的戏剧《芦花衣》。

姑娘童年有尿床的毛病。若在严寒冬日，继母搂着她的亲骨肉睡一头，她就睡在继母脚那头。继母半夜让她溺尿，从不开口叫她，都是用脚把她蹬下床。她迷迷糊糊溺过尿，又迷迷糊糊爬上床。可是始终摸不到被头，她不敢哭。其实是继母用双脚把被头一卷，使劲夹得牢牢的。直到她冻得打哆嗦，几乎要僵硬了，被头才松开来。若是真的尿了床，继母从来不给她垫上干燥衣服什么的，硬逼她睡在潮湿地方，用微弱的体温把湿处焐干。如果是夏天夜里，她被蹬下床后，溺过尿再想上床，无论如何摸不到帐门。那是因为继母把两扇帐门压在席下，又全身压睡在席边上。乡下的蚊子多得能上手捧。她两只小手在一丝不挂的身上拍打蚊子，顾上顾不到下，顾前顾不到后。最后打得两手全是血污。她不敢哭不敢喊。如果竟敢张口大哭，一把既辛又辣的旱烟丝就会塞进嘴里。有时，她像小畜生一样，竟然就倒在地板上睡到天亮，身上落下像痱子一样的密密麻麻的红点和血斑。她刚把王子带到会扶着凳子走路，岂知继母再生了一个比王子小两岁的公主。三年以后，继母再生一个比王子小五岁的太子。这三座连绵耸立的大山，压在她的背上肩上头上，压得她抬不起头，喘不过气。常常因为顾此失彼，忙东丢西，遭到继母的毒打或酷刑。

她十一岁那年首次见红，就是继母的酷刑所致。她的家乡因烧草不够，只好半年烧煤球。在一个炎热夏日的傍晚，她在炉上烧着大麦糁粥。她一边忙着给三个弟妹洗澡，一边看着粥锅。岂知炉火突然兴旺起来，糁粥像浆锅一样急剧翻滚四溢。眨眼之间，一锅剩下了半锅。

她自知闯下了弥天大祸。继母还未从麻将桌上回来，她就自觉跪到与她形影不离的木搓板上了。回来的继母当然怒从心上起，用手指粗的麻绳把她抽了一顿，还不觉解气泄愤，又令她把搓板搬到煤炉边跪好。继母坐在一旁扇着芭蕉扇，看着地上的糁粥痕迹，心中怒火实在难以熄灭。她从抽屉里翻出一根两三寸长的旧圆钉，将钉子暗暗捏在手心，跨上前将她扳倒，拨开伤痕累累的双腿，将钉子照准她的膣部顶塞进去，再令她面对煤炉在搓板上跪直。

可怜的姑娘，体质本来就羸弱，像棵屈生大石下拼命挣扎的黄瘦小草。她和比她小五岁的王子弟弟一样高。可怜的姑娘，晚饭没有喝到一口汤，跪着烤着，又被蚊子叮咬了一夜。到第二天清早，继母起来发现她晕倒在炉边，膣部鲜血淋漓。她皱眉思考着。平时未见姑娘有病有痛，如果突然下红夭折，自己难脱谋害嫌疑。她吓得急忙以指抠挖了许久，仍无毁证的希望。

这是人命关天的大事。她不得不把她送到小镇医院。医院只好动手开刀，用镊子从小小子宫里取出一根血淋淋的长长锈钉。医生说，发育之前子宫已受到伤害，失去生育能力了。

左邻右舍和本家婶母们，虽然都知道她虐待遗孤，但人人都怕她毒骂，怕她睡到家里来撒泼打滚，觅绳找刀要自杀。

其父每逢春节回来探亲二十天左右，继母却对她另眼看待了。然而，父亲见她缩头缩肩窝囊相，喟然一叹说："这个死丫头，倒像个小媳妇，天生一副贱骨相。"他又看看那三个活泼伶俐的孩子，在桌上抢吃争喝，心里又得到了莫大安慰。

她被鬼子捉住轮奸后又被送到上海兵站，从客观上说，也是继母一手促成的。比她小十岁的小儿子，见人家孩子吃山楂糖球，回家哭要，于是继母就令她去小镇买一串。此时，日本鬼子已经从上海下来，侵占了无锡一带。十七岁的姑娘知道去镇上很危险，不敢去。继母打了她两个嘴巴，怒斥道："你也不撒泡尿照照自己，哪里像个花姑娘？鬼子见到你还要打喷嚏哩！"大儿子指着她鼻子问："你这野种，究竟去是不去？"千金姑娘拍着屁股说："说你野种，你就是野种！"小儿不哭了，拍手大笑说："野种野种，是个饭桶！"

姑娘虽然生得懦弱，自尊心还没完全泯灭。在这个家里，她做牛做马、忍饥挨饿、被骂被打十二年，她煎熬过来了。可是刚才她们母子四人对她的侮辱，她实在受不了了。可以说气极不留命，牙一咬就向镇上奔去。

她赶到镇上，山楂糖球没有找到，却被几个正在找花姑娘的鬼子找着了……

小无锡在枕上想着这些苦难的昨天，许多辛酸往事仍然历历在目。无声的泪水，已把枕巾浸湿了一大片，几乎拧得下水了。

人啊，人真是个复杂奇怪难以捉摸的高等动物，有的行为准则真不可思议。她养的宠物如小猫小狗，溺爱得能搂在心窝上睡觉，为什么抚养别人的哀孤之子就那么狠心歹毒呢？"隔层肚皮隔层山"，难道两个肚皮之间，真像耸立着一座大山那样不可逾越吗？就从唯心角度说，为什么不积点德行点儿善呢？为什么不怕因果报应呢？

小无锡现在完全陷入绝望之中。其他姐妹挣扎在水深火热里，有时还能得到些许企盼和幻想，还向往着温暖欢乐的家庭，还思念着二老双亲和兄弟姐妹，还幻想着劫难过去全家幸福团聚，噩梦过后还可以重新开始新的生活。她呢？她已失去一切，她连最起码的精神慰藉都不可能得到了。她想到这些，能不心灰意冷吗？

她双眼紧闭着，任凭那些走马灯似的鬼子兵糟蹋。她现在反而希望这些禽兽早日把她糟蹋死了，她就能早日见到亲生母亲。

其实，母亲的高矮胖瘦、音容笑貌，在她脑子里早已荡然无存了，既无一座土坟也无一张相片。她即使提前命赴黄泉，母女也是难以相认的。她的命真是太苦了。

二十九号宗小花，见枕边已聚积十张左右纸券了，她忽然用被单围住身子站起来，对刚要进门的鬼子兵笑笑说："请阿兵哥在外面稍等一会儿，我要溺尿了。"得到来者同意后，她关起门又抵上。

瞬间，从号房内传出哗哗的水流声……

洋子同老妇从集市买菜回来后，她叫石桥打电话给支队卫生所，请麻生医生来给宗妈妈诊治一下。石桥不肯多管这件闲事。

洋子说："这是在支那土地上，我们应该谨慎从事。难道你还想把'山东女事件'重演吗？"

石桥被妻子提醒了，心想，这两天财源正滚滚而来，像湍急的山涧溪水，发出沁人心脾的淙淙歌唱声。如果有人故意借事生非，搬块石头，哪怕是一小块梗阻其间，财源水流，势必减弱甚至完全受阻。这是水量充沛的黄金季节，机不可失。无论如何不能在滚滚而来的财路上出现一粒沙子或者一片黄叶，必须做到畅通无阻。

石桥抓起听筒，呼啦呼啦急摇起来。

他对送话器低声下气哀求着。他从私人交情说到医生天职，并且还暗示自己心中有数，务求多多关照。他与对方缠磨了半天，终于在脸上露出笑容。

中午，麻生医生空着手来所里了。他对石桥说，他是利用自己的休息时间来看看的。工作时候，他实在抽不出身，有许多挂彩士兵急等他核查签字，分流处理。

石桥点头哈腰，笑着说："在下明白。麻生君对工作一丝不苟，对朋友能两肋插刀，我石桥一定铭刻在心。"说到这里，三角眼眯成两条线，嘴角泛起淫荡笑容："这个老妇的女儿就在本所，实在生得不同一般，是个少见的尤物。柳下惠鲁男子见了准会跃跃欲试，西天如来看了也会动上凡心的。喏喏喏，你看看，急急而来的就是她。"

宗小花打发走最后一个鬼子兵，就急急忙忙来找洋子了。她头发蓬乱着，绯红倦慵的双颧上透出令人怜惜的妩媚。胸口半遮半敞，凝脂肌肤诱人夺目。她走到他们面前，轻轻喘息着。石桥深深呼吸着她吐出的带有口香的废气，几乎要晕倒了。

麻生对她冷冷看了瞬间，不言不语摇摇头。

宗小花大吃一惊，涩声问道："我妈怎么了？"

石桥向她身边移了移，笑道："姑娘先别急。麻生君是我们京都医科大学的高才生，他去看一眼就清楚了，准会为你妈治好病的。不过，他帮了你的大忙，你用什么感谢他呢?”

宗小花愣住了。麻生为她的窘况解了围,说道:“还是抓紧时间,先去看看病人吧。”

老妇的脸被烧得红红的,渗着细密的汗珠,口齿不清地说着什么。

麻生从胸袋里掏出体温表,甩甩后放到病人腋下。再从内衣里取出听筒,对她的胸、背静心听了一会儿,然后看看体温表,说:“是急性肺炎。必须用盘尼西林药水先把体温降下来。”接着,他像魔术师一样,又从内衣左边摸出一只小铝盒,取出针筒针头,再从内衣右边变出一瓶药和两支纯水,边配制边对宗小花说:“这种药现在很紧张,就在我们国内,民用都很缺乏。因为我听石桥君最后说到生病的是位支那老妇,因此我考虑再三,觉得还是应该来诊视一下为好。”

有识之士毕竟不同于狂热之人。从他缓慢轻柔的语气中,可以听出他心底里的真正声音。他心有内疚,为自己民族的穷兵黩武、野心勃勃而深感抱愧。为日文的母体之邦遭受的大劫难而歉疚不已。他正在帝国医大攻读硕士,做着自己的尖端课题。忽然从天上刮来一纸,就把他刮到这个杀戮的场地上来了。杀人场上急需的是外科医生和护士,他手执的宰牛利刃只好用来杀鸡杀雀了。再说,他辛辛苦苦修理好的机器上的那些齿轮螺钉,离开修理部不久,又重新回来了。不是钟表匠手艺低下的返工,而是人为的故意毁坏。毁坏—修理—再毁坏—再修理……直至完全报废。他对自己目前从事的这种毫无意义的周而复始的徒劳工作,实在感到厌倦和无奈,对自己的韶华春光糟蹋在如此恶性循环的修补之中,实感抱屈不已。

脸上毫无表情的麻生慢慢收着他的诊械。

宗小花很感激,悄声问:“医生,多少钱?”

麻生微微摇了摇头。

姑娘感激涕零了,泣说道:“我们下世变牛变马报答你吧!”说着,她就要跪下去。

麻生一把拉住她,目视自己的鼻尖,机械地说:“救死扶伤,是医生的天职。”话刚说完,心里又觉得别扭,这种说法在这种场合还值得推敲。究竟怎样表达才算准确无谬,他脑中来不及多加思考,急急转身而去了。

石桥对小花小声说:“别做你娘梦了!洋子上午就去送过礼啦。”说完,立即拐出门外,急急向麻生赶去。

在宗小花、严冬梅等人的思想记忆里,又贮存上一笔洋子积德行善的好事。

午饭后,石桥在床上午休。洋子喋喋不休问他前天去师团部申报交纳花捐的有关情况,为什么只报了二十五人?

心情有些烦躁的石桥说:“开始就报废两个,现在又有两个病着。”

洋子问:“因病蠲免,不是要医生证明吗?”

石桥:“我刚才已悄悄求过麻生了,他不肯助我一臂之力。”

洋子:“依我说,还是把这两个捐补上吧!我们何苦要犯法呢?”

石桥:“怕什么!只要你把胖子瘦子服侍好,再加上我们同中川的关系,我看不会出什么问题的。”

洋子恼怒地说:“我在他们身上花点儿小钱,你又舍不得。对他们尽说漂亮话是不起作用的。你叫我一个妇道人家怎么办?”

石桥笑道:“世上许多棘手难题,往往男人束手无策,偏偏女人能迎刃而解。”

洋子默默不语了。

石桥睡意消失了,愤然说:“现在哪个不靠着山水吃山水?中川手上的那只钻戒,凭他拿的薪金,全家人一年不吃不喝也买不起。什么纪律法规,什么奖惩褒贬,全他妈的骗人的鬼话,都是吓唬老实人的。”他点上一支烟,“我们就说法律。各国都有一部神圣的法律。这玩意儿有时像一根橡皮尺。当它对客体量刑时,两手暗暗一抻,你就正好处在这根法律准绳的受罚范围以内,严惩不贷。如果松下两手,你刚巧走到准绳的外缘,无罪释放。谁又能主宰这根橡皮准绳呢?权势金钱,人情美女……法律有时变成被人玩弄的矛和盾。我从条律里找出矛来攻击你,你又从字里行间寻出盾来做自卫。有时,双方手中都执着矛和盾,你来我往,矛来盾挡。两方杀得团团转,煞是好看。这时的神圣法律就堕落为两方的泄私愤图攻讦的工具了。为了息事宁人,高高坐在‘清正廉明’匾下的严正法官,只好仿效‘葫芦僧’判案了。不是避重就轻,就是舍卒保车。这期间的微妙,谁能说得清楚呢?”

石桥吸了几口烟,呷了两口茶。他正说到兴头上,反正午休不成了。他清清嗓子又继续说道:“我们不是常说‘法网恢恢,疏而不漏’吗?说到这‘网’我更觉好笑。它像一面硕大的蜘蛛网。早晚因为带着露珠而黏吸力强,撞网而被逮着的就频繁众多。中午蛛网干燥,扑网的虽多而生还的就不少。春夏逮得多,秋冬捉得少。还有更令人惊奇的,撞到网上而被牢牢粘住的,尽是些蠓虫蚊子、苍蝇牛蜂之类的小玩意儿。而真正飞扬跋扈的大家伙,像知了和乌鸦,横冲直撞进了网,网非但奈何不得,反而被它们撞开一个大窟窿。只听呼的一声响,它们带着讥讽的尖叫扬长而去,倏然不见了。可怜的蛛网只好抚着深重的创口,干瞪眼,摇着头,只能自怨自叹而已。”

洋子被他说得笑起来。她想了想,责问道:“照你这样说,法律如此脆弱不公,不如不立了?”

石桥说:“我不是一个无政府主义者,也不主张和尚打伞——无法(发)无天。一个国家无法约束,还不乱了套?我的意思是这根准绳如用不会热胀冷缩的石英材料制作,也许还能做到在法律面前人人平等。”

洋子笑说道:“再准的准绳,都是由人使用的呀。”

石桥叹息一声,说:“是啊!将来的科学,要是能创造出一部代替人脑的机器,把那些不法之徒所犯的罪状送进机器……”

咚咚咚!敲门声打断了石桥的异想天开。

洋子开门,见是姬顺玉,她笑道:“快进屋坐。”

拘谨的姬顺玉同他们夫妇打过招呼后,开门见山地说出来意:“石桥太太,我家里只剩下老老小小了。我想请你们先付点儿钱,寄回去。能行吗?”

石桥冷冷地说:“你挣的钱,还不够安置费哩,哪有余额支付?”

她目光转向洋子,乞求道:“太太,我人还在这里,以后慢慢还。全家老小眼巴巴盼着我寄钱回去活命呢!求求你们,先借些给我吧!”

石桥冷笑道:“前账未清,后账又借。你雨天背棉包,会越背越重的。日后就是榨了你的骨髓,也是还不清的!”

姬顺玉流泪道:“石桥君,我以后会加倍努力工作的。从今天饭后就开始,求你分给我双倍活干吧!”

洋子摇摇头,说:“你真不要命了?我说句实话,就是把钱借给你,你也没法寄回韩国去。这里战局还没有平定下来,邮件不通。如果先借几文让你收着,若你万一遗失呢?我看不如再等几日,等邮车通了再说。”

姬顺玉无法再求了,只是落着悲伤的泪水。

她在洋子的宽心劝慰下,移着沉重的双腿,忧心忡忡地离开了石桥卧室。

当她走到一号门外时,听到樱子屋内有人窃窃私语。她没有听隔壁戏的嗜好,略略犹豫一下，径直向自己屋子走去。

樱子身上的秘密，自从被枝子无意发现以后，她像一只受伤的母狼，躲在阴暗角落里一边舔着痛苦的伤口，一边窥视着周围的动静。她竭力想从别人的言谈举止和眼神表情中破译出她们对自己所受屈辱的知与不知，知又知到何种程度。她经过细心观察，缜密推理，发现她们对她态度仍如当初，敬重中包含着畏惧，畏惧里又隐含着羡慕。她心中释然了。

事实证明，枝子姑娘是可以信赖的。樱子因为闯荡红灯区多年，阅历丰富，工于心计。她认为想要永远抓住枝子，必须恩威并举。枝子现在也身陷花苑了，应该多送些同情与友爱给她，把她团结到自己身边来，再加上原先的知己木子，三人成党，足以匹敌和子她们了。人无千日好，花无百日红。樱子觉得对枝子还不能掉以轻心，必须对她再施展另一手段。仅仅靠威吓，还远远不够。枝子的家乡在北海道的枝幸山区，那个冷酷的变态狂，也出生在北见山地，他们是同乡。日后那疯子如果再来本所提人，我应该对她来个穿针引线。如其真能达到愿望，我们就成了一根链条上的蚂蚱，自然同病相怜，惺惺惜惺惺了。

现在，樱子利用午休时间，同枝子娓娓交谈着。当然，正在进行的只是全计划的前奏。

因为她两三天都不便下汤池洗澡了，都是由枝子打来热水，帮她把要紧的部位擦拭擦拭。

枝子见她的乳头已经结上痂了，惊喜说："樱子小姐，你看，痂皮快要脱落了！"

樱子犹如获得新生，感慨说道："作为一个女人，如果丧失了三处中的任何一处，同时就失去了她的魅力，就不成为女人了。女人要想永葆青春，必须时刻重视这些。枝子妹妹，你对我这次的康复，吃了不少苦，费了不少心。我不是忘恩负义的人，会永远铭刻在心。"

枝子给她擦着下面，微微一笑说："樱子姐，你也太客气了。举手之劳，何必一家人说两家话呢？"

樱子点点头，说："你说的的确有道理，你我已成为患难姐妹了。以后你我要多多关照。不能为了一点儿小事，就被别人拉拢，被别人利用。我是能为朋友两肋插刀的。刀就是架在我脖子上，不该说的话，我宁死也不会说出一个字的。"

枝子说："那当然。人活着，应该讲个道德良心。富贵不淫，威武不屈。任何时候也不能出卖自己朋友。”

樱子又叉开双腿，高兴不已：“说得好！你同我一样的性格脾气！同我一样的做人准则！”

樱子也许受到了某种刺激，忽然傻傻痴痴笑起来，眼中流露出淫荡邪火，笑说道：“好妹妹，你一个姑娘家，这两天怎么熬过来的？妹妹你不像姐姐我。我在沙场已练达了数年。除了受到鸨妈妈的教诲，自己在酸甜苦辣的实践中又摸出了许多宝贵经验……”

枝子被她说得满脸火红，羞羞怯怯问：“樱子姐，干这下流事还讲究经验？”

“胡说！怎能说下流呢？”樱子立即信口雌黄地纠正，“女人是男人的一半，是男人的肋骨，是男人情绪的调节器。在男人现有的体温上，加进你的对应体温，再除以二等于三十七度，这就算你调节成功了。再说，我们的上古先人，不干这事，今天哪有你我？地球又会回到混混沌沌的蛮荒世界了。”

枝子虽然觉得她的话有些不对味，但是又无法用语言表达出自己不敢苟同的想法。她想了一会儿，到底想出一句非常质朴的比喻。枝子笑笑说：“我心里总觉得，同那些走马灯式的陌生人干事，不能同人家夫妇干的相比。”

樱子嘿嘿笑起来，目视她良久，叹息一声说道：“你年纪轻轻，怎么这样迂腐呢？真是榆木疙瘩的脑袋瓜。世上夫妇同床异梦的多得很。他们虽然睡在一床，干着同一件事情，可是各人脑里影印出的都不是眼前的对方。有的妻子在忘天忘地的呻吟中，不是无意叫出心中的秘密吗？更多丈夫都是打不改的偷嘴猫。姐姐今天索性把它说白了，让你听听开开窍。我们干的事业，就像天皇宫廷对面的那家三菱公司一样。业主和客人是买卖关系。既是买卖，必然就谈到金钱了。你付钱，我供货，这是正常的社会现象。公平交易，老少无欺。但是，每个商人嘴上都这么说，其实都难改唯利是图的本质，而奸商就更比比皆是。商人都想付出得少，收进得多。我们既然也做的是买卖，何不借鉴这些宝贵的经营之道呢？”

枝子猛然醒悟，笑道：“难怪每场结束，我来收券登记时，都发现你的收入总比别人的多。”

樱子骄傲地点点头。她的肌肤在温热毛巾的轻轻擦拭下，舒服极了，脸上荡漾着惬意爽心的微笑。她笑问道：“我问你，你想不想以后付出少、收进多呢？”

枝子顿时心跳加快，像做了贼一样，红着脸说：“我不想多赚这钱……”

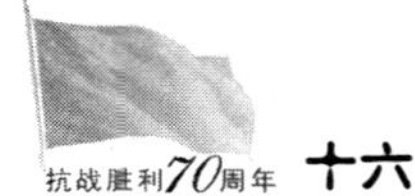

“你不想我想呀！”忽然门外传来木子的接话声。

樱子急忙用被单盖起全身。

枝子丢下毛巾，去开门了。

十七

下午这班结束后，石桥在卧室里自斟自饮着。他心里盘算道，三天休整而来的营业时间，只剩今晚和明天上午。如果能延迟到明夜结束，那就谢天谢地了。再仔细想想，又感到根本不可能。那两个班既然无希望，这两个班就必须充分利用，狠狠抓它一把！他想再次动用突击军和预备队了。她们都不在名单中，每挣一个子儿，都是我的额外收入。两个老突击军好办，大不了再麻烦麻生一次。我这个预备队员就有点棘手了。昨晚她中了我的巧妙圈套，今晚再如法炮制，是绝对行不通的。应该开诚布公同她谈谈，晓之以理，动之以情，谅她也不会万分拒绝的。

宗小花下班后，急忙去看她妈妈。她见老人体温确实降下来了，神志也恢复清醒，悬在她心上的石块落下了。

宗妈妈慢慢睁开昏花迟钝的双眼，对小花说："我的好女儿，妈妈对不起你，又让你费心了。我好多了，你快去洗澡吃饭吧！"

小花又站了一会儿，才离母而去。

她走到汤屋门口，见靠近厨房的垃圾桶里有半张揉皱的油腻腻的废报纸。她见屋外无人，手一伸拿了出来，立即塞进衣袋。她这闪电动作，正巧被刚要出门的黄秋菊看见。秋菊急速退回屋里，心中不由疑窦丛生。

石桥酒已半酣，见从汤屋回来的妻子长长的秀发用洁白毛巾包扎着，粉红的浴衣半遮半掩着峰谷分明象牙色的胸脯，红润的容颜要比涂着白粉妩媚多了，身上还散发着肥皂的阵阵清香。石桥痴痴迷迷看着她。妻子的目光在自身上下浏览，找着可疑可笑之处。当她判断一切正常时,脸上不由火辣辣,身上也不自然起来。石桥把杯子递给妻子,说:“请夫人也喝两盅。”洋子摇摇头,仍然像刚出水的芙蓉亭亭玉立着。石桥心想,自从新婚蜜月以后,这是我第二次发现她的楚楚动人。在这之间的十几年里,我怎么疏忽到如此混蛋王八程度呢?我非但没有尽到丈夫的责任,有时还对她的肉体和精神做了无情无义的摧残。我太他妈的不是人了。今天不算从明天开始,一定加倍爱护,找回新婚蜜月后丢失的缠绵缱绻。他下定决心后,对妻子说:“你坐下。我有话跟你商量。”

洋子款款落了座。她故意先不开口,看他将要商量什么了。

石桥又干了一杯。他以布满血丝的三角眼看看门外,又收回目光看着妻子,喟然一叹,说道:“天皇老爷子发动的这次华战,就像赌徒的孤注一掷……”

洋子立即站起去看看门外,关上门回来对他说:“你猫尿喝多了,不要头啦?!”

石桥继续说:“这场玩命的赌博,谁胜谁负还很难预料。你曾见过蛇能吞下象?奇迹也许会出现,我方能赌赢。就我个人来说既不能升官也不会发财,他们难道会分我一杯羹?输个精光呢?反而落个城门失火殃及池鱼。最后甚至垫上你我性命。你想想,胜了得不到好处,败了赔上两条人命。你我如果还抱有什么幻想,那就太傻了!”

洋子听了浑身悚然,心悸地点点头。

石桥又说:“我们是商人,商人的宗旨是多赚钱赚大钱。所以我想,趁双方高低未现、端倪未露时,抓住机会,多捞上几大把。当我那个皮箱装满了,见好就收,急流勇退。我先带着皮箱悄悄出去等你,你再把我们的人马盘给别所。然后,你我改名换姓蛰居澳洲或其他什么小地方,观察二三年,再把两个孩子设法接到身边来。从此,我们的下半辈子就会在平安恬静、荣华富贵中度过了。”

洋子基本听明白他的“难言之隐”了。她身上不由微微打起寒战。她实在感到恶心,她想,他当初能把鲜花盛开的妻子用去赎据,今日更该把半老的徐娘用来为己赚钱了。世上竟然就有如此卑鄙下流的丈夫!她看着那双欲壑难填的贪婪目光,昨晚用意外事故遮掩了你的伤天害理,今天我倒要看看你如何开这口。想到这里,洋子脸上挤出一丝笑容,对丈夫说:“你的设想虽然完美无缺,但是一时半刻我们到哪里去弄这些?”

石桥见她提到钱也来了精神,笑说道:“靠着山水吃山水,靠着女人啃大腿。”

洋子沉下脸，话到嘴边又痛心地咽下去了。

石桥说："我刚才是打的比方。现在应该就着手上的经营，调动全所所有的潜在能力，最大极限地捞钱抓钱。铢积寸累聚沙成塔。只要坚持二三年，你我就能成为暴发户了。"

妻子心里冷笑着，问："还有哪些潜在能力没有挖掘出来？"

丈夫笑逐颜开说："我的看法——这仅仅是我个人看法：长痛不如短痛。用暂时的短痛，去赢得未来的长乐久安。"

妻子心里骂着无耻，脸上却笑着问："请向，用什么样的短痛去赢来长乐久安呢？"

石桥讪笑着……又干了一杯酒，说："夫人平时总是七孔玲珑心，今天为什么变得糊涂了？"

妻子笑道："你领着我在山间丛林里七拐八弯，硬把我绕得不辨方向、糊里糊涂了。你竟然还怪起我来？"

石桥看看桌上小闹钟，脸上不由现出焦急烦躁的神态。他仰天长叹一声，又低下头说："夫人，时间不早了。嗨！你叫我怎么启齿呢？"

妻子正色道："恩爱夫妻之间，有什么话不好说？我看你不要再遮遮掩掩了，干脆一刀见红吧！"

石桥沉默了瞬间，心想，她说得不错。既想吃肉，又怕杀生，这是不可能的。于是他咬咬牙，低声嗫嚅道："夫人，我想请你今晚再辛苦一次……"

"就像昨晚？"

"就是。"

"昨晚是你苦心安排的？！"

"夫人，已经过去的事情就不必再提了。"

妻子怒不可遏，愤然而起，揪去头上毛巾，剥掉身上浴衣，裸立在丈夫面前，手指着石桥，大声道："从今晚开始，不管白天黑夜，我都去挂牌挂号，为你这丈夫大捞一把！"

石桥惊呆了，呆若木鸡。他是第一次看见妻子这样发怒、发疯、歇斯底里，变得不可理喻了。

再说，黄秋菊偶然发现宗小花将污秽的旧报纸塞入衣袋，她返回自己屋内，疑窦丛生，百思不得其解。最后，有一点是确定无疑的：她识字，有一定文化基础。由此，秋菊联想到她的来历。一个卖唱乞讨的黄毛丫头，忽然灯蛾扑火，自觉自愿跳进这个火坑。既收洋子的丝袜，又赴石桥的酒席，最后又不声不响不哭不闹，乖乖睡到山东嫂铺上。如果说她不是等闲之辈，也是个非常之人，为什么又拖着一个老母亲来呢？若是同我们一样的普通之人，为什么又自甘堕落，并且与石桥他们和平共处呢？自从她进入本所，不苟言笑，不轻易与我们华人交谈，总是默默地行路，无声地干活，像个影子一样，在我们中间游荡着。秋菊实在感到扑朔迷离，茫然不解。

她从小就喜欢看小说，尤其是侦探内容。她想做一回福尔摩斯了。她从皮箱里找出一张写了字的信纸，揉揉皱，攥在手心走出门。

黄秋菊见夏小荷在整理床铺。她拉她一同坐到铺上，松开手上纸团，悄悄对她说："小荷妹，请你办一件事，你把这纸暗暗拿到二十九号去，就说在地上捡到的，请小花姐看看，上面写的是什么？不能说是我叫你去的。"秋菊放开纸："你看，这头是天，这头是地。记清了。"

夏小荷不知她葫芦里卖的什么药。她是个老实姑娘，接过纸，就出去执行了。

秋菊躺在小荷铺上，仍在苦思冥想。是无意落入陷阱？不太像。是有意来挣这脏钱的？我看她还没有贱到这地步，身上骨头还是贵重的。

小荷回来了。她跨进门就连连摇头。

秋菊拉她坐下，又细问小花如何接纸看信的。夏小荷放开皱纸，比画着给她看——信纸的天地颠倒了。

黄秋菊收回信纸，对小荷说："今天这事你不准对任何人说。"

夏小荷莫名其妙地点点头。

黄秋菊看着手中的纸想，她若不识字，为什么要捡报纸？她既然识字，为什么要装成目不识丁？她心里自嘲道：看来做个侦探还不那么容易。

外面天已黑了。众女都已回到自己房里，场地上空无一人。

石桥看看闹钟，又看看出入室。他抚摸着一排叠得整整齐齐的入场券，焦急地等待着。

洋子和两个浪人站在出入室门外，向那大路尽头眺望着。尽管天黑了，看看可有雪亮的车灯或是殷红的纸烟火光。

石桥也拐到门外来，忧心忡忡地说："已经过了半个小时！"

洋子提醒他："你打个电话问问中川看。"

石桥又急急拐进售券室，呼啦呼啦摇起电话，对话筒大喊："接线员，接线员……"

石桥呼了好久好久，线路终于接通了。那头接电话的是岸信副官。当他听到石桥语无伦次的询问后，只回了句："大佐不在。我不清楚！"石桥吃了一惊。

吃惊的石桥，呆呆望着手里的送话器，下意识瘫坐到椅子上。

洋子他们三人赶来打听时，只见石桥还紧紧抓着话筒。他望着进来的三人瞠目结舌，像身在梦境一样，不知他们来找他干什么。

今天猝不及防、突然降临的夜晚，太令石桥惊骇不已、大失所望了。

原来，昨天六月二号端午节的凌晨，驻守合肥的稻叶四郎的第六师团，在畑俊六的默许下，突然向舒城、霍山发起攻击，并连续击溃徐源泉和杨森的两支守军。日寇虎视的目标，是皖、鄂分界的大别山地区。

第六师团是天皇的铁军。师团长原是杀人魔王谷寿夫中将，是南京大屠杀的倡导执行者。事后由于中国政府的大力宣传，世界上许多正义国家纷纷向日本提出强烈抗议。裕仁慑于世界舆论的压力，只好将刚在明光杀人头取乐的现已返回滁州休整的谷寿夫中将和入侵南京的司令官松井石根大将调回本土，所以第六师团改由稻叶四郎中将指挥，仍属华中派遣军编制。

五月十九日，中国军队主动放弃徐州后，意味着徐州会战结束。遵照历史事实来说，这时日本陆军大本营和政界对"乘胜追击"还是"暂时停息"，双方发生龃龉，代表人物是陆相板垣和外相宇垣。他们两人在裕仁面前谁也不服谁，但谁都想征服对方，所以常常吵得面红耳赤，剑拔弩张。几次都是裕仁充当和事佬，劝解了这对脸红脖子粗的文武大臣。陆相板垣的观点，有军界百分之百的支持。日军在台儿庄、平型关吃了大亏，遭了奇耻大辱。前线的官兵急于洗雪天皇铁军的耻辱，疯狂叫嚣一定要在武汉与支那人一决雌雄。高层人士认为，攻击武汉，若能像攻击南京那样唾手可得，就能成为中国的未来主宰，就能尽早结束华战，将百万军队从中国战场解脱出来，继续向东南亚推进，去跟老朽的英、法帝国主义进行一番较量。所以日本国内国外的军人都异口同声，向天皇请缨，要求在支那血战到底，直到完全征服为止。

外相宇垣的见解，当然不是偏袒、维护中国利益的，而是比那些军人站得更高，为日本深谋远虑的。他的支持者，是大多数的文官。他认为，目前已掌握了半个中国，如果“暂时”不适可而止，再一城一地拼夺下去，日本这百万军队，经不起有四亿五千万人口的泱泱大国的消耗。再说，我们的“对华院”，对蒋介石先生的个性脾气，做了专门的深入研究，确认他是个刚正不阿又刚愎自用的人。北平、淞沪、南京、徐州，哪一处他不号召抗战到底、死守国土？至于最终都是丢失，那是由多种因素造成的。其中最重要的一点，正如冯玉祥、白崇禧、程潜等人的公正评说：“高级将领士气不高，行动迟缓，致使部队畏缩不前。”我们如果坚持勇追猛打，就是硬逼执政党与在野党组成的统一战线从貌合神离转向同心同德。万一把蒋先生逼得走投无路，山姆大叔离他太远，远水救不了近火，也不能排除通过共产党关系向北极熊求援的可能性。最近苏俄借满洲边境事件，在向我们剑拔弩张。我们只好忍辱撤兵，后退一百多里。如果蒋某真被逼上绝境，只要向苏俄递个求助眼神，那正好中了北极熊的下怀。弄到那地步，我们的双拳只好分开使用，战线更加拉长。我军将会在天长地久的消耗战中，使自身干枯萎缩，疲于自卫，渐渐失去攻击能力。贪多嚼不烂，反而害了自己肠胃。最后，我们定会处于劣势，被动挨打。到那时，后果就不堪设想了。主张暂时停息的动机是，能用政治手腕解决的应该去努力争取，哪怕希望渺茫。政治解决如果成功，国家无须再去损民丧财，同样能达到既定目标。如果政治实在无法解决，在暂停期间，我们不妨登上紫金山静歇静观。一、看看世界局势的演变及走向。二、借此好好治理既得地区，使之成为再战的巩固后方。三、静候中国内部的变化和分裂。三五年之间，中国统一战线必然会出现裂痕，接着分崩离析，还会阋斗于墙的。等这虎杀死那虎，这虎遍体鳞伤的时候，我们的天皇铁军只需付出现在的一半代价、一半人马，就能实现我国早已梦寐以求的宏图大志了。

政界的远见卓识，真可谓老谋深算。掌握军权操纵阁府的人们，心太急，性太躁，哪有耐心等待时机？更不会听他们的迂腐之见。所以日军不久就成强弩之末，陷入战争泥潭，战局进入相持阶段，再过两年就土崩瓦解了。否则，这段历史，就不是像现在从书本上读到的这个样子了。

就这不长不短的八年抗战，据战后统计，中国损失三千八百多亿美元，死人三千五百多万，平添了许许多多孤儿寡母……总之这八年给中国人民带来的深重灾难，是无法用言语说得清楚说得完全的。日本法西斯对中国人民犯下的滔天罪行，是罄竹难书的。

由于日本军界和政界多次争论，天皇召开的御前会议，一时难以弄出一个共识。所以徐州会战结束后，举棋不定的裕仁立即指令大本营对在华日军下达一条命令：命令在华各部，暂时不得越过开封、永城（河南省）、蒙城、正阳关、舒城、安庆（安徽省）一线。这条线基本从安徽省的中部（临近东经117°）穿过。在华高级将领见到这纸命令大为不满，纷纷致电回国请战。他们当然听不到东京上空的聒噪，更难理解天皇的为难。“将在外君命有所不受”。在华高级军官一方面利用这句老话，另一方面也掌握了上面的患得患失心理，故而敢于纵容下级去“以下克上”了，抹去天皇划定的暂停粉线，向纵深腹地继续杀去。这种“以下克上”的例子，最初如“皇姑屯事件”“柳条湖事件”以及后来的入侵南京地区，河本中尉和朝香宫皇叔这些肇事者，为什么没有受到神圣的军法制裁？正是因为他们做了上面早就想做而又羞羞答答患得患失一时又不敢做的事情。所以，事后他们反而成为战功显赫的功臣。

六月二日凌晨，稻叶第六师团也做出了“以下克上”的冒险决定。他想趁中国军民正在用粽子蘸白糖的时候来个闪电袭击，三分钟拿下舒城，五分钟越过大别山，十分钟就能登上巍巍黄鹤楼欣赏四通八达的武汉三镇了。兵贵神速。稻叶追求的神速，和当初日本军界拟订在三个月内将太阳旗插遍全中国每一寸土地的野心是合拍的。

棋盘上一子动百子摇。中川支队受日军华中派遣军统辖，而石桥的娱乐所又受中川“保护”，所以石桥就失去了一次捞钱的机会。

战事的瞬息万变，自认为商人的石桥他怎会知道？他还呆坐在椅子上，看着手中的送话器，在发怵出神。

洋子拿过话筒，放到支架上，对石桥安慰道：“你先别急。今晚也许出了什么事，戒营了。还有明天白天哩。”

石桥这才回过神来，喃喃自语道：“对，还有半个白天哩。”

各号房内的女性，也料定今晚无班可上了。她们先是隔着苇席大声交谈，瞬间以后，各人都溜进相好的屋里，肆无忌惮地议论、猜测起来。

华妇除了宗小花外，都挤在华兰妞的铺上，一边逗着华宝玩，一边议论着今晚的怪事。

宗小花在自己屋里想，今晚的停班证明军情有变。不论是进是退，作为为其服务的娱乐所必然会随着迁徙、漂泊。这里待不住了。

石桥夫妇疑惑而忧心地看着电话，谁也不开口。桌上的闹钟似乎故意同他们闹别扭，嘀嗒嘀嗒的脚步声从来没有如此沉重过，声声直冲耳膜，脚脚踹在他们心上，以前晚上走得特快，像在和谁赛跑，今晚又行得太慢了，慢得让人闷气、窒息，像故意消极怠工一样。石桥伸出手，把立着故意嘲弄他的钟表赌气按倒在桌面上。

突然，电话铃惊天动地地喧叫起来。石桥立即抢来听筒按到耳上。

送来的声音既急又大，振聋发聩，连洋子都听得清清楚楚："石桥君，军队连夜调动。我给你半小时准备。车子一到，立即随支队转移，如其延误，严惩不贷！"

慌乱的石桥丢下话筒，急得如热锅上的蚂蚁，不知先从哪里着手为快为好。

还是洋子遇事冷静，她对石桥说："首先，你尽快去通知所有人，用十五分钟收拾好自己东西，做好转移准备。第二，你要招呼佐藤和海部两人严加防范。用物少了几件可以，人却不能遗丢一个。我负责整理我们自己的行李。"

当石桥把众妇召集起来宣布马上转移的时候，场地上竟然鸦雀无声，谁也不问不骂，不吵不闹，都默默转身回去收拾了。

和子进屋后拿了一件衣服，匆匆走进二十八号门。她对华兰妞说："兰妞姐，你把孩子安置好后，藤箱由我自己来取。我先走了。马上就来。"

华兰妞感激得什么话都说不出，只是一味点头。

宗小花看看挂在墙上的破琵琶，狠心地摇摇头，不过她的目光仍然怔怔看着它。她站起身取下它，抚摸着曾被她暗暗做过手脚的腹部，真想最后再弹它一曲，借此抒抒难以压抑的悲痛情怀。她又冷静想了想，深情亲吻了许久，终于咬咬牙，狠狠心把它平放在自己铺上。除此而外其他行李也就简单多了，小包袱里除了几件换洗内衣和梳子镜子牙刷牙粉而外，就是一卷用月经带捆扎着的卫生纸。她拎着包袱，走进宗妈妈屋内。宗妈妈的病势又好转了一点儿。她帮老人穿好衣服，整理好衣物，然后又将自己的小包并入老人的包内，共扎成一个大包，背到肩上，扶着老人出了屋门。

厨房里的老妇，在枝子的帮助下，将两只大锅放进一只箩内，锅内摆满铲勺和油盐糖酱，另一只箩内是瓷盘碗筷等物，其余一概舍弃了。

严冬梅在整理着衣物。黄秋菊在隔壁忽然大声喊："冬梅姐，那份'保证书'不能丢掉,你要收藏好啊!”

严冬梅在这边答道:“提箱里我都没敢放,我揣在贴身衣袋里呢。”

洋子打开手提皮箱,见里面的纸币才占据四分之一的空间。她就把其他要紧东西放进去,填补那四分之三的地方。石桥从她手里取出“保证书”,将它撕得粉碎。洋子望望他,想说什么又未说出口,又急急忙忙收拾其他物件了。

半小时刚到,三部布篷卡车就到了。两部是空车,另一部车上是一小队鬼子,带队的还是那个猪头大尉稻田。他们是来协助石桥转移并负责处理后事的。

在雪亮刺眼的六条强烈光柱交叉照耀下,端着枪刺的鬼子兵们,贼眼射出像饿狼一样的莹莹目光,似乎在辨别他在谁的身上花过钱了。编号在册的众妇,按号头顺序逐一点过名后,自由结合登上了车。第二辆车上是中、韩两国妇女外加幸子和和子,其余均在第一辆车上。行李物件随人走。

石桥和洋子分坐两车的驾驶室。

胖猪和小胡分乘两车的后厢里。

三部卡车徐徐驶出大门,在五十米远处停下了。

留在院内的鬼子,开始做清理工作了。他们把十几个炸药包分别送入厨房、汤屋、储藏室、出入室、编号为偶数的号房,以及已经断电的变压器下。然后统统退出距大门外十多米远的地方,五个鬼子打开凝固汽油喷射器,五条气焰嚣张的火龙,立即扑向校内所有建筑,砖木结构的房屋立时浓烟滚滚烈焰腾空。随着被烧屋架发出噼噼啪啪的呻吟声,轰!轰!轰!……接二连三响起惊天动地的爆炸声。

气浪把燃烧着的木材和烧红的瓦砾高高抛向天空,又急剧撒向四周。土水塔被炸得不见踪影,水面带着燃烧的汽油四处横流。炸得看不出原形的铁丝网被烧成铁水,铁水又被炸得飞溅四方。油助火威,火仗油势,半边天被烧红了,大地战栗了。天火地火,流光溢彩,像火山爆发,像岩浆横流,飞砸在这块多灾多难的土地上!

魔鬼们在南京地区杀人几十万,理该毁尸灭迹,对曾经做过坏事、做过罪孽的处所,当然也应该付之一炬,使之荡然无存。比起在南京的所作所为,诚然是小巫见大巫了。

在几十米开外观望的众女性,尤其是华妇们人人看得发呆,个个望得战栗;火光浓烟中,老妇和姑娘们都吓得魂飞魄散了。

十八

三部布篷卡车,急急慌慌向黢黑的远方驶去。车头发出雪白刺眼的光束,像两把硕大的利剑,刺破羸弱的中国深沉沉、墨黑黑的夜空。

雪亮的“利剑”上,跳跃着密密麻麻的反光,天下雨了。农历五月,正是长江中下游的多雨季节。前方传来隆隆雷声,这声音既沉闷又呜咽,像是从江海水肚中挣扎出来的一样。

卡车开得飞快,抹雨器急速抹去挡住视线的雨水。雨大了,雨急了。从布篷内发出女人们的尖叫声。四周电光烁烁,时时闪现出森森的树木和耸立群山的剪影。

第一部车上是华妇及和子和幸子。她们让两个老妇和华兰妞坐在毗邻驾驶室的那一边。行李杂物堆在地板中间。其余人都沿两边箱板坐倚着。胖猪佐藤坐在后挡板下。他上车不久就打起鼾来。宗小花在他左边,黄秋菊在他右边坐着。车厢内漆黑一片,伸手不见五指。华兰妞在和子及夏小荷等人的帮助下,摸索出华宝,悄悄喂起奶来。孩子吮乳的啧啧声,被风雨马达声有效保护着。

和子的好友幸子也知道了,她摸摸孩子的屁股,小声对和子说:“这孩子太瘦弱了。”

忽然,天上跃出一条金蛇,随着一声振聋发聩的霹雳,一个巨大火球落到前方大树上。几秒以后,火球又倏然消失。

随着霹雳的降临,吓得华宝张口欲哭……母亲受惊的同时,急急用饱胀硕大的乳房,狠心使劲地掩住他的小脸。几秒钟后,母亲又微微松开些,还塞在孩子口中的乳头，被上下牙龈紧紧咬着。母亲感到钻心的疼痛……

就在这时，浪人佐藤也被惊雷吓醒了。

车厢外，风狂了，雨骤了；闪电霍霍，雷声隆隆……

洋子坐在这部车的驾驶室里。透过挡风玻璃上的瓢泼雨水，发现远方的黑幕上出现连绵不断的像S型的盏盏微弱灯光。她一直悬吊着的那颗心，又重返原位。

路上泥泞不堪。洋子坐的车速度减慢了。

天色刚刚发出青光，她们也赶到了乱哄哄闹嚷嚷的滁州车站。

她们因为是"三类军需"，所以一直滞留到天黑，才登上铁闷车皮。

这节车皮，也许就是三个月前她们来时乘坐的那节。借着微弱的灯光，黄秋菊觉得铁板中央的那摊鲜血还在。严冬梅下意识掉头看看身后，似乎那个爱说粗话的山东嫂还坐在那儿。夏小荷同另外两个姑娘坐在一起，她大胆地看着厢尾那扇铁门。

樱子和木子坐在一起。前者望望坐在她们一边的姬顺玉，笑笑对后者耳语了几句。

木子斜视着姬顺玉，笑笑说："你今儿可曾把水喝多了？不能跟我们再玩'水漫金山'。"

姬顺玉红了脸，她想回击她们两句，话到嘴边又忍下去了。

樱子笑道："原先水源充沛，经过阿兵哥的一番折腾，恐怕早就枯竭了。"说完，两人快活地笑起来。

不少妇女也被樱子的话逗笑了。

姬顺玉终于忍无可忍了，霍地站起，双手装着解裤子，悻悻道："我这'丰后水道'①连着太平洋，能把你们两棵'骚木'淹死！"

樱子突然变了脸，她对木子使了个眼色，愤愤说道："我们倒要看看你有多少水！"

两人同时扑上去，要剥下她的裤子。

虽说她们对别人的肉体并不陌生，在汤屋中可以说看腻了，但那是自然自愿的暴露。现在若当众人被别人硬行扒去衣裤，给别人"看瓜"，事情的性质就另当别

---

①丰后水道——是日本国九州与四国岛之间的海域，直接连着太平洋。

论了。

除姬顺玉而外，还有九个韩国妇女，其中三人觉得实在欺人太甚，一哄而上扑向樱子二人。

华妇中的华兰妞、严冬梅等人，脸上也充满了愤愤不平气色。宗小花冷眼看着，心想，亡国奴的日子真不好过。国家灭亡了，子民的尊严也就无从附着了。我们中华民族，无论如何也不能步她们的后尘。

洋子见她们先是说笑取乐，现在又见反目成仇了。她怕把事态扩大，就上前劝阻。

枝子也站起来帮着洋子，她们两人好不容易才把两帮人马分开来。

樱子从不甘拜下风。她一边喘息着，一边冲着枝子骂道："你这小骚货，为什么吃里爬外，胳膊肘向外拐！"

枝子受了委屈，眼含泪水坐了下去。

木子还不依不饶，她责问洋子道："她们四个打我们两个，你为什么不说句公道话？"

洋子清楚，事情的起因是樱子她们挑起的。再说，当着这些人面，她处理纠纷也不能过于偏颇。所以她厉声说："我是老实人不欺，凶狠人不怕！你们如果一定要闹下去，我就让你们闹，看你们能闹出个什么好结果！"

樱子不像木子死心眼，她善于看风使舵。她想，真正闹下去，她们人少会吃亏的。再说，如果把枝子逼急了，她倒出我心中的疮疤又怎么是好！樱子轻松地一笑，对洋子说："石桥太太，你急什么呀？我们是说着玩闹着玩，看你说得多严重！"

应声虫的木子，也跟着补充一句："是呀。你说谁是老实人，谁是凶狠人？"

洋子不想同木子再费口舌。她对樱子道："闹着玩就好，我看也应该这样。大家都是姐妹嘛。"

这时门外的月台上又拥来百十个慰安妇。她们鱼贯爬上车来，车身忽地颤动了一下，随着一声汽笛长鸣，列车启动了。

站着的都坐了下来。坐着的均把脸颊伏在屈起的膝盖上，谛听着单调、重复的每隔几秒钟就"咔嚓"的一声响。

天刚亮，她们就到达了南京下关车站。小小车站内，喧嚣拥挤不堪，地上铺满一层垃圾，红头绿蝇飞舞，椅下老鼠乱窜。站内外被黄色军装主宰着，真正来往的旅客所见无几。“第三类军需”一个紧挨着一个走出铁栅栏。宗小花像初进城的农村姑娘一样，左盼右顾，似乎对什么都感到好奇，好像南京她也从未来过。拄着拐杖的石桥紧紧靠着她，在人海中向前移动着。女性队列的两边，都由中川一个小队的人马保护着。

她们挤出车站广场，走到江边马路上。这儿的天地显得宽松多了。稻田大尉领着队沿江边马路继续向南走。

长江从南面急急奔腾而来，从这里兜个弯，又匆匆向东泻去。江面很宽，水汽又重，看不清对岸浦口重镇。但是水面上停靠的黑压压的一片铁船木船还是清晰可辨的。庞然大物的是军舰、炮艇、大海轮、大江轮……前面都挂着膏药旗，尾部插着似乎光芒辐射的太阳旗，日籍人见了，好像回到了九州四国；外籍人看到，好像脚下踏错了国土，当然包括许多华人在内。江面上除了那些灰色军舰和白色客轮外，更多更杂的是那些被强行征来的大小不等的木船，远看像若干浮在水面上的野鸭。

宗小花和黄秋菊等人，看着江面上迎风猎猎耀武扬威的膏药旗，心中都在暗暗泣血。有些船尾上挂的像是一块裹尸布，鲜血向四面喷溅，向八方流淌。裹尸布上的鲜血，到一定时候就会变紫发黑，凝结成血痂。即使迎着飓风，也会丧失飘飘猎猎的活力了。

宗小花呼吸着似乎仍然含有硝烟和血腥的昔日京都空气，踏着似乎没有冲刷干净还残留着斑斑血迹的柏油马路，看着混浊的江水里似乎还在翻腾着红色的浪花……身上不由悚然，心不由战栗了。

因为她的思绪又重返半年之前的南京城，所以脚下自然慢了一点儿。岂知她的臀部被枪托狠狠砸了一下。她掉头一看，稻田大尉的猪头脸正对她横眉瞪目。

下车之前，中川大佐对几个大队长做了训示：“出站以后，快速前进，以防碰上西方记者无理纠缠。”所以稻田不敢掉以轻心，像催命鬼一样，连连呵斥辱骂，逼得众妇们连走带奔起来。

这段江边，码头座座，栈桥道道。如果登高鸟瞰，岸边和栈桥正好组成一把硕大的梳子。原先码头虽多，但分工各有不同。现在一律征为军用，谁若不从，格杀勿论。

所以她们无须再向南去赶中山码头，就近一道栈桥就是她们登船的跳板。码头里面耸立着座座煤山，码头和煤炭现在均征为军需专用了。所以除了“三类军需”而外还有众多民夫在背驮肩扛一箱箱枪炮弹药。骑兵牵引着战马，马夫指挥民夫搬扛扎成四四方方的马料。工兵通信兵，争着要先装自己的器材……码头内、栈桥上，闹嚷嚷乱哄哄，磕头碰脑，摩肩接踵，煤屑飞舞，汗臭熏人。

小河北突然看到身边扛着子弹箱的青年像是她们村的人，她大喊："铁柱哥！铁柱哥！"

那青年转过身，脸上汗水伴着灰尘。他凝神审视好久，不由惊呼："甜水妹？你是甜水妹！"

冬梅等人欣喜看着。

石桥瞪着三角眼，阴沉着脸。

甜水妹："我妈病可曾好？你回去帮我带个信，我还活着。"

叫铁柱的青年先摇头，后点头，凄然说道："你变得叫我都不敢认了。你来这儿干什么？"

"快走快走，不准讲话！"石桥用手杖敲敲甜水妹的小腿说。

甜水妹泪水夺眶而出，哽咽难言。这是离开遥远家乡后，第一次见到家乡亲人，或许也是仅此一次。她不知母亲的死活，母亲也不知她的下落。她有千言万语，有满肚悲苦屈辱，要向一块儿长大的铁柱哥倾诉，还要求他回去不能告诉病中的母亲。可惜时间被石桥紧紧抓着。在他的呵斥下，只能恋恋不舍，一步一回头，被队列簇拥着向前蹀躞而去。

青年铁柱怔怔站着，望着甜水妹耸动的双肩，迷茫疑惑着。

石桥对胖猪佐藤耳语了几句什么。

甜水妹在小无锡的劝慰下，向前走了十多步，不由又站下，掉头想多看一眼。岂知不看倒也罢了，一看吓得她双腿站立不住，只觉天旋地转……铁柱哥右手捂住鲜血喷涌的胸口，左手指着甜水妹，拼出最后力气大叫："你回去，帮我带个信……"话未说完，就倒下去了。

在光天化日、众目睽睽之下，有人竟敢杀人！有人竟被人杀！竟然无人管问！在那时那地，若说是怪事，只要仔细一想，就一点儿也不奇怪了。

烧饭老妇急忙给甜水妹掐人中，洋子也捏着她的后颈。两人忙了好一会儿，她才哇的一声哭出来。甜水妹哭闹着要去看一眼，两个浪人凶神恶煞一般拦着路。

严冬梅个子高，再踮起双脚朝身后探望。刚刚倒下的人，转眼就不见了。她流着泪劝说甜水妹。

华兰妞和冬梅搀着甜水妹的腋下，把脸色如黄纸哭得像泪人般的甜水妹扶持到船上。

船是“征集”来的上下两层大木船。它的四周几乎见不到江水，水面尽被大大小小的木船遮覆着。不少船上已装载了“三类军需”。石桥所登的这条船上，在他们未到之前已经上了两个所的慰安妇。按照规定，日籍妇女均安排在上层。甲板以下是外籍女人的麇集地。和子听说后，暗暗把手中的藤箱转给了身边的小荷，拿着包袱爬进了上舱。

石桥所的人来得最迟，所以只好挤在下舱里面一块儿地方上。

规定一条江轮后拖五只货船。包括石桥所在内的五条木船，好不容易前翻后调才挣脱包围驶向江心。编好队的木船首尾衔接以后，从中川支队乘坐的江轮上，抛出两根手腕粗的钢丝缆，把石桥所乘的这条领头船牢牢拴住。

江轮拉了几声汽笛，加大马力，就乘风破浪逆水而上了。

昔日的空旷江面，现在变得非常狭窄。许许多多各式各样的船只，吐着阵阵浓烟，顶着逆水骇浪，向着同一个目标进发。

甜水妹静静躺在船板上，眼角边的泪水还在潸潸而下。她痛心不已，对黄秋菊唏嘘说道：“都怪我。是我害死了铁柱哥。”

秋菊说：“怎能怪你呢？也不能怪拿刀的凶手。”

夏小荷莫名问道：“你说怪谁？”

秋菊说：“应该诅咒那些我们看不到的魔鬼。”

夏小荷和小无锡似懂非懂地点点头。

闭目躺着的甜水妹，似乎回到了自己那贫穷而又温暖的山区家中……

她的遭遇，带有讽刺和戏剧性，到一九三七年底，中国华北已成为沦陷区。日寇为了体现“中日友好亲善”，暗地胁迫地方伪政权“进贡”花姑娘，慰劳“和平使者”。再经记者撰文报道，向世界吹嘘“王道乐土”的太平盛世。

一天早晨，小田庄突然被鬼子包围了。鬼子官带着翻译摸到田保长家。鬼子官把军刀戳立在他家八仙桌上，大吼了几句。翻译笑道：“现在中日亲善了，皇军要你们选送花姑娘。”

保长愣怔住了。鬼子官把军刀搁在保长后颈上,大叫:“不肯花姑娘的干活,死拉死拉的!”翻译解说道:“皇军有令,谁家不肯亲善,就杀光谁家,全村不肯亲善,就把全村人统统杀光!”田保长权衡再三,为了拯救村民和田氏家族,只好带着他们去挨门“征招”慰劳品了。

岂知跨进第一户,就遭到该户全家的拼死反抗。姑娘有十七八岁。鬼子官摸着她的脸笑道:“花姑娘的好看。”全家老少七八人都疯了,拖着姑娘不松手。鬼子官一挥手,几把刺刀就戳死了她的全家老小。吓死的姑娘被拖出屋。鬼子放了火,用房屋柴草烧了她全家的遗体。

下面的“征招”工作果然好办多了。鬼子官笑道:“良民自愿慰劳皇军,就是亲善的表现。”

田保长暗暗记数,心想着有十几个也好蒙混鬼子了。下面就来了虚虚实实,有的说没有,没有的说有。田保长总想多保住一些可怜姑娘。想不到引起了鬼子官的怀疑。当他又说这户没有时,几个鬼子突然冲进去一阵翻找,终于从床底下拉出一个满脸黑灰、扎着“八式头扎”的老女人。鬼子官用刀尖挑去头扎,竟是一把乌黑油亮的长发,鬼子官对姑娘就是一巴掌,对保长大吼:“你的狡猾!”

这家户主见自己的姑娘遭了殃,再望望外面一串女儿群里没有田保长的女儿水妹,就发疯指责大骂姓田的太缺德太自私:“你的女儿为什么不进贡?”鬼子官听了翻译的介绍后,对田保长怒吼,说他良心大大的坏,并用刺刀捅死了他。后来鬼子官对这个顺民说:“良民的姑娘留下,你的带路。”这个混蛋首先带鬼子冲进保长家,把他的女儿水妹从柴垛堆里翻出来了。正卧床有病的保长妻子急得昏晕过去。后来,鬼子在这个顺民的指引下,全村的所有姑娘、少妇都没有能逃过此次劫难,共计“征招”到三十七个。

到将要结束时,混蛋请鬼子到他家坐坐,吃杯热茶再开路。鬼子官笑得金牙灿烂,领了几个鬼子兵再去他家。鬼子官强奸了他女儿,还硬逼他看着。混蛋双眼紧闭。鬼子官完事后用刺刀挑去他的两颗眼珠,笑说道:“你良心大大的坏,你的眼睛没用!”鬼子最后离开小田庄时,带走体现“友好亲善”的“进贡品”,实数是三十八个。

田水妹当日被鬼子带走后,再经过几次转手,她被送到了第十一兵站。

对刚才发生的可怕噩梦，她现在除了后悔和自责，又被一件难事深深困扰着：日后我回到家乡，对他爹娘是说还是一字不提呢？瞒着对不起自己良心，说吧，又怎样开这口呢？她想到这里，又无声饮泣起来。

下舱的里间，还坐着其他两个所的华人妇女，大约二十位。人人面色蜡黄，虚弱疲惫；个个沉默寡言，精神恍惚。当她们听到刚刚发生的无辜青年被凶杀的经过以后，有人悲痛、流泪，其中一位生得较为娟秀的姑娘，操着上海口音，快速说道："格是东洋赤佬，怕伊回去一讲，泄了不可告人的秘密。"没有听懂的黄秋菊，经小无锡一翻译，觉得这个姑娘还真有点儿头脑。她不由向那姑娘投以敬佩的目光，一笑问："你们从哪里来的？"上海姑娘回道："阿拉从蚌埠来格。"秋菊见她身边立着一只藤条拎箱，与和子的相比略大一点儿稍旧一些。

黄秋菊刚才就为和子那只藤箱的处置担心了：放到上舱不行，摆在下舱不可，没有它也不行。她的目光又转到姑娘脸上，同她悄悄攀谈起来。都是一国同种人，又是风雨同一舟，同样的遭遇同样的命运，面对的又是同样的迷蒙渺茫前途。所以无须三言两语，两人就亲得像亲姐妹一样了。

宗小花扶着宗妈妈坐在一尺见方的窗洞口。她冷眼看着，静静听着她们的交谈。

另一只窗洞口被华兰妞占据着。她与夏小荷之间，放着和子的藤箱。

这间舱里，二十几个华妇，眨眼之间，有半数人找到了自己的交谈对象，南腔北调，叽里呱啦，一时充塞了整个空间。

漫长、无聊的旅途中，如果能碰上一两个健谈的旅伴，同性或异性都好，有人谈谈说说，即使静静听着也行，时间也就像载船的江水，在不知不觉中流逝过去了。她们未到乌江，天就黑暗下来。

忽然，江轮的尾部亮起一只手电，摇曳的光柱对木船做出示意。与此同时，一条钢缆上的滑轮吊着一只铁箱，在棕绳的渐渐放松下，由高向低慢慢滑向木船。木船上的负责人接下铁箱，从里面捡起一张纸片，转身对舱里大叫："石桥君，快来一下。"

石桥接过纸片一看，见是中川的副官岸信写的，通知他把东条樱子送过去。

樱子听说，当然很高兴。不过心里忽然泛起昔日尴尬和怨恨的沉渣。她初来乍到，就急急去拜访故人。他给她以冷淡和难堪，她真是始料不及。"演习"那晚，他竟然去玩弄支那贱女，把昔日的情人知音搁在一边，听凭别人的肆意把玩。她想：如果我已人老珠黄、肉松皮皱还有另一说法。可见世上男人尽是喜新厌旧、无情无义的鬼东西。现在你清冷寂寞、无聊无奈了，才想起我这个对你来说早已不感兴趣的破鞋烂履。

石桥以为她在犹豫不决，他竭力怂恿她说："他叫你过去，说明还想着你。机会可遇不可求啊！"

他最后一句确实一语中的。樱子笑笑说："我是看你面子。否则，我真不愿意过去。"

她的后臀被人捏了一把，石桥笑道："我就感谢不尽了，还请你在大佐面前多多关照。"

樱子在石桥的帮助下坐进了铁箱。铁箱在棕绳的收缩中，渐渐向"上坡"滑去。

中川清健独住上层一间特等舱里。他这几日心情有点儿烦闷，因为请缨的报告又被上司驳回了。他虽然指挥着一个支队，负责特别任务，在一般人来看是个美差，但对急于报国立功的人来说，觉得是被晾在一边，不予重用。日军中的职务和军衔之间的关系，是有严格规定的。将、佐(校)、尉每层阶梯中只分三级，即缺少"上"字一级。每到第四年的夏季，经过考察审查，没有特别劣迹的均升一级。对不在战场冲锋陷阵的人来说，若想从少尉晋升到大将，必须苦苦修炼三十六年，也就是说要等到耳聋眼花。在火线上就不同了，正级伤亡了，副手可以立即顶上。只要你大难不死，这场战斗结束后，军阶就能晋升到与职务相对的一级。薪水是按军衔确定的。中川是大佐，他有资格指挥一个联队(团)。到野战部队，只要立上一功，职务就能提到旅团级，也就是说，很快就能上跳一大阶，晋升为少将。现在半死不活陷在这个泥潭里，虽然能"多吃多占"一点儿，但对他的仕途官运来说，脚下实在艰难蹇涩了。他想到这些，心中能不烦闷吗？

门被敲响了。中川低声道："进来。"

岸信将樱子送进门，又悄悄关上门，就轻轻离去了。

樱子一进舱内，就笑吟吟说："世上的巧事真多。我正同石桥君商量着，用什么办法能爬上你这大船。嗨，说着说着，天上就落下了一只铁箱。你说巧不巧？"

中川笑看她，点点头，拍拍坐在身边的狼犬。

樱子忽地沉下脸，涩声道："你到今天才想起我。我却天天夜深人静时都在思念你呀！你们男人……”

中川笑问:“我们男人都爱用甜言蜜语欺骗你们?”

樱子杏眼圆睁,似恼非嗔地问:“你是说我用甜言蜜语骗你?算了,你派个人送我回去!”说着,就要开门出去……中川立即站起想抓住她,岂知她像泥鳅一样,倏地滑到桌子那边了。樱子板着脸说:“你为什么不去找桂呀菊的?”

中川笑道:“季节不对啊,现在还是樱花醉人的时候。”其实樱花盛开在春末夏初,现在已经开始凋零了。

中川拿出小酒盅,斟满酒说:“来来来,这儿有好菜,陪我喝几盅。”

樱子半推半就虽然坐下了,却还要补上一句:“如果不是贪图好酒好菜,我是决不陪你这个忘情负义之人的。”

中川说:“好了好了,我都知道了,现在还是喝酒要紧。”

木船下舱里,萤火样的灯泡照着尚未静歇的众妇们。

小上海的藤箱,已经转移到秋菊面前,姑娘把自己衣物堆放一方包袱上,扣着两角。秋菊夺过她的衣物放进自己空皮箱。姑娘执意不肯,低声说:“阿姐一定要调,就是看不起阿拉妹子。我既然被人瞧不起,那就只好收回自家的箱子。”小无锡遵照原意,又重复一遍。

话已说到如此地步,秋菊觉得不能再坚持下去了。她笑笑说:“我代她们母子俩谢谢你。”

姑娘又急了:“侬再讲一‘谢’字,我就弗送伊了。”

她身边的一个上海妇女,也对秋菊说:“侬客气的啥?我伲都是自家人。”

华兰妞坐在她们的对面窗口,因为有一段凸出的楼梯板挡着,所以看不到这边发生的情况。

宗小花坐在离兰妞两米远的右边,她的视线无遮无挡。她虽听不清她们在说什么,但根据她们的动作表情,她已一清二楚了。她看看自己坐的地方,心里觉得好笑,真是太不明智了,好像安插在这儿,一心想监视别人,难怪兰妞和小荷时不时要瞪她一眼。她打开包袱,取出一件衣服,盖到睡在地板上的宗妈妈身上,然后站起身,说是去找小解的地方,就慢慢离开此地了。她登上甲板,刚吸了两口清新凉爽的空气,就被押货的人看见了。他立即粗暴地把她赶下舱。她返身走下几级楼梯,在踏板上坐下了。这里与里舱互为死角。

里舱静了一会儿,只见夏小荷来到舱口边坐下了。她的视线正好扫瞄到踏板那儿。

黄秋菊抱着藤箱领着小上海来到兰妞身边。兰妞一听说,感激得泪水盈眶。她急忙打开和子的藤箱,抱出华宝,敞开胸襟,将乳头塞进他的小口。孩子狼吞虎咽,呛得连连咳嗽。

小无锡抓出垫在箱里的尿纸和尿布,小心地卷起来,从窗口掷入江中,又拿出几张手纸,把箱内擦拭干净。

小上海摸着孩子大腿,惊问道:“格小囡,咯老瘦的?”

秋菊小声道:“经常饱一顿饿几顿,又闷在里面不见天日,他能不消瘦吗?”她又摸摸被尿屎腌红的小屁股,凄切地说:“格小囡,在格辰光,真弗该来格世上。”

严冬梅对上海人讲的“也吾”,尚能半生半熟听懂些。她们不是不如小上海的直率,而是怕性格暴直的兰妞多心。所以有许多想说的忠告她们不敢说,就是说了也无用。现在听了她们两人的无心对话,她心里觉得,如此下去这条脆弱的小生命在疼爱者的卵翼下难免会遭夭折的。她决定,等到适当的时候,必须跟她撕开来谈谈。

酒桌上摞着一叠带红的雪白毛巾,毛巾上横压着鞘壳闪烁的指挥刀。狼犬坐在中川身边,凶狠的目光注视着餐桌。

中川的酒已喝到八分,凝视刀、巾苦笑着。樱子已喝到四五成。她站起身,拉上窗帘布,解带宽衣又坐下。

中川继续说道:“军校军大我苦读了七年。那时候在东京,你是知道的。从少尉爬起,已经爬了二十二年。人生有几个二十二年!嗯?算了,我只好这样一步步爬下去喽!”

樱子劝道:“中川君,你还年富力强,不要心急。再过两年,就会被提升为少将。”

“机不可失,华战马上就要结束了。”中川不由感慨而惆怅。

樱子也害怕华战提前结束,但是她想不通中川为什么不希望早日凯旋呢?

中川又干了一杯,抚摸着刀鞘,忧郁说道:“这是我晋升佐阶时军部配给我的,已经十年了。多好的一把刀,却无用武之地,埋没了它的神威,实在太不公平了。”

樱子坐到中川身边,宽他心说:“天生我材必有用。到时候,它会展现自己能力的。”

中川让她坐到自己大腿上,搂住抚摸着,然后重重叹息一声说:“我中川生平有三爱。第一爱,是这把已经生锈的宝刀。可是我对它非常惭愧。它因为跟了我,所以才受到委屈,整年整月不见阳光。不知道何年何月才能体现出它的真正价值。”说完,他把刀抽出尺把长,银白雪亮的刀刃依然寒气逼人。

他的右手离开樱子的酥胸,拍拍身边狼犬的脑袋。它用带刺的舌头,舔着他的掌心,舔得既痒痒又舒服。他又说:“第二爱,就是与我形影不离的它了。它不是牲畜,比人还精明。我高兴时,它在我身前身后蹿上跳下,与我戏逗,让我开心。我惆怅时,它舔我手舐我脚,抚慰我安慰我,让我精神上得到短暂的放松。我休息时它守着我,我行动时它跟着我。令行禁止,忠诚勇猛。你说,世上再好的朋友能做到吗?”樱子道:“你说得很对,再好的朋友还有留一手的时候,连我都非常疼爱它。不过,世上也有不少背主求荣的狗。为了一根骨头,它竟然改换门庭;为了一口剩饭,它竟然向陌生人摇尾乞怜!”

樱子一边以绵柔的手在他身上摩挲,一边顺着他的杆儿向上爬。

中川的手掌和下处都觉得很舒服。他傲然说道:“你说的那种狗,只有支那才会有。”

樱子心上忽然打了一颤。她觉得两腿之间忽然被一块冰冰凉凉的硬东西不断磨擦着。她一下明白了。她欣然问道:“第三爱呢?”

中川笑了笑,说:“第三嘛,叫我怎么说好呢?其实我是出于真心的‘爱’,绝不是世俗偏见所说的‘玩’。”他收回被狼犬舔湿的右掌,翻着一块块带色的毛巾。

毛巾被他保存得洁白如雪。每条毛巾的中心地带,都附有不尽相同的黑色图案。虽然色彩令人不敢苟同,但它的画面却很奥秘,令人费解。有的像天上飞云,有的像园中花朵,有的像未标名称的地图,还像印象派所涂鸦的除他自己别人看不懂的抽象画面。

中川把打开的十几块毛巾一一送到鼻下闻闻,再小心翼翼地折叠起来,摞成一堆,接着感慨动情地说:“这是我来支那以后精心收集起来的八十八幅玫瑰图案啊!每幅图都记录着一个美丽动人的情爱故事,令我终生难忘、回味无穷啊!”

樱子知道是什么玩意儿了，心里像吞下一颗未熟的李子一样。她想想，觉得此时不能把裤子晒到花架上，扫了他的兴，就嫣然一笑说："中川君，自古以来就有'英雄爱美人'啊！今天总算让我开了眼界。"

中川又干了一杯，斜着眼问："你说我是英雄？"

樱子亲昵地亲着他，说："你现在是锥处囊中，就像面前这把未出鞘的宝刀，总有一天会显露头角，发挥它的神威的！"

中川亢奋了。他抽出左手——忽见手指上闪着耀眼的蓝光——眨眼之间，他就剥光了她身上的衣服，令她站起来，走过去，返回来……再走过去……

中川眯眼欣赏面前这株玉树琼枝，浑身燥热难当。他剥去上衣和马裤，仅留一块抄裆白布。他站起来，慢慢移步向前，不由感慨说道："你的绰约风姿，仍然不减当年啊！"

樱子骄傲地收腹挺胸，笑得非常动人妩媚。她深情回道："你还记得当年的我，我真太幸运了。"她说着，挺胸缓缓向前移步。

中川忽然用闪着蓝光的手指揉揉惺忪的涩眼，跨上一步，指着乳头惊问："这是怎么回事？"

樱子笑笑说："是那次明光前线慰劳时被那个受伤的阿兵哥咬的。幸亏胸前背后没有留下道道鞭痕。"

中川怒问："当时，你为什么不告诉我？"

樱子摇摇头："我宁可自己受点儿委屈，也不愿他受到伤害呀！"

中川一把搂住她，激动不已："你真善良。你不光形体美，心灵也很美啊！"

樱子一边解着他的抄裆布，一边漫不经心地问："中川君，第六师团的师长不是谷寿夫将军嘛，听说现在换成稻叶四郎了，是怎么回事？"

"退出明光以后，他就奉召回国高升了。嘿，此刻你怎么想到他？"中川感到莫名。

樱子笑笑说："同乡人，难道不能关心关心？"

立即释然的中川笑道："应该，应该。不过，你现在更应该关心的是我！"说完，就紧紧抱上去了。

虽懂人性而不懂人事的狼犬，瞪着两只发光的眼睛密切注视着……

好一对狗男女，谁也信不过谁。

这次，随同姓谷的被一起召回的除了朝香宫、松井石根，还有在港粤地区把屠刀都砍卷了刃的酒井隆等人。日本军界对骄兵悍将向来都是姑息养奸的。他们最不能容忍的是贪生怕死的懦夫。因为裕仁受不了世界舆论的强烈谴责，只得下旨令“三宅坂”①的首脑们必须做出一个忍痛割爱的姿态，遮遮世人耳目，用以缓和为此事已经出现的给日本政府带来的诸多麻烦。“三宅坂”当然不敢抗旨，只好将他们调回国内，转为文职人员。

抗战胜利后，远东国际军事法庭同意中国政府的合理要求，准许把那些杀人魔鬼引渡到中国南京受审。一九四七年四月二十六日（星期六）中午十二时四十五分，在雨花台一座小小土堆上，一声愤怒的枪声，结束了姓谷的这条六十六岁老狗的性命！与他做伴走向十八层地狱的还有酒井隆、野田岩、向井明敏等人。

松井石根这个杀人魔王，是被判处绞刑的七名战犯中第一批走上绞架的。据说他在临刑前说了一句“冤枉”的话，其意是指他做了天皇叔子朝香宫的替罪羊。他与东条英机、土肥原贤二、武藤章一起，是在一九四八年十二月二十二日零时一分三十秒先后走向地狱的。魔鬼们在临刑前还歇斯底里狂叫：“大日本帝国万岁！”“天皇陛下万岁！万岁！万万岁！！”这些魔鬼的最后嘶叫，响彻日本风雪严寒的夜空，在愁云惨雾中久久回荡。直到几十年后的今天，空中仿佛还残留着阴魂不散的魔鬼们的叫嚣余音……

以上是后话先说。

---

①三宅坂——日本东京的一个地名。参谋本部和日军首脑机关均坐落于此，所以人们都把该地名作为日本军部代名词。

十九

长江水面上，星隐月无，漆黑一团，伸手不见五指。

如鲫如鹜的船队一到，这段江面水上水下，立即灯火通明。高速行驶的军舰，向前向上射出许多刺眼的光柱。疾飞而去的快艇，把光辉灿烂的身影留在水面，任其随波跳跃。大客轮小火轮的步履像贵妇人那样从容而姗姗，周身盏盏灯火如圈圈项链，像粒粒红宝石一样闪烁着斗妍光芒。就连小家子气的条条木船，也首尾均点着一盏长明灯。当然，如果单个与那些庞然大物相比，它们显得既渺小又微弱。然而它们灯多势众，场面浩大，密密麻麻，星罗棋布，洋洋洒洒，数不胜数。江面像繁星闪烁的朗朗夜空，长江变成了煌煌皓皓的银河。

如火如荼的江面上，倏然响起尖厉刺耳的警报声。连续呜呜地凄厉嘶叫，把千千万万沉酣在美梦中的人们唤醒了。个个惊慌失措，人人胆战心惊。许多人猛然醒悟，这是在船上水上，无法逃匿，只好听天由命了。

中川的美梦刚做得有滋有味，忽然被拖到死亡恐怖的现实中来。他推开樱子，套上睡衣，匆匆走上甲板。副官岸信也赶来了。

中川莫名地问："支那的几架破飞机，不是早就完了蛋吗？"

岸信道："听说苏俄在几个月前又赊了四个大队的E—15战斗机，有一百二十四架。还有几十架SB轰炸机。"

中川惊问："烟斗北极熊，怎么这样大方的？"

岸信道："都是退役下的龙钟老态货。如其送到废品站，卖的钱还不够付运费哩。”

“噢,原来如此。这样可以一举两得。”精明的中川自言自语说道。

忽然,江面上空出现几颗不同色彩的信号弹——命令灯火管制。

须臾,江面上一片漆黑。

十几艘军舰的上空,若干探照灯组成了一面巨型的死亡大网。网眼中不时穿过像老牛一样的轰炸机。舰上的高射炮像连珠礼花一样,嗵嗵嗵向夜空燃放着……

忽然,一艘军舰着了火……爆炸了!

倏地,一架飞机成了火球,栽向遥远的天幕。十几分钟后,江面上又平静如初。好像乌云浓烟被一阵飓风刮走了,水面上再次出现叹为观止的场面——疑是银河落九天。

分秒必争的机器再度轰鸣起来。苦难深重的江体,再次被犁割得支离破碎……泪花飞溅……

天亮之时,船队均在芜湖江面停息下来。滞留不进的原因,据说前方水域正在扫雷。

和子把衣服杂物放进藤箱,刚刚整理完毕,披头散发的樱子进来了。她心情很愉快,对和子笑道:“整理行李想下船了? 老实告诉你,远着哩!”

和子对她报以微笑,问道:“究竟想把我们送到哪儿?”

樱子笑而不答,想想还是忍不住,神秘地对她说:“我们要去的地方,不是八江就是九江。我记不清了。”

和子问:“八江九江离这儿有多远?”

樱子摇摇头。她看到胖猪佐藤站在甲板上,于是立即走出船舱,向佐藤跑去。

下舱里的乘客都醒了。不过,大多数人还和衣躺在船板上。夜里睡觉谁也无须脱衣服,到下半夜时,只要取件单衣盖在胸腹就足够了。现在虽然天已大亮,但是离用早餐还有四个小时。按规定,她们不工作休息的时候,一日供应两餐:早餐在上午九点,晚餐是下午五点。如果乘车乘船,每人每顿只发一只二两重的面包,至于饮水嘛,车上有水供应,船下更是取之不尽。如果你的食量大,像华兰妞这些农村妇女,可以自己掏钱另外买。这就需要钱了。

像石桥所,自开张从业以来,还没有正式发过一次工薪。石桥夫妇都是钱迷,总喜欢把钱拿出来看看数数。即使其中有部分不属自己的,但摸摸望望也觉舒心惬意。所以石桥总是找出种种理由,竭力延宕发薪日期。当然,他还怀有不可告人的鬼心思。像横遭惨死的山东嫂,她名下应得的那份服务费,难道还会上交国库?更不可能掷入长江!所以他使用的策略是能拖则拖,能欠先欠。如果有人实在急等钱用,可以在借据上按个手印,先取点儿小数零花。当然,在能借多少的具体数目上,就必须参考债务人的国籍和具体对象了。

在此之前,韩妇姬顺玉曾两次苦苦哀求结算工薪,急着要汇往家里以解燃眉之急。石桥夫妇都以邮路不通为由婉言拒付了。这样既不遭人怨,又能留下钱。究其原因,正是如上所说。

大约八点钟的时候,石桥才出现在甲板上。

他在用水桶打水,漱口洗脸。他忽然觉得身后有人,头一掉,见是严冬梅和黄秋菊,心里不由一愣,暗暗想道:"这两个破烂货,不知又来找什么麻烦了。"

石桥边擦脸边笑道:"你们起得好早啊。是呀,早睡早起身体好。可惜,我这人……"

严冬梅不想再听下去,单刀直入说:"石桥先生,请问你曾听说过'出力付酬,做工挣钱'的惯例?"

石桥心里有底了,立即笑道:"鄙人不敢侵吞你们的劳动报酬。"

黄秋菊比当初胆大多了。她冷笑一声说:"谅你也没有这个胆。我听说你们军中有这项规定。我只要写个书面材料,托个好心的士兵带出去。中川如果不问,我看栗原还是肯管的。"

石桥心里暗吃一惊,不过脸上仍然笑得可人。他连忙说道:"哎呀,我的小姑奶奶,你扯这么远这么深干什么?我刚才不是说了,劳动给报酬,谁劳给谁得。完全应该、合理的嘛。"

严冬梅伸出一只手掌,说:"那就发给我们吧!我们都半饱半饥,等钱要去市上买些吃食回来。"

"照发照发。你们别急。"他连连打着招呼,忽然,手把大腿一拍:"都怪我,都怪我。各位应得的账目,我还没有结好哩!干脆,每人先借五元!"

黄秋菊怒目圆睁:"又是先借?!"

严冬梅冷笑道:"天下哪有这歪理?你我之间,应该先弄弄清楚,谁是债权人,谁是债务人?”

石桥急得面红耳赤,内心惶惶,说:“我如果骗你们,用你们支那话说,叫我掉下江变只大乌龟!”龟有千年寿,在日本很受崇敬的。

黄秋菊忍俊不禁,扑哧笑出声。

石桥又说:“这样,你们两人各借十元。其余就对折借吧?”

严冬梅想想,决然说:“我们几个人,都是十元。其余我管不着。”

黄秋菊见石桥愣着,喝问:“你肯是不肯?不肯我们走了!”

石桥立即说道:“你先别走。十元就十元吧。你们这些姑奶奶真狠!”

“好了,跟你有理也讲不清。我们希望你早点儿把账结出,我们欠你的扣掉,你欠我们的还清。”

严冬梅拉拉秋菊说:“等我们钱花光了,再来看他结好没有。现在快去帮大家写借据去。”

两人转身往回走时,冬梅悄悄问秋菊:“还有她们三人怎么办?”

秋菊不假思索说:“当然同我们一样。特别是宗家母女,我看怪可怜的。以后我们能帮的地方,还得帮帮她们。”

严冬梅点点头。

石桥望着她们的背影沉思着。

“嗨,头人,你又在打谁的主意?”胖猪佐藤笑着,边走边问石桥。

石桥回过神来,对佐藤笑道:“你想谁,我就帮你打谁的主意。”

佐藤说:“在这千军万马之中,岂敢放肆妄为?”佐藤看看左右,见没有别人,又小声对石桥说,“中川大佐着人带信来说,叫你去街市上给他代购一只琵琶。”

石桥愕然,小声问:“他会弹琵琶?”

佐藤笑道:“你问我,我问谁去?”他说完就转身而去。

石桥觉得今早太不吉利了。刚刚解决一件麻烦,又来了道难题。我腿脚不便,女人能办好事吗?

在日本,许多文人墨客或是附庸风雅之流,爱赏菊花,喜弹琵琶。菊花迎霜怒放,不畏严寒;琵琶叮咚铿锵,有金石之音。他们的先人,把本州岛上的一面内陆湖就命名为琵琶湖。琴瑟琵琶,均是中华的民族弦乐器。在华夏,它们起源于夏朝,传入东瀛①是在唐代。如今日本普遍使用的三弦,就是在中国弦瑟基础上删繁就简而成的。所以,琵琶就像汉字是日文的母体一样,在日本许多人都会弹,不会弹的也爱听听。

难道中川是在大学里学会弹琵琶的?以前没有听说过呀。石桥站在那里,翻着心房心室找答案。

洋子见他出舱好半天,不放心找来了。她见他蹲在船头甲板上正发怵,感到奇怪。她缓缓弯下腰,笑问道:"石桥君,你害谁的相思了?"

石桥白她一眼,不理她。

洋子蹲下身,悄悄说:"遇到什么麻烦了?说出来让我听听。"

石桥就把刚才为钱、为琵琶的事悄悄扼要地说了一遍。

洋子凝视着江水的波动。一会儿,她忽然笑道:"依我看,这两件事都简单。借钱我不说它了。中川要买琵琶,不是他自己会弹,就是已经知道我们所里有人会弹……"

"哎呀!我怎么就得了健忘症?"石桥猛然醒悟,"刚起身就被两个贱货钱呀钱的把我脑袋都缠昏了。现在一切都明白了。"

"是谁去讨的好呢?"洋子喃喃问。

"还不是那个骚货!"

"今早你还做着美梦的时候,我就见佐藤过去了,是她还是他,还说不准。"洋子说。

石桥说:"我们待佐藤不薄呀。"

洋子笑笑说:"这些小人是没有脊梁骨的,有时能把一支纸烟看得比人格还贵重。"

石桥笑道:"夫人说得太透彻了。我就亲身体会过。面前坐着八九个人,我给每人递上一支烟。特别递到那个像小人物的人,他眼中就流露出感激之情,感激我也把他当人看了。而那些所谓大人物,见到我弯腰来敬烟时,非但不接不看,脸上也冷漠无情。我有时也狗眼看人低,只敬'大人物',不给'小人物'……"

---

①东瀛——唐代刘禹锡《汉压城春望》诗:"不知何日东瀛变,此地还成要路津?"后遂把日本称为东瀛。

“好了好了。你听我说，不敬则已，既敬就要一视同仁，不能怀揣几种牌子，敬他好烟给你丑烟，或者敬你不敬他。你要明白，场面上的人，谁的眼睛不雪亮？都在注意你的一行一言呢！那些大人物见你递给别人次等烟，甚至都不给，他们在心里就骂你了，骂你真是一条势利狗，笑你也太无聊小儿见识。城府深的人，嘴上虽不说，心里就鄙视你了。”

石桥感慨道：“夫人说得对极了。何苦为了一支烟既恼了‘小人物’又被‘大人物’看轻看贱呢？夫人的这套敬烟经，令我势利小人茅塞顿开。今后一定铭刻在心。”

洋子笑道：“你们这些烟鬼，提到烟就来精神了，都怪我引出的话头。不谈了。琵琶谁去买？”

“声音小点儿。还是麻烦夫人累个步吧。”

“我是擀面杖吹火——一窍不通。”

“还是把那个丫头悄悄带去挑选一只吧。让两个浪人跟着你们，你看呢？”他是病急乱投医，出的馊主意。

洋子想想，答道：“只好这样了。”

九点多，啃过酸面包、饮过长江水的众妇，又预领了几个钱，体力和精神都好多了。

听说准许上岸逛逛市面、买买东西，上舱下舱都骚动起来了。除了几种语言的叽里哇啦外，上下船板又被踩得咚咚响，船身也微微晃动起来。人人都在整理行李，都想腾出一只拎包或布袋什么的，好带到市上去盛东西。

黄秋菊忽然停下手，忧虑地问道：“中川真让我们去逛逛街？”

宗小花点点头，对秋菊说：“我刚才在石桥太太那儿是这么听说的，她还叫我准备一下，马上陪她一块上街去逛逛。”当然，洋子并未透露全部内容。

黄秋菊放心了。她忽然看见小上海坐在那里不动，心里有点儿过意不去。她走到她面前说：“上海妹子，你马上跟我一道走。买的东西放在我提箱里。”

小上海笑笑说：“谢谢阿姐。我不想买啥格麦子。”

“买麦子干什么？”秋菊莫名问道。

小无锡笑答：“她们管‘东西’叫‘麦子’。不是田里长的那‘东西’。‘麦子’就是东西。”

许多人都听得笑起来。

秋菊红着脸说："什么'东西麦子''麦子东西'，头都被你搅昏了。中国实在太大，南蛮北狄，鸟语蛮腔，实在是人们感情交流的一大障碍。等我做国家元首，一定要选出一个标准音，立个法，令国民统一使用它。如果有人胆敢坚持乡音土语，我就咔嚓一声，砍了他的头！"

听懂的人都哈哈笑起来，半懂不懂的也跟着嬉笑，完全听不懂的脸上呈现出令人发笑的茫然。

姑娘们真开心，因为她们最爱逛公司跑商店。买得起就掏钱，买不起饱饱眼福也就满足了。若在和平年代去逛逛街市，简直是太微小、太不足道的事情了，幸福的她们根本想不到这也是人生的一大享受。可是生在兵荒马乱时代的她们就不同了。有些人自从被鬼子逮住以后，将近一年还未出去见人见世面见太阳。她们像被关在笼中的鸟，不对，因为鸟还受到主人的宠爱，按时按点喂食供水，它们缺少的仅仅是广阔天空。应该说她们像块块腌渍在大缸中的羊肉牛肉，平时用一把盐狠狠捺着。主人若要用美味招待客人时，就拖出一块随意割割剐剐，直到被吃光吃尽，她们才能从另一种形式上得到自由。

只有华兰妞不想离开船。夏小荷为了陪着她，也违心说自己怕去人看人。

宗小花摸索整理了好一会儿，也准备好了。她把刚借来的二十元钱统统塞在老人破包袱里，只拿了自己的一只小布袋。

都准备就绪了。凡是要上岸的都拿着包袋，从下舱上舱一直排到甲板上。

因为船只拥挤在一起，所以从这条就能跨到那条船上，只要连续跨下去，就能登上栈桥。

忽然，栈桥上开来一队日军，留下两个守在栈桥头，其余都跳跃到各条船上。每人都用日语对自己周围的几条船传达着上级通知。

站在石桥他们这条船上的是矮个青年。他毕恭毕敬站着说："传上级通知：第一，时间不得超过一小时。第二，只限女性，男性驻守。第三，只准换上军装的日籍妇女，其他国籍一概不允。"说完，他就像木桩一样直立不动了。

甲板上，忽然像在沸腾的油锅里洒进了冷水，噼噼啪啪炸开了。僵立着的日军熟视无睹。

甲板上的外籍妇女，一边骂着一边又返回刚才自己待的地方。

宗小花目视洋子,洋子无可奈何地望着她摇摇头。

严冬梅她们只好把钱及袋子交给和子或幸子,麻烦她们代购一些必需品了。

两个浪人从中川船上捧来六套黄军装和军帽。洋子脱去和服。和子她们脱去草绿色的左胸标有“慰”字的工作服,换上黄色军衣,扎上皮带,戴上军帽。

当这些拖着长发的临时“军人”走上栈桥之时,两个日军机械地重复着:“请记着,你们是帝国军人,是服务人员。”

“三类军需”船上,上舱都空了,下舱却人声鼎沸,义愤填膺。有人骂着“小鬼子真坏”“倭寇不得好死”。

日本在我国汉代之前算扶桑,到汉朝叫倭奴国①。到了中国元、明时代,倭奴国处于南北分裂状态。内战生产出的许多残兵败将,流亡海上为盗,劫掠中、倭两国沿海商民。我华夏子民从那时起,就把他们贬称为倭寇。“鬼子”“东洋鬼子”是当代人对那些好战的日本法西斯上层人物和下级士兵的蔑称。因为中国百姓见到他们,就像见到牛头马面、判官小鬼一样。仅这两种称呼,就足够我们中国人的长久回味,也值得日本人永久反省自己了。

宗小花坐在她妈妈身边,不说也不骂,也没有听到周围人在骂什么说什么。她心里正在背诵着一句《左传》语录:“或求名而不得,或欲盖而名(弥)彰。”

芜湖市面并不大,也没有什么现代的建筑。战前她之所以在皖南小有名气,那是因为得天独厚,位处长江之边。那时铁路未建,长江又是最廉价的运输黄金水道,这里自然就成了皖南皖北农副产品的集散地了,尤其是稻米和茶叶。在汽车和公路还极少看见的年代,从芜湖上船,经过青弋江,还能登上黄山的天都峰,饱览壮观的大好河山。

现在由于兵荒马乱,市面萧条,货物奇缺,尤其是米面油盐。往来商旅也寥寥无几。命都难保了,谁还梦想发财做生意?所以当这些“女兵”走到街上时,不少店面已经关门大吉。

走了一段街市,最令和子感到耻辱的是,许多中国人见到她们来了,都吓得退避三舍,有的干脆收摊就逃,还有个穿开裆裤的男孩,竟然害怕得大哭起来,边哭边

①倭奴国——《汉书·下》:“乐浪海中有倭人,分为百余国。”

溺尿。她很吃惊,也很莫名。她觉得很扫兴,不愿往前再走了。她把自己的想法告诉幸子,幸子也有同感。她问道:“这些支那人为什么都不把我们当人看?”和子也说不出个所以然。

她们走进一家食品店。两个站柜的见是几个女鬼子,吓得浑身哆嗦,脸上硬挤出的笑容比哭还难看。和子用手指指饼干,一个站柜的即刻捧出一大摞。和子取了一部分放到布袋里,掏出一张五元面额的军用券给对方。站柜的吓得连连摇手,不敢接钱。日寇刚刚入侵中国时,使用的是军用券,日元还没有来得及流到中国来。

樱子以为他厌恶军用券。她指着站柜的鼻子,一边叽里哇啦,一边用手做砍头的姿势。

站柜的吓得急忙接过和子手上的钱。

他弯腰在钱柜里找寻了好久,也找不到军用零钱。他只好拿了两张两元面额的国币出来,正要递给和子,却被樱子一把抢去。

樱子一边叽里哇啦,一边愤愤撕着国币。把撕碎的国币掷到脚下踩踩,又去站柜的面前伸着手……站柜的额上冒着冷汗,他用颤抖的手又把那张五元军用券拈出来,交还给和子。和子愣神着,不想收。樱子一把夺过来,塞到和子衣袋里。和子又想送还饼干,樱子按住布袋,用日语说:“我们是客人,他们应该请请客。”说完,她拉着和子出了店门。

和子和幸子,还有枝子,她们什么也不想“买”了。她们同洋子打了一声招呼,就先回去了。在返回的路上,和子终于醒悟了为什么支那人如此怕她们。

和子一行三人回到船上后,她叫她们先回各自的舱,自己拎着布袋向下舱走去。

和子把布袋里的十包饼干统统交给了严冬梅。冬梅问:“你自己不留两包?”

和子笑笑:“我的已请幸子带上去了。”当樱子推她离开店门时,她心里就想好了:中国人的东西应该还给她们。和子又把钱统统交给她们,说:“这些大票找不开,是我付的钱,算我请客吧!”冬梅同她谦让了好一会儿,见她执意不收,也就作罢了。

因为下舱比较闷热,和子摘去军帽,扒掉上装,将秀发抖抖松松,坐到华兰妞面前，同左右几个华妇闲聊起来。

夏小荷指着叫和子看。和子顺她手指瞄看下去，见小上海生得倒也清秀文静。和子不由叹息一声，说："又是一位善良的好姑娘。"

黄秋菊附着和子耳朵问："你可知道，洋子叫我们小花陪她一块儿上街去，她又想搞什么鬼名堂？"

和子想了想，摇摇头。她目视着小花母女俩。

宗小花似乎有意无意，不时瞥她们一眼。

"我想起来了。"和子忽然说道，"你同冬梅走了以后，我见洋子和石桥两人蹲在甲板上，说什么中川要买琵琶，说什么她用擀面杖吹火。哎，用它这火怎么吹？"

秋菊笑起来，问她道："在你们家里，用什么吹火？"

和子道："用的是芦竹筒。擀面杖没有孔呀！"

秋菊笑道："这就叫'一窍不通'。"

和子猛然笑起来，说："我这脑子真笨。你们的汉语太丰富多彩了。不过，也有点绕人。"

她们俩在无意中说笑着。可是她们的邻居宗小花就不同了，对她们的说笑一字也不肯放过，然后再去粗存精，像在沙中淘金一样。最后找出两个关键的闪耀字眼——琵琶。

她的头脑高速运转起来：中川想买它，是因为他会弹？还是买了让别人弹？在他"保护"下的十几个慰安所，除我而外，还有几个人会弹？他想买一只还是三五只？如果叫我去弹，我该怎么办？是白天还是晚上去弹？

她在许许多多的疑问中，挑选出最危险的两点。尽管不太有可能，她也当作完全有理由的两条，即令她一人去弹，而且还在夜晚。

她思想里紧张起来。如果推诿不去，那是绝对不行的。她应该去见见这位"护花使者"。她已从多人说话语气中分析出他与栗原宪兵队长是不尽相同的。栗原较为正派，他却是条色狼。栗原管的是军士，他却直接受命于"三宅坂"，暗中管辖慰安所。那么他的公文皮包中就一定有"三宅坂"指令他的一些有关慰安所的电文、文件等等之类的玩意儿。而这些内容更是我求之不得的证据。她想得既惊又喜。不过，也不是没有害怕。除了害怕被发现而外，还因为他是条令众多女子恐惧的色狼。算了，我反正已是残花败柳了，为了姐妹们，也应该去闯闯虎口。

她忽地打了个寒噤,一种可怕的想法突袭她的心头:难道因为我是半路出家的尼姑,引起了他的猜疑?她又仔仔细细回忆,自从进了慰安所以后的言行举止以及和华人以外的所有人的交往,觉得没有任何破绽落到别人手中。她也想到只有“拾旧报纸”的事情。这个疏忽可能被黄秋菊看到了。不然,她怎么会说“你又是从旧报上看到的?”她是有文化有头脑的姑娘,又是我们中国人,她绝对不会乱说出去的。这点她确信无疑,也证明她的敏锐眼力。

最后,她给自己定下行事的总纲,宁可谨慎从事,切勿麻痹自信。至于其他具体的行为细节,只能到时随机应变,看风使舵了。

她抬起头来,发现和子不知什么时候已经离开了。她望着黄秋菊,友好地笑笑。

黄秋菊一直感到她与众不同,身上似乎笼罩着一层肉眼看不见的神秘蝉纱。她见她对自己发出微笑,连忙站起来,走到她身边坐下,问她道:“小花姐,你来这儿之前是干什么的?”她从和子口中联想起她们母女刚进所里时曾带有一只破琵琶,但从来没有听谁弹过。

宗小花笑笑:“在吴江乡下种田呀。”

“不。我是问种田以后呢?”

小花脸上顿生悲切之情。她喟然一叹,说道:“去年冬月初,鬼子烧杀到我们村。我妈硬抱着我跳进一口臭水塘,才捡了两条性命。鬼子走后,我们爬出水塘一看,全村的屋子都烧成焦土。所有男人都被砍了头,所有女人都一丝不挂,下体不是插着木棍,就是塞着瓦片,连几岁的小姑娘也没有放过。后来我们就背井离乡乞讨了。”

秋菊沉默了一会儿,突然问道:“你会弹琵琶?”

宗小花暗吃一惊,心想,我为栗原弹的时候,她们都去明光前线了,从此以后就没再摸过。可见世上没有不透风的墙。她苦苦一笑,说道:“是我小时候跟隔壁一个老人学的。只是骗几个施舍,度度命罢了。”

黄秋菊不开口了,她内心在犹豫着。

宗小花笑道:“秋菊姐,你也会弹?还是爱听?可惜没有琵琶了。如有,我一定弹一段给姐姐听听。”

“我不会,也不爱。”秋菊忽然想起她被洋子请去吃酒的事情,心里不好受了。

她本想从正面做几句忠告的,想想又觉得不值。她想了想,对宗小花严肃说道:“我们先人曾说过,‘犹抱琵琶半遮面’。面对现实,我望你好好理解这句话。”

宗小花愕然了,脸上流露的表情像是不懂,又像惊诧。

却说和子见洋子她们三人进舱时,手中拎着大包小扎,就是不见琵琶。她也不好过问。她看着她们手上的各式吃物,心中泛起说不出的滋味。

船队一直滞留到下午,仍然未见启运的迹象。大家心里都感到前进路上荆棘丛生,铁蒺藜满布。可谓危机四伏,比暗礁浅滩更为可怕。

江面上很闷热,尽管太阳还被乌云遮着。一是“夏至”节令即将来临,二是风丝全无。上舱尚可得过,下舱简直闷得难以喘气了。虽有几只透气窗洞,但都被左右的邻船阻挡着,连一丝凉气也进不来。菲籍的不少妇女都已脱光了上身,展露着棕色的后背和下垂晃荡的乳房。韩籍女人虽也脱去了上衣,但在胸口还横扎着一条毛巾。只有华人女性最不愿让别人看到自己的皮肉,宁可身上冒汗,也不肯解除单衫。大多数都像夏小荷一样,打开全部纽扣,单衫成了“西装”,只是袒露着洁白耀眼的两山深谷。

她们也曾试着去甲板上透透气,押船的坚决不允许。因为她们是“三类军需品”,既然属军需,自然要保密的了。

晚餐以后,又挨了好久好久,暮色到底降临人间了。有些船上已出现幽幽的灯光。今晚的江面,远不如昨晚的火树银花辉煌灿烂了。因为上面下了命令,能不用灯的坚决不用,非用不可的尽量少用。

天色完全黑下来。洋子笑吟吟地走进下舱,对严冬梅等人打着招呼。她找到坐在幽暗中的宗小花,俯下身对她耳语了一会儿,又对秋菊等点点头,就悄然上去了。

宗小花背着别人做着准备工作。

秋菊站起身,想去打听一下。华兰妞拖住她的衣摆,暗暗摇摇头。秋菊又坐下。兰妞大声说道:“别狗拿耗子多管闲事。”

宗小花拎着一只小布包,低着头,跨着沉重的步子,离开了下舱。

洋子带着小花登上了客轮。她站住了,对小花悄悄说道:“中川大佐要你去陪酒消遣,你要小心侍候,要全心全意把他服侍好。他玩得开心了,对你对我们都有好处。他是得罪不得的,那条狼犬更是了不得的凶残。”

洋子说一句，小花点一下头。洋子说完了，小花才说道："石太太，我怕。"

洋子笑笑说："别怕。他也是人。只要你肯听他话，他也会讲情讲理的。再说，我还守在门外哩。"

中川还在喝着酒。昨夜，樱子在枕上气息平静以后，向他告发了石桥私收滥招的经过。中川怕她的话不太可靠，所以今天一早又把佐藤叫过来，前前后后做了详细询问，并从他口中得知栗原队长曾来听过她的弹唱，据说评价还可以。中川是个办事严谨的人。对这个年轻的不速之客，总有点儿放心不下。洋子送琵琶来，他又做了细节调查，并指令她回船不要向华人提说买了琵琶的事。他从洋子的汇报中，尽管没有得到任何蛛丝马迹，但是像狐狸一样的他还是觉得不能马放南山。所以他以陪酒消遣为名，要亲自见见人。再者，看看她的姿色又是如何。一石双鸟，何乐而不为？

副官岸信站在特等舱门外，喊了一声"报告"，就轻轻推开门，让她们两人进去了。

岸信守立在门外。时间不久，洋子就出来了。岸信带好门，送走洋子，又守立在门外。

僵立着的宗小花，头低到胸前，只能见到一头乱发。她双手交叉在腹部，按着一只布袋。袋子的拎带在微微战栗。半人高的狼犬嗅着她的双手和臀部。她吓得哆哆嗦嗦，连连后退。恐怖的眼睛，不时朝狼犬偷偷一瞥。狼犬却不管她的恐惧，她后退，它逼近……身后已是板壁了，她只得横心站住了。狼犬坐在她面前，龇牙咧嘴，露出上下四颗白森森的獠牙。

中川注视着她的神态，欣赏着她的姿色，慢慢品着杯中酒，玩味着口中菜。他又满满斟上一杯，嘴里不知小声叽咕了一句什么，狼犬立即返回到他的脚边，坐下自顾搔它的痒了。

中川笑笑，和蔼地说："坐，请坐。"

小花又瞥了狼犬一眼，将小袋丢在桌上，颤颤地落了座，头仍然不敢抬起来。

中川温柔地问她："会喝酒吗？来一杯？"

小花猛吃一惊，惶惶摇摇头。

中川笑道："我听人说，你能喝两口的。"

"太君，那是被人硬逼的。其实我真不会喝。"

“如此说来，我也应该逼你了？”笑着的中川给她拿来杯子，斟上酒。

中川端起自己酒杯：“来，我们边喝边聊。”

小花坚持不肯喝。不过在他的盛情催促下，只好就着杯边抿了一口。

“好！‘皇帝万万岁，小人天天醉’。人间道路窄，杯中天地宽。酒是个好东西。”中川边喝酒，边信口开河。

接着，他就以关心的口吻，问到她的年龄、籍贯，家中还有什么人……问得极细，充满人情味。

问到她家庭人口时，小花眼含泪水，诉起苦来。她说：“我妈妈三十岁不到就守了寡，含辛茹苦养活了我哥和我。直到我们长大，妈妈肩上才轻松点儿。可是，去年国家抓丁充军，把我哥硬行抓走了。我哥是条硬汉子，当他跳水逃跑时，被一阵乱枪打死在河里，尸首跟水淌走了。后来你们来了，房子被火烧了。我们娘儿俩为了活下去，只好厚着脸皮到外乡去讨饭。现在，我妈还病在船上，又请不到郎中……”

小花潸然泪下，哽噎得再也说不下去了。

中川听得很投入，他觉得这段诉苦倒也真实可信。虽然也有中伤他们的地方，但是能证明她的诚实和单纯。他叹息一声说：“明天，我让麻生医生去看看。”

小花擦擦泪水说：“我先谢谢太君了。”

中川拿起桌上小布袋，边打开边笑问：“你有钱买药吗？”

小花急急声明说：“我有钱，有钱！”

然而，从布袋里翻出的是一卷手纸。中川拿着纸卷，目视小花笑起来。

小花急得又要哭了，泣声道：“真有钱，昨天才领的二十块。在我妈身上。这纸是我妈说的，女人出门一定要带点儿，以防要用。”

中川笑笑，收起纸卷，说：“不论你有钱没钱，明天都叫麻生去一趟。来，为你母亲的健康，我们干了这杯！”

因为中川的态度很亲善，又答应为她妈妈治病，所以宗小花脸上的愁容被“春风”吹散了不少，胆子也大了一点儿。再说祝福母亲安康的酒岂能不喝？所以她干了杯中酒。

酒刚下肚，辣得她龇牙咧嘴，眼睛鼻子揪蹙在一起了。

中川哈哈大笑。他给她又斟了一杯。

中川又问:“你们娘儿俩,就捧着两只豁碗走街串乡乞讨,能吃饱肚子吗?”

小花对室内摆设早已伺机瞄过了,不见琵琶摆设。听到中川如此问话,她苦苦一笑:“不全是要饭。有时还在集上卖卖唱。我家隔壁老爹就是靠卖唱为生的,二胡、三弦、琵琶他都会用,他还会边弹边唱。我小时候没事做,天天去听。有时看得手痒,也就慢慢学上了。”

中川兴奋不已,搓着双掌大笑道:“太好了。前天我在南京刚买了一只琵琶,准备带回家的。我们先吃酒,马上再趁着酒兴弹一曲。”

小花又端起杯子,陪中川喝了一口。

中川放下杯子,细细审视着小花脸蛋。刚才初进时,因为紧张害怕,面皮黄里泛白。现在经过酒精的激发,脸色白里透红了。尤其是那双清澈水灵眼睛的周围,绯红得像樱花之瓣,小小的双唇也红红滋润起来,当它们一张一合时,上下整齐的米牙闪烁着洁白的珐琅光辉。颈项细而长,白而嫩。再往下,又是如何呢?

二十

黄秋菊本想趁宗小花未离开舱室之前去跟她打探一下洋子来的目的，或许也会把和子说的琵琶事情透露给她，好让她做个思想准备。岂知华兰妞拖住她，叫她别狗拿耗子。

宗小花走后，秋菊就默默看着躺在地板上的宗妈妈。她见老人的那块面包只缺了一小角。人是铁饭是钢。两天都没有吃什么东西了，她很为她的身体担心。

她见老人艰难地左盼右顾，连忙走到她面前蹲下，轻声问道："宗妈妈，你找什么？"

老人低声道："小花呢？我要喝水。"

秋菊急忙取来自己瓷缸里的一点儿冷水，将老人上身扶起，她端着瓷缸，让老人就着喝了几口。她又躺下，再问秋菊："我家小花呢？"

秋菊说："她出去有事了。你老有什么事，尽管对我说。我们都是好姐妹嘛。"

老人低声说："我不放心她，怕她再遭人暗算。"

秋菊暗吃了一惊，心想，她上次去石桥卧室吃酒不是出于自愿，并且还吃了暗亏。秋菊宽她心说："不会的。该怎样做，她心里有数。我见她对妈妈很孝顺。你老的福气真好。"

老人微微叹息一声，低声细语地说："是我害了她。"尽管小花从未责怪过她，诚实的老人却一直受着良心的谴责。虽然小花也曾多次暗示过老人，不能对外透露两人的真实关系，但是老人还是言不由衷地说漏了嘴。

秋菊心头震颤了一下。看看周围人只顾说着自己所关心的事,便附到老人耳畔,小声问:“你老妈妈是在逃荒路上认的这个义女?”

老人惊讶地点点头。

秋菊沉思了好久,又俯身附着老人耳朵说:“你这话不能再对任何人说了。有人若问,你一定要说是亲生亲养的。”

当老人想起女儿的叮嘱时,不无后悔地点点头。

黄秋菊坐在老人身边,把前前后后发生的事情仔仔细细地回忆、审查起来。

过了好久好久,她觉得似乎耳边缭绕着微弱低沉的琵琶声。她想到人有时会产生错觉。她摇摇头,又以两只食指扪扪耳门,将右耳贴着窗洞,屏息谛听。不是错觉,果然是真的。

宗小花怀抱还散着油漆气味的琵琶,随便弹了一曲。仍在喝酒的中川丢下酒杯,鼓掌笑道:“弹得很好,很好。不过,此曲令人颓靡有余,给人振奋不够。你边弹边唱,会吗?”

小花羞怯地点点头。

中川来了兴致,干了杯中酒说:“那就来一段边弹边唱吧。不过,市井俚语太粗俗了,还是选一折高雅些的。”

宗小花暗自庆幸。他幸亏没有哪壶不开提哪壶,因为市井中的猥陋俚俗她根本不会。若说选段“阳春白雪”,她又犯了难。虽然在书本中学了一些历代名曲,除了少数脍炙人口的折子熟悉、有的唱段能背诵而外,其余仅知故事情节,而不能照本宣科的。

中川见她犹豫着,笑道:“你们支那在元代就出了许多名人名曲。就在其中选一折吧?”

宗小花嗫嚅道:“关汉卿的《六月雪》写得很好,就选其中一折可好?”她想弹唱最后的“问天问地”一折戏文。

中川沉思了一会儿,笑道:“这出戏是违背自然规律的,不好。我看王实甫的《西厢记》写得一波三折,才华横溢。就唱一段‘小红娘成好事’吧。”

通过几句话,宗小花洞察了这个家伙的汉学功底较高,水平不在石桥之下。我若回他不会,必然扫了他的兴,这个“朋友”就难交上了。我岂能白白送上门来供他玩弄，我若唱得滴水不漏，准会把事情搞糟。他那无形的象鼻子既长又敏感。我不能掉以轻心，看来只好另辟蹊径了。

宗小花喝了一口酒，微微露出闪光的米牙说："我唱得不好，请太君不要见笑。"

中川笑道："假如唱得真不好，也没关系。"他心想，我不是贪杯的醉翁。

她将琵琶弹了几下，先道了几句白："却说莺莺被红娘推入房中，张生见之，立即下跪说：张珙（错说成 gòng）有何德何能，敢劳神仙下降？小生无宋玉般容、子建般才，谁承望，姐姐今宵来欢爱！"随着琵琶声声，她口中唱道：

> 绣鞋儿刚半折，柳腰儿够一搦，羞答答不肯把头抬，只将鸳枕挨。云环仿佛坠金钗（错唱成 chài），偏宜鬏髻儿歪。我将这纽扣儿松，把缕（错唱成 loǔ）带儿解；兰麝散幽斋。不良会把人禁害，怎不肯回过脸儿来？我这里软玉温香抱满怀。哎呀呀，阮肇到天台，春至人间花弄色。将柳腰款摆，花心轻拆，露滴牡丹开。但蘸着些麻儿上来，鱼水得和谐，嫩蕊（错唱成 xīn）娇香蝶恣采。半推半就，又惊又爱，檀口吻香腮。

忽地，弹、唱戛然而止。

守立在舱门外的副官岸信微微颔首。

中川拊掌大笑，喊道："唱得好，唱得好。来，我陪你干一杯。"

小花矜持地笑笑，把杯中余酒一口喝尽。

中川边斟酒边问："你跟什么人学唱的？"

小花摸摸发红发热的脸说："同一个老艺人。"

"哦。不过，唱词里有几个字的读音还需要推敲。也许和我们读法不同。"

小花惊讶地看着中川："我唱错字了？"

中川笑道："瑕不掩瑜，瑕不掩瑜。"

小花莫名地："这段唱词里，哪有虾呀鱼的？"

中川一愣神，忽地又纵声大笑起来。

小花迷茫地看着他，神情发怵。

中川止了笑，端起酒杯说："来，为我们的愉快相逢，干上一杯！"

宗小花迟迟疑疑地端起酒杯，只喝了半盏。中川托着她端杯的手，硬将余酒倒入两片红唇之间。

中川眯视着她的樱花桃红面颊,笑说道:“我是大和人,汉学毕竟不如你们支那人。其中有一句‘将柳腰儿款摆,花心轻拆,露滴牡丹开’我还不太明白,你能帮我解释解释吗?”

小花望着酒杯笑道:“我当初跟师傅学的时候,全凭记性好,都靠死记硬背,其中的含义多数说不出来。像这一句,我也曾请教过师傅。师傅说,柳枝被微风吹得摆来摆去;大雾遇冷变成露水,露水滴到牡丹花上,花就开了。”说完,以询问的目光看看中川后,用筷子搛了一块牛肉,递给狼犬。

狼犬看着美味,尽管馋涎欲滴,可就是不接。中川对它说了一句“咪西咪西”,只见它头一伸,那块肉就进了嘴下了肚,两眼还馋馋地看着这位好心客人。小花便又搛了两块讨好它。

中川将她的解释玩味了一会儿,然后点点头说:“你师傅讲得不错,雨催花发。没有雨露,花朵儿是无法盛开的。”

舱门外岸信摇着头。心想,在逢场作戏中,也离不开奸诈狡猾。

舱室里本来空间就不大,两只小小玻璃窗关着,还拉上了海蓝色窗帘。再加上酒一喝,两人身上都出汗了。中川将灰色汗衫卷到上胸,笑着对小花说:“依我看,你也该‘将这纽扣儿松,把缕带儿解;(让)兰麝散幽(舱)’。你看如何?”说完,他离开座位,绕到宗小花面前。

小花紧张得站起身,惶惶后退着……

中川边蹀躞边念道:“半推半就,又惊又爱,檀口吻香腮。”说完就猛地搂住小花。

小花边挣扎边问道:“我弹唱得好不好?”

中川笑道:“不仅弹唱得好,人也长得好。”

小花说:“既然如此,你就让我来侍候你吧。所里我真不想待了。”

中川亲着她的“香腮”说:“好啊! 只要石桥同意,我求之不得了。”

舱外的岸信想,这姑娘也太幼稚了,真像一只嫩秧苗晒干装成的绣花枕头,虽然清香绵软,但是“金玉其外”啊。

从舱内传出中川的油腔滑调声:“我蘸着些麻儿上来,鱼水得和谐,嫩蕊娇香蝶恣采。”

岸信摇摇头，心想，白天道貌岸然，夜晚放浪形骸，这些当官的，为什么都具备两副面孔呢？他轻轻叹息一声，就离开岗位了。

樱子在舱板上翻来覆去难以入梦。她借口天太热，走出舱门，站到甲板上。她侧耳谛听，琵琶声再也听不见了。她看着朦胧的周围，黑暗的远方，昏黄幽幽的盏盏灯火，长长吐出一口怨气。怅然若失的心中，说不清的滋味，道不明的酸味，是沮丧还是惆怅？是抱屈还是恼怒？是妒忌还是悔恨？

下舱里的黄秋菊也思绪翻腾，辗转反侧，闹得她的紧邻严冬梅也睡不安稳。冬梅猜想她有了心思，悄悄问她："你睡不着，想什么？"秋菊回道："没想什么，只是感到身上烦躁不安，闷得慌。"

华兰妞小声戏谑她："你见别人送货上门去，身上作骚了？"她伸出的手，忽然碰到枕边一件异样东西，凭手感好像是只面包。拿出一看，果然不错。她怔住了。她想明天必须问个明白！

秋菊知她和自己说笑话，所以没有反击她。不过她的话确实也中伤了她的痛处，使她想起那个可怕的"演习"之夜。当然，从现在的观点来看，她既然误入这火坑，女贞无论如何是保不住的。但是，为什么一定要坏在恶魔手里呢？宁肯送给一个普普通通的士兵。她想到那个老猫戏鼠的玩弄，就像正在发生一样，心中不由惶悚恐惧起来。她现在又想到了宗小花。我们是被逼上梁山的，你为什么要自投罗网呢？究竟为什么？是什么人？她一边胡思乱想，一边慢慢进入了似睡非睡的梦境。

黄秋菊从噩梦中回到现实时，天已大亮了。她身子懒得动，睁眼看看周围，发现宗小花正睡在她妈妈身边。

天未亮之前中川松开双臂，放走了可口的玩物。他披上便服，从衣帽钩上取下黑色公文皮包，将其平放桌上，小心地打开搭扣，见按在搭扣上的一粒米长的头发仍然还在。他不由讪笑起来，调侃自己真是有点儿风声鹤唳。他把睡席下的几份要紧文件和电报纸依然放回皮包里。扣上搭扣，放到一只抽斗里。他感到浑身疲惫，头晕眼花，不由凄然想到是否自己已经老了？他脱去衣服，又倒在床上。

临近中午时分，前方传来水雷已扫清的消息。于是，江面上又冒起阵阵浓烟。

千万只大船小船，继续向上游竞发。

下午两点左右，江面上忽然警报长鸣，人声鼎沸。眨眼之间，船队上空突然出现三十几架轰炸机和十二架护航战斗机。江中护航旗舰上打着旗语，命令所有船只不许滞留，加速行驶。

护航机在高空盘旋。轰炸机急剧下降，向军舰、炮艇、江轮和木船连连投弹。弹落江中，激起的水柱几乎要浸湿飞机上的梅花标徽。军舰炮艇在匆忙中开始还击了。突然，一只江轮中弹起了火。

十分钟不到，从天空的东方飞来一阵"黑乌鸦"。中国战机不等对方编好队，立即就扑上去拦截，有的干脆冲入敌方机群，左冲右杀。虽然中国的架架战机各自都被数架敌机团团围着，但是敌机因为投鼠忌器，反而造成被动挨打。这是中国战机利用灵活的战术，压制日方数量上的绝对优势。

中华空中健儿，曾在抗战全面爆发后的八月十四日，在杭州上空，由高志航率领的四大队与敌机做了首次较量，竟创下了六比零的绝对优异成绩。连最高统帅蒋介石当时在南京听了都直摇头，他不相信这个胡编的神话。但是，第二天全世界的电台和报纸都详细播放了这条神话消息。日本的"三宅坂"觉得脸面丢得太惨，羞得要钻地洞跳阴沟。中华举国上下，人心大快，终于扬了眉吐了气！

一九三八年二月十八日，日本"四大天王"之首的"空中霸王"南乡茂章，被中国飞行大队长罗英德打得机毁人亡。另一"霸王"加藤大尉，被飞行员黄莺打得空中开花。另两个所谓空中霸王，也先后铩羽在中国的蔚蓝天空。

当然，日机也不是吃素的，"霸王"头衔也不是信口胡吹的，所以，在短短的几个月里，中国全部家当三百多架战机也杀得一架不剩了，同时也失去了许多优秀的中华空中骑士，如高志航、阎海文、陈锡纯、沈崇海、李桂丹、吕基淳、陈其光……

在那些惊心动魄的空中较量中，中华空中健儿用无私无畏、勇敢机智，用沸腾热血、宝贵生命，在与恶魔的殊死战斗中，夺回了祖国的尊严，捍卫了蔚蓝的天空。他们虽死犹生，英名永存史册。

现在在空中参战的战斗机和轰炸机，是由苏联援助刚刚飞到中国来的。

此时江面上、天空中，正义与邪恶正较量得难分难解。

江面上已经有七八条大轮、两艘军舰和许多军需木船起了大火，有的已开始下沉。轰炸机当然也随之少了一半。

日寇战机立即改变战术。一部分围缠住我战斗机,一部分专职去对付轰炸机。轰炸机像步履蹒跚的老人,动作很迟缓。所以当他们遭到围攻、料定难逃厄运时,有数架则连机带弹直往敌艇上砸下去,与敌同归于尽——这是我英勇骑士们的最好选择!

战机队长毛瀛初在上级三令五申的召回声中,只好抹抹泪水,领着三架受创的战机返航了。日寇战机的损失是十一架,是中国受损战机的一点二倍。其中两架是中国战机硬撞毁的。四年以后,日寇在太平洋上与美军激战节节失利时,日机的"神风突击队"以机撞舰的武士道魔性,恐怕就是受到我中华健儿英勇顽强视死如归精神的启迪。这是后话。

中国的雄鹰太少了!应该留下几只到最困难的时候再派用场,或是为了留一点火种吧!毛瀛初想到这儿,只能服从命令了。

空中平静了。江面上仍然浓烟滚滚,火光冲天,不时还夹着惊天动地的爆炸声。

几艘即将沉没的运兵江轮上,狼奔豕突,鬼哭狼嚎。部分人抢夺到救生用具后,纷纷跳水逃命。许多溺水士兵在江中忽沉忽浮,呼天抢地,叫爹喊娘。当官的竟然用手枪杀死士兵,将救生圈夺为已有。许多韩籍士兵蜂拥而上,把几个凶残暴戾的日籍佐尉按捺在水下,直至他们喝足淡红江水才松手。这是对平日所受歧视和虐待的发泄及报复。总之,江面上已乱成一团糟。人与自然在抗争,人与人在杀戮。谁都知道生命对于自己只能有一次,包括众多军骑和若干"三类军需品"在内。

所有船只都奉命停机,抢救溺水人员及物资。当然,早已送到河伯水府的枪炮弹药除外。

日军内部有一套完整具体的抢救规定。凡是在战火中、江海里或是去劫掠敌方的俘虏集中营,抢救的对象必须是先将后佐再尉官,最后才到普通兵。抢救物资时,必须先枪炮后战马再药品、食品,最后才是各类生活用品和"第三类军需品"。

刚才轰炸机在空中投弹时,把许多装载"三类军需"的船只百分之百确认为装运的是枪炮和食品。所以对这类木船未敢丝毫忽视,连连俯冲、掷弹。不少木船被炸得船板横飞,上面的乘员不分贵贱无论国籍,统统掀翻到江水里。已死的随波逐流;受伤呻吟的顷刻尸浮水面;侥幸活着的,捞到救命破板上的在向其他船上呼救;什么也捞不着的,向上空摇着双手,利用浮出水面的一瞬间朝苍天疾呼:"救救我,我还有个孩子!”“救救我！我还年轻啊——”

石桥他们这条船幸亏安全无恙。所有人都挤在甲板上,观望眼前这场既悲壮又凄惨的场景。宗小花似乎不忍心再看下去了。她独自悄悄抽出身子,走进下舱,去照应依然躺着的老母了。

未遭劫难的各船开始抢救了。当然遵照严格规定,先救官再救兵,先救后勤工作人员再救马匹物资。救到最后,江面上还浮漂着一时难以下沉的木箱、纸箱、马料草包以及还在向人间哀号的“三类军需品”。

一佐一尉两个军官,均举着手枪,喝令石桥船上的人先打捞纸箱。救者们迟疑着,想先救上眼前这些呼号哀叫的大活人。少佐向他们鸣枪示警,狂喊:“这些蚊帐军衣,是军中的急需品。你竟敢无视圣战!”帽子太大头太小,几个抢救者慌忙用篙钩拖住那些幸运的纸箱和木箱。有些“三类军需品”已渐渐支持不住了。这也难怪,首先她们都不会浮水。天热身上衣裳又少,连日摧残加上半饥半饱,体质也很虚弱。虽有木板加大身体的浮力,但是溺水已近一个小时,再加上惊恐受吓,虽然都有求生本能渴望不死,谁都想在火坑中继续挨一天算两天,谁愿意做个外乡水鬼,永远不能返回故乡之土呢?她们尽管心愿如此,但是体力却渐渐不支。不少人的声带已经失去作用,毫无再生希望了,精神崩溃了,尤其那些几人抱着一块木板的“三类军需品”,慢慢在下沉着……

无恙船上的人在低声议论、谩骂、哭泣……

江面上还漂浮着许多捆扎得四四方方的草包,那是军马的食粮。当然它的重要性不比军衣军帐逊色。所以抢救人员在那浑身流着冷血的少佐指令下,也将它们逐一打捞上船。

打捞木箱纸箱之时,还能见到水面上若干脸面和挥摇的手臂,而现在江面上已寥寥无几了。还能挣扎着的她们,不是几个捞到了一块船板,就是刚刚松手离开了草包。指挥的少佐,忽然发现竟然还有一双手死死不肯松,致使草包难以漂到船边。他不由怒从心头起,砰砰两枪,抓住草包的双手终于松开了。草包在篙钩的牵引下,淌过血红的江水,漂浮的速度增快了许多。这位坚决按照条文办事而且办得一丝不苟、毫不含糊的少佐,又瞪起像秃鹰似的锐利眼睛,竖着像狐狸一样的耳朵,冷冷观察审视着水面。他听到一个濒临死亡的“三类军需品”喃喃说着日语。他立即指令抢救者:“速去救那一个！就是抱着小木板的那个!”抱板者被拖上船时,已经气息奄奄了。

鹰样的目光,仍在水面上掠来掠去……

日本“三宅坂”的规定也不是没有道理。“三类军需品”对战争的胜负是起一定的作用,但不是决定作用。再说,这“三类军需品”凡是有人烟的地方就取之不尽,用之不完。物多就滥,自然就谈不上什么宝贵无价了。“它们”当然不能与军衣马料同日而语了。

无恙船上的“三类军需”们泪下潸然的同时,人人都寒战不已。她们都在想着同一个问题:如果自己也在那条罹难的船上,不也是喂了鱼虾吗?她们虽然暂时保住了一条命,但是精神上却受到了致命的一击。

黄秋菊用湿透的衣袖擦去眼泪鼻涕,悄然走下船舱。她见正扒着窗洞观看的宗小花有点儿慌张地离开了瞭望孔,在宗妈妈身边坐了下来。

昏惨惨的太阳已经挂到远方的山巅上。船只编好队后,争分夺秒,继续向西航行。它们要去的地方是九江,最终目的地是武汉三镇。

为了守卫战时的首都,国民政府的最高统帅、军事委员长蒋介石,六月五日召开了最高级军事会议。

从五月底起,蒋介石就整日困在作战部,同白崇禧、陈诚等人悉心研究作战地图和防守方案,并且开了一次预备会议,请军团以上的高级将领参加。讨论题为“如何保卫武汉”。他让大家畅所欲言,各抒己见,知无不言,言无不尽。然后他再广采博览,集中提炼其精华。

集思广益以后,在五号的会议上,他做了重要指示:“武汉乃我抗战之首都,必须守卫之。唯其三镇守之不易。武汉四郊,唯西为我后院。敌方重兵均布于北方山地和东方水上。而城北根本无天然屏障可依,其间更夹有三水之河及众多湖沼,无用武之地,也无可久战之地。故欲得武汉之巍然,必须守之外围。东面由长江北岸至大别山南麓,即以鄂皖省界构筑一条固若金汤之防线。北面从桐柏、信阳、双门关、武胜关至大别山北麓,筑成一道坚不可摧之钢铁长城。”他说到这里,一边喝着白开水,一边关注下面的反应,见许多人都颔首点头,顿时精神抖擞。他指着放大的省图继续讲道:

“诸位再请看,武汉城中长江穿流而过,向东直泻而去。故鄙人愚见,必须从安庆起始，上溯马当、湖口、九江、田家镇、兰溪、黄冈一线，组成道道关卡、座座水寨，阻敌于千里之外。”他稍稍停顿一会儿，见下面鸦雀无声，个个都挺胸注目。他忽然提高音调说：

“诸位，南京教训前尤未远，切不可忘！诸位可以设想，如果我军据三镇而战，战火势必殃及城区。武汉之政治、经济重心必失。若被围困孤城之中，我军就成瓮中之鳖。所以武汉要战，就必须战于远方。概括言之，守武汉而不战于武汉，此乃上策。”

下面掌声雷动。那些高级将领无不神采飞扬，个个觉得言之有理有据。

蒋介石的大会讲话稿，后来被周恩来将军见到了。他在两天后的一次记者招待会上，提到对蒋介石的印象时说：“在政治和军事上，就战略和战术两点相比而言，在战略问题上他是强项。他能做到知彼知己。抗战初期，他以‘积小胜为大胜，以空间换时间’为战略方针，是完全正确的。因为现在不再是冷兵器时代，放弃南京是明智的选择。问题在撤前还举棋不定。正因为如此，疏散人口未能提前进行。再说，日寇的惨绝人寰也是始料不及的。在徐州地区，取得一小胜，立即跳出包围圈，放弃无一兵一民的空城徐州，避免与日寇决战硬拼，也是聪明之举。现在守武汉而不战于武汉，更是战略家的决策。”周公实事求是的评说，赢得了中外记者的阵阵掌声。

当中国在为自卫战争研究决策的时候，日本上层头脑也在为侵华战争做着难以定夺的选择。

裕仁是个说话模棱两可、遇事优柔寡断的人，而他的那些元老重臣们又是绝对崇拜这个血肉之躯的天照日残大神。所以对侵华战争是“进击暂停，巩固后方”还是“继续进击，置蒋介石以死地”，在多次御前会议上，始终不能做出定案。这天裕仁拖着疲惫的步子，走进后宫里，良子皇后立即笑脸恭迎，侍候他宽衣、吃茶。

日本是以夫权当家神权治国的。女性恪遵妇道，从不利用枕上香风温情，过问家事干预国事。裕仁是她的丈夫，她是裕仁的子民。两人之间的言行既要饱含温馨，又要体现尊卑。这天他竟然一反常态，对妻子喟然叹息一声。

裕仁是一九二八年十一月十日才举行登基加冕的。其实在一九二五年就改元昭和、摄政理国了。自从他当政以来，日本正处于多事之秋，军国主义膨胀得要爆炸。许多涉及大和子民生死攸关的重大问题,常常把他搞得无所适从,焦头烂额。妻子看着丈夫的两鬓悄悄生出的几根白发,也不由陪着叹息一声。裕仁凝视薄如纸明如镜的白玉茶杯,微眯着眼,刚才两位重臣的上疏似乎又在耳畔回响。

陆相坂垣:"陛下,(昭和)研究会考虑,我们的盟友德国也建议我国政府尽早结束华战,然后再出兵塔城和漠河,与其东西呼应。研究会认为他们建议的上半部是非常可取的。目前欧洲上空正弥漫着战争风云,二次大战就是朝夕之事。我国应该抓住世界正在密切注视欧洲局势走向的有利时机,尽早尽快结束对华战争。欧战一旦爆发,美、英、苏、法等国一定会卷入风云旋涡。偌大的东亚必然成为真空地带,我们只要从支那派遣一支精锐之师,即刻就能像秋风扫落叶,赶走英、美、法在东半球的残余势力,唾手可得中南半岛、大洋洲以及太平洋上所有露出水面的陆地岛屿。德意志心在西半球,我们意在东半球。各得其所,互不侵犯。陛下,到那天,我国的太阳旗在亚洲和大洋洲就像雨后春笋一样,蓬勃升起,迎风猎猎,多得犹如天上的星星。我国的版图必须扩增改制,现在的疆域将来只能作为一个地区啦!所以,我们研究认为,机不可失,时不再来,尽快尽早结束华战。"

参谋总长闲院宫载仁亲王,是裕仁的叔辈,也是三朝元老,在上层德高望重。岁数虽大了点,但运筹帷幄正是最佳时候。他老谋深算、语气缓慢地对皇侄说:"陛下,微臣已颟顸老朽,头童齿豁。陛下孩提之际,老臣常扶佑您练习骑马;现在也应该再匡佐您治国平天下。在此之前,老臣虽已说得口干舌燥,但还想知无不言,言无不尽。陛下的爷爷,即老臣的叔父明治天皇曾说:'臣立功,君立德,国可安也'。老臣现在无意于立功建勋,只想在告老勇退之前,再最后唠叨三点条陈,仅供陛下参考。"

裕仁听他说要告老回乡,不由暗吃一惊,同时也不无恼怒。但是在他冷漠的脸上,毫无任何显示。

他的叔子参谋总长载仁喘息了一会儿,继续上疏道:"老臣把目前的华战对我国犹如一比,箭已上弦,弓已拉满。帝国的百万貔貅正在背水一战。他们的身后就是渤海、黄海、东海和南海,只能奋进不能怯退了。老朽条陈的第一点,看国内民心和经济物力。目前举国上下民情沸腾,老少妇孺都渴望政府早日踏平支那关山隘阻。民心可贺,民心可用。再看国内经济实力。别人都天天对陛下升虚火,老臣却不敢犯欺君之罪,只得实话实说。想当年,日清战争时,平均每天耗资四十五万日元，战事结束也不过共花了两亿日元。日俄战争中，平均日耗两百万日元，为此次战事也不过总共支付掉十八亿日元。而现时的日支战争，开战之初就日耗两千多万日元。更为可怕的是，目前日耗军需靡费已近亿，已使财政捉襟见肘。国内现役部队，仅存御林一个师团，连预备役、后备役都已用上，实际再也无兵可调遣。再者，现时前方使用的炮弹枪弹，部分是美洲军火商冒天下之大不韪偷偷售运而来。如其欧战一旦爆发，唯利是图的那些蓝眼睛，一定会贪婪地投向更为看好的市场。如若华战拖延到那种尴尬境地，帝国将怎么办？”

裕仁心中打了一颤。他微启双目，瞥了忠心可鉴的叔子一眼，又闭上了。

“老朽条陈的第二点，谈支那具体现状及设想将来。在支那，真正在对抗王师的是蒋某。他有权有军。虽说是乌合之众，却双倍于我。支那尽管搞了个什么联合阵线，那仅仅是纸上谈兵，他们仍是同床异梦。既然对蒋某不能以政治解决，就必须采用军事打击。全部消灭为上策，将其驱入崇山峻岭，也不失为下策。到那时，他也成为像毛某一样的边陲割据。国民政府还何在？我们可以扶上满族后裔或是遴选他人，组成一个韩国模式的中央政府，就可利用它的物博人多的条件，继续向中南、印度半岛挺进。因为蒋、毛二人都不是庸人之辈。他们似乎都看透了我们心思。蒋某的战略是，‘以空间换时间’；毛某高唱的是‘持久战’。话虽说的相同，心思却是两样。华战如果不能在三至四年内结束，拖延到八至九年的话，在漫长时间里，艰苦境地中，我们必然会被拖瘦，蒋某必然会被累垮，毛某必然会羽毛丰满。我们即使付出了沉重代价，消灭了前虎，却又来了后狼。或说遍体鳞伤的蒋某，就算取胜于我，他同样也会被新生力量吃掉！综上所述，圣明的陛下，华战只有速战速决，我们才能免于功亏一篑啊！”

忠勇老臣暂歇了一会儿，继续上疏道：

“老朽条陈的第三点，不可漠视军中情绪。军界里，从最上面的陆相到底层的士兵，包括他们家人亲属，都以奋进为荣、滞退为耻。陛下如一味要滞留在暂停线上，想用政治手段来解决，岂不冷了千千万万人的热心吗？因为您的仁慈从事，假如逼得国内上层动荡起来，于国于民都不利，甚至激变成大和民族的空前灾难。再说‘将在外君命有所不受’，那些蛮勇斗狠的武夫，常常敢于犯上克上的。假如他们在支那越过您的暂停线，勇猛地向武汉进发，到那时，在世人眼里，不是您下的旨意，也是您下的口谕。陛下处于尴尬之中，又怎能向世人说得清楚呢？战争本来就是一场玩命的豪赌。就算支那的诸葛孔明再生，还有挥泪斩马谡的失算。依老臣愚见，不如顺其自然，顺风使舵，坚决将华战进行到底！”

裕仁想到这里，不由热血沸腾，双目呆视。良子窥视夫君脸上的气色，噤若寒蝉了。

“砰！”一只拳头猛然砸到茶几上。“当！”玉质茶杯跳到地上，粉碎了。这是他最心爱的茶具之一。

有失必有得。他终于下了决心。他目视对面墙上的一幅大地图，似乎铁拳之中正抓着一只半死不活的“大雄鸡”。

俗话说，生姜还是老的辣。中国的战事已被参谋总长载仁说中了。当裕仁与几位重臣在御前会议上患得患失、畏首畏尾时，华中派遣军已经等得不耐烦了，瞒上不瞒下已动起手来。不少人心想，悄然不知拿下武汉，给天皇一个惊喜。当然，这种囊中取物的愚蠢想法，只能出在普通士兵和下级官佐中，上面的指挥官正好利用他们对天皇的愚昧忠勇，鼓舞斗志，激励进攻。

六月二日，稻叶的第六师团进攻肥西。

六月八日，本间雅晴的第二十七师团击溃徐源泉、杨森等军，攻占舒城。

六月十二日，波田支队从长江溯水而上，登陆北岸，安徽省府安庆失陷。

六月十五日，裕仁对大本营下达进攻武汉的旨令。

六月十八日，大本营颁发第一一九号令，命令秋季结束对武汉的战斗。

当玩命在中国的近百万的日寇官兵接到军部命令后，上层弹冠相庆，下层欢欣雀跃，在连声“板崽”（万岁）的狂呼大叫声中，统统面东而跪，双手扪心，对天皇发誓言、表决心……

这种愚昧好战的疯狂过后，人人忙着找人写家信，个个对家里说心愿、嘱后事……

在疯狂地狼嗥虎啸声中，华夏大地上的群山战栗了，江河在呜咽流泪。神州的天空乌云滚滚，电闪雷鸣，刮起一阵妖魔飓风，飞沙走石，日月无光……这一切都预示着，一场亘古未见的生灵涂炭、腥风血雨又将残酷无情、暴戾恣睢地降临这块羸弱而又倔强的古老大地上……

二十一

日寇攻陷安庆的第二天，华中派遣军第十一军司令冈村宁次就令栗原宪兵队日夜兼程赶到安庆做好“绥靖”工作。

这天中午，“第三类军需品”也准时送到了。她们登岸后，稍作梳洗，吃了一点儿东西，就被送进城郊刚刚搭好的许多行军帐篷里。

一座座帐篷是冈村为了犒劳为他建立头功的波田支队而命令工兵火速做出的杰作。一座座帐篷犹如山芋地里的条条垄坎一样。每个所使用一座。篷内横竖拉着铁丝。单元之间用挂在铁丝上的一人高的帆布隔着，门帘也由帆布充当。地上垫的是苇席。

打了胜仗的要慰劳。刚刚赶到尚未参战的要先来个刺激，更重要的是为了讨个好运，图个吉利。日军中有个奇异说法，战前摸摸女人身子，战时准能借着女性的红运吉星高照，不会受伤阵亡。于是，郊外这块空旷之地立刻像奉迎庙会，蜂拥蚁攒，喧嚣震天。石桥在胖子浪人的协助下，坐在帐篷门口，收一个的钱，放进一个人。就像草台班子的马戏团一样，帐篷那一头是出口，由瘦子浪人守着，以防有人“返水”进来捞外快。

现在已近夏至，长江地区开始炎热起来。帐篷在烈日的炙烤下，里面闷热得气息难喘，而且小窗小洞难以透气透风。所以每个单元里的“三类军需品”均纱丝不挂，赤条条躺在芦席上，像离水的鱼张合着双唇。那些进来娱乐的鬼子兵们，刚跨入帐篷，也脱成光腚。

座座帐篷变成了大医院的太平间。因为只有在太平间里才能出现男女不分的全裸体，而且混杂其间，从不分类。当然，也有一点儿小小不像。太平间里，除了偶尔有老鼠发出的吱吱吱的尖叫声外，整日整夜还是沉寂无声的，静得让人超出自我。而这些布篷"太平间"里，却充满了魔鬼的狂笑、羔羊的呻吟以及令人窒息的冲天汗臭。

对于日寇性"道德"的败坏，冈村的看法和做法是和其他高级军官不同的。他尽管自己在这方面较为检点，尚能洁身自好。但是，他认为对下级军官和普通士兵来说，既是生理需要，也是精神刺激，不能旷日缺乏。在攻取南京之前，从未对声色犯过愁的那些"三宅坂"大人物，对官兵的身心健康缺乏应有的关怀。故而南京得手以后，出现了一些令日本军人感到"羞耻"的事件。他认为，公正而严格地说，是因为上面的疏忽漠然而造成下面的纪律松弛。他也曾带着这个问题去下面做过认真考察，他惊骇地发现，激烈侵犯被占领地妇女的士兵，与他们在战场上的强悍勇猛成为正比。换句话说，打仗越勇敢的士兵，性要求越强烈。而这样的下级军官和士兵还是所在部队中最优秀的骨干力量，是攻坚破阵的强手。像当年由谷寿夫所指挥的第六甲级师团，在南京城区就充分证明了这点。他又想到，既然上面已经关心下面了，各师团都配备了一定数额的"三类军需品"，我们就应该充分发挥她们的作用。所以后来攻占九江以后，他立即做了三点指示：首先，各级官兵的性饥渴，能利用"三类军需"解决的，决不准去营外"撒野"。同时，应该设法扩大"三类军需"的补充来源。第二，倘若有人在进击途中已经发生了实难克制的"施暴"行为，应该给予受害人经济赔偿，付给十五元的"慰问金"以谋得"调解解决"。第三，对于那些敢于置军令军纪不顾而且造成严重后果的，并有受害人直接指控的对象，必须核报军部，给予军法制裁。

冈村的这些想法和做法，假如敢于用白纸黑字见诸报端，有哪些能经得住责问？就是留给后来的历史，又能经得住审问吗？

当黄秋菊服务到第五个时，她觉得面前这个混蛋虽说的日语，却带着台北瑞芳口音。

她冷冷问道："你是台湾瑞芳人？"

混蛋不动了，喘息着问："你也是瑞芳人？"

秋菊不由泪水潸然,她泣问道:“你在哪个部队?”

混蛋骄傲地说:“在波田中将支队,这个支队大多数都是我们福尔摩萨人。”

我国台湾,日本随英美叫法称之为福尔摩萨岛。甲午战争后,一八九五年日本强逼清政府签订丧权辱国的《马关条约》,硬被日本割据以后,日本就在台湾强行奴化教育。尤其在所有学校里,从幼稚园抓起,换文字换语言,更重要的是换头脑。四十多年里,人口的生生灭灭,数典不敢忘祖、叮嘱“家祭无忘告乃翁”的老人们渐渐稀少了,而那些从幼稚园开始就“认贼作父”的天真孩子们渐渐长大了,他们的生活习惯、文化教养包括自己的名字,都是清一色的东洋货。这个家伙就叫狩谷三郎。

因为他们出生在亚热带,耐热性极强,而且对湖泊沼泽战更为擅长。所以华中派遣军通过上层关系,把这个由多数台湾青年组成的由波田重一中将指挥的特种支队,特地用飞机从台北接到南京来。它的编制虽说是旅团级,但人数接近一个师团,战斗力更比师团强。

秋菊愤然问:“你是中国人,为什么帮助日寇侵略自己的祖国?”

狩谷三郎怒喝:“你胡说,世界上哪有什么中国?这里叫支那国。福尔摩萨和琉球群岛自古就是大日本帝国的领土!”

秋菊泪水只能朝肚里流了,但是内心还不服气,实在难以接受眼前事实。她又问到他们家事以及他的人生经历。

据狩谷介绍,他家三代都是以狩猎为生的。几乎很少走出崇山密林,他还算幸运,读了三年初小,对文字还认得个倒顺。

黄秋菊听他如此一说,心中释然了。闭紧双唇,不再开口了。她想,我刚进幼稚园的时候,虽然日籍教师也给我起了个不伦不类的黄美子的名字,但是父母从未这样喊过她,她对社会也从不使用这个体现殖民耻辱的“美子”二字。

狩谷见她不开口了,一边大动,一边笑问道:“依据你的所说,你也是中国人了。你为什么跑到支那来,送给我们皇军操呢?”

秋菊用汉语骂道:“你是个蠢猪!卑鄙、无耻、糊涂、畜生!”说着,将腹部一挺,把糊涂畜生抛到一边,大喊:“下一个!”

糊涂畜生在“下一个”的愤怒目光中,灰溜溜地爬出了单元室。

安庆的失守,震动了国民政府最高军事委员会。蒋介石大骂“娘希匹”,他要亲手枪毙守卫安庆杨森部的一四六师师长顾家齐。安庆一陷落,长江的天堑马当立即暴露在台湾混成旅波田支队的眼前。几天前,在武昌珞珈山召开的最高级军事会议上,蒋介石做了提纲挈领的讲话以后,参谋副总长、号称“小诸葛”的白崇禧将军,立即用长长的银质教棒,指着放大的军用地图,宣布保卫武汉的兵力部署。

长江以北由五战区防守。司令长官李宗仁有病,其缺暂由白崇禧代理。

具体部署是:李品仙兵团二十个师,布防大别山南麓及长江沿岸,顶敌日方的华北派遣军第二军彦王中将的三个师团。孙连仲的第三兵团,布防大别山北麓及固始、商城一线,配给十个储备师,实付十个师,其中含宋希濂的精锐七十一军,顶敌彦王第二军的另两个师团。

五战区另外还配备八个预备师。廖磊二十一集团军的四个师藏匿于大别山里。任务除了控制正面,还须准备支持大别山的南、北二麓。胡宗南的十七军团四个师,控制信阳及鄂北三关要隘,虽属后方,但却是五战区的突击部队。

长江以南由九战区驻防。司令长官由年轻多谋的薛岳担任。

具体部署是:张发奎第二兵团司令部驻设九江市。配给他三十三个师,是防御的主力。其中含精锐之军就有李玉堂的第八军,李党的七十军,俞济时的七十四军。踞守的重地是马当、湖口、九江、瑞昌一线。顶敌的是冈村第十一军的五个师团及五个支队。兵力约有二十万人。

薛岳自己的第一兵团二十五个师,驻防赣、南浔铁路线上(九江——南昌)及两侧地区,配合张部,顶敌冈村十一军。

汤恩伯军团九个师,驻守后方的修水,作为第九战区的突击部队。

根据以上的兵力部署,细心人不难看出,主谋人难逃偏颇之嫌。孙连仲和李品仙均放在风口浪尖上。胡、汤二人悉作突击队。他部玩命厮杀的时候,他们却坐在密林里、山泉边乘着凉风。

最高统帅部经过反复缜密研究,确认江北陆地是日军主攻方向,所以在大别山南北作了重兵部署,作为重点防守。而长江以南和以东河网道道,湖泊连连,沼泽地更是可怕的行军障碍。虽也作了周密布防,但从心理上就没有视为重点。

狡猾的日本侵略者好像也参加了我方高级军事会议,偏偏反其道而行之。江北攻击只作配合,重点进攻恰恰选在寸步难行的江南湖沼地区。当安庆、马当相继失陷以后，白崇禧将军似乎刚刚睡醒，急得直跳脚，连连自己骂自己。

再修正部署，纸上谈兵容易。再调防，几十万大军，面对已经烧到眉毛的战火，谈何容易！即使孙子、诸葛再世，也只能望兵兴叹了。

守是一定要守的，仗也是非打不可的。他绞尽脑汁，竭力做着修正方案，有时难免头痛医头、脚痛医脚了。他汗颜羞愧，引咎自责。他不是怕玷污“小诸葛”雅号，而是深刻认识到一将无能千军受害。我的失误，罪不容诛！他想，大错已经铸成，只能一靠天意，二靠下面将士如何用命了。

说句公道话，防守部署方案非他一人的刚愎自用。日军的反其道而行之，战后终于查明了，自己内部潜伏有日本的高级特高课分子。

波田重一的台湾混成旅，在安庆接受过慰安妇的慰劳后，在淞浦淳六郎的一〇六师团配合下，像一群饿虎瘦狼，像一阵肆虐飓风，猛烈扑向守军阵地。我军阵前一〇六师团虽筑有坚固工事，山上有碉堡大炮，水下有水雷沉船，但指挥官畏敌如虎，放了几炮，就拖枪溃逃了。

日寇越过马当，马不停蹄，就疯狂扑向另一要塞湖口。湖口是九江的外门。

湖口在日寇海、陆、空三军的立体攻势下，我军用血肉之躯苦苦守到七月中旬，也丢失了。

日寇再一鼓作气，向九江发动攻势。九江是武汉的大门，而姑塘又是九江的门户。

防守这一线的是张发奎的第二兵团。还在马当失陷之际，张发奎就意识到他这次成了日寇重点射击的靶子了。他是一位老资格的宿将。一九二一年就是孙中山先生的警卫营长，北伐开始时，他的第四师在汀泗桥、贺胜桥把吴军打得屁滚尿流，震惊中外。后来第四师扩编为第四军。俗说“铁打的营盘流水的兵”。现在第四军是他第二兵团的主心骨。

刚入七月下旬，九江地区连日风雨飘摇。二十二日晚风停雨住了，气压低得令人窒息。黑黢黢的天空，不时闪耀条条刺眼骇人的金光。雷电炸得山摇地动，令鄱阳湖水掀起狂涛巨浪。忽然起风了，风大了，风狂了，肆虐的狂风摧枯拉朽，拔木飞屋。狂风略略喘息了一会儿，倾盆大雨就普天而降。冥冥黑暗中的电婆、雷公、风伯、雨神，都使出浑身解数，像在比赛谁最酷虐、疯狂、暴戾……最有能耐。又像携手联袂，对罪孽深重的人间给予毁灭性的摧残！

张发奎无法入睡，好像心血来潮。宿将凭借知觉感到今夜非出大事不可。他连连摇着电话，查问守卫前方的师团曾发现什么情况。都回答风狂雨大，天又墨黑，什么也没有看到。他感到不对味，愈是平静愈是不能掉以轻心。这种恶劣天气，就是我指挥，也会利用它掩护偷袭的。想到这里，立即要通防守姑塘的十一师部的电话，令其加强警戒，严防敌人偷袭。丢下十一师的电话，又要通了预备队，令其作好增援姑塘的一切准备。他做了周密安排以后，几天来的瞌睡首先袭击了他疲惫的大脑。

到深夜，鄱阳湖地区风更狂雨更急。呼啸肆虐的狂风，把湖水掀成座座小山，轻轻捧起，又重重摔下。风声雨声和湖水的咆哮声，吞没了近百艘正向姑塘偷偷扑来的登陆艇的引擎声，尾随偷袭艇的身后，是五艘满载军需的运输舰。

波田的台湾混成旅人人凶悍好强，个个蛮勇斗狠。他们都戴着防雨眼镜。有的上身赤膊，有的干脆连裤子都脱掉了，只留一块抄裆布片。腰间皮带四周，挂满手雷弹药，端着俗叫歪把子的轻机枪个个两眼闪着磷光，虎视着黑暗的远方。

旗舰使用超声波测量着到岸的距离。五千米……三千米……一千米……到八百米的时候，一直不敢麻痹疏忽的守军发现了，浑身浸透泥水的士兵们立即进行阻击。湖心鞋山小岛上，日寇预先隐伏着百十门大炮。炮兵指挥发现前方出现炮弹火光，立即命令按事先计算好的距离开炮！眨眼间，出膛的炮弹像飞蝗呼啸着栽入守军阵地。炮弹的曳光映红了湖水，炮弹的爆炸照亮了守军工事。工事顷刻化为乌有。仅有一个营的守军，须臾就被工事盖去了几乎一半。守军非但没有一架平射炮，而且手中武器也很落伍。每发一弹，必须把枪栓先退后推。在激烈拼杀的战场上，损失的这一二秒钟，往往是一条人命的代价。波田人马在炮火有力协助下，登陆艇已近岸边搁浅。经过奴化教育和武士毒汁浸泡过的台湾人，也成为凶神恶煞的侵略者，他们立即跳下水，扫着轻机枪强行登陆。

营长一边连连呼救，一边艰难拼命抵抗着……

张发奎接到师、团、营的告急后，立即下令十一师的预备队火速增援。可是，预备队冒着暴风骤雨刚开出不久，就被波田的一个偷袭大队死死缠住腿脚了。张司令再调其他部队助战，可惜远水救不了近火，只有仰在帆布椅上发怵了。

一师人马，坚守到风停雨住，天刚放亮时，包括几位团长、营长在内，十有八九都长眠于姑塘这块湖边土地上了。

姑塘失守了。它可是九江的南大门!

张发奎在天亮后尽管组织了强大兵力进行反攻争夺,可是,日寇自从得了滩头阵地,一〇六师团以及志摩、铃木、高品、石原的几个支队就源源不断相继登陆了。

张发奎知道想夺回姑塘只能是痴人说梦,不如退守九江,确保九江无虞。

冈村指挥战斗的一贯作风是,紧紧跟随在冲锋陷阵的官兵身后,从不龟缩在百里之外的指挥部里进行遥控。他喜欢听炮鸣枪响,更爱听震天撼地、惊天地泣鬼神的喊杀之声。此时,他正身处鄱阳湖与长江之间的石钟山上。站在巍峨的寺院前檐,看着前方烧红的半边天,对身边参谋们说:“战争是一种气势,通过急袭成功的突破敌阵,必须发展成疾风般的猛烈追击,使敌人先在心理上丧失抵抗意志,才会减少作战的天数和牺牲。”用纯军事观点分析,这段话确实说得深湛、精辟。

正因为我军“在心理上丧失抵抗意志”,日寇又“疾风般的猛烈追击”,到七月二十五日,武汉的东大门——九江被敌人轰开了。

蒋介石急得破口大骂,拍着桌子,怒问白崇禧:“张向华是个惯征能战的宿将,是怎么布防的?用一个师守姑塘,用一个营守滩头,是安的什么心?娘希匹,守九江的时候,他自己的第四军在哪里!?我建议军事法庭要严查重办!”

难怪蒋介石要发如此大火。在十七天前,为纪念卢沟桥事变一周年,他在大会上做了《抗战周年纪念告全国军民书》的讲演,他声情并茂、慷慨激昂地说道:

“……要达到抗战胜利,摧毁敌寇暴力,协同作战和团结精神更是十二万分重要……一切言论动作,完全以国家至上、民族至上为前提,以‘军事第一’‘胜利第一’为目标,除开国家民族的利益外,不夹杂丝毫渣滓。我们同是炎黄子孙,当前的命运只有一个,不奋斗即灭亡,能团结即有前途;生死利害是绝对的共同,还有什么不可以牺牲?”

“……想一想,被敌军占领了七年的东北四省,有我们三千万同胞,所过的又是怎样一种生活?我们同是中国的国民、黄帝的子孙,稍有天良,如何不能引为此身的耻辱?如何不能急起直追,援救那些诉苦无门的同胞们,使他们重复自由,再见天日?我们中华民族,决不会被敌国凶暴所威慑,而且敌人越凶暴,我们越坚韧。我们要自信中国五千年的历史,凡是中华民族的敌人,自古以来就没有不被我中华民族消灭的……就是一兵一弹,也要与敌人拼命决斗到底,而且必能取得最后胜利。”这篇六千多字的讲话,淋漓酣畅,震惊中外。全球各大日报都抢刊在头版头条。然而,当报纸还散发着油墨气息时,张发奎竟然丢弃了武汉的东大门九江! 即使城府再深、雅量再大的人,也会雷霆大发的。

事后多亏白崇禧、陈诚(江防司令)为他做了许多开脱,说事先得到了他们的默许。张才保住了白发斑斑的头颅,至少说免除了囹圄之灾。

冈村既得九江,着令宪兵立即进城维持治安。他要保持秩序井然的目的,是想把九江作为踏平武汉的集结基地。这里更可以作为人员、给养向西向南的集散地。

日寇入城不久,城内忽然流行起可怕的霍乱。当时军中谬传是支那人将病菌施放在许多井里造成的。这种诬蔑造谣,对那些头脑简单四肢发达的普通士兵来说,更加激起他们对中国人的仇恨心理。这正是冈村所需要的。其实当时正值大伏,我方许多为国捐躯的遗体掩埋得太草率,还有若干无人过问的禽兽遗骸。所以红头绿蝇满天飞,到处栖息爬行,它们能不传染病菌吗?

冈村除了给自己的部队火速治疗、立即预防外,又下令城内城外大肆搜捕身染重病的中国人或因精神面色不正常而被军医指定为嫌疑病患者,把他们统统骗至一隅,以机枪屠杀。而后再浇上汽油,焚尸成灰。并将灰殖倾入呜咽饮泣的长江中,江水滔滔,流向大海,连蛛丝马迹也荡然无存!

冈村一边催促落伍的军需部队和各个慰安所日夜兼程赶来九江,一面凝视着当年由他自己从孙传芳身边扒窃到的军用地图的复制图,谋划思考着下一步棋的走法。

若是一般将领,夺得九江以后,一定会沿长江上溯,水陆并进,直取武汉三镇。

冈村是日军中少有的大将之才。他考虑那样攻击只能完成军事目的的一半,即只能得到武汉城池,而不能消灭中国军队的有生力量。

所以他的布置是,一边电令江北的属他编制的稻叶第六师团,向黄梅、田家镇发起攻击,自己却在江南命令淞浦的一〇六师团、伊东的一〇一师团,沿南浔铁路向南袭击。又令本间雅晴的第二十七师团奔袭咸宁。他的构想是从这里先击败薛岳,迂回向西截断粤汉铁路,然后再北上直取武汉。与江北彦王的第二军及他的第六师团来个战略大包抄。把大鱼小虾统统赶到武汉附近,再一口口全部吃掉。此计如果成功,非但得到武汉,更重要的是消灭了中国的几十万大军。

坐镇南昌指挥的薛岳,得知日寇的先锋一〇六师团气势汹汹地向他眼前杀来,甚为惊讶。他面对地图,凝眸沉思,忽地以拳击桌,大叫:“好一个冈村宁次,我真佩服你的胆识!”

指挥战场的将军,最忌不能“知彼知己”。薛岳既然对冈村的恶毒用心了如指掌,在部署安排时就能掌握战场的主动权了。

薛岳立即把兵力部署作了适当调整。古典小说中常写道军师摆下龙门阵,只要将令旗一摇,其阵就变化无穷了。现代战争靠的是现代通信手段。薛岳打了好多电话以后,他摆的“龙门阵”在头脑中基本成形了。形象地说,像个英文V字,呈喇叭状。喇叭正对着南浔铁路张着大口。用将军自己的话说:“如袋捕鼠,又如飞剪,敌犯右则中左应,犯左则中右应。敌若钻进来就很难逃出去。”

八月一日,淞浦第一〇六师团首先向九江之南八十公里处的金官桥发起战斗攻击。他令人马原地休息待命,利用手中所有大炮和赶来助战的飞机,对金官桥防守阵地先进行两天两夜的炮击和轰炸,把阵地像炒花生一样掀翻了若干回合,使之成为一片焦土,变为一片火海。淞浦在望远镜里见到整个工事已被强大炮火彻底摧毁,纵声狂笑后大叫:“我的勇士们,敌军已被活埋了,为天皇冲锋吧!”

淞浦之所以要用强烈炮火先轰击两天两夜,是因为他清楚自己所指挥的这班人马的实际战斗能力。一〇六师团是特设的乙种师团,即是以预备役人员组成的。多数士兵是大阪市的小商小贩、商店职员。匆匆被召集,慌慌赴战场。他们奸狡唯利有余“尚武”精神很是不足。这样的战斗力能攻坚吗?所以一〇六师团在军中盛传一个绰号叫“商贩师团”。淞浦只好在未冲锋之前先为这些商贩炮灰扫除进攻道路上的所有障碍工事。尽管在前方的焦土火海上似乎已失去抵抗能力,但是那些商贩职员们还是怯阵畏缩。督战的田园大佐立即左右开弓刀劈两人,借此震慑那些胆小如鼠的炮灰们。高举的指挥刀确有督战作用。士兵们只好听天由命往上冲……我军的五十七旅阵地危在旦夕,出现缺口。

七十军军长李觉立即把预备队全部拉上,终于击退了日寇的进攻。

恶战到第五天,淞浦见始终不能拿到金官桥,命令施放毒气援助一〇六师团。伴随着沉闷的爆炸声,团团淡蓝色烟雾像从魔鬼口中吐出的烟云一样,立即笼罩住中国守军阵地。守军始料不及,猝不及防,瞬间就有二百多人面目青紫,晕倒在战壕里,口吐白沫,翻着两眼抽搐起来。

我七十军只好撤出一线阵地,退而再守二线。

阻击了一天,二线又“失守”了。中国军队仓皇“溃逃”。

淞浦得胜了，狞笑着。他想凭借优异的战绩，彻底改变军中对“商贩师团”不公正的看法。所以，他抓住战机，立即命令一〇六师团全部人马向支那溃军作纵深追击……

躲在网后窥视的薛岳微微笑了。

当淞浦追到庐山侧翼的时候，中国军连影子都不见了。淞浦急得像困在笼中的野兽。忽然，枪声大作，手雷像雨点一样砸下，立时就倒下几十个“商贩”。他凭借望远镜，终于发现前面山腰上伏有不少支那军，立即压阵驱军向那里扑去。刚绕过山头，又遭到掷弹筒、迫击炮的一阵猛烈袭击。他的商贩们又死伤了一大片。他惶悚不已，一筹莫展，好像钻进了迷魂八卦阵，处处不见兵，处处有火力，山山不见人，山山有伏兵。“不识庐山真面目”，果然名不虚传。淞浦像只受伤的狮子，带着他的人马，一边嘶叫狂喊，一边左冲右突。除了多送几个魂魄早日返回东瀛而外，始终难脱恢恢天网。

中国军队的另一部早已重回了金官桥阵地。

淞浦苦战瞎冲到五天左右，其师团大佐级的联队长就死一伤二（击毙田园大佐），其他佐尉级军官也死伤过百。士兵死伤已达数千。山上山下，稻田内外，日军横尸枕藉。总不能为抢回一具死尸，再去送几个活人性命，所以只好匆忙地割下死者的右耳或是砍下右手以代全尸。当时恰逢盛夏酷暑，庐山侧翼的山谷田间尸臭扑鼻，绿蝇成阵，不堪入目，令人翻肠倒肚……

坐镇九江的冈村，急得大骂淞浦是混蛋，是蠢材，“八格牙鲁”不离口。其实，在战前，他已向淞浦交代过，攻击一定要沿铁路线，最多不能离开这条生命线五十里远，避入密林的死亡地带。岂知淞浦得胜以后建功心切，忘了。

骂过以后，还是要伸手去拉他一把的。如果一个师团建制全军覆没，自己受惩罚事小，我天皇铁军的威名将在世人面前彻底扫地！我军历史上从未有过先例，岂能由我开这先河？

决定非救不可，如何救最有效果？冈村苦苦思索起来。他对地图研究了整整半天，才想出一个“撕破八字网”的釜底抽薪法。

十二日，冈村命令一〇一师团伊东政喜中将在海军掩护下渡过鄱阳湖，去星子地区强行登陆，迂回攻击德安城，如能攻下星子，不但能打破金官桥的僵局，救出淞浦师团，还能从根本上动摇薛岳的支网。

冈村的这一手,无论从战略还是战术上看,都是一步好棋。如果"星子"这颗棋子走活了,全盘就轻松多了,甚至还能反败为胜。

遗憾的是,他每走一步"棋",年仅四十二岁的薛岳将军就能超前意识到他下面将要再走的第二步、第三步了……

薛岳立即命令王敬久的二十五军派两个师守卫星子镇。当一〇一师团在军舰飞机的掩护下向星子发起猛烈攻击时,二十五军冷欣的五十三师,进行了七天七夜的顽强阻击。由于敌人不断增加兵力,武器精良,炮火猛烈,冷欣的五十三师已伤亡大半。王敬久立即又把预备师统统押上去!战争就是以人命为代价的豪赌,王军长只得孤注一掷了。

一〇一师团的第一〇一饭冢联队始料未及,被突然冲上来的中国预备师杀得人仰马翻,伤亡惨重。一个联队三千多人,被中国两个师紧紧咬住,无法脱身。

二十五军虽然遭受重大创伤,但为薛岳将军的反攻调遣赢得了分分秒秒的宝贵时间。

薛岳火速调来叶肇的二十三军,李觉的七十军,围住了一〇一师团。伊东见状倒抽一口冷气,料到难逃薛岳这个南蛮(薛是广东东昌县人)敌手了。他连夜命令伊藤旅团长、饭冢大佐边战边突围。

八月二十日天刚亮,日寇猛攻梁佐勋团的阵地。激烈的战火烧红了脚下土地,日寇不顾惨重伤亡,踏过遍地死尸,一股又一股地向我守军阵地冲来。恶战中,梁佐勋团长不幸以身殉国,该团的寥寥残兵实在顶不住饭冢的自杀性攻击,只好丢了阵地。

一六〇师师长华振中少将正率领全师剩余官兵守候在隘口,专等饭冢的到来。当日寇出现时,华部全师狂叫着"弟兄们,为梁团长报仇!"红了眼的数千守军,在撼天震地的喊杀声中猛冲敌阵。双方杀得昏天黑地,日月无辉。

受到飞弹击伤的师团长伊东中将,此时也泥菩萨过河——自身难保了。他在伊藤旅团长的全力保护下,杀开一条血路,冲出了包围圈。

仍被紧紧缠住的饭冢接到了上司的最后一个电话:"饭冢君,我已心有余而力不足了。你多多努力吧!希望你不要辱没了司令官赐予你的光荣称号。"

饭冢大佐忽然觉得眼前金星直冒,头晕目眩。他猛地撕开衣襟,霍地向东跪下,"咣当"把战刀抽出。仅剩的三四百士兵,哗啦一声也全都跪下了。饭冢拄着战刀,闭着双目,三分钟以后,他又霍然跳起,用脚踢着部下屁股。部下都勇猛地站立起来。于是,饭冢高举银光闪闪的战刀,率领他的部下,一边嘶叫着:“天皇万岁!”一边向我守军阵地冲去。在一阵密集如炒豆的枪声中,饭冢身中数弹倒下了,倒在若干部下的尸体上。至此,日寇的第一〇一联队全部彻底被中国军队歼灭了。

可惜又遗憾,淞浦的一〇六师团撞破了网眼,留下一大片尸体,其余都逃出去了。

战后,东京“三宅坂”发布悼文,追赠饭冢和田园二人为陆军少将,供奉于靖国神社,让千秋万代的后人“敬仰”。

精明的冈村,在南浔线上吃了薛岳的大亏。究其缘故,实在不能全部归咎于他的无能。

首先,他现在新遇到的敌手确非等闲之辈。薛岳是中国军队中的五位“虎将”之一。一九二六年北伐时就任第一军第一师少将师长。十年内战中,他是围剿红军的得力干将,曾追击红军达数省之远。抗战爆发后,他在淞沪、南京、开封几处,打得很顽强,战功卓著。所以蒋介石很是器重他。故而把保卫武汉的千钧重担的一半放到他的肩头上。薛伯陵治军有两大特色。忤上服下,嫡庶并重。他深思熟虑出的作战方案,如果上面说不出充分理由而要他修改,他敢于顶牛不理,不像他人唯唯诺诺。他知道总司令有喜欢越级插手的毛病,所以他在接受重任之时,总要对他说句意在言外的话。总司令当然很敏感,只好笑笑对别人说:“薛伯陵是匹不好驾驭的骏马。”对下级官兵恩威并用,不徇私情,更不中饱私囊。国军中素有“嫡”“庶”之分。但是只要进入他的编制,都是一视同仁。他常说:“亲儿晚儿都是爹娘生的血肉之躯。面对炮火纷飞的死亡之地,孰贵孰贱?”所以,嫡系军怕他,旁系兵爱他,“嫡庶”均能用命。

冈村虽然精明会用兵,但是他这次犯了用人不当的错误。一〇六师团的战斗力,他不是不知道,只有联队长以上的指挥官,才是现役军人,其余都是从大阪、奈良、神户等地搜罗来的乌合之众。他们只懂怎样唯利是图,铢积寸累,根本不懂如何上阵打仗杀敌。所以冈村大骂“八格牙鲁,兵弱将也蠢!”客观地说,也不能全怪他用人失误。他十一军的王牌第六师团正在江北攻打田家镇。从台湾飞来的波田支队在北岸的广济又被李品仙部死死拖缠住。“蜀中无大将,廖化作先锋”,只是不得已而为之。他也曾自信地想到,也许能凭借自己的老谋深算,还能弥补一〇六师团的薄弱战斗力。谁知蠢将淞浦淳六郎中将轻敌盲进,偏离了冈村给他划下的轨道线迹,能不撞得头破血流吗?

决定这次战斗胜负的还有地理和天气原因。我军战斗在自己的家园里,哪处能不熟悉?即使遇到陌生处所,向导也好找,向导也愿帮。日寇就不同了,他们手中的五万比一的地图还是一九二六年之前各地军阀标画的,作者水平普遍有限,能不出错吗?一九二六年冈村任孙佛爷的随军参谋,在九江、南昌一带被蒋介石打得作鸟兽散。冈村将偷窃来的地图悄悄揣入怀里,换上中国服装,利用小木船逃到了日舰"安宅"号上。十几年后的现在,因人为或自然的变化,面对本来就错综复杂的地形,再加图上的谬误,对有的地方来说面目全非,图就成了一张废纸。

再说天时季节。当时正值五黄六月炎热酷暑,山谷里挥汗成雨,流金铄石。对敌我双方来说,头上都顶的同一个烈日。但是各方在骄阳烈日下的想法就大不相同了。我军将士为了保种保国,为了不做亡国奴,即使热得发痧至死,也死而无憾,死得其所。而日寇却不是这样,那些商贩职员,正为小康之家忙着铢积寸累,忽然被拖到海外来为天皇打仗,在当时日本,虽说人人都迷信裕仁,但究竟能有多少人愿意为他的"圣战"抛尸到异国他邦?他们的算盘是很精的。圣战胜利了,得到荣誉的是高级军官,得到实惠的是财阀大商,他们这些小鱼小虾得到什么呢?当然,他们之中也不乏积极参战者,疯狂的战争,也能使一些正常人变得疯狂,勇猛向前冲,疯狂向前杀。那是因为下级军官曾向他们许了宏愿,冲杀到有人烟的地方,可以尽力去掳掠,可以肆意去追逐花姑娘!这样素质的军队,占有欲如此膨胀的侵略者,能打出胜仗吗?

冈村躺在牛皮椅上,脸上黯然,心中战栗了。现今大和铁军之魂,已不可与"九一八"时在满洲以及后来在淞沪、南京、徐州等地同日而语了。

二十二

众多慰安妇在九江郊外临时搭建的行军帐篷里住下以后，只服务了一天一晚，这种兵团式的大呼隆服务方式，利小弊大立即就反映出来。

冈村当初这样安排的目的，是防止十几万人马突然拥进九江城内易于发生骚乱违纪，他不想由他统率的部队再给天皇武士们脸上抹黑。攻陷九江后，只点了半数人马准许住进城内，其余均令扎营在郊外的工厂学校或屋多地旷的其他地点。所以在沦陷后的九江市内，基本没有发生大规模的掳掠烧杀、奸淫妇女的违纪行为。至于星星点点的“小打小闹”，还是有一些的。谁的十只手指没长短？所以冈村在肯定主流的同时，也就睁只眼闭只眼了。

赤日炎炎，骄阳似火，在篷内“娱乐服务”的双方，有悖“六月不交兵”的戏说，长时间冒着暑气熏蒸，终日汗流浃背。必须勤洗澡，才能达到最低的卫生需要。城内的霍乱还未根本杜绝，治是刻不容缓，防更是当务之急。所以，具体负责这项工作的中川清健命令各所工作人员必须坚持每天中午傍晚各洗澡一次。哪个所违令，就没收营业执照。

说说容易，但是面对四百多人的需求，哪有这么多热水和盆桶？中川来现场转了一圈，立即惊喜发现，附近有一面像瓢状的湖泊。它的小头离这里只有一二百米远。经测试，湖水不深又温热，他请工兵协助，把通往湖边的路上两旁用铁丝网拉出一条十米宽的通道，又从民间“借”来十几只大小缸，里面贮满水，令麻生放入消毒液。这样，一座人工湖水浴场就形成了。

第二天中午下班，众妇们吃过午饭，各所头人像赶小鹅小鸭一样把一丝不挂的众女性统统赶出帐篷，并再三言明，先在湖水中洗净身子，才准用缸中清水淋汰。

在光天化日里，在许多男性头人及若干"保护"士兵的众目睽睽之下，所有女性均赤裸着全身走出帐篷。外籍妇女还用手里毛巾遮着下处，而像樱子、木子这类日籍女人却将毛巾搭在肩上。众女就在这条长长的通道上来来去去，往往返返，真像地球又回到了混沌初开的荒蛮时代。

对早已失去做人尊严的外籍妇女来说，虽然很觉别扭，有失最起码的为人体面，但总因大势所趋，酷暑所逼。

石桥所的几个华妇，一块低着头向湖边走去，她们眼睛只看自己的脚趾，心里只想着湖水的清凉。日籍妇女的神态就截然不同了，如果能再剥去一层皮而不伤害身体的话，她们就更惬意了。她们骨髓里还继承了一部分老祖宗传留下的"返璞归真"的淳野遗风。

翻开日本史册，明治五年（一八七三年），东京政府曾颁发了"风俗禁令"。其中第十二页第五条款内容是，"不许裸体行走""禁止男女混浴"。通过这条禁令，可以看出日本国在当时和以前，每逢酷暑季节，人们裸体行走，男女在海中混浴，还是一种普遍存在的人文景观。他们和她们在一天的辛苦劳作之后，来个返璞归真，回归自然，尽情享受空气、阳光、海风、海水的抚摸，还是别有一番情趣的。其实，在文明尚未开化的"荒蛮"时代，裸体与混浴，并非必然一定要涉及道德观和羞耻观。这仅仅表示出他（她）们对性观念的淳朴和无邪，对男女两性理解的自然与超脱，不存丝毫的轻佻和猥亵念头。

直到六十多年后的现在，日本国的文明对此虽做了极大遏制，城市乡村不再见到有人裸体而行，每到夏季的傍晚黄昏，不再见到各家各户在大门外无遮无挡洗澡。但是，在各地大小城市里，仍然开设着许许多多的"钱汤"。

东京是世界知名的大都市之一，仍然存在男女混浴的公共澡堂（日语称钱汤）。澡堂男女更衣室仅仅用半人高的木板隔着，掌柜的不分男女，均坐在一张特制的高高皮椅上，居高临下，鸟瞰阴阳各半的两个天地。各个天地的顾客解带宽衣后，通过各自的门户，走进同一口汤池里去"混浴"。

所以，有不少日籍妇女虽然感到无丝无缕的体爽意惬，然而心中仍觉有点遗憾：在阳光和柔水里，毕竟缺少阳刚和雄健。像道家标识乾坤一体的阴阳鱼，如果其间少了白鱼,还能称朗朗乾坤、大千世界吗?

黄秋菊偶然抬起头,见和子左肩后生着一粒蚕豆大的红色胎记,忍不住笑问:"三口太太,你的美人痣怎么生在肩后的?"和子顺手在秋菊的臀部拍了一下,笑答道:"因为我不是美人呀!"

安营扎寨在郊外的弊端,首先是酷暑难当,溽暑沸热,流金铄石。众女性因为是干的这项工作,即使中暑发痧,魂归极乐世界,也是理所当然不可避免的。而那些天皇的"勇士"们,是来接受"犒劳"或是来讨个"好运"的,总不能让他们刚离开疲惫的战场又进入酷热的"席场",或说为了讨个"好运"刚刚在熏蒸中消耗极大体力,再拖着衰竭的腿脚去冲锋陷阵。军人只有累死在战场,才体现出他们的价值。如果为了"娱乐"而弄出虚脱甚至一病不起,那就亵渎了神圣的军魂!在侵俄战争中,历史的教训记忆犹新。

再说,把几百人像牛马一样圈在一起,难免人多混杂,管理上一旦出现疏忽,也会带来难以估量的麻烦。各所头人为了使自己的腰包尽量比别人的丰满饱胀,势必因为追逐蝇头小利闹出难于排解的矛盾。第三,对于日军使用随军妓女一说,世界舆论虽然已出现一些风言风语,但尚未掌握真凭实据和具体内容。冈村有次被众多记者围着,他们要求他就"军妓"的传闻谈谈真实情况和自己的看法。狡猾的冈村,先对他们纵声大笑,然后说道:"我们大和民族是世界上最讲道德和礼仪的民族。鄙人窃想,退一万步说,即使存在诸位的设想,也一定会强调自愿服务、按劳付酬原则的。"传闻究竟是真是假,他滑得像鲶鱼一样绕过去了。

所以大呼隆圈在一处,难免有白日衣绣、招摇过市之嫌。尽管有个支队进行了层层设防,道道立卡,无冕之王的神通大得很,其间不无另衔使命在身的人物,假如从地下冒钻出来怎么办?特别是在中午或傍晚的放浴之际,岂不向世界舆论奉送一叠若干女性裸体拍摄的倩影,供无聊者酒足饭饱后的谈资,供仇邦敌国对我发动恶毒攻击的铁证。

就上述三项弊端,冈村召集他的参谋和几个处、课人员进行了缜密研究。最终冈村在多种方案中挑选出最好的一个,即化整为零。郊外就有一座规模不小的监狱,只要请工兵动点儿小手术,就能容纳四个所的人马,其余换上军装送进城内,替换出几所小学里的驻军。这样既免得"勇士"们城里城外两头赶,又节省了时间和汽油。

方案基本确定以后,又遇到一个小小难题。关在狱中的四五百犯人怎么办?尤其是五分之一的女犯。既是犯人,必定有“罪”。既有罪,就不该得到自由。

冈村考虑了一会儿,说:“将所有女犯组成一个特设慰安所,送给第六师团作特别专用。男犯先统统关押一室,不能无故浪费,日后我另有别用。饭后做好各项准备,夜晚就化整为零。”

冈村一伙人在电风扇下流着汗商讨要事的时候,华妇们都已从混浊的湖水中爬上陆地,围站缸边,用毛巾吸足清水冲汰全身。

华兰妞凝视着夏小荷的腹部,又看看甜水妹和小无锡的,似乎觉得小荷的不如她们的低平紧绷,尤其脐眼不再那么深邃了。她话到嘴边,想想还是咽下去了。心直口快的人,还是第一次用上了心机。

走进帐篷,华兰妞把她的怀疑告诉了严冬梅和黄秋菊,她们二人都吃了一惊。秋菊急得去各号里寻找小荷,原来三个姑娘正用凉凉的含水毛巾为华宝擦身降温着。

夏小荷被喊到严冬梅的号间里。

冬梅问道:“小荷妹,你月信几个月不来了?”

夏小荷既莫名又觉得好笑,说道:“大约三四个月吧。我跟无锡姐一样,也乱了经期。”

兰妞说:“乱经,不是提前就是推后,来还是要来的。你呢?”

夏小荷摇摇头,惊呆了。

黄秋菊说:“肚里有野种了?”

夏小荷急得不知如何是好,一边叫道“没有”,一边忽地把裤衩拉到臀下:“不信你们看。”

兰妞给她拉上裤衩说:“好妹子,承你情把我当亲生姐姐看,自己宁可饿着,还把面包省下偷偷送给我……”

夏小荷立即申明道:“我已告诉过你了,说不是我的,就不是我的。”

对面包的来路,黄秋菊心中有了八成数。她说道:“不管是谁的,我们都别提了。你该着急的是,肚里如果真有了野种,你打算怎么办?”

“野种不能留,坚决打掉!”兰妞说。

严冬梅问小荷:“你自己看呢?”

夏小荷流着泪,嘟囔道:“打就打掉。”

“怎么打法呢?”秋菊问兰妞。

兰妞说:“我们乡下有种臭草,把它洗净捣烂了,往里一塞,一天一夜就下来了。”

“这里未见得有这种草。就是有,也不让出去找呀。”严冬梅对兰妞说。

几个人被难住了。

几个人的谈话,被隔壁正在梳头的宗小花都听去了。

等到天黑以后,各部均遵照冈村的指令实行了驻扎大调整。

石桥所分乘两部卡车,离开了东郊的空旷之地。黄秋菊挤坐在宗小花的身边,宗小花照应着两位老人。

自从宗小花那晚在船上用声色赢得中川的欢心后,第二天,麻生医生果然来为宗妈妈诊视了一番,并打了针给了药。再经过女儿的精心护理,老人的病情终于慢慢好转起来。事后,中川也曾对石桥流露过对宗小花声色的赞叹。受宠若惊的石桥立即顺着杆儿往上爬,谄笑道:“大佐对她若情有独钟,我就专门给你留着?”中川想到了栗原,他摇摇头说:“那样不好,军人岂能沉湎于声色?”石桥没有能得到中川的明确指令。当他把这话转告妻子的时候,洋子笑道:“你真差一窍。上级对下级能说真心话吗?他们看起来都是道貌岸然,其实比面首妓女还要卑贱十分。”石桥笑问:“你别议论这些,先说说他内心究竟怎么想的。”洋子道:“显然,收在身边独享不能,留在所里让给别人,心里又泛着酸味。我们以后要尽力保持她的丰满体态,对她母女俩能照顾的地方尽量照顾一些。”所以,当她们到达九江郊外时,宗妈妈尚能拿着破芭蕉扇,敞着胸怀,坐在篷荫下扇着风听听隔壁“戏”。

黄秋菊忽地对小花说:“小花姐,看来我们又打败了。这儿是九江,再往西去,是不是就到武汉了?”

宗小花笑笑道:“我还是第一次离家出远门,我上了车船,东南西北就分不清了。”

“你……”秋菊看着小花不说了。

“我怎么了?”小花笑问,“我们生在农村长在田野的人,只晓得怎样种好庄稼。遇到荒年,哪些野菜野草可以充饥度命;遇到疾病,哪些野草树根可以治病保命。比如对我们女人有用的草药,就有治经水不调的,治男女阴寒的,还有能用来打胎的,还有……”

“嗨,你慢点儿说。”秋菊突然打断她的话头,“难道真有打胎草?”她对兰妞的话要做个考证。

小花点点头,说:“这草民间叫臭草,书上叫莸芥,它的臭味很熏人。”

秋菊叹息道:“就算它真灵光,也只是天上的星星啊!”

小花笑道:“哪会这样高不可摘?我听人说,长江沿岸各省都有。它最喜欢长在田头路边潮湿向阳的地方。”

秋菊喃喃自语:“我们身陷囹圄,无法脱身出门呀!”

小花不语了,只是微笑着。

秋菊茫然问道:“你笑什么?”

小花捏了捏她的美丽鼻子,笑说:“依我说,简单得很……”

秋菊还想继续问下去,卡车忽然停下了。

众妇拎着行囊下了车。两盏昏黄的门灯下,挂着一块令人毛骨悚然的“九江第一监狱”大木牌。

监狱的主建筑是一座面南背北的三层楼,楼前有几幢平房,几间零星小屋。在平房南面,是一块有足球场大的旷地。除此而外,就是监狱的象征:高墙和电网。

石桥所被安排在二楼上。原先一间间的牢房,都被隔成一方方的号室。虽然听到三楼上有脚步的走动和人的说话声,但分割楼梯的铁栅栏上却吊着大锁。

石桥所的人,都按门上白粉编号找到了自己的休息地。虽说是监狱,铁栅比比皆是,窗洞既高又小,室内却比帐篷洒脱、阴凉多了,尤其是底层和二楼。

他们的炊事房在楼下的一间平房里。火头军仍由两个老妇充当。

却说长江北岸第五战区抗阻日寇的形势,随着江南几处军事要隘的连连失守,也顿时紧张起来。

按照“三宅坂”的军事部署,盘踞中原的彦王第二军只作战略性配合进攻。主攻是江南冈村宁次的第十一军。冈村在溯江而上的进击中连连得手,势如破竹。到七月五日,当冈村攻陷湖口之时,彦王的几个师团和许多联队指挥再也按捺不住日益膨胀的好战野心,纷纷向司令官请战,并询问他们的司令官:“是不是在大本营眼里,我们第二军的战斗力不如十一军强?”彦王连日来也在思考这个问题。湖口

一到冈村手,九江已有一半进到他的袋里了。九江一拿下来,他冈村就能吸到武汉的新鲜空气了。武汉是支那的战时首都,谁先得了它,谁的姓名将会永载史册。彦王想到这里,立即对那些义愤填膺的部下摆摆手。顷刻鸦雀无声了。他目视部下,激动不已,大声命令道:“各部回营做好一切准备,等候我的电令!”

所以十二天以后,矶谷廉介的第十师团攻占了潜山城,荻州的十三师团攻陷了霍山镇。十三师团是第二军的王牌。荻州立即绕过梅山(金寨),直取叶家集。

叶家集属安徽治辖。它正处在豫东和皖西的交界线上。此集市面不大,为群山所围,西边有史河由北向南流过,河边有条公路直通豫南的商城。孙连仲第三兵团司令部就驻设在商城。

荻州的设想是,攻陷叶家集,夺取山隘口,直捣孙兵团的司令部。

坐镇商城的孙连仲,连连收到叶家集的告急电话,他急得直跳脚。他指挥的虽说是一个兵团人马,实际只有十个师,装备也很落后。现在阻守在叶家集西面富金山上的,只有一六一师和八十八师,其余都布防在大别山北麓。一般来说,中国军队的一个整编师,只能对付一个日军的联队(团)。现在若用两个中国师来对付一个日军师团,那是绝对没有成功希望的。在徐州会战中曾荣获“钢头”司令美称的孙连仲将军,能不急得跳脚吗?他只好通过电话,速速向本战区代理司令长官白崇禧求援。身为参谋副总长的白崇禧也急得头脑发胀,处处要兵,处处叫苦。

参谋已把话机捂在手中好一会儿了。白崇禧接过话机,恳切说道:“仿鲁兄,你别急,先设法顶住。这个缺口万万开不得,否则五战区的防线将会全盘动摇,后果不堪设想。你先把宋、田两军调上前线。我令廖磊兵团支援你。我再令陈鼎勋军向你部运动。”

商城的孙连仲立即召开作战会议。他宣布由田镇南的三十军驻守商城地区,宋希濂的七十一军加上原先驻守那里的钟松的六十一师,利用史河和富金山阻击敌人西进。八十八师作预备队,待命在富金山西麓。

宋希濂时年三十一岁,是黄埔的高才生,任三十六师师长时才二十八岁,蒋介石为了表示对部属更亲切,喊他为“小宋”。他的七十一军是总司令的嫡系,装备虽不如胡宗南的十七军团,但比起孙连仲手里那些杂牌军来说,也就机枪比鸟枪了。所以,七十一军是第三兵团中战斗力较强的王牌,尤其是宋希濂的出身之师三十六师。

宋将军的职业道德，在当时军中上上下下无人不赞。他曾带着他的三十六师，出生入死解了许多兄弟部队的围。他不因嫡系而骄横，胡宗南做不到；也不因实力而自傲，汤恩伯做不来。他接受谁的指挥，就服从谁的调遣。孙连仲是杂牌司令，他照样敬重有礼。他认为，作为一个军人，这是最起码必须遵守的军纪。

宋希濂率着他的七十一军，火速奔赴叶家集前沿阵地，他同陈瑞河①几个师长仔细看了地形地貌。他的高倍望远镜中，突然出现了一块风水宝地——富金山。原因是史河从淮河流出以后，流到富金山脚下，拐向东南方了。富金山也沿着史河走向形成一面扇形山脉。山麓下的公路也是顺弯而转弯。宋军长惊喜地对部下说："我想把部队伏在山腰上。凭借这些条条塄坎，下通公路上通山顶，既可控制公路，又可以监视敌人。万一战况不利，山后的预备队可以从那边豁口冲出来。实在应付不了，我们还可以从那豁口退出去。"

当然，将军勘察布防，不能未打之前就想到退却，似乎从心理士气上说不通。善于筹谋的将军，必须考虑到这点，不能将自己置于死地绝地。只有选择到能攻能守、能进能退的处所，才是最理想的战场。真正的常胜将军，战争史上是不存在的。

宋军长的意图得到几个师长的赞同后，立即分配防地。三十六师布防在富金山左边，右边由八十八师防守。配属来的客师钟松六十一师固守山北，作为三十六师的配合。

孙连仲接到七十一军布防报告后，立即回答道："宋军长的布防，我很满意。我充分相信你。其他问题你自己看着办吧。我知道你不是个孬种。"

孙连仲非但善于布阵，也很会防守。他在防御战中，一股韧性是很闻名的。他不怕一万就怕万一，为了使这场防御战多加两成保险系数，他又令原守商城的三十军立即拔寨向东转移至富金山西麓。他又电令处于敌后活动在霍山、六安一带的于学忠、冯志安两部积极向西靠拢，设法在敌后进行骚扰，偷袭敌方的辎重给养，逼得敌军必须分兵顾后，以减轻七十一军的正面压力。

负责防守左翼的三十六师，筑好工事后，师长陈瑞河弄了几瓶酒和一点罐头来，把团、营、连干部召集到身边，豪爽地说："请诸位先把缸中酒干了，再听我说！"粥少僧多，有人只润了润喉咙缸底就朝天了。陈师长大大咧咧说："在我们家乡，若

①有资料记载，第三十六师师长是蒋伏生将军。

要办一件大事,比如砌房造屋,必须先办一顿开工酒。造好以后,再办竣工酒,今天我先请大家吃个开工酒,打胜以后,宋军长再为诸位摆庆功酒。"

他们都是战场上冒着枪林弹雨的具体指挥者,他们是我师的主动脉主静脉,是支撑这座楼屋的梁柱檩椽。陈师长想到这儿,大声说道:"弟兄们,大战恶战马上就要开始。军长的为人脾气,诸位是晓得的。他从来不因为我们三十六师是中央七十一军骄子的宠儿而在战场上存私心留一手。我和弟兄们有幸战斗在他的起家之师,既感到光荣,也感到压力。我现在要求诸位,回队以后,每人都把自己的一、二、三候补指挥的姓名,写在纸上,揣在怀中,为我们宋军长打一个漂亮仗,为我们的老百姓吐吐怨气申个冤。"

陈瑞河是宋希濂的爱将、勇将。他的战前动员很有特色,不讲大道理,只讲实心话,最后再加一张继职的候补名单。

第二天上午九点左右,富金山上的太阳被日寇的一群黑乌鸦遮住了。九十六架轰炸机在阵地上空盘旋了两三周。乌鸦们发现守军工事,立即将所有炸弹投掷到地面。工事上泥石纷飞,火光冲天。与此同步,山下的排排火炮像飞蝗火箭,准确无误地扑向三十六师阵地。

这是日寇的惯用伎俩。凭借现代化的武器优势,先对只有常规、轻型武器的中国守军来个下马威,在摧毁他们防守工事的同时,更要摧毁他们精神上的防线。

将近中午,日机撤出了,山下大炮也停息下来。

三十六师的守卫将士们立即从塄坎背面、从虚泥碎石中钻了出来,架好机枪,撬开一箱箱手雷,静静等待着。

一个整编七十一军,可惜没有一个炮兵团,哪怕有一个营也好,遗憾的是一门也没有。陈师长举着望远镜想,如果在身后的沟壑中排上十几门大炮,等小鬼子组队仰冲时,先轰它一阵子,那才带劲哩。可惜,宋军长没有,中国军队也很少有。荻州师团长以为一顿下马威已令中国守军魂飞魄散了。但是,他还不敢掉以轻心,令沼田重德的一个整编旅团,立即发起争夺富金山的攻势。

沼田指挥着四五千人马,悄悄走近山麓,突然各种武器一齐开火,组成一张疯狂的火力网,向山腰闪电式扑来。

陈师长猫腰在塄坎下面,全神计算着日寇与弟兄们之间的距离。下面各编制指挥官也躲在草丛后看着渐渐缩短的空间。所有士兵都仰靠在塄坎坡上,咬着手雷线盖。

沼田迟疑了,立即令人马匍匐而上。静观了一会儿,又令一个中队射了一排子弹,听听还不见动静,望远镜中也看不到什么反应。他将指挥刀用力一挥,所有人马快速向山腰爬来。日寇已进入百米射击区,陈师长仍在沉着等待。下面有些指挥官着急了,师长为什么还不发令枪?他睡着了?日寇胆更大了,立即加快速度,像旋风一样冲上来……就在这时,陈师长令枪一发,守军阵地上许多机枪吼叫起来,若干手雷像冰雹从天而降,颗颗都准确无误在敌群中开花爆炸。师长早有命令,每个战士必须在三十秒内摔出十只,少一只就关他两天。沼田人马眨眼间就倒下千把人,他知道上当了,立即命令原地伏下。突然,一个团的中国军队像猛虎下山一样出击杀来了。沼田并非武夫,知道这地形对他非常不利,他不想与守军斗气,立即带着残部连滚带爬撤离战斗。

三十六师是好样的。尤其手雷摔得既快又准,杀伤力很大。谁也不愿因为少掷一只手雷被关上两天,这是不如人的证明,这是耻辱。

三十六师左右,枪声仍在激烈呼啸着。

宋希濂不放心,因为三十六师阵地是全军的心脏地带,向下有效控制公路的转弯道口,向西扼住穿过富金山的咽喉,他料定敌人会强取硬攻的。他难以放心,拿起电话,连呼三十六师。他听了报告后,大声道:“注意,沼田首次出击就吃了你的大亏,下面定会组织疯狂反扑的。你不能掉以轻心,有情况,立刻向我报告。”

败下阵的沼田,受到荻州的一顿训斥。他从两个联队各抽出一个大队(营级),交给沼田说:“沼田君,你必须在三天之内啃下这块骨头。这里坦克骑兵用不上,我只能用飞机大炮支援你了。你如果再不努力进取,军法无情!”

到下午两点时,日寇的飞机、炮兵、步兵一起卷土重来了。血与火的考验降临到三十六师的头上。守军如果顾及到头上的飞机炸弹和机枪,就顾不到山下疯狂而来的日寇。山下飞来的阵阵炮弹,把塄塄坎坎削平掀翻,守军在顾此失彼中伤亡惨重。陈瑞河师长瞠目结舌,他立即想到,我们与其这样被动挨打,不如冲到敌人之间,首先使它的飞机、大炮失去作用。所以,他立即命令身边司号手吹起威武雄壮、震撼人心的冲锋号。塄坎下的守军听到号声,快速跳出掩体,闪电般冲向敌群。

双方绞缠在一起了。枪炮均失去了作用,只有刺刀、腿脚、牙齿能解决战斗……

日寇的飞机见下面已难分难解,只好叹息声声,离开了红、白刺眼的战场。

吹过冲锋号,陈师长急忙令山后预备队火速增援前方。

纠缠在一起的两军恶杀了一个多小时,沼田不敢硬拼下去了,他不想让他的一个加强旅团同整编三十六师拼个尽光。他立即命令边战边退,撤出阵地。

双方退出肉搏战场后,日寇无法抢走的尸体与我方牺牲的士兵遗体基本相等,各方都损失了千把人。而我军吃亏的显然是在山腰工事上,也就是顾此失彼吃的飞机大炮亏。

我军的排连长伤亡很大,营长也牺牲了三个。各建制均遵照英雄生前写下的候补名单,次第做了代补。

如此三天以后,三十六师伤亡大半了。

在电话里,陈瑞河吼叫道:“宋军长,我们还得守几天?”

“再守两天!”“好,我抱头滚再守两天。两天后,我要为三十六师留点儿种子了!”

两天后,三十六师连轻伤在内仅剩千把人了。宋希濂怕陈瑞河先斩后奏,任性地撤出阵地,所以他预先急急赶来了。

当他走进阵地时,往日许多熟悉的面孔不见了。这个师是他的起家部队,是七十一军的主心骨,所以从连长向上,他都能叫出姓名,说出年龄和出生地。这些好兄弟多数不见了,他看看面前递补上的陌生面孔,还能开口再问吗?他大叫陈师长,原来陈师长一直站在他身边。他变了一个人样,蓬乱的头发上既有草又有泥,像死鱼一样的眼睛突兀在外,布满红红的血丝。衣裤撕豁了几处,有血有汗,沾满了黄泥黑土,活像一具刚从地穴中爬出的僵尸。

当别人告诉他谁是师长后,宋军长一把抱住陈师长,喉头一阵涌动,却开不了口。

陈瑞河的声带喊伤了,几乎发不出声音了。他不由泪水潸然,“男儿有泪不轻弹,只是未到伤心处”。陈师长以污秽的破袖擦去泪水,对宋军长含混哽咽道:“军座,士为知己者死,我死不足惜。三十六师是您用多年心血,惨淡经营起来的啊,您不想留点儿种子,难道想灭了这个编制?”

宋军长太了解这个铁骨铮铮的山东大汉了。不到山穷水尽、道无路绝之时,不会轻易说这话的。同时也太了解他的三十六师了。三十六师里从来没有配备过督战队。只要他说个“打”字,明知前方是地狱,是鬼门关,谁也不是贪生怕死的孬种,人人都是勇往直前向前冲!

宋军长看看部下张张似人非人的疑惑面孔,不开口。但是,他脸上的肌肉在痛苦抽搐着。

他转过身,看到一个坐在地上娃娃兵,戴着两只钢盔,用刺刀聚精会神地刻着腿间石头。他摇摇手示意别人不要惊动他,自己却悄悄走上去察看。见其刻得是那样的专注,那么认真,简直一丝不苟。但总因工具和技艺关系,刻得歪歪斜斜,深深浅浅,仔细辨认,好像是两个人名。宋军长轻轻咳了一声,问道:“小兄弟,刻的是谁的名字?”娃娃兵仍然不理。宋军长疑惑了,有个士兵走到军长面前,边行礼边说:“报告长官,他的耳朵聋了!”宋军长弯下腰,又大声重复一遍。这时,娃娃兵才惊慌得立即丢弃刺刀,霍然站起来敬礼道:“报告长官,是我表哥和我。他杀了两个鬼子先走了。”说着摘下两只头盔,双手捧着说:“这是我们俩的,我想把它们和这块石头埋在一起。等鬼子来了,我还要再杀他两个、三个……”

宋军长目视唇边长着一圈黄色绒毛的娃娃兵,见其瘦削的身躯被肥长破烂的军装裹着。军长走上一步,为其扣上风纪扣,接过两只钢盔帽,涩声地大叫道:“来,小兄弟,我帮你埋。”

宋希濂帮助娃娃兵在脚下挖了个深坑,将那块刻字石块直立其间,罩上两只盔帽,填上泥土。他站起身,仰视阴沉灰暗的天空,毅然命令道:“坚持到底,杀敌报国!”

说完就急转身,头也不回“逃”走了。腿脚是那样的匆忙、慌张、疲惫、坚定……伫立的将士们,都看见他偷偷掏出了手帕……

三十六师的将士们目送着宋军长。陈师长对他的高大背影行了个军礼,将大手用力一挥,仅存的将士们扶着背着轻伤员立即奔向各自的阵地。

有个人鬼难分的壮年士兵,左腿从膝盖以下已经不见了,急救员用纱布给他缠了缠才止住流血。他见两个百姓给他拿来担架,他死命不肯离开战场,甚至用自杀威胁急救员,那个姑娘只好哭着离开了。他有许多好友已经长眠在此,他不想忍辱苟活下去。他见活着的弟兄们又奔赴前沿了,他忍着剧痛,抹去额上豆粒大的汗珠,用两手拼命向前爬着……刚爬了两步远,终究力不从心,只好双手拍地,嘶哑地喊着:“陈师长,我还有双手……”说着,举起两只手掌对前方摇着,摇得是那样的激烈，而又显得那么无力。陈师长猛地站住转过头，愣神着。伤残的士兵又在崎岖的阵地上痛苦挣扎往前爬。师长心里流血了，心想，我只有成全他了。他随手捡起一支长枪，转身冲到伤兵面前，将长枪交给他，弯腰一把将他抱托起来，转身走向前沿阵地，向那尸积如山的角斗场地迈着沉重的步子，一步一步跨去……

这些无名无姓可记的中华健儿，并非是麻木武夫，也并非像日寇中了武士毒素的亡命之徒。他们心中也装有家庭亲人，但装得更多的是国家和百姓。他们都有各自的思想和理想，但是共同的想法只有一个，中华民族从未向外邦夷人低过高昂的头，决不做亡国奴！他们都知道自己也是血肉之躯，生命给予每个人只能一次。尤其那些青年人和娃娃兵，说不怕死，那是绝对骗人的，蝼蚁尚且贪生。但是，他们为了亲人不死，为了百姓不死，为了民族不亡种，为了华夏不亡国，他们只能义无反顾，勇往直前，浴血奋战，视死如归！他们说不出闪光的誓言，也不会喊响亮的口号，但是他们的精神仍然是伟大的，仍然光照华夏，与天地同辉共存！

山下的沼田又发动攻击了。不过，看来已成强弩之末，他们也遭到了致命打击，损失惨重。守军的援军一时上不来，他们的援军更缺乏。荻州后院忽地又冒起了烟火，那是被他击退的于部冯部，他们用游击战术在他后脑壳上连连敲击起来。他不能陷入前后夹攻的绝境，所以严令沼田，必须从速尽快夺得该死的富金山。

沼田与陈瑞河又玩命地较量起来。他们都清楚，这是鱼死网破的最后拼搏！谁若败北，谁就再也没有机会重整旗鼓了。

双方都踏着同伴或敌方的尸体，展开了面对面的肉搏。仗打到这种时候，枪弹已失去作用了，只有刺刀、枪托最应手。双方都杀红了眼，疯狂得像神经病患者，双方都有一个共同的想法，杀一个够本，杀两个赚一个，当然杀得越多越好。有不少中国军人拉开腰间手雷，一手拖住一个日寇，尽管身中数刀，只要心脏没有中刀，两只如钳铁手都要坚持到漫长、短暂的"轰"的一瞬间。于是，战场上杀得骨肉横飞、血液凝地，杀得地黑天昏、日月无辉、群山战栗、史河呜咽……

如此杀到黄昏时分，双方所剩几百人都瘫倒在成堆的尸体边。放眼望去，再也辨不出哪些是死的哪些是活的。双方均确认，敌方已被己方斩尽杀绝了。

战场上静悄悄，寂静得令人毛骨悚然。

夜幕降临了。那似乎又还过魂来的敌对双方，均各自退回到原地。

第二天清晨，当陈瑞河师长举起望远镜时，竟发现只剩一只"眼睛"了，一只也行。他详细观察了敌军阵地,一个鬼影子也不见了。

富金山下,七十一军重创荻州师团,歼敌逾万。

史河河畔,三十六师击毙敌方联队长三人,重伤两人。旅团长沼田重德少将身负重伤,在返回合肥途中,抢救不及,一命呜呼。

英雄的七十一军终于遏制了第二军彦王的猖狂进攻,为仓促应战,慌忙调整部署的孙连仲的第三兵团赢得了无法估价的七个昼夜……

日本的“三宅坂”震悚了……

武汉的蒋介石震撼了。他为七十一军专门召开了记者会,让宋希濂、陈瑞河讲话。

然而,中将和少将你望望我,我看看你,谁也说不出一句慷慨陈词。当然,他们此时的悲痛心情谁能不理解呢?包括许多友好的“蓝眼睛”在内。

蒋介石命令全军:“发扬三十六师精神,奋勇抗日,杀敌报国。”

宋、陈二人双双获得华胄荣誉奖章。

蒋介石亲手把奖章佩挂到他们胸上,并宣布:“由军政部奖励三十六师二十万元!”

战后,宋希濂和陈瑞河二十万元中一个子儿也没拿。一万二千多人的整编师,还能活着站着的仅存五百多人,每人发给大洋五十元,伤残住院的一千多人是一百元。其余多下的,请石匠高手在富金山顶树了一座硕大石碑。碑后把师部花名册上牺牲的将士姓名全部凿录其上,并将两枚华胄奖章镶嵌在石碑正面的上部。宋希濂军长模糊的眼前突然出现了那个娃娃兵。他再也抑制不住泪水,对身边人说:“这个荣誉应该属于他们。”他指的是石碑正面由蒋介石写的金色题字——

光照日月

中国第七十一军
第 三 十 六 师　阵亡将士之墓

永载史册

民国二十七年秋　立

二十三

长江中下游地区每年的高温时节是在七八月间，尤其以武汉为中心的广大地区炎热如火，酷热如蒸。虽说早已过去了八月八日的立秋，但是十八天的“底火”俗话说“秋呆子”的闷热，更让人白天汗流浃背，夜晚难以成寐。

冈村同薛岳在长江南线鏖战多时，撞上了用铜墙铁壁组成的喇叭阵。碰得头破血流后，终于暂时罢了手。

两人都受了重伤，都感到疲惫了。正好又处在高温酷暑之际，他们都想躺到树林竹丛中喘喘气了。

双方的人马都需要休养整补，辎重给养也需要大力补充。所以南线战事暂时停息下来。

所谓停息，也就是暂时听不到枪炮声，其实双方都在抓紧时间厉兵秣马，霍霍磨刀。暂时停息，是为了做好充分的精神和物质准备，为了养精蓄锐，把日后新的战斗推向更加激烈残酷的高潮。

冈村除了要做好上述的一般准备而外，还要投入他的一个特别课题：为一〇六师团脱胎换骨，把它训练成天皇陛下的一支真正铁军。绰号为“商贩师团”的一〇六师团，在金官桥元气大伤之后，那些商贩职员基本已被战火淘汰。“商贩师团”成了徒有可恶虚名的绰号而无谙商怯战的可耻之兵了。战斗结束后，“三宅坂”又为其输进一批新的血液，都是用本土和韩国的学生凑合起来的。冈村面对这些娃娃们，既忧虑又欣喜。忧虑的是，看来后方兵源已经枯竭，训练的时间又太短。高兴的是他们都很年轻，有很大的可塑性，思想上易于接受大和民族的武士精神。

冈村暗下决心，要充分利用自己的军事才能，不辞劳苦，把他们练就成一支真正的勇猛之师，甩掉一〇六师团头上的可耻绰号，为大日本军队创造一个史无前例的奇迹。练新兵，练一二三四开步走，当然很简单，练跑跳爬攀也容易。最难的是胆量和狠心。枪要打得准，刀要砍得狠，练起来就不那么轻松了。冈村让教官对这些新兵做了常规训练以后，把几个有头脸的教官通知到自己的办公室，做了一些具体的训导。

天黑了，九江监狱门楼上那两盏幽幽的门灯依旧冷冷照着那块未摘未换的大木牌。

因为高墙内事先得到通知，今晚为了让慰安妇们休息休息，暂不开放，并且令众妇早点儿熄灯就寝，禁止串门、喧哗。

住在二楼的严冬梅她们，忽然听到楼上杂沓的脚步声，匆匆急急，伴随着手电的闪光，向楼下、向底层响去。她们惊起而坐，秋菊摸到铁门边，想谛听一点儿什么，可惜除了脚步声还是脚步声，墙上的通风洞口既小又高，也是见不到外面世界的。她们只好又睡到草席上，各人发挥着充分的想象力，在议论、猜测……

可惜她们过高地估计了自己。楼下即将发生的事情，她们之中即使有先知先觉者，也是不可能猜中的。

今晚天上非但无星无月，而且还蒙着一层厚厚的黑云。天闷热，气压低，远方天际不时明灭着闪电。电网高墙下面不是有块空地吗？现在沿墙的空地上已栽起五十根一人多高的粗大木桩。从第一根到最末一根木桩下面，均垫着一块块的油布。每根桩上都用手铐圈铐着一个人的双手，手铐钩在一人多高的大钉上。所以被铐的人还能自由地站在油布上。因为天太黑，看不清他们的年龄、长相、表情……只能看到每人嘴上贴着一块白色的东西。

这里一切准备就绪。监狱大门轻轻打开了，放进两辆卡车，大门又悄然关上。

从车上跳下约有二百来人，一个中队的新兵。他们白天已做过若干次的刺杀训练，对象均为毫无生命迹象的稻草人。冈村认为，对稻草人练拼刺，等于在盆缸里练游泳，即使苦练一世，见到大海还是没有勇气下水的。要想成为真正的游泳健将，必须面对真实的大海，勇敢地跳入其间练习、拼搏。比喻精辟，“理论”也颠扑不破。

这些只比枪刺高出一头的娃娃们，在教官的命令下排成前后四排，每排五十人，个个立正着，将枪刺竖立在腿边，聚精会神听着教官教授刺杀“敌方”的要领以及行动的次序。

突然，数盏探照灯大开，惨白的光束直刺得桩下人人睁不开眼。雪亮的灯光下，羁绊于桩上的那些男性囚犯有老有少，有壮有弱。人人都被剥得精光，若说尚有一丝一缕的话，只是用来缄口的胶布。个个长着刺猬头，多数胡子拉碴。当他们被封上口带下楼时，都清楚自己的生命就要结束了。许多人觉得太冤，认为自己为了老小生活只偷了一点儿东西，或是我只告了村长强奸我的女人，或是在酒馆里说了几句不切时宜的“疯”话……他们是太冤屈，有些人只被判了一年、几年、十几年的囹圄生涯；远远够不上“验明正身，执行枪决”呀！他们想大喊大叫，想疾呼苍天老爷，想问问人世间究竟有没有公道，有没有报应？他们想到反正是死，想做死亡之前动物本能的反抗，刚动双臂，发觉手腕上还有冷冷的手铐，他们心凉了，从头冷到脚。但是，他们还有一双能够活动的喷射满腔怨愤、满腔怒火的眼睛！尽管灯光刺目，他们还是把双眼瞪得大大圆圆的，突兀的眼球即将眦裂而出。

教官都讲清楚了，新兵也都听明白了。

站在最前列的一队五十人，看来年龄普遍偏低，而且韩籍人较多，他们虽穿的最小号军装，还是令人感到搞错了长短尺寸，有几个刚刚提上的裤子又在不知不觉中落了下来，在绑腿上面重叠着。他们是幸运儿，在摆满羊肉、牛肉……的宴席上，竟然让他们先动手，先尝鲜。这足以说明主人对他们的特别关怀、尤加宠爱。

在口令声中，他们出列，一边喊着呀——呀——一边向前冲去……

他们瞬间凯旋了。教官发现有几个操练者的刺刀上不见红，上去就是左右开弓，把他的鼻孔打得鲜血淋漓。教官又次第检查下去，见几个操练者枪刺上虽然见了色，但是他们的下裆却被尿水浸湿了，当然还应该左右开弓。再看下面，还有几个竟然流过眼泪，没出息得令人太失望，简直是不知羞耻的蠢猪。教官不由怒火中烧，上前就是两脚，因为手掌早已疲惫，只好以脚代手了。

诲人不倦的教官命令上述三种没出息的对象冲向靶前，继续进行操练。有教无类，严师出高徒，直至完全符合训练大纲为止。

就像上面那样，一队一队操练，一轮一轮再补，按计划完成今天的训练任务时，已到午夜时分。

新兵们七手八脚把那些已成蜂窝煤的“靶子”或是拖挂着花花肠子的练刺对象,一一从柱钉上解开手铐,再将这些“靶子”用垫地的油布卷包起,扎上铁丝,扔到卡车上。

刚收捡一半,天就下起大雨。雨水伴着血水,溢出油布,横流到四周土地上,倏地不见了。雨下得倾盆了,雨水裹挟着血水,从饱和的土地上向大墙一角急急流去。那儿有一丛枸杞遮着出水阴沟,血水淙淙流入阴沟,就再也不见了。

老天是在助纣为虐,帮助恶人魔鬼洗刷蛛丝马迹?老天是忍不住极度悲愤之情,为那些无辜者遭受惨绝人寰、骇人听闻的虐杀而恸哭流泪?

如此的用活人练刺并能得到立竿见影效果的训练,进行了好几个夜晚以后,才算完成这一重要内容的教学计划。

娃娃们似乎一夜之间就被塑成了骄兵,新兵们几天以后就成了天皇陛下的“铁军”!

睡在二楼上的众女性,连续几个夜晚只听到人下楼而听不到再上去,都以为那些被关押的男女犯人被一批批转移到其他狱中去了,或是被暗暗送往战场筑工事当驮夫。宗小花只是听着她们的议论,并不掺和其中。

宗小花却另有一种她不敢想的直觉,因为在南京沦陷时,她就听到日寇用中国百姓和已放下武器的中国军人给新兵练习刺杀的传闻。她现在更加相信那些传闻的真实性,她苦于没有机会取得这类惨无人道的有力证据。

现在就日寇在南京明目张胆、无所顾忌地屠杀大批俘虏与后来德国党卫军屠杀大批犹太人和俘虏兵相比较,令我华夏的子孙后代值得反思。德寇的凶残不亚于日寇,他们在屠杀犹太人之前,先把他们关入集中营,再将男女分开,以不同鬼话骗他(她)们进入宽敞大室,比如说出于卫生需要,令他(她)们脱光衣服,到室内去集体淋浴,然后打开毒气阀门,进行集体屠杀,杀后又悄悄烧成灰碾成末。德寇也是同样违反写在纸上的什么狗屁国际公约,俘虏照杀不留。有一次德寇包围了一批手无寸铁的美、英俘虏,当这些已不是军人的军人意识到自己的危险处境时,有位美国人叫约翰逊的中校,突然振臂一呼,全部俘虏像闪电一样快速冲向持枪的敌人。他们徒手同“冲锋枪”进行了殊死拼搏,尽管当场就倒下了许多,但是三分之一的人夺得了枪支,争得了自由。哪怕一个未活,他们的精神都得到了永存。

东西方一个比较,日寇竟敢在光天化日之下明目张胆,成批成群大屠杀,是因为我华夏子民太敦厚老实、温顺愚痴？还是因为软弱脆弱、胆小怯懦？还是对杀人魔鬼抱有种种幻想，寄予人道希望？若说中华民族缺少反抗外来侵略的斗争精神，我们打开一八四〇年以后的历史，再看看目前许多正面战场如火如荼、英勇杀敌的流血事实，实在不能自圆其说，究竟如何去研究、分析这个问题，找出正确的结论，那就不是稗官能说得清楚的了。

冈村在九江做得之所以比松井石根在南京要隐蔽、要谨慎得多，其原因不是怕什么、顾及谁，而是像封建社会少数无节女子一手端着味道美极了的鲜嫩鱼汤，一手伸向空中索取诱人的熊掌。更像扎着花头巾的狼外婆，尽管嘴角还挂着未舔净的毛血，还要手捻佛珠，假充大慈大悲的好心老婆婆。刚攻陷九江后，他立即命令宪兵入城“安抚”市民，维护社会秩序，不是像狼外婆做出的慈眉善目、兜售的大仁大义吗？

几天后的一个火烧云的傍晚，众妇享受到了去楼下活动腿脚的机会。当然，高墙脚下的根根木桩早已不见了。靠近阴沟洞口的地方，那丛野生的枸杞尽管绿叶已经不见，但是它的果实还顽强挣扎生活着，并有部分已经成熟殷红，远看像滴滴鲜血。宗小花拉着和子，用手指着说：“呀！你看墙脚那边，那丛枸杞果长得多晶莹光洁，像粒粒红宝石一样。”和子一看，果然猩红透亮。她兴致极高，陪着小花向大墙一隅走去。小花边走边向她介绍说：“你别嫌它浑身长满刺，它全身都是宝。嫩的茎叶可以当菜吃，并能亮眼明目，果实晒干泡茶喝，滋阴补肾。它的根皮叫‘地骨皮’，泡酒喝了可以治疗风湿关节痛。”和子听了很惊讶，连忙蹲下仔细采撷起来。

宗小花摘了几粒，就扶着墙面细心地观察起来。她发现砖缝之间还残留着褐色疤块，用指甲小心地抠下闻闻。她又蹲下身，抓起一把潮湿的泥土，送到鼻下。一股残存的血腥味令她作呕。她又审视脚下两三尺远的地方，还有一个尚未填平的深洞，心想，那一定是栽桩的地方。她全弄明白了。

和子还蹲在墙脚耐心摘着。小花帮她又采撷了一些。血红的西天渐渐惨淡下来。她们捧着血红的果实，离开了仍然微微散发着血腥味的地方。

狼外婆冈村一面抓练兵，一面抓侦察。无论是便衣还是飞机送来的有关对方的布防情报，他立即在图上做出标记。一个星期以后，他面对地图上犬牙交错的红绿攻防箭头，运筹帷幄，挖着心思，绞着脑汁……

他忽地又闭上了双目，思想实在难以集中。他在军界还是小有名气的，所以“三宅坂”把围攻武汉的使命交给他，让他作为主攻力量，既为他的十一军增加人马又送来许多作战物资。他除了手上原有的海陆空三军外，又特地用飞机把善于湖沼作战的波田支队从遥远的台湾送到他面前。结果呢，眼看四个月时间即将过去，他还滞留在九江，被中国军队缠住手脚，寸步难行。“三宅坂”来电指责他“为帝国尽心尽力不够”。畑俊六大将也在南京频频来电：“我为阁下的行动迟缓表示忧虑”。今天又听说，江北彦王第二军的一一四末松茂治师团已攻下了大别山南麓的潜山。看来“三宅坂”已有调换主攻手的意图。他想到这儿，不由头脑发热，眼前发黑，将汗津津的右手压在地图上。这是耻辱！它会让我在军界中名誉扫地，丢尽脸面，它会像影子一样伴随我一生，使我一文不值、人所不齿！

日本这个争强斗胜的民族，可以容忍无恶不作的骄兵悍将，可是永远都不肯原谅败将逃兵，这既是它的优点，同时也是它的致命弱点。

冈村闭目了好一会儿，慢慢睁开双眼，看到被右手压了许久的那块图面起了皱，他看着看着，双目忽然炯炯发光；他又后退两步看看，再走向前望望，突然神经质地将右拳砸在起了皱的那块地方，惊喜地大叫：“天助我也！”

他唯恐多时处于困惑的大脑被突然降临的惊喜冲昏，立即叫来参谋，命令速派两架侦察机多带几个精明强干的侦察兵去被他用拳头砸过的地区，做一番仔仔细细的搜索，把结果火速报来。同时，又派人用电话命令驻守在马回岭的一〇六淞浦师团长立即赶来军部。

原来冈村在绝境中无意发现被弄皱的图纸那里竟然没有一支红绿箭头标记。就是说在南浔铁路线和瑞（昌）武（宁）公路线之间出现了一条长长的真空地带。换句话说，在薛岳的完整防御体系喇叭阵的左侧没有一兵一卒防守了。如果敢于密遣一个师团，从德安西面偷偷穿过真空地带，像一把尖刀猛插到喇叭底座，再转师往回打，南浔线上的其他师团再一配合，薛岳的二十个师将会处在腹背受敌、渐渐陷入冈村的包围网中，最后收网捉鱼，连虾都无处可逃。

从军事战术上看，冈村的这手确是高明、厉害。但是，也不能排除极大的冒险性。孤军深入，军家大忌。然而，战争本身就是一场赌博。他是个有胆有识的赌棍，敢于孤注一掷。将近中午，侦察结果送到军部来了。两线之间果然出现了豁口漏洞。他又召集几个侦察人员，亲自细问了一番，将桌子一拍，终于下了背水一战的决心。

中国《孙子兵法》上有这条:“置之死地而后生。”冈村对中国古代战法太熟悉了。

午饭后,一〇六师团长淞浦淳六郎也奉命赶到了军部。淞浦的“商贩师团”自从在南浔铁路的金官桥吃了薛岳的大亏后,他羞愧得几乎切腹自杀,多亏冈村慰勉了他,胜败乃兵家常事,并说自己也有责任。后来又补充了许多朝气蓬勃的学生兵,再经过良苦用心的严格训练,冈村又从其他部队抽调出一批佐、尉级的军官,充实到一〇六师团里去充当联队大队指挥者,这样就如虎添翼、所向披靡了。

冈村目不转睛地看着站在他面前的淞浦,足足有三分钟,突然问道:“我如果令你再去同薛岳做番较量,你敢是不敢?”淞浦将胸脯一挺,大声答道:“报告司令官,卑职从哪里跌下的,应该从哪里爬起来!”

“说得好!”冈村微微笑起来,他非常赞赏部下的士气,“我如果令你孤军深入,去掏薛岳的心肝内脏,你敢是不敢?”

“卑职向天皇陛下发誓,阁下的决策,正是我求之不得的心愿!”

冈村站起来,满意地点点头,他指着军用地图,对淞浦详细说明了自己的筹谋和决定。

冈村离开地图,说道:“我只能给你一天准备时间,当你在球场角逐冠军时,忽然发现一个可乘之机,如果一犹豫,机会稍纵即逝,将会使你遗憾终身,所以我决定要快。留下战车大炮,我再多调些驮马驴骡,带足弹药给养。你在明晚八点出发,第二天早上八点,我从正面对薛岳部发起佯攻,再搞点小规模出击,这样既可以掩护你部悄悄西进,又可以防止薛岳疑神疑鬼。”

淞浦听得两眼发亮,立正挺胸道:“卑职要利用司令官的英明决策,把支那军斩尽杀绝,把薛岳推上支那的军事法庭,为一〇六师团重树天皇铁军的军威。”

冈村满意地点着头。他沉思了一会儿,又叮嘱道:“在秘密西进途中,如果遇到小股支那军,你千万不要同他们纠缠,兵贵神速。再一个,不能使用无线电联系,应该使用有线电话。”

淞浦将双腿向后一扳,胸一挺:“是!快速穿过真空地带,并且多加报告。”

参谋用托盘端来两杯血色葡萄酒。

冈村递给部下一杯,自己端了一杯,兴奋地说:“我在此恭候佳音。一切拜托了!”

当的一声,两杯有力碰撞了一下。

第二天已是十月一日。金秋气爽在人们的期待盼望中到底姗姗而来了。

十月二日上午八点,盘踞黄老门的本间二十七师团,在数架飞机的配合下,突然向中国守军发起猛烈攻击。

坐镇南昌的薛岳,正准备到下面各个防点转一圈,忽然副官奔来报告有情况。当他赶回指挥部时,通讯室里已被急促的电话铃声、通信兵的问答声搅得乱哄哄了。

参谋长把刚接到的军情转告他。他立即走到地图面前,看了瞬间,对参谋长说:“你立即通知七十军李觉,不但要坚守阵地,还要判明二十七师团的主攻方向,然后向我报告。”

薛岳又目视地图。他凝视着小镇马回岭,他知道,那是一〇六师团的驻扎地。他转过身,拿起桌上电话,要通了防守那里的欧震第四军第六师的电话。对电话问道:“王师长,你那里情况怎么样?”

电话里的答复是:“我这儿很平静呀!”

薛岳皱起双眉。在他那白净而又充满书生气的脸上,立即布满疑云。他命令道:“王师长,立即派个营向前搜索一下。半小时内,把情况向我报告。”

薛岳端坐椅上,一面等着两个电话,一面想到秋分已过,天气凉爽,可能下一个大战的序幕就此拉开了。战功卓著的天皇宠儿冈村对自己陷入这种窘境决不会服输的,肯定会伺机卷土重来。“不见输赢不下场”,这是令所有赌徒惨遭失败的症结。

电话响了,是七十军李觉的。李觉在电话中报告说,日军还在用飞机轰炸、大炮轰击,目前还没有看出主攻方向。

王师长的电话又到了。据王师长报告说,他们一直搜索到阵地最前沿,也没有见到一〇六师团的人马,又派人化装成老百姓,一直摸到马回岭外围,见镇内只有少数日军守着,并且镇外的一个空地上发现许多骡马蹄印和留下的粪便。

薛岳丢下电话,朝躺椅上一睡,呆呆看着屋顶,大脑里的细胞立即亢奋起来。二十七师团对我正发起攻击,一〇六师团为何不配合?马回岭只留了守镇士兵,淞浦的两万人马到哪里去了?这种时候,只有增兵的理由,哪有减兵的道理?再说,淞浦忽然集中这么多的骡马想干什么？骡马当然是用来驮货载物的。往哪里驮，朝哪儿送呢？他躺了一会儿，又走到地图面前细细研究起来。

忽然电话又响了。李觉军长在电话里说:“刚才日军对我十三师阵地发动了一次冲锋，已经被我军击退了。我们继续严阵以待。”

他听了李军长的报告，似乎觉得哪儿不对，这种感觉很模糊，像雾里看花，影影绰绰。但是有一点可以肯定，这与冈村的惯来战法不相符。既然有点异样，那就带有某种目的，目的里包藏了祸心。反而推之，就是为了达到某种目的，故意对我虚晃一枪，来个佯攻！再联想到一〇六淞浦师团的突然消失，突然增加的骡马，他眼前似乎渐渐出现了光亮。

薛岳扑向地图，圆睁的双目以马回岭为基点，向南向西急速搜索起来，眼神忽地凝滞住了，呆呆地看着铁路和公路之间的空虚地带！他脑子里顺着冈村的企图立刻飞转起来……

砰的一声，他的右拳狠狠砸向空虚地带，大声道:“好个冈村，竟想偷偷给我一个掏心拳!”

两只有力铁拳不约而同砸在赣北这块崇山峻岭上。随着迸发出的耀眼火光，“轰、轰”两声巨响，群山震撼。这是地震前的预兆，马上就会出现地裂山崩了。

原来他当初布置的完整的防御体系——喇叭阵，在金官桥对一〇六师团发动致命打击之时，因连连调防，将左翼的兵力抽空了，造成了豁口，后来因为炎炎酷暑，双方均因疲惫不堪把战火暂时停息下来。他没有再作重新调整，就此疏忽了。

对于敌方的阴谋诡计，只要你能及时识破，那就赢了一半。即使清醒得迟一点，也不失补救的希望。怕就怕你自始至终被蒙在鼓里。

薛岳再次躺到椅上，他想竭力挖掘自己的智商，来补救自己的疏忽。将斗智，兵斗勇。他想把眼前的被动变为主动，利用它再次和狂妄、大胆、骄横的冈村斗斗智。你既然跟我玩“明修栈道，暗度陈仓”，我何不来个“瞒天过海，关门捉贼”。你来偷偷的，我搞暗暗的，看看在这块赌场上到底谁是赢家！既然总体构思已经初步确定，下面的调兵布阵，对这年轻的宿将来说，还不是轻车熟路了？

当他基本想好围猎方案后，不由笑起来了。世上的事有时也真奇怪，一时的疏忽和失误，反而能引来雄飞与成功。难道苍天有眼，为了公理和正义，在冥冥之中为侵略者暗暗布下陷阱，为仁义之师悄悄送来胜利机遇？

薛岳精神振奋起来，立即要通了李觉第七十军，对李军命令道："命令你部，密切注意二十七师团的动向。利用战斗间隙，巩固前沿工事。冈村可能要从你部打开新的大战突破口。"

兵不厌诈。对敌方这样，有时对自己的部下也不得不这样做。薛岳要李觉在前沿认真防守，他就是想让冈村产生错觉，使冈村认为薛岳仍在盯住眼前，其余还被蒙在鼓里。

接着，他又用电话命令欧震第四军留一个团驻守原地，其余人马在今晚八点半布成扇形悄悄向西运动。

他又以电话命令驻守瑞昌的俞济时七十四军两个小时后全部拔寨起程，向南山暗暗潜行。俞军长却在电话里说，赣北均是崇山峻岭，他的部队不善于登山攀缘。

薛岳对话筒严厉说道："军人死都不怕，难道还怕山高路险！"说完就叭的一声挂断电话。薛岳知道，这个中央嫡系有点儿不买他的账。

薛岳又躺到椅上。用两个军在崇山峻岭中围猎一个师团，成功率还不太大。原因有二：其一地形复杂，两军难以联袂围歼，倘若其间出现漏洞，猎物极易钻隙而逃；其二，假如有人竟敢置军令于不顾，像胡宗南在河南对他玩的那一手，也将降低围歼力度，造成终身遗憾。要想提高成功率，必须再调一军上去。其余三个军又不能动，动一动，他的整个防御体系就大乱了。况且，还要防着冈村的另一手。怎么办？电告军委会，就算有兵支援，远水也不能救近火。怎么办？他也没有"撒豆成兵，指木为阵"的神通。

电话铃响了。他一跃而起，原来是李军长的报告，说本间师团又发起攻击了。

薛岳笑笑，心想冈村也真会演戏。于是大声命令道："你组织力量继续出击，我保证你得胜回营。"他也想把假戏做真，拖住冈村视线。

薛岳放下电话，继续考虑兵力不足时，淞浦淳六郎正率领他的一〇六师团窜入赣北的深山老林，披荆斩棘，登山攀缘着。他们昨晚偷偷离开马回岭后，就一脚踹进了峰回路转的真空地带，行军半夜，果然不见一个支那军。在一个山坳里，淞浦命令原地宿营，吃饱喝足，就地睡觉。但要严防枪支走火，也必须灯火管制。

二日上午，淞浦连一个支那人影也没有碰上。在休息时，他召集小队以上的佐尉军官，这才把冈村的偷袭战术向他们和盘托出。众将官听说后，人人情绪激奋，个个揎拳捋袖。有人建议,先预喊几声“天皇万岁”如何？淞浦考虑说:“诸位心情我理解。我若答应你们,那么多士兵再要求怎么办？我岂能剥夺他们崇敬天皇的权利？如果也准他们振奋高呼,倘若再引起上万只骡马驴的狂嘶大叫,岂不要引起地震山崩？我们万万不能图一时的快慰而毁了司令官的大计啊!”

众将官连连点头,个个心服口服。

通信兵已将电话接通。

淞浦接过话筒,眉飞色舞地向冈村报告着。

送话器里传出冈村的连连叫好声。最后,冈村在电话里嘱咐道:“时刻要校正方向,速度还要加快。”

在偌大的赣北山地上,怎能说一个“支那”人影也没有呢？只不过他们没有发现中国人罢了。金秋十月正是收获的季节,崇山峻岭中出产许多名贵药材。用其果实的必须在它即将脱离母体之前采撷,选其地根的应当在它叶子尚未全部凋零时寻挖。因为淞浦的人马众多,先声夺人,那些采药人早就退避三舍,躲入石缝或藏身密林中了。

这些采药人非但见到他们,还晓得他们是东洋鬼子,他们最喜欢把人的心肝用火烤烤吃。这是他们走出深山丛林去小镇上卖药材时由那些收购贩子告诉他们的。其中有两人是父子,儿子忽然被地下一根“长藤”绊跌一跤,他爬起身弯腰寻觅,终于发现它了。父子俩都觉得这根藤很奇怪,比任何藤都坚韧结实,而且前后长得无法估量。闭塞的山里人哪里知道这是铁丝,更不知道它还能传话。他们觉得弄点回去编个背篓什么的,恐怕是顶呱呱了。老子搬来一块石头垫着线,儿子一刀就把它砍断了。老子在前理线,儿子在后将线圈到肩上,父子俩配合默契。一直朝出太阳的方向边行边绕着……大约有几袋烟工夫,儿子身上压得承受不住了,这时老子猛然醒悟,这玩意儿大概是鬼子留下的,我偷了它做背篓,这背篓怎能上得集镇呢？他令儿子立即扔掉,儿子听说是鬼子留下的,心想,既然我们不能用,何必要留下来让鬼子用？他立即斩断线头,捧起一二百斤重的铁丝圈,一边骂着“去你姥姥的!”一边将它摔到山下去。

父子俩很沮丧,互相埋怨着。因为忙乎了一气,忍痛割爱后,什么好处也没得到。他们只好老老实实重操自己的老营生。

到下午时,父子俩碰上了欧震第四军的先遣团,和气的团长听明了他们的叙说后，拿出牛肉干和一小瓶香喷喷的好酒招待他们，并给了老人十块吹起来盎盎响的大洋，希望他们能留下来做向导。老人欣然同意，但是只肯收取两块银圆。

团长将情况立即报告军长，几分钟后，薛岳收到了欧震的报告。在电话里，薛岳告诫欧震说："你部只能保持若即若离，不要紧跟，不要让敌方发现。"

薛岳放下电话后，激动得从椅子上跳起来，走到地图前："好！抓住狐狸尾巴了！"并在地图上插上标志。

薛岳坐回椅上，终于下了决心，电邀秘隐庐山脚下的叶肇六十六军出山，帮助围捕淞浦这只敢于撞入陷阱的熊瞎子。

参谋长婉言道："司令，叶肇的六十六军不属于我九战区建制。它是委员长特意留伏在那儿以待日后作游击牵制之用的。不经请示，贸然启用，搅乱了委员长的战略防御阵线，后果不堪设想啊！"

薛岳回说："这些我岂能不知？如果按常规办事，先报告，等批示，假如等了几天，竟然不同意怎么办？我只能先斩后奏了。出了后果，由我一人承担，你速去向叶部发电。"

叶肇与薛岳是大同乡。他的部下大多为南方人。他们被潜插在丛山老林里几个月来吃尽了苦头，从将领到士兵都怨声载道。忽然听到薛岳的呼唤，谁不感到心中大快呢？所以，叶肇立即遵照薛岳指令，率部向西南方向围堵。至于蒋委员长那头，他们心想自然有人负责的。

军委会参谋副总长白崇禧接到薛岳的报告时，见其请调六十六军已是既成事实了，只好不置可否，让报告先安睡几天再说。蒋委员长的耳目是众多的。叶肇的六十六军还没有离开丛林，他就知道了。他见军委会没有上报，也只好暂时装聋作哑。因为他心中另有一想，薛伯陵如果没有十二分理由，他绝不敢抗上。现在既成定势了，我又何苦去坏他的大计，等事后再找他算账不迟。

这个账怎么算法，薛岳自己当然很清楚。所以他意识到这次围捕瞎闯进来的熊瞎子只能成功，不能失败。因为他的名誉甚至性命都押上去了。

他立即要通了三位军长的电话，要求他们各报方位，加强联系，快速合围。如果谁敢以熟相欺、玩忽职守，军法从事，严惩不贷！

二十四

淞浦一〇六师团士气高涨，人人披荆斩棘，争先恐后向前闯进，骡马毛驴也似乎受到他们激情的感染，此叫彼喊，互相应和。喧嚣声、嘶鸣声在崇山峻岭间久久回荡着，发出令人心悸的嗡嗡余音。

今天已是三日上午，天空阴沉沉，太阳不知躲在何处。从地图上看，行程已过一半，可是前方更难通过了。这里自古以来就没有过路，不是大山就是峡谷，爬上高山就遇悬崖，下了峭壁又是丛林。穿过老林，眼前又被一座大山横阻着。翻过这座山，又遇到了那条似曾相识的深谷……人倒好办，可以借助软梯绳索攀缘飞越，可是身负重物的骡马毛驴就无法通过了。淞浦见到已经摔下山崖不少人马，只好决定人畜分道，人必须抢时间先突进，脚力只好在山下另寻蹊径了。

两万多士兵总不能挤在一条线上寻路闯险，只好以联队、大队，甚至中队为单位，摆成一字形长蛇阵，向前方探险觅路。岂知时间一长，许多单位难免不出现进度不一。窜前落后出现了，一个完整的师团变成了零零落落的散兵游勇。山上山下、山腰山麓、山谷悬崖、丛林草地，到处都有走着、爬着、吊着一点点大的“黄蚂蚁”。他们尽管有攀缘能力，但难免也有失手，时不时随着恐怖呼救的回音嗵嗵掉下一个或几个。

淞浦站在高处举着望远镜，急得直跳脚，额上汗水淋漓，口中不断骂着“八格”。他看看腕上手表，皱起双眉。他问身后几人时间，岂知三人报的各不相同，误差竟然有几个小时！有鬼了？淞浦从不相信有鬼。

他命令立即架设电线,用步话机同各联队联系。通信兵架好后,连连呼叫代号,可是除了返回的原声而外,就是强大刺耳的嗡嗡声。淞浦不信,亲自接过话筒,狂呼大叫一气,仍如通信兵所说。他摔下话筒,命令通信兵立即检修。

天,下起了小雨。如果不是阵阵山风把雨滴吹扑到他的望远镜镜片上,他还真不知道。他仰头看看阴霾雾障的灰色天空,心里不由打了一个寒噤。

淞浦坐到岩石上,翻开地图。他刚才发现四周很有特色的那些山林,地图上根本找不到。图上标有的青山绿林,他也失去了观赏的兴趣。他不由骂道:“八格,真是废纸一张!”

他令人取出“指北针”,校正一下方向。可惜圆圆的罗盘像只失去生命的蟹壳,你怎么放,指针就怎么指着。往日灵活的指针,眼前仅在刚触地时略微动一动,以后就死死不再动了,像被氧焊住了。

由军校出身的淞浦终于明白遇鬼的原因了,他不由倒抽一口冷气,把罗盘掷入山谷。与此同时,通信兵来报告说:“报告将军,报话机完好。我们发现这里有强大的磁场。”淞浦阴沉着脸,摆摆手,让通信兵快滚。

强大磁场意味着这里蕴藏着丰富铁矿。他随手捡起一块黑色岩石,用力砸破,发现断层面确实含夹着星星点点的闪光灰质。他既喜又怕。喜的是这一惊人发现,今后将会为帝国带来无穷无尽的大炮、战车以及雪亮的战刀;怕的是如何渡过眼前这一关,只有战胜了可怕的今天,才能迎来美好的明天。

雨渐渐下大了,淞浦心上不由又是一颤。他想到了那些还在峡谷中苦苦摸索的士兵和骡马。如果大雨持续下去,他不敢往下想了……闭上双目,任凭雨水冲洗着他的全身。一个侍兵拿着两件雨衣,急急赶来……

淞浦头顶雨衣,呆呆地看着崇山峻岭中变幻莫测的自然景观。乌云绕着山头旋转,山腰山谷升腾起的水雾在他身边缭绕萦回。肆虐的山风,也趁着雨势对树木滥施淫威,小树被胁迫得低头弯腰,一棵大树因为根系松动被山风抛入峡谷深渊,发出令人毛骨悚然的嗡嗡不断的回音。

忽然,他耳畔似乎出现许多骡马的恐怖嘶鸣。他寻找声源,似乎四面都有这种可怕之声,原来就来自他的脚下。他见山下峡谷中“黄龙”滚滚,奔腾咆哮着,其间夹带着不少可怜的运货脚力。他不知道它们从哪里来,也不知奔向何方去,他吓得头晕目眩了,慌忙缩身向里坐下。

他躲在雨衣里，习惯地看看手表。指针竟然僵死不动，现在是上午还是下午，连淞浦也闹不清了。

他令人喊来通信兵，命他接上有线电话。他要向冈村司令官报告这里发生的一切，请求给予空中指路和援助。可是通信兵忙乎了好一阵，仍然未接通。淞浦的怒火再也按捺不住了，他对通信连的少佐大吼："八格，还不快去检修！"

检修？谈何容易！冥冥之中，阴错阳差，偏偏遇上爱贪便宜的父子俩，造成了两只断头之间相距太远了。

不知是心上冷还是身上淋了雨，淞浦在雨衣遮掩下浑身不由战栗起来。他像大洋中因船触礁而落水的海盗，抱着露出水面的一块礁石，茫然四顾，水天相连，不由丧魂落魄，面如土色。

看来，他这次的翻身仗难打了！

大约傍晚时分，风停雨小了。淞浦打算派一部分人下去搜索各个联队、大队，传达就地宿营，并规定了几条"旗语"，像海洋中的军舰一样，用此办法传递信息命令。可是派出去的许多士兵还没有在他视线中消失，天空就蓝光闪烁、惊雷四起。

天黑了，四周的闪电忽地都聚涌到一〇六师团上空，并且变成条条刺眼金蛇，又像是金色的树根。金光一现，紧跟着就是振聋发聩的霹雳，时不时还掉下一个巨大火球。火球在山崖上滚动，发出震天撼地一声响，才倏然消失。那些藏身在峭岩怪石下的娃娃兵们，电光照亮的一瞬间，看到自己正被那些牛头马面、恶魔鬼魅包围着，吓得魂飞魄散，肝胆俱裂。他们共同想到一点：支那国太可怕了。

这块怪地自古以来就雷击特多。山上许多参天树木不是被削去半边，就是被连根炸飞。所以当地人一代告诫一代，这里是妖精鬼魅的藏身之处，每年的夏秋，天上菩萨都要惩杀一批作恶太多的妖怪。当然，这是我们先人无法解释一个可怕自然现象的臆造，现代读书人是绝对不相信的。

风、雨、雷、电肆虐了一夜，天明之时，它们都退出了对入侵者的惩罚之地。天还是阴云密布，太阳仍然不肯露出脸来。

淞浦略略吃了点东西，喝了几口辣酒，就命令通讯连派一个班去检修线路，其余人员都去各个山头山麓寻找走散的联队支队，并以他身边猎猎飘扬的军旗为集合地点。

他一夜几乎没有睡。他再三考虑，觉得还是收拢起来一块走的好，因为地图、罗盘、无线电话机都失去作用了。身处如此绝境，岂能再盲人放瞎马？他举镜观察四周。其实望远镜的功能也大大受到限制，四面尽是山，根本看不开去。他转着身子，寻找昨天来的路。他惶惶然寻觅了好久好久，未能如愿。他惊慌失措了，仔细研究着八个方向，好像都是来路，又好像都不是。他一下子呆若木鸡。

强烈可怕的磁场不但吸住了手表的指针，也把淞浦的两万人马死死拉拽在这里了。

再说中央军俞济时第七十四军，二号中午接到薛岳电令，苦差事没能推脱以后，只好派冯圣法五十八师做先锋队先行。俞军长率其他三个师带足军需，随后就到。

他们行军崇山密林，根本不用地图和罗盘。从连队向上，每个单位至少都带着一个活地图，师部更多。还有那些肩挑背驮弹药的民夫，谁不熟悉这里的一山一木？所以冯圣法的五十八师没有吃多少苦，就越过了狮马崖、王家山，昨晚雷暴雨大时，他们正躲在一个偌大山洞里，围着篝火呼呼大睡哩。

天亮了，五十八师官兵吃饱喝足以后，又继续向南方山地推进。一位姓郭的老人对冯师长说："再走两个时辰，就到万家岭山区了。它的东面是石头岭，西北是雷鸣谷，西南是张古山。我们前方就是张古山。"冯师长笑道："您老对这山地的熟悉程度，就像对自己的房前屋后一样了。"老人听到夸奖，呵呵笑道："告诉你冯长官，我十几岁就随爷爷在这些山上爬上爬下了。除了鹰愁岭、虎惧谷没有去过，其余处处都留有我的脚印。"冯师长又送他一铁罐香烟。老人把一支掐成四段，取一段捺入他的白玉嘴铜烟锅，点上火，有滋有味地吸起来。

老人抽过两锅烟，更加健谈了。他告诉冯长官及其随从说："我十六岁那年的初秋，独自一个进了山。那次把我吓得几乎掉下悬崖摔死。"一个随从笑问："被什么吓的？"老人笑道："是天雷打妖精呀。"随从笑道："世上哪有什么妖精？"老人正色道："是我亲眼所见，它原先躲在一棵大树里，一个大雷把树劈开了，妖精忽地化成一股青烟逃走了。"冯师长哈哈大笑，说道："正因为那次被它逃走了，我们今天才赶来剿灭它了。"

忽然，前面枪声大作……枪弹声在群山之间回荡着。

冯师长知道前面搜索营已经同敌人碰上了。他一面令部队快速前进，一面令参谋摇通电话，立即向俞军长报告。他说完，就急急去追赶他的部队了。

向导老人留在参谋身边，用指头指着前方高山和它的左右，一一向参谋介绍。

俞济时军长接到电话了。他一边听着，一边在地图上标出记号，然后命令道："告诉冯师长，一定要顶住，我随后就到。"

俞军长依据刚才的报告，对那些地名、地貌、方位向两位向导一一请教。白胡子长者说："若要抢时间，倒有一条近路可抄，就是难走些。"俞军长说道："就请您老带我们走这条路。"

冯圣法师长已赶到了激战阵地。他的五十八师正遇上一〇六师团的一一〇联队。联队是团级编制，但是它的战斗力与中国中央军的一个师不相上下。如果是地方军而且空额又严重的一个师，根本不是它的对手。此时的一一〇联队，占据着有利地形张古山。这些侵略者，连日来吃尽了地形和天气的苦头，他们也清楚自己的处境，只有玩命地打，才能发泄心中的仇恨。

所以五十八师陷入一场恶战之中……

叶肇的六十六军自从接受薛岳邀请，走出庐山脚下的深山老林，便欢呼雀跃着立即向西南扑去。自古就有这种说法："打仗要靠父子兵"。六十六军里多数是广东子弟，亲朋同乡多。他们的军长又是广东人，而召唤他们出山脱离游击苦海的还是他们广东人。所以这些广东士兵都有一个共同的心愿：我们虽是地方军，这一次定要狠狠地打，不能朝我们家乡长官脸上抹黑，也让那些狗日的中央军看看，我们除了装备而外，哪点不如你们？

斗志是军队的灵魂，士气是军人的元本。斗志昂扬、士气高涨的六十六军，在几个向导的带领下很快就穿插到一〇六师团的右前方了。当他们赶到雷鸣谷，就与一〇六师团的一一三联队接上火了。

河本联队长先以为碰上的是一小股支那军，他想一口把他们吞掉。交手十多分钟，他终于发现对手至少一个军，而且是精锐的中央军。他不敢贸然冲击了，只好以守为攻。

欧震的第四军在万家岭的东面石头岭，又同一〇六师团的一一九联队交锋起来，欧震上次在金官桥吃过一一九联队的苦头，这次他决心不能放过这条恶狼，要利用自己的优势兵力，把一一九联队吃个精光。

薛岳已将指挥部迁到最前沿的德安。他已得到各军的报告，都交上火了。终于拦截住了，他兴奋不已。仅仅拖住拦住还不够，更应该就地歼灭它，让一〇六师团编制在日军中永远消失,要让冈村尝尝我这一铁拳的力度!

自从他得知冈村的歹毒诡计后,就一直困在作战室里。先是为兵力不够犯愁,后来又担心拦不着拖不住,现在就怕围得不扎实,而让已经抓在手心的淞浦从指缝间逃失掉。他的双目红肿又干涩,他看着万家岭西南方张古山上的标志,不时挤眨着双眼。他接过勤务兵递上的冷毛巾,捂在脸上……他忽然丢下手巾,拿起电话,要通了军委会。接电话的正好是他要找的副总参谋长白崇禧。薛岳对电话说:"报告白副总参,淞浦已经被我围住了。在以后的战斗中,如果有人不遵将令、怯阵潜逃怎么办?"白在电话中回道:"'严惩不贷,军法从事'。伯陵为何明知故问?"薛岳笑了:"我这两天头脑昏昏,多请教一下顶头上司,不是更好吗?"他丢下电话,令副官详细记下这次通话的具体时间。

冈村自派出淞浦一〇六师以后,一直感到心绪不宁。第二天中午接到电话报告后,终于长长嘘出一口气。可是,以后的四十八小时再也没有接到一次报告。按地图上直线距离计算,再加上一倍山高路险的周折,还有二十至三十小时该到喇叭底了。他接不到淞浦的电话。每隔半小时令通信兵摇出一次的电话也接不通。通信兵说,只听到强烈的嗡嗡声,像断了线,但是又不太像。冈村不由着急起来,急得围着办公桌子转,像热锅上的蚂蚁。

在哲学领域,他是不赞成黑格尔的。遇到问题不能唯心主义地全往好处想,尤其在军事战术上,否则将铸成千军万马流血的大错。现在宁可将困难和危险多估计一些,也不能掉以轻心。即使估过了头,也比麻痹轻敌好。所以,他决定速派两架侦察机去一〇六师团头顶看看人马究竟到达何处,为什么音讯不通。

飞机临行前的一分钟,冈村匆匆赶来了。他觉得还是亲自去看看好,坐在军部也等得心焦。

万家岭地区四周大约不足十平方公里。北面是高山峭壁,而东、西、南方正打得凶猛激烈。飞机上的冈村举着望远镜惊呆了!浑身出着冷汗,眼发花脑发胀,血压突然升高了许多。飞机下面数不清的巍巍山峰像拔地而起的利剑,它们好像都朝他心窝狠狠扎来。他用手捧着心口,感到有点儿窒息。觉得喉部搔痒,猛咳一声,发觉其味不对,掏出手帕一吐再看,洁白的手帕上一摊鲜红的痰血。他靠在椅上,闭目养了一会儿神,令驾驶兵用无线报话机对下面喊话。驾驶兵喊了好一会儿,除了自己的回声,就是强烈的嗡嗡声。驾驶兵只好告诉他实话,下面可能有强烈磁场。

冈村听到“磁场”二字,就像见到魔鬼一样,不由连连咳嗽起来。他翻开地图,令飞机升高转上两圈。空中两个圈圈还没有画得合拢,冈村愤然把图撕得粉碎,大骂道:“支那人都是混蛋!”他是骂当年的孙传芳还是骂现在的薛岳,就不得而知了,也许都是。

冈村叫随身参谋立即记录他口授的命令。无非先说两句桌面上话,再令淞浦发扬武士精神,务必坚守待援。参谋将写好的命令放入一只两尺长的毛竹筒内,提着牵引线,慢慢将竹筒吊下去。当竹筒正临淞浦阵地时,立即将引线松手。这是日军常用的没办法的通讯办法。

当冈村在万家岭上空画圆的时候,得到报告的薛岳在德安作战部里笑起来了。他对参谋们说:“冈村一定在飞机上,而且刚刚知道那里磁场大得惊人。电话线也被我们老百姓剪断,看来只好用竹筒下达命令啦。”

电话铃急剧响起来。薛岳抓起电话就回答对方:“我是薛岳。”

七十四军军长俞济时在电话里激愤地报告说:“薛司令官,我的五十八师已经快打完了,五十一师和一八七师也上去了。实在顶不住两个联队的负隅顽抗。我请求派兵增援。司令官如果实在为难,卑职打算以守为攻,或者使用灵活机动战术了。”

薛岳脑中迅速分析:敌方用两个联队强攻五十八师,可能想从这里突围。听俞济时的话音,又想做胡宗南第二了。他不敢多想,怕对方挂断电话。他以严厉口气对话筒大声说:“俞军长,你那里可能是敌军选择的突破口,敌人想逃,你必须死死顶住,等待包围。要援兵没有,你部若逃一个敌兵,我唯你是问,严惩不贷!”说完,“叭”的一声把电话搁掉了。

薛岳让胸口平息了一会儿,喝了两口茶,对参谋长说:“你立即通知其他各路守军,快速做好战斗准备。不论哪个地段,如果敢于放进一个敌方援军,我薛某就对他军法制裁!”

在中央军的下级军官里,有少数人背后叫他薛蛮子,意思是有点不讲情面不讲理。但是在地方军里,不少人都说他说话虽蛮,叫人难听懂,但是为人很正直,待人很公平,对那些玩忽职守者,常常狠得六亲不认。

围猎淞浦的三个军,对俞济时的七十四军他已下过死令。叶肇的六十六军,他清楚他们一定会竭尽全力的。还有欧震的第四军，他还把握不大。所以他又拿起电话，问："欧军长，现在情况怎么样？伤亡大不大？"

欧震在电话里呵呵大笑，报告说："薛司令官，情况好得很，我们已打退日军的五次突围了。双方伤亡都不小。不过我们人多，淞浦这条黑瞎子笃定捉了。"

薛岳也笑起来："欧军长，你先别吹牛。我必须见到'熊皮'才敢相信。你要当心'熊瞎子'从你裆下溜掉。尤其夜晚，你必须把眼睛瞪大点儿，耳朵放灵些。"

薛岳松了口气。围猎的，堵截的，他都有条不紊安排好了。他下面考虑的是，等三个军杀了淞浦的锋芒、击败他的锐气以后，就好慢慢收网了。他见过渔夫拉网捕鱼，如果网拉得太急，网里的乌鱼铜头就会跟你玩命，来个"鱼死网破"。缓缓收网，就是让它们在惊恐跳跃中渐渐丧失体力，慢慢失去挣扎意志，这样才能达到"一网打尽"的效果。

冈村回到九江以后，立即命令第九、第二十七、第一〇一三个师团以及其他几个支队务必用重金雇用当地乡民做向导，向薛岳的南浔防守线发起全面攻击，尤其在德安附近。这是冈村的主攻方向，意在突破李觉军的防线，好掉手去救淞浦出围。

李觉早已做好防守准备，并且明白，他只要苦挡三至五天，他身后的渔网一出水，冈村就会丧魂失魄不抱任何幻想了。当然，这四至五天中的分分秒秒都是难挨的。

委员长蒋介石在珞珈山听到薛岳已把日军的一个整编师团紧紧围住，兴奋不已。他对身边人说："小薛还真是个将才！这点，我早就看出来了。健生，你以军委会名义发个电给他，就说只许成功，不许失败。"

白崇禧连连点头，他眉头一皱，宛然说道："报告委员长，薛岳请调六十六军的报告还在我身上……"

蒋介石把手一挥，说："这个事嘛……嗯，我已经晓得了。做事情，也要灵活一点嘛。"

参谋长心里有底了。他想同发一份私情电报，嘱其万万不可功亏一篑。

一〇六整编师团被围困在绝境的第三天，日本国内的大小报刊都做了头版报道。这条新闻难免不经过记者的渲染与润色，成为骇人听闻的战地实访。警宪看得发指，国民读得流泪。老兵妇孺均拥上街头游行，强烈要求军部尽快解救陷落于水深火热中的天皇之师。还有几个四肢残伤的退役军人在“三宅坂”门前点火自焚！社会上的骚动和过激行为震动了日本国朝野。大人物间的互相指责、唇枪舌剑，又惊动了天照大神裕仁天皇。

裕仁在宫廷里急急召见陆相和参谋总长，阴沉着脸，愠问：“究竟是怎么回事？”

陆相板垣额汗淋漓，支支吾吾，急得一时也说不清楚。

裕仁的叔子参谋总长闲院宫载仁，哼哼唧唧地说：“一〇六师团被围是事实，但也并非如报刊的夸大其词。淞浦君还在竭力突围，冈村司令也在全力解救。”

裕仁闭着目，冷冷地问：“你能保证一〇六师团平安脱险吗？”

尽管是皇叔，他也没有这个胆量。

裕仁偏过半边脸，低声问：“你们为什么不从国内空运援军去？”声音虽低，很有震慑力。

陆相又哼哼唧唧起来。他偷看了一下天皇脸色，战战兢兢地说：“我们，正在努力……”

皇叔载仁只好豁出去了，说道：“启奏陛下，国内兵源已经……”他在推敲着遣词，他本想用的“枯竭”删去了，改成了“……已经很困难了。”

裕仁并不傻，听话听音，他知道国内已无一兵一卒可调了。他沉思了一会儿，突然开启龙目，炯炯看着面前两位重臣，冷冷地说：“不是还有一个禁卫师团？”说完，双目紧闭，上身仰靠在龙椅上，似乎自言自语地说：“务必救出一〇六师团！”

两位重臣连连点头，知道天皇已经感到劳累，他们可以离开这里了。

他们退下来后精神就大为振作了。尤其是陆相板垣，怒不可遏，大叫道：“冈村总是刚愎自用，自以为是。他是怎么指挥第十一军的！”他未做陆相之前，与冈村就有点龃龉。

参谋总长说：“现在不是指责冈村君的时候，请陆相先考虑如何救出一〇六师团！”

他两人是“三宅坂”的核心人物。他们都清楚，一〇六师团的生死存亡，对他们的关系极大。在日本的辉煌历史上，还没有出现过整编师团被围困到如此绝境。如果全师团真为天皇尽了忠，抹去这一编制，将会造成日本军界亘古未见的奇耻大辱。他们即使自裁也难谢罪国人。若为解此危卵，动用天皇的禁卫师团，同样也会丢尽脸面，不是在向世界宣告我们帝国已经捉襟见肘了吗？再说，天皇的意思并非一定要把禁卫师团空运到一〇六师团头上去。还有一点不能不考虑到，自从对华开战以来，上层一直动荡不稳，虽然勉强平息了“二二六”事件，难免死灰复燃。这个禁卫师团必须留在东京，宁可备而不用，也不能用时空手。但是，陛下的最后一句旨意不是说得很明白的吗？“务必救出一〇六师团！”

两位核心老人磋商了整个下午，最后才找出一个共识：“解铃还须系铃人”，只有以天皇的名义，严令第十一军不论付出多大代价，都要遵从天皇旨意，“务必救出一〇六师团！”

连日来，从本土飞来的各种军令、抗议、声援的电报纸，如隆冬北海道上空的雪片纷至沓来，压得冈村宁次喘不过气来。

通过空中侦察，发现躲在一隅的薛岳已经慢慢收网了。

冈村焦头烂额了，像只受了重创的狮子，在办公室里烦躁不安，暴跳如雷，失去了平时翩翩的绅士风度。他胡子拉碴，眼布血丝，敞着胸襟，连连对电话大发其火。

然而，三路救世主援军都受到了薛部的顽强阻击，简直寸步难行，连鸟儿也飞不过去。那几个搞穿插的支队，虽用重金“聘”来了当地的“活地图”，有的在茂密的丛林中“走失”了，有的“失足”跌下了悬崖。志摩、铃木、石原这些支队长在崇山密林中也成了没头苍蝇。

被死死围困在万家岭地区的淞浦，说句公道话，他不是没有军事才能，组织能力也强。当他失去地图、罗盘和通信条件的时候，他不因成为瓮中之鳖而气馁，立即做出最危险的各种准备。他首先收拢兵力，再就是打气，并激励官兵们报效天皇的时刻已经到来。他命令一一三和一一九联队必须拼命顶住支那的第六十六军和第四军，防止支那军合围。他选定突破口，就令一一〇和一一六两个联队在天上炮火的有力支援下，施放毒气，进行疯狂反击。如果他能杀败张古山下的支那第七十四军，还有半数的人马，就能破网而出。伸出的手，就能够援助他的二十七师团了。他的设想确实符合实际，从战术上看毫无指责之处。可惜，山下的对手是中国的中央军。

中央军若真玩起命来，也会令日寇胆寒的。再说军长俞济时也有点儿畏惧六亲不认的薛蛮子。况且委员长已经知道围住一条大鱼了，果真在我眼皮底下滑掉，那我就罪不容诛了。所以，俞济时也对下面各级指挥下了死拼硬上的严令，并且在阵前成立了督战队，军长自任队长。军令如山，军法无情。与其被督战队当场打死，还不如去同日寇拼个你死我活！所以，俞军的四个师尽管已经严重减员，军中士气仍然高涨。这些无名可记的芸芸众生，都有同敌人血战到底的决心和意志。

然而，张古山确实是一块难啃的骨头。看上去它虽然不太高，但它的正面是塄塄坎坎，易守难攻，背面是峭壁悬崖，无法攀登，两侧与大山相连。俞军长举着望远镜，不知察看了多少遍。他实在无法可想，派人叫来了五十一师师长王耀武。他对王严厉地说道："王师长，军中无戏言。要大炮没有，你哪怕用手榴弹，也要给我把这山头炸平！"说完，他急急去其他师、团了。

王耀武嘀咕道："你俞军长不公，专门把骨头扔给我。"

俞济时装作未听到，继续赶他的路。

"只能说，这是军座对师座的器重。"王耀武转过头，见说话的是三〇五团上校团长张灵甫。他苦苦一笑。

不少旅、团长听了以后，不由嗤之以鼻。

王耀武师长按按手，示意大家就着石块坐下。他咳嗽几声，用嘶哑的声音说道："诸位，刚才军长的话都听到了。我不想把包袱甩给哪一个人。三个臭皮匠，顶个诸葛亮。现在请大伙商量商量，有什么办法解开这个包袱，啃下这块骨头？"

在座的旅、团、营长均面面相觑，无人发言。

在这之前，大家都想过不少办法，可以说挖空心思了，但是仍然不见效果。现在似乎已经进入精疲力竭山穷水尽的地步了。

有些人在私下交头接耳，当师座点到他们时，又鸦雀无声了。"诸葛会议"开僵了。

冷场了好一会儿，那个显得精明强干的青年团长张灵甫看看职位和军衔都比他大的几个上司们，怯生生地发言道："师座，各位旅座，各位同人，卑职以为，张古山并非绝对拿不下，而是我们的取法有点儿欠妥。我们若从正面强攻，没有飞机又无大炮。卑职认为，只可智取，不可强求。"

王耀武饶有兴趣地问："依你之见呢？"

喝着渭河水长大的上校，用浓重的陕西乡音继续说："卑职愚意，可以效仿邓艾偷袭阴平渡口的办法。卑职已找到一位熟悉这里山路的向导。据他说，绕过左侧山脉，就是张古山后壁。若选派几百强悍弟兄，从后壁攀缘而上……"下面他觉得无须多说了。

王耀武师长觉得这个办法可以试试，连问数声谁愿意率领弟兄们去试试，可是谁也不开口。

张灵甫看看尴尬场面，霍然站起："报告师座，卑职愿意去冒死一试！"

有两个同衔军官嘴角露出轻蔑的窃笑。心想：出这种馊主意，只有让你去立功建勋了。

王师长听后沉吟了一下，大声道："唐旅长，这事就交给你旅吧！请你协助张团长，挑选八百名壮士给他，让他尽快去执行！"

其实，张灵甫并非立功心切，而是见到他的昔日恩人王耀武现在临危受命，他不得不报答他的知遇之恩。早在抗战之前，王部驻守蚌埠。他的部下张灵甫，猜疑他的太太逛"绿帽店"，血气方刚的他问不到三句话，就拔枪打死了夫人。事后多亏王师长从中斡旋，才判了个"误伤人命，服刑三年"的结果。抗战爆发后，本着"党国正处用人之际"，又是由王师长出面说情，弄得个"假释"，到部队"戴罪立功"。既然王师长对他恩同再造，他能不为他两肋插刀吗？

俗话说，"胆小没有高官做"。岂知他这次冒险成功以后，官运亨通，几年内连升三级，最后坐上了七十四军中将军长的宝座。当年嗤笑他的几个袍泽，只好屈尊其下了。解放战争时期，在山东临沂、江苏涟水，使人民解放军吃尽了种种苦头的就是他张灵甫。这是后话。

张灵甫率着八百弟兄，悄悄绕向淞浦身后，准备在他后背狠狠捅上一刀。

薛岳在指挥部里急得坐立不安，一会儿问参谋长我们为什么一架飞机都没有，一会儿又问作战部他们为什么还不尽快收网。

冈村为了救出一〇六师团，哪怕就剩几个重伤员和那面破烂不堪的军旗，也可证明一〇六师团没有全军覆没，还可以向天皇交差。所以，他大胆地从援军部队里抽出二百多名佐尉级军官，准备用飞机空投到一〇六师团阵地。这是他的创举，在日军战史上还是首开先河。

九架载援飞机在万家岭上空呜呜哀鸣着，惶惶地画着圈。负责指挥的参谋长犯难了：若想降落准确无误，飞机必须降低高度，而一〇六师团阵地四周均是高峰矗立，其间的回旋余地又太小；如果在高峰之上空投，风大地广，难免会把这些武士送到支那军的枪口上。最后参谋长只好决定尽量降低高度，立即空投人员和物资。有两架已经成功了，轻松地摆摆翅膀飞到同伙的头顶上。第三架刚刚下降到极限高度，右翅忽地擦上峰巅，机身一个踉跄，撞到左边山头上，轰的一声巨响，成为一团巨大火球。火球又急剧变成灰烬，灰烬在淞浦的头上像天女散花一样纷纷而落。

还满载着人与物的六架飞机惊呆了，恐惧了。此时你即使有最高超的技艺，也望而生畏了。参谋长抹抹头上冷汗，命令道："飞临上风，准备空降！"

真可惜，冒险抛下的一箱箱子弹、一包包食品均送给了欧震的第四军，连一声谢谢也没听到。真可怜，那些从天而降的武士们不是被挂在峰尖上，就是卡在石罅中，上不着天下不着地。有些还在空中就成了第四军神枪手的活靶子。当然也有不少扑进了淞浦的怀抱，受到了热烈拥抱。

王耀武师长在张灵甫出发数小时后就稳坐在一块高高岩石上，不时举着望远镜，观察张古山上日军的一举一动。如果出现异常，他必须抓住稍纵即逝的战机。他又耐心观察了两小时。就在天上出现敌机的时候，他清清楚楚看到身藏山岩里的部分敌军返身向上冲去。他兴奋得立即跳下岩石，令司号员吹起了冲锋号。雄壮激昂的号声，在山间激越回荡着，鼓舞斗志震撼人心。五十一师全部出动攻击。负责此地的一一〇联队长谷川幸造大佐受到了上下猛烈炮火的夹击，真是顾头难顾腚。慌忙使用毒气，风向又不对头。他虽然连砍了几个溃兵，仍然压不住阵脚。他在一些娃娃兵的裹胁下，只好且战且退。他忽地被五十一师三十六旅所阻，只好仓皇应战。突然，他发现身边八九只手雷在冒烟，可惜发现太晚，几乎在见到的同时它们相继爆炸了。

从张古山冲下来的壮士们所剩无几。张灵甫大腿受了枪伤，他躺在由向导和士兵抬着的担架上。王耀武师长只是握握他的手，就随他的将士们去追击一一〇联队的溃兵了。

张古山制高点丢失了，谷川大佐也阵亡了。在一一六联队督战的淞浦惊呆了。像潮水一样的中国军人，在冲锋号的激励下，满山拥来。一一六联队也松动了阵脚。在锐不可当的中国军队面前，他不敢硬碰硬拼了，为了保存反击实力，只好随着一一六联队向中心地带溃退。

就在这时，天上掉下了两批约为七八十人的佐尉军官。淞浦望着还在空中飘荡的援军，喟然一叹说："为什么不早来几分钟呢？"

战场上有时需要几天、几个月才能决出胜负，有时却在短短的几分钟里神话般地改变局势，决出雌雄。

薛岳知道夺得了张古山。第四军和六十六军都打来电话说日寇正在步步为营,向后缩退,他们也正在收紧网纲,步步进逼。

冈村听了参谋长的回报,久久不言不语。

他忽然神经兮兮地站起,猛烈摇起电话,大叫中川清健立刻来见。

中川站在冈村面前。冈村说道:“我把我的警卫中队全交给你,与你的支队组成一个加强支队,统一由你指挥。你必须用重金收买一个向导,半小时后就出发。目的地万家岭。”他指指地图上新标出的地名:“你务必悄悄钻入重围,一定要救出淞浦中将和那面神圣的一〇六师团的军旗!其余将士,你就看情况自行决定了。”说完,为他倒了一杯上好白酒,为其壮行。

被困在万家岭地区的一〇六师团,四个联队长已战死两个,一个重伤。两万多人马,现在两千都不足。淞浦组织了两次“逆袭队”,仍无效果。

所谓逆袭队,就是日军中常常把溃败下来的士兵再强行组织起来,胁迫他们去进行自杀性攻击。一般逆袭队员都是有去无回的,除非逆袭成功。而他组织的两次逆袭,撞的不再是渔网,而是铁壁铜墙。所以,徒然又把几百人的魂魄送归东瀛了。

华中派遣军总司令畑俊六大将也从南京飞到九江。他受到了天皇的训斥,明知赶到九江于事无补,但是他不能不来。他听了冈村的汇报,只是默默无语。

九日上午十点(一九三八年十月),薛岳接到了蒋委员长的电话。蒋在电话中说:“薛长官,已经过去一个星期了,怎么还不见你把猎物提来见我?你的大小同乡们士气怎么样?明天就是‘双十节’了,我望你在今夜十二点前给我一个惊喜。天亮以后,我在庆祝大会上也好向全国百姓做个交代。”

薛岳放下电话沉思着。委员长的四句话虽说得平缓,句句都含着千钧分量,特别提到“大小同乡”的事。他也觉得不能再拖下去了,今晚必须解决万家岭战斗。

他用电话命令三个军的军长:“今天下午一点必须拉上所有预备队,没有预备队的,就拉上自己的警卫营,组织敢死队,对淞浦全面围捕。无论将校尉士,只要见他畏葸不前、临阵退却的,你们可以先斩后报告!”

三个军长接到如此电话,知道薛蛮子又发起了蛮劲,谁也不敢敷衍他的公事了。

下午准时一点,一股股中国军敢死队冲向万家岭腹地,刹那间,双方杀得天昏地暗、群山战栗……

困兽犹斗，这是许多古人用鲜血得出的见解。淞浦已经做好焚烧军旗、效忠天皇的精神准备。那些空降下来的七八十个佐尉军官，都是久经沙场、历尽危险的骄兵悍将。他们还想再次受到命运之神的庇护，再次绝境逢生。所以，淞浦在他们的激励下暂时打消了焚旗念头，继续组织人员进行较量！

双方杀到暮色降临时，已经纠缠在一起，直接用刺刀、马刀、指挥刀砍来杀去……吼杀声同骇人的回音共鸣着。双方都践踏着同伴或敌方的鲜血、尸体、伤员，歇斯底里地绞杀着对方还在吼叫着的活体。

因为天黑了，双方的人马都已杀散，各自都找不到自己的编制。山间又出现了大雾，虽有电筒，它的光束却照不开去。中国军队的士兵只好各自为阵，边照边找边消灭敌人。

找到半夜、杀到半夜，三位军长会了面，都说没有见到淞浦淳六郎。是战死，还是逃脱了？谁都下不了结论，只有等到天亮清扫战场时再细细查找了。

原来，天黑以后，淞浦在百十个武士的护卫下，不敢恋战，将军旗从旗杆上解下，匆匆塞入皮包，选了一处人声不多的缺口悄悄逃出了包围圈，走不多远，又遇到破围而出的百十人，两股合成一股，继续仓皇逃窜。突然，发现前面有情况，个个都举起战刀，准备作最后的拼杀。对峙了一会儿，忽听到前方有人用日语问话，原来是中川支队。中川令他们先走，由他的支队殿后。

第二天清晨，薛岳接报后，恨得直跳脚。这次战果虽然不小，但是最大的猎物逃脱了。

这个过错不能归罪于战场上的将士们。薛岳心想：如果发动的最后攻势放在今天或是明天上午，淞浦淳六郎这只“熊瞎子”恐怕就难以脱网了。

敌我双方在最后进行惨烈肉搏的恶战，有人一年后去实地凭吊时写了如下的感慨：

阴森森重峦叠嶂，黑暗暗千重惨雾，乱飒飒几阵悲风，冷凄凄冤鬼号啼。寒气逼人，毛骨悚然；阴风习习，魔影幢幢。鸟无声兮山寂寂，夜正长兮风淅淅。魂魄结兮天沉沉，鬼神聚兮云幂幂。日光寒兮草短，月色苦兮霜白。伤心惨目，有如是耶！

慰安妇血泪

孙逊 著

【下册】

陕西出版传媒集团
太白文艺出版社

二十五

冈村一夜都未上床就寝，呆坐在指挥室里，心里泛着五味。有羞愧自惭，有怅然若失，有惶恐不安，有反省悔恨……到下半夜，他不知不觉趴在桌上睡着了。

忽然，他发现满脸浑身是血污的淞浦摇摇晃晃站在他面前。他瞠目结舌，惊恐得喊不出声。他从来不相信有鬼，难道真有其说？他自知罪在自己，由于麻痹轻敌，地理不明，硬是把他推进了陷阱。可惜，他真正的致命弱点还没有思考得到。

中川清健也喊了一声“报告”，推门进来了。刚才淞浦的“报告”声他根本没有听到。

冈村醒悟过来，他看看窗外，天已黎明。他叫来值班参谋，看着八天未见更加瘦矮的淞浦，涩声说：“淞浦君，什么也别说了。你先去洗澡，理发换衣，吃饭睡觉，然后再来我这里。”

淞浦颤抖的双手把破烂的军旗交给司令官。冈村对军旗行了军礼，用双手郑重接过来。

参谋把淞浦领走了。

在冈村示意下，中川清健绘声绘色报告了他部如何摸入重围把濒临绝境的师团长等人寻找到，然后又杀出一条血路保护师团长冲出了重围。

冈村听了，面呈感激之情。他不由对中川说道：“中川君，你为天皇立了一大功。我代表十一军，向你表示谢意。”

“时也运也”，古人的说法虽然欠妥，但在现实生活中有时确实如此。出力的未必讨到好,讨到好的不一定出了力。

下午淞浦来军部报告详细经过时,体力和精神都有一些恢复。冈村听到最后,问:“淞浦君,随同你一起突围出来的将士共有多少人?”

淞浦回答:“报告司令官,连伤员在内,共有三千六百五十一人。”他在实数后面加了个“一”字。

冈村沉思了好一会儿,对部下说:“就照这个数字,你明天上午把‘报告’送到军部来,我等着要马上送南京。”

我们经常在牌桌上也遇到这种情况。牌局结束了,输与赢的钱数统计得总有出入。输家都喊输了多少多少,赢家均说就这几文。战场上最后统计输赢时,正好与牌桌上相反。难怪交战的双方常常把伤亡人数说得不相投。

立了大功的中川大佐又回到他的特殊岗位上,有几位熟悉头人赶来恭贺他了。他很得意,把传奇历险讲得有声有色,意在让友人与他共享这次冒险的乐趣。听完他的故事以后,有几人顺便向他请示道:“中川君,有不少慰安妇,特别是我们的同胞,闹着要到市面上去逛逛,买买东西,你看怎么办?”

他的心情很好,笑笑说:“你们等一会儿。”

中川要通了军部的电话,把头人的请示向冈村做了请示。中川听了一会儿,丢下电话说:“司令官说,除了支那人,都可以自由上街。不过,一定要身着军装,口径要统一,是军队中的服务人员。”

第二天,九江市民发现街市上突然出现了许多女鬼子。这些人的脸面也许因为打仗太苦或者营养不良,都是面黄肌瘦,好像患着严重贫血症。

石桥所里闹得不可开交,那些有资格跨出牢门的女人们围着石桥要工资。石桥还是想用老办法先应付她们。

洋子把丈夫喊到里间房内,悄悄对他说:“你这办法这次行不通了。大院里,其他所都跟服务人员结清了。你若硬捂着,事情闹到中川耳朵里,恐怕就不好办了。”

“怕什么!我同他的关系又不是一天两天的。”

“话虽如此,他现在是冈村面前的大红人了。”洋子提醒丈夫说,“为了自己的前程,万一跟你来个‘熟人生做’,看你怎么办!”

石桥想了想,说:“各人的账我还没有结好。”

忽然,樱子带着木子等人闯了进来。樱子气势汹汹地说:“石桥君,你跟我们总是借呀借的,你究竟安的什么心?"

石桥赔笑道:"跟你姑奶奶怎敢耍鬼心眼?账真的还没有结出来。"

门外的姬顺玉急得泪水潸然,昨天有个阿兵哥告诉她,从九江到国内的邮路早就通了。她找石桥要工资,钱未要到一分,却被他骂了一顿。现在她见樱子她们去跟石桥交涉了,她又不敢参加进去,但又急等着钱寄回去养活老老小小。

其余韩籍和菲律宾的女人气愤得只是在门外怒骂,不敢进去理论。

严冬梅她们冷冷地站在一边观望,尤其是黄秋菊的想法更是与众不同。她羞于把这钱说成"工资"或"薪水",依她的"迂腐"想法,既说领的是"工资",也就无庸讳言自己承认"卖身"了。她宁可不要这"工资",也不认可这种"皮肉"营生。

严冬梅的想法与她不同。不管你承认不承认,反正已成事实了。既然付出了耻辱和血泪,就应该得到补偿。她并不想靠这"补偿"维系她下半辈子的衣食住行,她只想用屈辱换来的代价还清石桥的那笔阎王债——一千四百日元。她身上还珍藏着有石桥签字的"保证书",第三条写着还清债务就还她们自由。白纸黑字,官司打到天边,他石桥也是赖不了的。

严冬梅把自己的想法同姐妹们一说,个个拥护。黄秋菊也转变了思想,积极主张去同石桥算总账。

如此一来,石桥房里又增加了一批讨债生力军。石桥夫妇有点畏惧冬梅她们,说她们既刁又泼,既凶又鬼,支那女人最难缠。夫妇俩对冬梅、秋菊笑笑,连连让座。

严冬梅正色说:"我们就站着说。从三月底到现在,已经过去七个月了。是有账算不清,还是根本没有账?你们不要再遮遮掩掩了。只要跟姐妹们说明白了,大家会愿意为你们白干的!"

华兰妞吼道:"这是我们的卖身钱!你们想独吞?太狼心狗肺了!"冬梅的话,她听反了。

石桥耐着性子,干笑着。他不想把矛盾激化,因为这院里不是他一个所。

宗小花贴在秋菊耳边小声说了两句什么。洋子连连打着躬,笑着赔不是:"请姐妹们多多关照,明天就叫他把账结出,同姐妹们结结清爽。"

黄秋菊挤上前喝问石桥:"明天,你能保证?"

石桥笑道:"尽力争取,尽力而为。"

黄秋菊声色俱厉地说:“明早你不给姐妹们兑现,我们就一起去跟中川要去,或者姐妹们就不再进房上铺了。”说完,拉拉其他人:“大家先回去。我们已经做到仁至义尽了。”

众女都离开了的石桥房间。

石桥皱眉道:“姓黄的这泼妇,现在怎么变得这样厉害?”

洋子道:“还不全是你造成的?我催了你几次,你都不听。只有你知道钱好,别人都是傻子?!”

石桥知道这次难过关了。他们把枝子请来,三个人焚膏继晷,直至雄鸡高唱,才把一本“混账”糊里糊涂整理出来。

这天正巧部队不放假,石桥所的慰安妇们正好先结账后领钱再去逛逛商店了。

石桥先将发放的规定标准用表格形式写在一张大纸上,将表粘贴在他的门外墙上。然后依据这个标准,再根据各人逐月所做的“工作量”,累算出几个月应得的薪金,再减去先付的安家费和后来陆续借的生活费,最后若有多余的,就是这人今天该得到的兑现。

我们先看《工薪结算规定、标准》:①

项　目	日　籍	外　籍
每班定额(人)	10	10
士兵标准(每人次)	2 元	2 元
军官标准(每人次)	5 元	/
纳花税(营业税)%	20	20
所方扣除%	30	35
个人所得%	50	50
纳花捐(所得税)%	50	50
扣除内容	详见表下所附	

表下附注所方扣除项目有:伙食费、衣巾费、化妆费、车船费、体检费、卫生费、医疗费、杂役费、调教费……

---

①表中所列军方收取花税花捐之比率,是战后从远东军事法庭揭发出的材料所得。

石桥所刚开张时，定员是二十九人。后来死去一个韩女和山东嫂，编制在册的减为二十七人。编外又加了宗小花和枝子以及时而参加突击的两个老妇和洋子，确实这三十二人的分户账一一算起来是令人感到枯燥、厌烦、头痛。

我们只好把人群分成三类，为其算算总账，也可看出其中的奥秘和“事理”。

日籍慰安妇，以幸子为标准，从她的一百四十个工作日（含洗血衣和绷带）应得的收人中减去安家费一千元，扣除借款一百元，尚余一千元不到。樱子当然比她多得多，和子却比幸子少得二百多元。

外籍中的韩妇和菲律宾女人，她们之间相对而言，姬顺玉偏高，其余均保持平均水准。姬顺玉在本群中是佼佼者，但若与日籍中所得最低的和子相比，她就甘拜下风了。这种差距不得不承认。民族既分优劣，当然她们的“皮肉”也就有贵贱之分了。这是很自然的。

第三大群就是华妇了。照账面算来，除了夏小荷、小无锡等人偏低而外，其余都同一般韩女的收入保持平衡。但是，今天每人非但拿不到一个子儿，相反还倒欠石桥一千二百一十一日元。石桥指着账簿说：“这是按账精确计算的。如果错了一分钱，你们可以先撕我的账，再去向中川告状；中川若包庇我，还可告到宪兵队长栗原面前。”

言之凿凿，铁证如山。华妇们都惊呆了。

华妇中今天兑了点儿现的，只有两个老妇和宗小花。她们又是按什么标准计算的，我们就不得而知了。老妇们看着手中钱，并没有欢天喜地，反而流下了辛酸泪水。宗小花将自己的所得交给妈妈一并保存了。

严冬梅等人的精神被突然袭来的凛冽寒风吹垮了，她们从头冷到脚。她们本想把账算算，无论能得多少，先把那笔不知何方鬼魅捞去的一千四百元“身价”钱还掉一些，日后再苦苦，再还还，最后总会还清阎王债、获得人身自由的。不闹结账倒也罢了，那样还存有幻想式的希望，人生还有奋斗目标。现在一算账，心寒了，连原本就不存在的希望也被无情地击碎了。她们身处九江监狱里，就好像被判了无期徒刑。今生今世要想获得自由，重见光明，只有坐穿牢底，或者成为瘐死之魂。

不知是因为她们过于善良，想得幼稚，还是因为石桥太阴险狠毒，早就设下阴谋陷阱了？我们可能还记得，当石桥所五月底撤离滁州外围小镇时，石桥就把那份所谓保证书撕个粉碎掷入熊熊烈火中了。当时他心里如果没有底，决不会鲁莽行事的。

午饭时,和子发现华妇们都没有来打饭。她放心不下,吃过饭后,拉着幸子、枝子一同走进华妇们的房间,意在劝慰劝慰。

宗小花虽然内心愤怒、着急,但是她也回天乏术,场面上更不好说什么。她只吃了一口饭,也早早回到室内来了。她尽管很关心她们,但只有旁听权利。

严冬梅她们想来想去想不明白:我们白天黑夜苦熬了一阵,怎么还倒欠他的钱?她见枝子也进来了,问道:"枝子小姐,你也参加结账的,麻烦你说给我们听听,也好让我们死得瞑目啊。"

枝子也暗暗为她们鸣不平,知道她们都是支那的良家少妇少女,不该受此荼毒。她听到冬梅的要求,苦苦一笑说:"账是算得不错,你们亏就亏在那一千四百元的'身价'钱上。你们都中了石桥的埋伏。"

"中什么埋伏?!"几个华妇同时问道。

枝子道:"我也看了有你们手印的字据,上面写着月息百分之十,乍看起来没有什么,可利滚利起来,就像滚雪球一样,那就大得吓人了。"

她见有些人还不明白,还不相信,她想:只好再说具体些吧。她又说:

"此债是三月三号的日期。到当月三十一号未还清,就该付息一百四十元。四月一号你就欠一千五百四十元,又未清还。到五月一号就变成一千六百九十四元……如此滚下去……现在已是十月中旬,滚到十一月一日三千零一日元。减去你们的平均实得一千八百九十元,加上借款一百元,你们就倒欠石桥一千二百一十一元了。"

"他妈的,儿子比老子大了。就是说,要老娘为他卖一世身了!"华兰妞第一个叫骂起来。

严冬梅的脸气得变了样,看看几个流泪的姑娘,不知说什么才好。

秋菊忽然问道:"你们大和人千万别多心。你们未来时先付的一千元安家费怎不生利的?"

枝子道:"这笔钱是由军部先垫上的,军部不收息。你们那债是由石桥个人先垫出交给军部的。他怎会不收利息呢?"两款性质,截然不同。

秋菊道:"难怪石桥这个魔鬼要拖延结账的。他想让我们华人雨天拖稻草越拖越重,最后积重难返了,正中他的阴险用心。"枝子叹了口气,微微点了点头。

在一边旁听的宗小花，心中暗暗为石桥和日本军部算了算收入。石桥在这段时间里，盘剥榨取了约有八万元，这是有账可查的。还有根本无账的，如“突击加班”“黑人户口”、军官收五元，漏税偷捐的。这个魔鬼聚敛无厌，敲骨吸髓，大发了战争的横财！

日军“三宅坂”的大人先生们不需动手动脚，就这一个慰安所就收敛了十一万元的花捐税。这在当时是一笔可观的收入。他们横征暴敛残民肥军，为罪恶的侵略战争肆无忌惮地搜刮聚敛资金，旨在把害民丧财的“圣战”无限扩大，进行到独霸东半球为止。

宗小花不由冷笑起来。她又想道：世界上无论哪个国家或政党如果想靠榨取这种浸透血泪的钱财来补贴支持战争，那是白日做梦。“三宅坂”那些脑满肠肥的“大人物”真是愚不可及！

洋子笑吟吟地走进来，见大伙板着脸，就对她的三个同胞搭讪道：“你们也来玩了？”

枝子连忙站起，笑道：“石桥太太也来啦！你请坐吧。”她让出了铺位。

洋子坐下笑道：“姐妹们，你们若要用钱，我可以先借些给你们。”

严冬梅厉声道：“你还来落井下石！这种驴打滚的印子钱，我们就是穷死，也再不能借了。”

华兰妞骂道：“你们讹诈这些昧心钱去，是想买生人脑治病，还是想为全家买棺材？”

洋子此行的目的是想笼络笼络感情，免得日后工作起来有点儿棘手。谁知她们不领这份情！她对华女苦苦一笑说：“你们不能全责备我们，我们也有难处呀。当时石桥在上海办手续领你们姐妹时，腰里哪有这么多钱？是同‘三菱’分行贷的款子，限期一年，也是要付利息的。”

洋子无意中说漏了他们夫妇干的是无本取利的营生，同时也说出了这些身陷火坑的可怜女人是块“唐僧肉”，砍砍剁剁熬成汁，处处都要分得一杯羹！

洋子只有自找台阶了，站起身笑笑，说：“我还有其他事情要做，先走了。你们以后如果急等用钱，就来找我。”说完就出去了。

和子她们三人也不敢多待了，尾随洋子走出了房间。

手中拿着信封信纸的姬顺玉见枝子走出来，急急上前恳求道：“枝子小姐，求你帮我写封信,再写只‘保价’信封。”

枝子虽然识字不多,白字不少,但还是帮助了目不识丁的姬顺玉。信封上的地址万万不能错,枝子按照顺玉收藏的字条一笔一画照原样描上。信纸上虽然写的日文,但那时韩国和台湾一样,日文的使用已广为普及了。尤其是二十八岁以下的青少年们,对自己民族的文字反而倥侗无知,僧尼不识如来了。

穿着军装的姬顺玉双手抱着沉甸甸的“保价”信封,非常小心谨慎,好像抱着全家老小五个人的生命,唯恐失手跌坏他们。她一边赶着路,一边想着来时的情景……

姬门家徒四壁,两位龙钟老人骨瘦如柴,病恹恹地分倚在一张床的两头。

戴着白孝的姬顺玉,身边围着三个戴着孝的儿女。母子们互相给对方擦着永远流不完的泪水……

姬顺玉丢下小儿,捧起供奉桌上标有日文的骨灰盒,恸哭不已……

小儿把放在母亲身边的包袱藏起来。

女儿哭着说:“妈妈,爸爸是战死在支那的,你不能再去那儿做工了。我们要死就死在一块吧。”

姬顺玉痛心地摇摇头哭着对女儿说:“记着,明天再给爷爷奶奶买点儿药,其余钱留着买米用。我到支那一赚到钱,就立即寄回来的。”

捧着“保价信”的姬顺玉擦擦泪水,问了几个人,才找到一家邮局。

五百元送出手,她拿着“收执”,问柜台内那个收钱的女人:“请问,这信几天能寄到?”

不知因为她汉语说得太蹩脚,还是这身老虎皮不受欢迎,那位女工作人员瞥了她一眼,冷冷地说:“不知道。”

她尽管不知道家里现在情况怎么样,这钱几时才能收到,还是觉得身上轻松了许多。她把“收执”夹入写有家乡地址的那张纸里,对折起来,仔细放人内衣里,以备后用。

洋子她们四人离开后,华兰妞把华宝抱出来喂奶。严冬梅见没有外人了,又同兰妞商量起夏小荷妊娠难题来。

冬梅看着羸弱的华宝，心里真不好受。几个月来，大家为了这条小生命担惊受怕。他是途中捡来的，倒还好瞒。小荷就不同了，月份拖得越多，肚子越大，这是无论如何瞒不过的。阴险狠毒的石桥决不会让她生出这个“龟儿子”的；他的娱乐所岂不成了育婴堂？不论从哪个方面考虑，她这个野种都应该摘去。先是苦于找不到打胎药，后来到了监狱以后，秋菊同强妈妈捣鼓了两日，不知从哪儿弄来了几棵打胎草。她原先同意打胎的，不知怎么又变卦了，要留着生了。

她和秋菊、兰妞想尽了办法，苦口婆心说了多次。岂知脆弱的姑娘脾气就是执拗。华兰妞甚至想用武力强迫，冬梅没有同意，她怕逼出人命来。

现在，黄秋菊又把小荷喊来了。她下意识地以手护着腹部，胆怯地站着，好像她们三人手里都拿着雪亮的手术刀。

严冬梅看着她可怜害怕的样子，本想再严厉说说她的，心一软，想说的话不翼而飞了。

华兰妞见到小荷的样子，不由又气又急，指着她大怒道：“看你这鸟样子，把野种当祖宗捧着！我问你，孩子他爸是谁？他该姓什么？孩子懂事了，跟你要爸你怎么说？他长大了，听了风言风语，回来问你，你又怎么回答？你说呀，先说给我们听听！”

樱子从街上回来，正走到华妇住的门外，听到里面有人大喊大叫，脚下不由慢了下来。

华兰妞气还未出尽，她大声说：“你还年轻，不懂人世间的险恶。这龟儿子长大以后，你又让他如何立身处世？谁会把他当人看？你爱他反而害了他。与其将来长痛，不如现在短痛，赶快打了好。”

姬顺玉也从街上回来了。樱子见她上了楼梯，就继续向前走了。

室内的夏小荷只是一个劲儿地伤心落泪，打与不打，始终不开口。

三人互相望望，都感到计穷力竭了。

几天以后，麻生医生忽然来收集尿液，说是为了检查妇女病。华妇里，只有两人能判断出检尿的真相。

两天后，中川看看送来的检查报告，自言自语说：“简直是谎报军情。”

就这样在夏小荷的田地里无意飞落的这粒舶来种子，阴差阳错又留了下来，慢慢萌发生长了。

再说此时长江以北的战况。彦王的第二军，在陆相板垣的激励下，十月十二日已攻下平汉线上的重镇信阳。防守信阳的胡宗南十七军团退向西北南阳，武汉北门大开。第二军的下个目标是武胜关。若得此关隘，就能坐上战车，从铁路直捣汉口。

坐镇江南九江的第十一军司令官冈村虽然刚刚受到薛岳的痛打而全身伤痕累累，也顾不得医治创伤，立刻飞到江北广济，亲率着第六师团和波田支队攻下了江边重镇田家镇。接着，牛岛支队也攻陷了黄陂。

这时，第五战区的孙连仲兵团、李品仙兵团，约有二十五万人，正防守在平汉线和大别山之间。如果日寇的第二军和十一军联上手，两兵团就成了包饺子的肉馅。

十月二十一日，南方又传来令人震惊的噩耗。日寇以三个师团和一个航空兵团外加海军第五舰队，在广州大亚湾登陆。防守广州的余汉谋被日军击败，广州沦陷。

广州是通向海外接受华侨和国际援助的军用码头。"码头"一丢失，粤汉铁路也随之被掐断。武汉失去水陆两条活路，成为战略上的死地，非但守不住，即使付出极大牺牲守住了，也是死城一座。

五战区司令官李宗仁一边报告军委会，一边下令孙、李两兵团火速撤出防地。十月二十六日，几十万大军终于越过平汉线，逃出了日寇设想的包围圈，向鄂西北撤去。

当机立断的李宗仁将军再次从死神手里夺得几十万生灵的性命，为日后持久战保存了很大部分生力军。将军两次避免几十万生灵涂炭，积德积力功不可没。

当中国陆军与日寇进行殊死战斗之时，中国年轻羸弱的海军也以长江为战场，同日寇强大海军展开了生死存亡的血战。

十月中旬，在武汉以东江面上，以"中山"号为首的八艘战舰，与日本海军的第三舰队做了最后的拼搏。

日本海军在三十年代初的迅猛发展，就令英美海军强国感到震慑。他们在一九二二年想用"华盛顿裁军条约"这副辔头控制这匹烈性野马。到一九三六年，"野马"公然退出了"华盛顿条约"，把海军力量急剧而无限制地发展起来。到抗战爆发时，日本海军的总吨位已急剧膨胀到一百一十万余吨，而此时中国海军吨位不足六万吨，不论能力只谈数量，双方竟相差二十倍！但中国海军并没有气馁自卑，在胶州湾，曾同现代化的日本海军做了殊死较量，在江阴江面上，写下了中国海军史上最壮烈、最辉煌的一页。如在“九二二”“九二三”的两天大战中，击毁敌舰八艘，击落敌机二十多架。指挥这次海战的陈季良将军说：“陆军弟兄能马革裹尸，我们海军为什么不敢葬身鱼腹！”海军亏就亏在没有飞机，并非战术和士气不如敌人。海军配备了自己的空军，犹如猛虎添翼；没有翅膀的海军，就像一只羸弱的羔羊。所以，我海军在江阴战场英勇杀敌时伤亡惨重。有许多身受重创的舰艇，宁可用自杀炸沉自己，让舰体横梗江底阻止敌舰前进，也不愿投降偷生！在江阴基地观战的德国人杜莱尔感慨地说道：“这是第一次世界大战以来我亲眼所见的最激烈的海空战斗。”江阴海战后，日本海军也不得不承认中国海军尽其全力，对日本海军空军英勇作战，使日本海军溯江之战很不如意。

九月三十日，海军部特颁蒋介石的奖勉：“此次暴日肆意侵略，犯我领土，各地遍受荼毒。我海军将士同仇敌忾，该部部长及次长督率官兵，不惜牺牲一切为国奋斗。此来苦心焦思，筹划江防，拱卫京城，关系甚钜。并且愿拆除舰炮，巩固江岸防务。此种破釜沉舟之决心，殊为可贵。近来江阴附近敌机肆行轰炸，致伤亡我海军将士多名，尤所轸念。仰该部长转饬所属知照，并对所有受伤将士代致慰问。中正。九月二十九日。”

到十月中旬，中国海军总司令陈绍宽上将为了延缓日军攻占武汉的时间，好让战时首都的二百万军民赢得时间向川鄂边界退却，将仅存的八艘舰艇推上了拼杀战场。

到十月二十四日上午九时许，“中山”“永绩”“江元”“史可法一〇二”等军舰快艇相继受到重创。从艇长到普通士兵，都清楚肩上的重担，每多拖一分钟，武汉就能多撤出一批军民和物资。他们既不抱生还希望，也不甘心立即葬身江底。他们既要对付天上的飞机，又要抗击水上的敌舰。“中山”舰舰长萨师俊站在指挥台上沉着指挥着，他想：我们要有几架战机就好了。可惜中国的战斗机、轰炸机一架也没有，驾驶员都改行去开军用卡车了。

中国战舰与日寇周旋到下午三时许，只剩了“中山”和“永绩”号了。六架敌机第十三次向“中山”舰扑来。敌机采用连环战术，冲向舰体，扫射投弹。“中山”号虽做了顽强抗击，但终因寡不敌众，顾到天空就顾不到江面，舰尾和左舷都相继中弹，锅炉舱又被炸毁，混浊的江水急剧猛烈地涌进舱内。几分钟后，舱内水深至胸，机器停转，舰体渐渐向左舷倾斜。

“永绩”被鱼雷击毁为两截，正在下沉。在最后时刻，他们没有忘记向“中山”打出旗语：弟兄们，永别了！

身受重伤的萨师俊舰长顽强地抓住铁栅，向“永绩”号行着军礼……直至“永绩”全无。

萨舰长转身看看甲板上站着的全舰所有战士和工作人员，有人还扶着伤员。萨舰长做了一个命令大家跳水的手势，可是人人都想与战舰共存亡。舰体倾斜的幅度更大了，许多站立不住的战士被掀落到江里。他们不愿离开，就像儿女不愿离开母亲的遗体一样，又竭尽全力浮游到舰体的身边。有几个老兵，双手攀缘着舵杆，仰首痛哭流涕，嘶声呼喊……萨舰长看着他们，流泪了。

舰体突然一个大震动，舰尾急剧下沉，“中山”仰起了高昂的头，似乎在呐喊，似乎在控诉，似乎在向多灾多难的祖国作永别……眨眼之间，她带着萨师俊舰长离去了。水面立时出现一个巨大的可怕漩涡，漩涡慢慢地缩小，变浅，缩小……几分钟后，怒激悲愤的江水终于强忍下割心摘肺的绞痛，强迫自己还原到平静如初的面容。

到此时，海军和空军一样，全部拼光打完了。他们尽管在数量和装备上绝对处于劣势，但是在保家卫国的反侵略战争中，谁也没有畏敌如虎，而是凭借自己的赤胆忠心，在中国抗战史上谱写了一曲英勇悲壮、可歌可泣的英雄赞歌！

十月二十五日，中国军队全部撤出武汉三镇。

十月二十六日，波田台湾旅团从宾阳门进入武昌。

十月二十七日，第六师团的第六十联队渡江踏进汉阳。

在十月二十四日下午，武汉三镇已成为空城。偌大的战时首都，除掩护部队外，此时只剩了几个人，那就是蒋介石夫妇和他们的侍从人员。那是因为他汲取了上海、南京血的教训，早在九月底十月初就开始按计划撤出了党、政和各地方机关，疏散了百万多民众。到了二十三日基本已是空城。

到当日夜晚，蒋介石还沉浸在对“中山”舰的哀痛之中，他对“中山”舰太有感情了。此舰原名“永丰”舰。一九二二年六月十六日，陈炯明在广州发动对孙中山的反水叛变,他立即从上海赶到广州,就在这舰上,协助中山先生苦战了五十五天。此舰和他是功不可没的。后来“永丰”改名为“中山”。一九二六年三月二十日,又发生了至今仍是一团迷雾的“中山舰事件”,做了黄埔军校校长的蒋介石正好利用这次事件对共产党开了第一刀。在抗击日寇海军的战斗中,“中山”舰又屡建奇功。他独自坐在沙发上,往事历历在目。他能不感到痛心疾首吗?

蒋介石在珞珈山多待一分钟,守着空城的城防司令陈诚就得向外围的阵地上继续增派人马去苦苦死守。该念的经已经念完,这是白耗蜡了,急得陈诚直跳脚。他电求侍卫室主任林蔚,请其劝谏委员长早点起驾成行,林蔚回电没办法。他又电求夫人,夫人回说没有用。他再电求军令部长徐永昌,徐回电说无能为力。陈诚傻眼了,他摸不透校长究竟要等什么!

外面下起了小雨。蒋介石推开北面窗子,见到武汉三镇一片墨黑,不由重重叹息一声,说:“谋事在人,成事在天。”蒋夫人立在他身边,轻轻说道:“大令,你已经尽力了。”他伸出消瘦的手臂,轻轻搂住夫人肩头,涩声说道:“你是我的妻子。你说这话,是没有用的……”

她不仅仅只是他的妻子,而且是位贤内助、贤外助。作为中国第一夫人,端庄温柔中包含着许多高贵品质。她非常注意自己的言谈举止和品节修养。在普通百姓眼中,她是人妻楷模;在军政要人眼中,她是平易近人的大姐;在众多失去亲人的孤儿眼中,她是位慈祥博爱的母亲;在许多普通士兵眼中,又是位圣洁的和平天使……美国总统罗斯福的夫人对她做了如此的评价:“她的到来,标志着对于一位妇女的承认。这位妇女靠着自己的品德和所做的贡献,在世界上取得了地位。”

陈诚急得无法可想,只好冒死电谏委员长了。蒋介石对电话冷冷说道:“我晓得了。”

到二十四日深夜,蒋介石夫妇及几个侍卫人员和军令部部长徐永昌才驱车赶往机场。

机长依复恩立即发动飞机,飞机瞬间就冲上漆黑的夜空。雨天的夜空,乌云密布。飞机在上空转了几圈,始终辨明不了方向。依复恩冷静地思索了瞬间,只好如实报告了。

飞机又飞回来了。这时机场地勤人员正在工兵帮助下准备炸毁跑道,若再迟两三分钟,飞机就下不来了!机上机下人都吓出一身冷汗。

徐永昌把这惊险一幕电告了陈诚,令其继续防守到天明。机长依复恩和机械师们又把座机仔仔细细检查了一遍,并加满了油。

蒋介石一行人在休息室待了一夜。

十月二十五日凌晨四时,东方发白了,蒋介石偕同夫人及其随从再次登机。螺旋桨急速飞转起来。机长将操纵杆慢慢拉起,飞机立即昂起头,冲向灰白色的天空。

飞机围绕武汉三镇转了一圈,然后向西北凄然地稳稳飞去。陈诚仰望远去的蒋委员长,如释重负。

蒋介石飞到重庆后,周恩来将军向他转交了毛泽东主席的亲笔信函。

蒋介石立即启阅。信中有两段特别让他感到欣慰:“恩来诸同志回延安称述先生盛德,钦佩无余。先生领导全民族进行空前伟大的民族革命战争,凡我国人无不崇仰。十五个月抗战,愈挫愈奋,再接再厉,虽顽寇尚未戢其凶锋,然胜利之始基业已奠定,前途光明,希望无穷。……唯有各党各派及全国人民克尽取善之努力,在先生统一领导之下,严防与击破敌人之破坏阴谋,清洗国人之悲观情绪,提高民族觉悟及胜利信心,并施行新阶段为中国必须的战时政策,方能达到停止敌人之进攻、准备我之反攻之目的……”

蒋介石依据字里行间分析,共产党不会在他撤离武汉问题上再做他的文章了。他收起这封友好信件,两道炯炯目光凝视着湘赣地区图。他又在考虑下一步为抗击倭寇做如何部署了。

二十六

十月二十六日，冈村接到攻克武昌的捷报，尽管汉阳尚未到手，他就急急飞到武昌。二十七日上午十点，他坐在吉普车上，率着他的骄兵悍将第六师团人马，在汉口举行了简单的入城仪式。他不想过于张扬，招摇过市，唯恐引起中国百姓更深的仇视，招来西方人士的反感和忌妒。

他对功勋卓著的第六师团恩宠倍加，竟然同意让他们驻扎进高等学府武汉大学。

攻陷九江时，冈村只让他们驻扎郊外，以防他们再把“禽兽”二字贴到天皇铁军脸上。为此，他曾听到不少怨言。这次他从心底感谢第六师团和波田旅团，使他从困境中挣扎出来，转败为胜，并且抢到头功，气死了第二军。如果再不让他们享受入城式的荣耀，那就赏罚不明了。仗还没有打完，战斗尚未结束。

第六师团何以如此“英勇善战”？说穿了也很简单。这个师团中的兵源，主要来自九州山区的猎户农夫。他们文化水平虽低，但身体素质极强，武士精神高涨，所以蛮勇凶狠，放荡不羁，就连宪兵对他们也畏惧三分。

踌躇满志的冈村春风得意。他为自己的灵活战略感到自豪。如果还死抱住既定战略，现在当然还在赣北与薛岳苦苦厮杀着。那么今天享受这一历史性荣誉的将是皇族彦王了。现在非但首先“入主关中”，而且由一〇六师团招来的耻辱经过灵活战略也自然冲淡了许多，也令“三宅坂”那些只会高谈阔论的大人先生们不得不对他重新做个公正评价。

冈村抢功心切,正让我几十万大军得到顺利转移。十月中旬,当他攻陷田家镇、黄陂以后,如果继续沿平汉线北上,一来对中国军队形成包围之势,二来可与第二军夹攻武胜关。此关真可谓“一夫当关,万夫莫开”。只要第二军冲出武胜关,孙李两兵团虽不能说全军覆没,至少要损失一半。若真正从战略上看,冈村只成功了一半,只是抢到了一座空城。

冈村想到自己的功成名遂,脸上不由现出得意之情。吉普车慢慢开上了沿江大道。他见到市容萧条衰败,路面垃圾成堆,乞讨的老人和孩子,倒在路边的饿殍伤兵。他想到支那书上的一句名言,“得道多助,失道寡助”,更深入想到“王道”与“霸道”的优劣所在,觉得初来乍到,必须做出一个姿态让世人看看。

当许多记者围着他拍照并要求他讲点儿什么的时候,他表现得很有风度,也非常谦虚。关于这次建功立勋讲得较少,主要讲了对今后“圣战”的设想,特别大讲了“反蒋爱民”这一主张。

冈村发明的“反蒋爱民”口号,既收买了民心,又孤立了臭硬皆有的蒋介石,令世界舆论和“三宅坂”对他刮目相看。更为重要的是,其中不无含有挑拨中国国民党、中国政府内互相关系的嫌疑,致使那些反蒋倒蒋、梦想媾和的形形色色人物气焰更加嚣张。冈村竟能玩出“一石三鸟”的手段。

第二天,大街小巷、车站码头,贴满了署名为大日本华中派遣军第十一军的“安民告示”。主要内容大致有三条:一、维持正常秩序,保护工商开业;二、设置难民区,保证得到基本温饱;三、严禁破坏建筑设施,保护一切古迹文物。

这就是他初来乍到做出的和平友好姿态。

却说冈村的劲敌第九战区司令官薛岳,见冈村逃弃了赣北战场,匆匆赶往江北去抢夺头功,他知道此地无事可做了。经军委会的重新布置后,他留下部分部队驻守赣北,其余转撤到湖南长沙外围。当冈村在武汉粉墨登场扮演狼外婆的时候,薛岳又对长沙外围的地形沉思起来。

冈村的良苦用心,可惜得不到那些武夫虎将们的理解。第二天,第六师团的骄兵悍将们三五成群,七八成党,挤满中吉普,在大街小巷横冲直撞,搜寻猎物,把武昌街头搅得鸡飞狗跳,乌烟瘴气。因为“花姑娘”腿健脚快,早已逃匿得无踪无影了,他们只好退而求其次,见到老妪幼女,立即疯狂捕捉,抬到巷里尽情发泄兽欲。有的宪兵视而不见,朝相反方向走去。有些宪兵虽然尽职了,然而法不治众。那些禽兽们施暴以后，又把老者偏小、小者偏大的对象统统逮到车上劫走。早已解散的武汉大学有的是房屋，禽兽们把劫来的猎物关入一隅，留着慢慢享用。从此以后，行人常常见到有裸体女尸漂浮在大学后面的东湖水面上。这座文明的高级学府、圣洁的神圣殿堂，立时成为日寇发泄兽欲的场地、屠戮羔羊的宰场。

当然，这里发生的兽行与在南京相比，是小巫见大巫了。难怪冈村在战后回忆录中写道："入武汉后，未发生大规模骚扰违纪事。"他间接承认了规模不大的为非作歹情况还是不能避免的。

这天下午，第六师团长稻叶接到宪兵队队长栗原的电话，希望他去一趟。栗原虽然是大佐，但是出于礼制，中将稻叶还是去登门拜访了。

原来，两个宪兵在街上巡视时，见少尉小野奸过一妇女后，用刺刀捅进膣部，致使受害人当场死亡。两宪兵把凶手带进了宪兵队。

稻叶见到栗原先敬了礼，栗原还过礼后，开门见山地说了事情的经过和产生的恶劣影响，最后提出要送交军法课论处。

稻叶霍地站起，大声道："小野少尉是冲锋陷阵的勇士，为天皇的'圣战'屡建奇功。你们这样处理对他太不公平！我要向军部控告！"

栗原冷冷说道："稻叶中将，你应该理智些。我是在履行职责。"

稻叶更为气愤，吼道："你们的职责，就是等我们打胜了，跟在屁股后面来管束我们！如果没有我们的舍命拼杀，你们又怎能进入这个城市指手画脚？"

栗原气得瞠目结舌。

电话铃响了，微颤的手拿起电话。栗原听到声音，知道对方是冈村司令官。

栗原放下电话，对稻叶木讷道："经过进一步查核，小野少尉是出于自卫，迫不得已才杀死那个妇女的。你把人带回去吧。"

栗原看看稻叶离去的背影，摇摇头，喃喃自语道："成也萧何，败也萧何！"

稻叶四郎刚把小野领回师团部，没料到他的那些忠勇部下在另一处又给他惹下了麻烦。

原来，冈村前天在入城仪式上见到市容太伤雅观，被流弹掀下的瓦砾夹着成堆的垃圾，发着腐臭，飞着蝇虫。他令工兵队快速打扫处理。他想：她既然是属于我们的了，我们就应该让她尽快繁荣、美丽起来。工兵队长急得团团转，城里实在找不到像样的劳力。事有凑巧，正当他与翻译在小酒馆吃饭时，碰到了一位五十多岁的中国生意人，他能听懂几个日语单词，因为与他同住一屋的堂弟曾留学过日本。所以这个生意人就与翻译搭上话，问清缘由后，得知日方愿付一笔丰厚酬劳，不禁喜出望外，立即赶回郊区家乡召集雇工了。因为村里的青壮劳力尚未敢回家园，见钱眼开的商人就去挨家挨户动员老小妇女，并以他的老婆、媳妇、女儿也去参加为证明，保证不会出危险。岂知她们进城干活不到一小时，六师团的一帮武士们似乎从天而降，像捉小鸡一样把这些妇女围了起来，急得工兵队长连连劝阻。连宪兵都不怕的武士们哪里还听他的屁话？于是在光天化日之下这些妇女都遭到了强暴。

这位商人的良心终于醒悟过来，他对工兵队长说："我们回家不干了！"担此清理责任的队长为防受到冈村的训斥，先下手告了六师团一状。于是，这件事情就这样惊动了司令官阁下。

司令官当然要把稻叶叫来。

冈村只好从百忙之中挤出时间来亲自处理这件公案了。

冈村令凡是说自己遭到强暴的妇女站成一排。大多数妇女，当然也包括召集人的三个亲人在内，迟迟疑疑走出人群，站成一排。

冈村又令六师团的"皇军"们列队成排。

冈村咳嗽一声，说道："这种令人不愉快的事情，我是惯来反对的！事情既然已经发生了，我不得不严加处理。现在双方都站在这里，"他对女队指指说，"你们一一指给我看，究竟哪一个强暴你的？应该指明具体对象。你们不能指错对象，指错了，我同样也要办你们诬告罪的！"

收腹挺胸的武士们穿着一样的军装，长着一样的凶恶面孔。在那惊慌、恐惧、战栗、屈辱的一瞬间，谁还能多看施暴者几眼呢？似乎都像，似乎都不像，把握不准，说错了是会被办诬告罪的。这些可怜的女人看了半天，终于羞惭得低下头去。

冈村又诚恳地问道："你们不要怕，说得难听些，究竟是哪个强奸你的？指出来给我看。"

一排女人们仍然低着头，虽然看不到她们脸上表情，却能听到一片唏嘘饮泣之声。

冈村对召集人笑笑说："你看到了，纯属子虚乌有。这样，凡是站在队伍中的人，每人发十五元的'慰问金'。你看呢？"商人觉得这个大官非常通情达理：我的乖乖，军票十五元，等于国币四十五！他立即弯腰笑道："我同意，我很赞成阁下的处理。”

笑眯眯的冈村带着部下离开了。

岂知商人的老婆冲上来,啪啪打了丈夫两个响嘴巴!

冈村确实是处理棘手事件的老手。其实,在他攻占九江时,已做了明确而严厉的三点指示。他今天亲自处理的“难以克制的施暴行为”,就是用“慰问金”“调解解决”的。因为“没有”受害人直接指控的对象,怎能胡说是强奸?这是普通的“和奸”,军纪军法是不受理和奸纠纷的。冈村这一睿智的头脑,可惜几年以后在投降书上作为日方代表签字时竟然变得昏聩无用了。这是后话。

冈村“妥善”处理好双方矛盾,即刻着军部后勤电令九江中川清健,火速押运“三类军需”到武汉东郊报到。

中川在冈村未入城之前就心急如焚了。因是“第三类军需”,后勤调度科不能优先安排船只。若用车辆,江南一线湖网河泊太多,此路不通。若走江北,大别山区还留着由中国野战军改编成的游击军,此路太危险。他拿着收到的军部电令,再次闯入调度科,软硬兼施了好一会儿,调度科终于答应尽快拨给他们十几只小船和两只大木船。

第二天上午八点,通信兵又送来一份军部电报。他知道又是催命符到了。他没有展示,用早餐比阅读令人头痛的电文重要得多。

他刚吃过,几个老熟头人都赶过来拜访他了。中川心里明白他们的来意,又何必说破?他坐到桌前,拿起桌上未拆的电报,对朋友们说:“我已向军部催问了几次我们究竟何时动身为好,现在回电来了。”

拆阅电报,他先是走马匆匆,一目十行,接着又从头一字字细阅起来。朋友们感到莫名,又不能走上去同看。从刚才的冷漠僵板变为松弛欣慰,变为喜上眉梢,变为红光满面……最后激动得双唇发颤,电报纸在他手上瑟瑟抖索了。

电报纸滑落到桌面上,中川仰靠在椅背上,面朝屋顶,闭着双目。他是望五十的人了,血压有点偏高,他只好强迫自己先镇静一会儿,万不能“正到欢喜愁又到”。

石桥大胆地走上一步,拿起电报纸看看,忽然高兴得狂呼起来:“我们中川君晋升了,晋升少将啦!”

“大红喜报”在几个朋友手里传阅着。

有人喊:“中川君……不,中川少将,您要请我们客!”

有人说:“不对。应该由我们为他备席庆祝!”

“对对对!今天中午大办筵席,来个一醉方休。”几个头人异口同声决策道。

中川感到自己心率正常了。他离开椅背,目视朋友们说:“我谢谢诸位的盛情,请不要为我破费。我这人惯来是崇尚‘淡泊宁静’的,对‘名利’二字从不计较。我刚才只不过深深感到天皇陛下对我的恩宠有失明察,使本人深感受之有愧。”

石桥不服气,大叫道:“如果没有您的尽职尽力、大智大勇,现在哪里还有什么‘一〇六’?”

中川笑笑:“石桥君,话也不能这么说,一〇六师团的安全突围,一来是托天皇的洪福,二来是靠武士们的忠勇。”

独眼头人说:“鄙人早就对你们说过,我们中川君的最大特点就是与世无争,不计名利,大度雅量,诚恳谦虚……今天进一步证实了鄙人的慧眼独具。”

“你当然比我们看得更准确啦。”有人笑道。

中川少将站起身,对大家道:“还是工作要紧。我马上就去科里落实船只。望诸位早点回所做准备,至迟今天下午一定要离开九江。”

中川走后,四个头人进一步商讨了如何为中川贺喜的大事。后来,把石桥的提议做了一些修正,才最终确定下来。

俗话说“一人得道,鸡犬升天”。中川晋升军衔时,“三宅坂”没有忘记他下面的那些“绿叶”,像稻田也升为大佐了……还有岸信和麻生等人。后面这类人,除了感到羞愧惶恐而外,根本没有产生丝毫激动喜悦之情。

下午三点,服务在九江城内外的所有慰安妇都换上了军装,列队开向江边码头。当然在这些女“工作人员”之中还夹着不少背枪挎刀的男兵。沿途,引来许多既好奇又害怕的目光,有些胆大的竟悄悄议论着什么。

小木船真小,一船只能乘载两个所的人马,而且只能挤挤压压在一个舱里。大木船分上下两层,是中川支队的包船,上住军官下住士兵。中川少将独自住在第二只的前部上舱。

四点整,动力小火轮拉了几声汽笛,悠悠离开了栈桥。船队缓行到江心时,小火轮开足马力,劈开江面,溯江而上了。

江面上往来船只如鲫如梭,互相之间偶尔打个招呼,依然各走各的路。

船驶了一小时后，上午四位相约的头人每人都带着不少酒菜，从后船越过前船，登上第二只大船。其中两人各自带了一位穿和服的本所“花魁”，而石桥和独眼都携来了两位。石桥本想带上樱子和宗小花的，因为有人建议应该体现此次盛宴的民族特色，所以把宗小花“修正”为木子了。

中川见了诸位，当然很感激很谦虚。他笑笑说：“盛情难却，却之不恭。我如执意不从，岂不扫了大家的兴致？不过有言在先，下不为例。”他不是非常“淡泊”名利吗？刚晋升少将，难道又想升中将了？是随口说说的，还是说漏了嘴？

石桥在中川的授意下，送了一些酒菜到后舱去，让那些下级军官们自己吃去。他又去邀请副官岸信少佐赴宴，岸信说身上不舒服，石桥也就作罢了。

六个女子忙着放杯筷、摆酒菜。

四个头人邀请中川高踞首座。

石桥对中川说道：“将军阁下，我们为祝贺您的荣升，特地搞了个别开生面的玩意儿，用市面上的行话说就是‘叫局吃花酒’。您看如何？”

中川脸呈莫名。

石桥又说：“‘叫局’又称‘叫条子’，喏——”他指指六个女性说，“她们就是我们叫来的‘条子’。各人身边配一个‘条子’，边吃酒边‘白相’，猜拳行令，吹弹歌舞，只要能侑酒助兴都行。由这些‘花魁’助兴的酒宴，称之为吃花酒。”

独眼头人惊诧道：“石桥君，你对支那的风流艳趣知道的真不少啊！”

中川笑道：“石桥君是在支那长大的。”

独眼头人说：“看来，石桥君对支那的花街柳巷一定非常熟悉了？”

另两个头人起哄道：“请石桥君给我们讲讲，既让我们开了眼界，又可侑酒提兴。”

中川笑道：“石桥君，你就说给他们听听。”

石桥笑道：“你们先别猴急。各人先找‘条子’坐下，斟上酒，边饮边说，岂不更好？”

樱子见说，连忙抢到中川身边，一边替他斟酒，一边笑道：“我的‘条子’，就是将军。”

全舱大笑起来。

石桥望着迷茫的樱子说道：“你搞颠倒了，应该说你是将军的‘条子’。”

樱子脸上泛起红潮,笑辩道:“什么‘条子’‘棍子’,还不是一样?”

独眼头人调侃道:“将军若是‘棍子’,樱子小姐就该称‘鸡窝’了。”

众人一听,又哈哈大笑起来。

中川今天心情特好,此时又很开心,非但没有计较樱子和独眼头人的说法,而且还对他们笑着点点头。

樱子依偎着将军坐下了。

中川见还站着的五个女子都有点畏惧自己的头人,他动了一下脑筋说:“依我看,你们四个家伙都不要找自家‘条子’,互相换着用,也好让这些‘条子’尽情开开心。多一个加代姑娘,你就到我身边来吧。”

余下的四个女子听将军如此一说,立即喜笑颜开,暗送秋波。四个头人也就遂其心愿,拉着自己的“条子”入座了。

说是“入座”,即是“席地而坐”。他们这种生活方式,还是从中国汉唐时代传去的,一直沿袭至今。

却说黄秋菊和华兰妞刚才在转移途中,一直在左顾右盼寻觅那位助人为乐的“小上海”。此时她们坐在船舱里,还在为她忧心忡忡:她是在我们前面上船了,还是留在九江,还是出了什么意外事故?华兰妞摸摸藤箱,偷看了一眼睡在里面的华宝。

严冬梅喟然重叹了一声,仍然心事重重。

黄秋菊小声问:“梅姐,你又想山东嫂了?”

冬梅摇摇头说:“我想,武汉肯定又沦陷了。我真是弄不明白,我们的兵力是鬼子的两倍,为什么还打不赢?委员长为什么一让再让,究竟要退到什么地方才不退?”

秋菊也被问糊涂了,她喃喃地说:“大概是雅鲁藏布江吧。”

“哑锣长布江在哪儿?”兰妞问。

秋菊道:“在西南边边上。”

兰妞惊骇了:“那我们离家更远了。”

黄秋菊点点头。

兰妞不由骂道:“那些狗日当官的,尽是贪生怕死的孬种!养兵千日,用在一

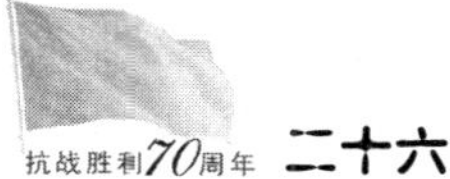

时。我们老百姓白养了这些狗日的!"

秋菊道:"你说的当然也是原因之一。其实说句公道话,我们的武器太落后了。小鬼子有飞机、大炮、军舰、坦克、毒气、毒弹,而我们多数部队只有七斤半一条,外加手榴弹。我听人说,有些川滇军武器更差,放过一枪,还得用钢条把弹壳顶出来。像长枪'汉阳造',它的诨名就叫'急得跳'。用这种家伙,如果一枪打不中,连乌龟都打不到了。"

华兰妞听呆了,不开口了。

宗小花心里默默念道:"阿弥陀佛……"

秋菊喃喃自语道:"照这样退下去,我们炎黄子孙难逃亡国奴的命运了。"

夏小荷问:"秋菊姐,什么叫亡国奴?"

秋菊目视姬顺玉,小声说:"就像现在的韩国。国家灭亡了,老百姓成了倭寇国的牛马,成了砧板上的鱼肉,任凭倭寇砍砍剁剁了。"

夏小荷想了想,问:"照你说的,我们现在已经是亡国奴了?"

秋菊道:"国家还有一口幽幽气哩。"

坐在另一边的洋子,闭目养着神,其实一直竖着耳朵听华妇们的议论。她忽然睁开眼,温柔地笑笑,说:"这是不奇怪的。谈你们的国,主宰崇尚独裁,大官醉于贪污;再说你们的家,各扫门前雪,人人想发财,没有一个人一个家想到国的。"

华兰妞愤然道:"你放屁!"

洋子笑笑,没有因为被骂而生气。她看着华妇们,继续说:"不是我放屁,而是你们支那人不争气。我举个例子给你们听:在我们大日本,几岁的几个孩子在一起玩耍,如果哪一个孩子无意把带有国旗的玩具坐到屁股下,其他孩子一定同仇敌忾,用拳头教训他。他哩,虽然被打得鼻青脸肿,却也心服口服。这在你们支那可曾见过?"

夏小荷目视和子:"这是真的?"

和子默默点点头。

洋子正色道:"所以我们大日本皇军才赶来帮你们推翻这个腐败无能的政府,再帮你们建设一个'共存共荣的新国家'。"

黄秋菊嘲笑道:"像现在的韩国?"

洋子笑道:"是呀。"

黄秋菊愤然道："那我们就多谢你们狼外婆了。"

洋子不由一怔："你……"她忍住了。

副官岸信和衣躺在后舱里，被大叫大吵声、纵情狂笑声搅得头昏脑涨，他猛然跳起，拖来两床棉被蒙到头上。

前上舱里，酒过三巡，女人脸上出现了酡红，男人们才刚刚开始。

独眼头人兴奋不已，高叫道："石桥君真是见多识广。"他一边扳着指头一边说："你已说过北平、天津、南京、武汉，你再给我们说说上海、广州怎么样？"

石桥笑道："我说一地，你干一杯怎么样？"

独眼头人倒也干脆，一仰脖子，杯中干了。

石桥抿了一口酒，说："上海的秦楼楚馆，主要在三马路四马路、小东门老西门一带。上海人把妓女分为长三、幺二、野鸡三个等级。像今天我们吃花酒，若叫上等长三来，一局就是三块光洋，叫幺二是两块。依据出局的定价，才诨称她们为长三幺二的。野鸡是没人叫的。长三在筵席上能吹弹歌唱，琴棋书画也略通一二，像颇有名气的陆文琴、陆品娥、柳翠宝就是。幺二只能说说笑话，为席面多添几样侑酒荤腥味儿。在筵席上，你如看中了一个'西施'，想要和她登巫山做一番云雨较量，那就再掏六块大洋，所以上海人称她们为'六跌倒'。其意是给六块大洋，她就'跌倒'在你的怀里，任你搓揉玩弄了。野鸡是总称，里面又分套人、包账、伙计、自家身。前两种是无人身自由的。"

樱子笑问："妓院中的这些女子万一不肯接客怎么办？"

独眼头人抢道："她的皮肉能犟过皮鞭？"

石桥摇摇头，对他说："你这办法太粗暴简单了。你若想再听，再喝一杯。"

中川笑道："你不能把他闹醉了。"

紧挨着独眼头人的木子笑道："我来替山本君喝一杯。"说完，端过酒杯一口干了。

石桥暗暗在自己"条子"的臀部捏了一把，贴着她耳朵说："你看他们多亲热。"

岂知他的"条子"非但不怯生，而且胆大得惊人，当着众人面，抱住石桥的脸狠狠亲了一下，引得众人哄笑起来。

中川右臂搂着樱子，左膀勾着加代，笑得非常开心。

樱子用筷子指着石桥说:“嗨,我们女人为你喝了酒,又送了吻,你怎么还不说?”

美子笑道:“石桥君肚里一汤匙货,大概被我们女人掏空了。”

花酒席面上,众人又哈哈格格地大笑起来。

有点尴尬的石桥,红着脸对美子说:“我的货多着哩,够你一世受用。好,下面言归正传。我先说鸨儿能不能生龟儿子。从字面上看,鸨是一种比雁略大的飞鸟,它不善飞翔而善奔驰。雌鸟不论见到何种异类的雄鸟,都要翘起尾巴,渴望交尾。这种传宗接代的方法禽兽尚可,人却不行的。所以,除了那些先做母亲后做鸨儿的女人有亲生女儿外,多数鸨儿的女儿都是领养或花钱买来的。那些买来的或用来抵债的姑娘,长到月信来临,死活都不肯接客怎么办?山本君记着,光靠皮鞭不行。鸨儿龟头常用以下几种办法:第一,破坏她的贞操,摧毁她的道德观念。先由龟头龟爪们……”

加代微笑道:“下面不必说了。第二呢?”

石桥道:“第二叫‘打猫不打妓’,第三是‘转押’再赎回,第四就是‘点大蜡烛’,第五……”

“嗨,慢点儿慢点儿。”樱子连忙笑道,“什么叫‘点大蜡烛’?”

石桥笑道:“你想听得详细些,也该喝一杯酒。”

樱子端起酒杯说:“你姑奶奶鬼都不怕,还怕喝酒?”说完就喝光。

石桥说道:“十多年前,上海许多报纸曾披露过一件‘点蜡烛’的奇闻奇案。在郑家木桥的兰芳里,有个姓王的鸨儿,花了二百个大洋,买了一个垂髫少女,调教了两天,第二天晚上就令她倚门卖笑,招揽嫖客。这晚来了一个久旷的水手,得知尚未‘破瓜’,愿出重金为少女‘点大蜡烛’。鸨儿正求之不得,欣然允诺。双方成交额为五十大洋。鸨儿令少女先去睡歇,到半夜时分,送水手悄悄进了少女房间,鸨儿守在门外。忽听房里少女大哭大叫,双方对打起来。闹了许久,水手连边都没有碰到,气得冲出门外,对鸨儿怒道:‘此女未通人事,还我钱来!’鸨儿只得忍痛割爱,将腰中尚未焐热的大洋归还了原主。嫖客走后,她叫来两个龟爪,把少女捆到床上,将脏袜朝她嘴里一塞,剥掉裤子,着人摁住她的两股,令她丝毫不能动弹。鸨儿将一支大洋蜡烛猛地戳入少女阴户。少女虽然痛得火烧火燎,犹如刀绞,鸨儿也不松手,并将蜡烛左右摇摆,直至席上鲜血淋漓,才拔出蜡烛。鸨儿让少女养息了两天，又用更粗些的蜡烛再三折磨她，如是者三次一周，果然用这妙法把她调教上路了。”

六个‘条子’听得心跳加快，汗毛竖起。是姑娘，都要过这关，但是这种手段太令女人恐怖了。

樱子愤然道：“支那人太缺德了！为什么不用嫖客呢？那样又能得个好价钱。”

石桥说：“你如果是嫖客，你是去花钱买笑的，你愿意买个哭哭啼啼的不给你骑的小牝马吗？”

樱子道：“说的也是。”

山本笑道：“是我就愿意，我觉得这样更有刺激性！”

木子以指在他脸上一戳，笑道：“滚你臭蛋，去找你的小牝马吧！”

中川举着杯子，对大家笑道：“请诸位抓紧时间，边吃边说吧。”

于是花筵酒席上再度掀起碰杯高潮。

“玉液黄金脂，开瓶泻樽中”。高潮尚未达到顶峰，女人们已经浑身火烧、玉山欲倾，男人们糟气逆鼻、心烧火燎。

石桥打着酒嗝说：“上海的鸨儿龟头虽很精明，但是很愚蠢。我曾见到一家小有名气的妓院，一进大门，中堂供着一幅观音女菩萨。她左手托着花瓶，瓶中插着柳枝，右手的拇指勾着中指做弹洒雨水甘露的样子。两边的对联，真是被绝人写绝了……你们猜猜看，写的是什么？”

大家都摇摇头，呆看着他。

石桥的好胜心得到了满足。他呷了一口酒，慢慢说道：“观音遍洒柳枝水，广结人间雨露缘。”

花筵酒席上，除了石桥汉学造诣较深而外，中川清健还可以。他闭眼沉思瞬间，立即启目大叫：“写得好！写得绝！”

石桥笑道：“鸨家为了附庸风雅，把经文人偷梁换柱过的古代名人的诗句请人写成条幅，挂在名妓的香巢暖坞里。我就亲眼拜读过两副，其一：‘满园春色关不住，数枝红杏出墙来’；其二：‘箫管何须怨杨柳，春风一度玉门关’。”

中川摸着下颌，沉吟玩味着，突然端起酒杯一干而尽，激奋道：“‘春风一度玉门关’最值得玩味，有景有情有事，三者结合天作成，真可谓鬼斧神工，神来之笔。不过，要有个条件，对象必须是垂髫黄花！”这是他的癖好。

纵声大笑的石桥对中川竖起大拇指。

独眼头人突然抗议道:“石桥君,你别跟我们咬文嚼字,来点儿荤的让我们开开心!”

他的提议得到女人的大力支持,樱子还鼓起掌来。

石桥端着酒杯说:“各位清了门前酒,满斟后,再听我慢慢道来。”

碰杯声骤起,花筵酒席上高潮再次掀起来……

岸信见舱外完全黑下来,清冷的天空挂着一弯新月,江面上盏盏灯火忽明忽灭,像幽幽的磷火一样,不由打了个寒噤。时时传来的大笑狂笑、淫词秽语,令他作呕。五点钟时,石桥来请他去吃花酒,他借口身体不适推托了。他想:凭我东京帝国大学的硕士研究生,怎能去与龟头妓女同席而语呢?与其尴尬地坐在那儿受窘,不如不去的好。后来,后舱那些佐尉们也来拜访他,他也借口婉谢了。武夫一群,除了杀人玩女人,狗嘴里也不会吐出象牙的,是一群醉生梦死的蠢驴。

帝国大学的研究生太洁身自好、孤芳自赏了。黑色染缸中,如果阳错阴差带进一块异料,而倔强的异料始终又不肯被同化,那就很有可能遭到被剔除的危险。岸信就是一块“顽劣”的白色玉块。

二十七

岸信迁浦在战前是帝国大学历史系硕士研究生,研究的主要课题是华夏史,所以他的汉学造诣很高。他通过对华夏上下五千年的历史研究,得出一个总的印象:这个古老的民族,勤劳淳朴,闭门自守,反抗异族入侵,有血战到底的气概。他在论文中有意无意阐述的这种观点,与当时日本朝野上下正酝酿着的即将发生的对华侵略阴谋是背道而驰的。尽管他的指导老师对他很赏识,希望他的研究成果能引起上层人物的注意,但是在那片穷兵黩武的土地上,怎能容他栽上这棵橄榄树!

他非常崇拜汉代的司马迁身残志坚,刚正不阿,用如椽之笔写下旷古《史记》,为后人留下无法估量的宝贵遗产。他能原文背诵司马迁自勉的一段话:“文王拘而演《周易》;仲尼厄而作《春秋》;屈原放逐乃赋《离骚》;左丘失明厥有《国语》;孙子膑脚《兵法》修列;不韦迁蜀世传《吕览》;韩非囚秦《说难》《孤愤》;《诗》三百篇,大抵圣贤发愤之所作也。”他觉得现在应该再续一句:司马宫辱而作《史记》。

在唐代的诗仙、诗圣、诗鬼中,他尤爱诗圣。李白的诗虽然豁达豪放,如“五花马,千金裘,呼儿将出换美酒”,但是他心目中关心的百姓太少了。当然这也与诗人所处的时代状况有关。杜甫的诗,他最爱读的是“三吏三别”,人间的疾苦,都成了他笔底的波澜。所以,他进入大学后,从中国史魂诗圣名字中各取一字,改名为迁浦(甫)。

岸信迁浦独卧舱下,感到实在烦躁无聊,他轻轻走出舱门,绕到船头茕茕伫立着。凉凉秋风拂面,他顿感去了浑身燥热,神清气爽多了。天空挂着的一弯新月不时被飘着的一朵黑云遮住,瞬息之后它又艰难地挣脱黑暗,向人间奉献出微弱清辉。他看着看着,忽然脑海中跳出王琪的《望江南》词句:

江南月,清夜满西楼。云落开时冰吐鉴,浪花深处玉沉钩。圆缺几时休。星汉迴,风露入新秋。丹桂不知摇落恨,素娥应信别离愁。天上共悠悠。

词中月的圆缺不休止,吴刚砍树不休止,嫦娥的离愁也永无休止,正所谓"天上共悠悠"。岸信的愁绪也与他们"共悠悠"了。

岸信信步跨进前舱,他见舱里的麻生华珍医官就着油灯在看书。

他看过麻生华珍的档案,他原名叫麻生秀义,是东京医大的新秀,主修医科神经,选修汉学药物历史,正副均为纯专业。档案还介绍他汉字书法精湛。岸信想:看来他对华夏还是钟情的。可惜,一位优秀的学术人才竟也糟蹋到如此地步,沦落为战争机器的修补匠。他又联想到自身,难道不是战争舞台上一名跑龙套的吗?

岸信迁浦虽然自轻自贱,跑龙套和修补匠在这座特殊戏台上还是少不得的。

他故意轻轻咳嗽一声,声音惊动了舱内的麻生华珍。麻生见有人来,连忙站起让座。

在军阶上,岸信比麻生高一级。对职务和军阶的高低,他们也真做到"淡泊"无争了。

麻生给岸信沏好茶,拿出一盒香烟。

岸信点起烟,吸了两口,笑问道:"你这书呆子,为什么不去参加他们的酒宴?"

麻生回道:"河本是来请过我的,我回他'烟酒毒色与我无缘,你们自便'。"

岸信呷口茶,不置可否地点点头。点头,是称赞他没有不良嗜好还是拒请得如此痛快?令人琢磨不透。

麻生笑问:"岸信君,你怎么也不去?"

岸信说:"我因为身体不适,想去而不能去。"

世人的言谈举止,有时与他所从事的职业不无关系。

麻生叹口气,迟疑了一下,问道:"岸信君,我们的前程是武汉了?"

岸信点点头:"支那军在十月二十七日已完全撤离武汉,窜向鄂西和湘赣去了。"

麻生不无忧虑地说:“就是说,我们的战线在支那大片国土上又画了一横,现在已成为一个‘井’字形。”

岸信有点好奇:“‘井’字形?”

麻生用笔在纸上边画边说:“请看,这是一条津浦线,这是平汉线,这是陇海线,这是我们脚下的长江,我们真正掌握在手的就是这四条线。线外的那些广大地区虽然挂着我们的旗帜,其实有名无实。再说,除了与‘井’字毗邻的广大区域而外,支那还有大西北大西南以及天府之国的四川盆地,我们怎能再去占为己有呢?支那现政府一天不消灭殆尽,我们就不能得到一天的安宁。”

麻生直率、孟浪、失慎的讲话,不由不使岸信刮目相看:他真是个聪明人,不但精于所学,军事上的天赋也不匮乏,目光敏锐,思绪深远,我不如他。岸信不由苦苦一笑说:“麻生君,你刚才所说的,从理论上看是正确无误的。战争刚刚开始,我们似乎就陷入了污淖泥潭。不过,我诚恳希望你不要过于杞人忧天。我们在华貔貅有一百万之众,何愁这九百六十万平方公里不能抓到手里?”其实,他说的都是违心话。

麻生激动了,心想:国家就坏在你们这些狂妄好战者的手里,你们都是千古罪人。他不由愤然道:“四亿五千万是一百万的多少倍?而且据我分析,国内兵源已经枯竭,只剩老人和妇女儿童了。”

岸信惊问:“何以见得?”

麻生道:“我为一〇六师团伤员治疗时,发现后补来的那些娃娃兵有的人竟然还没有发育健全。我用逆反分析,就能得出国内的真实情况。”

岸信脸上黯然了,他又点燃一支烟,大口大口吸着。补充来的娃娃兵,他也曾听说过,但是其中还夹有大个少年,这就出乎他的意料了。双方才交战一年多,如此消耗下去,华战真会成为一根鱼刺横鲠在我们的喉部了。

岸信觉得麻生很坦率正直,有洞察能力。但是,他又觉得他的语言和思想终究也会把自己拖入泥坑的。他内心不由暗暗为他捏把汗了。

岸信呷了口茶,慢慢说道:“麻生君,你我都是接受过高等教育的人,允许各人有不同的思想和信仰。你我虽然都失去了选择自己生活道路的权利,难免不积郁着生不逢时的怨恨,但是在为人处世中你我也不能过于锋芒毕露,少说有悖目前气候的政见,这是我的肺腑之言。你不去参加他们的醉梦之宴是对的,我也用身体不适作为托词，婉言谢绝了那些四肢发达的角色。”

麻生华珍立即站起，向岸信迁浦深深鞠了一躬。岸信急忙还礼。

两人四只手紧紧握着，互相凝视着，大有相见恨晚的滋味。

船队到第二天傍晚已驶临田家镇要塞。因为武汉连连电催，中川不敢懈怠，他令小火轮上水手员工分三班连夜赶路。

昨天夜晚，他们五男六女几乎都喝得酩酊大醉，常说“酒后无德”，男男女女我压着你，你枕着我，酣然进入梦乡。中川“醉卧美人膝，怀抱绣花枕”，一直沉睡到日上三竿。

寂寞难挨的夜晚眼看又将来临，今晚他不想再吃什么花酒了。他的酒量本来就不大，因为昨天实在开心，再加上左右女人和娼门掌故，所以就多喝了两杯。在他的“三爱”之中，是没有“酒”这一字的。

天又黑下来，中川叫人传话给石桥，让石桥送一个会弹会唱的姑娘来。石桥得话以后，心中当然明白要的是谁了。

宗小花提着小布包，款款跨进舱门，随手将门拉上。狼犬见是老熟人，尾巴殷勤地左右摇摆着，好像是替主人向来客打招呼。

中川独坐灯下抽着烟，见客来了，立即笑嘻嘻地站起来，接过她手上的小布包，掷向一边，将其一把搂进怀里，亲着她的腮、唇和颈下。狼犬注视着他们。后来，它见两人倒在船板上滚来滚去，灯也熄灭了，它以绿莹莹的目光看了好一会儿，觉得没有什么值得警觉的新鲜之处，也卧到船板上闭目养神了。

华妇们见宗小花拿着小布袋出去了，人人都在辱骂诅咒她，严冬梅说真无耻，甜水妹说怎么不掉下江去！华兰妞说她这骚货被狼狗嚼烂了才好哩！

黄秋菊笑笑说：“她跟你们前世错配骨头了？你们这样骂她，就不公平。她不去行吗？如果我们老百姓知道我们干的这行也会照样骂我们的。你们听了服气吗？又怎么想呢？”

华兰妞想想，秋菊说得对，是这个道理。但是兰妞嘴上不肯服输，不由笑道：“她是你的亲妹子，你总帮她说话。”

秋菊不想多说了，她不喜欢议论别人的是非。她总感到宗小花头上顶着一块神秘面纱，说不清道不明。但是有一点她已确定，小花不是坏人。

第二天下午，船队已行驶到湖北黄冈城外的赤壁矶江面。岸信立在船头，看着

滔滔奔流的东逝水,从“赤壁”二字联想到苏轼的《念奴娇》。在苏轼的许多好词中,他更爱这首的气势雄浑、气魄豪放,写景雄伟奇绝,石破天惊,使人面对滔滔不绝的江水产生了对大自然永恒不朽而人生苦短的深沉感叹。他想到这里,不由轻轻背诵道:

大江东去,浪淘尽,千古风流人物。故垒西边,人道是三国周郎赤壁。乱石穿空,惊涛拍岸,卷起千堆雪;江山如画,一时多少豪杰!

背诵到一半,他不由想到当年的赤壁之战是以曹操的绝对优势而惨败、孙刘的劣势联合而大获全胜。这是用血与火的教训告诫后人,决定战争胜负有多种多样的因素,不能仅仅依靠目前的貌似强大。地球上自从有了人类,战争就频频出现。当年叱咤风云的人主、荼毒众生的暴君,如今谁不成为土灰?成功失败两茫茫,正是“人生如梦,一樽还酹江月”。

岸信的伤感之情激发了他的敏捷才思,他不由吟咏出一段骈文,命题为“浪花淘尽五千年”:

禹创桀丧,终纣始汤。
周武文王,嬴政刘邦。
魏吴蜀汉,司马统疆。
唐宗宋祖,成吉元璋。
努尔开业,溥仪损邦。
浪花依旧,成败何方?

诗言志。岸信站在滔滔江水上,吊古伤今,情发于怀。可以看出,他此时的悲戚、忧郁、苦闷、迷茫的心情,比九百年前苏轼的悲观消极情绪要严重可怕得多。

慰安妇到了车船上不消耗体力了,每天发放食品仍按老规矩办,所以大家起身很迟。夏小荷比一般人起得还要迟一些。她感到浑身乏力,头有点儿发晕。苍白无血的脸上微微浮肿,眼圈有些发黑。她穿好衣裳后,拿了一条毛巾到船头。船头有只系着绳子的小木桶，是专供汲水用的。她慵懒地走到桶边，艰难地弯下腰，拿起水桶提绳。小无锡立即穿过甲板，到她面前接过水桶，将水桶投入水中，麻利地提上一桶水。

坐在船尾明舱里悠闲抽着“特种纸烟”的石桥见了两位姑娘的举止，不由顿感好奇，他不动声色不动身，仍然仔细“观赏”着。他发现两人的腰间与臀部区别很明显。夏姑娘的肋下腰际失去了应有的曲线，与髋骨同处一条垂直线。相形之下，她臀部的肌肉不再显现出女性的特有美，不见了往日的丰满与圆润，穿的裤子立裆似乎也短了些，后看有点巴在两瓣臀肌上。他感到这种体形不够正常，望着她的后背出了一会儿神。他悄悄拉了拉坐在身边正全神贯注做着头发的夫人，小声说了两句什么。

洋子偏过身，审视了一会儿，拿着牛角梳子边梳头边走到船前甲板上，对两位姑娘笑道：“不多睡一会儿？起来反正也没事干。”

夏小荷正用手巾擦着脸。

小无锡见洋子来了，连忙向她弯了弯腰笑道：“石桥太太早，你也该多歇歇呀。”

洋子犀利的目光，从夏小荷的双峰上掠过，下滑到她的腹部再从小腹上跳到她脸上。洋子笑笑，以指在她脸上点了点说：“夏姑娘，你脸上生的是虫瘢还是癣疾？”

夏小荷茫然摇摇头。

洋子关心问道：“痒是不痒？”

夏小荷说：“石桥太太，不痒。”

洋子笑道：“那就是虫瘢了。你肚里一定生了不少蛔虫。”

夏小荷说：“我从来不吃生东西，也不喝生水，哪来的蛔虫？”

洋子用牛角梳子疼爱地为她梳理头发，笑笑说：“没有就更好。如果有，它会跟人争夺营养的，必须打掉才好。”

洋子凭着手感，觉察到她猛地一颤。

洋子返回船后明舱里继续对着镜子做头发，未对丈夫报告视察后的结论。

石桥忍不住了，问道：“我的眼力如何？”

洋子笑道：“这叫‘眼斜心不正’。你们男人都喜欢看我们女人的胸脯和屁股！”

石桥笑道：“夫人太太，请你不要胡搅蛮缠。我们说的是一件正经要事。”

洋子道:“你大屁股小屁股见得太多了,我眼力哪能如你?我看不出有什么变化。”

石桥讪笑道:“你今早吃了火药,还是为昨晚那个事?有话明说了,免得我死不瞑目。”

洋子佯怒道:“别放你娘的臭狗屁,老娘才不在乎你呢!”

石桥走到舱外看两岸风景了。岸边的护堤杨树的黄叶几乎脱落干净,虽有几片残留的倔强得不肯离开母体,但在一阵冷飕飕的秋风摧袭下还是凄然飘落,翻飞在芦苇上空。绵延千里的芦苇也苍老枯黄了,干枯脆弱的苇叶在阵阵秋风侵袭下被撕破,被折断,发出沙沙的呜咽饮泣声。芦花开始放白,像耄耋老人的头发,在肆虐的江风中摇曳着,沙沙的唏嘘声里不时出现“咔嚓”之声。那是枯萎而失去弹性的苇秆以生命与秋风抗衡着,宁可被暴虐所折断,也不肯向恶势力弯弯挺直的腰板。

有人说秋天是金色的季节,是收获的季节。在石桥眼里,秋天是苍老的季节,是肃杀一切绿色的季节。他不会作诗,也不会伤感。他总觉得秋天没有春天好。如果一年四季都是春天,当然“春天”也就不存在了,这道理他懂。

夏小荷的妊娠不但是华妇们无法解决的难题,也令洋子感到非常棘手。她白天跟丈夫故意说怄气话,是想把他的正确思路引向歧途,因为白天谈话不方便,假如泄密就节外生枝了。

现在,天已完全黑下来。洋子同丈夫睡在船尾明舱的船板上,一边想着心事,一边接受丈夫的抚爱。他忽然又凑到她耳边,悄悄说起调情话。洋子心烦意乱,推开他的手,小声道:“你先听我说,姓夏的那个姑娘真怀孕了!”丈夫惊得松开手:“你说的是真的?!”妻子道:“你别大声嚷,下面能听到。上午是我骗你的。据我看,是四月份的,已有六个月了。”

丈夫决然地说:“那就赶快把它打掉!我办的不是妇幼院,也不是育婴堂。”

妻子分析道:“你想想,几个月了,就算她本人糊涂得要死,华人里面也有生过孩子的过来人,她们不会看不出,不会不知道的。既然知道了,她们自己既不想办法偷偷把它弄掉,又不来求我们帮忙,一直捂到现在,这就说明,不是她本人就是她们一伙想留着生下来。”

丈夫道:“如果真让她留着,生下这个龟儿子,我白养她两个月不算,这六十天会给我带来多大损失？还有更为严重的，此头一开，下面接二连三都忙生龟儿子了，我这娱乐所日夜充满了叽里哇啦哭叫声，还有什么人敢来‘娱乐’？”

妻子叹息道：“是啊。这些我都想到了。”

丈夫道：“一定要打掉！我明天就找麻生医官想办法。”

妻子说：“你不能小声点儿！你这人怎么这么糊涂的？三个月左右的瓜容易摘，六个月就危险了。如果弄出人命来，那些支那女人的头不是好剃的。上次为那个山东侉女闹得你还寒心不够？再说，按照我们日本的法律，是不允许打胎的。”

丈夫问：“那就只好留着生了？你好做个外婆了！”

妻子在被子里打了丈夫一下，说道：“把你的冷手快拿开，你不也成了外公？”

丈夫涎着脸说：“我的好太太，你的心眼比我多，总得想个两全其美的办法。”

妻子一面享受着惬意的摩挲，一面挖空心思动着脑筋。

船队在黑暗的水面上默默行驶，浪花轻轻拍击着船头，船身微微颤动着。

妻子突然说道：“我想了个两全之策。现在我们仍装糊涂，等她生下以后，或明或暗送给当地人养去。这样既保住了大人，又向旁人做了个警告。你看行吗？”

丈夫连说：“行行行……”并来了个鹞子翻身，“今儿我要好好犒劳你。”

今儿是月初，半夜时江里涨潮了。激烈涌动的潮水溯江而上，撞击抚摸着船体。两舷激动的流水唱着优美而单调的哗啦声，小船顶风逆水劈波激进，使自控不住的船身在微微战栗之中不由上下轻轻颠簸起来。

第二天上午九十点钟的时候，“三类军需”已被拖运到武昌码头。

慰安妇们登岸后，立即就被等了好久的卡车转送到昨天就已搭好的幢幢布篷内。

中川接到军部命令，下午一点必须开始工作。近几日，每天必须开足三班。

各头人听了，欢呼雀跃；武士们听了，狂呼天皇“板崽”；有些慰安妇听了，肠断魂消。

石桥忙得气喘吁吁，满头是汗。到一点半时，他才稍稍得到喘息时机。他坐下后，沏了杯茶，掏出纸烟和小瓶。他忽然发现瓶中之物不多了，恐怕两天都难以维持了，他不由恐慌起来。

他喝了茶，过足瘾后，向洋子打了声招呼，就急急拐出篷外，跟了辆顺车进城了。

石桥穿的是中装，说的是中国话，加上他那满脸的烟灰色，所以“买鸡”的没有费多少周折就找到了“卖鸡”人。讨价还价后，他又搭上一部顺路车满载而归了。

到晚班开始的时候，他又说服妻子参加突击。妻子虽然是个好妻子，也是他的好参谋好帮手，但是白白耽搁的时间不能变成钱。妻子尽管有时处理问题的能力要比丈夫强，但从总体上来说，日本女人对丈夫的温良恭让还是根深蒂固的。她岂能分庭抗礼？更不敢河东狮吼。

石桥既然不放过从妻子身上捞钱的机会，当然更不会放弃对那两个老妇人的榨取了。她们哭闹不答应，石桥又怎能答应呢？她们以前既然能接受，今天又怎能容她们不接受？

俗话说“店无大小，三个人正好”。石桥专管收钱卖券，佐藤和海部负责安排接送客，若多出一个闲人，都是极大的浪费。浪费资源是犯罪的行为。

却说冈村自从进了武汉城后公务繁忙，忙得焦头烂额。要向南京和“三宅坂”写报告，要召开记者会，要参加工商联合会，要指令从速治理市容市貌，要出席日中友好联谊会……还要处理一些不在计划日程上的突发事件，比如第六师团与中国女清道夫发生的小小麻烦，波田支队的人因抽烟不慎引发一排民房被烧……安排日程上的事情好办，因为事先有思想准备，并经过缜密计划与安排，而处理突发事件就令他甚感棘手了。例如处理支那人告发的“波田纵火案”，就要像处理第六师团强奸案一样，既要浇熄支那人的怒火，让他们接受得了，又要保住大日本皇军的荣誉不受玷污，对个别肇事者还得做个说得过去的惩罚。这有点像走在钢丝上要长竹竿。走钢丝本身并不危险，关键在于手中的竹竿如何要得平衡。“事件”是“钢丝”，竹竿两头各属一方。冈村是玩平衡术的老手，所以他每次都能化险为夷捧上奖杯。但“平衡”绝不等于“公平”。

在日寇发动的侵华战争中，冈村也是主角之一，可以说少了他日寇侵华战争史就写不成。生活在那个苦难年代的人，听到他的姓名谁不熟悉，谁不如雷贯耳？

冈村宁次年轻时就搅和在中国政治、军事的混战斗争中，他帮助孙传芳打过直系吴佩孚，曾任第二师团长，在我国东北剿过“土匪”。后又脱下军装穿西服，在上海做过特高课，再返军界指挥第十一军的千军万马。抗战结束前夕，攀上了最高峰——中国派遣军总司令大将，终以失败而完成了日寇侵华战争的这一历史使命。

冈村于一八八四年生于东京四谷坂町一个破落的武士家庭。其父叫冈村宁永,其母叫阿定。其兄早夭,他是次子。再选父名一字,故命名为宁次。他出生的十七年前,正值德川幕府三百年天下宣告结束,十月二十三日,天皇睦仁登基,改年号为“明治”。其号来源是从中国《易经·说卦篇》里找到的。书中有“圣人面南而听天下,向明而治”。睦仁并且下旨载册:“自今以后,一世一元,永为定制”。睦仁是个较为开明的天皇,日本就是靠“明治维新”学西方才强盛起来的。到裕仁天皇即位即昭和元年(一九二五年)时,冈村已过了不惑之年。

冈村四十岁上丧发妻星野理枝。他为了不让儿子日后受到委屈或受到虐待,更不愿意自己无意之中做个“晚老子”,所以他过了漫长的十二年鳏夫生活。孤独生活时,有位痴情漂亮的姑娘石田一直仰慕着他。两人虽然同居多年,但他一直下不了决心娶她为继室,他考虑的还是儿子。所以,冈村既是天皇的好臣子,也是孩子的好父亲。在上海期间,有个特高课的女子一直在骚扰勾引他,最后令他厌恶得避而不见。这人就是后来臭名昭著的日本特务川岛芳子。

川岛芳子不是日本人,是中国满族贵族后裔,是大清肃亲王善耆(爱新觉罗·显圩)的第十四格格。清亡之后,其父临死前将这唯一聪明漂亮的小格格托给日本特务头目川岛浪速做养女收养,希望女儿将来能为复仇复国干一番大事。川岛收下小女后改名东珍,送到日本读书时,取学名川岛芳子。走上社会后,又叫金璧辉……万变不离其宗,是中国人的败类,是个水性杨花的贱骨头。

虽处虎狼之年的冈村,对川岛芳子非但鄙视、忌讳,也很害怕她。害怕与这只美丽的鸨鸟混迹在一起,影响自己的政治仕途。战后,在北平她栽到了戴笠手里。这是后话。

冈村也是孝母的。到五十二岁时,终于顺从了八十多岁老母的愿望,娶了一位温柔贤惠、三十六岁的加藤知惠为补房。这时孩子已住校读大学,其实这种婚姻也是有名无实,知惠充当了一位不付月薪的保姆角色,因为他这时在中国忙得精疲力竭,在事业上正蒸蒸日上。

冈村宁次在个人生活上基本是洁身自好的。在中国这些年,他从未嫖娼宿妓,也未传出什么风流韵事的桃色新闻。

武汉三镇经过冈村宁次的数天精心治理,商店开门了,街上有人走动了,该成立的组织已经按计划成立了。他觉得自己该走出办公室,好好休息轻松几日了。

为了迎接下面更加艰巨的任务,必须先充分放松一下绷得太紧的神经。

他早就听说过武昌临江而立的黄鹤楼是座很有名气的历史古楼。一千多年来,她曾吸引了无数墨客骚人凭栏吊古,借景抒怀。

第二天上午,冈村带了他的参谋及处课人员还有他的爱将稻叶四郎、伊东正喜、波田重一以及志摩、铃木、中川等一行人,来到了黄鹤楼脚下。

中川清健又特意带上了熟悉汉史及其古迹的副官岸信迁浦和医官麻生华珍。

冈村伫立在巍巍矗立的黄鹤楼下,仰首观望,脸上呈现出肃然与敬仰。

中川对岸信使了个眼色后,对冈村说道:“司令官阁下,职下的副官岸信君对支那的这些历史古迹曾做过研究。是否请他做个导游,为我们介绍介绍?”

冈村转过头,见少佐岸信直挺挺立着,他一眼就看出岸信是个书生气十足的青年。冈村是非常重视培养年轻人的。他平易近人地对岸信点点头,笑道:“年轻人,你过来给我们讲讲。”

岸信不知是受宠若惊还是见到那些嗜血成性的人们有点胆怯,他机械地向前跨了几步,又立正挺立,像小学生面对凶老师背书一样,紧张而机械地说道:“据支那国史料记载,此楼始建于三国时代即公元二百多年。此古楼上下三层,计高九丈两尺,加铜顶七尺,共成九九之数。据华……据支那历史记载,九五是帝王之尊。所以,九九是数之极限。此楼一千七百多年来屡建屡毁,仅明清两代遭兵燹就达七次之多。据地方志记载,已经重建维修了十次。”

冈村感叹道:“我们要好好保护它。”

冈村在爱将亲信的陪同下,走进楼的底层观赏了一会儿,又拾级而上。

冈村伫立在最高层,双手扶着围栏极目远眺,不由心旷神怡,精神焕发,赞叹道:“此楼濒临万里长江,雄踞蛇山之巅,果然挺拔独秀,辉煌瑰丽,欲穷千里目,只有登此楼啊!”

他说完目视岸信,问道:“岸信君,你看呢,我说得对不对?”

岸信慌忙回答:“将军说得极是。此楼是建在这边的蛇山上,所以更显得巍峨挺拔。与蛇山隔江相望的是汉阳龟山,挚虞的《思游赋》中说:‘探龟蛇于幽穴兮,瞰罔养之潜育’,就是指隔江对峙的龟蛇二山。”

冈村又弯腰鸟瞰下面各层。只见各层大小屋顶交错重叠,翘角飞檐,仿佛是展翅欲飞的鹤翼。他转过身,又看看楼层内外,墙壁上绘有各具情态的仙鹤,为其陪衬的是似乎在飘动的云纹、鲜红滴翠的花草、行将腾飞的龙凤。

近赏远眺,都令冈村叹为观止。他沉默了许久,忽然问道:“我曾在一本什么书上读过,现在记不清了,此楼好像与仙人和黄鹤有关,究竟是怎么回事?岸信君给大家说说。”

那些武士骁将们内心里对凭吊古迹如同嚼蜡,他们暗自认为登楼兴趣哪如登酒肆娼门?不过,见司令官兴致浓厚,谁敢来“花上晒裤”?他们听冈村如此一说,言不由衷地异口同声道:“岸信君,请你给我们介绍介绍。我们都是粗人,与司令官相比,知道得太少了。”

岸信点点头,此时不再紧张了。他侃侃说道:“自此楼建成以后,关于她的动人传说有多种多样。其中有代表性的一种说法是,有位凡人叫费袆的,在黄鹤山上入道修炼。有人考证说,黄鹤山就是蛇山。他苦修了若干年后,终于成仙,然后驾乘黄鹤升天遨游。后来人们为了怀念他,便在这黄鹤山上建筑了这座黄鹤楼……”

冈村点着头,心里暗想道,传说归传说,但也证明了一个事理:有志者事竟成。

岸信继续说:“从那以后,这楼就成了名扬四海的游览胜地。历代名士如崔颢、李白、白居易、贾岛、陆游、杨慎、张居正等都先后到这里游乐,吟诗作赋。而崔颢的七律《黄鹤楼》更是脍炙人口,一直被后人奉为千古佳作。”

中川笑道:“这首诗你背得吗?背给司令官听听。”

岸信道:“背得。”他咳嗽一声,朗朗背诵道:“昔人已乘黄鹤去,此地空余黄鹤楼……”

忽然,楼下传来尖厉的哭叫声。冈村等人扶栏向下看去,只见一位衣衫褴褛的妇女正被两个卫兵拳打脚踢着。

冈村皱起眉头,匆匆下了楼。

冈村一行站在被打得口鼻流血的妇女身边,见其蓬头垢面,赤着双脚,上衣难以遮羞,裸露着一对干瘪的乳房,裤管开裂破损已至股骨。她看着这些人,既无羞愧也无畏惧,她拿起地上一只纸折的飞鸟,霍然爬起来,对飞鸟笑说道:“黄鹤啊黄鹤,你带我上天,去找我女儿吧!”说完,冲出人群,向黄鹤楼奔去……

此时,已有几个胆大的中国人围观到楼下来。中川用汉语问一位老妇人,那个女人是怎么变疯的?

老女人未语泪先流。她愣了愣,还是胆怯地说道:“听人说,她的黄花闺女在几天前被人强奸了。当她丈夫去阻止坏人时,被刺刀捅了个穿膛过。她女儿被轮奸后,又被那些坏人剖了腹。她就这样急疯了。”

中川听后,凶相毕露,他正想发作时,冈村用手势制止了他。

参谋取出照相机。这是游览计划的一部分,看过楼登过楼后,大家集中楼下,再摄一张带楼含水的集体留影,借以纪念攻占支那战时首都的“丰功伟绩”。

近二十人的队列尚未排好,在他们身后突然从天上落下一件物体,掷地有声。冈村他们回头一看,见那个疯女人已经趴在地上了,四肢伸展,脑浆迸裂。只有那蓬乱的头发还在阵阵寒风中瑟瑟颤抖,破旧的衣片像蝴蝶翅膀一张一翕着,手中还紧紧握着那只“黄鹤”。

冈村恼怒了。他走出队列,又快步走向汽车,钻进了车里。余下的人,当然也作鸟兽散了。

眨眼间,车队犹如一阵旋风败兴而去。

我们真难以解释冈村的恼怒原因,是为那些禀性难移、无可救药的骄兵悍将吗?是为这位不速之客偏偏赶来大煞风景、破坏浓烈兴致吗?他究竟又想到了什么?谁也不知道。

二十八

中川回到支队指挥部，打开贮藏柜，取出酒瓶和玻璃杯，倒了半杯血色葡萄酒，一仰脖子喝尽了，将杯子猛掷地上，玻璃粉碎时发出的清脆炸裂声惊动了守在门外的副官岸信。他悄悄走进来。中川对他挥挥手，岸信蹑手蹑脚退出去，将门随手关上。

中川发的无名之火令岸信摸不着头脑。游览黄鹤楼，自始至终兴致都很浓厚，除了最后遇到那个煞风景的疯女人而外。当时冈村司令官站在前排，他的左右是两位师团长，再左右就是中川、波田了，余下的人正在他们身后调整着应站位置，就在这时那个疯女人坠楼而下了。

岸信如此一回味，终于明白了中川发怒的缘故。假设，那个疯女人不下来或在楼上多待三分钟，他们的合影纪念就铸成了。别小看这极短的眨眼之间，它能真实地、历史地、永恒地记录下照片里这些人物所创立的丰功伟绩。这张辉煌之照，天皇也会看得很满意。黄鹤楼是武汉的象征，武汉是支那的战时首都，就是说攻得武汉的就是照片上这些战功卓著的煊赫将佐们，天皇见了能不高兴、能不嘉奖吗？而且，这张合影将永远存入日军军史档案，千秋万载，供后来人敬仰膜拜！

一刹那间的损失，其损失的价值和意义是无法估量的。中川能不沮丧、发怒吗？

中川一直标榜自己“淡泊”，不追逐臭“功名”。这正是那些伪君子们惯用的伎俩。他们往往口是心非，言行矛盾。倘若追求名正言顺的“功名”又何尝不可？它虽说是“过眼烟云”，看穿了贱如粪土。但是，你心中怎么想就该怎么说，为什么不肯与人直抒胸臆呢？为什么一定要戴张“淡泊宁静”的假面欺世盗名？其实在这些假面具上，都写着因为他们粗心而没有看清楚的一句话：“此地无银三百两”。

中川在坐椅上闭目了好一会儿，为失去的机会懊恼不已。这个支那疯女人太可恶了！武汉三镇这么大，还有一条滔滔长江穿城而过，到处都有你的葬身之地，为什么偏偏要赶到这里，而且偏偏又是在这要命的一瞬之间？支那人实在可恶可恨！

慰安所仍然施行多劳多得的原则。日、韩、菲的女人们为了多赚钱，拼命抢着干。

华妇们算了一本账，要想尽快还清石桥的阎王债，得到人身自由，每天必须先净赚四元，付本月利息。其后的收入再减去本日的吃用开支，最终剩余的才能还到本金。人是最能适应最恶劣环境的，并能与其抗争。只要存在一线希望，总要去努力争取，把希望变成光明。华妇们现在像罹难大海中的泅水者，凭借一小块木板，向远方那点暗淡光亮游去，尽管还不知是灯光、星光还是海洋生物的自然之光，总之在她们眼中都是希望之光，竭尽全力与海水拼搏，泅向光明的彼岸。

因为上述的种种原因，慰安妇的实际工作难免像应付差事一样，服务只图数量而不讲质量了。这种现象对石桥来说正是最佳服务效果。所以他在统计各班入场券销售额时，后班总比前班有所增加，今天要突破昨天许多。

三天以后，日寇大兵之中有些人提出质疑，感到进了娱乐所并不能得到真正“娱乐”，纯粹是个能量瞬间释放，日本民族的男子尽管都是“银样镴枪头”，但总不能进炉就熔化，太没意思了。所以，有些“镴枪头”事后围住石桥，提出强烈抗议，指责他图谋钱财，不尽仁义。石桥对此当然不敢掉以轻心，免得砸了自己的招牌。他总是笑脸相迎，递上好烟，先稳住他们的情绪，然后每人再发一张免费入场券，让佐藤送他们进入洋子、樱子的工作室内，再回炉重烧。

樱子收到这张做了暗记的入场券后，面对二进宫的对象，只好曲意逢迎，柔心软骨情绵绵意切切地淫词浪语起来。

第二班次结束时，应该是下午五点半钟。樱子拖班到五点三刻才结束工作，她夹着一堆污秽毛巾，走进汤屋篷。篷内有几只贮满温水的大木桶，桶的外围放着一圈石块，只准各人站在石块上就着桶里水洗擦身子。樱子进来时，见人已不多了，最里面一只桶里的水还剩余不少。她见光着身子的夏小荷一人独洗着，走到桶边对小荷笑道："小荷姑娘，我今天实在太累了，请你帮我洗洗吧！"忽然，樱子的目光发现对方的乳房、肚脐、腰间、腹部都不再像姑娘特有那样了，该平坦的反而凸出了，该凹陷的反而填平了。夏小荷发现她的犀利目光，立即偏过身子，说道："樱子姐，你放着吧。"

为抓搓洗衣巾，樱子在滁州曾被华兰妞大骂过。她后来又厚着脸皮偷偷叫夏小荷再帮帮忙，姑娘都借口回拒了。这次的无理要求，夏小荷本想不接受的，因为见了她那可怕目光，姑娘只好委屈答应下来。

樱子爬入桶里，钻入温水中泡得很惬意。

穿好衫裤的夏小荷踌躇地看着面前两盆污秽之物，叹息一声，急忙先将樱子的搓洗起来。

华兰妞下班后，因为被孩子缠住了手脚，来汤屋篷也迟了二十分钟。她刚进门，就被夏小荷发觉了。姑娘慌忙将两个盆摞起，悄悄端出后门。

华兰妞见最里面桶边无人，她边走边脱着衣服。走到桶边已是赤条条，急忙将毛巾纳入水中……桶内桶外人都吓得一惊。

如果是别人，也许会另找一桶洗的，只剩头在水面的樱子偏偏遇上了华兰妞。华兰妞心想，你敢违反所规，我就偏偏要在这个桶里洗，其他桶里水哪怕再多再干净些，老娘今天也不去了。樱子刚才仰脸见是华兰妞，心里不由发了毛。但是胆怯归胆怯，总不能立刻爬出水桶，那就有点太丢面子，甘拜下风了。她灵机一动，笑笑道："华妹子，你也才来啊，坐进来洗吧？"华兰妞板着脸道："我身上不脏不臭，站着擦擦就行了。"樱子装糊涂，笑道："你我都装在一个窑里，还有什么黑白好分？"华兰妞冷笑道："你我骨子里面就不相同，你不信，看看你自己身上。"岂知，华兰妞的一句无心话击中了樱子心中的伤疤。她的两手在水里摸着两只曾受过荼毒的乳头，身上不由打了个寒战。"她是有心还是无意说的这话？"樱子冷静想着。如此一来，她更不敢做"出水芙蓉"了。

宗小花下班后去看了一下妈妈，所以也迟到了。她刚进门，华兰妞就向她招手。她也边走边脱衣服，到桶前时只剩了三角裤衩。她见樱子全身浸泡在水里，只有一颗头漂浮在晃动的水面上，不由笑道："樱子小姐，你怎么失足落水的？"樱子未听出弦外之音，冲她点点头说："我以为你们都洗过了。"

在樱子头颅的上面，一前一后两条带水毛巾擦拭着胸脯，牵擦着后背。前一条毛巾更是肆无忌惮，拍击得水花飞溅。水上的头颅，只好紧挨着桶的一边。樱子眯眼看着华兰妞结实健壮的黑色肤体，心想，你至多只能算个熊大嫂，男人见了要打喷嚏的。她又偏过脸看看宗小花，不由暗吃一惊，肌体白嫩细腻，双峰坚挺，两粒深红的乳头像镶嵌在一对精面白馒上的晶莹透亮的红樱桃。艳丽的色彩，实在诱人胃口。她水中的手下意识摸着自己的残损乳头，又摩挲皮肉略有松弛的黄色胴体，心里悲哀地想到，难怪中川这条色狼现在见了小花就像苍蝇见到血一样。如此下去，他左手上那只闪光的玩意就很难如愿了。她现在的思维顾不得头上溅落的水滴，只有妒忌与怨恨，攫取与复仇……

宗小花洗过了，对樱子笑笑说："樱子小姐，我拉你出来？"

樱子看着她的白得耀眼的肌肤，害怕相形见绌，她酸楚地摇摇头。

宗小花走时也把华兰妞拉走了。华兰妞在路上责问小花："你的嘴真亲甜，一口一个'樱子小姐'，她是你家的小姑奶奶？还不是破鞋一只！"小花笑道："管她破鞋好鞋，我只是嘴上喊喊。不然，人家要说我们乡下人不懂道理了。""放你妈屁！我们乡下人，不像城里人耍滑。"华兰妞骂后，又爽朗地笑起来："我不该骂你妈，你妈待我不错。我应该这样骂——放你的驴屁！"说完又咯咯笑起来。

宗小花也忍俊不禁，扑哧笑出了声。

灯光下，并不爱酒的中川独自饮着闷酒。他想，现在虽然晋升了少将，但手中只有一个支队的兵力，作为少将团长，岂不让人耻笑？论军衔就该是旅团长，相当于支那的师长。侍候别人的工作并不好干，自己吃苦且不说，别人还说我得了"肥缺"，金票美女大大的有。那些旅团长、师团长谁缺了金票美女？我常常充当他们的"皮条"，瞒得了别人瞒不了我。我的优越仅是近水楼台而已。

他考虑如何向驻扎在南京的华中派遣军司令官畑俊六大将呈份"请缨"报告，要求率兵在第一线为天皇的"圣战"效点犬马之劳。只有带兵打仗，独当一面，才有机会重振武士家风。

门被轻轻推开了，浓妆艳抹的樱子笑吟吟地向他施了礼。中川一怔后，笑道："樱子小姐，你来得正好，快来陪我吃两盅。"

樱子今晚做了刻意打扮，脸上白而不腻，身上艳而不妖，给人以端庄、秀丽、清新的感受。中川审视她几秒钟后，觉得毕竟还是自己民族的女子高雅妩媚、楚楚动人。

樱子告了坐，嫣然一笑，红唇半含玉齿，说道："将军今儿怎么孤影独酌呢，为什么不掐枝花儿朵儿来陪陪？"

中川一愣，心想妒病是女人的天性，再说，我也确实冷淡她多时了。他左手为她斟酒，右手抚在她的肩上说："我桌上没有醋，怎么有一股浓烈酸味的？"

樱子的瞳孔里反射着钻戒的璀璨之光，她冷笑道："支那人有句俗语，'野花偏娱目，村酒醉人多'。"说着端起酒杯嗅嗅："你这酒还带着一股土腥味呢！"她说这话的身份好像是他的妻子了。

中川哈哈大笑，说："你说得好，好极了。就凭这句话，我陪你干一杯土烧酒。"

樱子端着酒杯，卖乖道："我说的话哪里都好极了？难免不带有捕风捉影、谎报军情？"

中川怔住了，笑看樱子。

樱子与中川碰杯："将军大人，小女子陪你喝了这杯。"说完自己先干了。

中川有点纳闷，但酒还是干了。

樱子亮着空杯笑问道："中川君，你是一位风流倜傥的男子汉，也算见多识广了。我代表所有女性，能问你一个问题吗？"

中川斟好酒，笑道："什么问题？"

樱子娇滴滴问道："你们男人为什么都觉得'家花没有野花香'，家养的鸡兔没有野生的有味？"

中川不由大笑起来。他搛了一块牛肉干，边咀嚼边思考。他咽下牛肉后，笑笑说："你出的题目太大了，我也说不好。不过，依我个人看来，'喜新厌旧'是男人的'共性'，谁都希望'日新月异'。当然，像仙鲁热尔国王那样的奢侈，一晚享用一个也太过分了。共性之中也包括若干无数的个性。这就与各人的出身、嗜好、修养有关了，关系到这个具体人的人生观和道德观。我给你举个例子。信奉佛教的男性叫和尚，在他们身上自然也有男人的共性，不过，当他皈依佛门时，立誓要四大皆空，六根清净，在清规戒律的桎梏下，只能做个苦行僧了。我曾亲眼见过寺院里那些年轻和尚每每见到窈窕淑女来焚香膜拜，慌忙闭上心灵的窗口眼睛，右掌一伸，

‘阿弥陀佛！’他们因为年轻血热，修炼尚未成功。如果美色从‘窗口’侵入骨髓，难免不心旌摇动，心猿意马。‘万恶淫为首’，小和尚一旦走火入魔，岂不要玷污清净山门，亵渎佛家圣名？所以他们总是慌忙闭上双目，俗话说‘眼不看嘴不馋’即是。如果你发现哪个年轻小和尚的眼睛也和少数俗人一样贪婪地在女子的前胸后臀上盘桓，这家伙永远不能修成正果，因为他早就想做‘花和尚’了。从人道观点说，我们不能怪罪那个小和尚，他应该享有爱‘美’的共性，但是他的权利被那愚昧的宗教信仰紧紧束缚住了。这就是他的可悲个性。”

樱子呆呆地听他说，忽然见他不语了，笑问：“怎么不说了？继续说呀？”

中川摇摇头，笑道：“暂告一段落。”

樱子想了想，脉脉含情地看着中川，笑道：“你说的一大套，让我说只要一句话就够了。”

“一句什么话？”中川惊问道。

“个个男人都爱野花，不等于个个男人都去采它。”

“对对对，你归纳得对极了。”中川拊掌笑道。

樱子将嘴一撇，假恼道：“你今天心情好，我说的话都是对的。上次你心情大概不好，才指责我尽是捕风捉影。”

中川再次纳闷起来，他苦苦思索良久，仍然想不起自己曾说过“捕风捉影”的话。

樱子笑道：“将军现在是贵人了。贵人多忘事。”

中川一把将她搂到怀里，用硬胡茬儿在她粉脸上刷了一下，笑道：“有话明说吧，不要再同我捉迷藏了。”

樱子两臂围绕着中川颈项，仰面对他说道：“大约一个月以前，我说我们所里姓夏的姑娘大概怀有身孕了，你不相信我的话，又叫麻生去检尿，结果还是说我谎报军情，捕风捉影。可有这回事？”

中川想想，说：“对，我想起来了。我是看了麻生的检测报告才说这话的。”

樱子道：“检测个屁！你明天去我们所视察一下，看看那姑娘是不是焐上小崽了。”

中川道：“如此说来，麻生疏忽了。当初还是你有眼力。现在，石桥夫妇知道不知道？”

樱子摇头说:“我再也不敢谎报军情了。”

中川摩挲着樱子脸颊,陷入思考。

樱子从面颊到内心,都出现了惬意和快感。她终于用事实校正了中川对她做的错误结论。当她听到夸赞自己“有眼力”时,结郁在胸中一个多月的委屈顿时转变为欣喜。好让中川重新认识她,她并非是个好嚼舌头的长舌婆,而是和从前一样还是对人诚实、热情的女人。一个人留给别人的印象好坏,对产生或保持今后怎样的双方关系至为重要。

提到双方关系,樱子更觉有冤无处诉。双方感情早就深不可测了,现在竟然不如一个支那黄毛丫头。她虽长得白嫩又怎么样?我在国内第一次向你献身时,哪点不如她?花好月圆,就那么一瞬间感情却是永恒的。我应该再校正他的第二个错误看法,觉得我还是个纯情的相知相识者。我要尽力维系并发展双方的感情,并以此向那些“野花”挑战,最终要击败那些支那女人。

再从另一方面看樱子这样做,她觉得并非针对夏小荷个人的。她知道,小荷是个老实胆小的姑娘。欺侮弱小者,胜了也算不得英雄。我这样做,是对所有支那女人的致命一击!打在小荷身上,痛在她们心里,看那个“熊大嫂”还敢不敢盛气凌人?看那个姓严的对我还爱理不理?看那个姓黄的见了我眼皮抬是不抬?还有那姓宗的小妖精,我要先杀杀她的优越感和自尊心,要让她清楚明白中川只不过是玩玩她而已,他岂能爱上你们支那女人?占有他心中情爱位置的只能是我们,是我们高尚的大和民族女人!

这对气味相投的男女,终于从各自的沉思中解脱出来。

中川放开樱子说:“喝酒喝酒,我们继续喝!”

樱子端起酒杯,问道:“这件事你打算怎么处理?”

中川碰杯后,将酒干了:“以后再说。”

樱子干了酒,目视他指上的钻戒,笑道:“中川君,你这戒指是真货还是赝品,抹下来给我看看?”她终于把话题引到心爱之物上。

“你会鉴别真伪?”中川将手指伸到她眼前。

强烈电灯光下,晶莹刺眼的蓝光令她双眼瞳孔有点发胀,就像凝视电焊弧光一样。她有点目眩头昏了,只好用手指轻轻摩挲着奇异的圣物,抚摸的感受又令她周身舒畅,通体快活,真是一种无法表达的幸福享受。她陶醉了,痴迷了,心跳随之加快。多亏在兴奋激动之余还没有完全忘乎所以,还保留着一点儿清醒和理智;否则,她会立即抹下来,套在自己的那只渴望已久的手指上。

从她的举止神态中,中川的犀利目光早就看穿了她的心肝肺腑。他一方面吊她胃口,一方面装着糊涂。许久以后,他笑问道:"这是真的还是假的?"

樱子一愣怔,终于还过魂来,笑笑说:"我想它应该和它的主人一样,决不会弄虚作假的。可惜,这样的真玩意儿,我还没有享受过。"

蓝光闪烁的手指收回了。中川又把她搂到胸前,亲亲她说:"你的心思我知道,我先跟你借着戴几时,以后会归还你的。"

"真的?!"

"当然。"

两人滚到一起,灯也灭了。

双双如鱼得水,如胶似漆,如獒交股得难分难解。

这时候,慰安所里已经晚班结束。

华兰妞顾不得一天的疲劳,把华宝抱出来,口嚼馒头喂他。嗷嗷待哺的孩子像只小鸟,一口等不及一口。她喂下半个馒头以后,又让他吮吸起乳汁。

华宝穿的衣服是用大人旧衣改做的。孩子长得非常瘦弱,加之又未量体裁衣,所以衣裳在他身上显得既肥又大。俗语说"七坐八爬九个月长牙",他已经到了长牙的时候了,可是乳齿尚未破龈而出。这是因为母子营养严重不良,尤其缺乏钙质所致。在所里吃伙食,妈妈没有骨头汤喝,孩子更无牛奶享受。还在九江的时候,黄秋菊曾托上街去的和子代买一听牛奶粉。和子问了几个商店,不知是战时缺货还是语言障碍,令她大为失望。和子没法,只好带了两包牛奶饼干回到狱中。

华兰妞一边喂着乳,一边看着藤箱出神。她心中时常惦念着好心的上海姑娘。这次迁移时,为什么没有见到她?她常常在心里为她祈祷、祝福,但愿她能逢凶化吉,一路平安。兰妞看看藤箱,脑中突然闪出一个骇人的意识,这种意识似乎今天才在她脑中形成,才初次显现——即孩子总不能藏在箱里长大啊!

华兰妞发呆发怔,忧愁忧虑,不由打了个寒战,畏怯起来。

严冬梅和黄秋菊进来时见华兰妞独自流着泪,兰妞见到她们,立即擦去泪水,笑问道:"你们怎么还不睡,是出来找孤佬?"

秋菊接过她手里孩子:“你别嚼舌头。我们几天不见华宝了,今儿想来看看他。”

严冬梅看着她的红而湿润的眼睛问:“为什么事伤心落泪了?”

华兰妞爽朗笑笑,说道:“我刚才眼睛累得睁不开,揉了几下,我这人从来不淌猫尿。”

冬梅对秋菊使眼色。秋菊明明看到了,却装糊涂。过了瞬间,秋菊反而对冬梅噘噘嘴,示意她先开口。

她们互相推让的神态,华兰妞都见到了。她心里纳闷,有什么话不敢跟我说?

她们两人已犯愁了几天,考虑到华兰妞的性子太暴,很容易把事情搞糟,所以谁都不敢先开口,双方都希望对方打头阵。

华兰妞发急了,她怒问:“你们有什么话不好说,有什么屁不敢放?”

严冬梅拎来藤箱,秋菊将手中华宝与箱子的长度做了比较,孩子的踝关节已超出了箱子的范围。

严冬梅谨慎地说道:“看来,孩子睡在里面双腿必须屈着了。”

华兰妞:“是呀,我刚才还为这事犯愁哩。”

黄秋菊笑道:“一个孩子的成长,不可能永远在摇篮里。像孵小鸡,到一定时候,它要破壳而出的。到这个时候,怎么办呢?”

孩子的身高已超过箱子的长度,华兰妞还没有注意过。她现在亲眼见了,觉得问题确实严重,而且迫在眉睫。她傻了眼。

严冬梅叹息一声说:“自从这可怜孤儿来到所里,我们姐妹六人整日里提心吊胆,特别在你的操心劳累下,已经偷养了几个月。现在除了樱子和木子,还有少数其他两国妇女不知道而外,其余都晓得了。她们当然会为我们保密的,否则石桥早就知道了。问题是樱子她们一旦发现,决不会守口如瓶的,何况你同她的关系一直就不好。就算我们能想出办法对付樱子等人,但是我们无法阻止孩子成长呀!再说,天下哪有这道理?所以,我同秋菊几天前就商量这个难事了。”

黄秋菊接着说:“我们知道你疼爱他,你的狗熊脾气又暴躁,所以都不敢来同你商量这事。刚才我们还未开口,就被你先骂了。”

华兰妞抱歉似的苦苦一笑,木讷问:“你们想到好办法了?”

冬梅道:“办法倒想了一个,就怕你不依从我们。”

兰妞道："你别嚼蛆。我除了脾气不好，心还不是跟你们一样！"

秋菊说："你的心比我们更善良。"

冬梅说："是呀，想当初这个娃如果遇不到你，或者遇到的不是你兰妞，小命早就没有了。是你救了他一命，功德无量。在你含辛茹苦、冒着生命危险的抚养下，他长大了许多。你如果继续……收养下去，被你救活的小生命最终还要断送在你手里。与其这样，当初就不该救活他。"

兰妞呆呆地问道："依你们怎么办？有话快说，何必吞吞吐吐！"

冬梅深思了好一会儿，终于说道："请和子用藤箱带出去，放生到没有儿女的人家。"

"屁话！"兰妞说着，立即从秋菊手中抢过孩子。

冬梅、秋菊惊呆了，互相望着对方……

第二天上午，洋子收到通知，中川少将要她去趟支队部，有事情要同她商量。

洋子去之前与丈夫猜测了种种原因，离所前都没有找到一个较为准确的缘故，所以在途中不免忧心忡忡。毫无思想准备的谈话，很难使对方感到满意的。

中川见了洋子，立即笑着站起来，并指指沙发请她坐。

洋子坐在沙发上忐忑不安。

中川温和可亲地与她漫无目的侃说着。

生活中像中川这样的男人多得很。如果来人是同性，说话开门见山，办事干净利索，成与不成三分钟打发一个。倘若来者是异性，尤其年轻窈窕的，为了体现深入调查的工作作风，只好从百忙中挤出宝贵时间与她促膝谈心，沟通感情了，该办的事也就水到渠成了，并且成功的概率往往比较高。

洋子虽然坯模不错，但已经是半老徐娘，所以中川只同她闲扯了几分钟，就笑笑问道："你们所里最近一段时期曾发生什么异常情况？"

洋子笑笑，回道："实话对将军说吧，我们所小事天天有，大事每隔十天半月就有一两件，我不知道将军想了解哪一方面的事情。"

中川心想她说的也是，几国的几十个女人拢在一个窝里，难免不千头万绪。他想了想，笑问道："你们在几个月的营业中，是否坚持使用避孕套？"

"一直坚持发放，从未脱过货。"

中川笑道："如果有人领而不用，你们是否知道？"

洋子茫然摇摇头,但脑子里却急速思索着。

中川问:“不用工具,也许会造成什么严重后果,你们清楚吗?”

洋子点点头说:“一是性病,二是妊娠。”

中川问:“迄今为止,你所曾发现有人怀孕?”

中川问到这儿,她心里有点眉目了。刚才她又忽然想到,昨晚樱子在这儿过的夜,也许夏姑娘的体型已被樱子看出来了。她是个幸灾乐祸的女人,定然先下了烂药。洋子想到这里,笑笑说:“报告将军阁下,我觉得所里有个姑娘体态值得怀疑。我们想等忙过这几天请麻生医生认真检查一下,如果确有其事,再向您报告不迟。如果看错了,也就不需要来打搅阁下了。”

中川觉得这种想法倒也合情合理,看不出有隐瞒的本意。所以原来准备的许多话觉得应该收起来以备后用了。他笑笑对洋子道:“那就再等几天,让麻生确定了,你再来向我报告。”

洋子站起来,笑笑,深深鞠了一躬,告辞了。

却说淞浦淳六郎中将的第一〇六师团八月初在金官桥败北后,十月初在万家岭又遭到薛岳将军的毁灭性打击,虽然做了谎报,“三宅坂”觉得太丢皇军面子,自然不能轻易放过他。到十一月初,大本营调其回国,听候处理。尚余人员,调并第六师团。第一〇六编制暂时休空。

稻叶四郎的第六师团休整了半个月,在波田重一特种支队的配合下,又揭开了冈村南下战略的战役序幕。他们的第一军事目标是湘鄂之交矗立洞庭湖畔的古城岳阳。波田从水路进击,稻叶沿汉岳线突进。

水陆两路夹击,像一把剪刀的两片利刃,气势汹汹,攻击猛烈。激战五昼夜,日寇用惨重代价夺得了南进长沙的桥头堡岳阳古城。

这次战役冈村学乖了,知道对手是既令他敬佩又让他痛恨的薛岳,所以不敢贸然向纵深推进。他电令稻叶和波田,夺得岳阳后暂停追击,对左右两侧巡守布防。

冈村这次是用的“步步为营”战术。为攻取长沙,必须先得到岳阳。在岳阳站稳后,再抽调其他地方的兵力,向岳阳集结。各种后勤军需也步其后尘,急速向岳阳地区转移。

驻扎在长沙的第九战区司令长官薛岳,见冈村既得岳阳后,忽然停歇下来,他知道狡猾的冈村接受了赣北战场上的教训,改用了新的战术。你玩“步步为营”,我就“以逸待劳”。

薛岳料定冈村暂时不会动手,所以他连日来做了从容、缜密的思考,又招来部分高级将领征求意见,希望他们提出个人设想。在集思广益的基础上,他制定了第九战区防守长沙的作战计划,又不慌不忙地召开了全战区高级将领军事会议。

会议结束后,他向国民政府军事委员会做了详尽的书面报告。

二十九

众多慰安所在武汉服务了半个月光景,除了被留下的几所而外,中川支队和其他几个任务相同的支队又忙着联系船只,遵照军令,准备沿长江水道向岳阳迁徙。在一个阴雨连绵的傍晚,众多慰安妇从一个不是码头的水边通过小船加跳板登上了临时标有自己所名的木船。

拎着藤箱的华兰妞,忽然被一个陌生的中年华妇叫住。兰妞迷茫地看着她,好像在哪儿见过。中年华妇指着藤箱说:"不认识阿拉?这'麦子'是阿拉阿玉的。阿拉是伊的小姐妹。"黄秋菊惊叫道:"你是阿娣!怎么不见她呢?"

阿娣顿时流下泪来,泣说道:"阿玉已经'回去'了。"

根据阿娣的泣诉,原来小上海阿玉到达九江的第二天就遭到惨无人道的杀害。一个刚从战场撤下的上等兵,精神仍然处于血腥恐怖的杀戮战场,浑身骨头仍然被吓得瘫软着。他白忙活了一阵,忽地骑到阿玉上胸,逼她张开嘴,硬把那东西往里塞。阿玉始终不肯,他就掐她的两只乳头,是可忍孰不可忍!阿玉猛然张开口狠狠咬住他,那畜生嗷嗷大叫奔逃出去。后来,鬼子把阿玉绑在树桩上,叫全所人都看着,先敲去她满嘴牙齿,再割去双乳,最后才开膛剖腹。

围听的华妇们都捂着嘴失声痛哭起来。

忽然来了两条皮鞭,将她们驱散开去。

众妇都登上了自己该上的船。

华妇们坐在船舱里,谁也不开口,暗自擦拭着泪水。

兰妞凝视身边的藤箱，心想，为什么好人都得不到好报呢？

秋菊不敢看那个阴暗的一角，仿佛就是这条船，小上海阿玉还默默坐在那儿，她是那样的单弱、文静，对人说话总是嗲声嗲气，带着甜甜的微笑，给人以亲切友好的感受。看来这位外柔内刚的姑娘已下定决心，用自己的一条宝贵生命废掉那个畜生的兽性之根。如此的一位弱女子，竟然做出如此的惊人之举，真是不可思议！秋菊想到这儿，似乎流不尽的泪水又簌簌落下。

第二天中午，洋子做好头发，换上一件素花的和服。她爬上前面的大客船，徐徐走进中川驻息的前上舱。

中川正坐在船板上，抚摸着心爱狼犬的蓬蓬松松的大尾巴。

洋子施礼请安时，中川笑笑点了一下头。

洋子双手抚着膝盖，弯着腰说："报告将军阁下，经过麻生检查，那个姑娘确实怀孕了，大约已经有六个多月。"

洋子因为弯下腰，拉襟领口与上胸出现一段空旷距离，显露出白皙的肌肤。两束贪婪的目光在这块诱人的肥腴之地定了格。低着头的洋子目光停留在自己的木屐上，她当然毫不知晓。

中川听了她的报告，足足思考了三分钟，笑眯眯地问："你今年多大？"

洋子吃了一惊："报告将军，三十二岁。"

"你也是过来之人了，为什么到现在才发现？你们打算怎么处理？"

洋子的心率又渐渐恢复正常。刚才的一惊，不知是因为害怕还是惊喜，因为她始终低着头，看不到他脸上的神态。听到对方后来的问话，知道自己误解了，心里想到，将军是何等人？他爱吃新鲜嫩草，我是枯干一枝了。她抬起头，笑笑说："石桥君的意思，等她生下后，把孩子送到外面去。"

中川冷冷地说："大和民族的良种，岂可播撒到这块荒芜贫瘠的残土里！"

洋子愕然了。

"你可以坐下，我们慢慢商谈。"

洋子离开小船以后，夏小荷悲悲戚戚流着泪。华妇们都围在她身边安慰她。

上午麻生来检查，根本未解小荷的衣裤，望了一眼，对洋子点点头，一语不发离开了。

华兰妞急得直骂人，骂小荷不要脸，没有男人，就想生儿子，骂别人都是活死人，为什么不逼她打掉这个野种怪胎，似乎只有她自己毫无点滴责任。

严冬梅怒道："你这死鬼，事已至此，你不能少说两句！"

许久未开口的秋菊擦擦泪水说："依我看，中川就算心狠手辣，也不能把她怎么样，因为按照日本的法律是不准戕杀胎儿的。既然胎儿得到法律庇护，他的母亲当然也不能受到伤害。"

坐在一旁听的宗小花忍不住说道："秋菊姐，你要想到，这事不在日本啊。"

"关你什么屌事！"华兰妞对她瞪着眼。

严冬梅冲着兰妞："你真是个鸟人！她这是好心提醒我们。"

兰妞对小花歉意地一笑："喂，我这屌人错怪你了，别往心里去。"

宗小花点点头："不会的，'同是天涯沦落人'。"小花说完，后悔不已。

黄秋菊转过脸，凝视着宗小花，小花慌忙避开她的犀利目光。

到五点发放晚餐时，洋子急急慌慌地回来了。做的头发大概被江风吹得有点散乱，脸色有点红润，步履有些慵懒。

夜幕降临了，劲急的江风拍袭着上舱的老朽窗板，发出单调的令人烦躁的"啪啪"声。顶上遮雨挡风的芦席夹油毡有几处破损了，只好用油布覆盖着。布的四角尽管扎牢了，因为没有绷紧，油布便在江风中瑟瑟颤抖，发出凄切的呜咽声。

华妇们睡在舱板上，头挨头，像叠咸鱼一样。虽然翻身困难，但是说话倒也方便。严冬梅的左边睡着夏小荷，右边是黄秋菊，秋菊的另一边是华兰妞。

冬梅的左手放在小荷的肚脐下。她虽然打过胎没有生过小孩，但是有关生儿育女的事岂能不知。她听人说，胎儿长到六个月时就能摸到他蠕动了。她静静抚摸了一会儿，果然动了一下。她想，但愿这个孽障生下来是个怪胎。如果是个人模样，长大了又如何是好？这种耻辱像十字架，将永远伴随这孩子的一生。她叹息了一声，将手收了回来。

黄秋菊对华兰妞并未感到完全失望，她还苦口婆心地对她嘀咕着。兰妞不开口，只是听她说。秋菊的右手越过两道障碍"墙"，抓住兰妞的左手说："兰姐，当初阿玉送藤箱给你，就是希望你、支持你把这孩子养活。她现在离开我们了，我们岂能忘掉她的一片好心。你若咬牙不松手，爱他反而害了他，从心眼里你也对不起阿玉啊！"

兰妞道:“她是个好人。这只箱子我要好好保存一世。”

秋菊说:“你若一心想让华宝做你儿子,这也不难。我们大伙凑点钱,托和子寄养到当地人家。自由后,我一定陪你兰姐再来这里寻找他。我想不会丢失掉的。”

兰妞说:“个人的钱都得留着赎身,这不成。”

秋菊小声道:“现钱多少不论,先凑一点儿,其余由我来想办法。”

兰妞问:“你想什么屁办法?”

“这就与你不相干了。”秋菊左手摸摸腰间的裤带,里面三只硬硬的东西还在。

兰妞叹口气,说:“只好这样了。不过,欠你的债,等他长大成人后,由他加倍还你。”

秋菊笑道:“你说的才是屁话哩。”

严冬梅说道:“哪里这些‘屁’的?还不早点歇歇养养神!”

秋菊转过身,搂着冬梅头脸,又悄悄说起让人欣慰的话来。

第二天的午后,江面上风平浪静,太阳晒得身上暖洋洋的,“十月小阳春”丝毫不含孟春料峭。

坐在船头金色阳光下的中川少将觉得实在无聊之至,令人搬出一副女子裸体枪靶,立在船艄。他掏出一只玲珑可爱的小手枪,做了一会儿三点式的实弹练习。枪里子弹射完了,他懒得再装,觉得实在没有多大兴趣。他倚在椅背上,闭目晒太阳。

樱子向两个卫兵摇摇手,蹑手蹑脚走到中川身边。突然,中川将枪口顶着樱子的胸脯。

樱子吓得大叫,跳向一边。右手拍着胸口,急剧喘息,撒娇道:“我的将军,你怎么想杀情人了,难道又弄了一个鲜嫩货?”

中川放下枪,笑道:“哪能呢?我对爱情是专注的。”

樱子咯咯大笑起来,笑出了眼泪,说道:“你是个吃着碗里盯着锅里的人,还奢谈什么爱情专注?”

中川也被她说笑了,道:“你真是个让人讨嫌又让人疼爱的妖精。”

樱子问道:“你呆呆地独自坐着,又害哪个妖怪的相思病了?”

中川道:“我正考虑支那那个大肚子的事情。”

樱子双手扶在他的两肩上,笑问:“是你弄大的,现在烦神了?”

中川取下她的双手，正色道：“你别说嚎胡扯。我正在考虑如何处理。你坐下，先说说你的看法。”

樱子坐下了。她的心里非常痛快，每根神经末梢都兴奋起来。这足以证明，现在我在将军心目中是何等地位了，就连以后的岸信也会畏惧我几分的，石桥他们就更不必说了。可惜我生就的女儿身，如果是个男子汉，他一定会亘用我作为副手的。

她想错了。正因为她不是男人，而是个风骚妖冶的女儿身，中川才喜欢拿她消遣玩弄的。他的处理方案岂能容她置喙？

石桥船上走来两个侍卫兵。他们令石桥把夏小荷和宗小花领着跟他们走。洋子询问为什么事，他们都摇摇头。洋子想跟着去，他们拉着不允许。

一行五人上了中川大船。

宗小花见中川和樱子坐在椅子上，阳光下两人面色很开朗。他们身后立着岸信和麻生，他们脸上现出麻木和阴沉的表情。

小花拉着小荷的手，来到中川面前。

中川阴鸷的目光审视夏小荷身体的上下，最后滞留在微微凸起的腹部。

中川转过脸对宗小花说：“你看，她已经妊娠了。我特地请你来，聘你为支那人代表，想征询一下你这代表的处理意见。”

宗小花笑笑说：“谢谢将军的抬举。不过，这事应该由你们决定，这儿哪有我多嘴多舌的地方？”

“不。我今天就想听听你的意见。”

宗小花认真想了想：“既然已经怀上了，就让她生下吧。”

“不行。石桥君不能再办个育婴所！”

石桥附和道：“此例一开，我这里就成妇幼院了。”

宗小花想到秋菊的说法，故意道：“只好咬咬牙，打掉胎。”

中川道：“我不想搞人工流产。”

宗小花木讷道：“生不准打不行，大概只有一条路可走了。”

中川感兴趣了：“什么路？”

“把她驱逐出所。”

樱子笑道：“她欠的债你还？你一个人干两个人的‘工作’？”她说完，目视石桥。

石桥叫道:“不行不行。你万一还不清债,我即使杀了你,只淌血不淌钱。”

宗小花见他们一唱一和又使眼色,她猜想,也许是在耍弄我,我何不随机应变呢?她故作深思了一会儿,说:“只要你们把她驱逐出所,她的债我来还,我愿意‘工作’两份。”

樱子笑道:“嘴说无凭,要立字据,还要找个有面子的保人才行。”

谎言被戳穿了。小花想弄明他们的真正用心,故意说道:“我请将军作保。”

中川哈哈大笑。

石桥冷笑一声:“你也太愚蠢、太不知高低了!堂堂帝国将军,能给你做这种保人?”

樱子也咯咯大笑起来,笑得心开肺阔,浑身快活极了。

麻生不知在什么时候已经转身面向滔滔江水了。如果不是中川派人去叫他,他绝不站在这里的。他先还听他们的谈话,后来觉得他们逐步走向无聊,也就不愿意再听下去,转过身子望着远方迷茫的江面。他看着看着,浑浊的江水忽然变幻成蔚蓝色的大海,一望无际的海洋掀着狂涛巨浪……十几艘中国唐代海船在浪峰波谷中挣扎航行……甲板上,鉴真大和尚指挥众僧及水手们抢险……

宗小花迷茫不已,傻乎乎地站着。他们两人的大笑使她局促不安,脸上呈现出自卑与无可奈何的神情。

樱子看到她的模样心里很得意。几个月来心里的酸涩之味此时才化为饴糖蜜水。她觉得还不够解恨,目视中川后,又笑吟吟地问起来:“你们支那人不是很聪明智慧吗?怎么就找不出第四种办法来?”

宗小花本想继续装傻,装成束手无策的样子,可是见樱子竟然污辱了我们的整个民族。心想,我就是不说出口,他们早已决定怎样做了。说与不说,对这件事已无关紧要了。所以她说道:“还有一种办法,是不是不准孩子出生,让他永远睡在娘胎里?”这种办法实际上是第一二两种办法的合成。樱子拊掌大笑:“将军的意思到底被你说中了,把孩子永远封闭在娘胎里。”

小花惊叫道:“你们果然要杀她?”

目视滔滔江水的夏小荷站不稳了,宗小花全力扶住她。

中川目视小花,笑笑,摇头说:“不是杀,而是送,送她们母子同进天国。”

宗小花激动了:“将军阁下,不管怎么说,孩子是无辜的啊!”

石桥道:“支那人都是低能儿,下的崽只能是蠢猪。”

小花问:“她欠的债,你不想要了?”

石桥说:“算我倒霉,服从大局要紧。”

小花对中川说:“将军阁下,她肚里不是中国人下的种啊!”

中川冷冷地说:“卵子不优良,结果只能是畸形儿!”

突然,夏小荷挣脱小花双手,向船舷冲去……一个侍卫兵眼尖手快,蹿上去一把拉住她,另一个侍卫兵在中川的授意下帮着把小荷拖到船尾,剥光衣裳,手脚绑在木桩上,她的身旁就是刚才中川练射击的人体靶子。

宗小花浑身的血液猛地沸腾起来,怒火中烧。中国人都是低能儿!中国女性都是近亲的产物,都是白痴!……火山正要爆发时,她霍然产生疑惑:难道是这对禽兽故意设下的陷阱,诱惑我们的姐妹自己往里钻?如果我们头脑发了热,岂不真的成了“低能儿”?小花这样一想,立即冷静下来,她警告自己,不管发生什么事,都要理智对待,千万不可感情用事,要努力克制自己。

她看着自己的同胞只流泪无哭声,头低到胸口,散发遮着脸面,微微凸起的腹部在阳光照耀下似乎在暗暗拱动……她不敢细看了,心里犹如刀绞。在不知不觉中,她已泪流满面了。

宗小花擦去泪水,对中川涩声道:“将军阁下,我与她是同胞一国人,应该避嫌。该怎么处理是你们的事,我要求回去了。”

中川笑道:“你想逃避?那不行!”

几乎半死的夏小荷,她在临死前又想到了惨遭杀害的全家亲人。这是用回忆痛苦代替临死前的恐怖。那是在去年年底——南京沦陷的前几天……

苏南水乡村落。凛冽的清晨炊烟缕缕,地上霜重如雪。

夏小荷在房内对镜梳头。

其母腆着大肚烧早饭。

其父在门外清理猪舍。

突然,村头传来密集枪声,接着是人喊马嘶……

夏家门外,俩日寇少尉均举着屠刀争杀夏父之头。

向井明敏:“野田君,让我先凑足一百之数!”

野田岩:“这是友谊比赛。你应该让给我,我比你还少两个!”

野田岩说着,一刀将夏父头颅砍落。

夏母就在这时扑出门外。

向井对野田说:“支那女就让给我了。”

向井拖住夏母,夏母抗争不从。

夏小荷听到门外惨叫声,手拿梳子奔出来。

野田擦去刀上血,狂呼:“花姑娘的好!”边狂叫边去捉小荷。

夏母疾呼:“太君开恩,她还小!”边喊边解开衣襟:“太君,我来给你们!”

野田抱起小荷朝屋里奔。

小荷双手扒住门框,惨叫:“妈——”

小荷好不容易掉过头,忽见向井明敏高举着军刀,刀尖上挑着粉红色的婴儿。①

婴儿还在蹬着小腿……

夏小荷立时松开门框,吓死过去……

夏小荷回想到这里,只恨刚才自己腿脚慢了一点儿。她现在更渴望早点死,希望尽快结束这种苦难耻辱的生活。

离夏小荷十几步远的中川,温和地向着宗小花说:“依你看呢,是肢解了扔下长江喂鱼虾,还是用‘三点射’赏她个全尸?”

樱子惊叫起来:“哎呀!肢解太残忍了,这种感观刺激我神经受不了。”

中川掏出小手枪,对小花笑道:“如果不肢解,那就请你给她身上开两个洞吧!”说完,把枪递给宗小花。

小花看着杀人武器,吓得连连后退。

麻生的思绪仍然驰骋在一千二百年前。高僧鉴真大和尚五次渡海失败,第六次东渡终于成功。风和日丽,鉴真和尚在倭奴木屋内布道。倭奴古国发生传染极快的人瘟病。哀鸿遍野,纸幡猎猎。鉴真及其弟子为了使倭奴不亡国不亡种,跋涉

---

①这两个杀人魔王,战后被引渡来华,公审后枪决,详见第十八章末。

在山山水水，给那些形销骨立的倭奴子民诊治病魔……双目失明的鉴真大和尚在倭奴奈良国圆寂了，奉安于唐招提寺。他的坐像被倭奴家家户户供奉神龛中。众多男女老幼，对神龛顶礼膜拜……麻生想到这儿，从领里拉出一只蚕豆大的银质佛像，他来到这个世界上的第三天，妈妈就给他戴上了。这尊闭目佛像能消灾降福。

在日本，几乎所有男人胸前都挂有这种小佛像。女子的腰包里也藏着一尊。只是质料各不相同，从黄杨木到纯黄金，但使用的目的都是相同的。

樱子见宗小花许久不肯接枪，温和劝说道："将军的意思，如果由你送她上路，留下的整尸到岳阳后，准其入土安葬。"

中川笑着点点头，再次把枪递给小花。

夏小荷突然抬起头，挺起胸，对小花泣说道："小花姐，我不怕死，你开枪吧！我决不怨你。我怕喂鱼虾啊——"

宗小花凝视着求死的夏小荷……

中川和樱子相视而笑。

岸信立在中川身后，不敢抬头。杀死胎儿，在日本是违法的。就算孕妇有死罪，也该等她生产以后，这是国际惯例。况且，事先没有听到中川提过一个字。当然，这是在中国，他们如果觉得杀戮孕妇更有趣，还顾忌什么法律与人道。先例已经太多了。想杀就杀吧，为什么一定要先摧毁她的精神，再消灭她的肉体？他真想拿过枪来，一枪把她送往天国。中川如果不想杀她，为什么又做得如此像煞有介事呢？

宗小花只好接过手枪，仔细看了看，战栗的两手使劲抱着，似乎怕它飞出去。

中川欣赏着她每个动作的细节，包括一个眼神也不放过。他笑道："枪口再高一点儿，不，太高了，再下来一点儿。"

小花头脑里似乎一片空白，全身血液凝固，肌肉痉挛着，伸着的双臂僵硬了，手指动弹不得。

夏小荷哀泣道："好姐姐，求你快一点儿。我做鬼也感激你的。"

宗小花泣说道："好妹妹，我们既然有缘相识，姐姐就不让你再受折磨了。以后每年的今天，姐姐一定为你娘儿俩烧钱化纸。"

樱子不耐烦了，叫道："快点儿快点儿。"

中川忽然开口问："慢！你最后还有什么遗言？"

夏小荷昂起头："你要说话算数，准我土葬！小花姐，你放心，我会托梦给众位姐姐的，真正的凶手不是你小花姐。那害人精，我做鬼也饶不了她！"

樱子不由暗吃一惊，胸口怦怦直跳，打了个寒战。

宗小花潸然泪下，枪管发抖。

中川大叫："执行！"

宗小花猛扣扳机，扳机丝毫未动。她莫名其妙地察看手枪，脸上布满茫然和疑惑……

中川大为惊讶，他取过手枪一看，笑道："保险忘记打开啦！"说着，打开保险，对天空砰地试了一枪，他以此证明这是真家伙。

手枪又递到小花面前。她又不敢接了。

却说后面小船上的华妇们自两个姑娘走后，一直惴惴不安，尤其是为夏小荷担心。华兰妞领头要到大船上，洋子和两个浪人苦劝硬挡着。这时，她们忽然听到枪声，都认为夏小荷凶多吉少，吵闹得更凶了。有人甚至用集体跳江做要挟。洋子吓得惶惶不已，她连忙赶到大船上来报告中川。

中川听后奸笑着，不言不语。仰面看天空，湛蓝的天上飘着一朵美丽的白云。

岸信副官趁这机会赶紧弯下腰，悄悄对中川进言道："将军阁下，卑职觉得这事还是三思为好。这些'三类军需品'前方还是很短缺的。再说，这是在支那，平时你不是非常看重民心嘛！"

樱子斥责岸信说："民心个屁！对劣等民族还讲民心？只能用帝国的武力神威震慑住他们！"得了宠的樱子觉得岸信太书生气了。

中川瞪了樱子一眼，扬起臂，对天空又放一枪。冷酷的脸，转向小荷方向，"砰！砰！砰！"连续开了三枪，纵声大笑。笑过一气后，把枪硬塞到小花手里，微笑道："你看，就这么简单，这三发枪枪中靶。里面还有三颗子弹，就看你的了。"

岸信心中有数了。这是支小左轮，每次只能装六粒子弹，可以连射，穿透力极强。里面明明只剩一粒了，还要骗她有三粒，这和不打开保险的用意是异曲同工的。

宗小花看着手里枪，心想我刚才的判断是正确的。中川这头野兽太狡猾了，我已经跟你饮酒作乐了几次，竟然还怀疑我！看来这对狗男女很喜欢演戏，行，我今天就奉陪到底！不过，她内心当然清楚，这种残酷的游戏必须要用鲜血为代价的。

她觉得自己现在已成了满弓弦上的箭镞,一切都由不得自己,明知不能而为之了。

宗小花两手又死死捧住枪,唯恐别人抢走它。她忽然弯过膀肘用袖子擦去使眼睛模糊的泪水。然后,又伸直双臂瞄准起来。

夏小荷被刚才的三枪吓昏了,现在又苏醒了。她抬头挺胸说:“小花姐,你再走近点,请你打准了。”说完,闭目等死。

宗小花跨前一步,心一横,牙一咬,扣动了扳机!接着,她又连扣了两下。可是,所有看客只听了一响。

宗小花细看手中枪,怀疑它出了故障。

她的所有动作,中川都看得一清二楚。

可怜的夏小荷头耷拉在胸口,鲜血淌到乳房上,由它的尽头顶点直往脚下滴落……

中川大笑起来,对宗小花鼓掌道:“你还真有勇气!可惜枪法不准,以后我再教你。”

麻木发呆的宗小花终于苏醒过来,看到流淌的鲜血,觉得手中抓的是一块烧红的烙铁,吓得急忙把它掷到甲板上,双手捂脸大哭起来。

在中川的示意下,石桥和洋子把夏小荷松了绑。洋子给她穿上衣服。

这时,严冬梅她们已冲破阻力到了大船舷边。她们见状,立即跳上甲板。

甲板上的中川和樱子已经不见了。

华兰妞对宗小花拳打脚踢。小花只是躲闪,并不还手。

冬梅和秋菊围着昏迷的夏小荷哭泣。

麻生仔细检查了夏小荷的伤口,对冬梅悄悄说:“你们先把她抬回去。我去准备一下,就来取弹头。快叫住那个人,不能再打她了,这可不能怪她。说不定……”麻生想想,改了口:“说不定,她还要早产。”

黄秋菊是个聪明人。麻生的改口,使她联想到小花以前的种种神秘,她朦朦胧胧意识到什么。她来不及多想了,急忙奔到甲板上,死劲拉住了怒不可遏的华兰妞。

可怜的宗小花蹲在甲板上,口鼻流着血,双手护着头,浑身吓得直哆嗦……

洋子顿生恻隐之心,向宗小花走去……

关着门板的前舱里传出断断续续的一对狗男女的淫笑声,岸信皱皱眉头,转身走向下舱。

一直自认为聪明的石桥，孤独地立在船尾，看着迷茫的远方。他被弄糊涂了。中川起初的想法大概是想杀一儆百，像猫捉了耗子，先把玩戏弄一番，等到猎物濒临死亡了，再一口把她吃掉。最后为什么又改变了主意，是因为听了洋子的报告，真怕华妇都集体跳江，还是听了岸信的什么提醒，还是根本就没有想杀她的意思。石桥百思不得其解。不过，令他忧心犯愁的是此例一开如何得了？临产和产后，我至少要损失两个月的收入！如果硬行压缩产假，又怕会节外生枝。

天黑时，坐在下舱一角的宗妈妈还在抹着眼泪鼻涕，数落教训着不争气的女儿。女儿只是暗自落泪，不争不辩。

洋子走进下舱，她对宗小花耳语了两句，就匆匆离去了。

宗小花擦去泪水，对老人说："妈，石桥太太叫我去一下，我马上就回来。"说完，拿着小布袋站起身就走了。

宗妈妈冲着女儿的后背愤然道："我没有你这不要脸的女儿！你以后不要再喊我了，我做不起你妈妈！"

别人听了老人的话，都当做父母常说的气话，只有黄秋菊心里明白。她立即赶到老人身边，悄声安慰老人，给其擦泪并告诉老人，大家心里都明白，这事不能全怪小花妹妹，她也有她的苦衷。秋菊估计小花这会儿不会回来了，她帮老人铺好毯子，自己也偎着老人睡下去。

中川见宗小花气呼呼地走进来，脸上泪痕犹新，立即笑道："生我气了？你看，今晚我特地开了几只你爱吃的罐头，陪你喝两盅，消消气。"

宗小花手里拿着小布袋，噘着嘴，赌气站着，就是不肯坐下。

中川站起来，接过小包，放在一边，笑着从后面抱住她的腰，硬把她按坐下去。

小花盘腿坐在船板上，哭丧着脸说："将军真会使坏，让我做出头椽子。我挨了她们一顿打，又被我妈骂了好半天。"说着，泪水又滴下来。

中川用手指给她擦泪水，笑道："这是逢场作戏，我是同你闹着玩的。"

"闹得太过分了。假如这枪正好打到她心上，我岂不成了杀人凶手？"

中川哈哈大笑说："你若真杀了她，也只能算枪法不准，过失杀人，我决不怪你。你若杀不死她，也因枪法不行。但我们从中都能得到极大乐趣！"

将军终于说出了实话。“同你闹着玩的”,真假对半掺。他的“玩法”是很讲究的,白天只有利用樱子配合才玩得开心,夜晚若想玩得快活,非小花莫属。小花非但比樱子年轻漂亮,更有一种幼稚纯真的味道,这是尖酸妖冶的樱子所不能比拟的。

在中川再三慰藉下,小花终于手端酒杯破涕为笑,与他同饮起来。

小花搛了几块牛肉给狼犬。畜生也是贪得无厌的。它享受了几块以后,干脆坐到小花身边了,对施舍者摇着尾巴,异常亲热。

中川笑道:“琵琶我还留着,边弹边唱,来一段‘十八摸’如何?”

小花想了想,道:“今晚不行,她们听了更要恨我了。过两天,一定唱得你开心如意。”

“你说话算数?”

“对将军怎能说玩话?可是,我以前求你把我从石桥君那儿要过来的事,将军却忘了。”

“不是我忘了,而是军中有规定,我岂能违纪?”

宗小花目视蓝色钻戒,笑道:“将军,你以后也给我买一只玻璃戒指。我喜欢红色的。”

中川大笑道:“行。一定买只红色的送给你。把这杯干了。”

小花更高兴了,神态显得轻浮起来。她斟满两杯酒说:“上次,你让麻生给我妈治好病,我还没有好好谢过你。借将军这杯酒,替我妈感谢你。”说完,一仰脖子喝下了。

酒呛进气管,她咳得气息难喘,脸上红得像朵盛开的桃花。中川见了既爱又疼,连忙过来给她捶背、抹胸。

小花故作忸怩躲闪,护着胸口说:“将军真会趁机讨便宜。你也把这杯干了。”

中川干了酒,笑道:“我是为你治喘呀。”说着,手已伸进小花的衣襟。

小花侧身一让,笑道:“猴急什么?时辰还早哩,吃饱喝足了,有的是时间。”

于是两人边吃喝边把打情骂俏引向纵深……

小花自己吃喝的同时,没有忘记坐在她身边的另一位“朋友”,她断断续续地慷着他人之慨。

两人狎昵猥亵到午夜时分,总算酒足菜饱了。

中川趁着昏昏然的酒意，把宗小花剥成一尊东方维纳斯，加之这个活的玉人嗲声嗲气献媚逢迎，中川觉得胯下简直是一匹驰骋疆场的牝马……无须多久，中川在酒力困扰下，带着销魂夺魄的满足，抱着玉人酣然入梦了。

中川的涎水流落到小花的玉臂上。她轻轻搬开他的右膀，使身子脱去羁绊，又假睡了一会儿，看看身边鼾声如雷的死猪，悄悄坐立起来。

她拿来小布袋，狼犬抬头注视她，她一边同畜生亲热着，一边凝视挂在板壁上的黑皮公文包……

樱子苦熬到半夜，辗转反侧，就是睡不着。她亲眼看见宗小花过船去的，后来就不见她回来了。他们正在寻欢作乐的时候她不敢贸然闯去。她虽愚蠢、风骚，但尚能明白她若去冲散他们的好事，性质无异于捉奸。中川是翻脸不认人的。何苦自己把路一定要走绝呢？

可是她越是想到他们此刻的情景，越是难以入睡。身上烦躁不安，血流加快。在这方面，她实在无力克制自己。她只好掀开邻人的毯子，钻进木子的怀中……

三十

两天后，船队通过城陵矶咽喉要塞，驶入洞庭湖。八百里洞庭湖水面上烟波浩渺，天水一色。

中川、岸信和麻生等人立在船头甲板上，欣赏远方湖光山色。忽然，发现西南方向波涛万顷的湖面上矗立着一座青翠的峰峦。麻生见了兴奋不已，不由自吟道："'遥望洞庭山水色，白银盘里一青螺。'这首诗我五岁时父亲就教我背诵了。直到今天才亲眼看到如此优美的意境，真是神来之笔，妙笔生花啊！"

岸信道："这首七律是出自唐代刘禹锡之口吧？"

麻生说："是呀。李白也有一句：'淡扫明湖开玉镜，丹青画出是君山。'但是我觉得没有刘禹锡的那句好。"

在汉学造诣上，中川少将就远远不如他的两位部下了。日本民族是一个多种矛盾集合体的奇异民族。例如在皇权与民主、礼仪与霸道、科学与迷信、先进的生产力与落后的生产关系、崇尚汉文化与毁灭汉文化……都体现出明暗两面并列存在的对立统一体。比如说，在日本朝野上下，对掌握汉学知识的多寡，包括对汉字书写的优劣，往往被用来衡量一个人的文化水准的高低。所以，中川在汉学上虽然处于劣势，但在下级面前总不能暴露自己的知识浅薄和孤陋寡闻。他笑笑说："我见书上介绍，狼毫斑竹竿是君山上的特产。"

岸信道："这是娥皇、女英二妃的血泪所致，出于一个对爱情忠贞不渝的古老的美丽传说。据说，君山上就有她们的墓穴，两边有副石刻对联：'君妃二魄芳千古，山竹诸斑泪一人’。”

麻生说:“这就是更名为‘君山’的由来。此山原名叫‘洞府山’,取‘洞庭之府’之意。后来因为湘君、湘夫人葬入此山,所以后人改名为‘湘山’或‘君山’。不知现在君山上有没有她们的香冢了。”

岸信道:“如果有机会,登上君山实地观光一下才好。”

中川笑道:“你们对它既然这么感兴趣,以后我一定安排时间,让你们遂心满意一下。”

岸信立即说道:“感谢将军的盛意。”

麻生白了岸信一眼,冷冷地说:“君山是值得一游,上面古迹名胜特多,除了‘二妃墓’而外,还有纪念急人之所急、勇于为别人做出牺牲的美书生的‘柳毅井’,有讽刺历代君王总想永霸人世、万岁万万岁的‘酒香亭’,有揭露暴秦嬴政的恣意狂虐、终于搞得天怒人怨的‘封山印’……至于碑林石刻,更是琳琅满目,数不胜数!”

中川听出兴趣来了,不由问道:“何为‘封山印’,它由来是怎么说的?”

麻生对岸信笑笑,谦虚地使了个眼色。

岸信笑道:“这段典故我也不太清楚。将军既然不耻下问,还是你来介绍吧。”

麻生也就不再多谦了,说道:“相传秦王嬴政统一六国后,用从楚国掠夺来的‘和氏璧’镌上‘受命于天,既寿永昌’八个大篆,作为传国玉玺,去南方云梦南巡。途经八百里洞庭湖,忽遇狂风巨浪。听身边博士说,这是湘水神娥皇、女英二妃所为。秦王暴怒不已,立刻派刑徒三千人纵火焚烧君山所有林木,毁其坟冢,又令人在石壁上凿刻几方‘封山’大印,企图以此制止湘水神的兴风作浪、图谋不轨。可是,大印非但镇压不住,反而更激起水神的大怒,眼看就要发生龙舟倾覆的灭顶之灾,多亏那博士的博学,他上疏说用随身携带的玉玺准行。嬴政当然爱不释手,这是传国之宝,但性命毕竟要比玉印重要,所以只好忍痛割爱,将传国玉玺掷入水中。说也奇怪,顿时风平浪静,艳阳高照。不过,暴虐的秦政时隔不久就灭亡了。后人说,这是二妃对他暴行的惩罚,更多人却说这是苛政猛于虎的结果。”

中川听了这段典故后,心里不是滋味,脸上阴沉着。他眺望远方的君山,觉得不再那么秀美了,碧波粼粼的湖水也令他不寒而栗……

麻生和岸信对视着……

船头渐渐打弯向东了。须臾君山被抛在身后,她的英姿秀貌渐渐湮灭在氤氲之中。

船队驶入繁忙杂乱的岳阳码头。

中川支队管辖下的慰安所,等了好久才靠上栈桥。在众多支队士兵的保护下,女人们通过栈桥,走出码头出口。

广场上车水马龙,已经有许多“女兵”捷足先到了。石桥所一行人穿行在众多车辆和人丛中。

宗小花的鞋带散开了。她弯腰扎带,双目扫视着左右许多移动的腿脚,忽然发现在她身后有一双坚定不移的胶底鞋站立着。她扎好带子,赶忙紧跑几步,追上队伍。

华兰妞夹着藤箱,边走边向左右人丛里张望。她多想再见上海阿娣一面,若能说上一两句话,也就更满足了。她和雪中送炭的阿玉是小姐妹,兰妞现在只能移情于阿娣了。目光寻觅了许久,始终不见人影。兰妞不由疑惑心慌起来。突然,她被从后开来的一辆卡车撞倒了。卡车只是停了一下,继续走它的路。

华兰妞摔倒在地上,被抛在一边的藤箱忽地连连骚动起来。黄秋菊立即把箱子拾起。严冬梅拉起兰妞,检查她的四肢,总算万幸一处也没有伤着。她们三人察看前后,幸好洋子、樱子她们走在前面。在她们身后是宗小花和两个老妇人。石桥和胖猪佐藤压着阵脚,他们目光正注意着左右。秋菊对她们小声道:“刚才发生的意外,也叫‘有惊无险’啊。”三人会心一笑,快步向前赶去。

卡车载着她们,离开了湖边码头。

卡车沿着石子公路,从岳阳市的南郊绕行到东郊五里外的一个叫玉女祠的小村里。

传说君山水下有金堂数百间,玉女独居,因她难耐仙境寂寞,悄悄来到人间寻找幸福,在城东五里处,终于建立了美满家庭,岂知土地爷上告了天神,天兵将玉女捉回,永锁水下金堂。后来玉女常常来此显灵,力保这方水土风调雨顺、人畜安康。后人为了缅怀她,为其塑金身建祀祠。当然,日寇对中国这样的美好传说是根本不信的,所以当他们溃退之时,把玉女祠和玉女村的所有民房和学校焚烧得一干二净。这是后话。玉女祠和两所小学都被工兵们收拾好了,并且均装上电话和电网。看来冈村已把岳阳建成前沿哨所,准备同薛岳做长时间较量了。

石桥所分得的是“岳阳县高级小学”校舍。

小学离玉女祠不远。祠的对面有几家小杂货铺，卖香烛纸马、油盐酱醋、香烟老酒等等东西。每天上午也有些挑葱卖菜的小贩、屠夫渔户来赶个市面。洋子和枝子把安家的生活必需品各样买了一些就急忙赶回学校。

两位烧饭老妇，因为连日的乘船颠簸，精神恍惚，现在虽然上了岸，觉得身边一切还在颠来晃去，所以进了校门就躺倒了。洋子只好临时抓了几个差，先烧起饭来。

饭后，麻生医官在一个副手的帮助下，来各所注射性病防疫针。日军规定，每个季度必须打一次。既然是例行公事的好事，况且也非首次，所以慰安妇们都捋袖裸臂按号进行。打到二十七号时，副手开了一只整装盒子，从里面取了一支针。麻生忽然感到头晕眼花，摘去眼镜，以两指按着眼皮轻轻揉动着。副手拿起器械，继续他的工作。

太阳落进西边的洞庭湖里，夜色降临了。劳累了一天的洋子已上床休息，坐在床上的石桥左手夹着特制纸烟，右手抚摸着妻子的秀发，同时说出一段令洋子惊心骇然的事情。

“我不信！”洋子的睡意全消了。

石桥道：“当时佐藤君也见到了，我怕他打草惊蛇，立即叫他掉过头去。”

洋子忽地坐起来，披上衣服，问道：“还有哪些人见了？”

石桥道：“前面是小花和两个老妇，她们当然见到了。我们身后还有两个支队阿兵，不知他们曾否见到，我就不清楚了。”

洋子思索了一会儿，说：“我还是认为养的不是小狗就是小猫。”

石桥摇摇头。

洋子为了证实自己判断的正确性，她穿起衣服，悄悄走向二十八号门外。

室内有几个人小声叽咕着，话语里带有“放生”“寄养”字眼……有人饮泣，其间夹有婴儿的咿咿呀呀声。

洋子惊骇不已，支那人果然偷养着婴儿。她无法弄清她们是从何时何地弄来的？为什么一直没有暴露？她真想冲进门把她们大骂一气。她又尽力控制住心头怒火，心想如果冒失闯进去，也许会把事情搞得更糟，觉得应该先同丈夫商量一下，从长计议较为妥当。她转过身，发现石桥正默默站在她身后。

夫妇二人倚在床头墙上，商讨起这件棘手难事来。按照情理说，所里养个把外来孩子，并非一定不可。但是，夏小荷三个月后也会抱上一个自产婴儿。如果只准姓华的养着，而逼姓夏的把亲生孩子送出所外，那就显得我们欺软怕硬，太不公平。如果都准许留着，以后将会出现第三、第四个……甚至更多个，这又岂能容得！

现在只有劝说姓华的把孩子还是送出去好，或者寄养到某个人家。但姓华的能听我们的建议吗？这事偏偏发生在支那人中而且又偏偏是她！她是个天不怕地不怕的悍妇，再加上还有别人的为虎作伥，要想圆满处理好这事，更是难上加难了。所以，夫妇二人对此事思之再三，都感到不能掉以轻心，严防出现山东女人第二。商讨到半夜时分，还是洋子有主见，她提出了自己的设想。

洋子对丈夫微微一笑说："我觉得她们也在为这件难事苦恼着，否则，我就听不到'放生''寄养'这些话了。既然如此，我们最好不直接出面劝说，因为姓华的脾气太犟，一直对我们抱着敌视心理。所以我想明天把那姓严的悄悄找来，先把事情抖开，看她有什么想法。然后，我们先说服她，她若能同意，我看事情也就成功八成了。"

石桥一边抽烟，一边点头考虑着。他提出另一个必须注意的问题，说："若想暗暗把事情处理掉，我们必须把佐藤圈住。据我观察，从事情发生后直到现在，他还没有单独出去过。"

妻子说："对于佐藤，你可以完全放下心来。离开武汉时，他又向我借了十元去。"

丈夫心疼了，愤然说："你为什么总用钱孝敬他们？钱既然到了手，就不该随便再松手。生意清淡时，让他们多玩几个女人，他们难道还不知足！"

妻子愠怒道："在武汉，你为你狗屁朋友买了一幅唐演(寅)的仕女图，花了多少钱？你当我不知道？"

丈夫颓然道："那是没有办法的事，别人所送的东西还值钱呢！"

妻子觉得太不公平了："只能由你们男人去做人！没有我们女人帮助你们男人，能赚到这些钱？再说，我花的这十元钱，是从伙食费里节省下来的，与你有什么屁相干！"

石桥即刻转怒为喜，嬉笑道："我的好太太，你为什么不早说这话？"

妻子余怒未息："我早说了，你还会找到借口怪我的，那样你又要说为什么不把节省下来的钱归集到皮箱里?”

丈夫搂着妻子笑道:“算我说不过你,本来嘛,经营这种行业,总是三家赚钱五家用。该孝敬的地方,岂能吝啬一个子儿?以后我都听夫人的,今晚夫人要听我的了。”说着在妻子脸上狠狠亲了一下。

妻子气消了,笑道:“你跟自己老婆也搞三副脸?没出息的东西!”

各所第二天上午八点就开张营业了。

因为初来乍到,生意非常火红。这时各所头人夫妇们或姘妇们忙得最辛苦也最带劲。

一般来说,慰安所头人都带着自己的妻子,这是营业内容的需要。他们从事的买卖都是女性的肉体,如果只有男人老板,遇到一些棘手问题就束手无策了。这就是娼门妓院为什么必须有龟头和鸨儿的原因,两者缺一不可。至于慰安所里“大茶壶”的角色,一般由日本国内的各级文官和杀戮在外国的武官们兼任。有些头人没有妻子或是没有带来,只好选个往日情人或临时找个姘妇,作为副手相帮。慰安所是否办得兴旺,营利是否丰厚,与“贤内助”的能干与否有很大关系。

毫不吹嘘地说,洋子确实是石桥的贤内助。难怪她昨晚因为十元钱而被丈夫抱怨,她感到很受委屈。

从七点到九点,洋子一直忙得手不停脚不住。见所里工作已经正常运转起来,她带着老妇强氏到玉女祠去买菜了。

枝子姑娘从到九江时已转为专业工作人员,她替补的是演习那晚死去的二十一号韩妇。二十九号当然仍由宗小花填缺。所以,石桥所上报的在籍数虽然从二十九个减为二十七人,但是实际上不少,另外还备有三个突击队员。

洋子从小集上回来了。石桥把她叫进自己的寝室,沮丧地说:“中川刚才来了电话,指责我们所私养婴儿。”

洋子惊诧了:“他怎么知道的?”

石桥道:“大概是我们身后的那两个支队阿兵也看到了。”其实他们根本没有发现,而是在上车的混乱中佐藤仅用了半分钟对他们做了瞬间耳语。而这一忠于职守的动作,石桥没有见到。洋子忧虑道:“我准备今天中午休息时找姓严的来谈谈,看来一切都晚了。我真不明白,为什么我们所令人头痛的事特别多?”

石桥苦苦一笑,说:“你整天关闭在所里,哪里知道外面行情?上次中川召集我们头人训话，各所互通情况时，有些所问题比我们更严重。逃跑的，上吊的，杀人的，连放火都有人敢做！像独眼所里的一个上海小赤佬，竟然咬断了我们士兵的生殖器。支那有句话‘民不畏死，奈何以死惧之？’这些可怕的女人已经破罐子破摔了。同那些所比较起来，我们所还算太平世界哩！”

洋子听得不寒而栗，叹口气道：“中川在电话里曾透露点儿什么？”

石桥道：“什么也没有暗示。令我们暂时不要惊动对方，等他来处理。”

洋子茫然了，想了想说：“依我看，不如把这话从实告诉她们把孩子先送走，明后天再用电话回报他说孩子已经死了。”

“不行。他安插在所里的耳目不仅仅是佐藤。他的脾气我知道，万一翻了脸，六亲都不认。”

中川的这种无理命令，让洋子百思不得其解。申请办理随军慰安所一切手续上的经营人都是填写的石桥太郎。而且他又亲口不止一次讲过，这是民办性质，与军方毫无关系。洋子想，他们支队的职责仅在于当我们遇到自身不能解决的难题向他请求、希望帮助时，才应该出面支持。对于所里的日常工作、简单矛盾、有能力解决的难题，为什么要屡屡插手呢？

以洋子的妇人之见，实难弄清越俎代庖的微妙。“三宅坂”当初拟办之时，再三言明，“三类军需品”一旦被外界觉察，只能说是由民团或个人开办的。手续上的签名只是对执笔人的愚弄。其中实质是谁办的，已经说得很明白了，支队岂能不管？其二，分管娼门赌场，自古都是一大肥缺。主管人若贪图清静安逸，厌恶乌烟瘴气，只能靠薄薪维持清高了。如果加强督察、管理，负责到事必躬亲，那就能腰缠万贯、富得流油。所以世界上许多当官的对他司职行业里的大小事情常常越俎代庖、不辞劳苦、殚精竭虑，甚至连本部门厕所里一年能出多少担肥料也要辛辛苦苦参与核算的。中川清健是当时外相广田弘毅的得意门生，这是老师对学生的特别关照。洋子虽然很精明，但其中的奥妙还不清楚。

石桥夫妇互相对视着，谁也想不出能够逃脱中川亲自过问的更好办法。

洋子叹息一声说：“姓夏的姑娘，我们总算救了她一命。对姓华的，只好看她的造化高低了。”

午饭后，所里杂务工作少多了，石桥令洋子参加了突击服务。

晚餐开过后，两老妇再度被逼参加突击工作。五十多岁的宗妈妈，登岸时就身体不适,佐藤和海部仍然遵照石桥指令冷酷地把她逼进一间图书室(图书已搬入厨下了)。老妇强氏,身体比宗妈妈硬朗些,她也识相地跟随进去。

石桥卖出第一批入场券后,从办公桌边站起来,从墙上取下被学生遗忘的蓝花书包,斜背肩上,抓上一大把入场券揣进包内,锁上抽屉锁好门,拄着拐杖走向操场。他活像公共汽车上售票的一样,边收钱边卖票边吆喝。

石桥此时的形象和行为,非常符合当初日本军界上层创办"性卫生公共厕所"的要求。公文里既把"军妓院"隐称为"公共厕所",这"厕所"当然就像公共汽车一样,不分贵贱无论老少,都可以朝里挤、往上爬,尽管已经人满为患,严重超载,车门已经无法关闭,卖票的仍在"吆喝"着。

二十七号夏小荷右肩上缠着绷带,晚班刚上了一会儿,浑身忽然发起寒冷,像疟疾初来那样,牙齿上下打战,四肢也难以控制地瑟瑟发抖。而那个正在娱乐的畜生全无怜悯之心,依然闭着双目"狂轰滥炸"。

夏小荷虽然浑身发寒战栗,但大脑意识还是很清楚的。她流着泪水,一边牙齿格格格打着战,一边断断续续哀求道。"求你积积德,轻一点儿,我肚里有孩子……"

野兽怎会听懂人的话?越发有加无已,无以复加了。

二十六号严冬梅正同一个老鬼子较量着意志。这个口鼻沟上蓄着一撮毛的干瘦老畜生,蜕去人皮以后,就钻入冬梅的盖毯里,要冬梅同他调情、亲嘴。闭着双目的她无动于衷。老鬼子只好强行抱来她的脸,张开黄牙臭口,在她脸上吮吸、亲吻。后来要她张开口,她反而双牙紧咬起来。老鬼子感到既无情趣又无可奈何,只好坐起来,点上一支烟。他抽了两口,忽地骑马坐到她的髋部,龇牙咧嘴,做出令人毛骨悚然的笑容,然后指指自己,再指指冬梅。她先是莫名其妙,老鬼子又连续做了两次,她明白了,意思要她表现出高兴的样子,对他这魔鬼应该笑脸相迎。冬梅觉得他欺人太甚了,在遭受蹂躏的时候,非但不能表现出痛苦,相反还要做出心甘情愿、欢娱快乐的样子。这种违心曲意的表情,她非但演不出来,即使会演她也不能去演。所以,她干脆装糊涂,又把双眼紧紧闭上了。

老鬼子知道她不是自己的同胞,如果不是韩国挺身队员就是支那女人。她竟敢如此抗拒皇军的命令,这种蔑视简直是对帝国军人的污辱。如果在所外,早就杀死你这条母狗母猪了。老鬼子想到这里,不由兽性发作,将烟火吸得殷红明亮,轻轻放到她的右边乳头上炙烤……火辣辣的灼伤疼痛,像千万苗钢针一样,直往她心上扎。随着轻微的吱吱声,冒出一股难闻的肉焦臭味。她全身不由战栗起来,但是仍然不睁眼。老鬼子又把香烟猛吸两口,吹去灰,使烟头更加红艳,再次炙烙原来的地方。冬梅咬着牙,浑身痉挛了,她此时想到冤死的山东嫂,想到了小上海阿玉,她以顽强毅力忍受着、煎熬着,不流泪、不叫痛。她们两人好像就站在她眼前看着,看着……不知过了多久多久,烟支终于烧成烟蒂,灼伤到魔爪,魔爪慌忙松开,烟蒂滚落到铺上。

门外的等候者们已经纷纷叫骂起来。排头的鬼子已经解开纽扣,捧着裤子,把门擂得咚咚震耳。

门内老鬼子的自尊受到了极大伤害,他一边咆哮,一边对冬梅的嘴巴左右开弓,她的嘴鼻鲜血直流。魔鬼见到血液,满足了,仰天大笑,终于爬起来扎上抄裆布。

一间图书室,被空空的书柜隔成内外两半。两边地上都铺着稻草,上面是草席和一床盖毯。宗妈妈的在里面半间。

她自己也记不清"服务"到第几个了,只觉得浑身已经散了骨架,骨与骨之间的韧带全部松弛,筋也断裂,血液似乎停止了流动,头脑膨胀得要开裂,眼前像燃放着礼花,耳畔好似飞舞着千万只蜜蜂,嗡鸣声震天撼地围困着她,全身皮肉烫手,额上条条深沟渐渐贮满汗水,纵横交错地汇聚成水流,蓬乱的斑白头发,粘贴在上半个脸上。

在老妇身上"娱乐"的鬼子闭着眼,龇着牙,忘天忘地发泄着。忽然,他蹙起眉头,停止了"工作",荧荧的目光凝视着干瘪骨露的身躯,出了一会儿神,倏地爬起,把老妇身体翻转过来,拍拍她的四肢,狰狞地笑着。老人当然不懂畜生的意图。鬼子一手托起她的胸腰,一手指点她用手足支撑起身躯。老人虽然发烧发热,头晕眼花,但是意识尚未模糊。她终于弄明畜生的用意,她脸上的汗水、泪水涟涟,急剧喘息着。在畜生的恶毒掐扭下,她手足勉强支撑了十几秒钟,四肢突然一软,全身趴到席上了。

畜生哪里肯依?觉得受了她的玩弄,不由淫威大发,拳打脚踢了一气。稍稍解恨以后,两手拎起她的大腿,像猫狗一样继续"娱乐"起来……

宗妈妈年轻时就守了寡,与还未懂事的儿子相依为命,吃尽千辛万苦,终于把儿子拉扯成人,又为他成了家。岂知“八一三”中日在上海开战后,鬼子从金山卫偷偷登了陆,柳川平助的第十军越过沪杭铁路,两个师团向西追击,目标是包围南京,两个师团向北追击,目的是去昆山同友军会合,企图围歼驻守上海地区的中国七十万大军。吴县成了鬼子追击的必经之路。谷寿夫第六师团沿途烧杀奸淫的消息不胫而走,先声吓人。所以宗妈妈就与儿子媳妇逃荒到安徽蚌埠,想投奔到弟弟家中暂避几时。岂知跋涉到那里一看,全城驻满了国军,她弟弟全家也不知逃避到何处乡下了。三人觉得这里不能久留了,于是又随着许多逃难人群向南方返回。当他们到达滁州车站的第二天,突然天上飞来数十架日机,对蜂拥蚁攒的车站一阵狂轰滥炸,日机离开后,车站内外都躺满了无辜者的尸体。失去亲人的人们呼天抢地,抱尸号啕。宗妈妈一臂搂着儿一臂搂着媳,哭得晕死过去。当她被人救醒时,发现自己睡在路边一座破屋里,场地上那些遗体一具也不见了。她怀疑自己做了一场噩梦,呆呆看着血迹斑斑的场地。

老人忽然发现身后坐着一个嘤嘤哭泣的闺女,抱着一只被弹片削去一角的琵琶。据姑娘的泣诉,得知她也刚刚失去了亲人,如果不是怀抱琵琶,也遭厄运了。她们相濡以沫,姑娘想认老人为干妈,老人也很愿意。从此她们就相依为命,讨乞,卖唱……岂知时隔不久,滁州也沦陷了。老人连做梦也想不到,因为一时昏了头,竟然像瞎子一样跌入这个罪恶的火坑,还连累了干女儿。

当这个畜生带着满足之意离开铺席时,老人已经像咽了最后一口气的死人,趴在席上不动了。

这个畜生刚离开,下面一个又到了……

夜班快要结束时,夏小荷忽然发起高烧来。

她三天前在船上受了中川导演的残忍恶作剧的玩弄后,又中了宗小花的一枪。麻生虽然给她取出了弹头,伤势也逐渐好转,但是连日来她还是痛不欲生。她清楚地想到,孽障出世以后留在身边是不可能的,但送到外面不管他的死活,自己无论如何不忍心。儿是娘身上的肉,这块心连着心的肉,世上的母亲谁肯轻易抛弃呢?与其到那时活活拆散,不如现在一起死去的好。可是她又转念想到,不管何方来的野种,胎儿总是无辜的呀!他有出世的权利,尽管这个世界漆黑一团。她现在非常后悔既不应该不同意打胎,更不应该不做用具检查。这些禽兽不如的畜生,太卑鄙阴毒。她想到这儿,真想猛地爬起来,一口咬掉那根害人的东西!可是,她全身已被高烧折磨得动弹不得了。

她的双眼紧闭着,满脸火红,张开的口急速喘息着,呼出的气息像滚滚热浪。她的意识渐渐模糊了,仿佛醉酒的人忽然失去知觉,口中竟然喃喃自语起来。额上渗出密细汗珠,身上根根汗毛孔也出现水渍,脸上的汗珠倏地大如黄豆,有的滚落到枕上,有许多在双颊上汇聚成细流,沿斜势往下淌去。汗水又从下巴跌落到胸口,身上和脸上的一部分汗水慢慢聚积到深深的胸沟里……

那个闭着眼只管自己“娱乐”得忘乎所以的畜生眼一睁,吓得惊叫起来,慌忙捧起衣服逃出去了。

三十一

夜班结束，黄秋菊拉着冬梅悄悄走进夏小荷室内，见小荷发着高烧、说着胡话，秋菊俯身屏气，听了许久也不知她说的什么。

过了一会儿，华兰妞风风火火跨进来，见其状况，涕泪俱下抚着小荷的盖毯痛哭起来。哭声惊动了甜水妹和小无锡，她们也哭哭啼啼赶来了。

冬梅含着泪说："白天还好好的，是不是枪伤发炎了？"

秋菊凝视小荷，摇摇头。

华兰妞怒道："我说这小骚货心狠手辣，你们还不相信！不是你们护着她，我早就把她撕烂喂老鹰去了。"

秋菊说："兰姐，我们都是患难姐妹。他们这样凌辱我们，我们自己就该互相体恤了。"

冬梅说："我仔细想了又想，小花还不是那种泼妇烂货。她对小荷开枪，也许迫不得已。"

兰妞怒道："如果是我，宁可对中川、对自己开这一枪，决不对自己人下这毒手的！"

甜水妹道："兰妞说得是，我也这么想。"

两人说的相同话，不由不令黄秋菊深思。宗小花不把枪口转向中川，是缺乏疾恶如仇的勇气？不能以枪自杀，是因为贪生怕死？麻生在现场，说话为什么吞吞吐吐？有惊无险的一枪，是因为天意的偶然还是她有心的杰作？如果是后者，那就证明她射击的技艺高超，一个出生农村的弱女子，是万万做不到这点的。

黄秋菊又联想到几个月来对宗小花的细心观察。首先是在垃圾堆上捡拾旧报纸，说明她识字有文化，但为什么又瞒人？第二，“同是天涯沦落人”，全所女性中除我而外谁人又说得出？她与宗妈妈并非亲生母女关系，她是什么时候认的这个干妈？为什么又要瞒住双方之间的真实关系呢？第四，船队途经乌沙江面遭到空袭，若干姐妹惨遭横祸时，她独自一人躲在船舱下干什么？见我发现她了，尽管装得若无其事，眼神中难免不留下一丝一缕的惊慌之态，为什么怕我呢？最后是对小荷的一枪。黄秋菊本性就聪慧，再加心细，终于被她抓住了五处疑点。小花既然是不顾个人安危的如此好人，我一定要给她守口如瓶，不能坏了她的大事，并且今后还必须暗中对她加以保护。

宗小花打发掉最后一个鬼子，就急急来看她妈妈。她见四肢张开的老人躺在铺上，吓得连忙以手测息，发现她还活着。她拿来老人的衣裤，掀去毯子，费力地为她穿着衣裳。她见老人在昏迷中还喃喃呼唤自己的儿子，不由泪水潸然、心痛不已。

华兰妞带着甜水妹，怒气冲冲踢开二十九号门，不见宗小花，又急急找到图书室。

她们闯进时，满脸泪水的宗小花已经为老人穿好衣服，正准备去找洋子。兰妞冲上去就把她按倒在地，朝她身上一骑，使劲打她的左右嘴巴。甜水妹冷冷看着。被毒打的宗小花既不哭叫也不挣扎。小花知道准是为了小荷受伤的事又来施行报复了。她想，应该让她们出出怒气，从内心说，我也对不起可怜的姑娘。我如果不毅然开枪结束中川的恶作剧，那对狗男女还要无休止地玩弄下去，小荷不被冻死也会被吓死。与其让她受精神上的没完没了的阴毒折磨，不如让她流点儿血，早点儿结束这种残酷游戏。我当时的苦心，她们怎能理解？事后又解释不得。我连命都豁出去了，难道还怕被打几个嘴巴？所以她竭力忍受着这种宣泄仇恨的暴力。

华兰妞是个吃软不吃硬的人。小花被她打时，如果哭泣、求饶，承认自己那时是因为鬼迷心窍，哀求兰妞饶她一条狗命，兰妞或许出过一阵气后也许真的能停手宽恕她的。可是，被打的小花既不哭喊也不挣扎，更谈不上苦苦求饶了。兰妞心想，你是犟骨头，我就是斫骨刀，看谁犟过谁！在她完全误解、赌气的毒打之中，宗小花口鼻开始出血见红了……

黄秋菊忽然发现兰妞不见了,不由大吃一惊。她拉着冬梅立即跑到二十九号,不见人影,又急急慌慌奔向图书室。推开门,只见骑在小花身上的兰妞正用双手掐住她的脖子,可怜的小花在拼死拼命挣扎着,立着观看的甜水妹既不动手也不劝阻。

秋菊冲上去扳倒兰妞,但她还是不肯松手。冬梅怕真弄出人命来,慌忙扳住她的手,怒骂道:“你这死兰妞,难道真想杀了她?”兰妞不开口,仍然不松手。她的蛮劲上来了。

宗妈妈刚才穿衣时被折腾了好一会儿,加上此时身边的生死搏斗,她终因受到惊动而苏活过来。老人见女儿正在兰妞身下挣扎,她猛然跳起来,也以双手去掐兰妞脖子,哭着说:“你放开她。你来掐我,让我替她死吧!”

不知是因为突然受到袭击还是因为老人的话像尖刀一样刺痛她的心,兰妞的双手无力地松开了。

洋子下班后,因忙于洗脸脚洗下处,虽然听到小花隐隐约约的哭声,一时也不好赶来。等她慌慌张张跑来时,一切都恢复了平静。

宗妈妈刚才似乎用力过度,又倒到铺上了。她知道身上的衣服一定是女儿给她穿上的,老人觉得太对不起她了,硬把一个黄花带进火坑里,她能不拼死护小花吗?

严冬梅见洋子来了,对其余人使个眼色,都不说一句话,全部离开了图书室。

走在最后的黄秋菊一步三回头,望望那个坐在铺上仍然泪水涟涟的宗小花。

宗小花擦擦泪水,对洋子说:“我妈一直都在发高烧,求太太开个恩,请麻生医官来给我妈再看看吧?”

洋子怜惜地摸摸老人手脉,发现她的心跳确实急剧。她为难地叹息一声,说:“此刻已十二点多了,麻生怎肯来呢?明早我准打电话给他。”

小花道:“他明早来时,再求求他给小荷看看,看她伤口恢复得怎么样了。”

洋子点点头,说:“你也早点儿回去睡吧。”

小花说:“我就靠我妈睡。麻烦太太了,你也该回去休息啦!”

洋子在返回的路上心想,她们四个人大概又把可怜的姑娘毒打了一顿。这是她们内部的矛盾,我既不好插手,也过问不得,只要不出人命就好。

翌日晨,麻生给宗妈妈做了仔细检查,打了针给了药片,对洋子和小花说:“老人脉搏很虚弱，情况不太好，需要住院治疗，因为我这里的药很不全，只侧重于战场需要的。”

小花拿着药片，惶惶然问了服法，然后对麻生深深鞠了一躬。

麻生收着器械，见洋子走了，他忽然想到什么，目视宗小花，吞吞吐吐说：“老人的血量也不够，你是她的亲生女儿，最好输点儿血给她才好。”

宗小花心里一惊，不过立即苦苦一笑说：“如果能救我妈，我情愿抽一盆血给她。”

麻生默然了。他看了小花一会儿，摇摇头说：“你也患有贫血症，现在不能抽。”

小花见他拎包要走了，立即拦住哀求道：“求求你，医生，再去给小荷换一次药吧，看看她的伤口可曾发炎？”

麻生在点头的同时，目光像两把利剑、两把锥子，似乎要穿透她的双眼。她当然明白这犀利目光的含义，尽管未折射出敌意，她还是惊骇得心跳不已。

小花恳求麻生的时候，冬梅和秋菊已站到门口了，两人互相对视了一眼。

秋菊抢先跨进门，对麻生微微一笑，说：“麻生医官，麻烦您给点儿烫伤药，我们有个姐妹的这儿，”说着用手指指自己的乳房：“被你们的阿兵用烟火烫伤了。”

麻生脸上掠过一丝很难觉察的愤懑与悲哀。他默默地打开皮质拎箱，拿出一只“万金油”大的小圆盒，交给秋菊道：“叫她先用盐开水把患处洗净，再抹上这膏子，早晚各抹一次。”

麻生拎箱出了门。

严冬梅紧紧尾随其后。她刚才听到小花为小荷的事求过他了，所以她不想过于啰唆，看他去是不去。

岂知洋子正站在小荷门外等着麻生。她见他走近了，弯腰笑道：“太麻烦你啦！真不好意思。”

他们走进小荷室内，冬梅、兰妞几个人也围进来了。夏小荷还躺在铺上，脸色苍白，浑身无力。

麻生揭开小荷肩上的纱布，仔细看了看说：“伤口没有发炎，恢复得很快。”说完，又给她认真包扎起来。

冬梅问：“请问医官，她昨天晚上发大寒，到半夜又发烧发热，症状像打疟疾。今早我们来看她，好像完全没事了。她是不是真打上疟疾了？”

麻生凝视小荷明显凸起的小腹，站起身，低头说道："因为我学的专业是神经，她这病我还说不清楚。等我回去查查资料再说吧。"说完，拎起包就急急忙忙走了。

严冬梅看着麻生慌忙而去的背影，不由疑惑起来。

黄秋菊对冬梅道："我看他不像冷血动物，他说的是实话，哪个医生也不是万能的。"

洋子审视小荷一会儿，不由起了恻隐之心。她叹口气道："你今天就歇着吧。好好养伤，身体要紧。"接着又转向其他人："希望诸位不要再吵闹她了，让她安安静静休息吧。"

洋子说完，带头走出号房。她见其余华妇也相继而出，也就放心去做早班准备了。

石桥见洋子把标有二十七号的入场券剔除到一边用线头扎起来，极为恼怒。他先斥责妻子现在做事变得独断专行了，为什么不事先同他商量一下，接着又讥讽她何时修成菩萨心肠的，遇事为什么先为别人考虑，而忘了自己是干什么的。

妻子见他没完没了地指责，实在忍受不了了，愤怒地说道："亏你还是个男子汉，真是鼠目寸光！"

这句话像盆冷水忽地倒入翻腾喧嚣的沸水锅里，立时销声平静下来。石桥心有灵犀一点通，茅塞顿开。妻子的意思是丈夫并非蠢得意识不到，而是私心私利像块猪油一样，一时蒙住他那颗原本就不僵化的心。

石桥自我解嘲道："种地还有歉收的时候，哪能总是风调雨顺哩！"

夏小荷连续三个晚上发寒，半夜发烧，到第四天的早晨人已处于昏迷之中，茶汤不进，只是说着胡话。华妇们工作也不安心了，一有空闲就聚集到她号房里，围着她流泪哭泣。石桥焦急不已，洋子非常害怕。

洋子用电话向麻生求救。

麻生在电话里说："不是我心狠血冷，望你转告她们，她的病没有药医。我无能为力，深感抱歉。"

站在洋子身边的冬梅和秋菊听得清清楚楚，两人都呆住了，一个像掉了魂，一个像失了魄。

这天上午，日寇不再放假了，他们又为"圣战"举起屠刀冲进枪林弹雨的死亡阵地。

中川用过早餐后，决定去石桥所亲自处理匿养婴儿的事件。他要亲眼看看生母对儿女的酷爱有多深？养母又如何呢？人人都说世界上最深的爱莫过于伟大的母爱，这种圣洁的爱能感动得江水倒流、花草溅泪，能惊天地泣鬼神！他常常怀疑这种说法的真实性，是否是无聊的文人夸大其词、故弄玄虚？

中川清健出生于武士世家。其曾祖在德川幕府时代权倾一方威震朝野。其祖父鱼肉乡里，包揽词讼。随着幕府的灭亡，中川家道也随之破落。也许因为自身造孽太多，其祖父虽然娶了三妻四妾，仍然不产血脉，中年将暮，只好抱来螟蛉延续香火。其父中川永和刚刚成家，岂知沉疴于铺的祖父带着万贯家财被一把天火化为灰烬。翌年，永和生了清健以后，为了家人生计，只好下井当牛做马。清健生母云子勤劳善良，为分担家庭重负，下海捞藻而不幸溺水身亡。清健两周岁时，其父急忙回乡娶了二婚芳子为补房。芳子进门后，连生四胎一男三女。她外表漂亮温柔，内心阴险歹毒。识性的邻居都暗地称她为笑面虎。她常常借故把婆婆气得要死，老人只好另居单过。第一心愿实现后，芳子又设计第二计划了。那时全家人经常挨饿，她就怂恿十二岁的清健去冰上凿洞捕鱼。不论哪条河都有阴阳两地，如果误踏阳地薄弱之处，后果自然就不堪设想。不知天高地厚的小清健，也许命大而未遭到灭顶之灾。秋季满河芰果累累，芳子又撺掇小清健用小木盆去河里摘取芰果。她用别人孩子的生命，换取亲生骨肉的果腹，真是费尽了一石二鸟的心机。俗话说“常在江边走，难免不湿脚”。有一次小清健终于因头晕眼花翻了盆，幸亏有个同河采芰的邻人拼死把他托出水面，上岸脱去湿衣后，暴露了浑身青青紫紫的被掐出的瘀瘢。芳子的险恶用心，终于引起同族邻人的公愤。在族人的支持下，他从此就与祖母珍子相依为命了。俗话说“有假儿没有假孙”，珍子老人把他送入村小读书，以捡破烂卖钱供他读完小学。祖母见他读书勤奋有悟性，乐意变卖自己的棺材供他读完初中。因成绩优异，他又被选入管吃管用的军校。在军校读书时，他认识了教授即后来的外相广田弘毅。

中川毕业从戎后将每月薪水只留下零头零用，所余整数均寄给祖母珍子。第二年，他又给当年的救命恩人奉寄上一笔丰厚的养老金。

现在的中川清健因为没有享受过伟大的母爱，所以每逢见到他人享用母爱时就嫉妒而恼恨，因为他那颗心灵上至今还残留着自小由继母烙下的痛苦伤痕，所以他非常憎恶现今的晚娘和抱养人子的后妈。他总认为这些女人心术不正，把别人的孩子先当玩物，再当累赘，而后又当冤家仇敌。童年时代心灵上的创伤，一直像阴影一样笼罩着他后来的亲疏观念，有时竟然走向极端变态。

这天上午九时许，中川带着一班人马来到石桥所。

中川在休息室吃茶时，对恭立一边的石桥笑道："据说，支那的双亲最是儿女情深的，特别是母爱，已到了不可理喻的地步。她们溺爱自己的亲骨肉，不但能剜出自己的心肝双手奉献给儿女，还要再三叮嘱道：'好乖乖，快趁热吃了。'"

石桥道："是这样的。令人遗憾的是，这些儿女并不领情识爱，因厌恶心肝有血腥味，就把跳动的心肝夺过来，狠狠摔到地上，再踏上几脚！那个可怜的母亲还在呻吟道：'好乖乖，当心别崴了脚'。"

中川听了连连摇头，但不知他是为痴心父母感到痛心还是痛恨那些儿女太不珍惜深沉之爱？

石桥摇着铜铃，把所有能动的女性都集中到操场上。一个小队人马，将她们统统包围起来。

中川坐在前面一张椅上，狼犬坐在他身边，椅后立着岸信和麻生等人。

忽然，稻田少佐一手拎着华宝的两脚像提着鸡鸭一样走出华兰妞的号房。华兰妞疯狂地奔出人群，两支枪杆使劲把她挡住了，同时双臂又被两个日寇紧紧钳住。

已经瘦得皮包骨头头朝下的华宝在空中挥舞着双手。几个月来他终于见到了阳光，终于尽情尽力大哭起来，哭得那样凄惨，令人毛骨悚然。

被人扳着双臂的华兰妞大哭大叫，跳着双脚。

被围着观看的众妇，不少人唏嘘泪下。

中川看着瘦骨伶仃的华宝，不由想起苦难的童年，内心顿生恻隐之情，他示意胖猪把他顺过来抱好。

中川冷冷问："这孩子不是你生的吧？"

兰妞回道："对，是捡来的。"

孩子看看猪头脸的鬼相，望着妈妈，手舞足蹈地大哭大叫。

中川跷着二郎腿，目视高筒皮靴后，对兰妞笑道："你来跪下，先把我皮靴上的泥灰舔干净。"

兰妞不哭不叫了，她望望稻田手中的华宝，又看看皮靴，毅然屈身于中川脚下。

带着涎水的苍白舌头,吃力地舔舐着皮靴上的尘土……

中川的心似乎被舔得痒痒的,舒服惬意得了不得,嘿嘿笑起来……

舔灰土的舌头舒卷着……

开心的中川狞笑着……

樱子指着笑道:“还有后跟,还有鞋底。”

一双锃亮的皮靴在光天化日下闪闪发光。

众妇里不知何人大喊一声:“还给她孩子!”

中川构思的剧本才演到一半,尚未进入高潮,他岂肯半途而废。

他转过头,对身后的麻生做了个手势。

麻生已经麻木的脸愣了一下,随着中川的一个“嗯”声,只好转身走向休息室。

华宝的哭声已经嘶哑,力度明显不如开始了。

一会儿,麻生小心翼翼地端来一只玻璃器皿,有小面盆大,里面贮了半盆无色透明的液体,盆外贴有标签。

众女纷纷好奇、猜测、议论着……

黄秋菊眯起双眼……

宗小花双眼瞪得几乎眦裂……

中川对兰妞笑道:“人人都说母爱是伟大的,你若真有伟大的母爱,就把两手在这盆里洗洗,我立即把孩子还给你。”

兰妞审视中川许久,又看看器皿,动脚向前移……

挤到人前的秋菊,再次眯细眼睛,突然惊骇不已,标签上的字母是 HNO_3。

秋菊恐怖地大叫:“是硝酸水,你不能碰!”

兰妞脚下迟疑了……

中川笑问道:“你不想要孩子了?”

兰妞急喊:“我要!”

中川示意石桥。

石桥走到麻生身边,将一块废铁丢入盆内,废铁立时在溶液中吐着烟雾,同时体积在渐渐萎缩……

宗小花也挤到了华兰妞身后,哽咽道:“兰妞姐,你看铁都烂掉了,何况人的皮肉?”

兰妞怒斥小花说:“烂到心,也跟你贱货无关!”说完,双脚又向前移动了……

麻生医官以目光制止她。严冬梅等人也都哭着大喊:“不能碰那‘水’!”

宗小花突然转身奔向对面的图书室。

中川见了,立即以目询问石桥。

石桥回说:“她妈妈病在屋里,她放不下心,去看她了。”

洋子说:“看来很危险。”

趁他们在说小花的时候,立在中川身后的岸信偷偷对兰妞摇了摇头。

孩子又看到了猪头脸的凶残鬼相,惊吓得再度号哭起来,手足蹬舞着……

中川笑问道:“你害怕了?”

兰妞断然道:“我不怕!”说完,两步跨到麻生面前,看着翻泡的残余废铁,脸上终于呈现出一丝害怕的神情,两腿不由哆嗦起来。樱子笑道:“我看你平时天不怕地不怕的,今儿怎么变得胆小如鼠了?”

中川笑道:“我劝你不要的好,送给我喂狼狗吧!”坐在地上的狼犬虎视眈眈,伸着红红的舌头,龇着白森森的獠牙!

兰妞恐怖地看着狼狗,眼前忽地闪现出山坳上群狼撕夺山羊的血淋淋情景。她知道,中川和他的狼狗是同路货,都是吃人不吐骨头的凶残野兽。野兽是没有人性的,能说更敢做。一双手换回一条命,还是值得的。她浑身急剧战栗,上牙把下唇咬得见了血。她的每根神经绷得紧绷绷的,虽未达到崩溃边缘,但已失去正常功能。她发疯了,她疯狂地冲到麻生面前,出神的麻生正想把盆皿让过,但已经迟了……

全场骇然——包括中川、石桥等人。

麻生精神彻底麻木了,只有面肌还在痉挛。

华兰妞双臂平举着,双手冒着刺鼻的白烟,眨眼之间,渐渐显现出一副令人毛骨悚的手掌白骨。

全场群情悲愤,哭泣声中夹着叫骂……

中川阴沉着脸,咬肌跳动。他迷茫而恐怖地凝视着站到他面前的华兰妞,他动了动嘴,想说句什么,但终于未说。他示意稻田把孩子还给这位可敬又可怕的女人。

华兰妞以双肘接过华宝,大叫:“我有华宝了!”

她托着孩子冲出人群，仰天大笑："我有华宝了！！"

她在院里奔跑，大声哭喊道："我们回家吧！"

无情的大门关锁着。

她托着大哭的华宝回转、狂笑、奔跑……

冬梅等人想去拦住她，几支枪杆又无情地拦住了她们。中川眯眼看着。从冷酷的脸上，看不出他内心此时正在想什么。

突然华兰妞一个趔趄重重摔倒了！孩子被抛出好远！兰妞急急爬起，一面念叨着"我的华宝"，一面用双肘夹起躺在地上不再哭叫的孩子。

她夹着孩子，在院内继续疯疯癫癫奔跑起来。

前面一堵墙——她的头猛然撞到墙上！被拦着的严冬梅们凄惨地呼唤她："兰妞，你站住！兰妞，你回来！"

兰妞继续在院内瞎冲乱撞，忽哭忽笑，有时大声疾呼，有时低声细语……

静静立着的铁丝电网——这儿石块围墙早就塌出一个豁口，为了安全牢靠，沿地面向上又竖拉了一道。踉踉跄跄的腿脚，离电网仅有两步了…… 众妇们惊骇、号叫。

中川他们惊愕、瞠目。

冬梅和秋菊冲破日寇防线，飞奔向前……

与此同时，随着一声凄厉惨叫，网上出现一道刺眼的强烈蓝光，炸出震天撼地的霹雳惊雷！

惊雷冲击来的气浪把冬梅和秋菊掀扑到地上，她们泣不成声，向前伸着双手……

华兰妞和她的心肝宝贝华宝被烧成一团熊熊烈火。

甜水妹和小无锡，还有不少胆小的慰安妇，被这触目惊魂的一幕吓昏了、吓瘫了。

樱子也惊吓得抱住木子，将头脸埋藏在同胞的胸口。

坐在椅上的中川过了好一会儿才还过魂来。他似乎做了个噩梦，刚刚才清醒过来，发现场地上鸦雀无声，静得像置身于一片古墓荒冢之间。他下意识看看粘在网上的被烧得渐渐发黑萎缩变小的母子二人，扫了石桥一眼，低声说道："把他们的骨殖好好埋了，再插上一支木牌，写上'伟大的母亲'。"

中川说的这句话出于何种想法，就令人捉摸不透了。照常规说，他对这个哀孤之子应该倍加同情，给予适当爱心才是，但是在罪恶战争毒素的浸泡下，一切都会脱离正常轨迹，甚至走向它的反面，包括人性在内。也许正因为他自小失去母爱，才对母爱出于忌妒、仇视、憎恨，直至要丧心病狂地毁灭它。也许这场恶作剧的动机和结果严重出乎他的意料之外。原本想看看母爱究竟有多深、有多伟大，结果却一手造成了如此壮烈的悲剧；如果当初决定亲自来处理匿婴事件，想一起杀了他们母子，用以抚慰自小心灵上的创伤，目的既然圆满达到，为什么又要如此嘱咐石桥怎样处理善后呢？是否为了遮遮观众耳目，“纯粹出于意外”，埋尸立碑也算掉了几滴悲伤眼泪？还是如此壮烈惨剧，终于撞击了他的罪恶心灵，叩开了善良之门，忽然产生了一丝内疚和痛心，出现了负罪感？还是终于在血与火、灵与肉的事实面前，平生第一次感受到母爱的真谛，承认了母爱是无可比拟的深沉和伟大？

若果真如此，华兰妞母子的死是用自己的生命涤荡了中川身上的豺狼兽性，从而唤醒了他精神上的一点点善良人性。

但愿如是说——阿弥陀佛！

三十二

华兰妞母子惨遭杀害的过程中,宗小花忽然中途离开,并非因为她已料到悲剧的必然,唯恐自己的精神和感情承受不住这种惨无人道丧心病狂的打击和摧残而故意逃避即将发生的令人发指的残酷现实。

她赶回图书室,一方面确实是为病危的妈妈。老人自从接受了麻生的治疗后,仍然不见效果,“需要住院治疗”怎么可能呢？即使去跪求石桥夫妇,他们不会同意,也不敢答应。现在只好听天由命了。在老人最需要她的时候,她怎么能不在她身边呢？

另一方面,她的感情不能沉浸在悲剧的血泪中,必须咬牙克制自己感情的释放,必须唤起惊人的自控力和超然物外的洞察力,只有这样做,才能收集到惨绝人寰的证据。她借故匆匆离开现场,自然要比陪站那儿流泪哭泣有价值得多。

她悄悄走到宗妈妈的身边,见老人还处在昏迷之中,她轻手轻脚从老人的破枕头里取出一卷草纸……

傍晚时下起了小雨。

夏小荷再次发起剧寒,冬梅和秋菊急得不知如何是好,两人呆呆看着瑟瑟颤抖的小荷。甜水妹和小无锡抱来自己的毛毯,加盖她身上,仍不见效。

流泪的小无锡说:“梅姐,看来她是从心里冷起,我脱掉衣裳焐焐她吧?”她由童年时的焐尿联想出这个办法。

秋菊不以为然,但没有说出口。

冬梅点点头:“试试看吧。”

甜水妹见小无锡脱光了衣服,她也不声不响解开衣裳。

两位只留着红色裤衩的姑娘睡在小荷的左右两边,紧紧挨着抱着她,都想把自己的部分体温甚至全部传递给患难与共的姐妹。

夏小荷虽然寒冷得牙齿直打战,但意识尚很清晰。她断断续续问道:“兰姐……怎么……不来……看我呢?”

冬梅忍痛道:“她还在给华宝喂奶。”

秋菊说:“她刚才来过了。”

夏小荷轻轻应了声,闭上了双目。

宗小花呆呆地坐在宗妈妈的铺边,看着老人出神……

当时在滁州车站刚刚结识她时,还谈不上什么感情。但是经过几个月的相濡以沫,她对这位孤苦善良的老人确实产生了真挚爱戴之情。当她不得不去应付洋子的时候,不得不去同中川周旋鬼混的时候,老人既恨她又疼她,虽然多次骂了她,哪一次不是流着眼泪鼻涕的?当她遭到别人欺侮时,老人能豁出命来保护她。老人不止一次说,把两人挣来的血泪钱好好留着,等出了这个火坑后,回吴县老家去,买两亩田地,再为她找个好夫婿,三个人准会过上舒心日子,一年半载再添个胖娃娃,等娃娃会叫奶奶的时候,就是笑死了也心甘如意了……

宗小花想到这些,不由地流下痛心泪水。

宗妈妈渐渐苏醒过来,脸上不再那么苍白蜡黄,精神也好转了一些。

小花不由欣喜地问她可要喝水。

老人轻轻摇摇头,抓住女儿的手,吃力地说:“你我虽然是认的母女,你待我确实很孝顺。你把我的钱都为你留着。今后你不管有多苦、有多痛都要咬牙活下去,一定要跳出这个火坑……你可恨妈?”

小花流泪道:“妈,女儿从未恨过你,我可对天发誓。”

“我相信。”老人喘息了一会儿又说:“我死后,灵魂不会离开你的,会保佑你逃出这个火坑的。”

小花忍住悲痛,宽她心说:“妈,你怎说这话呢?你以后不是要带我回老家吗?”

“不可能了。我刚才见到他们两人了,他们都望着我哭……”老人泪珠滚滚,气阻不语。

小花给老人抹抹胸口。

老妇强氏推门走进来。她见宗妈妈病得这样，哽咽道："老姐姐，都是我害了你们母女啊！下世我变牛做马，到你们身边赎罪。"

宗妈妈微微摇摇头。

宗小花泣说道："强妈妈，我们不怨你。都怪我们命不好。"

老妇擦擦泪水，做了个手势，把小花悄悄招到一边，小声叽咕起来……

夏小荷终于又过了发寒周期，精神又渐渐恢复过来。她看看身边的两位姐妹，低声说："我梦到我的父母了，他们浑身是血，站在我面前。我妈指着我肚子。我正要告诉她，被我爸推了一下。我吓得一惊，醒了。"

"那时候我刚刚睡着，就被你惊醒了。"小无锡笑道。

她们的小声谈话，惊醒了和衣睡在那头的秋菊。她见小荷有点儿精神了，几天来她心中一直想问的问题，她想趁这个时候问清楚。

秋菊坐到小荷身边，小声问道："小荷妹，那天小花对你开枪时，我们没有见到全过程。你实话实说，你有什么看法？"

夏小荷想了想说："说句良心话，她根本不想杀死我。尽管我再三要求她，她也下不了手。后来中川把枪拿去，打了几枪后，又把枪硬塞给她。她大概以为中川考验她吓唬我，认为里面没有子弹了，才扣动了扳机的。"

秋菊点点头："原来是这样。"

小荷道："她跟我往日无冤，近日无仇，为什么要杀死我呢？你们还怀疑她告的密，我看她也不是那种人。她虽然与我们有点格格不入，也不能全怪她。我们的人对她也不是怎么友好的。菊姐，我说的对吗？"

秋菊连连点头，心想她也成熟了不少，看问题也会分析了。

小无锡说："你的心真好。"

小荷又说："她三番五次去陪中川，我们也不能全怪她呀，因为她长得比我们水灵，中川这条色狼盯上她了，叫她怎么办？除非用死来拒绝。我听人说过，宁为玉碎，不为瓦全。站在一边说起来很轻巧，临到自己真正做起来，就不那么容易了。"

"对。我们又何尝不是如此。"秋菊说。

小荷静息了一会儿，突然又说道："菊姐，你以前说过，要给我的宝宝起名字，你先说说看，起个什么名字好？"

秋菊笑道:“你这就让人为难了,是男是女还没有见到,叫我怎么起?”

小荷笑道:“菊姐是个女才子,起十个也难不倒你。你就起一男一女两个名字吧。”

小无锡笑问:“你肚里是双胞胎?”

小荷道:“那倒不一定。我看都备着,到时就好挑着用了。”

秋菊皱眉沉思起来,眨眼工夫,她笑说道:“若生男娃,叫夏中强;若生女娃,叫夏中慧。你看好不好?”

“好,好!叫得响,意思好。小无锡,你快请菊姐也给你先起两个备着。”

小无锡凄然地摇摇头,说:“我这世生不了孩子了。”

“为什么?”两人都惊问她。小无锡潸然泪下,她心内犹豫着,家丑是不是可以外扬呢?

再说图书室里,宗小花在老妇的指点和帮助下,已经给宗妈妈换上干净衣裳了。

这些干净衣裳上的补丁都被老妇拆揭掉,纽扣也统统剪去,用临时穿上的布带代替,并且把几条裤子的下裆均拆去缝线一尺多,在她的下身垫了几层布。这类约定俗成的古老做法,宗小花还未见识过,更不懂之所以要这样处理的其中奥妙。

气短而急的宗妈妈忽地呼吸趋于平静,精神又好点儿起来,半睁着双眼,费力说道:“日后出了……”老妇慌忙把小花的泪脸推到老人的嘴边。“……这火坑……找个好人……成个家……要抓住钱……不要再买……牙……粉!”

老人忽然再次气急气短起来,大张着口,出气大进气小,好像要把一生的怨气吐尽,才能使冥冥旅途感到轻松。她苦难的一生,所受的怨气和痛苦真是太多了。在人间已经负重了一辈子,岂能再背着它们走向另一个世界?

无怪许多人在临去前夕,都要经受这段苦难历程的煎熬,原因当然不尽相同,总体可分两类:不是哀叹苦难的人生终于结束,就是慨叹美好的人生何以太短。

忽然,老人大张着口呼出重重长长的三口气,怨气终于吐得不剩一丝一缕,从肉体到灵魂都得到了解脱!

宗小花不由抚尸大哭起来。

老妇也恸哭不已,她忽然拉起小花说:“你离她远一点儿哭,泪水不能滴到她身上!”

宗小花已哭昏了头，哪里还管这么多，面颊贴着老人脸，双手在她身上揉搓着。

老妇急忙把她硬拉起来，擦擦泪水说："你守着，我去厨房烧点儿热水来，给她把老脸洗洗。"

老妇走了以后，宗小花急忙从枕下取出相机。她把老人衣服整了整，头发向上捋了捋，站在一边调试光圈、速度，她要把老人的遗容认真留下来，以作终身缅怀。

几分钟前的凄切哭泣声，惊动了尚未脱衣就寝的黄秋菊，她立时想起病危的宗妈妈，不由吓了一跳，立即轻轻开门走出屋。外面雨还下着，并刮着呼呼的西北风。她恐怖地望望电网那里，不由毛骨悚然。她撑着胆屏着气，奔向图书室。她猛然闯进门的时候，忽见宗小花把眼睛上什么东西快速藏了起来。她愣了一下，见宗妈妈果然驾鹤仙去，忍不住痛哭起来。

洋子在睡梦中似乎听到悲悲切切的哭诉声，她不由惊醒了。她推推身边丈夫，说："你听，好像有人哭叫？"

石桥谛听了瞬间，果然有哭声，对妻子道："不要理它。她们准是又想到那个姓华的了，支那人的泪水比尿还多！"

"你太冷酷了。人不到伤心的地步，泪怎流得出来？"说完，她拉亮电灯，见闹钟上的指针是十二点十分："我起来去看看。"

石桥一把搂住她，吓唬道："外面又黑又下雨，你不怕姓华的凶女人？"

"冤有头债有主。她就算是个厉鬼，也不会找我报仇的。"

洋子虽然这样说，心里到底产生了惶悚，加上丈夫真的不愿松手，她也懒得起来了。

石桥拉熄了电灯。

洋子尽管全身处在温暖的怀抱里，但睡意已经完全消除了。

宗小花见黄秋菊哭得如此伤心，不由抱着秋菊也号啕大哭起来。

两位聪明美丽、善良纯真的姑娘，双方之间尽管还隔着一层尚未捅破的薄纸，但是这层两人故意保留着的障碍并不影响她们的感情沟通、思想共鸣。她们借着这个特殊处所，除了一个冤死者的遗体外，再也没有第三者，正好宣泄悲愤情感。几个月来积郁心底的悲苦、忧惧、屈辱、愤恨……像被打开闸门的潮水，汹涌澎湃地发泄出来。她们好像都在借着老人的未寒之躯做着个人情感的淋漓尽致的真正宣泄。在簌簌而落的泪水里，更多的是为自己的苦难不幸和危惧渺茫的前途所流淌。

一株是生发在春末夏初的牡丹，它是在阳光雨露充沛的优越条件下含苞待放的，岂知一场“六月雪”从天而降，无情毁灭了它的盛开憧憬。一枝是金黄色的秋菊，自它在母体上孕育成芽之际，就经受着风霜严寒的侵袭，终因自身气节品格，不肯“零落成泥碾作尘”，傲霜斗雪战严寒，谁知正待含笑怒放，被一阵魔鬼飓风肆虐地席卷到源头根本的广漠大地上。

她们真是同病相怜、惺惺相惜，互相搂抱着，哭泣了好一会儿。直至老妇打来洗脸水，她们才互相为对方擦去似乎擦不完的泪水，收住哽咽，帮助老妇做起正事来。

黄秋菊替宗妈妈梳整着半白的头发，老妇给她认认真真仔仔细细擦拭着脸面。

宗小花跪在老人脚前，双目茫然看着遗容，心中暗暗诉说着：宗妈妈，我本人向您表示深切的歉意和沉痛的悼念。感谢您的古道热肠、真诚帮助。我永远都叫宗小花了。妈妈，您老若是地下有知，敬请安息吧！

外面还刮着西北风，雨虽然渐渐小了，继之而来的却是滚滚雪珠，它们跌落到瓦面墙头上，还活蹦乱跳，当它们再沦落到地面上的污泥浊水里时，倏然失去活力，消灭殆尽了。

黄秋菊止住了泪水，拉拉小花的手，对老妇说：“强妈妈，我同小花一同去看看小荷，你一人守在这儿怕不怕？”

老妇说：“我不怕。就算我对这老姐姐有罪，也不能全怪我啊！小花姑娘，你说呢？”

宗小花点点头：“我也不怪你老人家。我不相信你老是故意害我们娘儿俩的。”

老妇合掌念道：“阿弥陀佛！你们快去吧。”

两位同龄同命的姑娘走进二十七号时，见夏小荷额上敷着冷水毛巾。

昏黄的烛光在她们带进来的寒风中瑟瑟摇曳了几下。为了节药用电，不开班的晚上电灯只供给到八点。

严冬梅也过来了，她正拧着另一条毛巾。

甜水妹看看进来的两人，只看着一人说道：“秋菊姐，她又发烧了。”

严冬梅也不理宗小花，小花只好尴尬地站在一边静看着。

秋菊道：“冬梅姐，如果说是疟疾，又不像。寒与热之间的相隔周期一次比一次缩短，这究竟得的是什么病呢？”

宗小花出了一会儿神，斟词酌句道："冬梅姐，我觉得可能是……"

"可能是什么？是猫哭老鼠——假慈悲！"甜水妹抢过她的话头说。

秋菊对甜水妹说："求求你，别再打窝内战了。她也是苦命的人，她妈妈刚刚过世了，是我硬拉她来看小荷的。"

冬梅、甜水妹和小无锡都吃了一惊，她们怔怔地看着宗小花。

冬梅见小荷动了动嘴唇，想要说话了。她转过脸对宗小花说："这儿你帮不上忙，谢谢你好意。你快回去守着你妈妈吧！"

宗小花站着不语，泪水盈眶……

甜水妹把门开成一条缝，说道："现在我们这儿再也没有什么好打探的了。"

宗小花叹口气，只好转身向门口走去。

她站立门外，又掉过头，向铺上的小荷投以深情而痛心的凝视……

门被无情关上。

夏小荷喃喃地说："你们不能冤枉她，她是个好人。我把话都告诉秋菊姐了，无锡姐也听到的。"

她们两人目视秋菊，秋菊点点头。

宗小花掸去身上的点点雪花，推门进入图书室。她叫老妇去休息，由她一人守着。

老妇说："我睡不着，就让我多陪陪她吧。"

宗小花点点头，过了一会儿，对老妇说道："我刚才见小荷的样子，恐怕很危险。"

老妇说："这个姑娘是吃黄连籽长大的。她们那儿人多，我还是陪着你们娘儿俩吧。"

再说夏小荷的脸上骤然火红，眨眼工夫，脸上汗出如豆……

秋菊对冬梅耳语道："依我看，我们不能尽往好处想，今夜恐怕凶多吉少，应该早做准备为妥。"

冬梅点点头，小声道："不能让她听到。没穿过的内衣内裤，我一件也没有了。你可有？"

秋菊摇摇头。

冬梅又悄悄问了甜水妹和小无锡。她们都说没有上过身的没有，洗干净的倒有。

秋菊说道："你们先把她外衣上的'慰'字抠剪掉，准备好。再翻翻她的包袱，看里面可有什么能用的衣服和鞋子。我出去一下就来。"

秋菊见雪已下大，她此时反而一点也不害怕了。她匆匆跑到二号门口，敲起门来。

和子被叫醒了，她披衣开了门。

她听秋菊如此这般一说，惊骇不已，一边穿衣裤，一边连连说有。

和子穿好衣服，从箱子里找出一身洁白的内衣，随着秋菊急急而去。

和子的前号房是樱子，后号房是木子。樱子被敲门声惊醒后，屏气竖耳听着隔壁话，刚听了两句，不由大吃一惊。等她两人离开屋后，她坐起来，披上衣，点亮蜡烛，望着跳动的火焰出神。

她忽然想到，那天在船上玩弄过夏小荷以后，她睡在中川的怀抱里，当她问究竟如何处理这件事的时候，中川嘿嘿奸笑道："几天一过，你就会明白的。"她现在悟想到难道在几天前就对她暗暗下了毒手？

她又想到夏小荷对她还不错，真是个老实姑娘，再脏的东西都肯为她洗涤。她又后悔，当初不该意气用事，真是受到了鬼使神差。她再想想，又原谅了自己。这种事情，迟早总会东窗事发的，我只不过把时间向前提了一些。如此一想，她毫无内疚，更谈不上什么负罪感了。

她想到小荷的好处，觉得果真危在旦夕的话，最后一眼还是不能不看的，既体现了我的一番情义，同时又可见识见识中川的手段究竟有什么奇妙之处。

她衣服穿了一半，停住了，忽然想起昨天上午惨死的华兰妞。此刻深更半夜，岂能孤身出去？她忽然想到了好友木子。她边穿衣，边冲着隔壁大喊："木子，木子快起来！"

和子和秋菊进屋的时候，夏小荷大汗淋漓、气喘不已……她的眼前忽然出现——

痛哭流泪的母亲。

站着无头的父亲。

挑在刺刀上手舞足蹬的弟弟。

夏小荷眼前突然转变为：

明媚的阳光，绿茵茵的草地。

一双活泼可爱的孩子在草地上嬉戏。

夏小荷笑道："中强、中慧，快来亲亲妈妈！"

严冬梅莫名其妙问道："她在喊谁？"

秋菊擦去眼泪说："是我为她孩子起的名字。"

和子流着泪，将内衣递给冬梅，小声说："依我说，快给她把衣服穿上吧。"

冬梅点点头，俯下身，轻轻说道："小荷妹，小荷妹……"见她慢慢睁开眼了，又说，"我给你把身上用水擦擦，把衣裳穿起来可好？"

小荷艰难地点点头，呻吟道："我要离开你们了。我刚才……又见到……我的家人了。"

冬梅及和子她们七手八脚为她擦着全身。

秋菊俯在她身边，悄声问："小荷妹，你有什么话就对我们说吧。"

小荷目光扫视屋内，小声问："兰姐呢，兰姐怎么还没来？我有话要对她说。"

昨天上午十点左右，她正处于高烧昏迷状态，场地上发生的一切她一概不知。她现在提出的要求，令冬梅她们犯难了。

秋菊说道："天冷，她正陪着华宝睡觉，我们不好喊她来。"

小荷又说："求她来一下，我有话要对她说。"

甜水妹和小无锡急忙捂着嘴，夺门而出，她们站在风雪交加的走廊上，互相抱着，悲痛得肝肠断绝。

秋菊关上门，对冬梅使眼色。

冬梅强忍悲痛，强装笑容说："你有什么话，告诉我梅姐一样的，或者我马上再告诉她。你看呢？"

和子已经为她把上身衣服穿好了，她对冬梅指指自己的下身，摇摇手。

冬梅明白她的意思了，点点头。

小荷喘息了一会儿，低声说："各位好姐姐，按我们家乡……说法，女人是不能……怀着孩子……上路的……"

冬梅点点头，擦去泪水："你说吧。"

小荷说："我死后，你们要帮我把这冤家不论是中强还是中慧接出来啊——"

冬梅哽咽道："我们一定求麻生医生暗中帮这忙，让你抱着孩子去见你的双亲和弟弟。”

小荷微微点了点头,闭上眼睛休息了。

甜水妹和小无锡又悄悄推开门,走进来。

和子将衣角使劲咬在口里,给小荷整理着几件外衣和鞋袜。

小荷又睁开眼来,喘息道:“这个冤家,虽然是个野种,他到底是我身上的肉呀!等日后胜利了,求姐姐们,把我们的遗骨送到我家乡,并葬在我父母身边……”

冬梅泣说道:“好妹妹,我们一定办到,决不让你做异乡孤鬼。你还有什么要求?”

小荷轻轻叹口气,又说:“兰姐平时对我好,最后了,怎么还不来看我呢?你们几个姐姐,要帮她……把华宝照看好。”

秋菊点点头:“那自然。她们已去喊过她了。她马上就来。”

小荷喘息了一会儿,轻声细语说:“小花姐是个好人,你们,不能再……”

冬梅擦去泪水,连连点头,说:“我都明白了。你放心吧!”

夏小荷突然浑身痉挛、抽搐,双手乱抓瞎揪,小腹拼命向上挺起……膝盖向上弯曲,两腿战栗不已……

冬梅等人惊骇得瞠目张口,紧张得敛息屏气,注视着她的一举一动。

秋菊说:“快给她把下身衣服穿好吧。”

和子和冬梅连忙为她揭去三床毯子。

忽见她的两腿之间出现严重潮湿!

和子惊叫道:“可能要流产!”

冬梅对甜水妹和小无锡说:“快去喊强妈妈来。”

和子从铺边抓来一把草纸,塞在小荷的身下,对冬梅说:“这点儿不够,快去多找些!”

冬梅和秋菊都尽其所有从自己屋里拿来了。

双腿吓得打战的强妈妈,在两个姑娘的扶持下,喘息着赶来了。

小荷脸色像黄纸,双目紧闭,牙齿咬得格格响……

强妈妈掀毯看了一下,她抬起头,呆看着冬梅。

冬梅急问:“怎么样?”

老妇摇摇头:“大人没有力,孩子难出来。你看怎么办?”

冬梅和秋菊小声商量了几句。冬梅问:“可曾见到呢?”

老妇用肘袖擦去泪水说:“刚刚露出顶。”

冬梅咬咬牙,把桌上的剪刀递给老妇。

老妇拿着剪刀的右手哆嗦不已。她又望望秋菊,秋菊点点头后立即转过身子,双手紧紧捂着脸。

和子举着蜡烛,尽力使亮光多一些在老妇的手上,可是流淌的烛液像涟涟泪珠一样,落在老人手臂上。

小无锡听到有人敲门,她打开门,进来的竟然是洋子和樱子。

樱子见夏小荷的脸痉挛扭曲得已经变了形,心里不由惊悸了一下。

忽然见老妇用一双血红的手从毯下拖出一个满身血污的男婴,抹去污秽,只见全身乌紫。老妇倒拎婴儿双脚,连连拍着后背,仍不见效。老人将其掉过头,对着他嘴吹气。吹了好久,还是没用。老妇只好用备下的毛巾将死婴包扎起来,送到母亲怀抱,流泪说道:“小荷姑娘,孩子生下来了,是个男娃。”

气竭力尽的夏小荷在迷糊中突然听到这句话,用右手摸索着孩子,倏然双目圆睁得几乎眦裂,望着空中,望着樱子站的方位,叹出一口长气,右手忽然滑到铺面上。

樱子被惊吓得昏厥了,忽觉天旋地转,立脚不住,如果不是洋子一把抱住,非跌到小荷铺上不可。

洋子与和子连忙把樱子架出门去。

二十七号室内,终于爆发出呼天抢地的大哭声、回肠九转的哀号声……

此时已经是十二月十三日的凌晨两点钟,夜空中的大雪像搓棉扯絮一样纷纷扬扬,朔风暴虐狂嚣,打着凄厉的呼哨,裹着洁白无瑕的雪花,在严寒冷酷的夜空中撞击来冲击去……

后来,据我国气象部门记载,这是我国近代史上最冷的一个季节中的最严寒的一天。

三十三

天明了,但是并不亮。天上还飘着小雪。天空灰蒙蒙,阴惨惨;地上白茫茫,冷飕飕。远方的山峦在飘飘洒洒的雪花中缥缥缈缈,依稀恍惚。眼前的树木枝枝丫丫都忍受着积雪的凌辱,许多冻僵的枝条纹丝不动,失去昔日婆娑飞舞的朝气,还有一些在寒风中瑟瑟颤抖的细枝,随时都会遇上遭折的厄运。所有房屋和其他杂什建筑,均披上了白纱围上了白幔,同化在素白色的大地上,远远看去,分不清哪儿是有人烟的集镇村庄,哪儿是豺狼出没的荒山野岭。

阴霾的天空,又雪花纷飞……

玉女祠小学操场上一平如砥,虽然天亮了好一会儿,雪地上仍然不见足痕。

四个华女一夜都没有回到自己的号房,她们把夏小荷铺前的书桌搬到走廊上,在空出的地方又铺了一张铺。几个人围着毛毯和衣倒在铺上假寐着。谁也不忍心离开她,似乎要呆呆痴痴守护她一辈子。

静静躺着的夏小荷,右手臂里睡着双目紧闭的儿子夏中强。她自己似乎毫无睡意,两眼瞪得像中川用的酒杯,呆呆的目光滞留在屋顶透着一点亮光的罅隙上,似乎从这里才能抱着自己的孩子冲出樊笼,走向无忧无痛的幸福天堂。

这双饱含忧郁、痛苦、悲愤、解脱的大眼睛,几个小时前老妇用热毛巾焐了又焐、抹了再抹,手一松依然如故。老妇只好合掌口中念念有词了好久,最后又加了一句:“小荷姑娘,你的冤情我们都知道了,你就闭上眼吧!”慈悲的老妇捣鼓了好一阵,仍然毫无见效。

甜水妹哭道："强妈妈，随它去吧！我们不怕。"

黄秋菊哽咽道："这样顺其自然也好，我们何必一定要强求她呢？"

老妇只好放弃了追求，她同她们打了个招呼，就去陪同宗小花共同守护宗妈妈了。

天上没有了太阳，黄秋菊的手表也早就遗失了。大约到九点钟，中川穿着被华兰妞舔得雪亮的皮靴，率着一小队人马和麻生医官，把雪地践踏得嘎吱嘎吱直响，从刚启的大门雄赳赳开进来了。

佐藤和海部站在二十七号门口，佐藤喝令："中川将军命令，各人立刻回自己号房。违者格杀勿论！"

秋菊她们三人看着冬梅。冬梅沉思了一会儿，对她们点点头，并拿上自己的毯子出门了。

老妇和宗小花也被撵出图书室。

各号门外，均挺立着一个端枪的日寇。

洋子领着麻生走进一号房。他为发热迷糊的樱子量了体温，听了胸音，取出几片药包好，交给洋子说："可能是受了惊吓，又着了点儿风寒，没有什么大病。"

麻生出屋时，只见佐藤和海部两人用绳子各拖着一筒芦席卷分别从两个门里走出来。

从二号房向后，各门都开成一条缝隙，各人瞪着恐怖或是悲愤的眼睛，呆呆看着在风雪中被牵引着的芦席卷。

因为两尸均被一张陈旧的芦席横着卷起来的，所以她们的头顶和踝骨以下的部分均裸露在许多以目送葬人的眼里。老人的稀疏白发在寒风中战战栗栗，仿佛病老的躯体实在难以与这严寒酷冷的天气抗衡，宁愿提前得到解脱，巍巍颤颤地走向西方极乐世界去了。夏小荷的头发也被收尸者弄散了，有几簇黑发在摆动，在摇曳，似乎在向姐妹们挥手告别，叮咛她们各自珍重，更像在招手呐喊，要向姐妹们解释两眼之所以不肯闭上的原因，死得不服，死得太冤，我还年轻，我还有孩子啊！恳求姐妹们快快来解救她……因为是头前脚后顺着拖的，小荷的席卷刚拖了几步远，僵硬的脚上的一只鞋脱落到雪地上了……

立在门口目送的宗小花，突然冲过防守的鬼子，哭叫着扑向雪地，想去给她再穿上鞋。鬼子抢先一步，用枪托猛地砸向她的臀部，她一个趔趄栽倒雪地上。

两筒均露着头发和双脚的席卷略为迟疑了一瞬间，又被徐徐拖向前，拽着经过各号门口。另三只鞋也相继脱落留了下来。在飘飘洒洒的雪花里，那双充满胼胝的脚掌在它痛苦漫长的一生中还是第一次享受空间的转换，而不需要它再去磨砺坎坷崎岖的道路……在纷纷扬扬的雪花中，那双还算娇嫩的脚板，在征途上刚刚磨出的水泡血泡，还没有等到它蜕变成茧，就过早失去日后千锤百炼的机会了……两捆席卷终于被拉出大门外去了……鹅毛大雪仍在搓棉扯絮下着……

号房内没有哭声，也没有点滴动静。

迷茫而又惶悚的石桥站在中川身边，他甚感奇怪、惊讶。这种清冷宁静、和平安详的场面太出乎他的意料了。

中川皱了皱眉头，白了石桥一眼。

站岗的那些日寇也深感扫兴，他们背着枪，站成队，偃旗息鼓撤退了。

中川临走时，洋子对他悄声说："将军，樱子小姐病了……"

中川做了个手势，回答道："让她好好休息，我不便打搅了。"说完，凝视着洋子被冻得通红的脸蛋出了一会儿神。

雪下得更大了，纷纷扬扬，飘飘洒洒，眨眼之间就把操场上两道深深的席辙填满了。

这是她们苦难人生留下的最后一道印辙。毫无公道可言的老天爷，竟然也不肯让她们在亲人的眼中多延迟一会儿，一瞬之间，驱使无情的雪花把她们填满填平了，加上助纣为虐的朔风一刮，掸扫得与其他地方一模一样平平坦坦，看不出一点点蛛丝马迹——跌倒在雪地上的宗小花这样想。忽然，她发疯地用战栗的双手在积雪中神经质地乱摸……一只……两只……她终于找回了四只失落的布鞋。

严冬梅等四人立即奔向雪地，把小花抬进自己室内，她们边给她掸雪，边对她泣说道："小花妹妹，这鞋子以后我们再烧给她们吧。"

从这天开始，慰安所又开始由一日三餐改为每天两顿。原因之一，雪天工作暂停，能量消耗当然不需要那么多了。第二，军方配给的粮食不但数量有些减少，而且主粮大米严重不足，仅以一些变质的杂粮代替。

各所头人均向慰安妇们做了出此下策的解释："目前天寒地冻，皇军为了人道和友谊，拨出部分粮食，赈济支那的穷苦百姓，特别是黄泛区的灾民。所以希望大家给予同情和支持，帮助我们克服暂时困难。"

搞政治的，往往喜欢把话反过来说。专门从民口夺食的侵略者，何时对中国灾民放过赈？粮食短缺的真正原因，具有政治家头脑的冈村怎好向下面实说。除了源头枯竭而外，在大别山区，即在侵略者的后院，还隐伏着廖磊二十一集团军的游击部队。廖部向西能夺取平汉线上的物资，向南能截获长江上的军需。他们化整为零，轻车熟路，冈村就是奈何不得！

石桥所的日籍女人都相信这是高尚的天使爱心，韩、菲两国人将信将疑，华人都知道他们撒谎骗人。

有些杂粮，黄秋菊、宗小花等人从未见过，吃到嘴里难以下咽，好在几天一过，也就“饥不择食”了。

下午四点晚餐时，因为天寒，石桥往茶缸里倒了半缸开水，将贮满酒的长颈瓷瓶按入热水里温着。他面前仅有一把下酒的花生米。他一边看着妻子用火油炉子煮面条，一边自斟自饮。从妻子的麻利手脚看到她脸上温柔贤良的样子，忽然想到上午中川对她的异样眼光。他感到迷茫费解，是否有话想对我们说，因为人杂又不便启口？他想，吃喝过以后，不妨赶去看看。一方面向他解释一下今晨在电话里并非是自己的危言耸听，夸大其词。或者调个面说，也许正因为你的亲自出场才使华人泄愤闹事的骚动像婴儿夭折胎中一样，终于化险为夷。上次山东女的死她们聚众闹事，我个人吃点亏算不了什么，但是却丢掉了大和民族的脸面，像那样的忍辱负屈，只能发生一次。

另一方面，本所接二连三减员，以后为天皇骄子的服务就必然显得力不从心，影响我个人收入是小事。你为其他各所“就地取材”陆续增补了不少，本所也请求如有机遇也适当补充一点儿。我不想近水楼台特殊照顾，当然也不能做只铁公鸡。

石桥又斟满第二杯。他的思绪像一只健飞的苍蝇嗡嗡嗡地转了一大圈，又落回原处。中川离开之前，目光投向的是洋子，看来是有话要对她说。如果是这样，我去就不一定合适了。

他把酒一口干了，叫来妻子，将刚才的所想浓缩成两个字，一谢二求，请妻子去辛苦走一趟。

洋子听丈夫说了许久，想了想才说：“这些外务方面的事，还是你们男人办起来左右逢源。”

丈夫笑道：“男人办事的成功概率哪有女人高？尤其是漂亮的年轻女子，在嗲

哆缠缠、颦颦笑笑中,顺其自然,事情就能圆满办妥了。”

妻子笑道:“我已人老珠黄。你们是好朋友,还是你自己去好。”

他为妻子斟满一杯:“来,喝杯热酒,抵抵路上的风寒。算我求你了!”

妻子接过酒杯笑道:“不能无缘无故去拜访他呀,总得找个什么借口才好?”

丈夫苦思冥想了许久,忽然一拍桌子惊叫道:“有了!前天我们杀的那条野狗,肉吃了我还留着狗肾没有舍得吃,现在只好忍痛割爱了,再带点枸杞去,告诉他,将这两样东西煨了吃,在数九寒天是大补的,比大力散有效得多。”

妻子红着脸说:“你们男人真没出息。我就不相信它有用。”

“你不相信?我听人背地里说,谷寿夫将军攻陷南京以后,把那些年轻力壮的俘虏兵杀死以后,都由他的保健医官对体温尚热的尸体一一动了手术。”

妻子不由毛骨悚然,急忙喝了一口压惊酒。

第二天天放晴了,但气温异常低。

这天中川心情特别好。他见皑皑白雪铺天盖地,玉树琼花,琳琅满目,忽然激发起去登岳阳楼看雪景的兴致。他把兴趣告诉他的副官,希望他立刻安排一下。

中川猛然想起自己的呢大衣昨夜借给别人穿走了,他骂勤杂兵是蠢猪,昨夜送客时为什么不直接带回来。就在这时,佐藤将他的大衣送来了。

炊事兵给他端来一小碗羹汤。他用汤匙喝了两口,觉得很苦涩,心想苦口必定是良药,所以一鼓作气把它吃尽喝光了。眨眼工夫,他觉得身上真的暖洋洋了,似乎丹田区域顿生的一股阳刚之气蓬蓬勃勃,就要从根根毛孔下冲突而出。

精神焕发的中川披上大衣,带着岸信、麻生等人,立即坐上汽车,向游览胜地进发了。

雄踞岳阳西门城头的岳阳楼,建筑精巧雄伟,为我国江南三大名楼之一,自古就有“洞庭天下水,岳阳天下楼”的赞誉。

北宋滕子京贬为巴陵郡守,他重修岳阳楼后凭栏远眺,不禁雅兴大发,欣然作词一首:“湖水边天,天边水,秋来分澄清:君是小蓬瀛,气蒸云梦泽,波撼岳阳城。帝子有灵能鼓瑟,凄然依旧伤情。微闻兰芷动芳馨,曲终人不见,江上数峰青。”他修书一封,并将这首词附入其中,派人送给挚友范仲淹。

范仲淹当时远在千里之外的西北边陲任职。古楼未能有幸瞻仰,新修后也没有去参加“剪彩”，但是凭着他的横溢才华、惊人想象，写出了千古绝唱的散文《岳阳楼记》。大作写得文情并茂、情景交融。三百六十字，字字是珠玑，句句是名言。文中警句成为当时及后人处世做人的镜子。从此以后，楼以文而闻名，文以楼而不朽。

此楼所处位置极好，它屹立于岳阳古城之上，背靠岳阳城。若在往昔登上此楼，俯瞰洞庭湖，遥对君山岛，北依长江，南通湘江，极目远眺，一望无垠，白帆点点，云影波光，朝晖夕阴，气象万千。

可惜，今日的岳阳楼为大雪所覆盖，为寒气所包围，像一位垂暮老人一样，在寒风中微微发颤，轻轻叹息，完全失去了往昔的精美雄姿。孤独僵立的老楼似乎在叹息，自它问世以来，尽管罹难多次，这次虽然幸免于兵燹，但是它“不以物喜，不以己悲。居庙堂之高，则忧其民”。它那颗苍老的心，面对破碎失色的大好河山，在暗暗流泪滴血啊！

楼下楼上纯洁晶莹的白雪，被带着马刺的脚印践踏得嘎吱呻吟，变得黄褐污秽。

中川登上最高的第三层，凭栏伫立，极目四望，触目所见的地方气腾腾雾蒙蒙，鼻子下面的身边尽是白茫茫清一色。他心中不由怅然若失。忽然一股朔风夹着寒气向他袭来，他不由将呢大衣的两襟紧了紧。

他转脸对岸信说：“支那人都说‘洞庭天下水，岳阳天下楼’。依我所见，也不过如此。嗯，关于这楼有哪些传说和典故？”

岸信一惊，立即终止思绪，一点头笑道：“据说它始建于唐代鼎盛时期，大修于北宋滕子京之手。我们现在所见的此楼，是知府张德容在光绪六年将楼址向内移六丈重修的模样。其他的情况，卑职就不太清楚了。”

立在他身后的麻生心想岸信君今天怎么了？回答得如此枯燥无味，仅仅说了此楼建修的三个不同时代，为什么大智若愚起来？

中川又对麻生道：“麻生君，你对汉文也颇有研究，与此楼有关的一些典故，能说出一二则吗？”

麻生道：“卑职仅知北宋有个大文豪范仲淹曾写了一篇千古绝唱的《岳阳楼记》，内容我记不清了。”其实他全文都能背诵，只是不想对牛弹琴：“卑职只记得其中一句，‘先天下之忧而忧，后天下之乐而乐’。”

中川茫然不解，小声问道："请你再说说这句的意思，看与我的理解同与不同。"

麻生道："无论为国为民，忧要忧在天下人之先，乐要乐在天下人之后。"

中川凝视远方湖面上的氤氲，沉思了一会儿，笑道："天下人不忧的事情你偏要去忧，岂不是杞人忧天？天下人都在尽情快乐着，你却独处一隅不肯参与，是消极厌世还是看破红尘了？"说完，大笑起来。

岸信笑笑说道："将军的见解独特新颖，真让我们茅塞顿开。"

中川哈哈大笑，跺跺脚，指指楼，轻蔑地说道："支那人惯于喜欢故弄玄虚，这种破烂建筑，依我看只能说是这个民族的敝帚自珍罢了。"

麻生心中不由隐隐作痛，继而又想到荣升与贬谪、武夫与文士、官宦与庶民、富绅与乞丐……假设他们都同时登上此楼，怎能不"览物之情，得无异乎？"如此一想，心中释然了。

忽地从他记忆中跳跃出杜子美的一首五言诗来，那是这位穷困落拓一生的中国诗圣在唐代大历三年（公元 768 年）偶登此楼远眺故乡的感怀之作。麻生想到这儿，不由默默吟诵道："昔闻洞庭水，今上岳阳楼。吴楚东南坼，乾坤日夜浮。亲朋无一字，老病有孤舟！戎马关山北，凭轩涕泗流！"他将尾联又重复吟了两遍。此时此地，他对此诗感触极深，在战争烽火中，他太思念故乡了。

因为中川觉得耳闻不如一见，见了也不过如此，登楼不到半小时很觉索然无味，他就掖紧大衣，返回楼下了。

宗小花彻夜难眠。她失去宗妈妈以后，觉得自己形影孤单了。老人在时，生活上互相照应，精神上互相慰藉。即使被老人数落或怒骂，她也觉得这是出自对她的关心和爱护。今后再也不会遇上如此善良的老人作为她隐蔽生活中的忘年交了。

我要尽快跳出这座樊笼！她最后想到。

黄秋菊醒来时，透过玻璃窗洞见天已放晴，她又懒懒地躺了一会儿，才穿衣起身。

她出门去洗漱时，见雪地上出现不少新留下的脚印。依据足迹的来去，她知道哪些人已起，哪些人还睡着懒觉。她见宗小花还没有出门，有些不放心，她走到门前轻轻推了一下。

"谁？"宗小花惊问。

“是我。睡多了对身体不好呀!”

“是秋菊姐,你使劲推吧!”

两个少女在去厕所的途中,经过厕所与一座小屋组成的死角地带时,不由惊喜不已。

一株很少见到阳光的蜡梅,在凛冽刺骨的严寒中喷香怒放,金光熠熠,每根枝条上虽然还附着晶莹白雪,但她们丝毫无惧色,迎风斗寒,傲然挺立。

两位姑娘都凝视着这株傲然怒放的梅花出神了,谁也不开口,谁都觉得这里只有自己和这株令人可敬可佩的梅花。似乎她们又都忘记了自身,眼前见到的是一株不畏严寒的梅花和一位不畏强暴的姑娘。

不知过了多久,黄秋菊似乎被砭骨的寒风刺醒了,开口道:“栽树的人也太缺德了,怎能把这种风致清雅的花树植种到如此难见阳光和雨露的污秽之地呢?有点儿像气质高雅的皇后被无情打入了冷宫。”

宗小花听了,苦苦一笑道:“依我看,她的立足之地正得其所。”

秋菊问:“此话怎讲?”

小花道:“一是看看她生长在这种污秽之地,开出的花儿香与不香;二是考验她没有阳光沐浴、没有雨露滋润有无生存下去的顽强毅力。”

秋菊凝视小花,毅然地点点头。

小花小心地将一枝修长枝条扳成弓势,将五瓣金梅送到鼻下嗅嗅,又用左手爱抚地捋捋花朵,心中不由想起一首颂梅歌曲……

梅花是“中华民国”的国花,是国人景仰崇尚的花朵。她身处这种特定环境中,见到了心中钦敬景慕的国花,能不心潮起伏吗?

她从这株受尽风雪严霜折磨的梅花联想到多灾多难的民国。经国父发动第十次的武装起义而苦苦建成的民国,像刚降临人世的婴儿,就被袁大头窃取了。接着就是“二次革命”“张辫”复辟、北洋政府弄权、二次北伐、陈贼叛变、冯逆政变、二次东征、平定军阀割据……在短短的二十年里,几乎年年都有危及国体存亡的大事发生。

枝条弹回去了,不幸落下两朵花,黄秋菊跨前一步,捡拾起来,放在掌上凝视着。

秋菊忽然想到南宋陆游的《卜算子·咏梅》,口中不由轻轻吟咏道:

驿外断桥边,寂寞开无主;已是黄昏独自愁,更著风和雨……

她见宗小花入神听着,下阕不诵了,笑笑对小花说:“下面该你了。”

宗小花大吃一惊,有点不能自控了,这点简单的小事却把她难住了。如果继续吟下去,岂不是把往日为了保护自身精心制作的茧子自己又亲口咬破,从蛹又变成蛾?倘若推说不懂不会岂不是欺人太甚了?其实聪明的姑娘早已看出我是何人了,只不过不肯轻易对我说破罢了。就连最信服的严冬梅,她也为我守口如瓶。我如果执意对她敷衍下去,岂不冷了她的心,也显得我太无情冷酷了?她想,聪明姑娘的这一着棋也真够厉害,将得我左右为难、进退不能。

无论生死存亡,“棋”还是要下下去的。她回过神来,对挚友笑笑道:“我师傅也爱这首词,他教我学唱词的时候,有空余时间,也教我几首诗词背背。时间已久,我也许记不清了。如果背诵有错,你可不能取笑我。”

“那当然。”黄秋菊欣然回道。

宗小花想了想,终于轻轻背诵道:

无意苦争春,一任群芳妒;零落成泥碾作尘,只有香如故。

黄秋菊听后,猛然抱住宗小花,在她脸上狠狠亲了一下,套着对方耳朵小声说:“我就知道你行。花姐真看得起我!”

宗小花回亲了她一下,低声道:“《维摩经》上有一联句,我说上联,下联不知你知道不知道?”秋菊回答试试看。

宗小花虔诚说道:“防意如城……”

黄秋菊思索一会儿,惊叫道:“我想起来了……”小花急忙用手指按住她的双唇,笑笑道:“放在肚里,不要说出来。”①

黄秋菊明白了,严肃地点点头。

两颗聪慧的心,其间只隔着一层薄薄的纸了。一个不能挑明,一个不愿捅破。

---

①下联为:守口如瓶。

心照不宣，丝毫也不影响她们的感情向纵深发展。

时光的流逝，对享受着快乐幸福生活的幸运儿来说，像晴朗夜空划过的一道美丽流星一样，稍纵即逝；对终日受着苦难煎熬的不幸人来说，像干涸蜗牛的爬行速度，甚至远远落在人类使用的计时器的秒针之后。

终于又挨到了端午节。

昨天晚上，洋子听丈夫讲了有关支那人吃粽子的由来，并且还说屈原自杀的这条江就在他们驻地不远的南方。

石桥是带着崇敬心情说的。洋子听后，觉得这位老头敢用生命唤醒国人的爱国激情，也真是够伟大了。可惜，他的一片苦心并没有能挽救国家的灭亡，他也太可悲了。

识字不多水平不高的洋子，竟还懂得一点儿吊古伤情。当然，她的认识深度只能到此为止。

第二天一早，洋子从玉女祠集上买回芦叶和糯米。

晚上，全所人员都吃上了粽子。

然而，几个华人女性觉得粽子并不像往年在家里那样吃得清香可口了。

尤其是黄秋菊，她咬了两口，就想到国语课本中的《屈原列传》太史公的优美文笔，有不少段、句，时至今日还能背诵如流。

她现在思考的并非是太史公对古人的介绍和评价，而是两千多年后今天的现实问题。

宗小花见她胃口不香，并且陷入了沉思，她料到秋菊在想什么了。等到身边没有其他人的时候，小花悄悄对秋菊说道：

"两千多年前的古人忧国忧民，用自沉的方法表示愤世嫉俗未免过于消极。但是他的热忱、'同生死、轻去就'的精神很是值得令人崇敬的。"

秋菊道："是呀！我也这样想。你看，现在倭寇入侵，生灵涂炭，真是到了亡国灭种的生死关头。我们民族为什么不能多出些爱国志士，为了保家卫国去英勇杀敌、视死如归呢？"

宗小花犹豫了一下，苦苦笑道："你这种看法有失公正，似乎有点偏激偏颇。"

黄秋菊愠怒了，冷笑一声，低声说："你岂能身在庐山？你应该跳出圈外，客观地实事求是地看问题才对。"

宗小花不开口，望着粽子出神，喃喃自语道："我从未登过庐山。"

黄秋菊怔住了。忽见小花眼中转动着泪水，她知道把话说重了，刺伤了她的自尊心。她拉住对方手，恳切说道："花姐，我已知道把话说错了，求你原谅我的无知。"

宗小花摇摇头，重重长叹了一声，说："俗话说，不知者不为罪。有许多实际情况你不知道，我怎能责怪你说错呢？全国乃至全世界大约有几亿人都不了解真实情况，对他们的异议和评说，我岂能去一一责备？"

黄秋菊点点头，又摇摇头。

宗小花朝门外望了望，低声说道："你是来自消息绝对封锁的台湾省，踏上大陆就进入了樊笼，你当然什么也听不到了。"

黄秋菊点点头，心想，我除了在江湾小学厕所内的墙洞里偶然发现一张小报而外，其他任何消息确实没有听过。

宗小花道："就我所知，简单向你做些介绍。七七事变以后，我们的十三军曾在长城脚下与日寇进行殊死血战，战场上的口号是'一命拼一命'。接着就是京津保卫战、平型关大战、原平大战、血战娘子关、淞沪保卫战、徐州保卫战、武汉保卫战……年轻脆弱的海军空军拼杀得舰无一只、机无一架，为国捐躯在战场上的军长师长就有好几位，如佟麟阁、郝梦龄、王秉璋等人。下级军官就牺牲得更多了，普通士兵何止千千万万？这是人们看得见的炮声隆隆血流成河的战场。还有在无形战线上牺牲的许许多多爱国志士。他(她)们非但不能享受一块墓地墓碑，不少人消失得无影无踪，连一个姓名都没有留给后人。普通一兵冲入有形无形的枪林弹雨的时候，谁还想到流芳百世？只想杀一个够本，多杀一个赚一个！像这些芸芸众生，能说他们没有英勇杀敌吗？能说我们中国人没有视死如归的精神吗？"

黄秋菊沉重地点点头："他们的行为真令人可歌可泣，精神确实光照日月。"

宗小花说道："只有这种公正的评说才能告慰千千万万的在天之灵。"

黄秋菊忽然想到见过的那张小报，说道："你刚才说的平型关大战，报纸称作平型关大捷。据报道，是我们八路军打胜的，八路军也真了不起。"

宗小花点头笑笑，说："你说得对，这是国共两大政党建立起统一战线以后第一次携手联袂取得的辉煌战果。简单情况是这样的：一九三七年九月下旬，坂垣的第五机械化师团从晋东灵丘地区向西杀去。狙击这支劲敌的是中国军队的第六集团军,总指挥是杨爱源,副总指挥是孙楚。第六集团军的建制为:孙楚的三十三军,高桂滋的十七军,王靖国的十九军,杨澄源的三十四军,第十八集团军林彪的一一五师和贺龙的一二〇师。九月二十一日,第五师团的二十一旅三浦敏事少将率领第四十二联队的一个大队,气势汹汹向平型关和大营镇地区杀来。联队的另三个大队,也从不同方向杀向平型关。到九月二十五日晨,这支骄横人马的先头部队终于踏进一一五师的伏击圈。经过一天的激烈战斗,当场歼敌一千多,师团的情报参谋桥本顺正中佐也被一一五师的炮火击毙,缴获的战利品能装满十几辆大卡车。第五师团的其他各部,在平型关外围也同样遭到第六集团军的致命打击。"

秋菊听后,频频点头,沉思了一会儿说:"事实证明,我刚才的说法犯了主观错误。有他们这些志士仁人在,我们中国亡不了。"

宗小花颔首微笑。

秋菊笑道:"好姐姐,还有哪些振奋人心的好消息,统统说出来,也好让我们身在黑暗中能见到希望的曙光!"

宗小花狡狯一笑,闭上双目,合起双掌,说:"善哉善哉。贫道现已功德圆满,在施主面前已成为空空皮囊了。"说完,就站了起来。

"不行。"秋菊笑着拉住她,"你不能跟我卖关子。我去给你找点开水来。你不准走!"

秋菊说完,真的拿了一只瓷缸向厨房飞奔而去。

黄秋菊兴冲冲端了一缸开水走进门,见严冬梅、甜水妹、小无锡都已站到她的屋内了。

她们是来找秋菊谈一件事的。

宗小花同她们一一打过招呼后,略微站了站,就向门外走去了。

三十四

这天下午下了班，黄秋菊匆匆吃完晚饭，就急急跑进宗小花的号房。

她一进门，就激动不已地抱住宗小花，套着她的耳朵兴奋地说："欧洲大战爆发了！"

宗小花惊愕了，她定了定神，笑道："你怎么知道这消息的？具体情况怎样？你先别激动，坐下来慢慢说！"

黄秋菊紧挨着小花坐到铺上，悄悄说道：

"下午我遇到一个台湾士兵，姓陈名永泰，日文名字叫东尔永泰。他还没有认贼作父、数典忘祖。据他说，半个月之前，就是九月一日，希特勒大举进攻波兰。相隔两天，英、法两国对德宣战啦！"

宗小花问："还有呢？美国和苏俄是什么态度？"

黄秋菊摇摇头："没有了，他就说了这些。这两句，还是他从当官的那儿偶然听来的。"

宗小花陷入沉思之中。

如果德寇纳粹野心极度膨胀，势必会逼出美国和苏俄参战，欧洲将会陷入第二次世界大战的苦难之中。英美等国因致力于欧战，对我们亚洲的战火自然会另眼看待，尤其在财力物力的支援上，这就导致我们今后抗战更加困难重重。

亚洲的日本法西斯见西方的列强无暇顾及东方，会变得更加肆无忌惮，更加任性疯狂，甚至利令智昏、忘乎所以地将铁蹄践踏到英美在亚洲的属地和殖民地上。如其日寇继续贪得无厌，欲壑难填的本质驱使它真敢去激怒英美，这就逼着他们不能再漠视东方的熊熊战火了。只要英美能意识到遏止日寇与摧毁德寇同等重要，我们肩上的重担自然会减轻不少。苏俄的斯大林 与日本签订了互不侵犯条约，一直保持着正常外交关系（直到二次大战绝对胜利的前夕，一九四五年的四月才与日本断绝外交关系，同年八月九日对日宣战。这天美国对日本投掷第二颗原子弹。——作者注）。在黑龙江的北岸，苏俄虽陈兵百万，却对中国的深重灾难隔岸观火，除了象征性的给予点滴物资援助而外，剩下的尽是对日本侵略者的大力谴责和对中国英勇抗日精神的全力声援。

普通人对世界的审视难免片面和缺乏深度。宗小花也是个普通人，不是远见卓识的政治家。据战后美国人所著的《二次大战白宫实录》一书的介绍，二次大战同盟国重要决策者、总指挥、美国总统罗斯福，早就对他的助手们做了清楚明白的指示：“如果中国因孤立而屈服，你们知道这将意味着什么？这意味着日本不仅可以从中国腾出一百万到一百五十万军队，而且还会再武装起五百万到八百万中国人来。这些黄种人的大军会像蝗虫，不，像狮子一样扑向白种人的澳洲，扑向印度和俄国，占领埃及，然后和德国人在中东会师，那时候美国人还能指望干些什么呢？噢，只有上帝才知道。”总统先生的这段讲话除了种族观念令我们有点不愉快而外，看世界看问题确实入木三分，直至骨髓。

对于斯大林的利己主义，也应该心胸开阔一点儿。尽管英美首脑曾多次敦促苏俄与日本绝交，向其宣战，好减轻中国的一部分压力，但是斯大林是苏俄的领袖，并非中国人的委员长。希特勒虎视眈眈的目光，不离凝视着硕大地球仪上地大物博的苏俄，于是，苏俄就受挟于西边的“蛎字旗”①、东边的“太阳旗”了。

宗小花不由喟然一叹说：“乌云滚滚、雷声隆隆的欧洲上空，终于雷电交加来了暴风雨！”

黄秋菊看了小花的神态，刚才的兴奋之情慢慢消失了，问道：“花姐，依你看，对

---

①德国希特勒的法西斯主义政党——纳粹党的党徽，由两个“S”组成，意思是“国家社会党”。

我们是好还是更坏?”

宗小花答道:“这话很难说。肉体凡胎都不能未卜先知,关键要看日寇的下步棋怎么个走法。”

两位姑娘虽然很聪明敏感,有一定思维分析能力,但是关在这座连鸟雀叫声都听不到的铁罐中,互相之间只能谈上这几句。

驻扎武汉的冈村第十一军收到了南京华中派遣军的电令,令其在近日内务必向长沙发动攻势,用最短时间攻占长沙重镇。

长沙市正好处在武汉至广州粤汉线上的中间,像一块堵塞在大动脉中的脂肪球。要想尽快结束在华战争,不尽快清除这座障碍能行吗?

岳阳是进攻长沙的前线哨所,驻扎着稻叶四郎的第六师团和中岛贞雄的第九师团。师团长们这次一反常态,决定让士兵提前养精蓄锐,暂时取消一切娱乐活动,做好充分的战斗准备,并且向下面暗示,攻陷长沙以后,放假一周,尽情娱乐。也许这就是改变常规的阴险所在。

九月十八日,冈村发动了第一次长沙攻击战。

此时众多慰安所又门可罗雀了。

有几个急等要付薪寄回家的韩妇和菲律宾女人一起拥进石桥的屋子,为首的向石桥说明了来意。

石桥看看各人的表情,笑笑说:“钱是现成的。但是长沙还没有到我们手,火车通不了,邮件怎好送到广州去上船呢?”

姬顺玉鼓起勇气说:“你先算给我们,让我们自己收着。”

洋子笑道:“所里人多手杂,万一弄遗失了呢?我们替你们先存着,要安全可靠得多。”

不少人都觉得这样也好,再说樱子她们也没有付,还怕石桥赖账不成?所以陆陆续续回去了。

姬顺玉仍然僵立着,并且流下了泪水。

黄秋菊以为她们出了什么事,正在纳闷,忽见菲籍大块头女人返回了,问清了原因后，这才放下心来。

她走进自己号房，觉得无所事事，于是将门带上，走进严冬梅的室内，见她们三人正闲聊着。

黄秋菊只听了一两句，觉得是个非常新鲜引人的话题：活跃在华北大地上的土八路正在英勇顽强地抗击着日本侵略者。

主讲者是甜水妹。因为她说得颠颠倒倒、重重复复，经过整理，故事内容大致如下：

华北平原上有两个相邻的村庄，前面的叫大田庄，住的都是庄稼人，农闲也打打猎。后面的称小田庄，甜水妹家就住在这庄里。

沦陷以后，大田庄出了十八条好汉，凭借七支火铳，还有大刀和长矛，自发组成了团勇。有一次，保长听上面传话说鬼子要经过大田庄，村民必须挥舞太阳旗列队迎送。保长走进各家动员说服，其间难免不带一些强制性。迎送过鬼子的第二天早晨，睡在床上的保长头颅不见了。这一疾恶如仇的英勇壮举，顿时在百十里方圆内被传播得沸沸扬扬。有家小报把这事渲染成神话传奇！命题为《土八路锄奸记》。

时隔不久，大田庄忽然来了一个收皮毛的白面青年。第二天，自称姓田的青年就成了团勇的一员。开始，种田人对他既敬佩又戒备。通过几个晚上的谈话，他们都相信他了，昵称为田相公。在田相公的建议下，大田庄的团勇正式命名为敌后武工队。田相公虽然没有带来武器，但是为他们提供了一整套取枪夺枪的经验。经过一趟实验，他们不但杀了两个鬼子，还夺了两支钢枪和八只手榴弹，有人高兴得连睡梦中都嘿嘿笑起来，吓得老婆爬起来望着丈夫发愣。

大田庄在田相公的建议下，把原先各家防身用的地窖左右掏通，户户串联起来。后来又向邻村发展，使之前后呼应，退进自如。

武工队又去镇上夺枪了，这次却失了手。他们立即往回奔逃，逃到庄头全部下了地道。

鬼子终于发现了秘密，把守洞口，包围村庄，把来不及下地道的男女老少全部集中起来，一边对洞里压进大量毒气，一边放火焚烧房屋。被机枪扫死的村民，统统被抛进熊熊烈火中。

腿脚飞快的武工队员们早已通过地道转移到后面的小田庄。等到他们出来时，鬼子已经走了，大火还没有完全熄灭。

甜水妹最后说道："后来我们小田庄就成了他们吃饭歇脚的家了。"

鬼子的疯狂报复、滥杀无辜的兽性行为，把几个听者都吓呆了。

二十多天后，各慰安所又忙得人满为患了。

黄秋菊从一个韩籍士兵口中得知，冈村攻打长沙失败了。

这个振奋华人的胜利消息，当晚就在所有华人中间传开了。

黄秋菊连日来特别爱吃炒货了，例如椒盐花生米、葵花籽、五香蚕豆什么的。强妈妈天天出去买菜，都要帮她带上一两样。用钱多少她从来不心疼不计较，每次多下的零头钱往往不再收回去。为这些姑娘服务，老妇本来就很乐意，再加多少落点零头钱，所以老妇的积极性就更高了，有时临出门前，还主动问问她们可有东西要代买。

那时候店家若用新纸包炒货成本就偏高，所以他们大量收购旧报纸，将其一张裁成四张或八张，成本既低纸又厚实。有时运气好，花点儿钱，真能"买"到价值连城的好消息。这些鼓舞人心的消息，令她们惊喜、振奋，像被围困在黑暗孤岛上的遭受大劫大难的人们忽地见到遥远的前方出现了点滴亮光、听到了微弱的马达响声一样。

过了年后的一天，她们终于在《中央日报》的四分之一版上见到一则惊人的坏消息——汪逆精卫在南京成立伪国民政府。

还在一九三八年底，日本首相近卫文麿就发表声明，向国民政府提出所谓"三原则"，即日中"善邻友好""共同防共""经济合作"，尤其利用第二点向一贯反共的蒋介石暗送秋波，诱其合作。岂知连做梦都在筹谋如何剿共的蒋介石就是不肯陷身于民族罪人而遗臭万年。日方见蒋某像茅坑里的石头既臭又硬，只好撇开意中人退而求其次了，这个未长骨头的无耻对象，就是国父信得过的遗嘱代笔人汪兆铭。

汪精卫是中国近代史上的秦桧、吴三桂。公正地说，他比他们还要无耻无节，是地地道道的汉奸。

既然做强盗的有它蛊惑人心的动人理由，做汉奸的同样也有它的迷人道理和混淆视听的思想见解。汉奸理论的始作俑者是河北省保安司令张荫梧,早在一九三九年一月,他就在电文中向蒋介石推荐了"施行曲线救国"的奸计。"毒品"非但推销不出,反而招来一顿"娘希匹"。待价而沽的张氏终于遇到了识宝的汪某,于是三月三十日在南京国府原址上空竖起"曲线救国""和平反共建国"的破纛,并创建了"和平军",帮助贼父"维持治安"。这就是历史上所谓和平军的由来。

罗福斯当时就指出来了:"欧战爆发后,日本急于要尽快结束在华战争,抽出兵力转向南亚。"所以日寇急于维持既得地区,只好降格以求找上汪某。

汪精卫与夫人陈璧君以及舅老爷陈公博和心腹周佛海等人,争着开动一切宣传机器,大肆宣扬灌输他们的汉奸理论。当时在沦陷区,对那些生来患有"恐共"症的人来说,确有一定迷惑力,使他们不再害怕"共产共妻"了。尽管仰息于外邦的日子并不好过,但总觉得要比"洪水猛兽"安全得多了。

数年后,这个谦恭下士的小白脸、中山国父的叛逆、华夏民族的耻辱,在日本的医院里终于翘了辫子。陈公博等大汉奸也受到国民政府的严正判决,处以极刑。这是后话。

黄秋菊将这张四分之一残报看了又看,然后悄悄走到宗小花屋里。

宗小花读了这则消息后,心中不由产生了惊喜、悲哀和忧愁。惊喜的是,看来日寇的所谓后方极不巩固,兵力已经捉襟见肘,否则不会急于扶持傀儡上台帮助维持的。古老的中华民族贯来是崇尚道德情操的,怎么会滋生出一小撮狗苟蝇营的?想到这点儿能不悲哀吗?如果日寇从沦陷区中抽出一部分兵力加强对西南地区的攻击,我们抗日将士身上所承受的压力将会突然加重许多,把他们压得更加气息难喘。

这是宗小花在秋菊面前第一次认字读报。当然,秋菊绝对不会告诉其他姐妹的。

却说第九战区司令长官薛岳自从前年在赣北给了冈村两次下马威的惨痛教训以后,就移师湖南长沙地区,运筹帷幄,精心构筑起固守长沙确保粤汉线的道道防线。

他利用湘北的山少而河湖特多的地形特点，摆下三道防护“大堤”。最前道是岳阳南面的新墙河，中间是汨罗江，长沙以北是捞刀河；除此而外，从湘江流出的浏阳河，流经长沙北部又转向南，再改道向东，它真像是长沙的一道既深又宽的护城河。长沙的西面是宽阔的湘江，对岸有座高二百九十七米的岳麓山，正好俯瞰湘江北段水面。

第二次长沙会战，是在一九四一年九月初至“双十节”前夕以中国军队付出的惨重代价而宣告胜利结束。

十二月七日，早就野心勃勃、摩拳擦掌的日本海军无耻地偷袭了太平洋上美国的陆地母舰珍珠港，使美国在这里的空军海军及其设施几乎丧失殆尽。

岂知离第二次长沙会战相隔不到两个月，输红眼的冈村想到海军创下的光辉业绩，又重整旗鼓，举起缺口屠刀，再次向长沙杀奔而来。

还在一个月前，薛岳把筹谋好的兵力部署制成一个完整的作战计划。计划中除了有敌情判断、作战方针、指导要领、兵力部署而外，还有兵站设置及补给、交通、通信设施及其破坏等项，并且还附有各种要图，广泛征求意见后，再经修正，印制成厚厚的一册。在军以上人员的会议上，每人发给一册，领者必须签名，并让各集团军按照计划规定的任务和行动，侦察地形，再制定局部计划，报长官部备核。薛岳最后再三强调，此册不准泄密不得遗失，战后再交长官部照验。如有人胆敢置若罔闻，军法从事。

很会耍鬼心眼的薛岳，对军委会呈报的只是笼统的作战方案，这本册子他就是敢于“漏却”不报。

参谋副总长白崇禧见了第九战区的上报计划，不由哭笑不得。

蒋介石拿在手上晃晃，笑笑对他说：“健生呀，看来这个小薛对你我都心存戒备了。”

“他是怕再出第二个黄浚。”

黄浚是政府撤出南京后从国府内部挖出的一个被日寇收买的无耻内奸。凭他窃据的重要位置，为日寇做了许多犬马之劳，后来被判处枪决。

薛岳对军委会都保密的作战方案，当然在会战一结束就成为一本废纸，但是却为后来的史学家军事家和众多对军事常识颇感兴趣的读者还能献上一点儿绵薄之

力。为此,不妨以一目了然的表格形式附列于下:

集团军番号	所辖军	所辖师	防攻要点(简略)
第十九集团军刘膺古	新三军杨宏光	一八三师李文彬、新十二师张与仁、二挺队康景濂	主守高安、奉新及浏阳以东。决战地:上高
	五十八军	仍驻湘北归二十七集团军指挥	
第三十集团军王陵基	七十二军韩全朴	辖两个师	主守澧溪、修水等地。决战地:铜鼓
	七十八军夏首勋	辖两个师	
湘鄂赣边挺进军王劲修		暂编五十四师孔荷宠及五个挺进纵队	活动于九宫山、太湖山、幕阜山。决战地:嘉义
第二十七集团军杨森	五十八军孙渡	新十师鲁道源、新十一师梁得奎	主守江南桥,扼汨罗江北岸断敌归路;五十八军守新墙河,再转汨罗江南岸;三十七军主守长乐街及汨罗江南岸。决战地:捞刀河北岸
	三十七军陈沛	九十五师罗奇、一四〇师李棠、六十师董煜、王翦波挺纵队、聂聘三挺、王作楫挺纵	
战区直辖军	四军欧震	五十九师张德能、九十师陈侃、一〇二师柏辉章	主守株洲、衡山。参加上高或铜鼓决战
	十军李玉堂	三师周庆祥(预十师方先觉)、一九〇师朱岳	固守长沙市区
	二十七军彭位仁		主守岳麓山,以炮戒湘江北
	战区直辖师	暂编五师郭汝瑰	预备

第三次长沙会战战斗序列①:

第九战区司令长官:薛岳。副长官:罗卓英,杨林,王陵基。参谋长:吴逸志。

战区制定的具体作战部署见上页表。

“防攻要点”后并附说明:各部务必逐次抵抗,消耗敌人;再伪装败退,按计划撤退到指定地点;俟令统一合围反攻,乘胜追击。

冈村将指挥部迁到前哨岳阳。他还有五个师团,再加海军空军支援队,大约投入了二十个联队十二万多兵力。

因为日寇轻重武器配备齐全,上有飞机掩护,下有坦克开道,并且还暗带着毒气,所以通常情况下日寇一个联队(团)能匹敌中国军一个整编师。

薛岳投入的总兵力有二十五个师、纵队,大约为三十万人,兵力虽然明显超过敌方,但是武器远远比不上对方精良,尤其没有制空权的飞机。

薛岳与冈村交锋多次了,可以说敌方屡战屡败,但是他并不因此而轻视冈村。冈村的战略战术他很佩服,失败的原因往往是下面师团长们太轻敌了,那些狂妄之徒始终不肯接受以往的失败教训,总认为是偶尔疏忽所致。在他们那个顽固不化的头脑中,支那人的无能无用早已根深蒂固。

十二月中旬,冈村在岳阳发布了攻击命令,并激励他的将士们一定要赶到长沙市里痛痛快快过新年!

首当其冲的是新墙河。五十八军孙渡的阵地上,敌机轮番轰炸低空扫射,排炮每隔十米排放一阵,把五十八军阵地像犁田一样循序渐进翻了个遍。日寇利用轰击之机,掩护工兵快速架桥。两小时后,桥将架好,迫不及待的骑兵从十几条浮桥上猛冲过河,疯狂扑向我军阵地。

守卫国土的将士们立即从泥堆中钻出,使用一切轻重火力,把已经冲过来的骑兵歼灭在河边,把座座浮桥炸断、炸毁。

一小时后,日寇再次发动强大攻势……

五十八军继续顽强阻击……

---

①此表参考赵子立、王光伦回忆《第三次长沙会战兵力部署及战斗经过》所编制。赵当时为九战区司令长官司令部参谋处中将参谋,王为第六十军第一八三师上校营长。

数小时后,中国军终于“力竭精疲”,向新墙河的左右“仓皇溃逃”了。

攻克第一道防线的骑兵旅团长木村少将借用冈村的话,对他的骄兵悍将们说:“战争是一种气势。通过急袭成功地突破敌阵,必然发展成疾风般的猛烈追击。”他同时还想到,我们骑兵如稍做喘息,必然会让紧紧跟上的步兵冲锋在前。我们六条腿岂能落后在两条腿的屁股后面?于是,他高举雪亮的指挥刀,有力地在空中画了半个圈。只听马蹄嘚嘚,叫吼如雷,像疾风骤雨,像突然刮起一阵龙卷风,向第二道防线——汨罗江阵地席卷而去。

负责守卫长沙城的第十军军长李玉堂接受任务后,立即召集守卫长沙城的三师师长周庆祥和一九〇师师长朱岳。他很忧虑,长沙外围有三十多里,防线拉得太长,处处显得薄弱。该军虽有一定战斗力,但是兵员也是不足,况且也缺乏重型武器。如果万一再出差错,暂且寄下的头颅这次一定要含羞落地了。

中将李玉堂并非是个庸庸碌碌之人,但是在第二次长沙会战中,因为急行军赶到防守阵地,他对地形、敌情及友军情况一概尚未掌握,将士们又疲劳不堪,就仓促与日寇交锋起来。为了减少无谓的牺牲,只好慌忙退出阵地。如果不是友军及时堵上缺口,那次长沙真要因他的过失而丢失。事后蒋介石大发雷霆,建议军法从事。薛岳硬是为他求情,说自己也有很大责任,蒋才稍息怒火。但是军长还是要撤掉的,人选钟彬已经确定。现在的军长头衔只是撤职留任而已。

这次会战之前,薛岳特地印发了计划册子,也有点基于上述原因。

当他刚入长沙城后,蒋介石就来了急电,令其悉心指挥、固守长沙云云。

戴罪之身的李玉堂,能不感到身上的担子有千钧吗?

他的忧心如焚被他的少将参谋蔡雨时看出了。蔡对薛岳的这种冒险部署早就看在心里,但是他不敢说。“城门失火,殃及池鱼”,现在若再不说,将会铸成终身大错。

蔡雨时道:“军座,我仔细计算下来,友军二十七军定然会赶在日寇前一天到达长沙。我军如果把守在岳麓山上的第十师调到河东市区来,接防城南第三师一个营的阵地,则长沙可确保无虞。否则敌众我寡,危如累卵。”

李玉堂思考,点头。

蔡雨时又说:“不过,薛长官这人很主观,他订好的计划连委员长都难以更改,我怎好向他开这口呢?”

李玉堂慎重考虑了一会儿,用铅笔在纸上写了几行大字,交给参谋说:“你收好,这是我的请调报告。一切后果由我一人承担!”说完,李军长毅然离去。

蔡雨时拿着这张轻如鸿毛而又重如泰山的纸片呆呆看着,上面似乎叠印着一颗血淋淋的头颅和悲痛欲绝的妻子儿女老小一家人。

办事稳健的蔡雨时,先要通了第十师的电话,对师长方先觉说:“二十七军先敌一天到达长沙,军部决定让第十师进长沙市内,接防小吴门的一个营的阵地,你同意不同意?”

方先觉在电话中说:“军人以服从为天职。只要是军部下的命令,我立即过江!”

“好!你等着。”蔡雨时说完,按了一下叉簧,又要通了长官司令部。

电话接通了。他忽地又搁掉……

他又接通了第十师电话,对送话筒大声说:“方师长,军部命令你部火速调防市内!”

他现在也孤注一掷了。如果先报告,薛长官万一不肯呢?再强行调过来,岂不是明目张胆违抗军令?现在这样做,当然也难脱抗命干系。管他呢,只要仗打胜了,一切都好说。

得到军令的方先觉师长立即下令紧急调防,把小钢炮、榴弹炮、迫击炮、平射炮……一切轻重武器统统带走。人马过江以后,方师长命令将所有大小船只全部调往对岸,一条都不准留下,决心背水一战,破釜沉舟,要与第十军的弟兄们同舟共济,生死与共,要与长沙共存亡。

第十师人马刚刚登上东岸,蔡雨时就接到了长官司令部的电话。

蔡雨时对话筒详细报告了第十军这样擅自改动方案的理由后,话筒里沉默了好半天。

最后,蔡雨时从话筒里听到薛岳的一声大吼:“你要小心你的脑袋!”

蔡雨时放下话筒,下意识地摸摸自己的脑袋,心想只要我脑袋还在肩上,我就不相信守不住长沙、打不过日本鬼子!

他默思了三分钟,把李军长写给他的责任状慢慢撕碎了,立即奔向作战部,去找军长和三位师长了。他边走边想,自己一颗头颅的价值岂能与一个长沙城相比?为了保卫好城池,只有决心还远远不够,必须拟定出一些切实可行的防守办法和措施来。

三十五

第十军擅自调回第十师守长沙城的事，是发生在冈村攻击新墙河的同一天上午。

第二天上午十点，友军二十七军果然遵命按时到位，向战区司令报到后，又同隔江的第十军做了联系。

这天上午，天空彤云密布，军长李玉堂再次检查了各部的责任防地。当他走到湘江大堤上时，见下面还扣有几只准备留着万一之时用的木船，他令人把汽油倒进舱里，点火烧了。又从军部调来一个警卫排，在大堤上架起两挺机枪，枪管直对市区通向大堤的两条路口，厉声命令道："无论官与兵，谁敢企图从这里泅水逃跑，格杀无赦！"

第十师师长方先觉叫来师政治部主任杨正华，令其组织督战队，并由他全权负责。部队中师级以上所建的政治部，本职就是督察督战的。杨主任不敢怠慢，立即组织班子，并要了一辆卡车，作为随时收容逃兵所用。

在军队中，无论当官的还是普通小兵，都知道一旦上了那辆两边都挂了"督战队"横幅的卡车，离鬼门关就只差一步之遥了。

鲜红刺目的横幅，在第十师防守阵地上大张旗鼓招摇一周。

方师长着人叫来杨主任，递给他一封未缄信件，说："请杨主任派个人，马上送到我家里。"

方师长走后，杨主任心想，既然未封口，那就意味着并非什么私情秘密了，看看也未必就伤大雅。不看则已，双目刚触及，不由大吃一惊，原来是方先觉师长给妻子的遗书一封。全文如下（一九四一年十二月二十八日《长沙日报》）：

> 蕴华吾妻：我军此次奉命固守长沙，任务重大。长沙的存亡，关系抗战全局的成败，我决心以死殉国。设若战死，你和吾子的生活，政府自有照顾。务令吾子皆能大学毕业，好好做人，继我遗志，报效党国，我则含笑九泉矣！望吾妻以身体为重，节哀勿悲。夫子珊。

杨主任见到如此悲壮遗嘱，觉得很能激励将士斗志。他自作主张地叫来马科员，令他立即将此信送往《长沙日报》报社。

蔡雨时少将参谋在军部把几件大事处理好以后，急匆匆跳上小吉普，风驰电掣般开到一家小客栈门口。他跳下车，忽地又犹豫巡行在门外。

他军校毕业以后，一直悉心于军事理论研究，因为经常出奇制胜，所以三十二岁就当上了将军，可是仍然孤独一人。今年中秋节后的第五天，在老父的威逼之下，终于同与他相处了一年的中学教师结了婚，因为战事吃紧，非但没有蜜月之假，连回乡办酒席风光的时间都没有。老父只好放弃了很想满足的虚荣心，同意他们就在城里草草办事，一年后只要能抱上个带把的小家伙就行。

“双十节”他才尝到燕尔新婚的甜蜜、女性的柔情、家庭的温馨，可是马上就要分开了，她能理解我的做法吗？

从城北传来隐隐的炮击之声，敦促他下了决心。根据他的精确推算，路程加逐次抵抗所消耗的时间，最快明天中午至迟到傍晚，日军就会越过捞刀河。

面对强劲敌人的将军面不改色心不跳，然而跨进自己的香巢却要鼓起极大勇气。

妻子见丈夫风尘仆仆地回来了，嫣然一笑，连忙去打洗脸水。

伫立的丈夫呆呆看着妻子的背影，喟然一叹，真是“儿女情长”啊！

他从胸袋里取出“派克”，从腕上摘下“瑞士”，从无名指上抹下“黄箍”，将身上仅有的几十元法币掏出，又把这四件东西归拢在桌上。

端来水的妻子大吃一惊，惶惶看着……

他接过水盆，对妻子笑笑，说：“你是知识分子，一定明大义的。请你把这几样东西带回我老家去。一年以后，你若能生个孩子，不论男女，等长大了，把笔和表交给他(她)。这戒指你留着做个纪念。我若为国捐躯了，不论有没有孩子，我请求你再找个伴侣吧。此外还有一点恳求，"他的声音低沉涩重了，"恳求你把孩子抚养到一周岁，交给我父母。"

张口失声的妻子一把抱住丈夫，唏嘘抽咽起来。

丈夫为妻子理理秀发，拍拍她的背说："我立即就派两个人来，送你去码头上船。"

说完，丈夫推开妻子，毅然决然转身奔逃出门，他没有勇气再耽搁下去了。

这天下午，随着呼啸的北风，天空下起了鹅毛大雪，因为来势凶猛，地面积雪来不及融化，大地瞬间就被镀成银白一片。这是湘楚地区少见的降雪。如果不遭兵荒马乱，的确是瑞雪兆丰年。日寇骑兵旅冒着大雪突破汨罗江，向官家桥、白水、湘阴一线扑来。

四条长腿毕竟要比两条短腿快得多。冲锋在前的骑兵，抢在步兵之前足有半天路程。

守军阵地被敌骑撕开了不少豁口。因为敌骑无意于消灭眼前之敌，一个劲头直向纵深冲去，只想一步冲进长沙市里，砍死踏死那里所有守军，把军旗抢先插上最高的房顶上，所以当阵地遭受铁骑席卷过后，被撞破的铁网又很快恢复原样。倒霉的日寇步兵攻击到阵前，又被猛烈的炮火拦截住了。

骄悍蛮勇的日寇，犯了战术上的错误。

旅团长木村少将虽然也属骁勇凶悍一类，但还没有愚蠢到不懂战术的地步。他有恃无恐的原因，就因为在发动攻击前两天，军部和旅团几次三番派便衣去侦察过了，得到令人惊喜的报告以后，日寇这次攻陷长沙的信心十足，觉着取胜犹如囊中取物了。

《长沙日报》王主笔见了方先觉师长的悲壮遗嘱，近于失态地猛然一拍桌子，大叫道："好！这是党国的幸运，这是中华的骄傲！老朽要亲自动笔写几句导语！"

平素以冷酷著称的老头子，忽然冲动得如此吓人，板壁那边众多的同人听了其中一个讲了原委以后，也都感动激奋。谁都想先睹为快，但是哪个也不敢先去推开那两扇森严紧闭的房门。

这封遗嘱像块巨石忽然投入编辑部平静冷寂的湖面，激起轩然大波，又像一颗重磅炸弹，炸得报馆上下群情激动、人仰马翻。

楼下的振奋与骚动，终于惊动了楼上的社长大人，他接通了内部电话，问王主笔下面为何如此喧哗。正写着导语的王主笔只好涩声如实报告了。

社长沉默了好一会儿，忽地冲着话筒大叫："王主笔，我们就是倾家荡产，也要支持他们十万貔貅！"

王主笔一愣，倏然明白，兴奋叫道："在下完全同意！"

蔡参谋派出自己的一名勤务兵负责把蔡夫人送到码头，送上船。勤务兵伫立在趸船上，任凭雪花灌进衣领，等船慢慢调过身去，向湘西加速驶去，才轻松叹口气，放心地返回复命了。

蔡夫人身着酱紫色碎花棉袍，围着洁白围巾，剪的短发，她那白皙脸庞上，一双明亮的眼睛充满了忧伤和惆怅、烦乱和无奈。她孤独清冷地缩坐在船舱一隅，目视身边一只小小藤箱发呆。

因为战火频频，教师早已被学校放了假，校舍暂时成为军营。她现在要去的是湘西山区偏僻小村的夫家。虽然公婆对她很有好感，但是到山区以后，她还能有什么作为呢？既不会种田又不会养猪。她想只要不怕吃苦，什么事情学不会？

她从上午丈夫对她说的一番重托自然而然想到了林觉民烈士《与妻书》中的感人肺腑、催人泪下的一段话：

> ……天下人之不当死而死与不愿意离而离者，不可数计，钟情如我辈者，能忍之乎？此吾所以敢率性就死不顾汝也。吾今死而无余憾，国事成不成自有同志者在。依新已五岁，转眼成人，汝其善抚之，使之肖我。汝腹中之物，吾疑其女也，女必像汝，吾心甚慰。或又是男，则亦教其以父志为志。则我死后当有二意洞在也。甚幸，甚幸！吾家后日当甚贫，贫无所苦，清静过日而已……

蔡夫人默诵到这里，不由潸然泪下。

船停靠在一个小码头上。她看看表，已经行驶了两个多小时。码头上还在下客上客。她目光透过纷飞的雪花，影影绰绰见到一家"福来"客栈招牌，又陷入思索之中……

第三天(即十二月三十一日)上午十一点钟,第十军军部突然接到战区长官部的紧急电话通知:“日寇一个骑兵旅团,五分钟前已经突破捞刀河,正向浏阳河发动猛烈攻击,命令你部火速做好迎战准备!”

第十军指挥部里顿时紧张忙乱起来。电话铃的呼叫声,环境越嘈杂越是要敞开嗓门传达命令的大吼声,使李军长顿感头脑发胀。他狠狠甩去烟蒂,走出指挥部,在院内树丛中来回踩着厚厚积雪。

一般说来,将军在临战前夕心情都是惴惴不安,不无心烦意乱,如坐针毡。在反复推敲攻防方案时,觉得处处都布置得无懈可击,忽而又感到处处似乎漏洞百出。他们都非常害怕一句古训:“智者千虑,必有一失。”战场又不等于赌场,如其真正出现“一失”,就意味着是指挥者亲手屠杀了那些活蹦乱跳的千万条生命!这将是多么可怕多么残酷的后果?即使自责自裁,也不能以一命告慰许许多多的冤魂苦鬼!至于说到有些将才们早已成竹在胸、指挥若定,处在临战状态时仍然轻裘缓带、谈笑风生,那是因为他们有极强的自控能力或是善于伪装自己,不然就是好心的文人为了写出笔下人物的神机妙算、雄才大略从而神话了这些血肉之躯。

我见过不少曾经参加过战斗的官兵们,他们都有一种相似说法。双方交起火来,心跳猛快三分钟以后,立即就恢复正常了,冷静、坚毅、果敢、英勇顽强、血战到底的气概亦随之而来。

第十师的指挥部内同样也乱哄哄、闹嚷嚷,空气中充塞着纷乱、骚动、亢奋、紧张,当然还有浓烈的烟雾和呛人的焦味。

忽然一辆小型运货车急急匆匆开到师部门外,被拦住了。

杨正华主任听了门卫的报告,立即奔到门口。车厢内果然装了还散着强烈油墨味的《长沙日报》,他抽出一张,只见头版用特大铅字印出的标题为——《方将军誓死守土 预立遗嘱》。在刊载遗嘱的全文之前,还有一段写得惊天地泣鬼神的导语。报纸在人们手中哆嗦着,人人流下了激动的泪水。

负责送报的人说:“我们报馆今天加印了八万份。馆长说,这是支持你们的八万貔貅大军。馆里全体员工都去前线送报了,这八万份是无偿送给前线的。”

城南外围第十师几里长的防守阵地上,从东面与第三师的接合部处开来的“督战队”卡车,时而停下,几个人从车上抱下一沓报纸,分给各个营长。杨主任命令各营速速分发到各连各排,发到士兵手里,令识字的念给不识字的听。

此时，负责守卫城北外围的第一九〇师和东郊的第三师几乎也得到了人手一份的报纸。

捞刀河与浏阳河之间几个守军阵地上鸦雀无声，若干人正利用战斗间隙大声恭读着方将军的悲壮遗嘱。

有人唏嘘了，有人抹泪了，有人竟然失声呜咽起来……许多下级指挥官霍然跳起，振臂高呼："誓死守卫长沙！""与日寇血战到底！"一处高喊，百处应和……眨眼之间，阵地上人人热血沸腾，士气高涨，个个激动亢奋，斗志昂扬……充满激情的口号声彼此应和着，在硝烟弥漫、雪花飘舞的战场上气壮山河，震天撼地！

突然敌骑再次发动冲锋了……

守卫阵地的官兵们急忙将报纸胡乱揣入怀中，拿起各自的武器家伙，向来犯敌骑进行英勇还击。各团各营的指挥者抓住稍纵即逝的战机，命令司号兵吹响了激励人心的冲锋号……士兵们跳出掩体，像疾风像洪水勇猛地向敌人反冲过去。

敌骑抵挡不住疾风暴雨式的玩命冲锋，只好掉转马头向捞刀河南岸退去。

司令长官薛岳直挨到会战即将爆发的前夕才召开师级以上的军事会议。他对各级指挥官再三申明，冈村不是昏庸之辈，若想把他装进袋里，必须付出一定代价。绝不允许哪个部队稍做抵抗立即弃阵撤走。兵不厌诈。你既想诱敌深入，就必须先打消敌方的怀疑。钓鱼还得破费香饵。再说逐次抵抗，也是消灭敌人、削弱其志的手段。敌人初来必然气势凶猛，我军不可避免会有牺牲。没有少量的牺牲，就不可能取得最后的辉煌胜利！

所以三十七军的将士们没有轻易放过敌骑，已经与其拉锯式进行了几个回合的交锋。

到傍晚前，日军的三个师团在三十多部轻型坦克的开路下，已强行越过了汨罗江，疯狂地向捞刀河扑来。

敌骑见到河北步兵已经组织过河，稍做调整，再次高呼着"板崽"，挥舞战刀向三十七军席卷而来。

三十七军终于支持不住，丢弃阵地急忙向西撤走。

骑在枣红马上的木村旅团长纵声大笑，冲着部下狂叫道："冲进长沙过新年，我用美酒姑娘招待诸位！"

数千把绞着飞雪的战刀，刀背与刀背斫得当当震天响，这些多由矿工组成的骑士们立马高呼："杀进长沙，花姑娘的干活！"

木村对大队以下的各级指挥人员面授机宜道："突破浏阳河，撇开第三师，直捣城南防线！"

因为长沙的防守部署他早已摸得一清二楚。城北是一九〇师，实力最强。城东是三师，也不好对付。只有城南小吴门防卫最薄弱，支那竟然用一个营守卫。这是托的"天皇"洪福。那些穿上黄色军装的矿工们，在地层深处既然能做到通行无阻，在地面当然也能所向披靡。他们端着机枪，舞着屠刀，摧残着战马，像一阵黑色旋风，直向大桥横扫而去。虽然落马频频、尸枕桥头，仍然蛮冲疯闯，终于用迅雷不及掩耳的闪电速度飞越过层层火力封锁，冲过大桥，立即向南突飞猛进……

首先与敌骑交上火的是第十师二十八团。葛先才团长放下望远镜，立即通知炮兵营先用重武器对付。霎时，各种不同口径的炮弹拖着血色曳光，像冰雹一样砸进敌人的鞍前马后，炸得敌骑人仰马翻鬼叫神号。二十八团的紧邻是二十九团，张越群团长也令自己的炮兵加大火力支援，先给疯狂的敌人来个下马威！

侥幸从炮弹丛中冲过来的漏网骑兵，又遇到了机枪的猛烈扫射。无论多快的马蹄，总是远远落在子弹速度后面的，所以木村的骑士们顷刻之间在阵地前沿就倒下了几百。受伤的战马四蹄朝天仰倒地上，悲哀嘶鸣，失去主人的坐骑在雪地上狼奔豕突，不时仰天长啸。

木村命令暂停攻击，他意识到上了支那人的圈套。他叫来那两个曾穿过便衣的侦察兵，大骂"八格"的同时战刀一挥，站在前面的一个被斜分为两半，另一个正要开口解释，用来说话的头颅已经滚落地上了。

说句公道话，这两个侦察兵死得真冤枉。木村吃了大亏的责任，应该完全彻底由第十军的参谋长蔡雨时负责。

木村组织人马继续再冲，碰上的依然还是铜墙铁壁。

天已渐黑。一阵冷风袭来，木村不由打了个寒噤，也许因为风力作用，头脑逐步冷静下来。现在黑天瞎地，河网又多，飞雪更易迷人。他轻轻叹口气，只好命令马不卸鞍、人不解衣、原地休息，坐等明天步兵的增援。看来，他不得不放弃进城过新年的美好愿望了。

大约在半小时之前，二十八团一个步兵营营长发现大批敌骑向阵地席卷而来，慌忙奔到师部汇报。方师长正忙着指挥战斗，实在挤不出时间来听他的啰唆，令他先在外面等着，方师长火速要通了这个营的电话，命令副营长暂代营长。等到打退敌人的疯狂攻击以后，赶来报告的营长竟然还傻等着，方师长令人把他带进来，他刚要开口，师长以手势阻止了。方师长看看他的熊相，心里很悲哀。他又令人把这个营长带出去，领到屋后山墙下。岂知身后跟来的两人对这营长各开了一枪，他倒下去了。可怜一双眼睛还不肯闭上，他大概还是没有弄明白为什么要杀我？

这个可怜虫不是太奸狡就是太傻帽，二者必居其一。

当“三宅坂”的那些战争策划者在阵阵香风靡靡之音中举着血红葡萄酒频频碰杯连连祝福新年快乐的时候，当那些党国要人新旧权贵们在灯红酒绿中抚着纤腰握着素手婆娑翩翩、被“后庭花”唱得痴痴迷迷浑身酥麻的时候，双方的千千万万士兵正龟缩蜷曲在黑黢黢冷飕飕的野外雪地上忍着饥寒、顶着恐怖、想着亲人、听着昼伏夜出的食肉动物在争夺尸体肌肉时发出令人毛骨悚然的凄厉嚎叫声。

若有一双威力无比而又神奇万能的大手把发生在同一时间处在不同空间的三处场所通过揪抓而围拢到一起，真不知这些形形色色的人们会产生什么感慨？

天刚放亮，大雪停止。随着新年的到来，受阻于浏阳河北岸的日寇三个师团开始发动全线攻击了。稻叶四郎的六师团，攻击城北朱岳的一九〇师，中岛贞雄的九师团攻击城东周庆祥的三师，本间雅晴的二十七师团攻击城南方先觉的第十师。

日寇二十七师团虽然编制不足，并且沿途又受到几次的重创，但是加上骑兵旅团，实力就大大超过守军第十师了，日寇把这里作为攻击的主要突破口。

方师长明白，这一天将是浴血奋战决定生死存亡的一天。他和副师长孙明瑾、参谋长葛志先研究了三分钟，决定师部只留下三个接转电话的通信兵，其余都组织起来作为预备队，并决定自己对二十八团督战，副师长去二十九团，参谋长去三十团，三人加强电话联系。最后又令杨正华主任专门负责指挥“督战队”，授权“先斩后奏”！

一会儿工夫，长沙城的四周就陷入双方炮火竞发、敌机狂轰滥炸的包围之中。

隐伏在湘江西岸岳麓山上二十七军的炮兵师，按照事先测定好的方位和射程，只要守城的哪个营一呼叫，说明要求炮击的地区代号，炮兵们立即把远程榴弹准确无误地泼洒到侵略者的头上。

低空飞行的日寇轰炸机也准确无误地把颗颗重磅炸弹投掷到守军阵地上。

城南第十师阵地上，炮轰弹炸一个多小时后，日寇的骑兵率先冲上来了。

刚才敌机临空投弹时，守土兵士们均藏在掩体里，用积雪敷伏在背上，为了保持鼓膜内外气压的平衡而张着大口，小心翼翼地把报纸上的那块遗嘱撕下来揣入衣袋里，将剩余的报纸撕成小方块，抓出一撮烟丝仔细卷起来，叼上唇，点上火，深深吸了一口，让青烟在五脏六腑转悠了许久，才慢慢悠悠倾吐出来。他们之中，大多数都是农民的儿子，是从土中走出来的，在即将返回土里之前，多想美美抽上几口啊！

敌骑冲锋了！他们急忙掷去烟蒂，有人干脆将剩余卷烟塞入口中，抖去身上泥土残雪，一边向敌人猛烈射击，一边嚼着辛辣的“口香糖”。

战争确是绞肉机，战场就是屠宰场。许多生龙活虎的血肉之躯，随着炮弹榴弹的开花爆炸，顿时血肉横飞，残肢被抛向天空。许多正在大喊大叫的活体，在粒粒弹头的嗖嗖嗞嗞声中，像木桩一样訇然扑倒，血已流尽的终于得到解脱，躺在地上双手捂着花花绿绿肠子的还在挣扎、呻吟，完好无缺或者受到轻微损伤的仍在同盘旋在头顶的死神较量着。

大地在颤抖，山河在饮泣，旭日也吓得躲在云层里，不敢正视人间这一血淋淋的杀戮场地了。

在第一道防守线的后面，杨正华驾驶着“督战车”，在第十师的整个防线上徘徊踯躅，车厢里立有头戴钢盔腰插双枪的一个班的执法队员。

国民政府虽然早已颁布了征兵法，但是在付诸实施中，因为历史和现实上的种种原因，仅落得徒有虚名，尤其是在兵员充足的农村。兵不能不召，国不能不保，为了达到目的，所以下面只好强行抓丁了。被抓的，当然对抓人的怀有满腔仇恨。这样的对象怎能使用？不过当他们剃成光头换上军服、经过鞭抽棒打再加思想说教以后，也就“既来之则安之”了。再用“国家兴亡匹夫有责”诸如此类的道理一启发，尽管多数目不识丁，但是总能产生一点思想飞跃，甚至还能茅塞顿开。经过如此技能和思想上的一训练，这样的兵基本可用了。等到真正拉上战场，经气氛一感染、战火一洗礼，他们的士气和素质又上了一步台阶。退一步说，真正上了枪林弹雨炮火纷飞的战场，你不杀敌敌就杀你，越是胆小越是容易送命，不是前胸中弹，就是后脑被钻出一个窟窿，与其死得可耻窝囊，不如勇猛冲向前。“要死鸟朝上，不死翻过来”，这是粗犷剽悍军人的口头禅。他们在扑向敌人、冲向死亡之际，根本没有时间想到这是为了什么“理想”、为了什么“主义”，甚至在生命的最后一息连什么口号也未高呼一句。这些农民的儿子讲的是实在、真诚,既然做这件事了,就得尽力把它做好,哪怕献出自己宝贵的生命!所以那部“督战车”从早晨游荡到中午都没有逮到一个“猎物”。

不过,阵地上的伤亡也太惨重了。

阵地前沿被撂倒的日寇骑兵步兵也是死尸枕藉、死马历历可数。

阵地上出现了短暂的停息。忽然从第十师身后的第二道防线中拥出大批长沙市民,他们自发送来了饮水、香烟、食品……许多妇女姑娘们帮助急救员包扎伤兵,把众多濒临死亡的英雄们抬撤到战地帐篷抢救。

其间,毅然返程的蔡夫人脸上沾满了残雪和烟灰,酱紫棉袍几处裸露白色棉絮,身上手上血迹斑斑。她第二天冒雪返回后没有去军部找丈夫,她不想让他知道,不能分散他的身心。

激战到晚时,方师长在二十八团阵地上接到转来的岳长官的电话,问其打得怎样?能守几天?团长葛先才建议如实报告,一团兵力只有一半了。方师长摇摇头,对送话器大声道:“报告薛长官,弟兄们都打得很顽强,我估计能守六天。”薛问:“你怎么守法?”方回:“三道防线都是李军长带着我一同建筑的,一道比一道坚固,每道平均可以守两天。前道时间不足的,后道可以补上。”“好。我已到岳麓山,情况危急时可以直接向我报告。”

日军这次侦察兵之所以把攻击的重点选在长沙南面,不仅因为得了侦察机的“失误”报告,这也是出于战略需要。从地理位置上看,除了南郊,其他三面都濒临江河,南面一突破,其他三面守军也就无路可逃了。当得知侦察有误后,日军又从东郊调来两个联队支持二十七师团。二十七师团得到“输血”以后战斗力加强了,士气更为大振。

第十师打得更加艰苦了。双方似乎都在拼实力,斗意志,战斗达到白热化。

经得李军长同意,第十师退守二线。

二线苦苦支撑了一天半,再次退入三线市区边缘。

日寇凭借骑兵、步兵的绝对优势冒死攻击,到第五天的下午,其中一部终于突进市区。第十师利用每一个地堡、每一座建筑顽强阻击。在八角亭至天心阁一段,双方发生了逐堡逐房的争夺战。这是方师长走的一步险棋,唯有这样,日寇的参战飞机和毒气弹就失去作用了。

经过两天的浴血拉锯战后，长沙市虽已失却东南一半，部队伤亡也达二分之一，但是将士们仍然坚持战斗，不肯轻易放弃每一寸国土。

这时，薛岳已第三次搬迁了他的指挥部，又从岳麓山迁到市内湘江大堤下。

第十师参谋长葛志先向薛岳及时报告了战况。薛岳放下话筒心想，这说明我的作战计划并非完美无缺。他立即用电话命令七十三军的七十七师预备师利用卡车和战车火速驰援第十师。

日寇攻入市区后，因为双方拼杀在犬牙交错之中，日机无法支援地面部队了，就是说市内的日寇失去了空中优势，在地面战斗上我军与日方拉成平头。双方在争夺八角亭、南正街时，枪弹也失去作用，几度发生白刃战，只见灰黄两色绞杀在一起，空中挥舞的尽是刺刀、马刀、大砍刀，所有战刀都染为血淋淋的红色。这场惊天地泣鬼神的疯狂恶战，断断续续互杀了一整天。

在第十师，最后连炊事兵、司号兵、督战队、所有文职人员及后勤人员都拿起武器，决心同来犯之敌血战到底！

七十七师及时赶到了。他们的突然出击，打垮了敌人的嚣张气焰。

夜幕降临了，气温异常低下。第三十团虽然伤亡大半，陈希尧团长并不气馁，他亲自组织了夜袭队，自任队长，在白沙岭突袭敌方一个中队，击毙了中队长。

二十八团听说以后，葛先才团长也不甘示弱，他的胃口更大，利用熟悉的地形，偷袭了已由骑兵改成步兵的日寇。这些攻入城区的日寇，要比守军多苦战四到五天，加之后勤接不上，食品大为缺乏，现在都被饥饿严寒包围着。再疯狂的敌人，也都是肉体凡胎，这时他们已经躺在地上瑟瑟发着抖。也许是葛团长的运气好，竟然摸到旅团长的驻歇地。经过一阵拼杀后，二十八团逮住了已经受伤的木村旅团长，看着他的肩章是少将军衔，葛先才一定要活捉带走，木村执意不从。葛只好将其杀死，撕下他的肩章，带回了指挥刀。

长沙城北城东也打得异常激烈。李玉堂军长明知城南已被撕开豁口，但是丝毫不敢从别处抽出一点力量去援救南方。如果在一九〇师、第三师的阵地上再出现一点崩溃，长沙就无法再守了。李军长只好每隔十分钟用电话向方先觉师长询问一次战况。当他得知预备队七十七师已经受命增援了，那颗悬吊的心才慢慢放下来。

日军的通信袋误投到我方第四军的阵地上，欧震将军火速着人送到长官部。薛岳启封见到其内容是："你们必须顽强战斗，我进攻长沙的增援部队尚须两日赶到。”他略加分析，惊喜非常。难怪攻城日军如此恋战，原来是想酣战待援，两日后再里应外合，一举攻陷长沙。薛岳对这信息非常保密，不准下传。他通知参谋处长赵子立暂不向军委会报告。

赵子立建议道：“薛将军，以职下愚见，长沙地区已血战到第五天了，我军正好利用敌人的恋战从速调兵遣将，组织反攻。如果日军一旦醒悟，迅速撤退，将会贻误战机、前功尽弃。”

薛岳笑道：“我也觉得火候已到。日军来犯时，我们利用了四条江河层层设防，逐次抵抗，消耗了日军不少兵力。再加天助我也，先大雪后奇寒，日寇已成了瓮中之鳖。现在按计划组织反攻。同时，命令各部中的一部向长沙合围，另一部速速返回原防地，再来个层层阻逃、关关截杀。我倒要看看冈村，用何办法解救他的这些骄兵武士们。”

因为反攻和围堵都是按一个月前印发的计划执行的，那些逐次抵抗后退到一边经过休整后的各部接到命令后，不用一天时间，就完成了计划中的一切攻守部署。

站在高高湘江大堤上的薛岳，对整个战区下达了作战命令：“各部在反攻和追击各个阶段，必须努力完成任务。如有作战不力、互相推诿、致使敌军逃脱者，敌军从哪一部正面逃出时，我就找这一部的指挥者负责。谁敢视军令为儿戏，薛某决不宽宥！”

薛岳将军又要通了守城的第十军，对话筒说道：“李军长，城外各部反攻已经开始。你部没有参战任务，在原地休息待命，你们辛苦了。战场原貌留着不动。”

李玉堂军长、蔡雨时参谋长终于卸下了千斤重担。他们二人均在行军床上倒下了，瞬间鼾声如雷。勤务兵呆看了一会儿，擦去泪水，为他们盖上毛毯，心想，几天几夜不睡了，让他们好好歇歇吧。于是悄悄退出来，锁上门，将两支打开保险的手枪抱在胸口，倚坐在门槛上，顷刻之间他也进入梦乡了。当然，外面的警卫排可不能再睡了，战场毕竟还没有做最后清理。

我们常说“一子动百子摇”“兵败如山倒”。现在长沙外围的东、南、北战场上，日寇的处境就是这样。已经严重打了折扣的二十个联队，忽听四面都吹起了令人肝胆战栗的雄壮军号，再也顾不得“皇军”脸面了，生命毕竟比脸面重要，所以慌忙丢弃重武器，一面向反攻上来的我军发射毒气弹，一面急急向北退却。

可惜他们被捞刀河拦住了。以逸待劳的中国军队跃出战壕,轻重火器同时并举。岳麓山上的炮兵师得到请求火力支援后,将重野炮、榴弹炮的炮弹准确送到日寇脚下爆炸。日寇只好着部分人马殿后,着部分人马向前杀开一条血路,掩护主力向捞刀河以北撤退。

苦苦逃过捞刀河的日寇继续向汨罗江方向狼奔豕突。江河之间相距一百多里,前有三十七军、五十八军和第二十七集团军拦截斯杀,后有七十三军、二十六军、七十九军和第三十集团军主力追杀。日寇先锋突击队和两侧护卫队都上起了刺刀,远则射击,近则拼刺。我追击部队都是安排的生力军,所以日寇在溃逃中伤亡很大,速度极慢。白天日寇且战且退,夜晚逃窜又不熟地形,更不敢点灯掌火,又造成自相误杀。他们没有粮食了,连行军锅不是被打碎也被丢失了。就算抓来百姓做向导,百姓总是装聋作哑,有的就带着敌人在黑夜里转圈。日寇知道上当后,就把向导统统杀了。用指北针定方向,必须要照明,岂知电筒刚一揿亮,就招来四面机枪的一顿疯狂扫射。

突围到第四天的下午,冈村坐飞机亲自来视察了。驾驶员不敢过于低飞,飞高了冈村又对他发火,冈村看了两三圈以后,估计下面还有大约几万人马。他明白,如果他们都被薛蛮子一口吞下去,他即使一死也难向天皇谢罪。他匆匆写好联络命令,装好信筒,命令驾驶员超低飞行,当飞机掠过大部队的一瞬间,冈村丢下了信筒。

稻叶四郎展纸一看,只见写道:“已令部队接应,速向北撤,夜有飞机指明方向。”

接着,日寇拼死拼命抢渡了汨罗江,不分昼夜继续向新墙河奔逃。

赶来接应的伊东政喜的一〇一师团已经到达新墙河北岸。

我第四军、二十六军、七十三军追击到新墙河南岸,按计划停止再追了。

第三次长沙会战,到一九四二年一月上旬末,以中国军队的大获全胜而向世界宣告结束。

辉煌胜利的消息,震动了陪都重庆。

蒋介石抑制住强烈喜悦,拿着战前薛岳呈报上来的“第九战区作战计划”,对白崇禧说:“健生,哎,依我说,这是敷衍我们的,他自己一定还有个副本,哎,你叫他不要再保密了,尽快呈报上来。真是小滑头!”

三十六

战斗刚刚结束,第九战区长官司令部就接到重庆军事委员会的电示:“战场暂勿移动,各驻华使节即将来参观考察。”薛将军见文后笑笑,因为又被他的超前意识料中了。

雪霁天高,红日高照,大地上一片银装素裹,气温滞留零度以下。若从高处看长沙城郊,白白黑黑,斑驳陆离,流水成为蓝白色,山巅蒸腾七彩氤氲……这是一幅清人石涛刚刚完成的《雪霁》丹青图。

三天后,英、美、苏、法等国的使节和武官在众多的新闻记者簇拥下,踏上了成为焦土一片的长沙城。

使节们参观了长沙内外被夷平的房屋建筑、累累弹坑,考察了许多中日将士们的遗体死尸、战马残骸,还有日方丢弃的许多重型武器、轻型武器、战车吉普、未打开的弹药箱,小到望远镜、钢盔、指挥刀、面面破损的军旗……

薛岳又用汽车装着这伙人把他们送到四条江河之间的一些主战场参观考察。不少使节看了连连点头,不得不承认眼前这些由铁和血铸成的事实,又连连摇头,小声叽咕道:“日军被打死打伤四万五千人,奇迹奇迹,简直不可思议!”

却有一些可恶的戴着有色眼镜的记者挑三剔四,怀疑这儿不相信那儿,对薛岳将军围攻发难。薛岳听后,仰天哈哈大笑,跳到被击毁的日寇军车上,左手叉腰,右臂挥舞着,激奋地说道:“尊敬的贵宾们,值得我敬佩的各位记者先生们,你们一丝不苟的敬业精神令我激动不已。我薛某真人面前不说假话了。中国虽有五千年的文明史，但确实是个贫穷弱国。日本虽是弹丸之地，明治发展迄今还不到一百年，却能雄踞亚洲，称王称霸，这是不容置疑的事实。但是，人穷志不短，国弱志不衰！我中华有四万万同胞，有不屈不挠反抗外来侵略的先祖精神，为了保国保种，愿意同倭寇血战五十年、一百年！这种敢于血战到底的决心，其实在此之前早已向世界各国证实过。比如在平型关，在台儿庄，在金官桥，在富金山，在万家岭……可惜我们都没有留下现场实况。诸位敬业的记者先生们当然难以相信，觉得都是吹出来的神话。今天摆在各位眼前的许许多多事实，烦请仔仔细细研究认认真真考察。依我看，既不是好莱坞租我国国土搭建的拍摄场景，更不是从阿拉伯搬来的'天方夜谭'，是实实在在发生在中国国土上的抗击日本侵略者的辉煌战果！"

金发蓝眼睛们不由热烈鼓掌起来，有的竖起大拇指，有的大叫"OK"！

在长时间的鼓掌声中，若干闪烁的镁光灯刺得薛岳双眼发胀发疼起来……

薛岳将军高高稳立在战车上，纹丝不为动情，像一尊铜铸的雕像。

第二天，第九战区下令各参战部队打扫战场了。

军队里打扫战场的一般规则是：谁的阵地谁派出有关人员打扫，主要是便于统计伤亡人员，收殓遗体。其次是各部队枪械损失情况以及杀敌人数和缴获各种战利品的统计。在实地统计时，虽有上级派员参加，但是难免不徇私舞弊。

在第十军第十师的死尸枕藉的场地，清理人员发现了一个奇怪现象，不少阵亡的尉校军官和许多牺牲的战士们手中都握着一张污秽破烂的报纸，有的手虽插入袋口，却再也不能掏出袋里的报纸了。

方先觉师长不由瞪了杨正华主任一眼，绷着毫无表情的脸，不知是责怪他胆大妄为不经个人同意就擅自做主，还是赞扬搞政治工作的人才思敏捷，真能抓住点滴事例大做宣传鼓动文章？

特来参加下面清场的军参谋长蔡雨时将军，面对尚被残雪覆盖的僵硬遗体，慢慢弯下腰，顺着他的手，从衣摆的大袋中掏出一把报纸和卷烟。报纸的大部分都被裁成长条小块了，只有头版印着《方将军誓死守土 预立遗嘱》的半版完好无缺。蔡将军的视线模糊了，他把这张残报仔细折起，放入胸袋里。忽然，有个士兵跑来，向方师长敬礼报告道："报告长官，我们发现有几具遗体身份不明，大概是赶来支援的老百姓，是按常规办还是做特殊处理？"

方师长对身边人说："走，我们去看看。"

磕磕绊绊走了几分钟，就看见前面躺着七具衣服色彩长短不尽相同的男女遗体。

军参谋长蔡雨时突然加快脚步，最后简直是冲到一排遗体前的，他如五雷轰顶，如掉进冰窟，全身战战兢兢，泪水盈眶，他下意识摘下军帽，跪下身来。

方师长急急赶上来，凝视一具穿着酱紫碎花棉袍的短发少妇，不由骇然惊叫："这是嫂夫人?!"

蔡雨时沉重地点点头。他摸摸妻子的腰际衣袋，从中取出一只由手帕包着的遗物。他用颤抖的手打开它，只见交给她的四样东西一件不少，另外还有两张票价悬殊的废船票。他抹去泪水，又小心翼翼地将妻子的遗物包扎起来，仍然放入她的衣袋中。

蔡将军站起身，对妻子默默鞠了三个躬，戴上军帽，转身离开了。

方师长悄悄对身边的杨正华嘱咐了两句，就领着其余人向蔡将军前进的方向走去了。

蔡将军在坑坑洼洼、残雪泥泞、硝烟尚未散尽的战场上踉踉跄跄前行着，他痛苦地思索着，是我错了，是因为我的自私造成的？他觉得不对。万一城池失守，何苦多添一个无辜者呢？她不是军人，是普通百姓，有权利撤离即将发生战火的场所。是她自己错了，错在中途又返回？不对，根据她身上沾满血迹的衣服来分析，一定是帮助抢救伤员了。她是想为这次守卫国土做点力所能及的贡献，等战事胜利结束以后，再扑到丈夫面前，给我一个惊喜！她的做法和想法一点不错啊！

蔡将军用手绢擦去泪水，看看左右前后的成排成队的烈士遗体，有点内疚惭愧了，我这时候产生悲痛情感的源头才是自私不公的呀！

几天以后，重庆军委会派大员来第九战区，宣读军委会对在第三次长沙会战中立功建勋的应给予嘉奖人员的名单。

军委会把这次直接守卫长沙城的第十军列在首位宣读——原第十军军长李玉堂，撤销以前处分，升任第二十七集团军副总司令。原第十军参谋长蔡雨时，晋军衔为陆军中将，另发二十万元特别奖金。原第十师师长方先觉，升任第十军代军长，该师原副师长孙明瑾升任本师师长，该师政治部代主任杨正华，记大功一次，转为主任。该师二十八团团长葛先才，升任该师副师长。

……

当晚，在湘江大饭店，由军委会主办酒宴，招待第九战区所有有功之臣。

几天后，蔡雨时中将收到了一张二十万元的法币支票，当时的糙米是一元钱一担，如果用今天的时价折算，将近二千万元。他对这笔巨款一点儿也不惊喜，茫然呆呆地看着……

新任第十师师长孙明瑾来电话汇报说："经调查，两位女急救员证实说，嫂夫人是在我师阵地上为抢救一名重伤员被日寇炮弹击中的，所以我师为嫂夫人购置了一副棺柩，换了外衣并整了容。是否请参谋长来瞻仰一下最后遗容?"

送话器在蔡将军手中战栗着。过了许久，他哽咽回答道："孙师长，你们不该这样做。我不来看她了。谢谢孙师长。"说完，慌忙搁下似乎烫手的话筒。

后来，蔡雨时将军把二十万元奖金一个子儿也没有留下，统统交给市内佛教协会，并在有关部门协助下，在城外购得一块地皮，将这次牺牲将士的遗体统统安葬在这里，并将前两次会战中牺牲的将士们的遗骸尽数迁徙此地。有名有姓的牺牲者，都立了汉白玉墓碑。

蔡夫人的墓碑上镌刻着：

贤妻千古

吕亚雄老师之墓

夫　陆军中将蔡雨时敬立

民国三十一年元月

一个多月后，在墓地的正前方又竖起一座九丈五尺高的汉白玉纪念碑。碑的背面祭文是陈布雷的大作，碑的正面是蒋介石题写的一行金色大字——

为保卫长沙而牺牲之将士

永垂千古

蒋中正题

这块本该昭彰千秋万代的墓地，在解放战争中遭到严重损坏，到了"文化大革命"年代，又经过"小将"们"革命行动"的彻底毁灭，从而在中国版图上永远抹去了这一历史的悲愤痕迹。以上是后话先说。

第十一军司令长官冈村宁次自从那天在溃逃的阵地上空投过信筒以后,精神就开始一蹶不振了。一座地势并非险要的长沙城,前后出兵三次,竟然屡攻不下,岂不让皇军的威风大大扫地?令指挥官的无能昭然若揭?尤其是第三次彻底败北,到底出于何种缘故?应该认真总结。

大军远途奔袭,以疲惫之师攻击以逸待劳的敌军,这就犯了军家大忌,我虽然多次提醒众将佐"骄兵必败、哀兵必胜"的道理所在,我的训话他们也非常赞同,但是每当他们一跃上战争马背的时候,就骄悍驰骋,冒进轻敌,只顾长驱直入,而不顾及后面重武器和给养部队的跟随能力。敌方这次采用的战术是步步设防、逐次抵抗、诱我深入。等我们这些抢功心切的骄兵悍将们钻入"袋底"之时,突然扎住"袋口",四面出击,妄图置我军于死地。这是薛岳在赣北设置喇叭阵的翻版,在那里借用的是崇山峻岭,这次凭借的是道道江河。

不过,冈村在反思时还是漏掉两点主要原因,一是根本性的,二是新出现的。

一般说来,捍卫自己的国土要比去侵占别人的土地战斗得理直气壮。第九战区的当家人物三迁指挥部,勇敢地站在浴血奋战的士兵身后,下面的各级指挥官敢不玩命吗?从将军到士兵都暗暗下了决心,为了保卫长沙城和粤汉线"不成功便成仁!"

十二月七日,日本海军像无耻的海盗一样鬼鬼祟祟偷袭了美国珍珠港,第二天,硬把英美的怒火引烧上身了。"三宅坂"为了从海上陆上与英美抗衡,立即对战斗在海外的各部队下达了暂时延缓士兵轮流回国探亲制度的执行。一百多万驻华士兵听到通知能不哗然吗?具有武士精神热衷于天皇大业的忠勇之士,毕竟只是日籍士兵中的一部分,绝大多数外籍士兵身上还保留着家庭及亲人情愫的。他们必然会暗暗产生思想情绪,这种情绪能演变成可怕的厌战心理。这种新出现的苗头是军中士气的大敌。可惜,精明的冈村尚未发现这部庞大机器的底座上已经出现了一点点锈迹斑痕。

冈村毕竟是睿智的,尽管忽视了普通士兵情绪的微妙变化,但是最近国内国际出现的许多动向他是极其关注的,并且做了深刻剖析。近卫首相二次下野,东条组阁上台,预示着国内主战派还将变本加厉,他们的野心将会越发恶性膨胀。海军偷袭美国领土就是证明,这愚蠢行动迫使英美提前介入亚太战争,致使我们的亚洲陆地战略计划投上了阴影。新年伊始,英、美、苏、中等二十六个国家在华盛顿签署了共同反对法西斯侵略的联合宣言。这会成为同盟国用多股钢丝绞成的缆绳,轴心国将会送命在这根缆绳的圈套里,不知道首相及“三宅坂”的那些大人先生们是否想过?

国内上层决策者既野心勃勃,又愚不可及。这点真像童话故事里的熊瞎子掰玉米。熊瞎子摸进无边无垠的玉米地,尽管它心野胃口大,辛辛苦苦掰了一整夜,然而能得到享用的只能还是开始就已得到的那三根玉米棒。那些令人尊敬的上层人物只想全面开花处处结果,结果呢,也许一处果子看不到挂红成熟。支那幅员广阔,地大物博,低廉劳动力取之不竭。日本帝国只要使这粒果子“成熟”就够享受了,如果既得之又巩固了,觉得还有胃口,再向东南亚“洇渗发展”也不为迟,为什么要心急火燎搞个“广种薄收”呢?甚至弄得有种无收!他内心不得不谴责海军的好大喜功、好高骛远,为什么非得去激怒美国佬?

想到中国的自然条件,他又对蒋介石恨得咬牙切齿。俗话说“识时务者为俊杰”,你蒋介石不是一个俊杰领袖。独裁专制,刚愎自用,为什么不肯与帝国合作,为什么要分庭抗礼到底?他应该以法国的贝当元帅为榜样,组建维希政府,解民于倒悬。而他却为了个人的名节,顾忌到将来历史的评说,而把千千万万生灵百姓推上绞刑架、送上断头台!作为一国之君的如此选择,能算明智吗?

至于帝国现已试用的汪某人,他只是条没有脊梁骨的癞皮狗。他在支那决不会弄出一点什么气候来的,连个土八路都对付不了。

冈村想到“土八路”,不由又想到共产党。

他隐隐感觉到,龟缩在黄土高原上暂时还很微弱的新生政治集团像只羽毛未丰的鹰鹫,像匹尚未长出利齿的虎崽,像条还未出道成龙的青蛇。但是,这个政治组织里人才济济,很有心计。若用他的小米加步枪同我们的机械化部队较量,简直是以卵击石,但是从许多方面分析,我们帝国决不能小觑这股政治力量。我现在就可以大胆预言,少则十年,多则二十年,秃鹫的羽毛就丰满了,虎口中也长出锐利的森森白牙,青蛇会蜕变为蛟龙。它们既能兴风作浪,也能改朝换代。这时能够左右甚至主宰支那大好河山的重任,必然就落到共产党肩上了。帝国和蒋某正当两败俱伤的时候,年轻的老渔翁从黄土高原上跳跃出来,他精力充沛,斗志旺盛。我们帝国失败了,失败在贪多嚼不烂。蒋政权失败得更惨,遭到了灭顶之灾,他失败在如意算盘打错了。

支那的孟子曾说过，决定战争胜负的三要素是“天时地利人和”，十五年后的共产党一定会全部占有的。

时也？运也？命也？冈村从不相信的宿命论，今天却悄然钻入他的政治和军事素质都是佼佼者的大脑皮层中。

虽然室外下半夜的气温已降到零下五度，坐在榻榻米上的冈村仍无睡意。他看着从烟灰缸中一堆烟蒂上升腾起的一缕袅袅青烟，不由喟然长叹一声，一阵寒气袭来，顿觉浑身微微打战。他不由掖了掖身上的厚呢大衣，再抽出一支烟，点起火来……

冈村宁次从一九二四年一月第一次踏上中国领土上海起，到一九四五年九月九日在南京代表“中国派遣军”和驻台湾、越南北部的日军在投降书上签字时为止，在中国整整参战了二十一年零九个月，他的一双手上不知沾满了多少中国军民的鲜血！也许是运也命也，他竟然逃脱了战后远东法庭的审判，从主要战犯跌价为普通军人！致使这个中国人民的仇敌苟活偷生到一九六六年九月，寿终正寝时竟享年八十有二。

东方的佛祖都讲究“报应”，西方的天主都宣扬“公正”！这类骗人的鬼话，还能取得谁的相信呢？

就在冈村心情出现惴惴不安、忧心忡忡的第二天下午，狼奔豕突溃不成军的侵略者终于气喘吁吁逃奔到岳阳守军防地。受损不大的主力部队，在溃逃途中尚能维持建制，次第而行。但是那些由外籍兵源为主体的联队伤亡就惨重了，有些身负轻伤、精神受到刺激的士兵们，在逃亡败北之时，简直乱了套，像一群烟熏火燎过的马蜂，当官的找不到当兵的，当兵的找不到当官的。尤其是失了主将的部队，虽有日籍副手或下级军官当场就接过了指挥权，可是终难得心应手。败兵的士气已经一落千丈，刚从死神手里挣脱出来，即使有些下级小官很想斥责管束一下，当他看到众多的似人像鬼的部下杀红的眼睛仍然布满血丝时，也就不寒而栗了。

像直接受第十一军统辖的骑兵旅团，最高指挥木村已经阵亡，许多骑兵都失去战马，他们一扫往日的骄横之威与优越之感，只好夹在步兵里抱头鼠窜了。

当他们鼠窜到岳阳东郊玉女村时，黄昏即将来临，知道已经进入安全地带，躺倒歇歇疲惫不堪的脚以后，遵照“就地筹措”的原则，去民间“寻找”食物了。

忽然,他们发现了几处“娱乐所”,像苍蝇见血一样大喜过望,立即蜂拥而入。

一百多个“矿工”们争先恐后冲进石桥所。石桥一见来了这么多“客人”,惊喜不已,立即迎上前去,高声叫道:“请诸位先排班再购券……”话未说完,就被几个家伙一推,跌坐到墙脚下了。

石桥所里顿时被搅得鸡飞狗跳、天翻地覆。两个捉一个,五个围三个,把众多慰安妇从院内撵到屋里,又从屋里追到院里,从这间赶到那间,从那间又扑到这间。尖叫声、哭喊声、狂笑声,充塞着所里每一个角落,包括厕所也不幸免。

慰安妇们不肯接受的原因,并非因为他们没有买券来揩油,实是因为他们三分像人七分像鬼,满头满身满脸满手都是血污斑斑,像连日连夜工作在屠宰场刚刚下班的屠夫们,又像刚刚砍过若干人头才从刑场退下来的刽子手。这些连杀鸡都不敢看的女人姑娘,见到这些从地狱爬出来的魔鬼,能不吓得魂飞魄散吗?

尽管已是寒冬腊月,地上残雪犹存,石桥还是急得头上直冒冷汗。他想到了好友中川,立即摇通电话,向对方汇报了发生的可怕情况后,又恳切请求派部队来整饬一下这种混乱局面。

电话里的中川笑道:“石桥君,他们都是你的‘上帝’。财源滚滚,应该惊喜呀!”

石桥急回说:“中川将军,不是因为他们没有买券我不答应,而是担心他们如此胡闹下去会出人命的。我这所再也经不起打击了。”

电话里的声音严厉了:“你岂能颠倒轻重?我问你,是我们战士的身心娱乐重要,还是‘三类军需品’的卑躯贱体值钱?”

“叭!”对方重重挂断电话。石桥一惊,用指头按按耳门。

宗小花见到日寇的军纪如此松弛,有些家伙在追逐、狂笑时流露出吓破胆的神经质,她确信这群言行超出常规的日寇一定是支溃逃而来的败兵。也就是说,第三次长沙会战我们又胜了。她心里不由惊喜起来。

她见两扇铁门已敞开一扇,日寇从那儿进进出出。她看看暮色将临的天空,想到所里发给她们的那套只有在迁徙出门时才准穿上的黄色军装军帽,心中不由出现一阵紧张。她立即从操场逃避到自己卧室。她首先把比性命还重要的两公分长有铅笔粗的东西悄悄藏到身上。就在这时,几个日寇扑进门来。这群鬼子兵虽然在战场上吃了败仗,被打得落花流水,如果再围捉不住这些女人,那不更令他们无地自容？再说，对方毕竟是女人，女人的反抗力气终究是有限的。所以当石桥放下电话不久，许多勇敢者的“狩猎”终于大获全胜。

有两个日寇首先捉住了姬顺玉，把她抬进了二号和子的号房。三个揪住了樱子，把她搬进二十七号原是夏小荷的房间。严冬梅被拖进一号，黄秋菊被抱入二十六号，木子被挟进二十二号……总而言之，全部乱了套。

石桥拄杖立在操场上，急得心疼，连连叹气。他转动着像猫头鹰一样的眼珠，思考着急救解围的办法……

操场上还站着不少跟着辛辛苦苦“围猎”一阵而连一根鸟毛尚未得到的散兵游勇们，他们哪能服气心甘？于是他们又一哄作鸟兽散，冲开所有关闭着的屋门。

一会儿工夫，石桥所里的所有女性，谁也没有躲过这场浩劫灾难。

二十二号姬顺玉在和子铺上躺下后，内衣尚未解脱，撑着胆说道：“我请求你们按规定先付给我娱乐费。”正解着衣纽的胖子不由纵声大笑起来，笑声突然止住，狠狠给她一耳光，大骂道：“八格牙鲁！为了圣战，我们连命都豁出去了，难道钱还比命要紧！”

胖鬼子对立在一边的瘦鬼子鄙夷说：“这是个下贱的‘半岛女’，快来帮一下。”眨眼之间，姬顺玉的衣裤就统统被撕光了。

姬顺玉不敢再提什么规定，更不敢反抗不从，她只好闭上泪水奔涌的双眼，听之任之了。

黄秋菊进的是严冬梅的房间。她看看面前三个凶神恶煞，知道反抗也无济于事，边解衣边用日语说：“如果觉得自己还是人，我建议先出去两个。”

岂知三个魔鬼谁都不肯落伍在后，互相瞪着布满血丝充满敌意的眼睛。

秋菊冷笑笑，又慢慢将解开的纽子扣上，然后冷冷地看着他们。

三张鬼脸僵持着，看来个个都想捷足先“黏春”。

秋菊觉得好笑，心想我倒要看这些不知羞耻的禽兽究竟要丢丑到何种地步。她想到这儿，不由冷冷一笑说：“我又没有分身法。如果有两个站在我眼前，我多不好意思？你们总得排出个先后来呀！”

秋菊在利用她的智慧和勇敢，除了想试试他们的无耻深度而外，还想挑起禽兽之间的争斗，她就可以坐岸观火了。她想玩弄禽兽的同时，却忽视了其中的危险性。

三个魔鬼都觉得姑娘的话说得句句在理,这点要求不为过分。

其中一个口鼻沟蓄着一撮黑毛的,大概是倭寇的纯种,也许还是个上等兵军曹,他听了秋菊的要求后,立即对那两个同类怒眉瞪目,一边骂着“八格”,一边给每人一个嘴巴。

说怪也不怪。在这种场所也应该体现出自然界的食物链来。“弱肉强食”“生存竞争”“自然选择”……根本谈不上什么应该不应该、愿意不愿意。谁的力大,谁就能占山为王。

当两个被打的懦夫再次败北退出阵地时,见门外已排着好几个了。他们理所当然地把刚刚受来的一肚子窝囊气朝老老实实等在门外的同类身上发泄了。

宗小花在自己屋里服务到第二个时,忽然惊骇不已。她瞪着一双大眼,恐怖地看着正在解衣的大胡子鬼子,怯怯问道:“你是姓福地吧?你妹妹良子可曾找到?”

岂知大胡子立时变了脸,用手里皮带猛抽了小花一下,凶相毕露,大吼道:“你的胡说!”说着,很快扒光了身上人皮,像虎一样扑向猎物。

宗小花双目紧闭了。她眼前仿佛又出现了三年前在安徽省遇到他的那个晚上。那时的福地是多么的诚实、纯真,见了女人像处男一样腼腆,说话是那么的木讷、哀切,对女性像绅士一样彬彬有礼。她将眼皮略略抬起,视线透过浓密睫毛,见眼前的福地已变成人鬼难分了,她不由轻轻哀叹了一声……

樱子被三四个败兵绑架进二十七号以后,立即见风使舵,她一边喘息,一边笑道:“你们这些阿兵哥误解我的好意了。你们为了天皇圣战去冲锋陷阵,去尽勇尽忠,难道像我这样的爱国妇女会成员还不肯为你们做出牺牲吗?更重要的,我们为你们服务,就是为天皇陛下效力啊!”

有个家伙不停眨着一双猴眼,喝问:“你刚才为什么要逃避我们?”

解着衣扣的樱子笑道:“还不是为了爱护阿兵哥的身体,你们总不能才下那个战场又上这个战场呀!”说完,自己也觉得好笑起来。

她面前的武士们终被她的好心所打动,抱歉地笑笑,忙解腰间皮带了。

樱子态度的前后大反复,那是另一种说不出口的原因。她开始的拒绝,并非恼怒他们没有付钱买券,也非厌恶这些手脸血污的魔鬼。当时心里确实也想到,这些阿兵哥为“圣战”吃了苦头,付了代价,我们有责任让他们轻松快乐一下。但是,当她再仔细听,发现围捕她的人说的日语都带有高丽口音,她除了从思想上蔑视这个劣等民族而外，更加鄙视厌恶这些假皇军。

原来在慰安所里，不知从什么时候开始，就暗暗滋生出不同国籍异性之间的仇视，娱乐生活也受到种族感情左右。如果服务者和接受服务的对象是同国同种，就在这短短的时间里双方配合默契，一个温柔，一个体谅。如其双方国籍与民族有一处不相同，那两者之间的关系纯粹就变质为“你买渴我卖水”了。时间一久，有些日籍中的骄兵悍将及野蛮粗夯之徒因为痛恨自己无能得像蜻蜓点水，所以就挖空心思翻创新招，在异族女性身上施展暴虐和凶残，从而得到精神上的愉悦和发泄。那些韩国“挺身队员”受了异国异性的滥施淫威之后，能不向自己的异性同胞哭诉吗？他们唯一的办法，只有“用其人之道，还治其人之身”。有个慰安所曾经就发生过这样的惨事，有个体质瘦弱的日籍妇女，被接连几个假皇军蹂躏得当场昏死过去，所方也无法追究。从此以后，在日籍妇女心理上，对外籍异性就种下了恐惧种子。所以，当樱子听到围攻她的这些家伙都带有外籍口音，而且还是溃下阵来的败兵，她能不有所顾忌、胆战心惊吗？

当她意识到恐惧不得、逃避不了时，只好做个顺水人情了。

她已脱光衣服，钻进两条毛毯里。她的目光忽然停滞在那件挂在墙上的已落了不少灰尘的草绿色慰安服上。原来在加圈的“慰安”下面，清清楚楚标着“二十七”。她猛然想起这是死者夏小荷的编号。恐惧像一盆冰冷的凉水，顿时袭击了她的全身，她战栗着，惶悚地看着那件衣服，好像夏小荷正站在那儿，朝她瞪着一双大大的像死鱼一样的眼睛，就像临咽气时那样，并且还发狠说着“那害人精，我做鬼也饶不了她！”……樱子的双眼定住了，忽然，她凄厉地尖叫起来，掀开毛毯，双手捂着耳朵，就想冲出门去。已经脱去外衣的两个家伙急忙把她按到铺上，力大的那个骑到她身上，见她还在大喊大嚎，就是左右开弓。流着血的嘴，仍在喊着：“我要出去……”“小荷姑娘，是我害了你……”

骑在她身上的愣住了，问同伙：“她是中邪了？”

另两个都说一定是。另一个年龄大些的毕竟世故一些，对骑着的家伙说：“你必须再打，狠狠地打，才能把她打醒过来！”

当樱子口鼻被打得鲜血淋漓时，终于呜呜哭出声音。她苏醒过来了。

在紧隔壁的黄秋菊，忽然听到樱子的凄厉惨叫，还夹有求饶忏悔的呓语，不由大吃一惊。对这个阴险狠毒的女人，她真想食其肉寝其皮。后来又听到啪啪的抽打声，她在产生恻隐之心的同时，又觉得这是罪有应得。

她不知服务到第几个的时候，竟然惊喜地发现台湾青年陈永泰又来了。

陈永泰未解衣扣，只是将右手伸进胸前内衣里慢慢掏摸着什么。他坐到秋菊铺上，神色黯然地说："这时间给你歇一歇，也好让我对你说几句话。你说好吗？"

黄秋菊点点头，抓住了他的左手。

陈永泰从内衣里掏出一只信封，然后又从颈部拉出一条带坠的金项链，说道："请你给我解下来。"

秋菊坐起来，将他颈后链上的搭扣解开了。

陈永泰拿着信和链，对秋菊涩声说道："我请求你帮我把这两样东西带回老家去，交给我妈。我已听说我们师团要调往南洋作战，我有很大可能将要成为异国鬼魂了。我还请求你哪怕上刀山下油锅也得咬牙活下来，就算为了给我送这封信，也不能轻生。你如果认为我这人还值得你依赖，希望你把这条链子留下。当然，在此时此地，我提出这种要求，真是太不合情理了。不过这是我的心声，我实在憋不住了。"

黄秋菊看着椭圆形的金坠上突兀着一尊笑口常开的大肚佛爷，沉思有间，回答道："我如能有幸活下来，一定将这两件东西转交给伯母。如果伯母听了我的转述又了解我的经历后将链子挂上我的脖子，我一定晨昏三叩首，早晚一炉香，求菩萨保佑你逢凶化吉早日平安返回家园。"

陈永泰像僧人一样伸出左掌，并用右手在胸前画个十字，闭目念道："阿弥陀佛——阿门。"他想做个虔诚教徒，求得菩萨和耶和华的保护。

陈永泰祷告完，站起身想离开了。

黄秋菊收起信、链，泣声说："你不想再留一会儿了？"

陈永泰在秋菊额上吻了一下，说："后会有期。"说完，毅然走出门外。

宗小花见门外天已漆黑，走廊上两盏昏惨惨的路灯像幽幽的鬼火，走廊和场地上仍聚着许多面目看不清的散兵游勇。不少家伙虽然娱乐过了，仍然不想离开，还在瞎起哄、闹嚷嚷，把所里搞得乌烟瘴气、乱七八糟。

宗小花忽然满脸痛苦，紧紧捂着肚子，对一个士兵哀求道："求你先睡我铺上等一会儿，我这两天拉肚子，急着要去厕所。"

士兵见她的痛苦相，知道她真是内急得刻不容缓了，点点头说："你去吧。"

宗小花急急套上内衣,穿上黄色军服,戴上后脑有豁口的战斗帽,套上士兵的鞋子,慌慌急急出了门。

她跨出门,反而不着急了。在昏暗的灯光阴影处,她一边走路,一边系着裤子、扣着纽扣。穿行在闹嚷嚷的败兵们的身前身后……她心跳加快了,呼吸也有点急促起来,但是走向大门的腿脚显得十分从容……

三十七

当石桥眼看着妻子被几个虎狼一样的狂徒强行逮走以后正在操场上急得直打转转时，忽然又听到樱子的凄惨号叫声，他那条受过伤的左腿忽地战栗得失去最后的支撑能力，一屁股坐在地上了。

他看着疯狂暴乱的场面，听着到处哭叫悲号和歇斯底里的狂笑声，他预感到他的棵棵摇钱树在这股强烈飓风袭击下恐怕都要被连根拔起。也就是说，他的慰安所将遭到鸡飞蛋打的灭顶之灾。

这些在战场上是狗熊到这儿来逞英雄的混蛋，如果折腾一阵立即撤走倒也罢了，看来，这些无耻家伙娱乐以后还不肯离开，施暴行为大有通宵达旦的可能。

石桥在海部的帮助下，回到自己寝室。他想，中川既然不敢出面劝阻，只有试着向栗原求援了。

石桥至今对栗原队长还存有芥蒂和畏惧。后来他尽管做了一些努力，想尽量取悦于他，但是他这古怪人，就是不肯轻易降低身份到下面来走动。如果“送货”上门，石桥又不敢贸然冒险。他还听说，栗原对中川很有不同看法。如果中川不是外相广田弘毅的学生，栗原早就“参”他一本了。他和中川是老同学老熟人，栗原不会不知道的。当石桥所处于生死存亡的关头，栗原肯助他一臂之力吗?

谋事在人，成事在天。石桥最后下了决心，他对送话器做了紧急呼救。

宗小花沉着走着，她尽力控制着怦怦直跳的胸口，还有几步就到大门外了……

忽然，一辆风驰电掣的中吉普嘎的一声在门外刹住了，从车上跳下几十个头戴钢盔的宪兵。

大门立即被四个宪兵占领,其余的都冲进院内。领队的是个少佐。

宗小花大惊,但瞬间就镇定了,她不慌不忙向右折向厕所方向。

宪兵将院内惊恐不安和无畏的散兵游勇围起来。

少佐又令几个宪兵挨号呼叫里面停止“工作”,立即出来集合。

刚刚从“工作重地”出来的二十多个大兵,被拦围在场地另一边,他们哗然又义愤,其中一个脚上穿的是慰安妇的木屐。

少佐走到木屐大兵面前,嘴骂“八格”,就是左右两巴掌:“你的军鞋?!”

宗小花立即从厕所方向奔来,走到穿木屐的大兵跟前,脱下胶底军鞋,换回自己的木屐。少佐狠狠瞪了她一眼,挥手令她回去。

少佐跳上走廊,看着眼前这群闹闹嚷嚷的乌合之众,大声训斥道:“诸位都是帝国军人,天皇陛下的勇士……”他见下面绝大多数收敛了蛮横不羁的神态,继续说:“冈村司令官有令,限在今晚至明天中午十二点以前,各部队各军种的离散人员必须返回原驻地集结归建,如果有谁无正当理由而延期未归,一律作逃兵论处!”

下面又纷纷议论起来。

少佐又大声说:“奉栗原队长之命,凡已娱乐过的人员,必须交清两元,迅速离开现场。如有谁胆敢寻衅滋事,一律作违纪抗命论处!”

旁听的石桥惊喜异常,急急拐进寝室,取出面盆,放在少佐脚下。

偌大场地上静悄悄。少佐耐心等待着……

忽然人群中众口一声喊道:“我们还没有娱乐!”

少佐愕然了,转眼看着石桥。

石桥如雷轰顶,气得发颤发抖,急剧摇着头:“岂有此理,岂有此理!”

少佐心里当然清楚,他是受命来止暴禁非的,这种事处理起来是很棘手的。面对二三百个散兵游勇,他不能不有所顾忌,岂敢掉以轻心。俗话说“法不治众”,如果把刚刚平息的情绪再激反过来,后果是不堪设想的。以前就发生过这样的教训。这些刚从战场上溃退下来的亡命之徒,连鬼门关都不怕,还怕什么违纪违令?少佐想到这儿,看看脚下空盆,又鄙夷地瞥了一下石桥,心想,我岂能为他们的贪婪而去冒杀身之祸的风险?于是,他决定顺水推舟了,咳嗽一声说:“诸位都辛苦了。既然还没有娱乐,请先回去参加休整吧,以后再来娱乐也不迟。”

被围的一大群立即高呼:"听从长官吩咐!"

他们得了面子,并非因为省了两元钱。

少佐转向被围的二十几人,威严道:"你们是从现场出来的,必须交纳二元!"

这边小股看看那边大股,顿感势孤力薄,许多人都低下了头。有人已从怀里掏出军券,丢弃到面盆的阴影里。付过钱的,少佐令站到大股里面。

最后小股里只剩下两名了。他们摸尽了口袋,未摸出一张纸来。一个是老兵,另一个就是刚才那个木屐大兵,他感到太冤了。

少佐令人先下了他们的武装,再把他们送上卡车。

接着,少佐又训示了几句,就命令所有人员排成四路纵队,秩序井然地走出慰安所的大门。

石桥瞥了一眼面盆,心中尽管极不如意,但是还得走向少佐,向他鞠躬致谢。在弯下腰去的一瞬间,目光从面盆上扫过,他很后悔没有拿只手电筒来。

石桥千恩万谢送走了每一位"军纪军法的化身者",关上大门,加上锁,倚门看着空荡荡的偌大操场。

被黑夜包围的慰安所又恢复了往日的和平宁静。

石桥拿着面盆,走进自己寝室,见到披头散发的妻子正在灯下对着镜子在一对被抓破的乳房上涂抹着红汞药水。

石桥把盆里钱倒到桌上,把妻子朝桌角挤了挤。他现在最关心的是究竟收了多少钱,至于妻子身上被抓破皮的地方,两三天就会长出新肉的。肉能再生,钱却不会。

沾着唾沫数了两遍,还是二十一元。其中不少是一元面额的。全所女性满打满算,还有二十七人。除去两个揩油的无赖,应该收到整整五十元,但是手上连半数都没有!石桥不由怒骂道:"八格,真是一群土匪!"

妻子苦苦一笑,说:"算了,别发火啦,总算化险为夷了。我这点皮肉小伤算不了什么。"

石桥一愣,急忙笑道:"你说得对,既然转危为安,我们就该心满意足啦!"

石桥收好钱,他接过妻子手里的药棉,还想表现一下自己的关心疼爱之情,忽然外面又大叫大嚷、人声鼎沸起来。

洋子急忙掩上衣襟,用根带子胡乱扎在腰上,就同石桥慌忙奔出屋门。

姬顺玉衣衫不整,披头散发坐在走廊地上正大哭大叫,忽儿打自己嘴巴,忽儿拍自己屁股,呼天抢地号哭着。

二十七号门外挤着全部华妇,从屋内不时传出喑哑的悲声切语。

洋子慌忙向姬顺玉的同胞打听,她如此哭闹为的什么事?一位韩籍“挺身队员”告诉她,姬顺玉说她的五百元军用券被人偷了。

洋子心里一惊。她记得上个月她硬要领走的只有三百元工薪,用什么办法又多挣了二百元的?

以前洋子也曾听人风言风语私下提到过,有的人为了多赚钱,不惜将营业超出正常范围。那些大兵,尤其是即将去冲锋陷阵的战争炮灰们,只要能赢得片时的随心所欲的精神陶醉,在女人面前把金钱就当作粪土了。有些可怜可悲的女人,为了几个浸透血泪的纸钱,只好忍受着魔鬼煞星的恣意妄为的残酷蹂躏,他们比禽兽还要野蛮残暴十分。

顿生恻隐之心的洋子走上前,弯腰对姬顺玉说:“你先别急,再回屋里仔细找找,也有可能忘记藏钱的地方了。”

围在她四周的“挺身队员”,觉得洋子的话也不失为还有一线希望,异口同声叫她再认真想想,把钱究竟藏到何地了。

主人不进屋,别人当然顾及“瓜田李下”,不好擅自进去。姬顺玉在许多人劝说下返回室内,仔仔细细翻床掀铺、“翻箱倒笼”起来……

躺在二十七号铺上的樱子,蓬头散发遮住半张煞白的脸,嘴角粘着血,双目怪异,精神恍惚。她忽儿将毛毯拉到脸上,忽儿又偷偷露出恐怖双目,朝墙上那件号衣匆匆瞥上一眼,忽儿自己掐着脖子,含混哀求着:“好妹妹,你饶饶我,求你松松手吧!”

挤在门外观看的华妇们,见到坏人不打自招,终于受到天理的惩罚,心里舒服极了。小无锡和甜水妹看到她的惨相,不由对她又可怜起来。

仍然穿着军服的宗小花无声地站在同胞们的身后,冷冷地看着由战争机器把怪异民族孵化出来的具有双重性的这个怪胎!

洋子进屋后,从侧面轻轻掀开毛毯,见樱子身上多处已被抓伤,又将手探入到她的下体,不由骇然瞠目!她急忙抽回似乎碰上烙铁的手。

洋子叫进佐藤和海部,将门关上了。

过了好一会儿,两个男人抬着用毛毯裹着的樱子走出二十七号门,把她送进了一号屋内。

洋子对石桥说:“快去打电话,请麻生速速赶来。”

二十二号屋内,姬顺玉仍在漫无目的神经质地翻找着。巴掌大的面积,能有多少珍贵物件可翻?无非是周而复始而已……

几个韩妇见了,暗自流着泪水。其中一位鼻梁上有几粒雀斑的中年妇女还是有点头脑的,她暗暗担心她的同胞可能要急出病来,她想不如由同胞们先凑几文,藏在某处,再故意让她寻找到,这样也好做个安慰。其余八位岂女姑娘还有华妇们听雀斑妇女一说,也觉得救人要紧,立即纷纷解囊,凑成百元不到,交给雀斑妇女去执行了。

出于同情和关心的华妇们,站在二十二号门外小声议论着。

秋菊小声问:“刚才天下大乱时被捉进这间屋子的是谁?你们曾有人见到?”

小无锡套着秋菊耳朵说:“我在我这边听到那边说话的像是木子。”

“想起来了。”甜水妹惊叫道:“宪兵来搜人时,我出门上厕所,正巧见到她从二十二号门里急急慌慌走出来,回到三号屋里去。”

黄秋菊对宗小花小声说:“会不会是她作的案呢?”她又想做福尔摩斯了。

严冬梅说:“无凭无据,不能乱怀疑人。”

突然,姬顺玉在屋里大喊大叫起来:“找到了!找到了……”

黄秋菊挤进门内看时,只见瘫在地上的姬顺玉蓬着狮子头发,裸露着半只乳房,以指沾着涎水,痴痴数着手里纸券,口里同时念着:“一百,二……五百!”五百这个确数她还死死记着。

她似乎害怕有差错,又不厌其烦地数起来……她蓦然跳起,对别人哈哈大笑,举着手里纸券,高叫道:“找到了!找到了……”

许多观者不由眼圈发红,或者潸然泪下。

雀斑妇女后悔不迭,确认是因为自己的馊主意坑害了同胞姐妹。黄秋菊听说后,对她安慰道:“你是出于真心为她好的,怎能怪你呢?应该说,罪魁祸首是那个偷钱的贼。”

雀斑妇女悲愤骂道:“那些吃枪子的,心也太狠毒了。白玩了她还不够,竟然偷走她全家老小的活命钱!”

黄秋菊冷冷地说:“依我看,也未见得就是他们偷走的。”

“你说是谁?”几个韩妇惊问道。

黄秋菊摇摇头,痛苦地看着仍在嬉笑数钱的姬顺玉。她想,没有充分证据,她不能挑起新的“民族战争”了。

麻生医官匆匆赶来了。他听了洋子的叙说后,给樱子注射了一针镇静剂。

他又以麻木的神情凝视着悲喜无常的韩籍女人,听了七嘴八舌的反映后,对两个韩籍妇女说:“请你们把她哄到铺上去,按住她,让我给她打一针。”

四五个韩妇把姬顺玉按在铺上,强行脱去她的一只衣袖。在嗷嗷的像被杀猪的嘶喊声里,麻生麻利地找到了臂上那根隐约可见的蓝色静脉,针头准确无误地深深扎了进去……在凄厉的叫喊声中,终于结束了这一短暂而又漫长的医疗过程。

过了一会儿,几个韩妇如释重负松了手,可是她们的一颗心却沉下去了。

姬顺玉到底安静下来了,像一只假死的冬眠青蛙一样不蹦也不跳了。雀斑妇女轻轻从她手里拿下一沓军用券,叠叠整齐,塞到她的枕下。

洋子回到卧室后,从身上掏出一只手雷,轻轻放到抽屉里,上了锁,洗去手上血污。

时间已到午夜。石桥所内,这次真的和平安静下来了,除了黑暗中呼啸的阵阵寒风而外,确实寂静得像座坟场。

“坟场”周围几丛灌木和地上的一片野草终于苦苦煎熬过又一个天寒地冻的季节。灌木枝头吐出半粒米大的嫩芽,它们在悲愤窥视着脚下那些已经腐烂的亲人先辈们;野草先派遣两片叶尖悄悄钻出泥土探看世界,它们观察到,眼前还残留着许多铁蹄践踏过的痕迹。远离它们的太阳仍然斜照得无威无力,肆虐侵肤的寒风依然不肯败退。这就是“春寒料峭”“早春寒”的缘故。

就在这个月,中国政府为了保住仅存的一条国际援助通道——中缅公路,派遣远征军赴缅作战,由杜聿明将军率领三个军,在美国人史迪威将军的统一指挥下,去和缅甸的殖民主义者英国军队协同对日作战。

结果是令世人始料不及的。中国远征军跋山涉水去缅甸,是同英军并肩打击日本侵略者的,结果却演变成去解救英军之围。曾在中华国土上耀武扬威、不可一世的英国皇家鹰犬,却在缅甸国土上闻风丧胆,未见鬼影,不发一枪一弹,抢先逃之夭夭,并且还令中国军为其殿后。当那些丧魂失魄的废物遭到前阻日军的包围时,又令中国军拼死拼命为其解围,故而造成中国远征军处处被动挨打,搅乱了自己的战略部署。我二百师戴安澜将军虽经浴血奋战,还是在异国他乡以身殉国了。只有少数严重减员的远征军建制吃尽千辛万苦后才转战返回自己的国土,孙立人将军的新三十八师虽然受损较轻,但是被迫撤退印度北方山地。至此,第一次中英联合作战以彻底失败而告终。

蒋介石急得大骂美国佬指挥无能,英国鬼子尽是属兔子的混蛋!

暮春时节,万物仰仗的太阳姗姗向北回归线走来。

石桥所里并没有因为偶尔的艳阳高照而增添一线勃勃生机和蓬蓬朝气,它像一个垂暮老人一样,始终病恹恹的打不起精神来。

姬顺玉瘫坐在走廊地上,一边晒着太阳,一边聚精会神数着手里的钱。钱已经破烂不堪了,她仍然觉得还没有点数清楚。

黄秋菊陪着宗小花坐在自己门口,看着蓬头垢面的姬顺玉,两人都神色黯然。两位姑娘也消瘦了许多。秋菊脸上除了不见血色而外,忧悒的眼睛似乎又变大了许多。宗小花脸上除了蜡黄而外,还有点浮肿,上下眼睑皮上似乎涂了淡淡的眼影。

腿脚有点踉跄的樱子也走到门外来晒太阳。她像大病初愈者,更像遭受严霜摧残后的花朵,非但失去昔日的娇艳与盛气,反而增添了憔悴和枯槁。失去光泽的头发做得很不认真,还有几绺调皮地遮着面颊,眼袋出现松弛,眼神也有点游离不定,似乎含着恐惧和自责。不知它的深处是否还隐匿着妒忌与仇视了?

"花园主人"石桥站在卧室门口,看在眼里急在心里。一个月前,韩国一个"挺身队员"不知为了什么竟然上吊自杀,等到别人发现时,拉出几寸长的舌头再也无法弄进去了。这种意外死亡,也曾给死水一潭的慰安所里投下一块石头,激起不小涟漪波澜。目前各所面临的现状是,营业额每况愈下,各种事故却有增无减,长此下去,如何是好呢?他对前景不由茫然起来。

慰安所的兴衰是和日寇的荣辱成正比关系的。在去年五六两月,日寇在赤道珊瑚海、中途岛等地均遭到美军的致命打击,就航母而言,已被炸沉了六艘,海军已损失了四分之一战斗力。海战失利,岛上日寇当然也火烧眉毛了,只有从中国抽出部分兵力去支援南洋。有老百姓的地方都有女人,何必要拖累万里之遥呢?现在粤汉线已被打通,日寇十一军的战略重点已向大西南转移,有限的交通工具应使用在刀口上。只要把仗打胜了,还愁没有花姑娘?所以大多数慰安所还滞留在岳阳地区,而岳阳的留守部队是很有限的,故而造成奇货滞销、供大于求的市场萧条。

天气渐渐炎热了,慰安妇们工作一天下来,不洗澡是不行的。而这里的条件远不如当年在滁州地区的阔派,也不如在九江时的洒脱。现在,已把大木桶改为小木盆了。凡是要洗澡的人,打点儿热水,倒进木盆,就着盆边擦擦洗洗也就算了。

连日来所里生意清淡,慰安妇们半做半玩,像今天下午下班就特早。

宗小花已经在洗漱间里洗了一会儿,忽见严冬梅、甜水妹和小无锡也走进来。小花刚要开口打招呼,岂知严冬梅笑笑,抢先开了口:"小花妹,让我来给你擦擦背。"嘴说,人已走过去了。

"梅姐,我可不敢劳你大驾。"小花笑道。

冬梅夺过小花手里毛巾,不管对方愿意不愿意,扳住她的肩头,在她后背上擦拭起来。

甜水妹也来帮忙了。岂知她的手刚触及小花肋下的腰际,她就咯咯地笑起来,边笑边让,弄得冬梅无法洗擦了。她不由照着小花屁股拍了一巴掌,笑骂道:"你这死丫头,这些地方,难道将来连你姑爷也摸不得?"

站在一边观看的小无锡笑道:"打得好,问俚敢不敢再撒娇了?"

洗漱间里的趣闹和笑声,彻底证明了她们与宗小花之间的冷战关系已经春风解冻了。她们本来就没有实质性的矛盾,她们是同国同种同是沦落受苦人,只不过后来连连发生了一些误会误解。尤其是在夏小荷惨死问题上,总认为是她为了讨好中川而告的密。经过那天败兵骚扰以后,她们明白了事情真相,觉得错在她们自己,毫无证据就随便冤枉一个好人。所以,那天的第二天,她们就主动向宗小花赔了不是。宗小花仍然大度地笑笑,说那些事情她根本就没有放在心上,这就更令她们自愧不如了。

现在作为梅姐的冬梅,就想利用这个机会对小妹补上一点儿爱心,尤其是对她臀部拍的那个响亮巴掌,更能说明疼爱备至。

宗小花洗过了,她穿上裤衩,站在一边等她们脱衣服。她想也应该回敬一下这些姐妹。

她忽然发现冬梅脱下的裤衩上除了一般的污秽之外，还附有黄色的脏物，她又嗅了嗅，觉得就是那种气味，不由惊骇不已。

宗小花走过去，见甜水妹没有患上此症，小无锡也得上了。她想了想，觉得还是别当面说破的好，免得惊吓了她们。再说，我与她们相亲相敬的基础还不深厚。等到晚上，我先同秋菊商量一下，看她用什么办法向她们婉言提出来。

她想帮助小无锡擦擦背，小无锡嬉笑着死活不要她擦，她也就算了。她转过身，把甜水妹脱下的衣裤放进自己盆里，连同自己换下的衣裳放水浸泡起来。

慰安所刚刚问世时，每个月都要对慰安妇做一次妇科检查，主检医生必须在受检人员的卡片上签字，将这"检查合格"的卡片钉在受检者的铺位一边，好让来"工作"的人员看到这张平安无事的"布告"，放心大胆地"工作"。后来因为战事频繁，前方下来的伤员太多，战地医院连连告急，只好把各支队负责保健的医生临时借调去。像麻生医官，一人带着两个副手，平时要负责八个所的医疗保健，就本职工作也够他忙得焦头烂额了，何况时不时还有突击性的临时借调。所以，天长日久，定期做妇科检查的规定也就在不知不觉中流于形式了。

世上的事往往就这样，凡是规章制度一旦流于形式，各种有害人体或精神的病毒就乘虚而入了，等你清醒发觉时，病毒已滋长为参天大树，星星之火已成燎原之势，灭不掉了。如果再想整饬或扑灭，受害者就得付出惨重代价，整饬人就得花费事倍功半的精力。所以，防患于未然的一些必要的规章制度还是应该认真执行的。

天黑后，黄秋菊和宗小花走进严冬梅的号房，穿着汗衫裤衩的冬梅正用破芭蕉扇驱赶帐内蚊子。

黄秋菊往铺上一坐，掀动着鼻翼说："嗨，梅姐，你屋里怎有咸鱼臭味的？"

冬梅莫名，笑道："你别嚼舌头。我怎么闻不到呢？"

秋菊笑道："古人说得对，'入鲍鱼之肆，久而不闻其臭'。你是摆鱼摊的渔婆呀！"

冬梅对古人的话听不懂，但下一句知道是取笑她的。她也笑着回敬道："我是渔婆，你岂不成了渔大妈？"

坐在一边的宗小花也忍俊不禁笑出声，她想秋菊的噱头也真多，不过有点远转山遥了。她想了想，对她说："呃，秋菊，我昨天无意听到洋子她们谈，说别的所已发现有人得上脏病了。”

秋菊故作吃惊之状:“这是真的?”

冬梅悚然问道:“是哪个所?”

小花摇摇头:“我没有细听下去。秋菊姐,什么叫脏病?”秋菊沉思了一会儿,叹息一声说道:“就是男女得的性病。常见的有梅毒和淋病。梅毒又叫杨梅大疮,它又分为硬性和软性两种。”冬梅对小花笑道:“你看看,我们秋菊懂的东西还真不少。”

秋菊道:“都是从医书上看来的。比如说梅毒,它的病原是梅毒螺旋体。症状可分三期。初期出现硬性下疳,二期出现各种皮疹,三期皮肤、口唇和生殖器就形成溃疡了。最严重时,下体出现溃烂,坏肉下掉。有人恶毒骂别人‘活烂’,就是诅咒希望别人得上这个病。史书记载清末同治皇帝浑身出天花,出脓疮,其实就是害的杨梅大疮。”

宗小花又问道;“你刚才说的硬性、软性梅毒又是怎样的?”

秋菊说:“这两者的主要区别看病变底部的组织是硬还是软。坚硬的捏而不痛,柔软的一触摸非常疼痛。”

冬梅沉思了一会儿,问:“我以前听人说过,早就有治疗这脏病的特效药了,是吗?”

秋菊点点头。“那种药叫六〇六。不过近两年又研究出更好的了,是九一四药片。”

宗小花说:“药片比药膏使用起来更方便了。”

严冬梅略略犹豫了一下,对秋菊说道:“以前在南京,我有个小姐妹也得上了脏病,不过她的病情不像你刚才说的那样。她曾悄悄告诉我,说小解时有疼痛感,有时尿里还带有脓血。”

秋菊心中明白了,轻轻地一笑,说:“你以后再见到她,转告她不要害怕,这叫淋病,只要服上三粒九一四药片,就会太平无事了。”

冬梅点点头,她忽然觉得她们今晚来得蹊跷,说的话也奇怪,莫非我的病已被她们看破了?不敢正面跟我说,故意绕上这么大的弯子?她们真是煞费了苦心。她们既然如此真心待我,我岂能香臭不知,多她们的心呢?她想到这儿,以目审视两人,笑笑问道:“你们今晚到这儿,就是专门来跟我介绍各种脏病的?”

“不是不是，这话是顺便提及的。”小花连忙声明道。

秋菊道：“梅姐，明天又是山东嫂的忌日了。我们想来同你商量一下，是否这次多买些纸钱烧给她？”

冬梅笑道：“还是你的记性好。我倒忘记了。依我说，我们就开门见山，把两件事一起商量商量吧！”她还不是讳疾忌医的蔡桓公。

宗小花愕然了。

黄秋菊高兴得像孩子，抱住冬梅头，在她脸上亲吻了一下。

冬梅目视静静立在墙角的藤箱，鼻子不由一酸，遗物形状，渐渐模糊不清了……

却说石桥卧室里，夫妇俩也在商量着一件重要事情。

石桥对妻子既像忏悔又像是说教着：

“想当年，同你结婚以后，我在红灯区仍然流连忘返，把店里的资金不光花在嫖妓上，更多的是填进了赌场的无底洞。输了，想扳回本钱；赢了，还想赢得更多。俗话说不见输赢不下场，说得真是千真万确。有几次财神爷让我成了大赢家，但是我那时年轻气盛，贪得无厌，不懂得见好就收、急流勇退，结果大涨以后又逢上大落，不光输尽了赢款，反而倒欠了一笔高利贷。”

妻子冷笑一声，说：“亏你还有脸朝外说哩！我们家业就败在你手里。”

丈夫笑道：“你别瞎打岔，我的意思你还没有听明白。”他下了床，抽出一支纸烟，摸出小瓶，边忙边说：“我已再三想了几天，我们的经营也应该见好就收了。花好月圆就那么一瞬间。如果得陇望蜀，贪心不足，最终也许会弄得两手空空、一败涂地。”

妻子惊讶了，问道：“难道华战快结束了？”

丈夫闭上双目，让吸进的烟在肺腑肝肠里慢慢轮回转悠着。过了好一会儿，才呼出一口浊气，说道：“华战被那些蠢驴煮成了夹生饭，又像死蛇挂树，既下不来，又上不去。而目前中南半岛、南洋各地极需兵力支援。蠢驴们只好头痛医头了，连连从支那抽调兵力去支援南洋诸岛。照此下去，我们在支那这块水域也没有什么大鱼可抓了。我想，我们赚的钱够过下一辈子了，不如早点关门打烊为上策。”

妻子道：“你中途停业，岂不违了签约？中川不会答应的。”

丈夫笑道:“岂能停业?我想拜托夫人先在这里当个‘维持会’会长。让我把资金送到上海,再转到中立国去,等我在上海办好出境手续后,再来信用暗语通知你。你再找个借口,把这儿委托枝子代管几日,那不金蝉脱了壳?”

妻子掂前量后了好一会儿,说:“其实我心里早就这样想了。我们如果在支那再待几年,我们打胜了,一切都好。万一败了呢?别说钱财了,恐怕连命都难保。到那时,支那人还管你什么军人商人,不统统杀光杀尽?”

丈夫也忧心忡忡,说道:“这是最坏的结果,我当然也考虑到了。所以,你我必须尽快离开这个不祥之邦,因为我你是商人而不是军人,并且,已为天皇的圣战做了很大贡献。”

妻子提醒丈夫道:“走前,你必须去向中川请个假。”

丈夫道:“那自然,还得有充分理由。”

再说黄、宗二人离开后,严冬梅躺在铺上久久难以入睡,姐妹们真心实意为她好,那是不必说的,她取出藏在枕下的纸包,将它打开,凝视着六粒黄豆大的白色药片,疑窦再次出现了。据她自己说,此药在台湾各个药店都公开出售,这点她相信。但是,这个黄花闺女出远门时为什么要带上这种药?难道她能未卜先知,知道日后要陷入这个火坑,故而未雨绸缪么?不可能。难道是宗小花给她的?更是无稽之谈,一个要饭卖唱的乡下姑娘,哪能买到这种新问世的特效药?

既然无法弄清此药的来源,她也不想为此多动脑筋了。她的思路又转到了另一个问题上。

小无锡的三粒明天就悄悄送给她,并且还要说服她分三天三次服下。对于她自己的一份,她叹叹气,不想使用了。

在她心灵深处,对她们的前途早就萌生了渺茫和沮丧,对日后的归宿惴惴不安、忧心如焚。在滁州地区,坚持要石桥写保证书的事,现在想来,那时也太幼稚可笑了。好像被判成无期徒刑的人闹着要求典狱长写份还我自由的契约一样,真是自己把自己骗了一场。既然出“狱”遥遥无期,治好脏病又有何意义?治病既不是为了自己,那就是为了鬼子们了,好让他们放心大胆来继续蹂躏,虽非出自本意,客观事实确是这样。我们现在活着的作用,仅仅是供给鬼子们玩弄。这种非人非鬼的日子,还有什么值得留恋?我何不把这种脏病拖在身上,也让那些禽兽们沾沾光

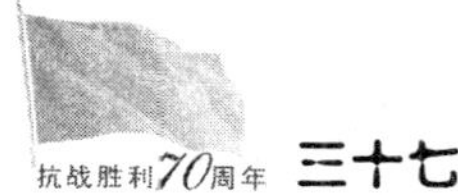

呢？二十五年前，鬼子兵吃了俄国金发女郎的苦，在我们中国为什么不能重演呢？不过，凭我一人是孤掌难鸣、难成气候的。如果真的交叉蔓延开来，我又造了大孽了，因为害了多少女人姑娘！

严冬梅觉得此路不通，她又犹豫起来……

三十八

特种支队队部里，中川清健正凝视着中南半岛和印度半岛结合地带的五万分之一的地形图。他身在中国腹地，思绪却已飞到了万里之遥的缅甸仰光。他很赞赏“三宅坂”的这一雄伟战略。若想尽快结束在华战争，只有尽快斩断这条支那仅存的唯一的动脉血管。蒋介石已经瘦得皮包骨头了，只要再来三个月的“供血”中断，“介石”必然丧失骨气耿介，而成为贻笑万年的“碎石”了。如果……

“报告！”忽然一个耳熟的声音蛮横地打断了他顺理成章的思路。

“进来。”中川有点不快。

石桥以三条腿伫立在友人中川面前。

中川立即笑道：“请坐，原来是你呀。”

石桥笑笑，说：“将军在此，哪有平民座位？”

中川站起，离开桌椅，笑说道：“你既不肯坐，一定是有什么事来找我的，那就说吧！”

石桥在榻榻米上坐下，笑道：“到这儿来，就得有事求您？没事就不能来看看故人，同您谈谈玩儿玩儿？”

中川立即为故人沏茶，笑道：“当然能来。我正感到无聊，求之不得哩。”

两个知心朋友接着就边品茗边天南海北闲扯起来，从国内扯到国外，从支那牵到南洋，从战争谈到家庭，从家庭说到儿女……两人拉扯了好半天，石桥这才站起身，向主人做了告辞。当他将要出门槛时，忽然转过身，漫不经心说道：“噢，对了，近期我想去上海一趟，阁下可需要带点什么东西？”

立在他对面的中川点点头，说：“谢谢故人的关心。”同时两眼盯着对方，“你去上海干什么？”

石桥只得又转回来，叹息一声，再次坐到榻榻米上，向老友念起苦经来：

“我不说，您也知道。我所现在有点像日落西山了。连续死亡了几个不谈，最近又有几个病恹恹的。像韩国的一个‘挺身队员’，整日疯疯癫癫，已经失去为帝国军人服务的能力和意识。我们当初开办娱乐所的宗旨，就是为了更多更好地为天皇的圣战服务，尽可能更多地让阿兵哥们得到身心愉快。现在的实际情况呢，实在难以如愿了。如果情况再恶劣发展下去，我这所岂不名存实亡了？所以，我想趁现在业务不忙赶往上海一趟，去兵站再进些‘货’回来。”

当石桥在絮絮叨叨诉苦及表忠心的时候，中川一边点头“嗯”着，思想却急速飞转起来。目前各个娱乐所的承办人情绪都一落千丈，有的对前途丧失了信心，甚至有人想“收摊”不干了，而石桥独独方兴未艾，还要继续下赌注，这似乎令人感到有失正常了。不正常就是反常，反常必然是由某种用心萌发出的端芽。

中川见石桥告苦已完，笑笑说：“上海是个花花世界，是否把夫人也带去逛逛？”

石桥惊喜不已，不过又冷静想到对方是个聪明狡猾的家伙，是不是投石问路？我不应该麻痹轻敌，应该谨慎小心，还是按原计划办的好，所以立即笑笑回答道：“我走了，所里还得依靠她哩。再说，我们夫妇如果都来向你请假，你我都是老朋友，您不会不答应的，但是也有可能引起别人的猜疑。”

中川哈哈大笑，笑了一气说：“到底还是老朋友好，很体谅本官的难处。”

石桥连忙躬身说：“这是应该的，应该的。”

中川道：“老朋友既然如此通情达理，我就对你实话实说吧。你一人走也好，两人去也行，我都原则答应。我正想你到上海为我代购一只红色钻戒，顺便把我几年来的薪金存到三菱银行去。不过事有不巧，昨天军部下了通知，命令各支队将所辖慰安所进行一次整饬。办得好的继续维持巩固，办得较差的实行并撤，吊销其批照。清理出的‘三类军需’，充实到优秀所里去。到那时，我准备让老朋友先挑，国产的、舶来的、本土的随你拈。这些‘货’都是调教好的，进门就能为你赚钱。如果万一你一个也看不上，到那时再去上海‘批发鲜货’也不为迟。老朋友，你看呢？”

他还能怎样看呢？如果坚持一定要走，那不正好暴露马脚？一动不如一静，只好再等几天吧。石桥想到这儿,立即高兴起来,笑道:“这样再好不过了。如果在沙石里还能淘到黄金,我何必去花冤枉路费呢?不过……”

“不过什么?”中川急问道。

“不过,我如果挑到了上手‘货’,阁下的那两件事暂时就办不成了。”

中川纵声大笑起来,从榻榻米上忽然站起来,握住石桥的手,动情地说道:“我太感谢你了,到时再说吧。”

石桥心想到时不怕你不答应,又说了两句闲话,真的告辞了。

中川目视着石桥背影,听着“笃笃笃”的单调响声,嘴角不由挂起难以觉察的奸笑。

石桥走后,中川叫来一个心腹勤杂兵,悄悄对他说了几句,勤杂兵就出门去了。

勤杂兵穿过庭院,在大门口正好与副官岸信顶头相撞。岸信喝道:“混蛋!你忙着做什么?”

勤杂兵立即站住,行礼:“报告,将军让我去给佐藤传句话。”

岸信点点头,将右臂略略抬了一下,勤杂兵一溜烟就不见了。

岸信是为花捐花税的问题去军部答疑的。中川见他回来了,立即问情况如何。

岸信报告说:“上面对这事抓得很严,必须在本月三十一日前各所一定要全部结清陈账,即使愿意付滞纳金也不允许拖欠。如果有人执意延宕,即按签约条款严惩不贷!”

中川点点头,又问:“还有什么情况?”

岸信:“关于捐税情况,主要就这些。另外,我在军部还听到有人私下议论,以前被休闲的第一〇六师团建制上面准备起用了。”

中川急忙问道:“详细情况是什么?”

岸信道:“具体情况他们都不清楚。”

中川不语了,沉思了一会儿,说:“你去休息吧。”

岸信走后,中川面对硕大地图,似看非看地陷入沉思之中。根据当初向华中派遣军和“三宅坂”所写的报告上,第一〇六师团的军旗和建制就是他中川清健带领一个支队人马浴血奋战救出来的。后来淞浦六郎被押送回国后,不是许多昔日的同窗将领为其活动,就被推上了断头台。事后,中川曾向军部递交过请缨报告,而报告就像泥牛入了海。终因第一〇六“商贩师团”太不争气,丢尽了天皇的脸面,所以“三宅坂”才下决心割去这个丢人现眼的“罗锅”。

现在上层决策者们想把它乔装打扮一番，让其重新复活过来，其原因不外乎两点。目前战线拉长了，建制不够，决策者们终于聪明起来，史无前例地勾销一个师团建制，不是等于自己也承认了这支天皇军队的无能？第一〇六师团的低能也就是他们的昏庸。这是自己打自己的嘴巴。所以，让其“冬眠”一段时间后再复苏过来，还是明智之举。

不过这顶师团长的桂冠会落到哪位有幸者头上呢？

中川对他现有的虽然有许多人垂涎欲滴的“肥缺”却有点厌倦了。以前多亏上面有个广田弘毅老师的照应，即使指甲长点，问题还不大。现在老先生已退居幕后了，他不能不有所警醒。再说，妇人已玩了不少，一百朵玫瑰花都已盛开了，财宝也聚敛了一些，若一味贪多，究竟多少才为多？还是见好就收为英明。他不安于现状的第二个原因，说来更简单，即使做一辈子的“青楼”保护神，终究难以说嘴人前，更不能修成“正果”。要想重振家风，建功立勋，名垂青史，只有在炮火纷飞的战场上才能获得！

中川清健真是个绝顶聪明的人才，采尽百花、囊中丰腴之后，双目又盯上了“护国神社”。

却说侵华日军第十一军的司令部仍驻设武汉。司令长官冈村宁次连日来也为复活第一〇六师团编制而苦恼着。“三宅坂”电文中的弦外之音，一〇六在什么地方跌倒的应该在什么地方爬站起来。兵源由大本营拨一半，第十一军抽一半。师团长在第十一军里产生也可以。但是，新生的一〇六师团的归建“三宅坂”未提到。归建是个关键问题，冈村觉得不容忽视。

就第十一军的建制来说，原有五个步兵师团，年初已被调走一个去南洋；空军、海军、骑兵、炮兵也都遭到严重抽血，只不过军队兵种之间的计量不同罢了。去年底，在第三次长沙攻击战中，第十一军就伤亡四万五千多人，约等于两个师团兵力之和。虽说其中还有一部分尚能修理复用，但是那些再生的士兵斗志随同体质都大有损伤了。第十一军原来就严重缺额，如其再抽出半个师团人马出去，那就更伤元气了。如果复活的一〇六师团仍由第十一军节制，尚犹可喜，倘若“三宅坂”将其粉墨以后再调往别地，第十一军就雪上加霜了。他将这忧虑电告了顶头上司畑俊六大将。

考虑到师团指挥官的事,冈村头脑中立时跳出几个均为合适的人选,一一筛滤后,心目中出现了两种可能的不同人选。如果归建第十一军,就建议擢用川谷太郎少将;如其归建他部,就送上中川清健。

拟订送走中川的原因,首先他本人的请缨报告还在,其次是司令官对其人的平素印象。他虽也是出身武士之家,但是他的先人岂能同冈村的先祖相提并论?幕府失败之时,竟然流落海上去做海盗,干起杀人越货的营生。如此的先人生下的如此后裔,骨髓中难免不带有江洋大盗的贪婪与凶残,怎能算是真正军人?他负责特种支队后花天酒地,滥玩女人,生活上毫无节制和检点。栗原宪兵队长已向他提过两次。他还纵容和包庇花捐延宕或漏报,从中纳财收贿。虽然不时有人告发他,但是朝中有他的恩师广田弘毅为他打着雨伞。冈村曾向大本营反映过此事,但是材料犹如石沉大海。第三,冈村有块心病,一直耿耿于怀。当年令他去解救一〇六师团时,他竟敢说谎冒功。冈村并非颟顸之辈,在当时四面楚歌的实际情况下,只好让他先讨这便宜了。这样也好。亡羊补牢,补救自己战前冒险深入的失误。当时尽管起了鱼水互帮的作用,但是事情过后,在冈村的咽喉地带总觉得有根鱼刺。

在日军里,擢用人才无非有两种缘故。一种,对象确实是将才,委以重任,如对冈村宁次。第二种,对方属于异己,道德败坏,与上司龃龉,那就给他一顶华丽桂冠,令其到最残酷的火线上去接受血与火的洗礼,如对田中新一(后战死在北缅战场)。

如果中川有幸被司令官选中推荐的话,那自然也是属第二种原因了。

再说,严冬梅收下黄秋菊送来的“九一四”以后,痛苦思之再三,把三粒珍藏起来,将另外三粒送给了小无锡,并且连续三个晚上亲眼看着她吞下肚才放心。

大约一周时间,小无锡的病情果然慢慢转好,她们很为她高兴。

然而,严冬梅的病情似乎更重了,最难挨的还是每次小便时的钻心疼痛。

她的生理病变和心理想法,都没有瞒过黄秋菊和宗小花的两双慧眼。一天晚上,她们又悄悄走进她的号房。

黄秋菊拉着她的手,动情地说:“梅姐,我们几个姐妹虽非一母所生,但是处得比亲姐妹还要亲上十倍,你可承认?”

严冬梅点点头。

黄秋菊接着说:“我们知道,药你还收着,想留着以后再解救别人。你为什么不肯吃呢?我同小花妹妹也想到了。”

宗小花说:“梅姐,是不是想把病留着好报复鬼子?”

严冬梅看看小花,不置可否。

秋菊道:“梅姐,你若真有这样想法,就错了。今天不是二十五年前的昨天了。日本鬼子在西伯利亚吃了金发女郎苦的时候,医药界还没有研制出治疗性病的特效药。现在治这病是不费吹灰之力的。再说,你将这病留在身上,自已白白受煎熬不谈,还会造成交叉传染,它能蔓延到我们虽然不认识的众多女性身上。她们与我们共同挣扎在一个火坑里,损己又害人,何苦呢?”

宗小花说:“梅姐的本心,不是想坑害同坐一条破船上的所有苦命姐妹呀!”

严冬梅深情而感激地看了一眼宗小花。

“这我知道。”秋菊继续说,“你若想打死正在油瓶上偷油喝的老鼠,一棍打下去,不怕也打碎自己的油瓶吗?从你本心上说,一心想打死害人精,结果呢?老鼠倏地逃走了,遭劫的却是油瓶。”

严冬梅泪水盈眶,点点头说:“这,我也想过了。”

宗小花同秋菊交换了一下眼色,就匆匆出去了。

秋菊又说道:“假如性病真正扩散开来,而且来势凶猛,情况严峻,日寇军方采取火速扑灭的对象,定然是他们战争机器的每个螺丝齿轮,你我只能先晾在一边了。假设治疗我们的药物或人手不够,凡是得上性病的女性们下场那就惨绝人寰了,日寇还有什么伤天害理的事做不出来……”

秋菊的话,不由使严冬梅不寒而栗地呆呆看着秋菊……

黄秋菊苦苦一笑,说:“当然,现在还没有走到那一步,这仅仅是我的假设。”

宗小花推门而入,手中端着半碗热气蒸腾的开水,对冬梅笑笑,把碗却递给了秋菊。

在两位亲姐妹的再三敦促下,冬梅就是不肯取出珍藏的药片。

黄秋菊流泪了,哽咽道:“如果兰姐还在,这神哪里还要我们烦?她会骂上一气,你也就心服口服了。可惜我不如她。”

冬梅听秋菊说出如此话,不由抱住她呜咽痛哭起来。

宗小花想到心直口快的华兰妞,也不由涕泪横流了。

三人无言无语流了一会儿泪,又互相为对方擦去泪水,严冬梅终于开口说道:

"我的那三粒,前天已送给和子了。"

"你!……"秋菊霍然站起,把碗里开水泼到地上,恨得直咬牙。

"你别急,和子确实也是个苦命的老实人。"小花对秋菊挤挤眼:"你身边不是还有三粒吗?快去拿来交给梅姐。"

秋菊先是一愣,后来明白了,说道:"我这就去找来。"说完出了门。

小花对仍然潸然泪下的冬梅说:"她胆小,我去陪着她。"说完,也出去了。

一会儿工夫,秋菊又拿来三粒,小花又倒来开水,两人看着严冬梅服下了第一粒。

严冬梅病好以后,大约又过了十天半个月,中川清健被第十一军军部召到武汉去了。

华中派遣军司令长官畑俊六大将从南京坐专机,在六架战斗机的护卫下,降落到武汉机场。

畑长官是受了"三宅坂"的委托,代表陆军大本营,在简短又庄严的仪式上向中川清健亲手递交了由天皇陛下签署的委任敕封,并授予了第一〇六师团军旗。

仪式过后,为其设宴饯行。敦厚直率、有长者之风的军界宿将在席间悄悄告诉中川,阁下擢升重用,都是由冈村宁次将军极力保举的。

中川感动得热泪盈眶,霍然站起,端着酒杯,对身边冈村弯腰九十度,用颤抖的声音说道:"卑职谢谢长官的错爱!"说完,与再生父母的酒杯略略碰了一下:"卑职敬将军一杯,聊表感激之情。"说着,一仰脖子喝光了酒。

坐着的冈村不动也不说,只是蕴蓄地点点头,微笑着象征性地抿了一口。

酒饭用过后,畑大将对中川说:"具体事宜,由参谋长饭沼守少将向你传达。"

席散以后,畑俊六略微午休了一会儿,后来就在冈村的陪同下去登黄鹤楼了。

午休时,可怜的中川兴奋得好像刚刚吸过一气白粉,无论如何也睡不着了,他的愿望在冈村帮助下终于实现了。更重要的是,他这位将才被"三宅坂"认可了,被天皇陛下器重了。就是说,天皇陛下已经对我抱有很大希望和信心,希望我对一〇六做个脱胎换骨的改造,树起天皇铁军的雄威。陛下对我的才干很赏识,相信我一定能为帝国在疆场上建立奇功,我不会使他老人家感到失望的。我若果真能旗开得胜，马到成功，陛下决不会亏待我的。“少将师团长某某”若从收音机里听到，还是不够令人肃然起敬的。不过，没有这初级台阶，又怎能飞黄腾达荣登富士山巅？他算了算自己的年龄，好在现在还年富力强。不过，他内心不免又滋生出一点儿忧虑，害怕战争结束太早。战争像风驰电掣的火车，当他姗姗挤上这趟末班车，眼一眨倒停驶了，他觉得那就太冤了。不免要责怪自己的父母，为什么要迟生他三五年呢？当然，他究竟生不逢时还是生得恰到好时，现在还很难说定……

人类社会上的关系盘根错节，而军界中的人际关系难道就不错综复杂吗？派遣军参谋长饭沼守少将和中川清健是中学同窗，冈村在中川的档案上是看不到的。

午休后，饭沼守向中川传达了大本营的具体筹建和任务。中川仔细听后，踌躇满志，身上热度仍然不减。其实老同学在语气和神态中已经在向他暗暗提醒编制不足，任务艰巨，前程未必春光明媚。岂知仍被名缰利锁缠住的中川全然不察。作为饭沼守，他只能暗暗点提，怎能把他尽知的和盘托出？谈话即将结束时，饭沼守沉思间，对中川说道：

“老同学，我衷心希望你好自为之，为圣战效命疆场，建功立勋。”

中川在武汉为办手续、办移交等一些开张和善后的事情又耽搁了一日。第二天，就带着岸信等人急急赶回岳阳地区了。

回到驻地的当晚，精神焕发的中川兴高采烈，用电话通知石桥和山本，令他们各带两位年轻漂亮的日籍女同胞来痛饮几杯，共度良宵。

受中川管辖的其他几个头人，听到他荣升的消息，各所都进贡两三个女同胞来。中川大为兴奋，叫岸信通知以稻田少佐为首的各大、中、小队长一起来共欢畅饮。

独眼龙山本查点了男女人数，发现还不对等，又叫几个头人写了条子，令人再去叫几个“条子”来。

支队部大厅里灯光雪亮。中川和由山本所献来的叫加代的姑娘坐在主席，其余的男男女女相间着席地而坐，整个席面鸟瞰起来像众星拱月一样。饭店送来了美味佳肴、陈坛老窖。一霎时，碰杯声、邀菜声、野性的大笑声、嗲声嗲气的尖叫声……在大厅里来回冲荡。因为天热再加强光烈酒，许多人不得不开怀赤膊，袒胸露臂。觥筹交错后，杯盘狼藉；履舄交错时，男女失态。顷刻间席面上闹嚷嚷，乱哄哄，沸反盈天，乌烟瘴气的席面上只有两人忧心忡忡。

首先是头人石桥，从此失去坚强后盾了，营业已经疲软，如果再遭兼并，他还不知投靠哪位山神门下？路是用金钱铺就的。我何苦再花许多冤枉钱，再去填塞那些永远填不满的狗洞？三十六计走为上计，越早越好，越快越妙。石桥下定决心，明后天就跟中川请假，即将离任荣升的故人当然会做这个顺水人情的。

岸信忧愁的是刚建制的第一〇六师团的渺茫前途。按常规，一个师团有兵员两万五千左右，配给的兵种不仅仅是步兵，配备的武器非但有常规的，还得有重型和现代化的。而再生的一〇六师团，现有兵员只是中川支队，支队相当于联队。另一个联队尚在腾冲驻守。驻西贡的南方方面军司令长官寺内寿一大将答应拨出两个联队到腾冲归建于第一〇六师团，条件是该师团必须受南方军节制。我们到达那里后，他们能及时赶到吗？如果因这样或那样的原因不能准时开赴腾冲，两个联队怎能组建成一个师团？不知主持大本营的大人先生们是怎么想的？既想恢复建制，又搞不到充足兵源，靠七拼八凑捏合起来的乌合之众，将来又怎么指挥呢？

岸信忧虑的第二个问题是，一个支队人马，还要带着辎重军需，受命“潜行滇边”，能行吗？山高河多且不说，万一路上遇到支那军的阻击呢？冒的风险太大了。尽管支队的战斗力要比一个联队强，这可是孤军深入呀！

再一个忧虑的是，从地图上看，腾冲是个山城，是被大山急流围困的绝地。凭半个师团的力量能守住吗？能锁住中缅公路的咽喉之道吗？第一〇六师团也许会再次遭到灭顶之灾。

当然，岸信没有读过军事院校，对一些军事常识不太彻悟。大本营电令“潜行滇边”，是出于兵书上的“出其不意，攻其不备”而决定的。腾冲是个绝地，但也易守难攻呀。兵书上还说，“置之死地而后生”，岸信没有想到，然而大本营中的战争专家们不能也想不到啊！

通常情况下，上层的决策思想，下面普通人员哪能知晓？大约三个月之前，英国 BBC 的记者采访陆相坂垣时，就尖锐地提出了一〇六师团的编制问题。为了脸面，“三宅坂”对复活一〇六师团这才下定决心。原来拟想在第十一军中抽出两个联队，到南方方面军中树旗，由南方军统一指挥。畑俊六大将得悉后，认为这种做法对第十一军有失公平，他电告陆相坂垣，他要为第十一军伸张正义。组建工作有点僵化了。最后还是同是稳健派的小矶国昭从中周旋，让第十一军只出一个支队，师团长也由当年解救一〇六的有功之臣中川清健担任。这样，华中派遣军既保住了面子，更重要的也保住了一部分兵力，所以就阴错阳差地把这顶桂冠戴到中川脑袋上了。使用如此的迂回建制法，体现出凡事除了一般也不排斥特殊。这些属上层绝密的来龙去脉，岸信这位小小的副官怎能得知呢？

狡诈的中川，在偌大的"花酒"席上，对即将采取的军事行动只字未泄，直到第二天下午五点钟，才紧急通知各大队准备拔寨起程。而对预先订好的必须要带走的两个慰安所，将通知时间又推延了四个小时。

天黑了半个小时，从兵营中悄悄开出两个中队。一个中队围住了石桥所，一个中队闯进了山本所。

命令所有女性一律换上军服，各所舍弃重物，轻装转移，准备时间半小时。至于迁徙到何地，谁也不知道。

石桥抱着一只比性命还重要的皮箱，呆若木鸡了。还是老婆处变不惊，仅仅叹了一口长气，劝说道："都怪我们患得患失、一拖再拖。算了，那个计划不提了。我们还是从长计议吧！"

半小时过得真快，石桥夫妇只好拎提着一些行李走向卡车。排好队，点过名，又仔细数了数，这才让众女性次第爬上车。每辆卡车后板部位均坐着四个抱枪的士兵。

扎营玉女祠里的山本所也都上了卡车。

四部卡车向西开出半里路，车上人忽然听到后面枪声大作，从布篷缝隙中看到几处火光冲天，烧红了玉女祠上面的半个天空。

当玉女祠成为一片火海的时候，那些欣喜若狂的日寇擦净手上的血迹，也爬上了他们的卡车。

车队在黑暗中向洞庭码头疯狂开去。

码头上几艘运兵船上的烟筒早已冒起了焦急的滚滚浓烟。

行动真够军事化，几十个"女兵"眨眼之间就弃车登船。兵船在两艘炮艇的悄悄护航下，劈波斩浪，向黑黝黝的远方急速驶去……

三十九

日寇第一〇六师团长中川清健少将，在中间一艘兵船的下舱办公室，利用强烈灯光，正面对一张硕大的军事地图入神研究着。

这份地图的版本，不同于几年前冈村在赣北使用的那份“迷宫”版图了。旧版是北洋政府时代的产物，新版是二十世纪三十年代蒋介石为了在湘赣有效“剿共”而花了大量人力财力绘制而成的。其图的地形地貌山川河流逼真得像从高空摄下的照片，关隘渡口、山高水深、公路山路、桥梁水井……都标得清楚明白，准确无误。

前世一〇六师团遭到的灭顶之灾，不能不说“迷宫”版图也负有很大责任。“三宅坂”也曾因为这个问题受到畑俊六大将的指责。后来，“三宅坂”只好命令在华特高课要不惜一切代价搞到新的军用版图。有志者事竟成。国防部的一位年轻档案保管员，同下凡的“仙女”共做了瞬间的鸳鸯梦，就丢掉了国家的新版军用地图和自己乌黑发亮的天灵盖。

中川看着如此详尽周全、纤悉无遗的地理图纸，不由额手称庆，如获至宝。连他身边的灰色狼犬仿佛也为主人高兴，摇头摆尾，并拢前爪，连连拱揖。

第二天半夜，兵船停靠在洞庭湖西的一座小岛边。中川人马改乘几条由柴油机做动力的大木船。这些木船是由驻扎在汉寿的日寇用一千只光洋预先租来的。

木船在洞庭湖行驶了几个小时，就进入沅江了。

沅江口的一些要镇如汉寿、常德、桃源在去年就成了沦陷区。

中川的兵船在沦陷区平安无事地行驶了三天以后，就到了湘西地区，从地图上看，以后的路程必须“潜行”了。

中川立即令人落下船头迎风猎猎的太阳旗，换上迎风招展的青天白日旗。这一手，偷袭珍珠港的山本五十六是他的师傅。然后，又令事先选好会说汉语的一个小队换上中国军队的灰色服装，戴上大盖帽。每条船的首尾各站一人，既为侦察，又算标识。其余人一律关锁在下舱，剑拔弩张，严阵以待。

中川船上的船老大姓胡，是这班船队的领头人，开始接这笔业务时，他首先问了起讫地点。翻译说，就从这儿运到桃源即可。他觉得在沦陷区帮助鬼子搬搬运运赚赚钱，也不为做得过分，另一原因是贪图高出一倍的报酬，每条船能分得一百多元，而且是吹得盎盎响的现大洋。

现在桃源已经过去，胡老大傻眼了，又见鬼子换了旗变了衣，知道鬼子想偷偷跑到某处去要做鬼事了。已经糊里糊涂骑上虎背，能跳下来吗？他知道绝不可能。他想，只有把这些畜生送到目的地，下了船，我们再去向政府军报案也不迟。眼前，只好乖乖地为他们所用了。

船队又行驶了两天，从地图上看，前面将到洪江镇，过了此镇，眨眼之间就到黔东地界了。

中川觉得要有备无患。他着人叫来石桥，令其换上支那军的上校服装，坐在头船椅子上。石桥帽子歪戴，跷着二郎腿，一边悠闲抽着烟，一边兴趣盎然观赏两岸风光。

中川在玻璃窗后用望远镜细心观察着，发现洪江镇果然驻有支那军。他立即命令下舱做好战斗准备，同时，又令石桥做好答问思考。

船队驶近栈桥时，栈桥上横立着一个班端枪的地方军，为首的肩上扛着一道杠。扛杠用铁皮喇叭套在嘴上大声问道：

“你们是哪部分的？”

“中央军——”石桥晃着二郎腿高声回答。

“开到哪儿去？”

“前线——”

“能否请长官停下歇歇脚？”

“这里妓院多不多？”

“有五六家。”

“回头一定来打搅——”

只有四对问答的工夫，头船已远离栈桥，匆匆向西疾驶而去。

扛杠军官很沮丧，他想做的一笔生意泡汤了。

他们是地方政府设的水上关卡，主要任务是向来往商船收取厘捐。如果逮到走私船，油水更大，如能同部队做上军火生意，就爆发了。可惜，今天遇到的是正儿八经的“国军”，看看那个“当官”的鸟形样，扛杠能不感到晦气吗？至于说到打鬼子，他们身处腹地深山中，连鬼子长得像不像人还没有见过哩。

沅江流入贵州省，改名叫清水江。中川的兵船在黔东山区大张旗鼓行驶了两天，连个鬼影也没有来查问他们。

如此情况，不能不令中川想入非非了。支那的大西南，原来空虚得很。看来它已成为一株空心杨树，外看青枝绿叶罢了。如果大本营给我一个满编师团，我定会钻入“空心树干”，来个中心开花，再挥师北上，直捣重庆，血染嘉陵江！

他真想把这一惊喜发现用电台向“三宅坂”做个详尽报告，但是饭沼守参谋长再三告诫他在潜行途中无论如何不准使用电台。

不吐不快，憋得难受，他只好将自己的所见所想向副官岸信少佐侃侃而谈了。

岸信少佐听后，只是微笑点头而已。

岸信原来军衔是大尉。因中川支队解救一〇六师团有功，每位下级军官都晋升一级军衔，稻田也升为少佐，暂代由支队演变成的三五七联队队长。中川以少将暂行中将职务，俟立功再作晋升。

军衔这玩意儿，在和平年代持有者都很悭吝，一到战争时期，他们就变得慷慨大方了，因为这种无形桂冠确实很有刺激和诱惑力。政治家和军界首脑们，都希望用一颗由铁皮镀上金的星星，驱使下面人为他们的意志或理想去卖命。至于常搞的“追认”“追赠”，表面看是为死者，实际是为活人，有点像对年迈的父母不肯赡养，死后却肯隆重大办丧事一样。这些“孝子贤孙”是否在用挥金如土的方式“追认”先父母的养育之恩？还是另有图谋？

清水江的源头即将到来。兵船行驶到重安江与清水江汇合的崇山峻岭时，中川通过纤悉无遗的地图知道这里是僻静真空，人烟稀少，决定就此弃船登陆。

大约傍晚时分，船机熄了火。中川令每条船上留下一个小队搬卸军需而外，其余人马和“女兵”们登岸先行。

每条船上总有几个弄水的，还有三条船上带有妻子儿女。在魔鬼的一声口令中，无论男女老少，都遭到了利刃的突然袭击，均被残酷杀害了。日寇把自己的物件搬上滩后，在每条木船上倒够了汽油，在头船上只用了一根小小的火柴，眨眼之间，被桐油涂得黄亮亮的八条大木船都燃起熊熊烈火，吐出浓浓黑烟，被烧残的船板跌落到水里，冒出一阵白汽，就随波逐流向下游漂去。舱里的机器汽缸和备用的柴油桶烧热烧红了，忽地发出令人悚然的轰轰爆炸声。一声声震撼人心的巨响在崇山峻岭间回荡、应和……

先行的慰安妇们，突然听到身后有大炮的轰击声，而且震天撼地，连续不断，她们不由掉头探望，然而，她们见到的除了一座大山而外，什么也没有发现。

前面到了一片密林，稻田命令“女兵”们团坐下来稍作休息，男兵们坐在外围保护，大家吃点饭团充饥，同时也好等等执行特殊任务的后续部队。

中川到了密林后，掏出地图和指北针，在雪亮手电光下，校正了队伍航向，命令立即起程。

下面的行程都是陆地山路。中川的计划是夜行昼伏，必须遵令潜行。

根据地图上的所标，在潜行路线南方三百公里外的贵阳市，驻有支那的五十七军。他们必须像蛇鼠那样悄悄爬窜过去。

狡诈的中川觉得在这条通道上更要注意伪装，远离村寨集镇，特别要加强对支那女人的“保护”，尤其夜间行走在山路上。

山路确实难走，有的地方根本没有路。前面先遣小队的任务是专门找路，不停地用方位仪校正前进方向。常常出现山路与方向的矛盾，中川命令唯有方向是从。这样一来，这支夜行部队的脚下尽是人迹罕至的山麓山坡、山谷山梁、山崖山坞、山涧山冈……如其两手空空倒也还好，有时脚不够用，双手还能偶尔帮帮。可是人人都得身负物资，男人都扛着沉重的木箱，女人是稍轻的纸箱。就连老妇强妈妈也不能例外，背上也驮着一箱饼干。

强妈妈这两年身体也衰弱了许多，坐了一个星期船，现在又要趁黑夜赶山路，实在感到力不从心。严冬梅虽然很可怜她，但是也无法减轻老人的负担。她一手扶着肩上的罐头箱，一手提着自己的行李。在女人队伍里，每两人之间还夹着一个鬼子兵，说是为了保护照看她们。他们像凶神恶煞催命鬼，不停地催促、呵斥、辱骂。

队伍爬上半山腰只行了半个时辰，前面“路”更难走了，左边出现了山崖。在晃动的手电光的探照下，人人胆战心惊，个个如履薄冰。就连呵斥女人们的男人们这时也紧张得大气不敢出，迈出去的前脚踏实了才敢启动后脚。

黑暗中忽然传来一声女性的惨叫，接着就是轰隆隆一阵响。黄秋菊惊叫道：“强妈妈不见了！”宗小花对前后姐妹低声喝道：“谁也不能动，原地坐下。”

中川令部队暂停下来。几束手电光一齐向出事的下面照探，大约三十多米深的下面，依稀躺着一个身影。他令一个年轻士兵腰上系牢绳头，令几个人把他一点一点放下去。过了好一会儿，年轻士兵背负着饼干纸箱上来了。

华妇们大失所望，个个哭泣起来。她们先以为中川派人下去抢救了，岂知想得太天真幼稚。中川是怕路上干粮不够吗？还是不忍心暴殄天物？还是另有什么想法？

可怜的老妇，我们还不知是她夫家还是娘家姓强？从何处出来逃荒的？是否还留下什么亲人？她忍辱负重受尽了煎熬，终于带着许多谜团离开了那些她所慈爱的同胞，她们虽然非常悲痛，老人却得到解脱了。

摸黑行军的队伍坐歇了十五分钟，又继续动身。此后所有人都更加战战兢兢、小心谨慎了……

天已大亮，偷渡的队伍走进一条峡谷。中川令人吃点东西，原地休息睡觉。他令一个小队的士兵与慰安妇们一对一拉着入睡。对华妇们还得再加一道保险，用绑腿带扎上男女的左右踝关节。中川同时也下了严令：不准任何人搞“娱乐”活动。

中国幅员实在辽阔，辽阔得令异族妒忌害怕。正因为太大，令她的儿女们近百年来防不胜防，这就给那些鬼鬼祟祟的鸡鸣狗盗之徒，偷偷摸摸、逾墙钻穴的入侵者，造成了偷袭偷渡的可乘之机。中川的人马在峡谷呼呼大睡时，出于军人的职业警惕，尽管派出了几个游哨和暗岗，但是直到下午五点时，仍未见到一个两条腿的人影。

拔寨起程之前，稻田少佐传达中川命令，将所有遗弃的空纸盒、空罐头以及其他一切废弃之物集中起来烧毁掉，烧不了的深埋土石下，最后再把驻地细细检查一遍，看曾留下什么蛛丝马迹。

几天后，偷渡者们终于潜行到黔西乌蒙山苗家地区。

这天清晨，先遣小队发觉前面山坞簇居着一群寮寨，只见茅屋顶上炊烟袅袅，鸡鸣犬吠,牛羊在练着嗓子。中川听到报告后,命令部队不能停驻这里,快速绕过去。

这里的苗家仍然沿袭着先祖的“日出而作,日入而息”的刀耕火种生活方式。一位老人正在溪水边看着母牛饮水,忽然听到竹林那边有响声,他爬上坡一看,见是一队扛枪的大兵正向寨子方向走过来,老人吓得慌忙把牛赶入寨里,对乡亲们大喊大叫:“大兵来喽!”

岂知老人逃跑的身影未能逃过中川的高倍望远镜,他看着发生的意外情况,不由皱起眉头。

瞬间,从寨子里奔出的许多青壮年男人都朝对面山沟里逃去。

苗家人历来就害怕背着钢枪的世外人,无论是哪个部队,不管是哪儿来的。当然,他们还没有听说过竟然还有什么鬼子兵。

中川在望远镜中看着那些四散逃跑的男人,不由疑惑恐惧起来。

其实,双方都误解了对方的企图。

中川放下望远镜,脸上杀气腾腾。他率领主力和慰安妇们先行,令稻田少佐带一个小队去寨子里报复一下。

稻田等人冲入寨子后,搜出所有老少,先将男女分开,在刺刀的威胁下,把所有男人捆扎起来,然后对所有女人说:“谁家男人去报告了?谁能把他喊回来,就放了谁。”

双方苦于语言障碍,无法理解要求和态度。

稻田凶相毕露,说了一句日语。

十几个男人背后都站了一个鬼子兵。

稻田一挥手,十几把刺刀同时穿透前者的后心。

女人们吓得大哭大叫起来。鬼子们丢下血淋淋的刺刀,像虎狼一样扑向老小不等的女性。

在凄惨悲鸣的号啕声里,鬼子们剥光了所有女人的衣裤,一边狂笑,一边干着禽兽不如的事情。发泄后,所有女人的膣部都被刺刀捅烂了。

干这种禽兽不如的事情,日寇最感兴趣,感到刺激无限。尤其当对方惨叫悲鸣、恐怖战栗得像一只临死前的羔羊的时候,日寇们感到最是心花怒放、其乐无穷。发泄以后,再用刺刀乱捅一阵,“它们”一边系着裤子,一边看着羔羊在地上呻吟、

挣扎、抽搐……直至全然不动。由此而得到的快乐、开心、惬意、满足，与从慰安所得到的快乐是完全不能相比的，有天壤之别。

魔鬼们把所有尸体抛入几座茅屋里，放了几把火。顷刻间，山坞上浓烟滚滚，烈焰腾空。数只丧家犬在呜咽狂吠，许多被大火围困濒临死亡的牛羊在惨叫哀鸣，还有鸡在尖厉啼叫，鸭在嘶哑呐喊……稻田等人看着听着，觉得非常过瘾，不由纵声狂笑起来。

藏匿山沟的许多男人忽见浓烟冲天，急急慌慌奔回时，所有茅屋都已烧塌了。

遭此大劫大难的苗民兄弟们欲哭无泪，浑身战栗，他们心头记下这笔血泪账，可惜他们把债主搞错了。

其中一个叫田牛的，他一家就被杀死八口人，现在只剩下他和在威宁镇上当兵吃粮的弟弟了。他建议和他一样已成光棍的十几个邻人不如也去当兵吃粮吧。他们只好点头了。

到下午，他们掩埋了亲人遗体，就向要投靠的地方奔去。

这天的整个白天，中川人马均潜伏在一座小山上的荆棘树丛中，四面架着几挺机枪，瞭望者躲在树丫上，眼睛不离望远镜。

外强中干的中川，提心吊胆到暮色苍茫才敢撤下瞭望哨兵，命令部队快速赶路。

他们潜行了两个小时，忽然听到前方马蹄声声，再仔细听听，判断出马蹄上包有棕皮。中川命令就地卧倒，做好战斗准备。

昏惨惨的月光下，忽然隐隐约约出现几匹负载的马骡，驭者在驮者前面牵着缰辔，悄悄慢慢行走着，后面还跟着一个班的背枪人。

中川明白了，遇上了走私马帮。但是他并不明白这路线历来就是黄金线，境外金三角和滇边所产的鸦片，多数都是从这条线上偷偷贩运到内地去赚大钱。所以，有些马帮花几文钱找几个滇军护护驾，而有的黔军又想无本发大财，还有几股土匪在这儿守株待兔。因此这条路上危机四伏，经常黑吃黑。

马帮终于过去了，中川命令继续起程。

潜行队伍拐进一条峡谷，两边是高山丛林，黑黝黝，阴森森，好像此路直通阴曹地府，不由令人不寒而栗。中川心想，这是兵家绝地，必须尽快摆脱。

先遣小队忽然发现前面路上有十数对荧荧绿光拦阻着。他们用几支电光一照，发现坐着一群狼，条条龇着森森白牙，瞪着凶残发亮的眼睛。他们边蹀躞前进，边用电光驱赶。四条腿的畜生就是不肯给两条腿的让路。小队长只好端着刺刀带头向前了。当他们冲到狼前的一瞬，呼的一声，一条也不见了。

"哦——"群狼的凄厉嗥叫声惊动了整个动物王国。山狗也"汪汪"狂吠狂喊起来，豹子也仰起头发出令人恐怖的吼叫，躲在树上的猫头鹰也"啾啾"起哄怪叫……这些使人战栗的嘶鸣怪喊在山谷里彼此应和，产生出令人肝胆俱裂的恐怖回音。

不少慰安妇吓得胆战心惊，双腿发软。尽管她们还没有见到那些残酷禽兽的凶相，但是先声夺人，她们能不汗毛倒竖？也许在她们心目中四条腿的兽类要比两条腿的凶残暴戾得多！

黑黝黝的天空刚刚放出灰白青光，眼看就要走出这条峡谷的尽头——狼窝口。中川查看地图，决定还是不出谷的好，就选窝口驻息。

突然，前面传来"轰！轰！"两声山崩地裂的爆炸声，这是先遣小队踏上了两颗地雷，当场就死三伤五，接着又射来一排子弹。先遣小队立即匍匐抵抗。

落后约有半里路的中川，知道昨天清晨的隐患终于东窗事发了，受到支那军的阻击。他立即命令石桥和山本照看好自己的人员，自己率主力向前方冲去。

中川判断得并不完全准确，这是支驻守在威宁的地方保安黔军。昨天半夜听了十多人的愤怒控诉后，营长的肺都气炸了。他一直对滇军感到可恼可恶，这次竟然欠下一百多人血债，竟想大摇大摆越境而去。天下哪有这种便宜事？他的部队里有不少是苗族子弟，听了来人控诉，更是义愤填膺，报仇心切。所以这支部队无须战前政治动员，立即跨山冈穿峡谷，抄近路预先赶到狼窝口，先埋地雷，再退到山腰丛林里埋伏起来。

营长望远镜里首先看到的是几十个穿灰色军装的士兵。他犯疑了，难道他们是国军？摸到这穷山恶水来干什么？接着又见奔来一队穿黄色军服的家伙，足有一个旅。营长镇定异常，他忽然觉得事情非常严重了，这不是东洋鬼子嘛！这位营长还是见多识广的，他去年出差到广州，就亲眼见过不少鬼子。再加上对方还击的力度和疯狂性，远非滇军可比。

营长还算明智，他不想拿鸡蛋往石头上砸，命令人马立即撤退。因为他清楚弟兄们手上的家伙打打狼狗还可以，如果跟鬼子较量，就显得过于落后了。有些苗族弟兄含着泪扔出几颗手榴弹，只好撤出阵地。

中川已经判断出这是地方军，装备极差，正想组织人马出击反攻把他们杀个精光不剩时，林里忽然扔出一阵手榴弹，接着就熄了火。

此次战斗来得突兀，去得倏然，前后不超过二十分钟。

当前面枪声大作时，隐伏在后面的慰安妇们惶惶不安，人人瘫坐地上，下巴搁在膝盖上，一副听天由命的样子。严冬梅看见宗小花拿出一张手纸，捂着肚子走向山边灌木丛中，她判断小花一定受了凉，闹上肚子了。

前面又恢复了寂静。中川令人来催促赶路。

石桥和山本从地上一跃而起，急急吆喝，忙忙驱赶他们的"牲口"。

严冬梅见宗小花还不出来，心急如焚，这儿狼狗太多，怎能掉下一个单身弱女子？所以她急急冲着石桥大叫："请等一会儿，我们小花去拉肚子了。"

黄秋菊刚才打了个盹，根本不知道小花悄然而去。此时听冬梅一喊，立时头脑嗡地一声，浑身不寒而栗。她撑着胆，对身边冬梅耳语了一声，严冬梅后悔不迭。

当石桥问冬梅她所去的方位时，冬梅吓得支支吾吾，指指这边，又指指那边，最后对石桥指出一个相反方向。她的表情，让石桥预感大事不好。

石桥令洋子和枝子速去灌木丛里寻找、呼叫，搜寻了一会儿，杳无人影。

中川听到有人逃跑的报告，立即带着他的心爱狼犬赶来了。

却说宗小花自从弃舟登岸以后，就一直寻找脱逃的机会，但是狡诈的中川防守极严。刚才的突发战事，终于为她送来良好契机。

她钻入丛林后，立即向阻击部队所在的方向奔逃而去，她心跳、气喘、流汗……赶到残留弹壳的地方，人影不见一个。她只好急急忙忙继续向深山腹地奔去。

宗小花在峻岭丛山中三转两转已经失去方向了。这时太阳还未出来，此时她什么危险也顾不上了，只想着尽快逃脱魔掌。

忽然，她身后传来狼犬兴奋的叫喊声。对畜生的声音，她太熟悉了。当然，畜生对她的体香气息也是铭刻在心的。

她重重摔了一跤，额头跌破了，她也顾不得额头上的血，咬起牙，继续向前狂奔……奔到此路的尽头，忽然发现是座山崖峭壁，下面竟是万丈深渊，她浑身打了个寒战，两腿再也支撑不住，瘫坐在石块上。

聪明勇敢、忍辱负重的姑娘终于滴下痛心的泪水。自从进入虎穴狼窝，自己吃了多少苦辣，忍受了多少耻辱，终于从虎口牙缝里取得了铁证资料，如果把日寇的这些野蛮兽行向世界各国一揭发，狂妄的日本战犯们在政治上定能遭到严厉谴责和沉重打击。现在虎口难脱了，真是功亏一篑、千古遗恨。

她看看峭壁，真想闭上眼睛一头栽下去，反正总是死，而且这样死得痛快，毫无死前的精神和肉体的摧残折磨。然而，她立即想到了藏在身上的胶卷，这是她用血泪和耻辱换来的，自然比自己的生命宝贵。我必须在临死前再见姐妹们一眼，设法转移给她们。是否再因它而牵害上别人，小花也顾不得这些了，心想谋事在人，成事在天。我的失败也许是天意，她们也许比我有造化，能够逢凶化吉。

既然决心已下，宗小花也就镇定下来。她撕开裤腰，取出半根火柴长有铅笔粗的铝制筒，打开盖，倒出事先已用蜡封好的胶卷，蜡外还缠着几道黑线。她看看左右，前方狼犬虽然叫得越来越欢，但是还没有见到。她立即按预先定好的计划，将胶卷深藏起来，又将铝筒拿起走到悬崖边，将其掷入万丈深渊。

她毅然转过身，向狼犬嗥叫的方向蹒跚而去。

狼犬见到她了，立即做了几步纵跳，扑到她身边，摇头摆尾，倏地站立起来，用前爪搭到她肩上，以带刺的舌头为她舔去伤心的泪水。

宗小花蹲下身，搂住它，脸对脸同它亲热着。它连连吱吱叫唤，像对故人要说什么话。这时，稻田少佐带着几个人立在面前，观看着。他见狼犬对她如此亲热，不由皱起眉。他不敢妄加动手，沉默间，对宗小花冷冷说道："请小姐上路吧！"

宗小花被带到中川面前。后者的目光像鹰隼一样犀利，嘴角挂着阴险冷笑。他审视了好一会儿，突然问道："你为什么要逃跑？"

"我想家。"宗小花说着，流下了泪水。

因为时间紧张，中川不再多说什么了。他令人把她双手绑在背后，又着一士兵专门牵着她。

活人抬着三具死人，未受伤的扶着五个轻伤者，穿灰服的仍在前开路。慰安妇在中间。队伍只好冒着白日危险向滇北五莲峰的南麓狭窄地带闯去。中川心想，只要进入滇省地界，黔方就奈何不得了，因为他了解中国的诸侯王国太多了，谁也不买谁的账。像云南王的大少爷小衙内在王国里胡作非为，作威作福，连国民政府也望洋兴叹。

当被牵着的宗小花经过石桥所华妇面前时，甜水妹和小无锡泪珠滚滚，严冬梅头低到胸前,只有黄秋菊抹去眼中的泪水大胆看了她一下。然而,宗小花根本就没有看她们一眼,她目视正前方,从从容容迈着腿脚……

山地的太阳似乎出得迟缓些,但是当你一见到她时,好像就悬在中天之上。她的光辉照耀在层峦叠嶂上,使崇山峻岭呈现出明明灭灭的多层次的立体画面。山头白云缭绕,随着山岚瘴气在阳光下变幻莫测。山腰绿树森森,它们的叶子在阳光下摇曳反射出绿色光芒。脚下的嶙峋怪石,有的像某种动物,也有像植物样子的……宗小花边走边欣赏着,对山地特有的自然景观,她还是第一次饱尝眼福。

她忽然想起了生她养她的二老亲人,他们现在究竟身在何方何地?思念女儿到了何种地步?她心里只好默默说道,二位老人家,你们就当作只生哥哥一个。亲爱的好哥哥,小妹就要委托你一人照应二老了,将来一定娶个贤惠老实的嫂子,千万不能惹二老生气呀,小妹在九泉之下也对哥嫂感激不尽的!

她忽然想到当年第一次参加童子军时的窘相与尴尬,不由忍俊不禁。那时她胆怯如鼠,执拗得要命。老师教她唱国歌时,她低着头,就是不肯唱,老师也拿她没法。岂知解散以后,她躲在礼堂的一角偷偷唱起来。她想到可笑的童年,不由忘记了现在的处境,好像童心未泯,心里又悄悄唱起来:

三民主义,吾党所宗。
以建民国,以进大同。
咨尔多士,为民前锋。
夙夜匪懈,主义是从。
矢勤矢勇,必信必忠。
一心一德,贯彻始终。

那时候,顽童刚入幼稚园,老师就以诲人不倦的精神教导他们学唱这首歌了。到了中小学阶段,当然唱得更是炉火纯青了。所以,在那时凡是进过校门的人无不记得唱得谙练娴熟。

四十

中川清健率着他的潜行部队，由乌蒙山麓沿着牛栏江，从文屏镇和大水井之间越过黔滇边境，直向西北方向五莲峰的南麓偷窜而去。进入滇地，他那颗一直处于紧张戒备状态的心才稍稍松弛，恢复了正常心率。

他入滇以后之所以从容而不慌张，是因为他太了解支那人的办事效率了。支那的各个部门机关，何处不是人浮于事？何方不是机构重叠？小股黔军尽管发现了他们的踪迹，等他们一级一级上报，再从最高峰向下一级一级发令，潜行部队早已到达目的地了。他凭借支那人的办事疏懒拖沓而有恃无恐了。

中川拄着一根青竹竿，边漫不经心走着，边考虑起宗小花的逃跑问题。

他想，如果纯粹从“娱乐”立场来看，她确实是个好姑娘、好对象。她单纯、天真、幼稚、善解人意、讨人喜欢，尤其体态匀称，皮肤细腻，确是值得收藏的一件“碧玉”。在石桥所里，石桥夫妇二人待她不薄，我也对她可以。她为什么忽然要逃走呢？难道“红玻璃”戒指不想要了？当初说这话的时候就是为了骗我的？

逃走是否因为真的“想家”？她的妈妈已经死了，她家里不是没有亲人了吗？还有什么家可想？难道已死的不是她的亲生母亲？如果母女关系真是假的，她们为什么要骗人呢？骗人总得出于某种目的吧？

中川由此推彼，举一反三，又想到她来时的过程。这个情况，他曾听石桥做过详细汇报。现在想来，又感到有点儿不正常了。她是人非蛾，为何要自投“火坑”？一般情况下，良家女子是不肯失身青楼的。她当时是因为真的不知道而误入歧途，还是带有某种愿望深入“虎穴”的?

他又想到另一个令他更为惊骇的问题。当初在船上,他与樱子共同玩弄夏小荷,今天再仔细反思,觉得他当时想考验的对象自己竟被对象瞒过,似乎反而被她玩弄了一场。他想到那有惊无险的一枪如果向上点,子弹就打空了,向下点,就能击中心脏,为什么恰恰从锁骨下穿过,不伤筋不伤骨?是偶然的巧合还是愿望的所为?如其是后种原因,那就证明她有高超的射击技能,一个普通的农村女子是绝对做不到的!中川不由打了个寒噤。

如果她真是一个村姑,中川不由又想到有点儿令他神驰的往事。照常情看,一般村姑见到陌生异性时是很腼腆矜持的,尤其在做人道之事时,更显得怯懦鲁钝、忸怩拘泥的,少热情,缺主动,无动于衷,听之任之,参与及配合的积极性极差,更不懂如何迎合男人心意吊出男人胃口。她的临床表现呢,有些地方正好与一般相反。难道她事先接受过这方面的理论指导?她性格上的那些单纯、天真、幼稚等特点是由不同凡响的演技所为?如果真是这样,那我就中了美人计。他不敢再往深处想了。

支那有句俗语:“来者不善,善者不来。”她不请自来,确实是带有某种目的了。

中川腿脚有点儿踉跄了,身上也不寒而栗起来。他与她接触太多了,万一东窗事发,祸起萧墙,军事法庭的森严大门对他似乎已经洞开了。

他看到在前面一瘸一拐的石桥,不由愤恨不已。慰安所尚未开张,他就再三叮嘱各个头人,不能随意招人扩编,以防不测。岂知石桥唯利是图,不顾后果,给他招来这么严重的麻烦。他凶相毕露地看着石桥后影,你钱赚够了,想要溜之大吉,竟敢糊弄我,我要叫你两手空空回老家。

太阳已被西边的山头挡住了,山地的暮色来得早。中川看看迷茫的远方,心中忽然跳出一个棘手难题。马上进入山寨后,对她是照间谍审问还是按一般的逃亡处理?当然,他握有生杀予夺的大权。他担心的是前者,不论她是不是间谍,如果在部队中闹得沸沸扬扬,消息扩散出去,南方方面军寺内大将也许不如冈村司令信得过我,他会轻易放过我吗?就算蒙混而过了这关,她身躯投下的阴影将会永远罩在我的前方仕途上。

如果按常规逃跑论处,她不是军人,那不是轻饶了她?万一又是间谍呢?

中川的思绪被一个通信兵打断了。他向师团长报告说,前面先遣队发现一座寨子,大约只有几户人家,是绕过去还是驻进去?

中川考虑一下,看看手表,说道:“命令先遣队悄悄摸进去,不准逃跑一个,把全寨人统统关进一座屋子,先看管起来!”

得令的通信兵立即飞奔而去。

这座寨子依山傍水,九户彝族同胞簇居于此,他们过着半农半猎近于原始的部落生活。连绵不断的大山之外究竟是什么样的世界,从他们先祖的先祖起就不知道,也不想知道。这与他们的自耕自食、闭关自锁的生活方式毫无关系。历代的彝民弟兄既得不到历代帝王的恩泽,也超然于各种法度之外。寨子里年龄最高的男性长者,就是各种法令规矩的化身。所以在中国版图上不足针尖大的这块被现代文明遗忘的角落,一代又一代,一年复一年,过着虽然贫穷落伍但却清明安谧得像潭水一样平静的生活。

这天黄昏时分,忽然由恶魔撒旦从天上掷下一块巨石砸入平静的潭水中,全寨大难降临了。

当大队人马开进寨子时,居民一个都不见了,猪牛羊鸡犬猫都已集中躺在中心场地上,有的还在流着热血,或微微呻吟,或蹬腿挣扎……掠食者们多时吃不到新鲜活肉了,利用借地歇脚的机会顺便犒劳一下肠胃,还是合情合理、理所当然的。

寨子里的竹楼均为上下两层,上面住人,下面养牲口,互不干扰。

在一座宽敞的竹楼上,只有中川和被松了绑的宗小花两人。中川端坐竹椅上,两手拄着指挥刀柄。坐在他脚下的狼犬,望着站立的宗小花呜呜叫着。

他双目凝视着她,足足过去五分钟了。他眼前突然显现出东方维纳斯优美诱人的身材,像蓝田白玉所雕,又像细瓷贡品……他闭上眼,心里不由惶惶然,似乎有座铁窗正被她的窈窕身段遮掩着。

中川收回散神,集中精力,阴鸷地一笑,冷冷说道:“佩服佩服,本人非但佩服你的演技和才华,更佩服你的勇气和胆识。你使你们的胡蝶女士还有英格丽·褒曼也深感自愧不如了。”

宗小花茫然地看着对方,嗫嚅道:“将军说的我听不明白,那三个人我从未见过。”

中川忽地大笑起来,说道:“你演的戏已到尾声了。只要你把东西交出来,说出你的同党,我还是喜欢你的。”

宗小花急了:“我真的什么也没拿呀！只想早点回家去。”

“你是个聪明人,我也不糊涂,我们心照不宣。这里没有外人,你还是实话实说的好,免得皮肉吃苦。”

“你到底想要我说什么？无凭无据,你不妨指点一二。”

中川哑咽住了,心想,是呀,我凭借什么,又让她交代什么呢？嘴上却说道:“证据当然有。不过,我想先看看你的认罪态度。”

于是这场初次“过堂”就成了“哑巴”审“傻子”。“傻子”心里明白,她已成了釜底游鱼,“矢勤矢勇,必信必忠”,对她来说已经义无反顾,取义成仁就在今日了。“哑巴”嘴上说不出,心里却清楚,他现在对她尚能以礼相待,态度温和,并非因为出于昔日的衽席之情,而是顾忌到此事如果处理不妥,当釜鼎水沸之后他也许会成为“游鱼”的陪葬之“虾”。

另一座竹楼里,石桥、洋子和樱子、和子等日籍人正在议论、猜测宗小花逃跑的事件。

东条樱子自从宗小花出事以后大为幸灾乐祸。妒忌也是她的本性之一。自从中川沉湎于宗小花的音容玉体以后,她就渐渐失宠了。有几次夜晚,她独自蜷缩冷衾中,一边听着若有若无的琵琶声,一边暗暗流泪,咬着白牙。如果不是她的夺爱,他的那只蓝钻宝戒早就改换门庭了。现在希望又飞回来了。中川不会轻饶她的。因为他只是为了换换口味玩玩她,两者之间根本没有相爱基础。“他做穷学生的时候,我们感情就深如海了”,樱子想。

樱子截住思路,冷冷一笑:“这条迷人的狐狸精,我早就看出她要逃跑,现在终于抓住了她的狐狸尾巴。”

和子笑笑:“真看不出,樱子小姐还有先见之明。”

樱子道:“那当然。你刚来支那时,我就预言了你是不会找到三口君的,找了几年啦,可曾找到？”她最欢喜揭人心头上的伤疤。

三口和子果然低下头不开口了。

洋子目视石桥,问:“我看她平时不像小偷小摸的人,她为什么竟敢偷中川的口塞？”最后一句的语义欠妥。

石桥道:“夫人,这叫人不可貌相,像江洋大盗的嘴脸,还不是跟你我一样？”这种比喻不知是否贴切恰当？

枝子悄声问道:“石桥君,什么叫口塞?它什么样子,又有什么用?”

石桥见几个女人都看着他,不由来了兴致。他点上一支烟,不慌不忙抽了两口说:“这玩意儿一般有这么大”,他用食指和拇指绷开自己的两边嘴角,“能塞进嘴里就行。一般是用金丝玛瑙或是蓝田白玉制成的,形状各不相同,有的做得好像元宝,有的像墨锭。中川丢失的那个像只蝉,我亲眼见过。支那的帝王将相从汉朝起就开始沿袭使用了。当那些‘万岁千岁’即将‘辞岁’时,趁着还有一口幽幽气,就把这玩意儿塞进他的口中,当时的作用能美容,使两腮仍然丰满如活人。以后的妙处,据说能保证尸体千年万载栩栩如生。到清朝时,口塞换成了含珠。一九二四年,孙殿英就从祸国殃民的慈禧口里抠出一颗大珍珠,据说有一两重。像中川收藏的那只口塞,如果弄到海外去卖,至少能卖到十万美金。”

“乖乖!”“我的妈!”几个女人不由惊叹道。

“难怪她要冒这险的。”樱子内心不无遗憾了:“在她身上怎么没有搜查到?是藏到这儿了?”她说完,指指自己的小腹下面。

石桥摇摇头:“不可能。那玩意儿既沉重又光滑,那里是绝对收藏不住的。”

洋子道:“依我看,在她被人抓住之前,为了销赃逃罪,扔到山沟里了。”

枝子惋惜不已,说:“就是说,她扔掉了十万美金。”

“还应该搭上一条命!”樱子说道。

中川对他的同胞也没有说真话,她们都上了他的阴险狡诈的当。他确实是有一只唐人使用过到清代才出土的口塞,石桥说得不假。不过,那玩意儿现在仍然平平安安睡在他的那只装满古玩字画的皮箱中。

这时候,从场地飘来阵阵被烧焦的毛皮和肌肉的焦煳味、牛羊粪尿的腥臊味,还有更加难闻的羊血受炙后发出的腥膻气味,它们汇成一股股恶臭热浪,直向邻近的竹楼扑来。

洋子闻得恶心泛泛,和子已经悄悄溜下竹楼,去一边翻肠倒肚了。其余一些女人也都开始作呕。只有樱子非但适应,还笑笑说其间还夹有肉香哩!

有个勤杂兵跑上竹楼,把石桥夫妇喊走了。

他们夫妇走进中川的竹楼,中川看看宗小花,对石桥说:“你先把人领回去吧。”

洋子带着宗小花,向竹楼下面走去。

石桥刚要挪步,中川冷冷地说:“请你留步,我有话要跟你说。”

洋子把宗小花带上她们驻歇的竹楼时，许多女人都对她侧目而视。只有姬顺玉毫不关心，坐在一隅聚精会神数着那沓破烂纸钞。

几个华妇们坐在最里的角落，油灯的幽幽昏光照不到那儿，看不清她们脸上是什么表情。

洋子把小花拉到另外一间屋，叫她坐下，小声对她说："宗姑娘，我看你平时还是个老实人，怎能做这种见不得人的事情？他的东西能偷吗？他不会就这样饶过你的，如果东西还在，赶快拿出来还给他吧！那样，我们还好去跟他说说情，饶你一个初犯。"

宗小花愕然了，不开口。

和子也进来劝说道："一只口塞就算值十万美金，你也不该拿呀，无论他怎么弄来的。依我说，东西还在的话，快还给他。如果被你扔了，就赶紧去认个错吧。"

宗小花望望和子，摇摇头。

她们当然难以理解她这一动作的含义，是根本没有偷还是偷了已被她扔掉了？

宗小花明白了，狡诈诡谲的中川果然老奸巨猾。他为什么要掩盖事情的真相呢？如此的思考和说法，是为了有心为我创造开脱条件还是为了保存自己的脸皮避免陷入某种危机？老鬼以前对我好，完全出于逢场作戏，只是醉心我的皮肉而已。如果误解他是爱我，那就证明饿虎也有钟情羔羊的时候。既然选择如此借口的目的不是为了我，那就是为了他自身了，那又是为了什么呢，仅仅是为了面子吗？假设，他在部队中大肆宣扬抓住了一个奸细，而在未发现之前他又屡次钻进她的石榴裙下，奸细窃密后又安然逃脱，如果不是天意，他中川又怎能逮住她呢？军中的士兵知道这一切后将会对他们的长官怎么看呢？特高课知道了，军方上层来调查了，他中川有好果子吃吗？对，他的致命伤就在这儿！

当着众多女友和士兵面，我是默认"窃贼"还是公然承认自己是个有责任感的中国人？

承认是"窃贼"，有损我的品位，有损国格，我不能！再说，中川也不会因我甘受其辱而让我换得苟且偷生。

说出真相，对我反正无所谓了。除了赢得一时的人心大快、扬眉吐气而外，我将会留下无穷后患祸及其他姐妹们。城门失火，岂能不殃及池鱼？首当其冲的就是黄秋菊姑娘，中川已经追问谁是同党了，我死以后，他岂能放过她们？定会在她们身上想找到救命稻草,以一网打尽的“功绩”抵赎以往麻痹疏忽的罪过。

宗小花陷入了左右为难的困境之中。

洋子和和子见她始终不开口,也无法可想。两人虽然同样都叹了一口气,但是各怀各的想法离开了。

石桥上来了。他拐到小花面前,皮笑肉不笑说道:“你先回队去歇歇吧。再好好想想,为什么要偷东西?为什么要逃跑?东西究竟藏哪儿了?”

宗小花还是不言不语。她站起来,从容走向四位同胞。小无锡见她回来了,面露喜色,把她的行李交给她。

宗小花从包袱里拿出两张手纸,又将包袱扎好交给小无锡,转回身走向洋子。洋子明白了,她喊上枝子,三人一同走下竹楼,走向竹楼后的茅坑。茅坑四周垒着石块做围墙。洋子和枝子站在墙外,月光下还能看到蹲地的小花的头脸。

在洋子身后的阴影里,站着两个背枪的日寇。

竹楼上挤坐在一起的华女,小声说着话。

小无锡说:“中川放小花姐回来,大概他的东西自己又找到了?”

甜水妹:“我早就说了,小花姐不是那种人!”

严冬梅流着泪,自从事情发生以后,听了秋菊的暗语,她就一直以泪洗面。她除了恨自己,现在又恨上秋菊和小花了。她觉得她们为什么一直瞒着她,难道不信任我?她把她的这一误解想法对秋菊才说了半句,秋菊就明白了。

黄秋菊悄悄对她说:“她也没有直接告诉我,是我通过几件事分析得出的结论。这种机密大事,她怎能随便告诉别人呢?用她的话说,少一个人知道,就少一个人危险。实际上,她还是为我们安全着想的。这不是相信不相信一个人的问题。”

严冬梅点点头,忽然又悄声问道:“她真是那种人?”她想想,实在难以置信。

秋菊摇摇头,喃喃说道:“直到现在我都难以断定,她究竟是何方下凡的不速之客?”

聪慧的姑娘,内心又苦苦分析起她的来历。是延安的地下人员?不像。是重庆派来的特工?更不像。是受南洋华侨抗日组织的派遣?也不像。是一位有觉悟有文化的青年,为了揭露日寇虐杀军中的性奴隶,自觉自愿投入这火坑来的?她想了一会儿,又轻轻摇摇头。接着她又想到了另外两种可能,觉得还是站不住脚。最后她意识到自己有点可笑迂腐,小花不是早已明明白白告诉我们,她是个堂堂正正的中国人，就这点，已经足够了。

冬梅纳闷道："中川为什么要诬陷她，说偷了他的口塞呢？"

秋菊道："为这事我也思之再三。小花绝不是来做贼的。中川为什么要这样说，我也感到莫名其妙。"

宗小花又被洋子带上竹楼了。

石桥对她说："我建议，你还是坐到你们姐妹之间，听她们劝劝吧。"

宗小花警觉起来。石桥为什么二次令我回到姐妹之间？这是阴谋？难道包藏祸心？她故意站着不动。石桥催促了一遍。宗小花终于明白了中川的险恶用心。

宗小花走向姐妹们，在离她们一米左右的地方坐下了。她将脸埋在两膝上。过了好一会儿，她突然跳起来，冲到黄秋菊面前，一把揪住她的头发，对她疯狂地拳打脚踢，一边毒打，一边责问怒骂："你骂我是贼，丢了你们的脸！你们这些卖×的，还敢说有皮有脸！"

冬梅等三人惊诧得目瞪口呆……

樱子等人开心地看着。

石桥和洋子惊吓得连忙奔上去，洋子从后面一把抱住宗小花，说道："宗姑娘，你别心急。她骂由她骂好了。"

宗小花还是不肯饶过黄秋菊，幸亏和子和冬梅一起走上来硬把她拖开了。

披头散发的黄秋菊双手蒙着脸，嘴角流着血，号啕痛哭。哭得是那样的伤心、凄然。不知她是因为被打蒙了、打得冤枉了，还是想到患难姐妹的悲惨命运而痛哭不已？

甜水妹和小无锡也抱住她恸哭起来……

只有严冬梅没有参加哭泣，心里直犯疑。她觉得自己应该多长个心眼了。她在和子的帮助下，把气愤难平的宗小花拉进另外一间屋子。和子劝说着。冬梅不开口，心里还在猜测着。和子说："我去拿条手巾来。"说完就出去了。

姬顺玉手里抓着一把纸钞，笑嘻嘻走到小花面前，责问道："你为什么打人？你为什么打人？……"

石桥与洋子立在明间客厅里，悄悄商讨着什么……

中川在场地上啃着羊腿喝着酒，想着心思。

稻田联队长走到中川身边，胁肩谄笑道："师团长阁下，职下发现彝族群里有个小妞长得还可以,您用过饭后,是否要……”

中川思索了瞬间,说道:“把她先提出来。”

石桥来了。他把宗小花回到华人群里的一切言行表现做了如实汇报。

中川奸笑,不开口,凝视着羊腿,嘴里也停止了咀嚼。过了好一会儿,忽然把羊腿掷入火堆,对石桥命令道:“把她带来!”

石桥领着宗小花来到杀羊场地时,中川已不在这儿了。留守的勤杂兵,把他们领到寨外。

寨外点着好几支火把。中川坐在竹椅上,狼犬坐在他脚下,岸信和麻生僵立在竹椅后面。

中川对面已垒起一座新坟。那是同冢的三个日军的尸体。在墓的一边,已经挖出一口大坑。

宗小花被绑在一棵野枣树干上。

中川见两个所的慰安妇都被赶来了,除了忙着数钞的姬顺玉而外,他令严冬梅她们四人站到最前一排。

中川拄着指挥刀,目视全场一周,大声说道:“诸位,我今天公开审理支那贼和畏罪的潜逃犯!”他面向宗小花:“支那贼,你盗窃的东西放在哪儿?交是不交?”

宗小花不卑不亢:“我什么也没偷,只是想回家!”

“你还撒谎!难道不怕死吗?”

宗小花回答道:“蚁蝼尚且贪生,何况我还年轻得很。不过,像我现在这样去死还算幸运的。”

“为什么?”

“我看还是不说的好,要杀就杀吧!”

“不。我们应该公正审理。被告既然有话要说,还是应该听听的。”

“像我今天死还知道为了什么,知道刽子手是谁,到了阴曹地府还好鸣冤告他的状。可惜,许多人就没有我这样幸运了。像南京城沦陷后有几十万无辜百姓遭到你们惨绝人寰的残杀,有些人甚至在睡梦中就突然遭到禽兽们的开膛破腹,还有若干吃奶的孩子,还有许多女性……”

“你胡说!这是对大日本皇军的诬陷!皇军是天皇的铁军,我们有铁的纪律。皇军非但不怕血与火,更不怕造谣和诽谤!”

宗小花冷冷一笑:“将军清高超脱,当然不知天下有羞耻二字了。阁下刚才啃的羊腿,是你们从本国带来的？是用钞票买来的？还是跟我们同胞先借的？这也叫铁的纪律？这也是我的造谣和诽谤？”

中川吼道:“你别胡扯！我们还是言归正传,你盗窃的东西交是不交？”

宗小花笑道:“叫我拿什么交？口塞还睡在你皮箱里。”她击中了他的致命之处。

中川大叫:“你统统的胡说!”同时松开皮带,对狼犬说了一句日语。它迟疑了瞬间,中川用刀鞘在它臀部打了一下。

只听呼的一声,狼犬扑到小花身上……

观看的女人中有人发出惨叫,有人双手捂脸,有人当场晕倒了。

中川吆喝了一声。

狼犬回坐到主人脚下,舔着血唇虎视着……

这个畜生是德国纯种狼犬,出生三十天后就被日本军方高价购回了,在专业人员的严格培训下,成了各种主子的好帮手。它极富奴性与灵性,桀骜凶残。它极爱桀犬吠尧、为虎作伥。

宗小花的左腿裤管已经不见,大腿上挂着皮肉,鲜血淋漓,最深处已经见到白骨了……她低垂着头,已经昏过去了。

严冬梅脸上恐怖得痉挛起来。她呆视着小花,四根指头塞在口中,指间已经流出鲜血。秋菊吓得不敢看了,伏在冬梅肩上咬着她的衣裳。甜水妹和小无锡紧紧拥抱着,谁也不敢再望一眼。

中川拍拍身边虎背熊腰狼尾巴的心爱助手,对左右笑笑说:“我最爱欣赏它的抓、咬、撕……的全过程,我们虽是人类,我却感到很遗憾,因为我们只能借助器械去置敌方于死地。如果两种方法一比较,在感官刺激上,在痛快淋漓上,在令人振奋上,人类反而远远不如兽类了。诸君说说,我这观点如何？”

石桥抢先亮旗:“将军见解独特,揭示了两者之间的异同要点,本人极为赞同。”

岸信和麻生互相对看着。

樱子:“我也觉得用刀枪没有劲,眼一眨,就没有看头了。”宗小花被冷水泼醒了。

中川转过脸,对麻生说:“嗯,可曾准备好？”

麻生点点头，他转过身，对副手做了个手势。

他就是那个曾给夏小荷打过慢性病毒针的阴险家伙。他快速走到宗小花面前，把她只剩右裤管的外裤剥去，露出了红色的三角内裤。他从衣袋里掏出一只注满药水的针筒，将针头狠狠戳进她的右腿股骨肌上，将药水慢慢推进肌肉里。眨眼间，大腿上的肌肉立即膨胀起来。

宗小花瞪着一双恐惧的眼睛看着。

众女性屏声敛气注视着。

中川眯眼奸笑着。

岸信弯下腰，在他耳畔悄悄说道："将军阁下，这儿站有四国女性，是否应该顾及一点民心？再说，也不能当众多士兵的面教唆他们……"

中川嘿嘿冷笑一声，威严道："你还不是真正的军人，书生气十足，太婆婆妈妈心肠了！"他说完，拍了一下狼犬，嘴里下达了指令。

狼犬蹿上去，张开血盆大口，用那锋利獠牙，照着膨胀的肌肉就是一口一撕，又是一口，再一撕……

全场悚然了，静得互相能听到对方的心跳声。

宗小花双目眦裂，瞪得像死鱼一样的眼珠几乎脱眶而出。她眼看着畜生一口一口撕开她的皮肉，血流如注，就是毫不疼痛。她脸色煞白，牙齿上下打战，额上出现汗粒，浑身急剧抖索起来。这些现象的产生，完全因为心里产生的恐惧已经达到最大极限，左腿因为剧痛而令她提早昏迷，中川觉得便宜了她。现在让她亲眼看到右腿被撕咬而产生心理上的极大恐怖，能震慑她的每根神经，这样才能使她神志清醒地接受酷刑的精神折磨……这就是中川希望产生的艺术效果。

中国在一千三百年前，酷刑专家发明了炙瓮逼供。若将当年的周兴与现在的中川比较起来，中川利用现代医药手段技艺更胜一筹。

中川见宗小花已是心衰意迷、魂飞魄散，头已垂挂前胸，他吹了一声口哨，他的忠心助手立即返回他的脚边。

严冬梅吓得面色苍白，心如刀绞，肝肠寸断。她真想冲上去，以自己的肉体去承担她的酷刑。然而理智却在提醒她，必须听从小花的嘱托。

偌大场地上，十几支火把在呼呼燃烧着。除了女人的唏嘘声男人的咳嗽声而外，谁也不开口了，时间仿佛凝滞了，它要凝固在这石破天惊的这一瞬间？

时间又迟缓地迈出一步。宗小花再次被凉水激醒。

中川令人解开宗小花,把她抬到深坑里。

活埋人的坑必须挖得深。究竟多深?一般以人的肩高为限,据说让人站下后,在其他人四周慢慢填土,泥土达胸时,因血流上涌,满脸赤红,眼珠突兀,七孔流血,意识也因脑血管破裂顿时昏迷。若继续填土增加四周压力,就会出现惊天地泣鬼神的场景……有点儿像杀人魔王谷寿夫在池河边砍杀人头出现的效果那样,不过中川的行为技艺更是高出一筹。

宗小花伸开双臂,扶着两边坑壁,倔强地站在深坑中间。

中川对石桥抬了抬下巴,嗯了一声。

石桥转过身,喝令四个华女去填土。

四人看着插在坑边虚土上的四把铁锹,恐怖得挪不开腿。尤其小无锡,简直要瘫倒了。

身后的皮鞭、枪托抽在她们头上,砸在她们臀部。

严冬梅如万箭穿心,她咬起牙,横下心,拖起小无锡,看着秋菊和甜水妹说:“走!我们一起去吧!”

四个华女互相拉扶着,疾步冲到坑边站住了,她们恐怖地看着四把铁锹……

中川大笑起来:“诸君看看,这出戏也很有味吧!世界上最难做的事是责令父亲杀儿子,逼迫儿子奸母亲。施动者如果还是人的话,确实难以做到,但是不等于绝对做不成。我就试过一次,耐看极了。像她们,都是支那人,可以说是同胞姐妹,令姐妹们活埋姐妹,不是也很有趣吗?”

严冬梅对左右使了个眼色,四人毅然跳进深坑!坑内五个女子抱头悲鸣大哭……

中川脸色铁青起来。

石桥吓呆了,偷看了一下中川,不敢上前说情。

宗小花猛地在冬梅肩上咬了一口,冬梅怔住不哭了。小花悄悄对她说:“你们必须活下去!东西你收好了?”冬梅回答:“收好了。”

另外三人见她们说着话,越发呼天抢地大哭大叫起来……秋菊的双手使劲拍着坑壁。

宗小花又说:“我交代的事,你们必须舍命保护好。”

石桥出现在坑边，弯着腰说："你们四个还不快上来！宗姑娘，你最后还有什么话要说的？"

宗小花见她们还不上去，她对石桥大叫道："我有话要对中川说！"

石桥转告中川，后者点点头。

被人拉上的宗小花忍着剧痛向前拐了两步，似乎又迟疑起来，她以眼角的余光发现坑下的四个姐妹都上来了。

宗小花又向前瘸了几步，深深吸了两口气，猛然冲到中川怀里，死死掐住中川脖子。

中川身边人吓呆了。

狼犬一跃而起，死死咬着小花的肩膀……

清醒过来的岸信，立即拔枪、开枪。

随着两声枪响，宗小花松开手，踉踉跄跄后退着，后退着……忽地向后仰倒，正巧跌进坑里。

岸信对坑下又连开两枪，心里说着，可敬的姑娘，我知道你为了保护她们想尽快结束自己的生命，我只能选择如此下策帮助你尽快解脱了。

中川惊魂甫定，揉着脖子，忽见几个士兵已经下土，急忙制止："慢！"

中川又对身边的稻田少佐说："命令解散，准备撤出此地。"

他站起身，对麻生说道："麻生君，下面的戏就该由你执导了。懂吗？"

麻生愣了一下，恍然觉悟："卑职明白了。"

中川厉声道："两个系统，务必仔细检查！"

岸信副官听了他们的对话，先是莫名其妙，当他听明白以后，不由对这次事件的缘由顿时疑惑起来。他把往日常见的那个甜美幼稚的形象，同刚才始见的那种刚毅、坚韧、说话锋芒毕露、视死如归的巾帼气质两相对照，竟然判若两人。他终于明白了她到底是什么角色。中川为什么不正面处理这件事呢？巧立罪名的目的又出于何种原因？

"岸信君，你负责一下。"

中川的指令，打断了岸信的思路。

四十一

日寇第一〇六师团三五七联队长稻田少佐率领主力和两个慰安所先行了。

中川师团长和一个中队暂且留下处理善后工作,当务之急可分三个内容。

由岸信少佐负责的是尸检。他的眼镜片上反射出数支熊熊烈烈的火光,火光下的麻生和副手正在给女尸开膛剖肚……

中队长宫琦负责解决活口,他正有条不紊指挥着一个端着枪刺的小队一半围在竹楼下,一半向竹楼上发起勇猛攻击……

师团长本人呢,一面等着上述两处的结果汇报,一面享用着味美馋人的"鲜鱼活虾"。他给五花大绑的彝妞松了绳。姑娘个头不高,肤色白皙,两眼水灵,衣袖领口镶着花边,戴着银饰。她与他对视着……突然,她拔脚就跑。中川一挥手,蹿上去的狼犬一口咬往她的小腿下端。

姑娘跌倒了,凄厉惨叫着。狼犬不松口,把她使劲往后拖……中川哈哈大笑起来。

四颗长长锋利的尖齿像虎头钳一样,死死卡住细细的腓骨,刺骨钻心的疼痛使姑娘像要被宰杀的猪羊一样嗷嗷大哭大叫。中川兴趣盎然地看着……他在鉴赏助手的灵性,欣赏姑娘的挣扎……因为狼犬力大,加上姑娘不能不再主动配合,它终于把"猎物"拖到主人脚下了。它松开她,坐到一边警戒着。

微笑的中川想安抚姑娘两句,岂知一个是兽学人语,一个是南蛮雀舌,两者语言无法沟通。中川只好再做哑巴了,用双手比画着令她把衣服脱了。姑娘明白后,双臂紧紧抱着胸口。中川感到这些生灵实在糊涂得可笑可悲，明知大劫难逃，为什么还要尽力抗争呢？他转脸对助手说了几个字，狼犬跳过来就一口把姑娘裤子拽去了。姑娘恐怖得嘶声惨叫。狼犬又把她的大襟撕去大半，露出了酥胸。她仍然不肯就范，在竹地板上翻滚、号叫……中川纵声大笑，觉得这匹小牝马真有意思，倔强刚烈，难以驾驭。越是如此，他越觉得有味道，越能激发出他的征服欲和非得驾驭它的决心。

中川把玩着，心想着，同时开始脱手套解衣纽了……

这时，邻近几座竹楼已经烈焰腾空了，其间还夹有竹竿噼噼啪啪的炸裂声……

在强烈火光照耀下，麻生的工作也结束了。不过，徒然白忙了好久，犹如竹篮打水一场空。岸信令几个士兵捡来死者的破衣放入坑中，与她的残尸一起深埋起来，并指令垒成一个土堆。士兵们走后，他用指挥刀从路边砍来一棵青竹，将其插上土冢的高高顶峰。

岸信迁浦的如此行为，大概出于他知道中国人很崇尚“梅、兰、竹、菊”而决定的。竹，四季常青，高风亮节，她即使被恶人砍伐殆尽，来年春天雨后仍会从深深的地下破土崛起，还会“余处幽篁兮，终不见天”①的。她即使被烈火焚烧，其节非但丝毫不改，在临死前的一瞬间也会爆出声声振聋发聩的怒吼，吓得那些魑魅魍魉心惊肉跳！不信？你听！你看！

在连续不断、此起彼落的毕剥作响和剧烈的爆炸声中，在轰轰烈烈的火光下，中川带着他的掠食者们急急慌慌逃离了这处人间地狱。

中川不能不防备黔滇两军的火速联系，不怕一万就怕万一，万一支那军的行动创造奇迹，他就大意失荆州而必然败走麦城了。所以他催动后队惶惶然向前队赶去。

他们潜行到牛栏江边，依然用重金“雇用”了十几条木船，从牛栏江流窜进金沙江，然后溯江而上，直向滇西驶去。

昆明的主持见到中央军委会的来电后迟疑不决。一不相信日寇竟敢潜行千里，深入到崇山峻岭王国来；二是猜疑蒋某人想要调虎离山的把戏。军令如山，只好派出一团人马，沿着新村、会泽、昭通一线，做了一次走马搜索。结果当然是鬼也

---

①此句见《楚辞·九歌·山鬼》篇。

未遇见一个。复命只能是:虽空谷传声,然子虚乌有。

三天后,中川等人见到金沙镇在望了,立即弃舟登陆,“处理”了木船,沿着鸡足山南麓越过白族地区,直奔功果桥。

功果桥横跨在南北走向的澜沧江上。桥东有一个团的中国军驻守,桥西就是沦陷区了。

白天,中川潜行部队隐伏在崇山峻岭间。他命令架设电台,同南方方面军总部取得了联系,并请求总部电令驻保山的日军在黄昏时分准备接应。

太阳刚刚落下高黎贡山,驻守桥头的中国军忽见从北面开来一个营(大队)的“兄弟”部队。正当守卫桥头堡的连长感到纳闷的时候,这支伪装部队突然向他们发起猛烈袭击。桥西听到对岸枪声大作,一个大队也奔袭过来。中川立即指挥主力进行迂回攻击。一个守卫连哪里能抵住三面的疯狂袭击?王团长虽然很快就率众增援桥头,但是受到了中川的顽强阻击,桥头阵地很快就丢失了。

中川顺利过了桥,数数抬回的尸体,只有五十七具。

过了桥的中川部队爬上卡车,一溜烟就赶到保山。在此饱餐一顿,部队酣睡了一宵,慰安妇“工作”了一夜。第二天早晨,按照南方军的指令,留下了山本慰安所,其余人马又坐上汽车向腾冲急驰而去。

卡车行驶在盘山公路上。严冬梅扒开布篷罅隙,充塞眼帘的尽是近山远山。近处的山腰谷底升腾着的瘴气蛮烟,不断神奇变幻……她向北远眺,是影影绰绰山峰起伏的横断山脉,它像一排硕大无朋的锯齿,直指阴沉沉的苍穹。目光转向西,见到的是巍峨矗立的高黎贡山山巅,它像一柄无穷大的神奇宝剑,威严地将欲刺破上面阴霾雾障的天空,让阳光尽快早点出来。

忽然,山谷中回荡着哗哗水流声。她寻觅了好一会儿,就是不见江河。正在疑惑时,訇訇咆哮的江水声,似乎响自所有涧谷深渊,令人闻之悚然。

卡车缓缓驶上惠人桥。桥下就是名副其实的怒江。只见浑黄的江水像条发怒的黄色巨龙,又像鼎沸的浆锅,在翻滚、奔腾、澎湃、咆哮、怒吼、发狂……在疾呼中华民族空前绝后的深重灾难!在控诉倭寇魔鬼们对古老华夏犯下的滔天罪行!激怒的江水,冲击得群山战栗、日月无光、神鬼悚然……这时,上游水面上忽然出现一叶扁舟,它正搏击在汹涌波涛中,挣扎在惊涛骇浪里,与死神拼搏在滔天浊浪上……

越过惠人桥不久，腾冲老城在望了。

老城雄踞在绵延百里的高黎贡山南麓，城内原是山谷平川，城垣也就依山而建。城墙均用洗凿成比普通城砖大三倍的麻石所垒，以糯米汁拌和着灰石所筑，高有两丈五尺，厚为一丈六尺，是明朝正统年间镇关大将李定国所建。此城坚实雄伟，固若金汤，在冷兵器时代，确实坚不可摧，但是在现代化战争的今天，已成为像北方万里长城一样，是座伟大雄浑的人文景观了。

城内建筑经过漫长久远的滔滔历史长河的冲击沉淀，出现了中西合璧，既有屋顶尖尖的耶稣堂，也有四平八稳的喇嘛庙，既有古老的亭台楼阁，还有典型的欧式小洋房。

其间最能代表民族风格的建筑，要数那座屹立在市中心的飞檐翘角的文星楼了。

此楼老矣，相传是清代名将年羹尧绥靖边陲时的历史记载。巍巍七层，砖木结构，浑身灰黑而苍苍。第二层向上的一些窗洞已被老砖堵起，但还留着洞眼，远远看去，被堵死的地方像块块老人斑。在它的历史记忆中既有欣喜也有痛苦，既有扬眉吐气的日子，也有忍辱受屈的时候。如今，它又肃穆痛心地注视着从东门开进来的一股杀人放火的魔鬼。

盘踞腾冲的是属缅甸派遣军建制的一四八联队，队长是藏重康美大佐。他的指挥部就设在英国领事馆二层小洋楼的地下室里。

第一〇六师团长中川清健少将，在前呼后拥下被藏重大佐恭迎进洋楼指挥部。

中川端坐在硕大的太阳旗下，仔细听取了现已成为他部下的藏重队长的有关军情汇报。

一年前，中国远征军失败，日寇夺取了滇缅公路。一四八联队接受缅甸派遣军（属南方方面军建制）的指令，攻占了腾冲，并修筑了永久性工事。第五十六师团又攻占了龙陵和松山要镇。对这三处互为犄角的工事，不惜重本到几乎砸锅卖铁，修成了上中下三层的立体防御体系。

中国自从失去唯一的国际通道后，堆集在仰光码头上的若干军需物资不是被日寇炸毁，就是被其掠夺，转而成为攻击中国的杀人资本。而中国当时库存的枪炮子弹等军需，最多只能维持三个月，形势非常严峻。仅靠陈纳德将军的志愿空军“飞虎队”的空中搬运，真是九牛一毛。美国总统罗斯福立即下令美国空军组织大规模对华空运。但是在缅北这条航线上,大批运输机又常常遭到日机的拦击和偷袭。陈纳德将军只好令他的空中雄鹰试着从印北穿越喜马拉雅山,在空中禁飞区中找出一条“驼峰”航线,英雄们终于用他们的大无畏精神为中国的抗战做出了不可磨灭的贡献。

与此同时,史迪威将军又指挥了五万现代化装备的美国工兵和三万多印缅壮工在印北的马库姆开工动土,意在筑一条穿越崇山峻岭大江深谷的国际公路。这是美国总统罗斯福亲自批准的计划。从由美国总工程师皮可绘制的图纸上看,此路要从马库姆出发,经过缅北的新背洋、马科、密支那、八英、南坎、过木姐入境。当年退入印北的孙立人将军的新三十八师现已训练装备成完全机械化的美式精锐之师,负责狙击频频骚扰筑路大军的日寇。到一九四五年一月底,一千一百二十公里长的滇印柏油通道终于竣工了。蒋介石为其通车剪彩时,将此路命名为史迪威公路。这是后话。

但是,日后庞大的运输车队若驶过瑞丽江大桥、越过木姐踏上国土时,向东北行驶,必须经过沦陷敌手的龙陵和松山两地。若改道北上,很难逾越腾冲古镇。蒋介石心想,不消灭盘踞在滇边的日寇,史迪威公路就毫无战略价值,等于空忙一场。

此时,史迪威将军的另一只手在昆明已训练了五个整编师,全是美式装备,包括一切生活用品在内。蒋介石和他身边的高级将领开始运筹帷幄,在作战部的白粉墙上已挂上“第二次远征军作战部署图”。

驻仰光的日寇缅甸派遣军总司令河边正三中将也在一直筹谋着防区内的军事部署,首先要阻止美国佬修筑印滇公路,其次要加强支那滇西的防守力量。第一〇六师团到位腾冲已经两个月了,西贡的南方方面军为什么迟迟不拨出两个联队归建于一〇六师团?河边发电致总司令寺内寿一大将,请求尽快执行“三宅坂”计划。

西贡回电“暂缓”。因为南太平洋战事吃紧,日寇面对美军的强大攻势,渐渐招架不住。寺内大将只好急急抽出两个师团,慌忙用飞机送往南洋群岛,企图稳住阵脚。

站在腾冲城上望眼欲穿的中川清健,接到河边中将的回电后,不由打了一个寒噤。

昏黄的电灯光下,中川目视墙上的城防图,深感有千斤重担。他深思熟虑了半夜,觉得只好凭借决定战争胜负的古老三原则中的“地利”一条来死守腾冲了。

第二天下午，他率领藏重和稻田两个联队长，又把所有防御工事巡视了一遍，决定把防守的重点放在东门和北门，对这两处的工事又做了必要的改建、加固、沟通。他对部下指示道："守城内而战于城外。应该利用拱卫本城的座座崇山峻岭，把敌人消灭在涧涧壑壑之间。"接着他又电告仰光，请求同意炸毁功果桥、惠人桥和惠通桥。他毕竟是个职业军人，布阵筹谋自然远远胜过他的海盗先祖。

石桥慰安所进城后，就进驻了大寺庙。这里的几十个僧人一年前就被日寇拉去修筑城防工事，竣工后帮助他们提前"圆寂"了。

此庙除了巍峨的正殿而外，两旁均建有一排长长的庑房，前有迓门殿屋三间，后有一座幽静的庭院。正殿前院，左右均竖着一棵千年古松。它们生出的枝枝丫丫，正像一柄天然大伞遮住夏季的烈日酷暑。

石桥在中川的授意下，在山门的两侧贴上了亵渎神灵的对联——

衽席战场废物屡败

枪林阵地将军常胜

横眉——败不馁胜不骄

左右十几间的庑房只要简单的一隔，正好是各个慰安妇的工作场所了。

中川为了使士兵保持旺盛的斗志和强健的体质，擅自修正了军部规定，将士兵每月享受三次的娱乐权利减为两次，并附加规定，如果有谁杀敌勇猛、建功立勋，再给予犒劳一到两次的机会。对于如此的修正案，在士兵中引起哗然，褒贬不一。石桥当然有点腹诽，好在他是做的独家生意，并且对几千人马还寄予厚望，企盼他们都能成为立功受勋者。

洋子与丈夫的想法却不尽相同。经过长途跋涉，进驻腾冲小城后，她的精力不如以前旺盛了，额上突然增加了几道皱纹，双腮凹陷，显得苍老了许多。她虽然不懂政治和军事，但是从那些来这儿娱乐的士兵口中听到的星星点点，她也能觉察出目前形势对大日本帝国来说越来越不妙了。在忧心忡忡的深更半夜，她对一双寄养在堂姐家的儿女思念不已。尽管这几年里钱没有少寄回去，她仍然觉得自己不是一个好母亲。她突然想到华妇华兰妞临死前的模样，心头不由打了一颤。由此又想到了很多很远。最后她决定还是早做准备，早点儿同丈夫商量为好。

在昏暗的烛光下，黄秋菊也因辗转反侧睡不着而披衣坐在铺上，看着摇曳不定的光焰出神。

临睡前，她开箱拿内衣时，无意又见到去年台湾青年陈永泰留给她的项链。

黄秋菊看着手中金灿灿的项链，不由对它的主人思念起来。当然，理智的姑娘并未坠入情网。因为她清醒地认识到，战争结束后，即使双方都能平安回家了，这桩婚姻绝无成功的可能。她现在是为一位好青年的命运担忧，他现时身在何处？是死是活？无法知道。日后我去他家还项链，双方大劫难后再度重逢，一切都好说，如果其人不见了，我对他风烛残年的老母如何安慰呢？我只有说服自己的老母，让我做她的干女儿，替代永泰负起赡养老人的义务。这样做，我也就对得起在困境中那么钟情于我的他了。

她想到只生了她一人的老母，不由潸然泪下。老人孤苦伶仃生活着，对音讯全无下落不明的女儿，不知痛苦思念到何种地步？她父亲是搞海运的，惨淡经营了三十年，好不容易挣下大小五十几只船，岂知战争一爆发，日寇强迫征为军用，父亲不肯，当晚就失踪了。偌大的家产，一夜之间就变得一无所有。直到她被强行征招到大陆来之前，也没有打听到父亲的下落。

黄秋菊看着泪涟涟的残烛，不由用毯子紧紧捂住嘴，以防宣泄的闸门一打开惊动左右四邻。

其实她的强忍悲痛对紧邻的严冬梅来说毫无作用。她虽未点烛，一对眼睛却在黑夜中煎熬着，挨着黑暗，等待天明。宗小花的牺牲，对她来说始终像一只十字架，背负在她背上。尽管姐妹都劝慰她这是好心做的错事，但是她始终不肯原谅自己。她认为自己是罪犯、是凶手，是她亲手杀了一位巾帼女子。她深责自己的无知、愚蠢，是个睁眼瞎子，小花的许多不同常人的言行秋菊能看得出，我为什么就觉察不出？尤其对夏小荷的事情上，让她受了多少屈辱，兰姐那样狠打她，她既不开口更不还手，这是我亲眼所见的，我当时为什么不多长个心眼呢？她被捕后，非但没有抱怨我一句，而且还很信任我，委以重任，让我完成她未完成的任务，这是何等的知人识性啊！小花妹妹，也许是你我前世的一劫，阴错阳差栽在我手里。当然，她这样想绝非为自己开脱，原谅自己的罪过，实在因为久思不得其解，从而钻进了牛角尖。

她现在躺在铺上，清楚认识到，若想弥补自己犯下的罪孽，只有按照她的遗言，不折不扣,哪怕送了自己的性命,也要把任务坚决完成!

不知过了多久,她忽然看见满身血污的宗小花姗姗而来,小花见到她,倏然转身而去。她慌忙追上去,急于要向她做个破腹剜心的表白。忽见抱着孩子的华兰妞和夏小荷两人把宗小花拥走了……她不由迟疑起来,她们为什么都不理我了?我必须问个明白。她立即飞奔起来,一边挥手,一边大叫:“小花妹!小花妹……”

隔壁的黄秋菊惊醒了,她披上毯子奔进冬梅室内,连声呼唤:“梅姐,梅姐!”

严冬梅被叫醒了。秋菊点上烛,见冬梅大汗淋漓。

两人毫无睡意了,相互依偎着,谁也不开口。她们只能坐以待旦……

当日早晨,石桥接到中川通知,令他率领全所人马去北门集合,帮助运送弹药出城。

石桥看看满脸污垢、哭笑无常的姬顺玉此时正无忧无虑坐在廊石上,脏兮兮的手指时不时沾点涎水,细心数着几张破损的纸币,不由产生恻隐之心,唯恐她去以后被中川发现而遭到不测。他对身边妻子说:“你就同她留下吧,不能让她出去乱跑。”

洋子点点头。

通过几个月来的事实证明,姬顺玉尽管变得不知冷暖饱饿,但是服务的热情非但没有减退反而更加高涨。只要有人给她钱,哪怕是角票分票,她都喜笑颜开,当众脱下裤子,就地为付酬者服务。也许石桥不是贪图她还有使用价值,而是出于同情,只好把娱乐所兼办成精神疗养院了!所以,他决定还是不把她带去为好。

这里是边陲闭塞之地,所以中川无所顾忌了。他看着面前二十几个穿着不同服式的女性,脑中不由闪出一个大胆设想:人尽其力。白天安排她们烧饭洗衣,替换出所有兵力参加战争。夜晚再令她们从事自身的职责,娱乐士兵的身心。他把这想法通知了石桥,征询他的意见。

石桥想了想,默默点点头。他还能说什么呢?这是人们生活中常见的事。甲乙二人虽曾是同窗好友,如果日后在人生旅途上一个半斤一个八两,当然还是契友兄弟;如其升降有别,落差加大,两者之间自然就生出一道无形高墙。居下者如果还是个聪明人,遇事就得识相地礼让三舍。石桥并非是个糊涂颟顸人。

中川率领岸信和两个联队长迅速离开了。

慰安妇们帮着士兵搬运沉重的木箱,小的一人扛,大的两人抬。她们鱼贯出了城，踏上迤逦的羊肠山路，攀向崇山峻岭。

四个日籍女人有说有笑，情绪饱满，帮助阿兵哥做些力所能及的事，既觉得新鲜，又感到荣耀，从此不必再像鸟儿一样被关在笼子里了，可以同阿兵哥随意谈谈说说。更重要的是，她们觉得从此以后为天皇的圣战服务不再那么单纯单调地献身出力了。

严冬梅她们四人抬着两只长木箱，谁也不开口，吃力地攀登着陡峭的山道。她们心情上的沉重，要比手上的钢铁炮弹还要重实几多倍。

这些个韩妇和菲律宾女人一边艰难地爬坡，一边小声发着牢骚。多数人的共同看法是，她们不是赶来做挑山工的。也有人悄悄说，卖这苦力不知给不给钱？脸上有雀斑的韩妇冲着她的姐妹怒斥道："你只关心钱！你我命都难保了，要钱有什么用？"

雀斑脸的女人叫金正玉，就是她当姬顺玉的钱被偷窃时出了一个安慰帮助的馊主意，自己先掏钱又向别人凑了钱，偷偷塞在姬顺玉铺下的。她前天在铺上从事服务工作时，遇到一位同胞军曹。他偷偷告诉她，日本人在太平洋上吃了美国人的大亏，现在日本本土天天遭到美机狂轰滥炸。日本人有点力不从心了，想把我们韩国人不分男女送往最危险的战场上去，充当他们的马前炮灰。这是一直潜伏在日军部队中的反战地火。她刚才斥责同胞的钱迷心窍，是有原因来历的。

山高路更险了。男男女女的搬运工们谁也不敢说笑，不敢掉以轻心，都在集中精力和脚力，如履薄冰，战战兢兢。山下就是深渊，他（她）们吓得不敢抬头侧目，只能盯视脚下，胆战心惊地一点一点向山巅移动……

慰安妇们如此白天、黑夜拼命地干，苦干到第四天的傍晚收工时，人数一清点，发现少了一个韩妇。她就是雀斑脸金正玉。她想，只要能逃到中国东北的延边地区，就等于回到自己祖国了。

她因为不辨方向迷了路，在山间丛林转了一夜，第二天上午又撞进了日寇的防守阵地。她被五花大绑起来，送到了第一〇六师团的指挥部。

师团长中川眯起双眼，两道像极光一样的视线在她浑身上下扫描了一遍，只是微微笑笑，什么话也没说，就离开了。

午后，文星楼下的广场上集合了部分士兵和全体慰安妇。中川端坐在楼下台阶的木椅上，眼前桌上放着一架留声机，椅后立着藏重和稻田，不知岸信为何不见了？狼犬坐在他的腿边。离他五米开外的空地上，用木箱拼堆成一个两米长一米宽半人高的台子，有十几个端着刺刀的鬼子兵围护着台子，偌大的场地上鸦雀无声，人丛中互相能听到对方的呼吸声。

一会儿工夫，有几个鬼子兵牵来几匹马，又有两个鬼子拖来一根黑皮的缆线。

慰安妇们吓得大气不敢出，有人已经提前颤抖起来。严冬梅抬起头，见文星楼上的窗口外除了架有两挺机枪，还伸着十几支黑黑长长的步枪枪口。

一瞬间，金正玉被两个鬼子挟拖到场地中心。他们撕去她的所有衣裤，把她抬到台子上，又按住她躺下来。令人感到奇怪的是，她既不哭喊，也不叫骂，更没有求饶挣扎的意思。此时的她，就像喝了蒙汗药或是打了麻醉针，随别人怎么摆布处理。

此时她身边有七个鬼子摆弄她。四个鬼子各用一根绳子牢牢系住她的四肢，另一个在她颈上松松扎了一个圈。他们再把绳子的另一头分扎到五匹马的后胯上，然后各自稳住自己的马。还有两个拖着电线的鬼子，分站在她的头部和下肢旁边。

中川和他的两个部下轻松愉快地谈笑着什么。他见场上已做好了准备，用那戴着洁白手套的双手，将机针轻轻放到唱片上，场院地上顿时播送出轻松快乐的靡靡之音。

中川听了半分钟令人心情舒畅的音乐，目视场地，抬了抬右手。

脸旁的鬼子将一根拇指粗的金属棒硬行塞入她的口中，腿边的鬼子把另一根金属棒插入她的下体，与此同时，忽见她的身体抽搐得腾空而起，她的后背和臀部在台面上急剧上下扑腾，台子战栗不已……音乐声中，中川等人纵声大笑，许多围观的鬼子兵也情不自禁拍手叫好，慰安妇中不少人闭上眼，不少人双腿战战兢兢，如果不是同伙拉扶着，早就瘫地下了。

插入下体的棒子离开了肉体，躯体的抽搐渐渐减弱，台子也渐趋平衡；乳房和其他多肉区域在光天化日下急速痉挛着……从被金属棒撬开的嘴里喷出一股股似乎带有焦臭味的白气。

中川从勤杂兵手中接过一杯血红的葡萄酒，兴奋地喝了一口，脸上的表情反映出它的味道美极了，然后对场地举了举杯子。

金正玉的肉体再度抽搐起来，但腾跳的幅度落差不及开初时候动人心弦了。

她的躯干似乎在抽缩,又像要蜷曲,因为有五根绳子紧紧拉拽着,终不能随其自然。

场地上的不少看客再度激动欢呼起来。春风满面的中川,看到他的勇士们的激情,听着美妙音乐,又温文尔雅颇有风度地抿了一口开怀美酒。

看客中有位年轻的韩国士兵面肌在跳动,战栗而汗浸的右手下意识抚摸着腿边的长枪。

金属棒又离开了膣部,过了瞬间,又插了进去……如此周而复始三五次,台面上的肉体似乎因为斗气而不想再表演下去,不愿再用自己的羞耻节目为别人开胃开心了。后来,尽管一尺多长的金属棒用得全看不见,白亮亮的胴体还是不肯再做丝毫反应。

中川导演的节目分上下两篇。上部演出很到位很成功,基本符合他的创作构思。剧场休息了几分钟。他喝了一口血色美酒,与部下略略谈了一下上部的心得后就宣布下集开始。

文星楼上忽然反射出一道强烈光束,在慰安妇脸上倏然闪过。严冬梅仰头一看,原来有个鬼子正捧着照相机。

几个鬼子七手八脚撤去了叠摞着的木箱,软软绵绵的躯体悬空了,开始还有点悠悠荡荡,瞬间就被拉得紧绷绷、直挺挺,与五根绳子同处于一个水平面……如此现状,保持了足足有三分钟。

站在中川右肩后的稻田举起双臂一击掌,五个驭手跨上马背,将马鞭猛烈一抽击,悬空的尸体解体了。五匹马拖着遗体的一部分,在场地上驰突打转……忽然一根绳头落空了,但是此马仍在疯狂奔跑,马背上的骑手们,个个像马戏团里的竞技演员,一边急速加鞭,一边还做着蹬藏动作……

坐着的中川少将纵声大笑。他拍拍身边的狼犬,说了句日语。畜生立即一跳八丈,跃入赛马行列,张开血盆大口,追逐一条白皙大腿……

男性看客们振臂鼓掌,大声喝彩,大喊"圣战万岁!"狂叫"天皇万岁!"

有几个慰安妇已经吓得昏倒在地。

中川等人在激烈的音乐旋律声中开怀狂笑……人若变成兽,就比兽更凶残。

"砰!"忽然从天外飞来一粒子弹,击中中川手里的酒杯,血色琼浆迸溅四洒的同时,弹头却越过中川的右肩,击中了稻田的左胸!

"砰!"从文星楼上传来的这一枪声,几乎与前一声同时震撼了看客们的神经!

前后仅相差两秒钟。

男性看客队伍中有一青年士兵应声而倒，喷射出的鲜血也像红酒一样飞溅四方！

中川愤然而起，转身仰头，对楼上大吼：“你这蠢猪！”

全场哗然大乱了！尤其是那些脸上身上溅了可怕鲜血的女人们，吓得哇哇大叫，鬼哭神嚎，到处乱窜瞎闯，她们钻进了男性们的人缝行间，是寻求保护？还是病急乱投医？也许是动物的本能？

中川气得大发雷霆，一脚踢翻了面前桌子。落地的留声机翻了个跟头，竟然又稳稳站住，唱盘仍在不慌不忙旋转，不过唱出的歌曲有点儿怪腔异调了。

中川看着留声机，心里很不是滋味，觉得它似乎故意嘲弄他。他又狠狠飞去一脚，机头滚到场心，与那颗“圆球”撞击了一下，不动了，然而盘子仍在神经质地左右摆动。他再也无心理它了，返身急急而去。

四十二

场地上接受警告的慰安妇和一个中队的观赏者们都撤离了。一具整尸和几块碎尸一直暴尸到日落黄昏。血色的余晖映照在一双客死异国他乡的无辜者遗体上,像粉红丝纱庇护着这两个惨遭野蛮杀害的苦难者。他们流出的鲜血还没有变色,在余晖的照临下,更加显得鲜红刺目。

一位缩头拱肩的驼背老头拉着辆破板车,蹒跚而来。看不见他的脸面,只见他不时抬起膀肘,用肮脏的袖口擦拭脸部。老人是来收尸的。

韩国既是日本国侵略中国的跳板,又是兵源物资的掠征地。日本法西斯自从用武力征服韩国后,就强行拉丁扩充兵源,所以当时入侵中国的那些日寇部队中有不少就是高丽人。

国虽亡了而民心未泯。这个民族有个伟大的特点,擅于坚忍,能忍常人所不能忍受的苦痛。面孔虽像服从,内心却在烧着熊熊烈火,时刻都在创造、等待时机,对侵略者准备反戈一击。北方的金日成将军,南方的李承晚博士,都受到当时中国的两个党派的大力资助。在日军中凡是有高丽人的各部队里,早就成立了地下革命组织。中川等上层军事人员当然也觉察了一些蛛丝马迹,所以他当然要骂那个楼上的士兵是“蠢猪”了。其实向金正玉透露军情而被打死的那个青年只是地下组织的外围群众。

石桥所一行人回大庙时,其中有五个人是被抬回去的。她们当见到对金正玉施行残酷电刑时,每根神经已经绷拉到最大极限。再目睹五马分尸的惨烈场面,那些原本脆弱的神经能不绷断吗？

和子就是其中之一。

石桥派人去请麻生医官时，他正在医院里为稻田取着弹头。岸信从午后一直待在医院里，借口是视察关心伤员。他听了来人的请求，对麻生说：“子弹取出后，其余就让助手处理。请你快去大庙一趟。”

麻生点点头。

那五个慰安妇经过洋子和严冬梅的一阵折腾抢救后，渐渐都还过魂来。麻生来后，又一一做了诊视，让每人吃了两粒安定片。

天快黑了，来娱乐的家伙已经陆续来到。麻生临走时对石桥说：“我建议，让她们五人今晚就休息一夜吧！”

点头打躬的石桥笑道：“多谢您啦！谨遵医官的吩咐。”

出售入场券时，洋子扣下了那五个人的号牌。石桥见了大发雷霆说：“你真是混球！一晚就歇下五个人，五个啦！如果是一个倒也算了。现在，我们也不能做得厚此薄彼，只好统统不歇了！”

洋子道：“她们还在昏睡之中……”

石桥说：“这有什么关系，又不是谈情说爱，根本不用嘴！”说完，从妻子手里夺下一把号牌，亲自卖起来。

洋子并非不爱钱，也非慈善家，她总觉得这样做有点儿缺德，将来要遭报应。也许她也是个女人，女人和女人的心性总是有点相通互怜的吧？

今晚来享受慰安的是驻守城南的一个中队的部分官兵。

因为电力不够，慰安所各间屋子里均闪烁着昏黄烛光。院内的两棵松树下暗黑无光，挤簇着一群只见身影不见脸面的等候者。

各个号门外已排起了长蛇阵。

二号房内，安定片还在和子体内起着作用。她早已被人脱光了衣服，昏睡在地铺上的毛毯下，不自觉地从事着自身职责。

枝子仍然顶替二十一号。自从烧饭的强妈妈跌落悬崖后，她白天帮洋子忙锅台，夜晚再从事慰安工作。

因为从业人员骤减几个，洋子不得不从突击队员转正为常职人员，她的任务同枝子一样。

昏惨惨的半月,已被高黎贡山遮挡住。夜已深沉了。院内的待娱者已经屈指可数。

二号房内走进一个满脸胡茬儿的老兵,外表看像已过了花甲之年,两鬓斑白,纵横皱纹布满脸膛,右颊留有一道像蜈蚣一样的疤痕。其实他半百尚未达到。他不惑之年未过,就应征到了中国东北。他的双脚从我国东北践踏到华北,再从华南践踏到中南半岛,最后经过滇缅公路践踏到我国滇西腾冲。他虽从军多年,但毫无建树,依然是个普通大兵,他尽管还有幸活到今天,但是姓名早已在军部的花名册上勾除了。其姓名虽不能荣登“靖国神社”,但是他的亲人却对着那一个不分贵贱、难辨真伪、同样都是灰色粉碎骨殖再竖上长生牌位,供奉在木龛里,四时八节烧香叩拜。

老人以前来此娱乐已经两次,购得的号牌均在高位号,这次能有幸买到低位号的自己同胞,心情很是激动,打算用足时间,不再积余一分一秒。

但是,当他跨进门随手关上后,烛光虽然昏暗而又摇曳,还是缺乏掀去毯子细细观赏的勇气,只见对方闭目假寐着。他想,她既然害羞不肯睁眼,我又何必一定要揭去她的“面纱”?他是个老实巴交的农夫出身,虽然行伍多年,当他见到他的那些伙伴野蛮地发泄兽欲时,他虽然浑身骚动难受,此事就是做不来,所以伙伴们都混叫他为太监老儿。就连花钱进慰安所,他也觉得很不自然,娱乐得有些勉勉强强。但是,他毕竟还是肉体凡胎,而且体格健康健壮,每过一段时间,人之大欲还是迫切需要的。

未进门时的浑身热度似乎在缓缓降落。他慌乱地脱光衣服,掀开毛毯扑上去,他也闭上双目,气喘喘工作起来。

几分钟后,他想,既然是自己的同胞,难以见到的异性,何不同她聊上几句?这也不失为是一种享受,还可以缓和心中的激情。所以他鼓足勇气慢慢睁开双目,见对方仍然双眼紧闭,无动于衷,好像死了一样,老人不由疑惑起来,她莫非病了?他停止了动作。

老人俯下身子,凝目细看,不由骇然一惊,沉思瞬间,又摇摇头,不由又大动起来。忽然,他想到了什么,又停歇下来。他心跳加快,喘息粗重,用颤抖的右手扳起对方的左肩,一块蚕豆大的红色胎记骇然跃入眼帘,他的头颅犹如被一个惊雷炸裂,正想抽身时,岂知体内已提前出现了钻心绞肺的痛苦感觉。

老人犹如突然跌入冰窟，浑身骤然哆嗦起来。他艰难地脱离对方，给她盖好毯子，呆呆坐在铺边发着怵，浑浊的老泪簌簌而下。

可怕的几分钟已经过去。老人精神恍惚，疑心是正做噩梦，用手指在"蜈蚣"上掐掐，脸颊还感到疼痛，他不由震悚惶恐，脑子里急剧翻腾起来。他现在急需考虑的是用什么方法赎罪这万恶的几分钟。拔出腰刀，就死在她面前，以自裁求其饶恕？不行！事情准会闹大，并且还会坑害她被误认为杀人凶手。不辞而别，逃之夭夭？也不行！不但受到良心人性的谴责，准会遭到天雷劈打。将她唤醒，说清罪孽的缘由？更不行！我哪里还有脸面再见她？无耻也不能到这步田地。再说，她醒了以后，能经受得住这种奇耻大辱的打击吗？结果只能两人同归于尽，丑事远扬。我死是罪有应得，也活腻了，她却千万死不得，万万不能死啊！

老人想到这儿，一边擦着滂沱的涕泪，一边撑起胆子细看对方。她消瘦了，苍老了，颧骨原来哪有这么高！脸皮哪有如此黄？双唇也毫无血色，头发也变黄变稀少了。如果在路上顶头相撞，我是绝不敢相认的。这数年的不见面，为何就变成另外一个人呢？老人这样想，并非想借故为自己寻找开脱，实在是可怜她的如此巨变。

他擦去泪水，浑身仍然战栗不已，心想，我必须尽快逃离这个罪恶之地。如果她突然苏醒过来，并且还认出是我，事情发展下去就无法收拾。再说，时间也有限，也许所里马上就要清场了，我幸亏是这号的最后一个。

跌入深渊困境的老人终于从无法之中想出一个未见得就圆满的办法。

他从衣袋摸出一包香烟，抽出一支点上火，将其余的烟支尽数装入衣袋，撕展开包装纸，从另一袋里摸出一截铅笔头，吸着烟，望着昏黄的烛光出了一会儿神。

他屈膝蹲地，伏在小凳上，就着摇曳抖索的烛光，吃力地握起笔来……

他一边写，一边流着心酸的泪水，泪水滴落到包装纸上，他也浑然不觉，因为手中的铅笔头确有千钧之重，握得手指颤颤、汗水津津。而形诸字的也非石墨，而是从他心中流淌出来的缕缕鲜血所形成的。

人之悲，大概莫过于对亲人犯下的滔天罪孽，而又无法洗涤赎清如此的深重罪愆。如果选择一死以谢罪，难道做鬼就能心安理得了？话虽如此，老人只能做这种选择了。当然，世上也有极个别依然活着的所谓人仍然活得有滋有味，不愧不怍的，就像禽兽一样。

老人写了满满一张纸,真是话长纸短、书难尽言。他将遗书对折起来,轻轻塞到她的枕下。然后跪在她面前,以手测了她的鼻息,见其依旧呼吸均匀酣睡着,是过于劳累了?还是生了病?老人也顾不得想那么多了,因为时间已经耽搁太久了。他默默呆看了一会儿,脸上的“蜈蚣”抽搐着,他弯下腰,用满是胡茬儿泪水的老脸,轻轻在她凸起的颧骨上亲了两下。

老人站起身,毅然走出门,带好门后,很快就消失在深沉的黑夜里。

大约午夜过后,三口太太和子醒过来了。她感到口渴难耐,睁开双目,见世界一片漆黑,刚想伸手去摸火柴,突然像触了电一样慌忙将右手藏入毛毯里。

在她那昏胀的头脑里,精神依然恍惚,好像眼前就站着能说会道的金正玉。仿佛赤身裸体的女人正躺在她的身边,随着棒子的入出而身子忽儿扑腾忽儿抽搐。突然,眼前再次出现五匹狂奔驰骋的高头骏马……壮实的狼犬又冲上去了……和子惊骇不已,急忙将头脸藏入毛毯里,她喘息、恐惧、战栗。过了许久许久,她才开始意识到下身垫褥上黏腻而冰凉,心中不由骇然一惊,全身犹如落入冰窖了。

当石桥以拐杖擂敲各户号门的时候,和子才从许多奇异骇人的梦幻恶境中返转回来,她发现浑身冷汗淋漓。

早饭以后,有三个小队把脏衣服送来了。按规定,给士兵洗衣是轮番转,每个慰安妇平均每天大约要洗十多套。

听送衣服来的士兵说,稻田少佐昨夜为天皇效忠了。既是“效忠”,英名当然就该荣榜靖国神社,也不会忘记对他追赠一级军衔的。

领衣的慰安妇们听了这消息,人人不寒而栗。

姬顺玉先是不肯领脏衣。石桥往地上丢了两角钱,她笑嘻嘻拾起,这才欣然接受任务。

忽然,大庙内闯进两个如狼似虎的鬼子兵,他们同石桥小声说了几句什么,就挨号挨户翻找起来。最后又窜到后院,把所有的房房屋屋翻捣得狼藉不堪。走时,他们依旧两手空空。

过了不久,事情从洋子嘴里透露出来。据说昨晚来娱乐的阿兵哥,少了一个回营房,不知是遭了坏人暗害还是自己溜号了?

整个上午和子都头昏眼花,她咬牙坚持洗出几套衣服。这些衣服既脏又臭,令人窒息,而且每件内衣褶里均藏匿着小头小脑大腹便便的大白虱,它懒惰不动,尾腹透着殷红,令和子不由毛发倒竖,身上似乎感到奇痒。还有部分内衣内裤上结着血痂、沾有皮屑。和子明白,这些阿兵哥都生了疥疮。

对医药较为先进的日本国来说,灭虱治疥,不费吹灰之力。就眼前的事实而言,充分证明他们的物力财力已经非常匮乏了。“三宅坂”的大人先生们只好视而不见,让那些武士们成为痛苦的宿主。

午饭后,和子感到浑身酸胀疼痛,进屋后想躺铺上先喘息一会儿。她想起垫褥实在污秽,就揭了它,当她把褥子从枕下抽出时,忽见带出一张折叠着的“富士”香烟壳,她感到奇怪,坐到铺上捡起它,展开烟纸,不由大吃一惊。接着,她惶惶悚悚,迫不及待往下流视,越读越害怕,越读越颤抖……心跳得几乎要迸出胸膛,呼吸急促得像回光返照前的样子。她不相信自己的眼睛,唯恐又是产生的幻觉,又从头看起。看到最后,她还是不敢相信这是真的。她再从头读起……不知读了多少遍,她终于不能再读了。

她脑子里顿时出现一片空白,无所思无所想,既不激动也不悲伤,没有痛苦也没有泪水。她呆呆地看着从手上滑落到地上的那张纸,目光凝滞,神情呆痴,像一尊泥塑木雕的半身像。

忽然,她的臀下出现了潮湿,并且慢慢洇扩着范围。她还是端坐不动,看着烟纸。

严冬梅推门而入,笑问道:“三口太太,我头有点疼,你可有阿司匹林片?”

她不理睬。冬梅又问了一遍,她才茫然抬起头,两眼白痴痴地瞪着来人,好像从来没有见过她。冬梅很感惊讶,同时又闻到一股骚味。冬梅发现她的目光似乎又转向那张烟纸了,她感到奇怪,不由弯腰捡起来。她不识日文,文中虽夹有不少汉字,她听秋菊说过,读音根本不同。她又看看和子,见她的目光仍呆滞在那个原先放烟纸的地上。

严冬梅骇然了。她想一定发生了什么可怕的事情,她揣起烟纸,急急奔进秋菊房内。

黄秋菊粗粗一看,不由心跳气急,泪水簌簌而落,她一边抹着泪水,一边又从头细看起来。立在一边的冬梅急得连连跺脚,忍不住怒骂道:“你这烂东西,为什么不读出声来?”其实,读出声来她也听不懂。

黄秋菊拿着烟纸,努力使自己心情平静了一会儿,这才对冬梅泣说道:“梅姐,我把这封遗书，直接翻译成汉文念给你听，不过，你不能先哭，否则我就译不下去了。”

莫名其妙的严冬梅点点头。

下面，就是黄秋菊尊重原文一字不差不添翻译过来的汉文——

吾女如面：

数年未写家书，事出有因。汝夫三口四郎数年前与愚同在支那晋西作战，不幸以身效忠天皇。愚知汝夫妇情深意笃，为使汝生活有望，故乘战乱之机将身份牌证与其对调。汝还有一双儿女之希望，恳托看在他们身上，含冤忍辱涂炭蒙垢而苟活下去。

今晚人道以后，惊悉愚已变成衣冠禽兽。愚只能用早升天国赎其罪孽而向吾女以示自惩于万一。当汝见此遗言之时，罪父已用热血为苦女雪洗奇耻大辱矣。汝是无辜受害，愚罪不容诛。

泣血恳求切勿轻生。匆匆。维盼。

再者：此书见后即焚。

愚字

昭和十九年三月

秋菊译完时，只见冬梅以手捂着口，满脸泪水纵横了。

秋菊将烟纸揣入衣袋，急切说道：“梅姐，我们快去，以防她出事！”

冬梅抹着泪水摇摇头。她现在明白了和子为什么变成那样，她哽咽道：“她如果能大哭大闹，能知道寻死觅活反而是件好事。可是，她现在好像什么都不知道了。”

秋菊不由打个寒噤。

冬梅和秋菊跨进和子房里时，见她的好友幸子在这儿。幸子当然不知道发生了什么意外事故，总以为她劳累过度了。冬梅她们不敢把事情挑明，因为遗书上有“见后即焚”。

冬梅又闻到了骚腥味，仔细一看，发现她裤子尿湿了。她和秋菊忍着悲痛，含着泪水，为她换上干净床单，退下潮湿裤子，穿上干净裤衩。幸子也帮着把她扶到铺上躺下,盖上毛毯。

在这一连串的摆弄中,和子始终像个木偶,随遇而安,听之任之,毫无生理反应。

冬梅对幸子说:“看情况,她病得不轻,你速去为她请个假,她今晚无论如何不能工作了。”

幸子走后,和子似乎有眼无珠地看着她们小声议论什么。她们说了几句话,石桥的拐杖进门了。

石桥蹲下来左看右看,看不出什么名堂,又以手摸摸她的额头和胸脯,站起说道:“不寒不热,心跳也很正常。”

严冬梅道:“她当然有病。你若不信,看看她的脸色,再细看她的眼神。”

他只好尊重冬梅的意见,目视和子脸上好久,忽然笑起来。

秋菊喝道:“人已变成这样了,亏你还笑得出来!”

石桥不跟秋菊计较,他又笑了笑说:“我比你们清楚,她来支那主要原因是找丈夫的,几年未曾找到,准是害上相思病了。”

冬梅和秋菊气得噎住气了,浑身直发抖。

石桥又笑道:“依我看,这就是她的不是了。天下男人都是一个样,只要天天有得受用就行。”

秋菊挺胸而上,脱口而出:“放你妈的屁!”

所有人都怔住了,包括骂人的自己。

石桥转身就走。他不想为这点儿小事再同华妇们纠缠起来,还是敬而远之的好。

看来,和子这晚是不可能得到恩典了,她必须继续工作下去。现在的和子,已经完全达到“三宅坂”大人先生们的心愿了,真正变成了“第三类军需品”。既然是军需品,她就和子弹食品一样,岂能有生命的迹象?

地球在我们肉眼中是很大,但是在整个宇宙中又变得非常渺小,就因其“渺小”,所以常让社会上一些不该见面的人见了面,不该发生联系的人鬼使神差地发生了联系。比如在日军部队里,那些会说话的“军需品”就曾在铺上无意中招待了自己丈夫,号房里顿时出现了三分惊喜七分悲哀,也有事情过后才惊骇发现,对象竟然是自己的嫡亲妹妹,兄妹俩痛不欲生,忽听轰隆一声巨响,男女血肉飞出号房之外。他们只能选择这种自我惩罚,向神灵和列祖列宗赎罪了。至于在和子身上发生的事,其父自知罪大恶极,难逃天雷惩罚,已经跳崖自杀了。和子见了遗书后,就应该想开些,恶已得到恶报,与你何干?事后竟然受了一张纸的迷惑,变得非人非鬼,造成如此严重后果,不怪她自己,还能怪罪谁呢?或者我们有理由谴责地球,你为什么不再大些呢?

地球不因为遭到愚昧谴责而迟缓公转,一晃之间,就急转到了立夏站点。一九四四年是双闰年,公历多一天,农历闰四月,无论阴历闰何月,按公历计算还是相对稳定的。五月五号交过立夏后,滇西渐渐炎热起来。

这一年的五月,是中国抗战转向反攻、转向胜利的里程碑。

五月初,蒋介石在重庆召开了高级军事会议,商讨、制定中国远征军收复滇西要镇的战略计划和军事部署。

远征军的组建为,司令长官卫立煌,陆军二级上将,辖两个集团军。第十一集团军,总指挥是陆军中将宋希濂(因首战失误,改为黄杰继任),配制有第七十一军、第二军、第八军,兵力为十五万人,攻击对象是日军的第五十六师团,收复的要地是松山和龙陵。第二十集团军,总指挥是陆军中将霍揆彰,配制有第五十三军、第六十四军、第六军,总兵力为十万人,任务是从日军第一〇六师团中夺回腾冲。两个集团军的兵力,与日军的比率均为十比一左右。战后方知,如此的兵力比例,远征军战前还是过于乐观轻敌了。

怒江上的两座大桥均被日寇提前炸毁了,所以第二十集团军到五月上旬末开到怒江东岸,面对汹涌澎湃、翻腾咆哮的浑浊江水,不由胆战心寒。“军人死都不怕,难道还受阻于江水?”总指挥霍揆彰说,又命令道:“天黑前一定要渡过怒江!”

第六十四军的一个先锋营首先登筏渡江。

有几艘刚驶出几米远,皮筏就根本不由人控制了,它们在翻滚的江水上急速打转,上下颠簸,左右摇摆,像骑在一匹发怒撒野的马背上,颠得驭手前俯后仰头晕眼花翻肠倒肚……前蹄猛地高高腾空,终于把驭手掀翻下去。几只皮筏忽地在怒吼的江面上翻了个跟头,士兵一个不见了,空筏急速向下游奔腾而去,有两只撞擦到悬崖棱角上,虽听不到声响,立时就失去踪影。

许多当官的默默无声,慢慢放下望远镜。

第六十四军五十七师少将师长雷剑雄,中等个子,圆团脸,戴着圈纹不多的近视眼镜。他原是该师的四十八旅少将旅长。该师师长余程万在一九四三年十二月初因失守常德被军政部撤职降职，其缺由四十八旅旅长升任。雷师长思考了一会儿，对站在前面的霍总指挥用浓重的苏北口音说："总座，卑职有个设想，是否从全军里选出百十个水性极好的士兵，在每人腰上系一根绳头，请他们先泅渡过去。成功的，令他们把绳子扎在西岸突兀的悬崖上，不成功的，再拉他们回来。"

霍将军几乎没有考虑，立即下令照办。

到黄昏时分，最后一批二百多艘气筏，拉着粗壮结实的绳索顺利过了撒野的怒江。

岂知到十九日霍部大军在马面关中了第一〇六师团的埋伏。此处悬崖峡谷，无法转被动为主动，结果伤亡了三万多人。事后据查，缅甸派遣军总部破译了远征军密码。

五月二十五日，霍部在斋公房战役中再遭惨败。第五十三军是主攻部队，第一一六师几乎全体为国捐躯。

远征军司令长官卫立煌电令："立即停止攻击，占据有利地形，坚守待命。"

滇西战役刚刚拉开序幕，就出师不利，由此可以预见到后面的仗要打到何种惨烈地步！

我军士兵并非都是孬种，也有许多血性男儿。各级指挥将领，哪能都是不学无术的草莽出身？霍揆彰是战功累累的宿将，宋希濂在豫南把日寇第二军打得焦头烂额。

在滇西为何连连失手？首先，日寇占有绝对优势的地理条件，筑有绝对坚固的立体工事；第二，日寇火力配备齐全，轻重武器精良，下有坦克上有飞机，而我军当时只有轻武器，许多重型武器无法过江；第三，在许多血的事实面前，我们也不得不承认，日寇的军事素质与我军相比确实将比将高，兵比兵高。比如说，抗战初期在河南，汤恩伯中央军的一个师竟然被日寇的一个大队（营）击败！尽管日军一个大队的兵员编制是中国军一个营的双倍，也不能不令中国人感到寒心，感到耻辱。好在整个八年抗战史上，仅此一次。后来就造成板垣的第五机械化师团骄狂冒进，孤军深入，在台儿庄遭到李宗仁将军的当头一棒。李将军用日寇的污血豪迈地写出了一句话：中国只有一个汤恩伯！诚然，后来的汤恩伯用数次的血与火为自己争回了一点儿面子。

六月初，第十一集团军的第八军攻击松山失败。

十七日，钟彬的第七十一军的八十七师，在友军的配合下，第二次攻击龙陵。经过数天的浴血奋战，伤亡大半，终于夺得龙陵，捷报频传，世界各报纸电台予以争相报道，为中国人欢呼叫好。蒋介石大为欣慰，终于啃下了一块骨头。

岂知驻潞西的日寇第二师团连夜奔袭救援。第八十七师因严重减员，后续部队又没有立即上来，第二天就被日寇赶出龙陵。

龙陵要镇得而复失。师长张绍勋自知罪不容诛，以自杀向众多阵亡将士谢罪了(因子弹偏离心脏一公分，谢罪未遂，后升任中将军长)。第十一集团军总指挥宋希濂将军受到委员长一顿训斥，由黄杰将军替换下来。

至此，中国远征军的滇西战役进入低谷，各部接到的都是同一个命令：坚守待命。

六月三十日，怒江上的惠人桥被万名工兵抢修成功。七月一日，惠通桥也通车了。一双姐妹桥上不分白天黑夜，人马滚滚，辎重滔滔，向滇西络绎不绝疯狂扑去。

在大桥的两端，不知什么时候从什么地方忽然拥出许多观赏的男女老百姓，穿着奇装异服的姑娘们，戴着雪亮的银首饰，笑脸像朵朵盛开的鲜花。她们箪食壶浆，恭迎我师。那些血气方刚的小伙子们，见前面出现了若干排成队的姑娘，个个精神抖擞起来，挺起胸膛，迈着大步，谁也不想经过“检阅台”时丢人现眼，被“众将官”瞧不起。当他们雄赳赳走到姑娘们眼前，很多姑娘双手捧着茶碗、酒碗、各式水果……生龙活虎的小伙子们，哪里还要喝上一口玉液琼浆？只要碰碰碗(碗被姑娘们双手端着)心就醉了。虽留恋那“碗”，脚下又不能放慢，更不能停下。他们只好咬起牙，横下心，甩开膀子，迈起大步，向前方急急赶去。他们心里都出现一个同样想法：奶奶的，就冲着她们，我们也该打个大胜仗！

七月二日，腾冲城的东门外，飞凤山阵地被远征军第六军攻克。虽然代价沉重，毕竟为滇西战役打了第一个漂亮仗，对其他兄弟部队以极大鼓舞。

许多曾摸过姑娘们手的小伙子实现了昨天的心愿，不少躺在母亲大地怀抱里的年轻人还不肯闭上双目，因为他们觉得在短暂的一生中只摸了一次异性的手……

七月二十八日，腾冲城的北郊，来凤山阵地被远征军第六十四军收复。此山高二百米，但是站在山顶能鸟瞰腾冲城内全貌。

远征军司令部对两集团军下达了速战速决的命令，最高军事委员会也来了指令，命令将战斗结束在七八月份，因为滇西的八九月份是多雨季节。

速战速决，谈何容易！在几次较量中，日寇根本没有伤筋动骨，伤亡人数也仅仅是我军的十分之一，那些挖空心思、固若金汤的防御工事还没用上。

那些身在重庆有权下达命令的人们只能凭借地图和别人介绍了解一点滇西的地形地貌，如果能身临其境，实地踏勘一下，也会瞠目结舌的。兵贵神速，谁人不知？

当然，打仗不能拖沓，不能给敌人以喘息机会，更不能给敌方留足时间，让他们从容地调兵遣将、增补物资。司令长官卫立煌将军将自己的几点要求深思熟虑后，立即口授电文，向军委会发报，其中最主要的是“要求史迪威将军的空军支援，并由卫直接指挥。要求增拨若干重山炮，由各军使用。还有火焰喷射器……”

盘踞腾冲的第一〇六师团长中川清健少将，占据松山和龙陵的第五十六师团长松山裕三中将，也都紧张起来。他们也预感到这次支那军的来势凶猛、声势浩大。他们分别召开了军事会议，研究战术，向天皇玉照表了决心。他们决心把以上三点组成的犄角之势变成三颗既长又粗的钉子，牢牢钉死在三角地带，永远塞住支那的这条决定生死存亡的咽喉之道。

四十三

八月七日，蒋委员长向新闻界宣布，刚刚组建的驻缅远征军已经由昆明向印北空运。

远征军的总指挥是盟军的史迪威将军，副总指挥是郑洞国上将。原驻印北的新三十八师，再加空运来的新三十师和新五十师，组建为新一军，孙立人中将任军长。空运来的新十四师、新二十二师和新五十八师归建于新六军，由廖耀湘中将任军长。

穿着士兵服戴钢盔帽的史迪威将军，高高个子，脸膛瘦削，双目深蓝。他手握马鞭，信步走着，检阅眼前由他用西点军校教义和美式操练方式训练出来的全部美式装备的新型部队，忽儿用马鞭敲敲一个士兵的胸，胸膛凸挺了，忽儿击击一个士兵的腿，双腿笔直了……他面带微笑，蓝眼中现出威严和慈祥，像父亲在审视即将远离膝下的儿子一样。他忽然挥舞马鞭，高兴地大叫："OK，OK……"

这些第一次出国门的中国士兵在训练中也学了几个英语单词，他们也不由得随便大笑大叫起来，冲着将军大喊："OK，OK！"

检阅场上失去了中国传统的威严与整肃。

接着是各种兵器的检阅，汤姆卡宾枪、各种口径的轻重机枪、多种用途的各式大炮，许多战车、坦克……简直是一片滚滚而来的钢铁洪流，武装到牙齿的天兵。忽然，低空中又缓缓飞来一组组运输机、轰炸机、歼击机。眼前的事实证明，日寇有的东西他们都有了，而且比他们的还要精良，日寇还没有的玩意儿他们已先用上了。

此时的场地上不再听到嬉笑声,小伙子们个个神情庄重,人人表情严肃,他们都对那些猎猎迎风印着汉字的军旗,行着注目礼。

这两个军满员满额,甚至严重超编。连队就配备有各种现代化的通信设备,各营就有机枪连,各团就有炮兵营,各师就有坦克旅,各军就拥有多种飞机。

这两个军,后来在缅甸战场上果然不负众望,打得日军心颤胆寒、丢盔弃甲。他们纵横驰骋,坚无不摧,向南打到仰光、曼德勒,往回打到密支那、腊戍。后来在国门口芒友与滇西远征军胜利会师。这是后话。

事实有力证明了,当天时地利以后,决定战争胜负的主要因素不再是制造各种杀人武器的人了。人,还是黄皮肤的龙的传人,在国内为什么打得那样艰苦,伤亡一般都是敌人的几倍,甚至十几倍!“人海战术”的战略思想,看来也仅仅是一种伟大的理论而已。

卫立煌的报告已得到军委会批准。史迪威在给卫将军的回答中,只用了一个单词“OK”。

中国抗战史上如果少了约瑟夫·W·史迪威将军,就缺了重要一页。

史氏和出生于安徽舒城的孙立人将军,还有时任美国五角大楼参谋总长的马歇尔将军,同为美国西点军校的同窗好友。罗斯福总统很器重他。中国抗战爆发后,他就受总统委托,来华参与策谋了。在整个抗战过程中,二十多亿美元的物资都是经过他手由美国总统批给的。当中国尚存的唯一的国际通道滇缅公路受到日寇威胁时,他以盟军司令官的身份组建了由中、英、缅组成的远征军。由于英军作战消极,望风而逃,致使远征军惨遭失败,中国失去滇缅公路和滇西国土。他在转战缅北退向印北的途中,险些喂了食人蚁,又得下了肝胃二病。滇缅公路失去后,将军为了不让中国被日寇困死,向罗斯福要了大批空运飞机,把大量积压在印度的各种物资通过“驼峰”航线运到中国各个战场。接着又全力修筑印滇公路,在昆明训练五个师的新军。到一九四四年八月,再次组建指挥第二次驻缅远征军。他在中国几年,一直对蒋介石的独裁看不顺眼,所以两者之间早就产生了龃龉,最终导致到水火不相容的地步。那是因为山姆大叔想充当世界宪兵,要中国政府交出所有兵力,交给史氏在东南亚指挥。在中国,军权和政权是连体的双胞胎。蒋介石岂能为了博得国际领袖的空头衔而愚蠢地葬送自己的军权？所以双方就闹翻了脸，实质是两个大国的愿望无法得到统一。美国总统的特使赫尔利来华调解无效，罗斯福只好接受特使的建议，召回了史迪威。史迪威在家休息半年，罗氏连任了下届总统，又委任他为美国本土陆军总司令。他是一位无福消受清闲的人，到一九四五年六月，总统又同意他去南太平洋任第十集团军总司令。他领着他的战士，一直打到日本本土。九月二日，他很荣幸地出席了在美舰“密苏里”号上的受降仪式。由于长期劳累和得不到时间治疗，他的胃病发展成为胃癌。弥留之际，他向副总统提出唯一的使人不解的要求是想获得一枚“战斗步兵纪念章”。五角大楼满足了他的愿望。一九四六年九月二十八日中午，这位平凡而又伟大的美国四星上将在昏迷中停止了那睿智的思想，享年六十三岁。

史迪威将部分空军的指挥权交给卫立煌后，日寇盘踞的三点犄角就遭到了大劫大难，受到美机轮番的狂轰滥炸。此时的日军已失去了制空权。

一九四四年八月初还发生了一件险情。日本国的战争狂人们秘密研制了九千只高空携弹气球，偷偷去袭击美国的旧金山，想把该城变为一片火海和废墟，目的想以此遏制盟军向日本本土的节节推进。

原因起于一九四四年初，日本自身发动的这场丧失人性的罪恶战争开始滑坡，手中的石头很可能就要砸到自己头上。在朝野上下一片哗然声中，罪魁祸首东条英机下野，小矶国昭上台组织内阁。他想挽救日本国的覆灭，所以批准了气象博士荒川秀俊的气球攻击计划。

庞大气球超高空飞行到美国领土上空，能自动下降，吊篮里装有大量的烈性炸药和许多固体汽油燃烧弹，一只吊篮里的携带物就能毁灭一座中小城市，何况源源不绝的九千只！美国局部地区和少数居民已遭到空前劫难。但这一消息美国政府做了绝对封锁。

面对连绵不断的魔鬼施放的死亡气球，美国空军少校哈根做了死亡尝试。他带领他的英雄们用飞机在高空搅动气流，飞机再慢慢向大海方向引导，气球于是尾随飞机改变航向。哈根少校竟然成功了！他冒着生命危险，挽救了若干生命和财产！

与此同时，美国军方也找到了死亡气球的制造场和施放地。同年十二月底，空军趁黑夜偷袭日本四国岛海边气球基地，一举成功。小矶首相手上这根救命稻草顷刻化为灰烬了。

却说中川已将城外人马召回城内。他在英国领事馆地下室的军事会议上叫嚣道："前期我们已经利用城外有利地形杀得支那军人仰马翻，现在应该收回五指，攥成一只钢铁拳头，凭借坚固的城墙，再给支那军致命的一击。街市上的各种工事暂时用不到，但必须严密保护，以防奸细破坏。"

藏重大佐和刚升任为第三五七联队长的太田少佐带头鼓起掌来。

中川大叫道："支那军要想得到腾冲城，不付出十万二十万的生命代价，是决不能得逞的。退一万步说，他们即使拿到本城，也只能是一片瓦砾废墟了。"

下面又是鼓掌……

中川摆摆手，又说道："我现在宣布，各部队的文职人员、杂勤人员和轻伤员，一律去防守城内工事，战斗人员全部登城杀敌，炊事工作由那些女人来完成！"

有少数人小声议论起来……

大庙中的女人们，自从昨日上午出现美机的轰炸以来，除了姬顺玉同和子，人人惊恐不安。许多人都串起门来，好朋友凑在一块议论、猜测，互相安慰着。

木子和樱子走到后院石桥夫妇住室的门外，木子敲起门来。

洋子散着头发，让丈夫试着给她打髻，已经绕扎好几次了，就是不太像。听到有人来了，洋子慌忙打松了长发。石桥开了门。

樱子笑道："大白天关起门来，两人想做好事？"说着，目光凝视洋子的散发。

木子气愤说："到什么时候了，你们还在寻欢作乐！"

洋子红着脸道："反正闲着没事干，就作为消遣吧。"

木子觉得洋子真是个骚狐狸精，不理她了。她转身对石桥道："石桥君，我们几个都是爱国会的成员。你去跟中川说说，让我们也去战场出点儿力吧！"她的丈夫是战死在我东三省的，所以她怀着复仇心理，应召到中国来为"圣战"做皮肉贡献。

石桥心想你们统统走光才好哩，又想了想，说道："你们有自己的岗位呀。假如有人立了功，要犒劳他怎么办呢？"

樱子道："何必一定要在庙里当着如来面？哪里不好慰安解渴？"

洋子笑道："樱子小姐说得对，像猫儿狗儿，屋顶墙脚还不是照样做？"

前院庑屋严冬梅的房内，四个华女讨论目前的事实，情绪极不稳定，开始时兴高采烈满心喜悦，讲讲说说，又忧心忡忡、愁眉不展了。

忽然，门外闪过像幽灵一样的和子，秋菊立即出门把她拉进来。

和子看着她们四个人，冬梅叫她坐下，她就坐下了。

小无锡说：“和子姐，真是好人。”

甜水妹说：“可怜，好人得不到好报。”

谁说话，和子两眼就白痴痴看着谁，眨也不眨。

秋菊从衣袋里掏出那张烟纸遗书，见和子仍然视而不见，无动于衷，不禁泣声问道：“梅姐，这纸怎么处理呢？”

“尊重老人的遗愿，烧掉吧。”冬梅说。

“不。我想还是悄悄收着好，日后也许能派上用场。”秋菊又将烟纸揣入衣袋。

冬梅叹息一声：“不过，这张纸千万不能落入他们人手中，否则和子就没命了，也包括你我在内。”

秋菊点点头：“我懂。”

冬梅说：“我真想不通。这老人做过事后，不写遗言多好。要死自己去死好了，为什么要害他女儿呢？”

秋菊想了想说：“他是个老实人，偷偷去死了，觉得灵魂永远不得安息，阎王爷也不会饶他，好像是有心的了。再说，他无论如何想不到如此后果。”

冬梅又说：“或者，他只写上半部内容，下面省去，岂不也好？”

甜水妹道：“在昏暗的烛光下，他肯定看走了眼。既然来过了，如果不写出来，不是明摆着说谎？”

小无锡说：“不告诉伊丈夫早就死了，怕伊要永远思念下去。老人又于心不忍。”

她们的交谈，和子充耳不闻，脸上无丝毫反应，还是同刚才一样，谁开口，就看着谁。

严冬梅拿来自己的湿毛巾，替和子擦擦脸上的污垢。她像听话的孩子一样，随人摆弄。

和子的好友幸子急急找来了。她进门就说：“我见樱子她们又不在房里，把我急死了。原来她在这儿！这我就放心了。”

秋菊听出话中有弦外之音，不由问道：“樱子她们欺侮她？”

幸子流下泪来，泣道：“她们怀疑她故意装呆装傻。昨天趁我不在的时候，叫她把裤子脱了，用木鱼棒塞进去，还问她快活不快活。”

秋菊愤然站起，怒骂道：“简直是魔鬼！”

世上巧事也真多，秋菊刚骂出口，樱子她们请命回来时正好走到她门口，樱子驻足笑问：“这儿谁是魔鬼呀？”

严冬梅霍然站起，声色俱厉说：“你！”

屋内另外两个姑娘也呼地立起了。

木子看着四个咬牙切齿的华人，拉着樱子说：“我们不要理她们。她们是秋天的蚂蚱，神气不了几天了。”

樱子边走边发狠：“我今晚就去将军那儿，告你们想造反！”

秋菊跨出门外，大声道：“你此刻就去告，大不了是个死！你扒扒耳朵，也给我听听！”

轰隆轰隆的爆炸声，连续不断冲击着人们的耳膜。

忽然，有十个日寇如狼似虎闯进大庙，把所有人吆到前院。为头的叉开两条腿，大声道：“将军有令，所里不论男女任何人，什么东西不准带，速去文星楼广场集合！”

石桥笑笑说：“在下腿不便……”

小头目眼睛一瞪：“你敢违抗命令？”

佐藤和海部以目询问传令人。

小头目阴险一笑：“你们也不例外。”

除了两个日寇留下看守各路佛爷外，余下八个押着一队人马，浩浩荡荡开向集结地了。

这就是执行中川在会议上宣布的战略计划。日籍妇女还有六人，每人带一个外籍妇女，去各小队帮助烧饭做杂务，闲下来还得帮助运送弹药。四个华妇加两个韩妇，与日妇正好配成六组，其余就随意安排了。

一个少尉指着佐藤和海部说：“你们二位，都参加我部第一线作战。”

小胡子海部急说道：“我不是普通士兵，我是接受宪兵和特高课的双重领导的。”少尉笑道：“师团长早就明白了，所以才请海部君去第一线的！”

樱子和严冬梅被人领走了。

和子同黄秋菊也走了。和子的神经自从被刺刀戳伤后，死事还是会做的，像算盘珠子本身不会动，也不会计算思维，需要人拨动才是。

石桥的助手是姬顺玉，他有点像哑巴吃黄连，想想，觉得还是不开口的好，也许还是个好对象哩！

黄秋菊同和子被一个日军领着，通过铁栅栏门口两人岗哨，绕过迎门的三丛郁郁青青的黄芽垛，踏进了小洋房。洋房一排五间上下两层，既不见人影，也听不到声音，秋菊不由纳闷。她们经过厅堂时，见宽宽的楼梯口又站着两个鬼子，她已明白了几分。她们又走了几步远，见到一个侧门，出了此门，就是后院。院内还种着一些花木。院子三面是高高的砖墙，上面拉着带铁蒺藜的铁丝网。在侧门的右边，有三间平房一道门，外间是炊事室，有煤炭灶煤油炉，锅碗铲勺一应俱全。中间是储藏室，大米白面、罐头蔬菜……样样都有。最里一间搁着两张铁架床，床上的草席脏得发了臭，被子黑得已不见布色了。

如果把侧门从里面一闩，内外就是截然不同的天地了。

工作了两三天后，秋菊掌握了在这里用餐的正常人数，一般每顿是九人，有时多几个，有时还少两个。究竟哪些人在这儿用餐，她还没有见过面。每顿饭是按钟点准时送到楼下西屋餐厅，然后悄然退出，侧门又由勤杂兵关上。

第四天午餐前，她对桌上的小闹钟看了一眼，不由惊慌起来，一焖锅马肉迟送了两分钟。当她放下焖锅转身出门时，忽听东室内脚步声杂沓，她连忙走出侧门。她望着一丛玫瑰想，我来来去去，从未见过东室内有人办公，眼眨之间是从哪冒出来的？忽儿她大悟了，这儿有地下室！这里警戒森严，个个都神秘兮兮，她断定第一〇六师团的司令部就设在下面。

严冬梅和樱子同为一个小队烧饭。一个小队满编是七十人左右，现在已剩四十多人了。大锅饭好烧，技术性不高，况且每日只两顿。樱子经常偷懒，把重活都推给冬梅；她却去工事里与那些士兵鬼混，撩逗他们的激情，据说这是精神慰安。许多男人围着她说说动动手可以，但不准来真格的，否则就犯纪了。

冬梅宁愿多吃点苦，也不愿去调情卖俏。于是两个搭档各得其所，倒也相安无事。

一个星期后的夜晚，黄秋菊已经钻进早已经过洗涤的被子里，想着其他姐妹，一时难以入睡。忽然，仿佛听到床后那扇小铁窗上发出轻微的笃笃声。此声若有若无，有时又被远处的爆炸声淹没殆尽。

犯疑的秋菊心跳得怦怦响。她只好撑起胆披上衣，轻轻走到窗前，颤声问：“谁？”

窗外声：“姑娘别怕，是我老婆子，求你开一下门，我有话要对你说。”

听声音是像一个老妪，秋菊迟疑了。她是如何进入后院的，找我又为何事？噢，大概想要点儿吃的东西。秋菊蹑手蹑脚开了门，将一碗剩饭端给她。

昏暗的烛光下，老妪佝偻着腰，穿着补丁摞补丁的青布大襟褂子，头上扎着一道道的肮脏头布，脸上皱纹纵横，倒也慈眉善目。她见陌生姑娘如此慷慨，笑笑道：“姑娘，这不是我的来意，进门再细谈。”

第二天即八月十三日。西方怕“十三”，中国怕“十四”，其实这种非吉利的说法都毫无科学根据。不过，这天黄昏时分，黄秋菊确实有点儿害怕黑暗的来临，但是内心深处又盼望它早点儿来到。

不管你欢喜还是厌恶的黑暗还是按时降临人间了。秋菊隐伏在厨房门口，借助惨淡的月光，双目凝视着墙外那棵紧挨着砖墙的树干。过了一会儿，只见树干上出现一个黑影，“黑影”将墙上一段事先剪断的铁丝网移到一边，从墙头轻轻跳到地上。

老妪肩背绳索和铁爪锚，穿过花丛走进厨房，她问道：“你怕不怕？”

秋菊违心地摇摇头，其实心就要从嘴里跳出了。

老妪又问：“你都准备好了？”

秋菊紧张得说不出话，又是点点头。

老妪走出屋，仰头看看，放了一段绳子抓在手，将那铁爪锚在手中荡了几下，突然一松手，铁爪锚就牢牢扒住楼顶上排水沟的沿边了。她试了试，就像猿猴一样攀上去了，上面不见人影，下面留着绳头。

秋菊从屋里拎出一小桶火油。铁皮桶外面包着几层衣服，她将绳头在桶把上扎牢，晃动了几下绳子。一会儿，油桶就慢慢升空了。

绳头又下来了，秋菊把她用的草席和棉被捆了上去。

秋菊做好这一切后，就遵照老人的交代，先回屋内歇着。当听到夜袭的飞机来到时，她该带着和子立即远离房屋，先躲到花园尽头，等她来帮助她们一起逃走。

秋菊与和子同床而眠，她哪里睡得着？双耳在捕捉天籁福音。刚过了一会儿，忽听有人敲厨房门。根据敲门气势,她猜到是勤杂兵了。

勤杂兵立在门外,对她说:“你稍稍准备一下,中川将军需要你去一下。”

秋菊僵住了,脑子一声嗡响,像被打了闷棍。

勤杂兵说:“请你快点儿,我在侧门内等你。”

秋菊不由寒战起来。她想到数年前被这禽兽践踏贞操之夜,想到华兰妞母子的惨死,想到夏小荷被折磨得胎死腹中,想到宗小花被残忍杀害,想到小上海,想到金正玉……她不由勇敢起来,心想,只要今天你这畜生能飞上天,我垫进一条命也值了。她转而一想,万一飞机不来呢?万一击不中他的狗命呢?我不如乘他熟睡之后杀了他!我逃走后,再让他被炸得碎尸万段。

黄秋菊打算豁出去了,所以胆也就大起来了。她穿上干净衣裳,洗了脸搽了香,将厨刀插进腰里,转身看看和子,见她睡着了,她出了厨房,随勤杂兵上了楼。

楼上也是五扇大门,中川的寝室在最东面。

秋菊敲门,得到允许进去后,见中川已脱了外衣,倚在床头看一份什么报纸。

秋菊转过身,先脱去上衣,顺便将武器包入衣内放好,再脱下面外裤,强笑着向中川缓缓走去。

中川见她立在床前了,这才放下报纸,热情地笑道:“快上来,别着了凉。”

狼犬坐在一边地毯上,看了看,又闭目养神了。

中川摸着她的乳房,忽然问:“你心怎么跳得这么厉害?”

秋菊笑道:“将军今天突然又想起我了,我的心情能不激动紧张吗?”

中川笑笑说:“你说得也是。因为我这人不好色,所以,连这次我才召了你三次吧?”

秋菊撇撇嘴说:“你遇上好的,当然就把我忘在脑后了。”

他的手摸向她的小腹,在那儿滞留了一会儿。中川不由喟然一叹,说:“真是岁月不饶人啊!你这儿也不如当初平坦光滑了。”

秋菊在他怀里撒娇道:“花好月圆就那么一瞬间,谁叫你当初不珍惜的?”她像初次登台演戏的角儿,已经熬过了紧张阶段。

“今天就珍惜,我要大大地珍惜一番。”他说着,就扯去了她的红色裤衩。

秋菊在被里躲闪着,好像在同他捉迷藏。她想拖延时间,以防到要命关头他溜到地下去。到那时,就不好缠住他了。哪怕几秒钟,也许就能成功。

她抓住他那不老实的魔爪，笑问道："你说句实话，拿我同樱子相比，哪个更好？"

他在她脸上亲了一下："当然你好。"

"为什么？"笑得那么迷人。

"你让我怎么说呢？"确实，他的大脑神经几天来被繁忙的军务搞得头昏脑涨，焦头烂额，故而想趁今晚难得有暇找个女子来消遣消遣。他从分配名单上得知，支那黄秋菊就在他身边。他想到"剖生瓜"的那夜她的那种可怜相，不由激发起他的兴趣来。他觉得她现在变得会卖弄风骚了。

"怎么想，就怎么说。"秋菊仍不放过他。

"好好好，我说。不过你要放开我的手。"他吮吸了一下乳头："女人当然越年轻越漂亮越好。在这点上，樱子不如你。不过，一百个年轻漂亮的女子，真正享用起来，其中的乐趣还是有区别的。比如你们支那皇帝天天用的御膳，偌大的桌上摆了百十样美味佳肴，你若只认定一盘吃，那就倒胃了。支那有句俗语：'君子淡尝滋味'，很含哲理，值得借鉴。男人享用女人也应该遵循这个道理。真正美食家，只是轮着把每只盘碟品尝一下，只有这样才能品玩出每只盘里的货色，非但色香不同，其味也大不一样啊！你说，我的看法如何？"

"见解精辟！你是个名副其实的美食家。"然而，她心里却骂他是个地地道道的色情狂。

中川听到她的称赞，热血沸腾，兴奋不已，趁秋菊不注意，猛然翻到她的上面。

楼顶上的老妪侧身细听，望眼欲穿。她已将准备工作做好只要飞机一到，就可倒油行动了。她在焦急中又摸摸腰间火柴。

楼里卧室内的中川已经汗流浃背，气喘吁吁，仰面躺在铺上像只死猪。秋菊仍在对他温存，献着殷勤。

中川歇了一会儿，挥挥手说："你去吧。"

"不。我就睡在你怀里。"

过了瞬间，中川又说："明晚再来吧。"

"明晚你又想不到我了，我就搂着你睡。"

"不行。你给我快走！"中川翻脸了。

秋菊假意挤出两点泪水，只好极不情愿地下了床。

她在穿裤衩时，突然产生一个想法，何不就趁这时把他砍死呢？但她又怕力气敌不过他，还有那只凶猛的狼狗。又转念想到，算了，等他被炸死吧。飞机为什么还不来？难道不来了？她就带着惶惶惊恐的矛盾心情走去穿外衣了。

由于心慌手颤，取衣服时，衣服一提，当的一声响，厨刀落地了。

中川惊讶起来，见是厨刀，恐怖得惊跳起来，去桌上拿手枪袋。

秋菊吓昏了瞬间，立即拾起厨刀奔向中川……

狼犬猛地跳起，一口咬住握刀的右腕。

中川放下枪袋，看着几乎裸体的秋菊狞笑。他走到门外，大吼："来人！"

楼梯口走来一个站岗的，把秋菊押下楼。

中川的睡意被吓跑了，他穿上睡衣和他的爱犬走下来。

黄秋菊双臂向上，被悬在楼前的汽车库里。

中川倚在汽车上，手里握着皮鞭，狂叫着："说，是受谁的指使？"

秋菊闭口不说，耳畔好像出现细微的嗡嗡声。她怀疑自己耳鸣了。

中川抽了一鞭，从她的右肩到胸至腹立时皮开肉绽、鲜血淋漓。

嗡嗡声渐渐大了。她内心惊喜起来，接着又后悔不已，是自己把事情搞糟了。她苦思冥想着……

又是一声怒吼，再是一鞭！

飞机响声到了头顶。楼上灯光全熄了。

秋菊忽然哀求道："你要我说可以，你让我进楼里去。"

中川喝问："为什么？"

秋菊道："在外面我怕。"

中川奸笑道："你死都不怕！又想要什么花招？"

秋菊发现楼顶上出现亮光，她又急又恨，转过脸，克制自己不去看，以防被中川看出来。

中川是后背对着库外的，所以看不到楼顶，他又连续甩了两鞭子。

秋菊倔强不已，厉声道："不进屋，打死我也不说！"

中川咆哮起来："你先说，为什么想杀死我？"

急急从楼里跑出来的岸信听到了，但是并不明白为什么事。他递给中川一张电报纸，报告道："密支那今天失守了。河边将军说援兵尚在调遣，令我们务必坚守到十月。”

中川嗯了一声，瞪了他一眼，责怪他报告不分场合。

楼顶火光大作了。中川转过身，见火光中闪过一个人影，他大喊大吼：“给我打死他！”

岸信立即掏出手枪，砰砰两发，黄秋菊胸口的鲜血喷溅到中川脸上。

中川转身大骂：“八格！”顺手给岸信一个耳光：“我说的是楼顶那个人！”

岸信捂着脸：“卑职以为指的她。”

就在这时，一架飞机回过身来，对着火光连连投下三颗重磅炸弹。

犹如山崩地裂，洋楼被炸塌了，其中一颗穿透厅堂地面，砸进地下室才爆炸开来。

地下室的行军床上，还躺着因劳累过度的一四八联队长藏重康美大佐，还有其他几个低级尉佐和电讯人员。

中川不寒而栗，呆呆看着冲天火光，肥胖的脸上抽搐着……

人死后若真有魂灵的话，黄秋菊的魂灵一定不肯马上散去。她仍在悔恨不已，由于自己的惊慌失措，致使魔鬼成了漏网之鱼，莫非天意？她也感到非常遗憾，炸毁第一〇六师团指挥部，她出了一点儿力，但是没能亲眼看见它轰然倒下！

只有三口和子死时毫无痛苦，她是在睡梦中突然葬身楼房砖下的。

滇西远征军指挥所对敌监听台几分钟前忽然发现腾冲日军电台中断，监听员惊喜不已，估计敌人指挥部已被美机炸毁。他们不敢抢先报告、轻率相信，以防像龙陵那样得而复失。他们一直监听到天明、第二天中午，果然一直是哑巴。这一惊喜消息，立即通过电台转告了第二十集团军指挥部。

霍揆彰将军得悉后，立即召集紧急军事会议。

四十四

老妪昨晚在楼顶上放火，见火已成势，立即从原路下到地面，奔到北墙根找了一圈，不见人影，又入厨房见和子一人躺着，她想溜到楼前去看看，忽听两声枪响，有人骂"八格"，心想不会在前面，又急急奔向厨房。这时大楼爆炸了，三间下屋当即就被高墙扑倒。

她虽老态龙钟，却健步如飞。一会儿工夫，她又蹿上城头，又到外面城脚放起火来。

飞机上虽带有照明弹，但寻找目标时哪有下面直指的明了？当两架飞机发现地面出现了指点火光，就轮番对火光下蛋。高耸坚固的城墙终于又被炸出一道豁口。十几个日寇立即赶来架起两挺机枪，以防中国军队拥进。

老妪自发做地面指挥已经不是第一次。她白天放烟，夜晚放火，然后溜之大吉。几天后，她终于被日寇逮住了。日寇在毒打审问时，忽然发现她竟是个男身。太田少佐令四个鬼子用刺刀把他高高挑起来，摔到城外墙脚下。

事后滇西的百姓众说纷纭。有人说他是军统特务，有人说是共产党派来的，还有人说他曾是杀富济贫的绿林好汉，也有人说他是滇剧武生名角，会飞檐走壁……不管哪种说法，都不排斥他是位机智勇敢、连姓名都未留下的一个中国人。

当时，美军在高空得到地面有效指点的何止是他一位孤胆英雄！有当地玩命的百姓，有昼伏夜出的道士僧人，还有不知从何处潜来的两位女大学生……他（她）们用自己的胆识甚至生命，为最后粉碎日本法西斯的黄粱美梦，做了力所能及的贡献，尽管连个空洞的姓名都未留给后人……

日寇缅甸派遣军司令官河边正三中将两天来已与腾冲联系不上，料到第一〇六师团部已遭到厄运，但他决不相信腾冲失守，所以令一架飞机冒雨从曼德勒起飞，为其送去两部电台，还有药品、弹药等极重要的物资。

晴天空运怕遭美机拦截，雨天又必须冒天气危险，所以中川收到物品后非常感动，加上前夜逢凶化吉，认为天不灭他。半小时后，他就急急向仰光发去一份誓死效忠天皇的电报。

大雨从印度洋上下到了滇西战场。云散雨止，就是骄阳酷暑。刚晒了半天，暴风骤雨又再次降临。忽雨忽晴，时冷时热，周而复始……

还在八月初，美机两个大队在卫立煌将军的指挥下，对腾冲和松山进行轮番大轰炸。第二十集团军趁势包围了腾冲城，只有西门故意放松。西门外有尖高山和太平江，中川即使逃窜出去，也易于被歼灭。这不是受了好处的法官"网开一面"。数日后，美机把腾冲城墙炸得体无完肤，加上各种山炮的多日轰击，城墙创伤累累，出现一千五百多个豁口，真正能用的只有五十八个缺口。但是，日寇一见出现险情，立即以武士道的精神疯狂堵围。远征军一见机会来临，蜂拥而上。所以在每道较大缺口的里里外外，双方的尸体已堆积如山。当然城外堆子明显要比城内高大得多。双方的指挥官都清楚，这是硬拼硬杀的消耗战。

雨过天晴，烈日炙烤着双方尸体。人死后无须半天时间就开始变质，肚皮高过头脸，七窍向外渗着黄水，肚腹迸裂的扑哧声此起彼伏。红头绿蝇满天飞，嗡嗡声不绝于耳，蛆虫到处爬。腾冲城内外的空气恶臭熏人，令人不敢呼吸而又不得不呼吸。天一黑，山间的许多食腐野兽倾巢而出，它们在争食、打斗、嗥叫，到处闪烁着荧荧绿光。经过它们光顾的尸体，第二天被太阳一暴晒，再经过大雨一冲刷，可坑苦了众多的远征军。攻城部队本来就处于低势，而又必须屈身在战壕里。敌方居高临下。你若想冒出头，忽然就飞来一颗子弹，日寇的枪法又极准。战壕变成了蓄水库，而又无处排泄。两天下来，战壕里黑色的雨水尸水就达到士兵的膝盖，许多人干脆脱了上衣，连长裤都剥了。这时谁还顾及军容。远征军本来就条件差卫生差，许多人都生虱生疥疮，身上原本就被抓烂了，现在再经雨水尸水一浸泡，双腿都粗大起来，破皮的地方溃烂了，苍蝇随人转，感染得淌水化脓。他们穿的都是草鞋，不像鬼子是皮鞋胶底鞋，经过泥里水中一跋涉，脚上什么也没有了。有脚气的，现在个个脚趾烂得红通通，也肥粗起来。有人觉得脐眼生痒，低头一扒看，原来是一撮小白蛆在溃烂的凹坑里啃噬，错把活人也当死人了。

许多体质差的发起了寒热。到夜晚时，气温骤然下降到冰点，这里本来就"一山分四季，十里不同天"。不少人患上了疟疾，有人在濒临死亡时感到太冤，不由凄惨地偷偷哭泣起来，死前利用回光返照的一瞬之机，提尽精神惨叫出："我死得不服！"

卫立煌将军见到下面的报告，不由顿生恻隐之情。拿破仑曾说："不爱士兵的将军不是好将军"。将军立即如实电告最高军事当局。

军令部的回电是：将军受命于外，自行衡量裁决。电文拟得像外交辞令。

将军的原方案是先集中优势兵力，啃下松山这块大骨头。这是敌军犄角支点，如果松山一攻克，首先就对被围困的两点敌军造成心理上的极大压力和恐慌。可是，飞机轮番炸大炮连夜轰，对那些筑在山上的暗堡仍然无可奈何。钟彬的第七十一军成营成团的士兵仰卧在山腰山麓。后来又换上李弥的第八军，松山敌阵仍旧岿然不动。盘踞松山暗堡里的日寇，仅仅是第五十六师团的一个守备队，一千二百多人，指挥是金光惠次郎少佐。

现在围腾部队连连告急，许多士兵纷纷请战，甚至写血书，激烈要求去同日寇拼个鱼死网破。就是死，也要死得像个人样！加之，松山这块坚硬的骨头确实也把远征军的牙啃酸啃疼了。卫立煌将军深思熟虑后，立即下令第二十集团军对腾冲城发起总攻。

第六军、第五十三军、第六十四军分别负责攻打东、南、北门。哪个军先攻入城内，奖赏现大洋二十万元。

双方激战苦战、浴血奋战到第八个昼夜，北门雷师长的五十七师残部踏着众多弟兄们的遗体，终于从北门的一段城墙缺口杀了进去。先头部队火速肃清守门的日寇，打开厚实的城门，其他两个师像闪电一样冲进城内。

遗憾！雷部沿街道突进到八十米处突然成片成阵倒下去了，后续部队也被上中下的交叉火力封锁住。活着的士兵只好借助牺牲弟兄的尸体做遮掩，子弹密如飞蝗，逼得入城者谁也不能抬起头。

那些倒在腾冲焦泥血土上的无名英雄们，如果后代人把他们贬低得是为得到奖赏的银圆，肯定他的狗命不如钱值钱。多数殉国者都来自社会的最底层，他们尽管贫穷而愚昧，但是让生命攻入枪林弹雨比入虎口拔牙还要危险千万倍，还是清楚明白的。所以不少勇士们临阵时都剥光了上身，平时就是有点钱财积蓄也不要了，只要枪弹、利刃和手雷，光着脚冲出血水壕沟，去迎接死神的挑战！

第六十四军突然受阻后，立即向总部报告。

霍揆彰将军沉吟一会儿，觉得不能死拼蛮干，步钟彬后尘。我军伤亡的比率太高了，几乎五十比一。如果其他两军也做了突破，使日寇首尾难顾之时，再令他们发起街市攻击不为下策。所以，他报告卫将军后，命令部队："原地坚守巩固，决不准后退半步。违令者军法严办！"

第五十七师一面用炮火机枪掩护，一面构筑简易工事。天黑了，各部队当街而睡，严禁灯火，又派两个营轮流值夜班。又命令要多找些生姜辣子带上防止瞌睡，人人瞪大眼睛。一会儿工夫，又淅淅沥沥下起雨来。

中川的指挥部已改设在"亚美"洋行内。此洋行虽没有英人的洋楼宽敞坚固，但比起中国的那些矮小老式的屋子还是相对结实牢固的，并且离文星楼也不远。

守卫北门的大队长是肥田大尉。中川见到他的熊相，既气又火。气他丢尽了皇军的脸面，火他竟然丢失了北门，对他嘴巴左右开弓出了一阵气。但是丹田气源之所仍然源源不绝生产着火气，直向胸口拱动。他只好舞起指挥刀，亲手把他一劈为二了。

中川倚躺在洋行留下的沙发上，闭目沉思了好久，决定还是先不向仰光报告，今夜组织逆袭队，务必把北门夺回来。

组织逆袭队是日寇最拿手最疯狂的反攻战术，当官的逼着那些退下阵来的怕死士兵再抖擞军人的勇气，用大和民族的武士精神，去用自杀性的疯狂攻击来补救自己对军魂造成的耻辱，同时也就能重新夺得战斗目标。参战的士兵都知道，这犹如用肉包子打狗，总是有去无回的。即使你恬不知耻想苟活下来，转身而回时，迎接你的便是机枪。所以逆袭队的战斗力和疯狂性就可想而知了。

一个大队满员五百至六百人，而肥田大队本来就减员，再经过几天拼杀，现在退下的不足一百人了。这支逆袭队派谁去指挥呢？中川不由得慎重考虑起来。

思考成熟的中川站起身，对副官岸信说："你下令各部队，命所有慰安妇均撤回大庙。再选一小队，帮助杀马十四，让回阵的士兵吃饱喝足，每人再去大庙娱乐一小时。"他等岸信将"撤妇"和"杀马"的两道命令发出后，又回坐到沙发上，对站立一旁的岸信笑笑说："岸信君，你是一位很有文化知识的人，但是军事素质还比较薄弱。我思之再三，还是把这次机会送给你吧，因为你我是至交。军人的胆识和气魄，只有通过战场实践才能锻炼出来。所以我希望你能利用这次机会，在为天皇效力的同时提高自身的军事素质。你还年轻，为天皇为自己，也该去立功建勋，为国家、为民族、为祖宗去努力奋斗吧！"

"哈依！"岸信双腿一并，大声答道。

中川站起来，庄重说道："师团部命令：岸信少佐和海部大尉，同为这次逆袭队的正副指挥！"过了几秒钟，中川又说："你也吃饱喝足，去娱乐一小时，时间也可以适当延长些。"

"哈依！"岸信现在只能"哈依哈依"了。

十四活马瞬间就被那些嗜血成性的日寇杀倒剥好了，因为杀马总比杀人顺手容易得多。用刽子手来杀马这就等于用牛刀杀鸡了。血淋淋红兮兮的马肉，吊在火堆上吱吱作响，散发着刺鼻冲脑的肉香味。迫不及待的那些家伙已大啃大嚼起来。

岸信迁浦少佐一人独坐一边阴影里。有个士兵不知出于关心还是巴结，用刺刀割来一大块马肉送给他，他笑笑说："谢谢，我不饿。"接着就做起呕来。

浪人小胡海部大嚼大咽着。他想，中川要对我要阴谋搞报复，是死是活，现在还很难说。即使去死了，做鬼也要落个饱肚。死是为天皇而死，为圣战而战，死得其所，无上荣光。如果我托天皇洪福，既夺了城门而又活下来呢……海部笑了起来。

外面虽然下着小雨，岸信还是带着他的人马排了队，报了数，向大庙奔跑而去。

大庙内外站着不少手握钢枪这次无福参加娱乐的日寇，前殿、大殿和两边庑屋的走廊上均点着熊熊燃烧的火把，把整个大庙照耀得如同白昼。那些吃饱了的日寇推推搡搡、吵吵嚷嚷拥到大院的松树下。大庙里顿时热闹得像东方人的赶集过年、西方人的狂欢节一样。

现在所里的"工作"人员连洋子都算上也不足二十人了，何况在此之前樱子又被人领走了。

岸信同石桥耳语了几句。

石桥烟瘾来了，浑身难受，只得提起精神大叫道："请阿兵哥们静一静，听我宣布：今天不收钱，只发号牌。这是我所对勇士们的特别慰安、热忱鼓励……”岸信用眼色制止了他的无限吹嘘。

石桥按照岸信说的国籍和模样，将二十六号牌交给了他。

岸信推门入室，令睡在铺上的严冬梅不由又惊又喜又悲哀。

岸信屈膝坐到“榻榻米”上，肘搁膝，手捧头，默默不语。

冬梅知道他和麻生一样都是难见到的好人。几年里，他没有来过慰安所。今天突然见到他了，从实情说，内心还是惊喜的。但是她们刚才被招到大庙后，发现秋菊和和子没有回来，不知她们出了什么事，岸信来，正好问问他。

她见岸信还不宽带解衣，又不好催促他，不由鼓起勇气问道：“岸信少佐，我想跟你打听两个人……”

“我就为这事来的。”岸信低声说。

“照这样说，你知道她们在哪儿了？”

“对。”岸信优柔了一会儿，终于决定了，于是就把十三日晚上从他听到中川审问秋菊“你为什么想杀我”起，原原本本告诉了冬梅。

严冬梅使劲咬着的手指已经流出血，脸上哭成泪人了。

岸信最后说：“是黄姑娘无意使我免遭罹难，而我反而又亲手杀了她。在我手上已欠下你们中国人的两笔血债了。请你宽恕我，理解我的无能为力，只能如此。”

冬梅哽咽道：“我们看得清楚，你当时枪杀宗小花，是为了让她少受折磨。黄秋菊是死定了的人，你那时的决断，我非但不怪罪你，反而要感谢你，免得她像金正玉那样……”她勉强说完这句话，忙用线毯把大张的嘴使劲捂住。

岸信双手仍抱着头，说：“黄姑娘是个女英雄。楼顶之火，定然与她有关，但是另一个人是谁呢？既然想炸楼了，黄姑娘为什么又要去杀中川？她怎么进得了楼？这些疑问，我思之再三，还是弄不明白。”

冬梅情绪略为稳定了一点儿，将线毯掀开一角，唏嘘道：“岸信少佐，你还是抓紧时间……”

岸信头也不回说：“严姑娘，不，我不能。我已经是戴罪之身了，岂可再来蹂躏你们？我身体是健康健全的，但我的忍性和毅力也是坚强的。”

严冬梅哽咽道：“是我愿意的。”

岸信说：“这不是菩提树下，更不是花前月下。”

他站起身说:“这是你我的最后一次见面。恳切希望你们好好活下去。我该去了,该去偿还血债了。”说完,就夺门而逃。

严冬梅不由又肠断魂销、椎心泣血起来。

跟着进屋的是左臂用绷带吊在脖上的家伙。

玩弄二十四号甜水妹的鬼子,已经失去左耳郭,用纱布胶布贴着,还肿着半边脸,头发长得像刺猬,似人更像鬼。畜生骑在她身上,用锋利的刺刀在她乳房上来回荡磨着,阴鸷的目光含着杀机,奸笑道:“你的肯是不肯?”

闭着双目的甜水妹还是不开口。

乳房上的皮肉是很娇嫩的,刀片在上面荡砺了瞬间,白皮就成了红皮,像刮痧一样,皮下充血愈来愈严重,已经见到密密麻麻的细小血珠向皮外慢慢渗出了。

日寇进慰安所娱乐时,若在平时相对安全时候,按规定是不准带刀枪弹药入室的,必须留在军营内。眼前正值非常时期,任何时候都有遇到敌方的可能,照规定务必要携带枪械,以便应付突发敌情。所以这些临死之前来享受此生最后一次娱乐的日寇应该带着的各种杀人武器,身上一样不缺。当然娱乐的时候都已原形毕露了。

在刺刀三番五次的淫威迫逼下,甜水妹只能点点头了。他让她爬起来,又令她趴下去,把臀部高高撅起来……畜生如了愿。

手脚着地的甜水妹无声流着泪,慢慢睁开眼。她见到那堆人皮上悬有六颗手雷,她似乎受不住猛然撞击,渐渐向前移。她臀后的畜生早已闭上眼,正忘天忘地想着什么。她腾出一手试了试,可以够着了……

二十二号房内的姬顺玉裸体躺在铺上,脸上笑嘻嘻。她好像忘记自己的本职工作,只顾沾唾液数烂票。满脸横肉的畜生想到今晚是今生的最后一次享用女人,决心好好下一番功夫。忽然他眼前又出现了血肉横飞的惨烈场面,与他要好的几个同乡都被炸得脑浆迸裂、肝肠见天……忽儿又联想到自己几小时后即将热血喷涌,再也见不到明天的红太阳了……恐惧得浑身疲软下来。

畜生发怵了两分钟,他喝令姬顺玉张开嘴。她笑笑向他伸出手说:“拿钱来。”他抓出一把钱摔到她脸上。她高兴不已,一边捡钱,一边将口张开来。

在院落中或走廊上等待的日寇,有的亲吻着妻子或情人的一绺头发或一截指甲,有的说着女人滋味,有的捧着小佛虔诚祷告,有的对着全家福流泪,还有少数人在互诉衷肠，抹着泪水，多数的都默默无声，铁青着脸，像陷入痛苦的思考或回忆。是否在回忆计算这短暂的一生做了哪些好事，又做了哪些坏事？是否在总结自己为天皇效命曾否达到“肝脑涂地”？是否在想家乡想亲人？有人掏出铅笔纸头，是否想给家人再写最后一封宽慰的平安信？

松树脚下，有两个士兵对坐着。两人均将自己的长枪口顶着对方的下颌骨上，四目对视，四手战栗……

在这同一时间，“亚美”洋行里也有一男一女的四目怵怵相对着。

桌上没有罐头牛肉了，只有红烧马肉，两杯血色葡萄酒静静立在各人面前。桌上除酒肉而外，还有一摞洁白毛巾和压在上面的指挥刀。狼犬也默默地坐在主人腿边。

中川内心想，支那女子太可怕了，还是我们大和民族的女人温良恭谦。想到“天不灭他”的那个晚上，虽说是逢场作戏，但对樱子那句评价太不公正了。如此一想，对多年的老情人不由深感抱愧，他悄悄抹下左手上蓝宝石钻戒，笑道：“樱子小姐，请把左手伸过来。”

她的双眼立即发出异样光彩。

她陶醉在手指上闪闪烁烁的蓝色光芒里……连感谢之语都不知道说了。

中川笑道：“它是你的了，以后有的是时间，再慢慢细看吧！来，先把这杯干了！”

酒干后，樱子摸着白毛巾，笑道：“我知道，这是将军三爱中的一爱。到今天为止，红玫瑰究竟盛开了多少朵？”

中川愉快地竖起食指，说：“一大一小。”

樱子皱眉猜测着。

中川笑道：“来，唱段小曲助助兴如何？”

樱子想了想，问：“唱目前国内最流行的？”

“那就更好啦！”中川斟起酒来。

樱子要唱的是当时在日本国内广为流传的一首名叫《九段坂》的歌曲。歌中描绘了一位老态龙钟的老母，双手捧着阵亡儿子荣获的金鸱奖章，千里迢迢，跋山涉水，徒步蹒跚在冰天雪地中，来到九段坂的靖国神社，为儿子的在天之灵进行祷告祭拜。

樱子喝了一口酒站起身,边拍手起舞边唱道:

我从札幌来到九段坂,
心情急切,有路难辨。
手扶拐杖,冒着风雪,整整走了十天。
来看望你——我的儿啊!
高耸入云的大门引向金碧辉煌的神社,
儿啊,你已升天为神。
行将就木的老母,
为你高兴。
泪流满面,香烟缭绕,
我见到儿子化身。

樱子唱曲结束时,见中川脸上气色难看,腮肌战栗着抽搐着……

她不由浑身悚然,大气也不敢出了。

樱子唱曲时,大庙中二十三号小无锡已接待第二个人。进来的曾是宗小花见过两次面的大胡子福地。他现在的模样变得令人恐怖了,双目布满血丝,蹙着蒜头式的鼻尖,龇着两颗尖尖犬齿。他屈膝弯腰观赏着“西洋景”,大概眼睛看累了,充血更加严重了。他抬起头,说出结结巴巴的汉语:“你的,叫我丈夫!”看来,不但他的妹妹良子还未出嫁就已“失踪”,他也没有赶上结婚就要与世“沙拉攸攸”了,他不甘心升到天国还是一条光棍。

小无锡自然不肯把自己降低为畜生。

枪管在她的两腿之间缩短了两三寸,狰狞的面孔嘿嘿冷笑道:“你的不喊,我的开枪。”

也许,在可怜可恶的福地脑海里正显现出胞妹良子,此时在某地也正受着别人惨无人道蹂躏的煎熬……

闭着目的小无锡咬紧牙,忍受着刺骨钻心的冰凉。她脑子里闪现出兰妞姐、小花姐……众多惨遭折磨致死的姐妹群像。

畜生见她过于执拗倔强，不由大怒，拿出一只手雷，塞在膣口，咆哮道："你叫是不叫?"

小无锡根本没有听到畜生的嗥叫，因为她的精神世界又回到了童年，阴毒的后妈把她扳倒在地上，正将一根长长的锈钉朝她体内顶塞进去……

岸信迁浦自从告别了严冬梅以后，就一直伫立在山门外凝视着远方的黑暗。他的左臂朝庙门，他面前的远方那是何方何地呢?

他左转了九十度，忽见山门上的对联似乎刚贴上的。其实他来时就有了，只是没有看到。这是石桥遵从中川搞的鼓动宣传，总想以此激励他们去创造奇迹。他见对联写的是："龙腾溪水做鬼风流，虎跃山冈作古千秋"，横批是"狂欢伊甸园"。他冷冷一笑，心里不由骂道："胡说八道，无耻之尤!"接着他又转向原来方向。

他此时的心情极其错综复杂，头脑中塞满一堆"剪不断，理还乱"的乱麻。凉风扑击他的脸面，镜片模糊了；雨水打湿他的军帽，头顶清凉了。过了好一会儿，他从自身所学专业想到祖国历史，又想到祖国与华夏的千丝万缕无法割断的血亲关系。

据日本史书记载，公元一世纪初，当大倭称号改为大和时，大和国就接受了东汉王朝的册封。当时的中国正是刘秀重振汉祚之时。到公元四七八年，大和王统一日本，特地遣派使臣去中国金陵向刘宋王朝的顺帝称臣。中国这时正处于南北朝分裂时期。公元五八九年，隋文帝杨坚统一中国，天下大治。日本圣德太子决心仿效中国革新，五九三年他派使节去中国学习。就在这年，他接受隋文帝旨意，把大王称号改为天皇，全称叫天照日残大神。到公元六四六年，孝德天皇非常钦羡李世民的"贞观"之治，决心仿照唐朝的"租庸调"制在全国全面推行改新。因为这年日本年号为"大化"，所以历史上称为"大化改新"。从唐朝的贞观开元年间起，一衣带水的两国友好往来更加频繁密切了。吉备真备带回中国汉字，还有许多生活方式。阿倍仲麻吕与李白、王维等人的挚交，鉴真大和尚六次东渡……

岸信又想到第二个内容。阴险狠毒的中川一直怀疑我对天皇的忠心，要我先去为天皇尽忠，当然义不容辞。我们的圣战已经陷入死胡同。帝国高高举在头顶的石块，本想砸往别人头上的，岂知反而砸伤了自己。帝国经此严重打击，从此一蹶不振了，何时才能从东方这块土地上再次崛起呢?他心中像突然注进了一桶铅水……

严冬梅自岸信离开后，止不住的泪水像流不尽的泉眼一样潸然汩汩，枕头被浸湿了半边。来者是谁，她全然不察了。她想到，明晨两位姑娘向她打听起秋菊来，还是忍痛说谎的好，就说她们忙得不能回大庙来。如果樱子知道了和子的遭遇，秋菊的惨死就瞒不住了。她接过岸信提出的三个疑点，又反复推理起来。

身上换了军服、佩着“大尉”军衔的小胡海部走了进来，严冬梅见了不由暗吃一惊。海部笑得露出了两颗金牙，说：“梅姑娘，你没有想到吧？”

严冬梅忽地闭上眼睛。

海部解着武装，说道：“我明天受犒赏时还来你身边，欢迎不欢迎？”

严冬梅不开口。

海部的兴致顿消，皱起眉。日军中流传着一种愚昧说法，战前摸摸女人身子，讨个女人“口封”，上了战场不但不会挂彩，还能打个胜仗。他刚才大嚼马肉时忽然想到，我为什么不能把坏事变成好事呢？这既是我效忠天皇的职责，也是我晋升军衔的机会。机会难得，我岂能失之交臂！只要我们百十人，拧成一股绳攥成一只拳，对支那人出其不意地狠狠捅上一刀，北门就没有夺不回来的道理。这么一想，心中豁然开朗了，大吃大嚼以后，踌躇满志地进军大庙，兴高采烈地来“摸女讨封”了。

可是，遇到的竟是不识抬举的支那女！

他本想捧上自己的衣服改换到同胞屋里去，他再慎重一想，不行，岂不是我认输了、退却了、投降了？这是耻辱！她竟敢如此蔑视皇军。

哐当！指挥刀猛然出了鞘。海部压坐在冬梅的股骨上，将寒光闪烁的刀刃斜搁在她的右乳房的上部。海部凶相毕露，杀气腾腾，咆哮道：“给我喊‘皇军必胜！支那必败！’”

严冬梅睁开眼，看看刀片上的银白反光，嘴角展现一丝讥笑又把双目闭上了。

海部大怒了，又喝问一声。

严冬梅把头在枕上摇了摇。

赫然震怒的海部，将锋利的刀刃在她胸腹狠狠划了一道斜线，从她右乳上部到左乳下部立时出现一条鲜红的口子。眼眨之间，鲜血又顺着切口从胸流向腹，再淋淋漓漓跌落到床席上。

按理说，海部对她还是熟悉了解的。令石桥写所谓保证书，逼石桥向山东嫂遗体下跪，三番五次为姐妹们硬请例假，对樱子等人针锋相对……他都耳闻目睹。不过他认为，没有一个女子面对死亡而不颤抖的，何况她还年轻。能否征服她的倔强，直接关系到今夜的逆袭成败。一个弱女子都对付不了，还奢望什么建功立勋、创造奇迹?！海部如此一想，怒火不由二度中烧，恶毒地朝她两股之间瞥一眼，阴险笑问：

“你喊是不喊?”

她已横下一条心了。中国人的皮肉也是长在骨头上的，岂能做个无耻的软蛋！所以毅然说道：“我就是不喊！”

丧心病狂、灭绝人性的海部突然提起两片褐色皮肉，用刀尖猛地一挑，将血淋淋的皮肉捏在手指上，肆虐地露出金牙：“你若不喊，就把它吃了！”

严冬梅看了一眼，强忍着凌逼和耻辱，紧紧闭上了嘴。她宁愿横遭皮肉的摧残与凌辱甚至因此送命，也不肯通过自己的口让鬼子得到吉利“口封”。于是，二十六号房里的一人一鬼又较起劲来……

三号木子屋内。脉脉的温情里，包含着几多哀戚期望。她对每一个进来的阿兵哥都机械地说着两句心里话，开始是：“请来尽情娱乐吧！”结束告别时：“祝你成功，多多拜托啦！”她多么希望他们能从她体内得到更多的勇猛和坚韧、更多的疯狂和武士精神！从她的“口封”中得到无穷无尽的信念和回天之术的必胜！

忽然，从其他一些号房里传出女人们的哭泣声、号呼声、惨叫声……几个菲律宾和韩国女人突然光着身逃出门外，她们边逃命边凄厉叫喊着……洋子也夺门奔出来，她的两股间滴着鲜血……等待的鬼子们精神大振，一边流着涎水，一边疯狂大笑，像饿虎见到羸羊、老鹰见到小鸡呼地扑了上去。

石桥正在自己卧室里发着毒瘾，将额头在床腿上连连撞击，见疼痛还是不能替代痛苦，忽地擦燃一根火柴，将左手的小指放在火苗上炙烤……

突然，从二十三号房里响起惊天动地的爆炸声，门都炸飞了，几乎与此同时，松树下也发出两声听起来像三八步枪声。

大庙里大乱了，像火把塞进了马蜂窝、开水倒进了蚁穴一样……

小无锡被炸得血肉横飞、魂飞天外了……两名逆袭队员自杀身死……立在门外的岸信大吃一惊，立即奔入院内，大声命令：“严禁兽性发泄！谁置军令不顾，格杀勿论！”

在少佐指挥刀的震慑下,大庙内的秩序勉强恢复起来。

中川把逆袭的时间选定在凌晨三点整。

逆袭队员的额上都扎着一条寸半宽的白布条,在印堂上方,均用咬破的无名指画了一块圆圆的印迹,像即将入土的血色残阳。他们在少佐和大尉的率领下,个个举着马刀,冒着淅淅沥沥的雨水,像一股幽灵悄悄慢慢向中国远征军的防守阵地摸去……

第一〇六师团长中川清健,不像他的前任淞浦淳六郎那样骄横而愚蠢,他布置这次逆袭偷袭的军事行动时,心中的全盘计划只向岸信说了一半。他除了命令驻守立体防御工事中的守军瞪大眼睛不准放过一只苍蝇而外,自己还亲自带了一个背着防毒面具的大队悄悄隐伏在工事暗处。如果逆袭队出奇制胜了,他的大队就是后续部队,火速扑上去,一鼓作气,把支那军统统赶出北门,倘若遇到顽强阻击,毒气弹的大大使用。如其逆袭队横遭惨败,一要防那些懦夫们的溃逃,二要防支那军的乘胜追击,这时他的大队就成了狙击队。不管逆袭队是胜是败,他率领的人马都是重任在肩的。中川确实是个不同凡响的战场指挥者。

守下半夜的正是雷师长的一个营。他见这晚阴雨绵绵,不敢掉以轻心,他裹着军毯,就睡在城门洞里的弹药箱上。

他的防守战士个个都把眼睛瞪得大大的。心血来潮时,不是嚼口生姜就是咬点辣子。

三点十分时,雷师长发现前面杀声骤起、火光冲天,心想果然不出我所料!

只耽搁了三分钟时间,其余两个预备营也冲上去了。

虽然天黑,双方厮杀起来也容易辨认,额上有无白箍就是最明显的标志。来犯者都疯狂挥舞着马刀,像切瓜砍树一样,如入无人之境。有不少亡命之徒右手砍着,左手拉开腰间所有手雷的弦盖,冲入对方人员最密集的地方,随着火光与巨响,远征军倒下一大片。身负重伤的蛮勇之夫,一边叨念着“天皇万岁”,一边窥测时机,当远征军的旋风临近时,忍着肌体剧痛,也拉响了手雷……

漫长的十分钟后,雷师长发现战场形势不妙,立即用步话机命令他的一一二团火速出击!

腾冲城内的北门下,黑暗已被倏起骤灭的火光代替,火光中鲜血飞溅。刺刀、马刀和手雷是战争绞肉机上面发挥效率最高的两个部件,何为浴血奋战?何为白热化的拼杀？在腾冲的北门下，找到了最有力的说明！

岸信拄刀立在一根电线杆后，注视搅杀得难分难解的战场！他不是怕死不参战，他是逆袭队的总指挥，必须要指挥、督战到最后。

他冷冰冰地凝视眼前敌我双方成群成阵地倒下了，他觉得这是毫无意义的消耗战，照此拼杀到整个支那战场去太可怕了。支那有四亿五千万人，日本人口还不足支那的四分之一。由此他猛然想起那次亲身历险的恐怖遭遇。

他们到达腾冲的两个月后，因迟迟不见南方方面军兑现承诺的另两个联队，师团长就修书一封，令岸信专程回国，请求前外相广田弘毅找找门路，再顺便将稻田少佐的遗灰送给他的亲人。

岸信回到东京，大公事办完后，就去遥远乡下办小公事了。

岂知他刚踏进这个偏僻的荷叶村，立刻就被众多中青年妇女包围住了，还有不少姑娘站在外围窃窃私语。他在疑惑惊恐中被众人拥入稻田家。稻田妻惠子年轻姣美，她低声劝走许多邻妇后回身拉上门，她听了岸信的介绍，泪如雨下。惠子突然跪到岸信面前，哀求丈夫的袍泽看在死者的情面上，出于体恤怜悯对她做一次安抚，也好为夫君延续一支香火。岸信吓得瞠目结舌，只好转过身去。当他站起要逃离此屋时，惠子已脱得一丝不挂，毅然抱住他的双腿。岸信陷入同情与不义的两难之中。后来在惠子近乎疯狂的逼迫下，只得违心而又匆匆敷衍了她的渴求。事后，惠子依伏在他因羞愧悔恨而急剧跳动的心口上说，她们村里妇人都成了寡妇，姑娘也找不到夫家；村里有个傻子，尽管不懂人道，全村女性仍像众星拱月一样喂养他供奉他。虽然他已形销骨立，女人们还是为其争风吃醋，常常闹得互打互骂，甚至还动刀子。岸信听了她的叙述，喟叹不已。他想尽快远离这里，急忙穿衣时，几个一直躲在屋外窥视窃听的健妇立即破门闯入，夺走了他的全副衣裤和眼镜……

到当晚用餐时，有人送来了鸡汤，送来了乳猪肉，还有的竟带来了特效药丸……

翌日，全村沸腾了，像庆祝“天长节”①一样。女人们你争我夺，姑娘们虎视眈眈，岸信成了一群母狮母虎争抢的梅花小鹿，谁都想先由自己叼进窝穴，慢慢品尝个够……他此时已完全被剥夺了自由和意志，后来多亏惠子拍拍腰际匕首，才震慑

---

①天长节——每年4月29是裕仁的诞辰日，日本国法定为“天长节”。

住众多私心的恶性膨胀，做了较为合情合理的安排。

在难得喘息的瞬间，他虽像死人一样躺在铺上，但大脑还在激烈运动着。他从这次亲身经历的可怕遭遇中，反思到更为恐怖的未来。这个村的女人如果都接受了白痴的畸形种子，那就贻祸无穷了，大和民族的素质必将江河日下！我尽管被迫与她们苟合，若能将我的健全理智的基因广为撒播下去，也不失为对我们伟大民族的一种特殊奉献……忽然，他发现门窗外围簇着一群可怜纯洁的姑娘们……

一个多月后，他精疲力竭回到腾冲时，在时间上回答中川的责问时，他只能说在家里生了病。中川看他瘦得皮包骨头，也就无话可说了。

在他身前不远处，忽地爆炸了一颗手雷。令人肝胆俱裂的恐怖声，又把他的痛苦思绪拉回到眼前刀光剑影的杀戮战场上。

大约一个小时后，最后结果终于到了。整个战场突然静寂下来，就连痛苦的呻吟声也听不到一句，是心脏都停止了跳动？还是为了不做孬种都以顽强毅力坚忍着？

逆袭人员没有一个弃戈溃逃者，都已经如数报销了。

岸信迁浦自知已完成了毫无价值的历史使命，他的心情很平静，面东缓缓跪下，拔出佩枪对着心脏……他最后一瞬间的意识是：自己不应该倒在人家的土地上……若死在荷叶村还是值得的……如果真能留下后昆子息……希望……

隐伏在工事后的师团长中川少将大失所望。无论从哪个方面说，都背离了他的最初设想，他不由惊疑惶悚，有点儿不寒而栗了……

四十五

九月二日，中印公路通车。滇西远征军司令长官卫立煌将军惊喜之余，深感肩上的压力更为加重了。

从内地整个抗日战场考虑，他必须尽快拔除这三根横梗我咽喉之道的枣核钉子。在高级军事会议上，将军下达了死令：三天之内，各部必须有所突破，否则以玩忽职守罪送交军事法庭！

九月六日，腾冲的东、南城门被远征军突破。无可讳言，两处城墙下，遭日寇以机枪和毒气残酷屠杀的远征军已尸积如山，血流成河。卫立煌将军放下望远镜，双目不由含泪，这在他的意料之中。但他必须接受军委会全盘战略考虑，只有借用这些无名烈士的遗体才能为内地抗战的全面胜利铺平坎坷之路。

攻入城门的远征军又滞留在原地了。各部每向前推进一米，都必须付出惨重代价。

负责松山攻坚战的第十一集团军第八军的李弥将军眼看部队已伤亡过半，忧心如焚。他坐在一块岩石上，呆呆望着坚如磐石的松山阵地。两个多小时了，一点儿进展也没有。苍天不负苦心人，一个大胆设想倏地从他脑袋里冒跳出来。

李军长请来一位娴于工程计算的美国人，目测了到松山主碉堡的直线距离，然后调来几百工兵，二十四小时歇人不歇家伙挖地道，挖到全长一半的五十米时，他令各部开炮，佯装发动攻击。两天后，美国人量量算算，惊喜叫着OK。他又令向左右各挖出一条五米长的分岔；五米终端再掏出一间能堆下二百五十吨TNT的炸药库。在挖药库的两天里，李军长的炮弹像冰雹一样向山头上猛烈轰击，躲在碉堡里的日军二十四小时都振聋发聩。

越接近成功，越不敢掉以轻心，就怕功亏一篑。许多工兵在地下光着身子，全靠铁钎铁锤慢慢啃碎岩石，累死累活双手磨得血肉模糊的伟大工程，如果一旦被日寇觉察，只要凿个洞眼注入毒气，整个心血岂不付之东流？

九月七日中午，远离松山近百里的腾冲城内洋行餐厅里，中川正对着酒杯出神，推敲发往仰光电报的腹稿。突然，大地发生连续两次剧烈颤抖，杯中酒都溢泼到桌上了。他的大脑反应敏捷：地震！他立即冲出室外，惶惶站在院内。“小震闹，大震到”。他恐惧地等待着更为可怕的大震来临。

他为那些惨淡经营起来的工事担心，为守卫在里面的众多士兵生命而忧惧，是否应该先令他们撤出工事？……他在惶惶恐恐中等了半个小时，仍然不见动静，一切平静如初。

他进屋继续吃饭，刚丢下碗，急电送来了。他打开一看，颓然落座椅上，呆若木鸡。

城外上空出现两架美国飞机，这是陈纳德将军应卫立煌的要求特地送来了一机防毒面具、一机火焰喷射器。

中国士兵当然没有见过这些洋玩意儿。随货下来的那些蓝眼睛们，用了半天时间就把各部派来的代表教会了，并让他们又做了反复练习。蓝眼睛翘过大拇指后，这些洋货就被各路学员装车带走了。

大庙、洋行和文星楼的地址基本可谓三足鼎立。大庙后边有座不高的山冈，这里原是历代守腾冲部队的老营。前年，日寇在这儿用钢筋水泥搞了许多精心杰作，现在当然面目全非了。因此，大庙目前还是处在日寇势力范围之内的庇护之下。

自从上月二十一日晚石桥所慰安过岸信的逆袭队后，连日来门可罗雀了。所里已断炊了几天，有时完全仰仗八个护花使者中的另外两个阿兵哥从他处捡来一些腥膻腐臭的骡马驴肉的残碎物，放在火上烧烧，暂且充饥。女人们当然难以适应，她们用水洗净，放到锅里煨熟，尽管还是腥臊不已，但是已经达到“饥不择食”的地步了。

严冬梅身上两处创伤，麻生已来诊视过，可是专治刀枪创伤的药物早已罄尽。他只留下一点酒精和红汞药水就走了。此时，甜水妹正小心翼翼地为梅姐擦酒精涂药水,她胸脯上斜形的长长刀伤,被涂成像披挂了一条红色丝带。红汞和紫药水一样,都是收燥的治创药水。

冬梅惨遭阴险伤残的那晚下半夜,疯子们离开以后,甜水妹抱住她,两人一直哭泣到天亮。冬梅说,小无锡死得够壮烈;甜水妹说,秋菊姐死得真英勇。冬梅说,我们八个姐妹已经先后走掉六个了。甜水妹说,何止?还有小上海阿玉、阿娣、烧饭的两个老妈妈。冬梅说,你说得还不对,还有两个孩子,还有我们还不知道的那些姐妹们……相濡以沫的姐妹二人,说一气,抱着哭一气,互为对方擦擦泪水,又哽噎数说起来,一夜都没有合眼。

甜水妹一边收拾酒精药水,一边说:“梅姐,两腿不能拢,让风吹吹,起燥得快些。”

冬梅点点头,她深思了一会儿,说:“水妹,你到我身边来,听我说。”

甜水妹紧挨她的肩头坐下。

冬梅涩声道:“小花交给我的事,我不能再瞒你了。我们两人的命还在西瓜皮上滚着。谁死谁活,全死都活,现在还很难说。我对你说,我两人只要有一个命大能活下去,就该去完成小花未完成的大事,把她用耻辱和生命换来的东西尽快送到上海复兴路光复里,她说日后有大用。”

甜水妹惊诧问:“什么东西?”

她叫甜水妹取来她的黄色工作服。她从衣领反面抽去一根线头,用手指从里面抠出一样东西,它有六神丸瓶那么粗,外面封着蜡,蜡上还绕着几道黑丝线。

甜水妹接过手好奇地看着。

冬梅小声说:“里面是相片胶卷。这东西不能见一点光亮,封蜡一破就没用了。”其实,里面还有一层极薄的金属外壳。

甜水妹看不出什么名堂,还给冬梅,问道:“梅姐,小花姐是什么时候交给你的?”

冬梅道:“她没有直接交到我手上。小花出事后,中川又让她回到竹楼上。小花对秋菊拳打脚踢,是用的苦肉计,是为了不让她的灾祸殃及我们。后来,我跟和子把小花拉到另一间屋子,我们两人劝说了几句,和子就出门去取毛巾了。这时姬顺玉又进了屋。小花这才悄声告诉我,东西已被她包在手纸里按在粪便上,叫我等一会儿去取出来,先放到姬顺玉的行李里,等她死了以后,中川不再追查了,再取回来收藏好。”严冬梅说完，又泪水涟涟了。

甜水妹说：“小花姐真聪明，可惜……”

严冬梅道：“可惜，被我害死了。”

甜水妹说：“梅姐，话怎能这么说？谁不说你是好人？”

严冬梅的头在枕上涩重地摇了摇。甜水妹的一句无心话，不由令她想起几年前在南京城里所遭遇的往事……

南京城上空的腥风血雨刚被凛冽的西北风虏刮后不久，又成了喧阗杂嚣的不夜之城。这是日本侵略者刻意要在浸透三十万人血的土地上培植起光怪陆离的奇花怪朵，意在欺蒙世界舆论。

皇家大舞厅里，舞池边，坐着一位忧心忡忡的眼镜青年。

穿着藕色绣花旗袍、烫着短发、端庄清秀的严冬梅款步走来，坐到青年对面，笑问：“请教小老弟一句话，‘商女不知亡国恨，隔江犹唱后庭花’，是什么意思？”

眼镜青年凝视有间：“请问小姐，你是听谁说的？”

冬梅说：“在舞厅门口，有位老人先说了一句‘都不是好人’，接着就说了这句。”

青年苦苦一笑：“你还是不听我解释的好。”

冬梅妩媚一笑：“请直说，我决不怪您。”

这时走来一个日军少将，他礼貌地对冬梅一弯腰，做了个邀请的手势。

她不能得罪客人，只得对青年歉意一笑说：“请稍等片刻。”

留声机播放着美妙醉人的圆舞曲……冬梅陪着少将跳舞……汗毛粗重的魔爪，在圆润的臀部摩挲、掐捏……腥膻口臭直往她鼻孔里冲涌……舞女歉意一笑：“将军阁下，我头有点儿晕，容我休息一会儿好吗？”

少将温文尔雅地说：“当然可以。”

二人坐在单人沙发上饮茶。

冬梅目视对面座位，发觉已“人去楼空”了。

圆舞曲又被《樱之花》击得悄无声息……

少将耳听“国粹”，眼却色眯眯地虎视着外邦奇葩异草……许久，自尊终于成为淫欲的俘虏，他小声说了句什么。

严冬梅苦苦一笑，站起欠了欠身说："尊敬的将军大人，小女只在舞厅卖艺，不去客房卖笑的。"说完，又礼貌地弯了弯腰，转身而去了。

贪婪的目光像一双利剑，紧紧追踪着肥腴微颤的圆臀。如果不是众目睽睽，利刃准会挑开她的衣裤，大饱一下眼福……真遗憾，竟然消失了！

当天夜里，严冬梅在住地被捕了，罪名是有通敌嫌疑。后来走进一个会说汉语的日本婆子对她开导了半天，不识抬举的舞女仍旧坚毅地摇摇头。

第二天早晨，当她从昏迷中醒来时，发现自己的身体被落地窗帘半遮着，几个满脸得意的鬼子对她狂笑……

她听到门外的日本婆子说："凡是跳舞的都不是好人。假正经！"

数年来，这两句"不是好人"的指责经常折磨着她。那个老人当然不知道她是受了老板的胁迫。那个日本女人也许不会跳舞，也许专门指的是中国舞女，既然蒙受了耻辱，为什么还苟活着？如果把甜水妹刚才说的话略微变动一下，岂不和数年前的那两句话如出一辙了？她绝不是多水妹的心，实在因为自从陷入火坑以后内心经常后悔，我为什么要贪生这几年呢？

甜水妹见她半天不开口，最后又暗自流下泪，以为她又想念起那些冤死的姐妹们。她突然问道："梅姐，那些照片上可曾照下你我的影子？"

冬梅道："当然有。我想我们七姐妹都被拍摄进去了。"

甜水妹想了想，又问："鬼子在我们身上的有没有？"

冬梅说："我看不会没有，这是铁的证据。"

甜水妹默默无言了，过了许久，不由搂住冬梅头脸恸哭起来。冬梅已经洞察了她的心扉，抚着她的后背，泣说道："你放心，揭发出去后，世人会同情我们的，因为我们都是逼上梁山的。"

"到时候谁肯相信？像我，实际是被鬼子硬抓来的。鬼子偏要说成是亲善的慰劳，是自觉自愿送上门的。"甜水妹仰起泪脸说，仿佛在问老天爷："日后如果朝报纸上一印，我们还有脸再活下去？我们就是死了，我妈还活不活？亲戚还要脸不要？你说！"

严冬梅惊怔住了，这点她还没有来得及想。姑娘说得对，到真正曝了光的时候，到底能有多少人理解我们呢？

这两天她只想了其他两件事,一是把姐妹们的遗物收集保管起来,比如夏小荷的桃木梳子、阿玉送给华兰妞的藤箱、黄秋菊的皮箱和陈永泰送给她的项链……将来好做个永久纪念。二是找出当年石桥写的所谓保证书。她小心珍藏了几年,现在终于明白,开始就遭了欺骗。她把它撕得粉碎,又弃在地上踏了几脚。对于宗小花留下来的胶卷,将来可能会给她们招来唾液的海洋而无情淹死自身的严重后果,她还真的没有想到哩。

她现在考虑这事,不得不缜密而又慎重了。

连日来,第二十集团军每天只能向市中心推进几十米。有时虽付出重大伤亡,重创了一座碉堡,却又猝不及防,突然从地下冒出几十个鬼子,端着机枪猛烈扫射,双方就开始了巷战、混战、肉搏战……战到最后,都躺在地上不动了。而远征军的伤亡往往是日寇的二三十倍。

也许有人要问,三个军对付不了两个联队?不是过分夸大了日寇的作战能力,就是想以此证明中国士兵都是孬种?

腾冲城内的防守工事,是日寇征用了中国三万劳工花了整整一年时间由军事工程专家小岛次郎亲自设计并监督施工的。一般碉堡分上中下三层,上层瞭望、射击;中层射击、休息;地下储藏弹药食物和"自来水"龙头。水管和电话线均是在碉堡施工时顺便埋下的。对水源的伪装和防护,日寇煞费苦心。每座碉堡的上面先用圆木排护一层,又压上一米厚的泥土,再盖上十公分厚的钢板。离钢板五米高,还拉遮着一面大眼网,天上下来的炸弹也无法击毁它,地面上的平射炮对它也奈何不得。其堡的四周,除了有枪眼的地方,均围着几排装沙石的废汽油桶,桶与桶之间夹着废轮胎,增加了缓冲力。堡与堡的射点互补互救,这个堡的死角盲点正在那个堡的视野之内,选址定点时,设计人员是精心计算好的。凡是参与保密工程建筑的那些华工们,事后据说都因为自己不慎摔跌到峡谷深渊里去了。

凭借坚不可摧的防守工事,如果众多敌人攻上来,日寇就施放毒气弹。如其见人数不多,机枪子弹就像打开的高压水龙头,疯狂向前射击。发现有人匍匐潜行,步枪的射击也是极准的。

占有好的地形,打仗就能先赢一半,依托坚固工事,在战场上不但能以逸待劳,而且还能掌握主动权。

远征军自从用上防毒面罩和火焰喷射器后,日寇的末日就为期不远了。

当然，火焰喷射器在使用之前，必须要冒死潜入它的射程之内，否则杀伤力不大。尽管有几座碉堡已被它毁于一旦，但为此而躺倒在大地母亲怀抱里的战士还是众多的。许多勇士们虽然没有亲眼见到魔窟的毁灭，但他们甘愿为后继弟兄们提供一些失败原因和稍纵即逝的宝贵战机。

远征军用鲜血换得的地盘渐渐扩大了，像在普通纸质的腾冲市区图上泼洒了一瓶红墨水，血浆一样的液汁缓缓向中心地带洇渗、扩展……

师团长中川看着渐渐被蚕食的市区图，现在仅剩下大庙山冈——"亚美"洋行——文星楼及广场这条主叶脉了。

副官宫琦中尉送上一份电报。

去头掐尾后，电文的主体是："你部务必死守到十月中旬，方能得到驰援。弹药俟机空运你部，但食品须就地自筹。"

中川呆呆看着似乎是一张废纸的电文。

九月十二日晚，中川在"亚美"洋行里召开了小队长以上的军事会议。

中川站在"主席"位上，他的头颅投影在硕大的"太阳"上，像太阳出现了黑洞。他脸上威严而诡谲，以鹰隼一样的目光横扫了全场，一下子鸦雀无声了，他这才开口大叫：

"在座的诸位都是大和民族的精英，都是大日本皇军的灵魂，都是天皇陛下的骄子，决不能因为遭了一点儿挫折就气馁不振。我能列数出世界许多著名战例，它们总是用九次失败迎来了最后一次的最辉煌的胜利！我们身在支那，就说支那历史上的楚汉相争。处于劣势连连溃败的刘邦，最终歼灭了'力拔山兮气盖世'的楚霸王项羽！"他逆理而求，倒裳索领。

会场爆发出一片掌声。

中川满脸红光，心情激动，继续动员：

"诸位，奇迹总是人创造的。像蠢猪一样的支那古人能做到，我们大和今人就更能办到！所以，我希望你们要坚信不疑，将来支那仅仅是我们帝国的一个省，东南亚是个大行政区，整个东半球才是帝国圈定的疆域领土！"

一群战争狂热烈鼓掌。

中川挥舞着手臂："当你们这些帝国的宠儿登上喜马拉雅山最高峰的时候，搂抱整个东半球的时候，咳嗽一声地球都得战战兢兢的时候，一切光荣也将属于你们——这些无敌于天下的英雄们所有！”

会场上掌声如雷。

有人站起振臂狂呼：“天皇万岁！”“圣战万岁！”

中川深深感到宣传鼓动的力量是无可比拟的。他激动地举起右拳，也跟着吼叫起来。

足足有五分钟，会场才平息下来。

中川继续说：“诸位，我们现在还有一千五百余名勇士。为了实现帝国的宏伟目标，现在必须破釜沉舟，背水一战！只有先置之死地，才能转败为胜，创造奇迹！本师团长宣布：我如为圣战殉职了，由中野大佐接任指挥（中野起立）。他若魂归神社了，由小野中佐指挥（小野起立）……以军阶高低，将神圣的战争魔棒传递下去。诸位回驻地后，也必须将梯队人选预列在案。”

中川说：“誓师仪式明晨举行。下面请中野大佐传达作战方案。”

骄横的中野霍然起立……

军事会议结束，宫琦对中川报告说：“刚才医官麻生服毒自杀了。”

中川脱口而说：“他和岸信一样，是书呆子，是废物！即使活着，也不起作用了。”

当一伙疯子在会议室里歇斯底里狂呼嗥叫的时候，独处一隅的麻生华珍清楚感到帝国铁军的末日已经来临。他学识渊博，酷爱华夏文化，做人坦率正直，聪明外露。他与岸信迁浦是同一层次的知识青年，两人既有相通之处，也有很大差异。前几日，岸信逆袭自杀，对他是个致命打击，不能不产生惺惺相惜的悲愤之情。他明白这场豪赌帝国已经输定，被歼已成定局，届时不分贵贱无论玉石都会共同落进可恶战争的熊熊烈火。他想到自己生不逢时，不由有点儿腹诽父母了；他想到国家穷兵黩武，不由愤恨上层那些文韬武略的决策者们；他想到大和民族的轻率玩火，不由怀疑起“天皇”究竟是人还是神……

众多的“所想”像一根根绳索一样缠住他的思想，绕住他的脖子……他感到天旋地转、窒息虚脱……为了尽快使自己的灵与肉得到解脱，他从桌子抽屉里角翻出一只标着骷髅的棕色小瓶……在思想停息前的一瞬间，他有点儿谴责自己去得不如岸信悲壮。至于罪恶的战争毁灭了一代英才，他反而没有想到！

夜已深沉，宫琦告退。中川走进自己的寝室，关上门，从床下拉出两只大皮箱。

一箱是他巧取豪夺、苦心搜集的古玩珍宝，包括那只价值连城的口塞。一箱是他明点暗索、呕心搜罗的字画碑拓。他呆坐一边，发了半天怵，然后拿来一支步枪，用枪托把那些无价之宝砸个粉碎，又将汽油倒上字画，擦了根火柴，箱内轰轰烈烈烧了起来。他又把第三只箱子拉出打开，抓出几条白色毛巾，闭上目，深深嗅吸着印在上面的形形色色的褐色图案，许久才忍痛割爱掷入火中。他又抓出几条，深情而贪婪地嗅吸着……

狼犬蹙着鼻翼，惶惶然望着主人狺狺呜咽……

火光映照在主人跳动的面肌上，不知是因为火光的欢跳而产生的错觉还是真的出现了抽搐？

当中川在痛苦惜别辉煌的昨天时，远征军第二十集团军总指挥霍揆彰将军却在为明天发起的总反攻行动忧心忡忡。

今晚营以上指挥参加的军事会议刚刚结束。会议中提出，按计划必须组织六个团的敢死队，在发起总攻之前，必须击毁敌人的坚固工事，尽力为后续部队扫除前进路上的障碍。岂知报名时，几十个校级团长相争不让，有的还较量得面红耳赤。这是出乎霍将军意料的。后来他把这个棘手的难事交给各位军长，让他们从自己的建制下各挑出两个团长人选来。岂知报上来的均是霍将军熟悉的人名，他们都是正规军校毕业的，都是年轻有为的将才。将军心头不由一颤，看着姓名、年龄、军衔和番号发起怵来。

六位团长还留步在隔壁屋里。

霍揆彰对参谋长罗又伦说："请先把一一二团团长李颐请进来。"

年轻英俊的上校立在将军面前。

霍将军挥挥手，笑道："请坐。"将军等属下坐定后说："你可有什么要求？或者还有什么话要说？"

李颐霍地起立："报告将军……"

霍将军按按手："坐下来，慢慢说。"

坐如钟的李颐说道："卑职建议，明天发动总攻时，上面要少投炸弹，下面要少发炮弹，还得严格要求提高命中率……"

霍将军笑问："为什么？"

李颐答道:“因为城内还有部分老弱病残的百姓,有不少古代建筑,比如文星楼、几处省会馆、敕建寺院……有些是我国封建帝王恩泽边陲的象征,也是我华夏文明早就立足南国边关的标志。我们不能为了今天打得痛快,而把遗憾留给后人。”

将军点点头:“是呀,我也这样考虑过。不过,对我们的军事行动就难上加难了。”

隔壁屋里,罗又伦陪着五位团长闲聊着。

罗又伦指着其中一位,笑问:“你是第六军预备二师的?”

被问者起立:“报告参谋长,职下是八十七团上校方成!”

罗又伦目视另一位气宇轩昂的青年。

青年倏然挺立:“报告,卑职是第五十三军三十二师九十三团中校刘立臣!”

其余三位团长也都做了刻板式的自报家门,这是出于对上司的尊重,参谋长何尝不认识他们?

隔壁屋内,霍将军问:“你家里还有哪些人?”

李颐回答:“二老双亲,一个待字闺中的妹子,还有贱内。”

霍将军又问:“孩子曾有了?”

李颐答道:“有了,才有三个月。不对,还在妊娠中。”

霍将军笑了,目视李颐良久,说:“你换下来,参加后续部队吧?”他默然了一会儿又说,“你万一有个闪失,我将永远对不起你的妻子和那未出世的儿子啊!”

李颐猛地站起:“司令,谁没有父母妻儿?自从日寇铁蹄践踏上我国国土,数年之间,我国又平添了多少孤儿寡妇?她们的哇哇哭叫和幽咽饮泣之声时时刻刻在召唤我们啊!这是我们军人的失职、耻辱!再说,临阵前岂能随便更改人事?”

霍将军语塞好久,站起来说:“党国有幸,百姓有幸!这样吧,我令后续部队紧紧盯着你们。”

李颐敬礼,说:“我代未来儿子谢谢司令!”

霍将军还礼、微笑、握手,心想真是舍不得孩子套不住狼啊!

却说大庙里四国国籍的十几个女性这个夜晚一直睡得惴惴不安,提心吊胆。在连日来的炮声隆隆枪声不绝中,她们反而觉得战事正常。今天从傍晚起,双方忽然似乎都“刀枪入库，马放南山”了，夜晚更是阒寂无声，惨烈恐怖的战场好像突然都变成了坟茔。她们虽然不明就里，但总感到这种暂时沉默安定就像暴风雨来到前短暂的安谧平静。其实双方正在酝酿更大更为疯狂的杀戮，暗示着浩劫再次降临的时间已经为期不远了。

头脑正常并且还有点分析能力的人这夜哪里还睡得着？像石桥夫妇，如严冬梅和甜水妹她们……

严冬梅和甜水妹同睡一张铺上，她们几乎争论了一夜，最后才确定：胶卷不能轻易毁灭，宁可牺牲自己害了家人，也要把日寇的残暴兽行公布于世，要为许许多多受害冤死的几国姐妹讨回一个公道。

只有姬顺玉无忧无虑无烦恼，一上铺就酣然入梦了。不过，她睡得早，也比别人起得早。她离铺后从不梳洗，就在大庙内外转悠晃荡。值班的鬼子知道她的情况，所以对她也就睁只眼闭只眼了。

姬顺玉转悠到后院，禅房边有一块亩把地的竹林，她像幽灵一样无声无息地在林里飘忽着。

已经换了装并做了刻意打扮的石桥夫妇，男的拄着拐杖，女的拎着皮箱，鬼鬼祟祟走到禅房后面的围墙下。女人先帮男人上了墙，再将皮箱递给男人。岂知女人一松手，皮箱噗地跌落到地面乱石上，捆捆扎扎的钞票从皮箱里脱落而出。

姬顺玉被突发的响声吓了一惊，举目一瞧，见石桥骑在墙头上，不由向墙脚冲去，忽见金票捆捆，立即扑到钱上，双手搂住大叫：“这是我的钱，我的钱……”

洋子与半路跳出的“劫匪”搏斗起来……

石桥见势不妙，慌忙跳下墙头，伸手去腰间拔枪，忽一转念，又拔出一把雪亮的匕首。

姬顺玉见石桥握着匕首向她逼来，抓起两扎钱边逃边疯狂叫喊：“救命啊——”

石桥夫妇捡起钱装好箱，再次攀墙时，不知出于何因，墙似乎比刚才高了若干。

在前殿值班的鬼子听到殿后有人连连呼救，立即端枪奔向后院。

石桥见有人来了，急忙从腰里掏出一颗手雷，拉去弦盖，使劲掷向前方……这颗手雷还是慰安所驻扎岳阳时遭逢败兵荼毒后从樱子膣口悄悄取得的，此后石桥就一直珍藏着，以待急用。聪明人的确有远见！不过，此刻使用它，不怕“一鸣惊人”吗？

手雷在地上连蹦带跳骨碌碌滚了好远,依然如一只厚皮香瓜。石桥明白了,当初那混蛋用它做恶作剧时,就知道是只断了信的哑雷。他立即去拔腰间手枪……就在这时,雪亮的刺刀已抵住他的胸口。

被缴了械的石桥弯腰拄杖走在前,哆哆嗦嗦的洋子拎着箱子跟随其后。走到前院时,许多女人都起来了。樱子看到姬顺玉捧着大扎金票,心中明白了,她立即冲上去,夺过洋子手中皮箱。另一个士兵吼了一声。樱子笑道:“你别小心眼,我只是想送送我的东家啊。”

说话听音。樱子还是讲情讲义的,毕竟是主雇关系一国同胞,也许她还能凭借与中川的特殊感情,帮石桥夫妇把大事化小、小事化了呢。

四十六

文星楼广场。师团长中川少将已将部队集合起来,留守工事的除外。凌晨雾气中烧着一堆熊熊大火,第一〇六师团的军旗在通红的火光里也显得黯然失色。报务员在跳跃的火光下正摆弄着电台……这时,那个士兵押着石桥一行三人匆匆走来。

押送人正要开口报告,中川摇摇手。

中川阴鸷地目视石桥,见其穿着一身地地道道的中国服装;洋子已梳成标准的中国发髻,发髻在后脑战栗着,上身是缀着补丁的蓝色粗布大襟单衫,下身是肥肥大大的中式裤,至于提的皮箱,他无须打开过目,也明白里面装的什么了。

中川突然大笑起来,问道:“怎么,你想丢弃你的老朋友,自己先游桃花源了?”

石桥孤注一掷了,泰然说:“我不是军人!”

中川又嘿嘿笑起来:“天皇陛下不是早就下过诏书了——非常时期,所有子民,均为英勇无敌的战士!”

石桥似乎刚刚听到这条旨意,他低下了羞愧的头。

樱子看看自己指上光芒四射的钻石戒指,笑道:“中川君,这只箱子先由我保管吧?”

中川对战栗的石桥冷冷说道:“你偷税吸毒,临阵脱逃。”说着拔出手枪,推上子弹,面对洋子:“你把这个败类杀了,我就饶了你。”

洋子不敢接枪。

中川笑道:“何苦一起死呢?”

洋子想到一双儿女,恐怖地接过枪。

中川歪着头,欣赏着夫妇二人的神态……

石桥知道大劫难逃,对妻子说:“我对不起你父母,更对不起你,恳求你原谅我的诸多过错吧! 两个孩子拜托你了,请你快点儿开枪吧!”

洋子狂叫“不不不”,却下意识扣动了扳机。

石桥扑地而倒,鲜血喷溅在洋子惊恐震悚的脸上。她盯着手上的杀人凶器,忽然狂笑起来……

中川对樱子说:“取过她的枪!”

樱子丢下箱子,颤颤地走近洋子……她猛地一伸手,终于夺到杀人武器。

中川微笑道:“你不是想要皮箱吗? 财富是她的,你真想要,就杀了她!”

樱子不敢举枪,吓得连连后退……

中川笑得很坦诚:“这叫杀人越货。你不敢杀人,怎能腰缠万贯呢?”这句大概是祖辈留传下来的“名言”。

洋子向樱子走去,冲着她狂笑……

樱子闭上眼,咬起牙——枪响! 当她睁开眼时,满世界都是血红色了。

中川品味着血污满面的樱子,大笑:“我的宝贝真变勇敢了。”

洋子似乎死得不服,还不想死,后背虽然着地了,双目还瞪得大大的,四肢也在拼命抓挠、挣扎着……

樱子看看洋子,吓得掷枪于地,猛地扑向皮箱,大叫:“我发财了,我发财了……”

中川示意身边人将皮箱夺回来。

樱子大惊:“你反悔了?”

中川把手枪递给她,说:“还有一件小事,你帮我先送它上天国。”说完,就冷冷看着心爱的狼犬……

樱子握枪的手战栗得难以自控。

狼犬对樱子似友好又像乞怜地摇尾尾……

樱子闭上眼睛,想到中川曾说过的话:“我平生有三爱,一是军刀,二是狼犬,三是处女。”

中川狞笑道:“嗯,你不想发财了?”

樱子浑身哆嗦,双目眦裂。枪响——倒地的狼犬对樱子呜咽、哀叹……

中川示意身边人将皮箱打开,掷上火堆。一捆捆日元,熊熊烈烈燃烧起来……

樱子弃枪,扑到火堆上,神经质地狂叫:“钱是我的,钱是我的!”中川在她跟前观赏着。戴着钻石的手指不怕炙灼,疯狂地与烈火争夺着,火苗舐噬着她的眉毛头发,她也顾不得了……中川示意将樱子强行拖起,她的左右两臂被两人使劲拉伸着,身子也被扳直了……

随着“砰砰砰”三发枪声,樱子的耻骨、右胸、左胸次第涌出鲜血……

中川收起枪,对立在一边的押送人命令道:“跑步回去,按计划办理,再火速来此参战。耽搁迟缓,格杀勿论!”

却说在北门外的那块空地上,第二十集团军的六个敢死团都已整装待发。每人头戴钢盔,身背防毒面罩,腰间挎着马刀挂着手雷,肩挎美式冲锋枪;两人一架火焰喷射器。人人昂首挺胸,个个精神抖擞。霍揆彰将军站在一辆大炮车上,只做了两分钟的激昂动员。张问德县长代表全县父老乡亲,也讲了令人热血沸腾的几句话。

在将军和县长的身后,摆着看不到边的棺柩方阵,这是该县的父老乡亲数日数夜用柏木赶制出来的。张县长在简短的讲话里泣声宣布说:“这是乡亲们敬献给英雄们的,只能略表崇敬于万一!”

以李颐为首的六位团长均挺立在自己的队列前。一位白胡长者颤巍巍走向李颐。

他身后跟着一位端四方木盘的少女,盘中一字排列着六碗白酒。长者走到李颐面前,双手从盘中端出一碗酒,郑重地递给年轻指挥官。

李颐单腿下跪,庄重地接过酒仰脖豪饮一半,将另一半呼地泼洒到第一一二团的军旗上。

他站起身,砰的一声巨响,酒碗被摔得粉碎。团长一声令下,他的队员霍地向后转个身。团长向将军和老者行了告别礼,就迈开大步向队前走去,猎猎飘扬的军旗紧紧跟上……

长者又走到方成团长面前……

老人再走到刘立臣团长身前……

从老人敬上第一碗壮行酒起，霍将军和张县长就一直举起右手行着礼，送行的百姓也都一直跪在炮位两边的土地上……

霍揆彰和张县长的眼里充满泪水，视线渐渐模糊起来。我们先人开创的具有悲壮色彩的誓师仪式，确能令人百感丛生。

一片跪地的人群中，先是出现偷偷地唏嘘，接着又传出难以抑制的啜泣，到后来，都变为令人肝肠断绝的呜呜咽咽的号哭之声了……

白胡长者突然转过身，对哭泣的百姓大斥道："送亲人去前线杀敌报国，就该高高兴兴才对！"

然而，这话刚刚说完，他自己也涕泪俱下了。

几乎与此同时，中川师团在文星楼广场也搞起了祭旗仪式。

中川的四方脸成了肝紫色，咄咄逼人的目光里既含绝望，也流露出疯狂。他迈着军人的机械步伐……双腿似乎灌满了铅水，曾被华兰妞舔得雪亮的马靴，如今早已被赭色血迹和红色尘土玷污得失去耀眼光泽了，滞重而略带趔趄地向一面满幅疮痍、黯然失色、涩重凝滞的军旗缓缓走去。

这面曾经威风八面、所向披靡的第一〇六师团军旗，在支那赣北山地几乎葬送在淞浦淳六郎手里，后经"三宅坂"的输血接氧，才使它获得再生。中川当初双手捧过师团军旗时，多想唤回它的武运神威，为天皇立功为自己建勋，为家族始登护国神社大干一番创造奇迹啊！现在呢，即将要断送在自己手中了——他捧吻着军旗，这样想。

中川吻军旗时，奏起《军魂》曲——

太阳落山了，富士山的樱花啊，永远不会凋落；再见吧，敬爱的母亲，你的儿子是帝国的军魂，正在夕阳下升为天神……

旗手擎着破烂的军旗，额扎白布印着血块的勇士们每人都情深意切地吻一下军旗。这是学习西人的告别方式。

《军魂》曲终。旗手将污秽的军旗郑重地交给指挥官。它像遭了霜打的苦瓜黄叶耷拉下垂着，失去了昔日的威风和霸道。

中川接过旗杆，踉跄到柴火堆前。

破旗在火苗上战栗、燃烧……似乎散发着浓烈的血腥味。

焚旗时，列队的官兵均行着注目礼。

队伍里隐隐传出啜泣之声……脏布终于化为灰烬、呜呼哀哉了。

中川回到台上，向报务员示意。

报务员点点头，表示已经做好准备。

中川涩声沉重地说着："仰光，缅甸派遣军总部：所有将士的最后时刻即将来到，军旗已焚，生命不息，圣战不止。我们要用无畏的灵魂永远驻守腾冲孤城，我们要追随天皇的铁军而无往不胜！缅甸派遣军第一〇六师团师团长中川清健，昭和十九年九月十三日。"

广场上群情激昂，纷纷举枪狂叫——

"天皇万岁！""圣战万岁！"……

疯狂的嗥叫声，在腾冲晨雾弥漫的上空来回激荡，令文星楼微微颤抖起来……

这是一个"有雾的十三日"。用西方人的习俗说，中川选定的"十三"太不吉利了。依中国的谚语说，"秋雾凉风冬雾雪"。看来雾稀云浓之时，这儿必将刮起一场惊天地泣鬼神的飓风、龙卷风……

果如其言，从大庙身后突然传来惊天动地的爆炸声。天上的机群向工事疯狂投弹，地上的大炮对碉堡发狂开火，机枪声、手雷声、喊杀声……把大雄宝殿震撼得嘎嘎作响。

十几个慰安妇从突发的惊恐惶悚中渐渐定下神来，脸上的表情各异，反映出心情不尽相同。她们都明白，中日双方最后的拼杀已经拉开了沉重的帷幕。

那个把石桥等人押上刑场又急急返回的日寇对另一同伙说："把所有人统统集中院里来！"

院内两棵松树下，站着一排衣衫不整的四国女性，人人惶惶恐恐。严冬梅因为下身感染发炎，已经寒热了两天。她此时正头疼脑热，全靠甜水妹扶着她。那个日寇身背火焰喷射器，端着机枪，大声命令道："各人把衣服统统脱光，送到我脚下！"

众女性虽然极度害怕，但谁也不动手。

另一个日寇温和地说："大家别怕，这是防止你们逃走。"

众女性将信将疑……

那个日寇道:“抗命的,统统枪毙!”

随着尖厉的呼啸声,一颗调皮的炮弹离经叛道经过大殿屋顶时把其掀去一角。

木子慢慢解衣……她的丈夫早就效忠天皇了,她也为天皇的圣战立下了不可磨灭的贡献。天皇宠儿说的话,她是绝对相信的。

木子身上还剩着红红的小裤衩,那个日寇嚎叫道:“统统地脱光!”

木子将裤衩又脱下,同其他衣裳并成一团,掷到发令人的脚下。

其他女人也以木子为榜样,纷纷解衣……

那个日寇对剥得精光的众女又喊道:“统统向后转,排好队,都跪下!”

另一日寇已将所有房里所有女人的用物统统抱了出来,掷到衣服堆上。

两日寇退到门槛边。那个日寇打开火焰喷射器,忽听呼的一声吼,衣服、箱包、用物……都轰轰烈烈烧起来……与此同时,另一日寇手中机枪突然嗒嗒地尖叫起来……

众妇在院中乱撞狂奔、大哭大嚎起来……

机枪得意地点着头,笑得咯咯不已……

血肉模糊的一具具尸体互相枕压着,呼——疯狂的火焰喷射上去……

天上落下一颗误投的炸弹,把大门屋顶炸塌下来。门楣顶上一块两米多长约八十公分宽的托石訇然落下,正巧压到两个杀人放火的魔鬼头上,火焰器也随之炸裂了。

杀人和被杀的都死了。当然有偶然与必然的区别。在日军的其他部队里,有些指挥者当末日来临时还是不失理智的,还能区分出军人与女人之间有截然不同的职责和使命。而中川清健是最最效忠天皇的,当初令他作为“三类军需”的护花者就非常尽职尽心,始终为帝国为天皇保住了这一英明决策的秘密。他现在要为天皇的脸面着想,从帝国的声誉出发,干大事必须善始善终。当他准备为圣战马革裹尸的时候,怎能轻易留下一个活口呢?如果其他指挥官的最后选择有悖于中川的行为,这些人就不是天皇的好臣子,也不是帝国的好军人!

中日双方恶战到当日中午时,洋行对面的一群碉堡终于被刘立臣的九十三团和另一兄弟团踏为平地了。当然,攻击方的伤亡是惨重的,还能用自己的腿脚撤下阵来的,仅仅还剩五十八名士兵。

中川的掎角之势被击毁了。

负责攻击庙后碉堡群的是第五十七师雷师长的八十七团和一〇一团。因为守方碉堡建在高地上,仰攻就更加艰难。将近中午时,敢死队员仅存一半人数了。方团长王团长见排连指挥几乎丧失殆尽,后续部队在连连呼问,雷师长在频频督促,急得两位团长就要发疯发狂了。

方成头脑渐渐冷静下来,他看着几门平射炮想着心思。野炮山炮击不中碉堡的要害,平射炮也因为斜面地形射不到它的裸露堡身。用火焰喷射器,尽管他们手中美国货比鬼子的压力大射程远,但是人还是进不了有效射程内。

他脑中倏地闪过一个灵感的火花,他急忙抓住它,经过反复推敲后,他把自己的大胆设想告诉了王团长。王团长认为可以试试。

一个多小时后,经过改装的八辆平射炮前面加了三层二米乘一米的十公分厚的铁板。八部平炮边向前移动,边连连发着炮弹。龟缩在碉堡里的日寇看了,觉得支那人愚不可及,若要打天上飞机,弹发太低了;若想打碉堡,射击得又过高啦。当平炮移到一定距离时,突然从块块铁板后面射出坚无不摧的高压火焰,火焰像疯狂的火龙蹿进了下面和左右两边的射击孔……两位团长抓住瞬息之机,带着敢死队猛冲上去。后续部队也到了。但是,这些碉堡都是三层。地面上的两层,一层虽着了火,另一层还过魂来后就拼命射击,施放毒弹。敢死队虽然戴着面罩不怕毒气了,但猛烈的子弹还是抵抗不住的,顿时又纷纷倒地。

就在双方惊悚大乱时,平炮上滚下几位勇士,其中一人像皮球样眨眼间就滚到主堡脚下。火焰一停喷,他就将炸药塞进烈火熊熊的碉堡内。他还没有来得及往回滚,整座碉堡就炸飞了。

躺在地上的方成团长终于面带笑容闭上了眼。

随着惊天动地的爆炸声,后续部队像暴发的山洪猛扑上来。戴着钢盔的雷剑雄师长,也督战到土冈脚下。

还有两座子堡疯狂吼叫着……

有一百多鬼子突然从伪装的暗道口冒出来。残余的敢死队员和后续部队与敌人短兵相接了……

却说李颐团长和陶团长指挥的两个敢死队苦战到下午时,虽然也是伤亡惨重,但是文星楼脚下主堡四周的三座子堡都被毁为废墟了。部分侥幸未死的日寇根本不想窜入主堡,他们同敢死队展开了白刃战,互相厮杀在一起……

主堡傲立在空旷的广场中心,依傍着文星楼,上铺几层钢板和轮胎,四面围着装满沙石的油桶。如若硬行炮轰弹炸,又得考虑投鼠忌器。

夜幕渐渐降临到这片散发着血腥和毒气的焦土上。碉堡几孔枪眼向外射出强烈的探照灯光。那是地下一层的小发电机开始工作了。

李颐找来十几个神枪手,用三八式步枪袭击灯泡,虽打灭了两只,但敌人又很快补上了备用的,并且立即更改了探照方式,神枪手们无能为力了。

在变幻莫测探照灯光束的扫描下,广场四周弹坑累累,尸体比比。尤其在那两口阴井开外几十米的地方积血已经能够淹没远征军的草鞋了。这是因为在今天下午,许多敢死队员,凭借火力掩护和累累弹坑,已经爬滚到离阴井不远的地点。突然,随着井盖被掀开的同时,两挺机枪像泼水一样把子弹纷纷射向敢死队员。众多英雄猝不及防,吃了敌人大亏。

李颐团长坐躺在一堆瓦砾上,思考着对策。他和陶团长商量后,两人都认为黑夜不利于他们发动攻击,因为他们在亮处,敌人在暗地,但是,必须加强警戒,以防敌人出堡偷袭。

此时,李颐见三连连长领来一个士兵。连长向他报告说,这个弟兄是他连里的小万俟,诨名叫小神头。他想了一个似乎可行的办法,特地把他领来,向团长做详细报告的。

团长用手电照照小万俟,有二十多岁,满脸调皮相,敞开胸怀,瘪瘪的肚子上露出了脐眼;一只草鞋已经歪去半个底。李团长和蔼地问:“小兄弟,把你的想法说说看。”

小神头突然立正,敬礼说:“是!报告长官,鬼子能从阴井口反击我们,说明碉堡底层通着大阴沟。他妈的,鬼子能出来,我们就能进去……”他见团长低下头,刹住不说了。

李颐笑道:“嗯?继续说呀!”

小神头说:“是,继续报告。我想等鬼子夜里休息时,派个人带着橡皮管子悄悄摸进去,摸到最下一层,设法将管口插进他妈的……”

李颐跳起来,拍拍他的肩:“我明白了。”

这是生活中常遇到的事。正如唐代李商隐所吟:“心有灵犀一点通。”

做了一番准备后,李颐就令小神头从远处的一个阴井口下去执行了。

团长和连长耐心地守在井口一边闲聊起来，团长说："这办法也许能行。小万俟真是个机灵鬼。"

连长说："他很讨人喜欢，不过有点儿油滑。一个月前，几乎被我们营长枪毙了。"

团长问："为什么事？"

连长笑道："还不是违犯军纪。我部未入城前，驻扎寨子里。有一天黄昏，他走到一户围墙外面，听到里面有水响，就悄悄走到西墙脚，趴到地上，把头伸进狗洞朝里窥探。岂知他一下傻了眼，发了呆，原来是个大姑娘坐在木盆里洗澡。不知过了多久，姑娘偶然抬起头，发现从狗洞透进来的阳光不见了，再一细看，不由大吃一惊，只见两只眼睛瞪得有酒杯大。姑娘不动声色，立即出盆套上衣裤，开门扑到墙脚边，他还呆呆地趴着哩。姑娘好气又好笑，一把将他拖进院里。这姑娘叫鹃子。原来这山寨千百年来有个风俗习惯'见肉是丈夫'。男孩如不同意，定会遭来杀身之祸，祖宗传留下的规矩，寨人岂容践踏？鹃子把他领进屋，叫他把衣服先脱了。他不懂这儿法规，语言又不通，以为姑娘要惩罚他的那条骚根，所以吓得浑身颤颤连连告饶。后来鹃子的父母闹到连里来，非要招赘小神头为乘龙佳婿不可。事情闹大了，被我们王营长知道了，他用好言假意先劝走了老两口，就令人把小神头绑起来，要拉到山沟里去枪毙，想以此杀一儆百、整肃军纪。"

李团长笑道："真是个小滑头。后来王营长怎么又改变主意的？"

连长笑了笑说："岂知他不怕死、直喊冤。说他只看了一眼，连手指都没碰到。要早知遭到枪毙，姑娘叫他脱衣时，他就不该不先尝尝女人滋味了。他的班长排长包括我都为他求情。我们的看法是，他仅仅情不自禁看了两眼，并没有犯罪行为。再说，鹃子是情愿的，父母来部队也不是告状的。也有几个士兵七嘴八舌说，鬼子还专门招募女人来随军，供自己娱乐，小神头只不过用近视眼随便看了一眼，何况还隔着一堵厚厚的墙哩！边都没有碰到，就要被枪毙，真叫弟兄们寒心！王营长觉得大家说得似乎也有道理，怒斥道，狗头先借给你用！死罪暂免，活罪难饶！给我先打五十大板。用刑时，小神头驴喊马叫，其实下面做了手脚，王营长也就睁只眼闭只眼了。"因为他的目的基本达到了。

李团长点点头："部队里无论如何不能助长歪风邪气。不过，这样处理还是合情合理的。"

连长说："他这次之所以积极出点子，肯冒生命危险下井去，就是想以功补过。

据说,部队攻城前,他又溜到姑娘家里一趟。他报名参加敢死队,他说就冲着鹃子这么看得起他,他也该为收复腾冲立个大功。”

李颐团长不由又暗暗担起心来,这个大功能否立得成,目前还很难说。

李团长见橡皮管仍在向下继续延伸,知道小神头还没有摸到尽头。他歪在洞边打了一个盹……他忽地惊醒了,看看手表,已是九月十四日凌晨四点多了。他见皮管不动了,焦急地等候在洞口。

小神头终于爬上来了,满脸浑身都是污泥浊水。他敬礼说道:“报告长官,那头有块封得死死的木板,我正好借助里面的震动声在厚木板上挖了个洞,把管口牢牢插了进去。”

李团长惊喜道:“你不愧小神头的称号!”又问道:“你眼睛可近视?”

小神头莫名地摇头。团长笑起来了。

李团长立即命令敢死队迅速做好准备。

他急忙与后续部队取得联系。

陶团长负责用压式水龙头把两大桶汽油输压进橡皮管内。

李颐看看手表,正好五点,命令:“点火!”

火焰喷射器照准管头,只听呼一声,油管轰然点着,传来一股刺鼻橡胶味……

火下阴井了……李颐屏住气看着手表。

立在一边的小神头,心情比刚才挖木板还要紧张百倍,听到自己的心在突突地跳,胸口感到窒息,呼吸困难,掌心浸得湿漉漉的。

五分钟过去了……李颐瞥了小神头一眼。

小神头结结巴巴说:“长官,让我下去!”

李颐不开口。七分钟了……

战场上所有目光都凝视着那座岿然不动、闪着骄傲灯光、钢筋水泥的三层碉堡。

人人都失望了,有人在悄声问,这是谁出的馊主意?

小神头不能自已了。这种羞愧感,要比因为看姑娘洗澡遭受到打屁股还要沉重得多。他正要跳下去,却被李团长一把拽住了……地面突然猛烈一颤抖,轰的一声沉闷巨响,只见碉堡急剧晃摇了一下,随着冲天的火光,水泥碎块像燃放的礼花一样飞向高空,又纷纷砸到地上。在地下弹药发出连连爆炸声中,李颐率着敢死队像疾风一样扑上去。

文星楼被毁掉半边。

后续部队也及时赶到。

可惜,敌死队又遭受到了文星楼上几挺机枪的猛烈射击……李团长和小神头十几个人,因为距离碉堡不远率先冲到文星楼脚下,可恨在他们身后迟了几秒钟的许多队员大多数都倒下了。

李团长带着十几个人首先解决了底层日寇,又边射击边向上层爬去……

塔楼上的日寇发现底层已经失守,有几个家伙只好慌忙掉转枪口。正当鬼子顾头顾不到腚的瞬息之间,后续部队也猛扑上来。

碉堡中幸存的几个疯子,像土行孙一样突然从地下冒出来,拉着几只手雷弦子,扑进我军稠密的地方……

李颐和小神头等人因为得到后续部队的及时帮助,尽管都受了重伤,到底把塔楼上的十几个日寇打残或歼灭了。

第一〇六师团长中川清健少将原来盘踞在塔楼的第三层上,他现在除了头和心脏而外多处受了重伤,正躺在文星楼脚下。

有个士兵正要举刀送他一程,被雷师长拦住了。雷师长对中川说道:“少将阁下,我允许你多看几眼,看看你们天皇铁军的最终下场,看看你们武士精神的彻底毁灭,看看你们圣战……”雷师长突然被他的警卫猛地扑倒在地!

“轰!”中川用腰间的手雷,使自己与三个中国士兵同归于尽!他那进入天国的肮脏卑鄙灵魂不但恨恨不已,还会甚感抱屈……他缺乏大将风度,血液中含有祖上的海盗基因。

中川最后选择的督战地点,为什么不在碉堡里而在文星楼上呢?是因为他深知古董和文物的无可估量的价值,也想使自己沾上一点儿永垂不朽之味,即使葬身塔楼也死而无憾呢!可惜,他糊涂得连地点都弄错了!他能博得青史留名的,只能在九段坂的靖国神社。可怜的鹰犬,糊涂的帮凶,龌龊的嘴脸,罪恶的灵魂。

参谋长罗又伦见李颐受了重伤,立即叫来一副担架。李颐困难地说:“先抢救小神头,我要为他请功。”

小神头喘息道:“先抢救长官。我不行了,就是死,也满足了。承蒙长官这样看得起我。”

李颐吃力地说:“你不想鹃子了?你伤好了,我放你一个月假。”

小神头呼吸急促了:“想,想。我冤,还没有尝过,滋味……”

鹃子姑娘突然奔来了,她搂住小神头,凄厉喊着:“万俟,万俟,我来了,你醒醒!”

万俟勉强睁开双目,看了姑娘一眼,嘴角笑容还没有完全展开,头就歪到姑娘怀里了。

李颐头脑一轰,昏死过去……

罗又伦刚才听说了小神头的故事,他掏出手绢擦去泪水,对姑娘说:“他是个好样的小伙子。我派人把他送到你家去?”

姑娘坚毅地摇摇头。参谋长莫名了。姑娘蹲下身,先把小神头扶坐起,抓住他的一只手臂,自己再转过脸。小神头的尸体刚触及她的背部,却又歪倒地上了。姑娘抹去泪水,又重复刚才的动作……参谋长立即弯下腰去帮助她。

姑娘背着心上人回去了……罗又伦看着她蹒跚的脚步左右摆动的身影,咬牙转过身,忽见仅存半截的文星楼上不知什么时候已经竖起了一面青天白日旗。

东方一轮红日喷薄而出,驱逐了腾冲城内的阴霾雾障,金灿灿的阳光照射在那迎风猎猎的旗帜上,她虽然百孔千疮、伤痕累累,却依然焕发出不屈不挠的煌煌皓皓的华光。远征军此役全歼腾冲日寇守敌一千五百余人,自己也付出九千一百六十八条生命的惨重代价。祖国和人民将永远铭记这些英烈。

此时,从南方重镇龙陵方向又传来像春雷一样的隆隆炮击声……

在一般情况下,由民夫和卫生兵组成的急救队都是紧紧跟在攻击部队后面的。当五十七师凌晨完全攻克寺院后的山冈敌阵时,急救队急忙登冈抢救最后一批挂彩官兵。这支由九个姑娘组成的卫生兵急救队越过碉堡残骸,跳过敌我双方重重叠叠的尸体,直插大庙后院,忽见前面仍有火光闪烁,就急急奔到前院。她们不由惊呆了。

已遭残杀烧得面目全非的许多裸体遗尸竟然全是女人!她们立时明白了,死者都是日寇征来的慰安妇。

有人突然尖叫:“看,还有个活的!”

那是侥幸活下的严冬梅。她正在大门口的一堆废墟下扒着什么东西,忽然找出一条金项链,半截桃木梳……

她幸免于难,纯属偶然。因为身体虚弱,又头疼发热,勉强按令脱掉衣裤后,把胶卷藏到嘴里跪下时,机枪就从排头嗒嗒尖叫起来……有人逃奔了。她骇然一惊,晕倒了。凡是逃奔的反而一个也没活下来。还有,她的后身正对着粗大树干,多亏它又把肆虐的火焰阻挡了一下。她能死里逃生的第三个原因是最主要的,要多谢那颗误投地点的飞机炸弹。她昏倒几个小时醒来后,瘫坐原地,又默默看了许久许久。她终于想起了甜水妹。她在屠宰场地上艰难地爬来爬去,具具尸体都被烧得面目难辨,翻看了所有尸体,烧得严重的身长缩短了,烧得轻的肚子胀大了,她觉得都像又都不大像。

急救队为首的是个飒爽英姿的女人,她走到幸存者跟前,见她胸口挂着一条长长尚未痊愈的刀伤,不由顿生恻隐之心,劝慰道:“大姐,想开些,钱财都是身外之物,你能侥幸活下来就足够了。”说着脱下上衣,披到她身上。

一位大眼睛姑娘问:“喂,你们这些人大概都是军妓吧?”严冬梅浑身哆嗦了一下,低下头,目视自己被烧破的双腿。

一位细眼姑娘冷笑一声小声说:“哼,这些人只要见到几个臭钱,什么都肯卖的!”

大眼睛姑娘说:“这些军妓比烟花女还要臭贱十倍!”

还有几个围观的卫生兵指手画脚,鄙夷地说着一些不堪入耳的话……幸亏她们还是黄花闺女,许多恶毒的脏话村语还骂不出口。

为首的女人斥责道:“你们都胡说些什么!”

身披军装的严冬梅巍巍颤颤站起来,挣脱为首女人的扶持,蹒跚前行,踉跄到庑屋跟前。她双唇战栗,面肌痉挛,把嘴里东西吐到右掌心里,默默看着跳动的火苗……好久好久以后,咬牙扬起了右手……她转过头,厉声说道:“我确实是中国人,是被鬼子抓来打杂做苦工的。”

严冬梅突然觉得心脏掉入冰窟,耳鸣眼花,浑身剧烈战战兢兢起来,烧伤的双腿打了一愣,就扑倒在地昏过去了。

衣不蔽体的姬顺玉倏然从大殿后面转出来,边走边数着那沓钱。她昨天早晨从洋子怀里夺过钱后,见石桥他们走了,就悄悄躲到后禅房去慢慢数她的钱了,所以她也成了一条漏网之鱼。

一九八八年夏至一九九九年春

骈　枝

——并非多余

严冬梅和姬顺玉住进随军医院后,经过临床仔细检查,医生认为前者的体伤医治容易,但始终不言不语的心病在短时间内是难以治愈的。后者的精神病,更令众多医生束手无策。抗战胜利后,凭借她身上保存的地址,中国政府把她送回她的祖国去了。这是后话。

严冬梅进入医院帐篷的当天下午,她见一位穿着白大褂中等身材的女护士款款向她卧铺走来。其人圆圆脸蛋,红润的嘴唇,双眼皮下明亮的两眼中蕴藉着慈爱,稍微一笑,两腮立现一对深深的酒窝。

来人已听过那位急救队女队长的介绍,知道了她是众多慰安妇里只有两个幸存者的其中之一。她非常同情她们,觉得她们是从虎口牙缝中跌落在地而被捡起来的一条生命。

她走到铺前,微微笑着,轻声细语问道:“你应该吃点儿东西,冲点儿奶粉给你可好?”

严冬梅呆呆看着来者,见她摘去护士帽,展露出一头乌黑发亮的烫发,再将头轻轻一摇,卷曲的青丝又服服帖帖聚垂在脑后了。她心想,这满头秀发多像我数年前的那样。

急急走来一位护士姑娘,说道:“徐护士长,王大夫请你去一下。”

徐护士长点点头,对姑娘说:“你去冲点奶粉来,服侍这位大姐喝一些。”

严冬梅目视徐护士长摇摇头。

徐护士长临走时,对姑娘交代道:“她如果不喝,我唯你是问!”

姑娘端来半瓷缸牛奶,催促病人把它统统喝了。

严冬梅连看也不看,望着篷顶不知想着什么心事!

护士姑娘催逼了几次,见任务难以完成,不由眼含泪水涩声说道:“你不喝,我会被护士长训斥的。她是我们雷师长的太太,对我们工作要求极严格,对那些来住院的挂彩弟兄们像天使一样和蔼可亲。”

严冬梅将收回的目光转向欲哭的姑娘。

姑娘真的流下泪水了。

她那颗破碎的心再也承受不住姑娘的泪水了。她一边点头,一边伸出微微战栗的手臂。姑娘帮她捧住瓷缸,让她喝下一半。

姑娘破涕为笑,说道:“大姐是个好人,能理解别人苦衷。”

严冬梅微微摇摇头。姑娘不知她否定的是上句还是下句。忽然,她开口问道:“你们护士长是哪里人氏?”

姑娘道:“是苏北扬州附近的。”

“我听了也觉得像。”冬梅喃喃自语。

姑娘惊问道:“大姐也是那儿人?”

严冬梅摇摇头。无论姑娘怎么问,她再也不开口了。

以上写到的徐护士长,即徐素珍女士,她是我的嫡亲姨母。雷剑雄师长,当然就是我的姨父了。

以下所写的内容,不再是小说体裁了。

在后来的日子里,她们因为是同乡,而且年龄又相仿,互相间的感情距离也就渐渐拉近了。对于她的不幸遭遇,我姨母从不问她一句,知道这是她的心病所在,清闲下来,只同她谈家乡的一些逸闻趣事。不过,总是我姨母说得多,她还是说得极少。

时隔不久,上峰命令第二十集团军开往昆明休整三个月。这时,龙陵、芒市、瑞丽等地都被第十一集团军收复。到一九四五年一月底,驻印远征军和滇西远征军在缅甸芒友胜利会师。至此,两条国际通道均畅通无阻,祖国西南边陲终于再无战事。

书中的严冬梅用父姓为韩,名××。“楔子”里,她随母姓为史,别名丽珍。韩女士随我姨母转驻昆明后,又养息了一段时间,就是不提回乡之事。我姨母料她有难言之隐,就把她留在家里。她虽整日言语不多,家务事做起来还不失勤快麻利。双方心照不宣,实际上她就成了家里的娘姨了。

我姨父是从不过问家事的人,他除了打仗,就忙着看书。对于妻子的同乡娘姨,留与不留,他根本就不想过问。不过,他曾夸奖她烧的菜还蛮合他口味的。

半年过去了,我姨母深感不能白白驱使别人,应该付给适当报酬,岂知韩女士宁死也不肯收一元钱。我姨母没法,只好用她应得的工薪为她添置衣服用物等一些生活必需品。

大约两年后,内战爆发了。她们又随军迁徙到安徽境内。在阜阳恶战中,我姨父雷剑雄兵败捐躯。

两位女人换上普通服饰,随着千千万万逃兵荒的百姓,其间还夹着众多溃逃的散兵游勇,浩浩荡荡的人海洪流涌进江苏境内,却在都城南京南郊被拦阻住了。她们只好绕道乘船到镇江,再登小火轮到江北码头。刚下到划船上,我姨母忽见到弄船的堂兄。其人分析了我姨母的来历,说了些危言耸听的话吓唬她。她害怕得不敢回家了,只好又返回大船。其人又提醒她说:“现在兵荒马乱,如果带许多东西在路上,是会招来危险的。”她觉得他说得很对,于是将一只小首饰盒交给他,嘱他代为保管,等日后太平了再回来取。其人欣然答应。于是我姨母同韩女士又搭乘原船回镇江,再从这儿登火车盲流到上海。

此时,韩女士与我姨母不管从衣着或面色上看都分不出主仆了。她们到上海后,幸亏我姨母身上还有点金器,两人才勉强住栈生活下来,可是又岂能坐吃山空?后来她们终于次第进了棉纺厂,住落在杨树浦路。

到一九四八年底,我姨母与杨树浦电厂工人杨某结为伉俪。他是苏北高邮人,大块头,性格脾气很好,并在杨树浦路三三九弄买了一座带阁楼的简屋。我姨母终于安了家,可是韩女士还是独身寡居着,除了上班,一直深居简出。婚后数年里,我姨母仍然月经不调,想看医生经济困难,所以就回乡来偷偷取她寄存的首饰盒。姨母见铜锁已生了铜绿,想用钥匙打开取一件首饰作为馈赠,岂知堂兄按住盒子执意不肯。她只好掏出身上十万元(旧币)作为酬谢。回到船上暗暗打开一看,盒里全变成坏梳锈剪以及变质的花露水雪花膏了,即使再赶回去她也无法争讨,因为当初委托堂兄时并未当面点清,收盒时也没当面打开检验。此时又正值“镇反”运动,我姨母只好哑巴吃黄连,自认倒霉。这家人后来也未得好报,实是天理难容。

一九五七年夏,我考上了全县仅有的一所高中,同时也长硬了翅膀,花了四块钱竟然冒冒失失地闯到大上海,先据地址摸到大新公司(中百一店),由徐叔叔领我去徐家汇找到父亲。父亲带我到新闸桥,爬上邮绿色的八路有轨电车。开车人用脚踏着机关,车内外响着悦耳动听的当当的铜铃声;车又开得平稳缓慢,正好让初来乍到的乡下孩子大饱了一下都市风貌的眼福。下了车,走了没多远,我见到了三三九瓷弄牌。

我刚进门,姨母愣愣地看着我……当父亲介绍说这就是小金宝时,她不由搂着我潸然泪下,心肝宝贝叫唤着……我出生后,她第一次见到我,见到我,当然要想起她的胞姐。

我不到三岁时,生母溺水早去,被婶母用半条黄瓜哄抱回去抚养了两年。接着继母进门。加上现在找到的姨母和以前拜认的干妈,还有成人后的岳母,所以我这人的“母亲”特别多,但愿得到的母爱能成正比就好了。

后来姨母就给我买衣,给我洗澡,弄好的给我吃,同她一铺睡……跟我说说哭哭……凡是得到过母爱的人,无须再听我赘述了。

第二天,她把我包装得焕然一新,带到军工路,跨进一间客堂。从灶间走出一位比我姨母稍高、精精神神的女人,也烫发,瓜子脸,双眼皮,迷茫地望着我。

她们叽里咕噜说了几句我还听不懂的上海话。她就蹲下身子研究我的相貌,看看我的双眼,又瞧瞧姨母双目,发现我俩眼睛如同一个模子出的。姨母对我笑道:“这是韩阿姨,快叫韩阿姨。”

我伶牙俐齿叫了一声。

韩阿姨高兴得亲了我一下,又拉着我左手看看,又同我姨母说了一阵叽咕话。

这就是我少年时代第一次见到姨母、第一次认识韩阿姨的经过。

后来,我的日子过得就有趣了。她们好像都返回到童年,竟然把我当成从商店买回来的洋娃娃,你争我夺,都想把我留在自己身边玩耍,似乎都展现出各人的自私性。我只好听从她们的合理安排,两头过过。长大成人了我才弄明白,一个是因为孤独寂寞,一个是因为疼爱娇宠。我终于得到了迟来的母爱,而且还是双重的。

姨父待我又很好，常常把厂里好吃的玩意儿用瓷缸带回来给我吃。

后来，父亲对姨母产生了误解，她只好骗我去父亲身边过几天。岂知我第一晚睡在他的木板铺上，浑身就被什么东西咬得疙疙瘩瘩。第二天父亲上班去了，我将席子一掀，见到许多臭虫，板壁糊纸里更是密密麻麻，大肚小头，蛰伏不动。我当即逃到姨母身边。她见我浑身疙瘩，再听我一说，用电话把我父亲大骂了一气。以后，她再也不准我去父亲那里了。父亲也自知理屈，只得服输。

以后，上海话基本听懂了，讲还有点讲不来。所以当我同她们逛公司时，只要不开口，上海人根本看不出我是个“江北佬”。

其实上海土著人并不多，都是外来的“东南西北佬”，从事着上海市的千行百业。因为他们先到一步，就滋生出优越感、排外性。别看他们走在马路上男子潇洒女子摩登，像比目鱼一样遨游在人海中，进了鸽屋蜂房，床上床下老小三代同一室，不知他们心理上曾产生过压抑感危机感？年轻夫妇的日子又是怎么过的？我当时就弄不明白，他们的日子过得够可怜巴巴了，凭借什么值得优越，有什么理由要瞧不起外来人？长大后我明白了，犹如中国人踏上外国地盘受到外国人的蔑视一样。其实真正土著上海人还是热情好客的。这又使我想起鲁迅先生曾骂过的“假洋鬼子”……

我又长大些了，于是就利用父亲和姨母之间的矛盾（主要为我母亲的死），从他嘴里了解姨母的过去，从她话中窥探父亲的历史。他原来是位吃喝嫖赌的丈夫；她原来是位军官太太。

对姨母历史的掌握，是个关键性的突破。

有次姨父上晚班，我们娘儿俩边喝酒边聊天。我突然问到她的过去。她先一惊，瞬即明白了。为了防止父亲的谬传和妄议，同时也知道我已达到不会“祸从口出”的年龄了，就向我原原本本介绍了她新中国成立前的生活经历。因为我已经对韩阿姨的身世产生了诸多怀疑，想乘兴一并弄个明白，岂知姨母顿时讳莫如深。

有一次姨母酒已喝到八分，她经不住我死缠硬磨，终于向我透露了一些有关韩阿姨的身世。说实话，那时根本做梦也想不到将来要写小说，纯粹是出于青年人的猎奇心理。

因为“打断骨头连着筋”，所以我们几人攻守同盟执行得有效，尤其她们俩互相包庇得滴水不漏，所以她们在工厂和里弄平安度过了几多政治运动。

“文革”后期,我已成为人父,她们二人都衰老了。我每年暑假还去上海度过一段时间,我要尽力返还她们曾给予我的无限之爱。因为我已明白事理,注意到亲疏关系,我尽量在韩阿姨那儿多玩几天。她们几十年都是阿姐阿妹互叫,阿姐当然欣然同意,但对我父亲仍抱有成见。我小字辈,既弄不明更说不清,只好等他们统统回到我生母面前去对质了。

我同韩阿姨边喝酒边闲聊时,远转山遥、旁敲侧击地提到日军使用慰安妇的事,岂知她立时变脸。我当然不忍相逼了。

事有凑巧,那年上海始映日本影片《望乡》。我们三人在蓬莱影院比肩而坐(她们早就迁居南市),岂知她们二人从开始到结束都泪流满面,一个心软一个心碎。韩阿姨的那条绢头都湿透了,我只好掏出我的给她使用。我对电影并不怎么动情,但对左右的饮泣却不时鼻子发酸。

第二天我找个借口溜到徐家汇父亲处,进衡山剧场复看一遍,心情也难受起来。原来日本国用来搞强国富民的外汇,是用民族的尊严、南洋姐的血泪换来的!

有天晚上,韩阿姨留我在大兴街她的住地吃夜饭,陪我喝了酒。岂知一瓶五加皮被我俩喝去一大半后,老人压抑了几十年的痛苦闸门终于向她的犹如儿子的我打开了。沉痛的回忆、辛酸的经历、滔滔的血泪……到底再也控制不住而一泻千里!她还欲罢不能,翻寻出一条鸡心项链给我看,这是一位台湾姑娘的遗物,就是书中黄秋菊的原型。我记得两包大前门两暖瓶开水被我俩抽得喝得不剩一支一滴了。已到下半夜了,她又把我拉到她床上,分枕共睡,继续对我说说哭哭,并捋起汗衫,让我亲眼见了那条斜挂在胸口上的长长刀疤。

那时候的政治气候乍暖还寒。我面对深刻烙印在脑海里的许多斑斑血泪片段,又踌躇犹豫了几年。直到一九八八年才把蠢蠢欲动的妄想转变为决心,要把千万个韩阿姨所遭受的耻辱和劫难呕心沥血去付诸文字。

我还保存着姨母和韩阿姨的照片。她们年轻时很漂亮,老了很清瘦。每当我夜深人静在灯下殚精竭虑时,凝视她们的玉影,似乎都看着我微笑,又像对我生起气来。我只好合起相册,点燃一支烟,继续返回几十年前的陌生生活里去。

现今全球都在防环境污染。未动手前就考虑到,写性是无法避免的,但必须净化狼毫,才能不污染他人心灵。尽力使用文学语言,避免粗俗下流,诲淫诲盗。因为我不愿让自己姓名摆在街头巷尾阴暗角落的地摊上,任由别人跨来跨去随意践

踏,更不愿给“扫黄”队伍增加负担而我却成了少男少女的教唆犯。

今天的我,早已过了爱做美梦的年龄,两鬓染霜何贪其名?经济无匮何求于利?盖名利二字本来就轻如浮云。实因数名女子的悲惨遭遇耿耿于怀,不吐不快。不知则已,既知何不牺牲自己的一些休息时间而为她们的冤魂呐喊数声?明知力不从心,其声也单薄微弱,然已尽其力矣。

一九九九年夏

后 记

对书稿做最后修改时，我忽地打了个寒噤，仿佛被犹豫和彷徨的重锤猛然敲击了一下——花费十几个寒暑的心血，如果问世后却事与愿违、有悖时效，远不如当今的《经商秘诀》《炒股指南》《致富大全》等经典造成的洛阳纸贵（我对前者当然不愿，对后者更不敢妄想），糟蹋了自己的心血固然事小，就担心在现今的主流大潮日益看涨的时候，谁人会对我们民族史上的这段奇耻大辱还感兴趣？何人还能想到《战争与和平》？“太平盛世”当然是一杯甘醇美酒，然而过量沉湎了，中枢里的某根神经必然会被麻醉而变为麻木的……

有一天，忽见《报刊文摘》上转载了一条骇人听闻的消息。扬州城内竟然有极少数小商人偷偷私卖当年日寇侵华时用来屠杀中国军民的军刀仿制品，并且还将刀背砍在猎奇顾客后颈上，戏叫道：“八格，死拉死拉的……”无独有偶，南京城里某鞋业店主，居然令男女店员统统穿上背有“日之丸”旗的汗衫，两边还赫然印着六个祝福大字——“祈愿武运长久”（见《报刊文摘》一九九九年八月三十日第四版）。这两条令我震惊的报道，又使我想起一年前的杭州市内大卖日本鬼子的战斗帽，这类“奇货”竟然很抢手。

我面对报道惊呆了、悚然了，感到心痛难过，可悲可叹！军帽、军刀和武士道精神，都是当年日本军国主义的象征；在饱受铁蹄践踏的五十多年后的国土上，竟然都变成了少数麻木商贾的推销产品或宣传广告！

前年日本政府搞了个所谓“周边事态”法案，大概又想耍什么阴谋了，与此配合的是军费逐年增加,“自卫队”的实力逐步升级,并且每年的“八一五”上层首脑们都要去靖国神社参拜……

从一八九五年算起,中国人民遭受日本侵略者的荼毒整整半个世纪,尤其是最后的八年,中国“死人达三千五百多万,损失财产超过六千亿美元”,更有见不到的心理创伤,它会在中国几代人心里留下难以抹去的阴影。

也许我这人心胸狭窄,很不大度,做不到以德报怨。当从现今报纸上见到“日寇军刀”几个字时,仿佛又看到一九三七年底日寇第十六师团的两少尉野田岩和向井明敏均高举着雪亮军刀从江苏溧阳地区出发搞起了杀人比赛。当杀到南京中山门时,野田杀了一〇五人,向井杀了一〇六人。日本的《日日新闻》做了及时的随军报道,还配印了一帧两人手执军刀的照片。报道还说,因无法确定谁先杀满一百之数的,也就无法敲定谁是真正赢家;所以两人决定必须继续比赛下去……就是这篇报道,令日本朝野上下振奋狂欢了几天几夜……由此,我又胡思乱想起来,倘若这两个杀人狂的幽灵能从南京雨花台乱冢中荡游到今天的南京和扬州城内,见到这些赚钱有方的商人和抢购“珍品”的顾客一定欣喜若狂,大喊大叫道:“你们的良民,大大地好!”

“良民”就是顺民。顺民的日子是非常难过的。没有机会经历这种日子的人们,如果不相信,不妨翻看一下世界各个殖民地国家的血泪史。

看来,书还是要读一些的,历史还是要学一点儿的,尤其是我国的近代史。自从一八四〇年英国鬼子用大炮轰开我国闭关自守的大门以后,在一百多年的漫长时间里,我华夏子民尝够了国弱被人欺的辛酸苦辣。在今天和明天,我们若忘了这段血泪斑斑的惨痛历史,你即使居身孔方成为亿万富翁,做了顺民也同样会过上猪狗不如的非人生活。

民族母亲身上的美人痣固然是做儿女们的骄傲,但她身上的耻辱创伤儿女们就不该把耻辱当光荣,并且还捧出来想法变钱。他们不该不了解,不该回避它,更不该好了伤疤忘了痛,尤其要防止再度感染发炎,瘟疫再次卷土重来。这不是仅靠哪一代儿女能预防的事,应该是中华民族世世代代的儿孙们必须作为刻骨铭心的教训。

对上述那条令人震惊愤懑的“人咬狗”新闻,我读之又读,思之再三,终于再次坚定了继续把书稿修改下去的决心。

时间在飞快流逝，当我最后定稿时，从互联网上又得知去年三月三十日上海召开了中国慰安妇问题国际学术研讨会。同年十二月，在日本东京进行了仿真“世纪大审判”，由八十多名风烛残年的幸存慰安妇做了血泪大控诉。今年二月，上海静安区公证处为现今生活在崇明岛上的三名老太做了有力公证，这在我国尚属首例。我很敬佩公证处的勇气和热忱。就此我想借这机会，向我国（包括台湾）以及其他各国为慰安妇们向日本历届政府讨个公正说法的诸位学者专家和所有自愿参加的工作人员，致以最崇高的敬意！

二〇〇一年二月于苏州

出版芜词

《慰安妇血泪》首版发行后不久,我就收到不少反馈信息,有的是由本书责任编辑曹彦同志转来的。由于对社会效益和广大读者负责,本人觉得有必要借这次出版机会,向众多关心本书的读者和朋友,对书中一些情节的取舍、人物的原貌,做些简单介绍和解释。

接收到的反馈意见,褒赞多于贬叹,几篇书评亦然。其实,这是部分读者和评论家的错爱。许多溢美之词,令我看了羞愧汗颜,惴惴不安,盛誉之下其实难副。我知道,这是他们对我十年呕心沥血的慰藉和勖勉;但在那些字里行间,也蕴含着他们对我的希望和鞭策。

令部分读者感到遗憾和惋惜的故事情节的取舍中,没有正面描写在中国共产党领导下的八路军和新四军的抗战实况,尤其令那些亲身参加了八年艰苦抗战的老革命家们,他们读了本书,更为扼腕叹息,认为作者有失疏虞。

当初构思本书大纲时,确实也曾考虑到这点,准备用部分笔力反映在我党领导下的八路军,在敌后也进行了艰苦卓绝的抗战。

但是,经过长时间的酝酿智谋、缜密思考后,认识到本书要写的重点是慰安妇。慰安妇是日军的"第三类军需品",她们的身价虽不及枪炮子弹,仍属军需性质。既是"军需",当然要紧紧步尘于千军万马之后了。用书中宗小花的所思,"不论日寇是进是退,作为为其服务的娱乐所必然会随着迁徙、漂泊"。

慰安妇服务的对象是多如牛毛的日寇官兵,众多侵略者都麇集在双方殊死较量的前沿阵地，这就给慰安所设定了一个特定场景，只能陷身在中日双方激烈拼杀的正面战场。本书写的是慰安妇，所以笔力应该紧紧追随着、把握着自己的目标；此时的作用，是无法改变慰安所的行动路线的；既然慰安所不能开赴广大的沦陷区后方，笔力又怎能随意游离到那里去呢？

当时我党领导的抗日武装，主要在华北广大沦陷区的敌后做战略上的牵制和战术上的骚扰。牵制住敌后几十万兵力，就是对正面战场有力有效的帮助，致使侵略者的"后院"始终不得安宁，在广袤的华北大地上，日军实际霸占的地方仅仅是几条铁路沿线和城镇。他们对正规八路和形形色色的"土八路"，都不敢掉以轻心。一九四二年三月，冈村宁次调动十个师团十一个旅团，对鲁、豫、冀、晋、蒙等地八路军大"扫荡"。六月二日，八路军总部参谋长左权将军在麻田阵亡。但是狡猾的冈村对"扫荡"的结果终究不能如愿以偿，只得靠形形色色的维持会（汉奸政权）维持"后院"的短暂安宁。八路军在战术骚扰上，把鬼子搞得风声鹤唳，草木皆兵，惶惶不可终日。敌后抗日力量为了保卫家园，运用毛泽东同志的十六字方针，取得了敌后抗战的显著效果。这些都是不容置疑的历史事实。

遗憾的是，本书却无法把慰安妇和敌后英勇抗战联系起来写，如果一定硬行把两者捏合到一起，又怕违背了历史的真实性。

关于长沙大战情节的取舍，熟悉这段悲壮历史的老人前辈，读了本书均认为写得不够全面，后来发生的历史事实省略了许多。

是这样，前辈们说得很对。

因为我写的是小说，并非历史教科书。长沙大战，前后几年有四次之多。而且日本国内"三宅坂"屡屡撤换第十一军的指挥者。第一次进犯长沙，是由冈村宁次指挥的，失败了。日本大本营撤了冈村，改任园部和一郎；不久又换成阿南惟几；接着又频频更换为冢田攻、横山勇、上月良夫。第十一军到一九四四年底先后共换了六个指挥者。而我在本书中，为了便于刻画人物，将一到三次进犯长沙的指挥者都由冈村一人顶替。这就是写小说与历史的不同之处。所以书中对冈村的塑造，还算是丰满得有血有肉。

另外，当时第九战区司令长官是陈诚将军，实际上大战的部署指挥者是年轻的二把手薛岳，所以书中干脆就让他坐了第九战区的第一把交椅。

再说"长沙大火"。在八年抗战中，蒋介石的选择可谓煞费苦心，连古人的"水淹火烧”也囫囵搬用了。为遏阻日军机械化师团的疾进，一九三八年六月九日，炸开黄河花园口，结果是得不偿失，造成千古遗恨千秋骂名。因刚愎自用，不肯接受几年前的惨痛教训，最后又竟在长沙玩起“火攻”来。

长沙城在几年抗战中，渐渐成了抗战物资的集散地。广州沦陷后，长沙城在战略上成为死地。湖南省主席张治中将军，在老头子的授意下，对长沙城做了战略大转移，然后就对那些无法搬走的众多物资，为了不留下为敌所用，就浇油放火。这种馊主意主观意图想让日寇仅得了个断壁残垣的空城。岂知日寇并未入城。三天三夜的大火，却烧死了约有三万多的老人和伤兵，事后虽然政府拨了十万元做了安抚，但民怨终究难平。蒋先生只好又向长沙警备司令酆悌、警备二团团长徐昆、省会警察局长文重孚三人，各借一颗人头，以平民愤。对张治中做了因用人不当给予革职留任处分，并令负责办理善后。当时，湘人送给背上黑锅的张治中一副讽刺对联——横批：张皇失措；两联为：治湘有方五大政策一把火，中心何忍三颗人头十万元。句首暗含“张治中”三字。

在第三次长沙大战中，书中把第十军预第十师师长方先觉将军写得英勇顽强、浴血奋战，这是历史事实。这次战后他晋升为第十军中将军长。一九四四年六月，横山勇对长沙发动第四次攻击，长沙于同月十八日失守。此时方部正防守衡阳。一个编制严重不足的中国军，抵敌两个日寇师团，苦守死战四十余天不见援兵一人，方部经过多次巷战牺牲惨烈；为保存番号，方将军不顾个人生命与名节，同意用自身投降换取仅存一千多士兵的性命。八月底，日寇第十一军司令官横山勇敬佩方将军的为人和品德，竟然以下抗上，毅然送中国官兵和方将军离开战区去重庆。

以上简介的长沙大火和方部“惨败”，书中均舍去了。原因有三：首先要让抗敌的主战场，经过我方将士的浴血奋战，用惨重的代价换得国运的希望之光，最终证明正义一定会战胜邪恶。其次若再铺写上述两点情节，没有两万字很难再现当年如火如荼的惨烈画卷，若不惜笔墨不遗余力去表现，本书的主人公慰安妇岂不要被千军万马所淹没？第三，长沙大火的时候，晋升为少将的中川清健已裹胁着石桥慰安所偷偷潜离了岳阳地区，笔力不可能再回过头来节外生枝。

有读者问我，宗小花究竟何许人物，是阴错阳差误入火坑的，还是深思熟虑后打入虎穴的？

在原稿中，宗小花又名马雪梅，是中央戏剧学院表演系的高才生，她后来投奔重庆加入“军统”组织，受训后被输血到沦陷区上海站陈恭澍麾下。

一九三八年春末，有几十名慰安妇从上海站偷偷出发，终点站是杭州。短短路程却行了四十多天，其实这是流动慰安所。“军统”上海站嗅出味道后，立马指派了马雪梅、卫忠和卖牙粉的老人，侦察了江湾镇后，就尾随跟踪上了。到安徽境内，让马雪梅认了个刚失去亲人的宗母为干妈。在小镇上卖唱时，她遭受卫忠的两次污辱毒打，实际是演戏给石桥、洋子看的。买牙粉是跟自己人接头，洋子很精明谨慎，故意挑挑拣拣，唯恐其中有诈。其实他们联络的暗号是依据找回零钱的奇数或偶数，来确定卫忠今天或明天晚上，装成日军送微型相机及药片等物进来。双方见面后约定，三天后的晚上，由会讲日语的卫忠多穿一套日式军装混进来，再设法掩护她逃出火坑。岂知谋事在人成事在天，两晚后慰安所突然被监督迁徙了。马雪梅就阴错阳差被留了下来。身陷虎穴后，她虽然两次弯腰扎鞋带（实际是窥视四周腿脚动静），一次趁败兵骚扰已换上日寇军装，正要走出大门，但逃跑的渴望都成了终生遗憾。

一九九九年春，收到漓江出版社刘春荣同志的回信，我就把书稿寄去了。一个多月后，他就来信说社里打算采用，不过要把“军统”这一情节抹去，因为“军统”在人们的心目中，印象坏极了。我只好迁就从命，抽去了这个情节。到年底，终因其他种种原因，我索回了原稿。

从历史角度来看，那时中国特工三巨头是戴笠的“军统”，徐恩曾的“中统”，李士群的“74号”。若论在抗战中出了点力的应是“军统”；若论破获屠杀、招降纳叛地下共产党最有“成效”的，要数“中统”；若论无耻之尤、认贼作父、坏事做绝的，要数“三姓家奴”李士群了。李先投机混入共产党，后又卖主投靠国民党，再后来又卖身于汪伪卵翼之下，竟然为日寇卖命屠杀起自己的同胞。

也许因为在后来的几十年中，多种多样的文艺作品，对“军统”的血腥暴行揭露得较多，而对共产党的首要仇敌“中统”，对无恶不作的“74号”，相对来说揭露得较少，所以天长日久，人们对“军统”的丑恶嘴脸、凶残本质认识得更为入木三分了。

当然，三者的反动本质是没有区别的，也不能笼统地说哪个更好些，哪个更坏些。随着抗战胜利“74号”消亡，戴笠也摔死在南京南郊江宁县的戴山。一生狡诈的家伙死有余辜，逃脱了人民和历史对他的审判。他的继任毛人凤，更是阴险狡猾，他和他的“军统”，对广大人民犯下的罄竹难书的滔天罪行，早已盖棺定论。

因上述原因，书中宗小花的身份就变得令读者费解了，神秘了。但在书中第四十章里，我借黄秋菊的内心苦苦分析她的来历……用最后一句向读者交代，“她是个堂堂正正的中国人，就这点，已经足够了。”

书中中川清健的少女癖原型是一一六师团长岩永旺，魔鬼因为痴迷落红，所以每得一地，就派心腹去为他搜觅许多村姑少女，供其恣意践踏。曾有一村姑宁死不从，被魔鬼挥刀劈为两半。

也许中国幅员比起大日本帝国来还是太小，致使日人在慰安所里，亲人之间上蒸下报的乱伦时有发生。日寇第十一军第三师团的中士石原，“工作”过后，发现躺着的竟然是自己的胞妹，人性未泯的石原当晚切腹自惩，其妹也精神失常了。

关于书中许多军事常识，多亏妻之舅父周昌运(周孟期)老人的教诲。他原为国民党军队的上校军需官，其父为少将教官(还都途中牺牲)。抗战胜利后，内战时在东北四平，舅父所在部队被我解放军改编。一九九九年谢世，享年八十有四。

当然，本书还有其他一些枝节问题，恕我不再一一说明解释了。

那时我还不会使用电脑打字，多谢华达电源公司的丁美娟、孙万远、蒋传香和陈德清帮助我打字复印。借此机会，我对他们的无私帮助，表示非常感谢！

此书的问世，是与太白文艺出版社诸多的编辑校对无私帮助和辛勤劳苦分不开的，他们非常认真负责地审校，把一些影响故事情节推进的多余议论细心剔除。其实，这是当时写到某个具体情节时的思潮泉涌，觉得不吐不快，致使笔下信马由缰，忽视了躯体上“附赘悬疣，实侈于形”。他们对拙稿做了三番五次的校改，改错字尚在其次，尤其是改变数码文字，原稿中凡是涉及数码字的，我均用的阿拉伯数字，他们不辞辛劳地一一用中文变更过来。书中的年月日和敌我双方的部队番号特多，这就大大增添了他们的工作量。我只好在电话中以笑声做抱歉，除此而外，根本无法伸手去相帮。借这次出版机会，我向所有参加对拙稿审改校对的同志们，致以衷心感谢！

敬请广大读者和诸位评论家继续对本书给予批评指正。

二〇〇一年七月于苏州

再版赘言

拙作脱稿于上世纪末。大约在两年内,我投稿数家出版社。望眼欲穿三个月后,最终还是臭猪头进不了寺院殿堂。我叹息,我彷徨。

我呕心沥血怀胎十年的女儿,是她生得太丑了?还是因为别的什么原因?我认识的一位年轻美女作者,一年竟然出版了十三部长篇小说!在自信心的鼓噪下,我又勇敢地把她送到漓江出版社。大约一个月后,收到了该社编辑室主任刘春荣老师的来信。拜读以后,不由鼻子发酸。我遵其嘱咐,又将几十年前与某慰安妇谈话的记录本以及其他有关资料,打包邮寄过去。其后我们又通信多次。岂知又是三个月以后,我收到他寄来的一大包纸堆。其中附信一封,长长五页稿纸,除了向我表示歉意,又向我推荐了几家出版社,鼓励我再试试,说东方不亮西方亮。我拜读了数次,终于有点儿开窍了。

那时候,我们地区还是"清明时节雨纷纷,路上行人欲断魂"的季节,用老百姓的话说春寒多有雨。我坐在桌前,看着窗外的阴霾天空,听着淅淅沥沥的雨滴声,不由得思绪万千。

我用了半年的时间调整心态,不信她永远遇不上伯乐。于是,又捧着她坚定地跨进邮政局。这次我把她嫁远了,目的地是古都西安。大约一个月后(二〇〇一年初),我接到从西安打来的长途电话。

打电话的人是太白文艺出版社编审曹彦先生。他告诉我,稿子先留下来,再仔细看看。大约过了十来天,他又来电话说,社里经过慎重考虑,决定采用了。

为了修改斧正书稿，以后我们电话联系不断。曹编审想删除的段落，总是先来电话同我商量，并说明理由或道理，讲话很客气，我折服了。

对于敢于担当、为人谦虚的编审，我是第一次遇到。

也许为了试试水，太白文艺出版社初版只印了五千册。

大概因为印数少，时隔不久，网上出现了邮购信息。我在网上见到，某网以八十九元一本的标价（太白文艺出版社定价三十元一本），宣传说款到即发货。好长时间后，我再上网就查找不到了。

到当年底，有几家影视制作单位，用电话跟我联系，说要购买版权。例如北京有家音像制作公司，竟然在合同上强调版权属它"永久"所有，以电话多次缠磨我。我最终拒绝的原因，并非卖价问题，而是担心他们拿去以后，是否有制作的实力，如果粗制滥造，亵渎她的灵魂，搞成三级片，我不但无权干涉，反而会被观众骂为无耻之徒。我又何苦呢？想想，不干！

对于那些好奇的好心的读者，曾来信询问我这样或那样的问题，我很抱歉，都没有回信具体作答。我想在此篇短文中，有的问题已经做了简略回复。敬请广大读者原谅、宽恕，读者永远都是作者的上帝。

二〇一五年是世界反法西斯战争暨中国人民抗日战争胜利七十周年。太白文艺出版社此时重版这本书，就是期望我国人民不要忘却历史上的耻辱和战乱的荼毒，只有祖国强盛了，我们才能防范并战胜有可能发生的侵略战争。祝福我们的祖国，祝福我们的人民！

作者

二〇一四年九月一日　扬州